W0304485

JOHN KENNEDY TOOLE

# LA CONJURATION DES IMBÉCILES

*Traduit de l'américain par Jean-Pierre Carasso*

FRANCE LOISIRS
123, boulevard de Grenelle, Paris

Une édition du Club France Loisirs, Paris,
réalisée avec l'autorisation des Éditions Robert Laffont.

Le Code de la propriété intellectuelle n'autorisant, aux termes des paragraphes 2 et 3 de l'article L. 122-5, d'une part, que les « copies ou reproductions strictement réservées à l'usage privé du copiste et non destinées à une utilisation collective », et d'autre part, sous réserve du nom de l'auteur et de la source, que les « analyses et les courtes citations justifiées par le caractère critique, polémique, pédagogique, scientifique ou d'information », toute représentation ou reproduction intégrale ou partielle, faite sans le consentement de l'auteur ou de ses ayants droit ou ayants cause, est illicite (article L. 122-4). Cette représentation ou reproduction, par quelque procédé que ce soit, constituerait donc une contrefaçon sanctionnée par les articles L. 335-2 et suivants du Code de la propriété intellectuelle.

© Éditions Robert Laffont, S.A., Paris, 1991.
ISBN 2-7441-0600-3

Quand un vrai génie apparaît en ce bas monde, on le peut reconnaître à ce signe que les imbéciles sont tous ligués contre lui.

JONATHAN SWIFT

# *Préface*

*La meilleure façon de présenter ce roman – qui m'a laissé pantois, plus encore à la troisième lecture qu'à la première – est peut-être de raconter comment il m'est parvenu. En 1976, alors que j'enseignais à Loyola, une femme que je ne connaissais pas me contacta par téléphone. Son propos était inattendu. Elle n'avait pas écrit deux chapitres d'un roman et ne désirait pas s'inscrire à mes cours. Non. Son fils, qui était mort, avait écrit un roman tout entier au début des années soixante, un gros roman, et elle voulait que je le lise. En quoi ce livre pourrait-il m'intéresser? lui demandais-je. Parce que c'est un grand roman, me répondit-elle.*

*Au cours des années, je suis passé maître en l'art d'échapper aux choses que je ne voulais pas faire. Et s'il y avait une chose au monde qui ne me disait rien du tout, c'était justement ça : avoir à faire à la mère d'un romancier mort et, pis encore, avoir à lire un manuscrit dont elle disait qu'il était « exceptionnel » et qui se révélerait un gribouillis infâme, à peine lisible.*

*Mais la dame se montra opiniâtre. Elle finit, on ne sait comment, par débarquer un jour dans mon bureau et me tendit l'épais manuscrit. Il n'y avait pas moyen d'y couper. Il ne me restait qu'un seul espoir : qu'après avoir lu quelques pages, je les trouverais, en toute bonne conscience, assez mauvaises pour ne pas avoir à en lire davantage. D'habitude, c'est ainsi que cela se passe. En fait, le premier paragraphe suffit souvent et ma seule crainte est que celui-ci ne soit pas assez mauvais ou qu'il soit juste assez bon pour que je me sente obligé de poursuivre ma lecture.*

*Cette fois-ci, je continuais à lire, encore et encore. Au début, avec le sentiment déprimant que ce n'était pas assez mauvais pour en rester là. Ensuite, avec un vague titillement d'intérêt. Puis, avec une excitation grandissante. Et finalement, avec une sorte d'incrédulité : il n'était pas possible que ce soit aussi bon. Je résisterai à la tentation de raconter ce qui m'a laissé bouche bée, ce qui m'a fait grimacer ou éclater de rire, ce qui m'a fait hocher la tête d'admiration. Mieux vaut laisser le lecteur faire cette découverte tout seul.*

*Il y a, en tout cas, Ignatius Reilly, personnage à ma connaissance sans précédent dans la littérature – Oliver Hardy délirant, Don Quichotte adipeux, Saint Thomas d'Aquin pervers, tout cela en un seul homme, en violente révolte contre le monde moderne tout entier, allongé dans sa chemise de nuit de flanelle rayée dans un taudis de Constantinople Street à La Nouvelle-Orléans et qui, entre de gigantesques accès de flatulences et d'éructations, couvre d'invectives des douzaines de cahiers.*

*Sa mère pense qu'il devrait travailler. C'est ce qu'il fait en passant d'un emploi à un autre. Chacune de ces expériences devient aussitôt une folle aventure, un désastre absolu. Et pourtant, chacune, comme dans Don Quichotte, a sa propre logique mystérieuse.*

*Sa petite amie, Myrna Minkeff, originaire du Bronx, pense qu'il a besoin de sexe. Ce qui se passe entre Myrna et Ignatius ne ressemble à aucune autre histoire de ma connaissance entre une fille et un garçon.*

*Et ce n'est pas le moindre des mérites du roman de Toole que de restituer l'atmosphère particulière de La Nouvelle-Orléans, de ses bas-quartiers, ses faubourgs perdus, son étrange parler, les Blancs et un Noir dont Toole a réussi à faire un merveilleux personnage comique (gageure presque impossible) plein d'esprit et de ressources, sans la moindre trace de caricature raciste.*

*Mais la plus grande réussite de Toole est Ignatius Reilly lui-même : intellectuel, idéologue, tapeur, esbroufeur, goinfre, qui devrait inspirer de la répulsion au lecteur avec ses boursouflures gargantuesques, son mépris menaçant et son combat solitaire contre tous et tout – Freud, les homosexuels, les hétérosexuels, les protestants et les divers excès de la société moderne. Imaginez un Saint Thomas d'Aquin rétamé, transplanté à La Nouvelle-Orléans où, après une virée dans les marais qui le mène à l'université de Louisiane, à Baton Rouge, il se fait voler sa veste alors qu'il est assis dans les toilettes de la faculté, dépassé par d'insurmontables problèmes gastro-intestinaux. Sa valve pylorique se* bloque périodiquement en réaction à l'absence « d'une géométrie et d'une théologie appropriées à notre monde moderne ».

J'hésite à employer le mot *comédie* – et pourtant c'est bien là une comédie – parce que cela impliquerait qu'il s'agit simplement d'un livre comique, et ce roman est bien davantage que cela. On pourrait dire que c'est une farce grouillante à la Falstaff, et le mot *commedia* serait plus juste.

C'est aussi un livre triste. On ne sait jamais d'où vient vraiment la tristesse – de la tragédie en plein cœur des crises gazeuses et des folles aventures d'Ignatius ou de la tragédie inhérente au livre lui-même.

La tragédie de ce livre est celle de son auteur – son suicide en 1969, à l'âge de trente-deux ans. C'est aussi celle de l'œuvre potentielle dont nous avons ainsi été privés.

Il est vraiment dommage que John Kennedy Toole ne soit pas un écrivain vivant et bien portant. Mais c'est ainsi et nous n'y pouvons rien, si ce n'est nous assurer que cette tumultueuse et gargantuesque tragi-comédie humaine est au moins offerte aux lecteurs.

Walker Percy.

On trouve dans ce livre l'accent typique de La Nouvelle-Orléans, indissociable de celui des bas-quartiers et en particulier de celui des derniers immigrants allemands et irlandais, accent qu'il est difficile de distinguer de celui de Hoboken à Jersey City et d'Astoria à Long Island où les inflexions d'Al Smith, qui ont disparu de Manhattan, ont trouvé refuge. La raison, comme on peut s'y attendre, c'est que cet accent, à Manhattan, comme à La Nouvelle-Orléans, provient des mêmes souches.(...)

« Vous avez raison sur ce point. Nous sommes méditerranéens. Jamais je ne suis allé en Grèce ou en Italie, mais je suis certain que je m'y sentirais chez moi, à l'aise, sitôt débarqué. »

Et c'était vrai, pensais-je. La Nouvelle-Orléans ressemble à Gênes ou à Marseille, ou encore à Beyrouth ou à Alexandrie plus qu'à New York, bien que tous les ports de mer se ressemblent entre eux plus qu'ils ne peuvent ressembler à aucune ville de l'intérieur. Comme La Havane et Port-au-Prince, La Nouvelle-Orléans gravite autour d'un monde hellénistique qui, jamais, n'a été en contact avec l'Atlantique nord. La Méditerranée, les Caraïbes et le golfe de Mexico forment une mer homogène, encore que morcelée.

*A.J. Liebling,*
*THE EARL OF LOUISIANA*

# UN

Une casquette de chasse verte enserrait le sommet du ballon charnu d'une tête. Les oreillettes vertes, pleines de grandes oreilles, de cheveux rebelles au ciseau et des fines soies qui croissaient à l'intérieur même desdites oreilles, saillaient de part et d'autre comme deux flèches indiquant simultanément deux directions opposées. Des lèvres pleines, boudeuses, s'avançaient sous la moustache noire et broussailleuse et, à leur commissure, s'enfonçaient en petits plis pleins de désapprobation et de miettes de pommes de terre chips. A l'ombre de la visière verte, les yeux dédaigneux d'Ignatius J. Reilly dardaient leur regard bleu et jaune sur les gens qui attendaient comme lui sous la pendule du grand magasin D.H. Holmes, scrutant la foule à la recherche des signes de son mauvais goût vestimentaire. Plusieurs tenues, remarqua Ignatius, étaient assez neuves et assez coûteuses pour être légitimement considérées comme des atteintes au bon goût et à la décence. La possession de tout objet neuf ou coûteux dénotait l'absence de théologie et de géométrie du possesseur, quand elle ne jetait pas tout simplement des doutes sur l'existence de son âme.

Ignatius, quant à lui, était confortablement et intelligemment vêtu. La casquette de chasseur le protégeait des rhumes de cerveau. Son volumineux pantalon de tweed était durable et permettait une liberté de mouvement peu ordinaire. Ses plis et replis emprisonnaient des poches d'air chaud et croupi qui mettaient Ignatius à l'aise. Sa chemise de flanelle à carreaux rendait inutile le port d'une veste et le cache-nez protégeait ce que Reilly exposait de peau entre col et oreillettes. La tenue était acceptable au regard de tous les critères théologiques et géométriques, aussi abstrus fussent-ils, et dénotait une riche vie intérieure.

Passant d'une hanche sur l'autre à sa manière pondéreuse et éléphantesque, Ignatius, sous le tweed et la flanelle, envoya mourir contre des coutures et des boutons des vagues de chairs ondulantes. Ainsi réinstallé, il se prit à songer au temps considérable qu'il venait de passer à attendre sa mère. Mais il concentra son attention sur le malaise qu'il commençait à éprouver. Il semblait que son être entier fût sur le point d'exploser, l'arrachant à ses semi-bottillons de daim gonflés. Et, comme pour le vérifier, Ignatius dirigea le regard de ses yeux singuliers vers ses pieds. Ces derniers semblaient bel et bien enflés. Il s'apprêtait à offrir le spectacle de ces souliers tumescents à sa mère pour preuve de l'insouciance avec laquelle elle le traitait. Levant les yeux, il vit que le soleil commençait à descendre sur le Mississippi, au bas de Canal Street. La pendule de Holmes indiquait presque cinq heures. Déjà il peaufinait quelques accusations bien senties dont les termes choisis avec soin étaient destinés à réduire sa mère au repentir et, à tout le moins, à la confusion. Il lui fallait souvent la remettre à sa place.

Elle l'avait conduit en ville dans la vieille Plymouth, et tandis qu'elle consultait le médecin pour son arthrite, Ignatius avait fait l'emplette de quelques partitions chez Werlein pour sa trompette et d'une corde pour son luth. Puis il était allé flâner devant les appareils à sous de la Penny Arcade de Royal Street pour voir si l'on n'avait pas installé de nouveaux jeux. Il avait été déçu de constater que le jeu de base-ball miniature avait disparu. Peut-être était-il seulement en réparation ? La dernière fois qu'il y avait joué, le batteur refusait obstinément de fonctionner et, après quelques discussions, la direction lui avait rendu sa pièce de monnaie, bien que les employés eussent été assez mesquins pour suggérer qu'Ignatius lui-même avait cassé le base-ball miniature en lui donnant des coups de pied.

Concentrant toute son attention sur le sort du base-ball mécanique, Ignatius détacha son être de la réalité physique de Canal Street et des gens qui l'entouraient. Aussi ne remarqua-t-il pas les deux yeux qui l'observaient avidement depuis leur abri, derrière une colonne du grand magasin D.H. Holmes, deux yeux tristes, brillant d'espoir et de désir.

Était-il possible de faire réparer la machine à La Nouvelle-

Orléans? Probablement. Toutefois il pourrait se révéler nécessaire de l'expédier à Milkwaukee ou à Chicago, ou encore dans l'une quelconque de ces villes qu'Ignatius associait dans son esprit à l'efficacité d'innombrables ateliers de réparation et à la fumée éternelle des usines. Ignatius espérait bien que le base-ball mécanique serait manipulé avec le plus grand soin, au cours de son expédition, qu'aucun de ses petits joueurs ne serait ébréché ou estropié par de brutaux employés des chemins de fer bien décidés à ruiner pour toujours leur compagnie sous le poids des réclamations d'usagers lésés, avant de se mettre en grève pour détruire Illinois Central.

Tandis qu'Ignatius songeait aux délices que le petit jeu de base-ball procurait à l'humanité, les deux yeux tristes et envieux se déplaçaient dans sa direction, fendant la foule comme deux torpilles filant à la rencontre d'un gros tanker à coque de tweed. Le policier tira sur le sac de partitions d'Ignatius.

– Vous avez des papiers d'identité, monsieur? demanda le policier d'une voix qui espérait qu'Ignatius fût dépourvu de toute identité officielle.

– Quoi?

Ignatius baissa les yeux sur l'écusson de la casquette bleue et ajouta :

« Qui êtes-vous?

– Montrez-moi votre permis de conduire.

– Je ne conduis pas. Ayez l'obligeance de vous éloigner. J'attends ma mère.

– Qu'est-ce qui pend à votre sac, là?

– Que voulez-vous que ce soit, imbécile? C'est une corde pour mon luth.

– Qu'est-ce que c'est que ça?

Le policier recula d'un pas.

« Vous êtes d'ici?

– Est-ce bien le rôle de la police municipale de s'acharner dans des tracasseries contre ma personne alors que notre ville est, au vu et au su de tous, l'une des capitales du vice du monde civilisé? beugla Ignatius au-dessus des têtes de la foule qui se pressait devant le magasin. Notre ville est célèbre pour ses joueurs professionnels, ses prostituées, ses exhibitionnistes, ses antéchrists, ses ivrognes, ses sodomites, ses drogués, ses fétichistes, ses onanistes, ses pornographes, ses fripons, ses coquines, ses vandales et ses lesbiennes, tous et toutes dûment protégés par la prévarication et le trafic d'influence. Si vous avez un moment, je suis prêt à entreprendre de débattre avec vous du problème de la criminalité, mais ne commettez surtout pas l'erreur de m'importuner moi.

Le policier agrippa Ignatius par le bras et reçut sur la tête un coup de sac de partitions. La corde pendante du luth lui fouetta l'oreille.

– Eh là! s'écria le policier.

– Prends ça! cria Ignatius, remarquant qu'un cercle de badauds et chalands intéressés avait commencé à se former.

A l'intérieur des magasins D.H. Holmes, Mme Reilly était au rayon boulangerie, pressant son sein maternel contre une vitrine de macarons. Du bout d'un doigt rougi par des années de lessivage des caleçons géants et jaunis de son fils, elle toqua la vitrine afin d'attirer la vendeuse.

– Oh, Miss Inez, lança Mme Reilly avec cet accent qu'au sud du New Jersey on ne rencontre qu'à La Nouvelle-Orléans, modeste port voisin du golfe du Mexique. Par ici, mon p'tit.

– Tiens! Comment que ça va? s'enquit Mlle Inez. Comment vous vous sentez, ma bonne?

– Bah, ça va pas bien fort, répondit Mme Reilly sans mentir.

– Bah, si c'est pas malheureux, tout de même! reprit Mlle Inez en s'accoudant à la vitrine et en oubliant les gâteaux. Ça va pas bien fort moi-même. C'est mes pieds.

– Seigneur, j'aimerais avoir cette chance! Mais j'ai de l'arthurite dans le coude.

– Non, pas ça! dit Mlle Inez avec une compassion sincère. Mon pauvre vieux papa a ça. On le fait s'installer bien tranquillement dans une baignoire d'eau brûlante.

– Mon grand fils passe sa vie dans la baignoire. C'est tout juste si je peux encore mettre les pieds dans ma propre salle de bains.

– Mais je le croyais marié, ma toute belle.

– Ignatius? Oh, la, la, la, dit tristement Mme Reilly. Allez, chérie, donnez-moi donc deux douzaines de ces sablés.

– Mais je croyais que vous m'aviez dit qu'il était marié, insista Mlle Inez en rangeant les gâteaux dans une boîte.

– Je n'ai rien en vue, voilà la vérité. La petite amie qu'il avait n'est plus au bercail.

– Bah, il a le temps.

– Ma foi oui, répondit Mme Reilly en se désintéressant de la question. Dites, mettez-moi aussi une demi-douzaine de ces gâteaux au vin, là. Ignatius devient mauvais quand nous sommes à court de gâteaux.

– C'est qu'il est gourmand, votre garçon, pas?

– Oh, seigneur, ce que je peux avoir mal au coude! répondit Mme Reilly.

Au centre de la foule qui s'était rassemblée devant le grand magasin, la casquette de chasseur qui formait le rayon vert du cercle de badauds tressautait violemment.

– Je vais contacter le maire! hurlait Ignatius.

– Laissez ce garçon tranquille, dit une voix dans la foule.

– Allez plutôt arrêter les strip-teaseuses de Bourbon Street, ajouta un vieil homme. C'est un bon p'tit gars. Il attend sa maman.

– Merci, laissa dédaigneusement tomber Ignatius. J'espère que vous serez tous témoins de ce scandale.

– Allez, suivez-moi, disait le policier à Ignatius, sentant vaciller sa confiance en soi.

La foule prenait des allures de populace émeutière et nulle patrouille n'était en vue.

« Je vous emmène au commissariat.

– Un bon p'tit gars n'a même plus le droit d'attendre sa maman à la sortie de D.H. Holmes! c'était de nouveau le vieil homme. Ah, cette ville a bien changé, moi j'aime mieux vous le dire. Tout ça c'est les communisses.

– Dites, c'est moi que vous traitez de communisse? demanda le policier au vieil homme tout en cherchant à esquiver la corde du luth. Je vais vous embarquer aussi, moi. Ça vous apprendra à faire attention à qui que vous traitez de communisse, non mais!

– Vous avez pas l'droit d'm'arrêter, cria le vieil homme. J'appartiens au Club de l'âge d'or, filiale du commissariat aux loisirs de La Nouvelle-Orléans.

– Fichez la paix à ce vieux, espèce de sale flic! vociféra une femme. C'est sûrement l'grand-père à quelqu'un.

– Bien sûr, dit le vieil homme. J'ai six petits-enfants qui font leurs études chez les sœurs, tous. Et pis des malins, hein!

Par-dessus la tête des gens Ignatius aperçut sa mère qui sortait lentement du grand magasin, portant les paquets de gâteaux comme s'il se fût agi de sacs de ciment.

– Maman! lança-t-il. Il était temps! On m'arrête!

Se frayant un passage à travers les badauds, Mme Reilly dit :

– Ignatius! Qu'est-ce qui se passe ici? Qu'est-ce t'as encore fait? Eh! Bas les pattes, vous, touchez pas à mon fils!

– Mais je ne le touche pas, madame, protesta le policier. L'individu ici présent est donc votre fils?

Mme Reilly saisit brusquement la corde de luth des mains d'Ignatius.

– Évidemment que je suis son enfant, dit ce dernier. Vous ne voyez pas l'affection qu'elle a pour moi?

– Elle l'aime, son p'tit gars, dit le vieil homme.

– Qu'est-ce que vous y faites à mon pauvre petit? demanda Mme Reilly au policier, tandis qu'Ignatius flattait les cheveux passés au henné de sa mère d'une de ses énormes pattes. Vous avez donc rien de mieux à faire que de vous en prendre à des enfants innocents avec tous les individus qui se promènent dans notre ville? Il attend sa maman et vous vous l'arrêtez!

– C'est une affaire qui intéressera manifestement l'association pour la défense des libertés individuelles, fit remarquer Ignatius, étreignant de la même patte l'épaule un peu affaissée de sa mère. Nous devons entrer en contact avec Myrna Minkoff, mon amour perdu. Elle connaît fort bien ce genre de chose.

– C'est des communisses, interrompit le vieil homme.

– Quel âge a-t-il? demanda le policier à Mme Reilly.

– J'ai trente ans, consentit à déclarer Ignatius.

– Vous avez un emploi?

– Ignatius doit m'aider à la maison, dit Mme Reilly que son courage du début commençait à abandonner et qui se mit à tortiller la corde du luth avec la ficelle des boîtes de gâteaux. J'ai une arthurite terrible.

– J'époussette un peu, dit Ignatius au policier. De plus, je suis actuellement à l'œuvre sur la rédaction d'un long acte d'accusation contre notre siècle. Quand ma vue se brouille et que la tête me tourne sous l'effet de mes pénibles travaux littéraires, il m'arrive de confectionner à l'occasion quelques bouchées au fromage.

– Ignatius fait des bouchées au fromage délicieuses, dit Mme Reilly.

– C'est rudement chic de sa part, dit le vieil homme. Y en a tant qui pensent qu'à courir de nos jours.

– Et si vous la fermiez, vous, enjoignit le policier au vieil homme.

– Ignatius, demanda Mme Reilly d'une voix tremblante, qu'as-tu fait mon garçon?

– A vrai dire, maman, je crois bien que c'est lui qui a tout commencé, déclara Ignatius en désignant le vieil homme de son sac de partitions. Moi j'attendais ici, sans rien faire, souhaitant par-devers moi que le médecin t'ait dit des choses encourageantes.

– Faites donc circuler ce vieux, dit Mme Reilly au policier. Il fait des histoires. C'est une honte de voir des gens comme lui se promener tranquillement.

– La police c'est tous des communisses, dit le vieil homme.

– Je vous ai déjà dit de la fermer, dit le policier en colère.

– Je remercie le ciel à genoux tous les soirs pour la protection de la police, dit Mme Reilly à la cantonade. On serait tous morts sans ça. Tous, on s'rait égorgés dans nos lits, la gorge ouverte d'une oreille à l'autre.

– Tu l'as dit, ma fille, approuva une femme dans la foule.

– C'est un rosaire qu'il faut dire pour la police.

Mme Reilly adressait désormais ses remarques à la foule. Ignatius lui caressait énergiquement l'épaule, murmurant des encouragements.

« Est-ce que vous diriez un rosaire pour des communisses?

– Non, non! répondirent plusieurs voix ferventes.

On commença à bousculer le vieux.

– C'est vrai, madame, cria ce dernier. Il a essayé d'arrêter votre garçon, là. Comme en Russie, je vous dis. C'est tous des communisses.

– Allez ouste! dit le policier au vieil homme.

Il le saisit brutalement au collet.

– Oh, mon Dieu! dit Ignatius en observant les efforts du petit policier falot pour maîtriser le vieux bonhomme. Ça y est, j'ai les nerfs en capilotade.

– Au secours! en appelait le vieux à la foule. C'est un coup de force. C'est une violation de la Constitution.

– Il est fou, Ignatius, dit Mme Reilly. Partons au plus vite, mon petit.

Elle se tourna vers la foule :

« Sauve qui peut, les amis! Il risque de nous tuer tous. Si vous voulez mon avis, c'est lui, le communisse, lui et personne d'autre!

– Inutile d'exagérer, maman, dit Ignatius tandis que tous deux se frayaient un chemin à travers la foule qui avait commencé à se disperser, puis s'engageaient dans Canal Street d'un pas rapide.

Jetant un coup d'œil en arrière, il aperçut le vieil homme et le petit policier aux prises sous la pendule du grand magasin.

« Veux-tu je te prie ralentir un peu l'allure ? Je crois que j'ai un murmure cardiaque.

– Oh, la ferme ! Comment crois-tu donc que je me sens, moi ? Comme si c'était normal de me faire courir comme ça à mon âge !

– Le cœur, hélas ! est important à tout âge, j'en ai peur.

– Mais ton cœur n'a rien du tout.

– Ça ne durera pas si nous ne ralentissons pas un peu.

Le pantalon de tweed ondoyait autour du derrière gargantuesque d'Ignatius qui tanguait et roulait de l'avant.

« Tu as ma corde de luth ?

Mme Reilly l'entraîna dans Bourbon Street et ils se mirent à marcher en direction du Quartier Français.

– Comment se fait-il que ce policier t'en voulait, mon garçon ?

– Je ne le saurai jamais. Mais il va probablement nous retomber dessus dans quelques instants, dès qu'il sera venu à bout du vieillard fasciste.

– Tu crois ça ? demanda Mme Reilly, inquiète.

– J'ai tendance à le croire, oui. Il avait l'air tout à fait décidé à m'arrêter. J'imagine qu'il a un contingent à respecter, ou quelque chose comme ça. Je doute sérieusement qu'il me permette de lui échapper si facilement.

– Mais ce serait épouvantable ! Tu serais dans tous les journaux, Ignatius ! Tu te rends compte du scandale ! Tu dois bien avoir fait quelque chose pendant que tu m'attendais, mon garçon. Je te connais, Ignatius.

– Si jamais être humain s'est occupé de ses propres affaires, je t'assure bien que c'était moi en t'attendant, souffla Ignatius. Mais je t'en prie. Il faut que nous nous arrêtions. Je pense que je vais avoir une hémorragie.

– D'accord.

Mme Reilly considéra la face rougissante de son fils et comprit qu'il serait trop heureux de s'effondrer à ses pieds pour lui prouver qu'il disait vrai. Ce n'aurait pas été la première fois. Le dernier dimanche où elle l'avait contraint de l'accompagner à la messe, il s'était effondré deux fois sur le chemin de l'église et s'était effondré une fois encore pendant le sermon sur la paresse, roulant sous les bancs et créant un remue-ménage fort embarrassant.

« Entrons ici nous asseoir un moment.

Elle le poussa pour lui faire franchir la porte du bar *Les Folles Nuits* en se servant d'une de ses boîtes de gâteaux. Dans l'obscurité qui sentait le bourbon et les mégots de cigarettes ils se perchèrent sur deux tabourets. Tandis que Mme Reilly disposait ses boîtes de gâteaux sur le bar, Ignatius dilata ses vastes narines et dit :

– Mon Dieu, maman, quelle odeur épouvantable. J'ai déjà l'estomac retourné.

– Tu veux retourner dans la rue? Tu veux que ce policier t'arrête?

Ignatius ne répondit pas; il reniflait violemment en faisant des grimaces. Un barman qui les observait tous les deux depuis un moment lança de l'ombre un « oui? » inquisiteur.

– Donnez-moi donc un café, concéda Ignatius, grand seigneur. Avec de la chicorée et du lait chaud.

– Y a que d'l'instantané, dit le barman.

– Il est tout à fait hors de question que j'en boive, dit Ignatius à sa mère. C'est une abomination.

– Bah, prends une bière, Ignatius, t'en mourras pas.

– Je risque d'enfler.

– Donnez-moi une Dixie 45, dit Mme Reilly au barman.

– Et pour monsieur? demande le barman d'une voix aux intonations riches et très maîtrisées. Qu'est-ce qui vous ferait plaisir?

– Donnez-lui une Dixie aussi.

– Je risque de ne point la boire, dit Ignatius tandis que le barman se retirait pour ouvrir les bières.

– On ne peut pas s'asseoir ici gratuitement, Ignatius.

– Et pourquoi pas, je te prie? Nous sommes les seuls clients. Ils devraient être trop heureux de nous recevoir.

– Ils ont des strip-teaseuses ici, la nuit, non? demanda Mme Reilly en décochant une bourrade à son fils.

– Bah, j'imagine, répondit froidement Ignatius.

Il semblait profondément peiné.

« Nous aurions pu nous arrêter ailleurs. On peut s'attendre à une descente de police contre cet établisssement d'une seconde à l'autre.

Il poussa une espèce de reniflement sonore et s'éclaircit la gorge.

« Dieu merci ma moustache filtre une part du remugle. Tout mon appareil olfactif expédie déjà des signaux de détresse.

Après un temps qui sembla considérable, au cours duquel on entendit force tintements de verre et bruits de porte de glacière quelque part dans l'ombre, le barman réapparut et déposa les bières devant eux, non sans faire semblant de renverser celle d'Ignatius sur ses genoux. Les Reilly se voyaient offrir le service le plus exécrable du bar des *Folles Nuits,* le traitement réservé aux clients indésirables.

– Vous n'auriez pas, par hasard, un Dr Nut bien frais? demanda Ignatius.

– Non.

– Mon fils adore le Dr Nut, expliqua Mme Reilly. Il faut que je l'achète par caisses entières. Y lui arrive de s'asseoir et d'en boire deux, trois d'un coup.

– Je suis sûr que ce monsieur n'est pas particulièrement intéressé, dit Ignatius.

– Ça vous dirait de retirer c'te casquette demanda le barman.

– Sûrement pas! tonna Ignatius. Il y a des courants d'air glacés ici.

– Comme il vous plaira, dit le barman avant de dériver dans la zone d'ombre, à l'autre extrémité du comptoir.

– Non mais!

– Calme-toi, dit sa mère.

Ignatius souleva l'oreillette du côté de sa mère.

– Bon, je vais soulever celle-ci pour que tu n'aies pas à te fatiguer la voix. Que t'as donc dit le médecin à propos de ton coude, c'est bien ton coude?

– Il faut le masser.

– J'espère que tu ne comptes pas sur moi pour cela. Tu sais ce que cela me fait de toucher autrui.

– Il m'a dit d'éviter le froid au maximum.

– Si je savais conduire, je serais en mesure de t'aider un peu plus, j'imagine.

– Bah, t'en fais pas, mon poulet.

– De fait, le moindre déplacement en automobile m'affecte déjà suffisamment. Certes, rien n'est pire que le voyage à l'étage supérieur des autocars « panoramiques » de la compagnie Greyhound. Si haut perché. Tu te souviens de la fois où j'ai dû aller à Baton Rouge dans une de ces machines? J'ai vomi plusieurs fois. Le chauffeur a été contraint de stopper quelque part dans les marais pour me permettre de faire quelques pas. Les autres passagers étaient plutôt courroucés. Ils devaient posséder des estomacs d'acier pour être ainsi en mesure de voyager dans cet épouvantable engin. Le fait de quitter La Nouvelle-Orléans m'effrayait déjà suffisamment. Au-delà des limites de la ville, c'est le cœur des ténèbres, les véritables friches qui commencent.

– Je me rappelle tout ça, Ignatius, dit Mme Reilly d'un air absent, buvant sa bière par petites gorgées bruyantes. Tu étais vraiment malade en rentrant à la maison.

– Je me sentais pourtant déjà mieux, tu m'entends ? Le pire moment fut celui de mon arrivée à Baton Rouge. C'est alors que je me suis rendu compte que j'avais un aller-retour et que j'allais devoir rentrer par le même autocar.

– Tu m'as déjà raconté tout ça, petit.

– Le taxi m'a coûté quarante dollars mais du moins n'ai-je pas été violemment malade tout au long du voyage de retour. J'ai quand même été au bord de l'étouffement à plusieurs reprises. J'ai exigé du chauffeur qu'il roulât avec une extrême lenteur, ce qui ne faisait pas son affaire à lui. La police l'a arrêté deux fois pour conduite en dessous de la vitesse minimale imposée sur l'autoroute. La troisième fois qu'ils l'ont arrêté, ils lui ont retiré son permis taxi. C'est, vois-tu, qu'ils nous avaient observés au radar tout le long du trajet.

L'attention de Mme Reilly se portait alternativement sur son fils et sur sa bière. Cela faisait trois ans qu'elle écoutait cette même histoire.

– Certes, poursuivit Ignatius, se méprenant sur l'expression maternelle et croyant y lire de l'intérêt, c'était la première fois de ma vie que je quittais La Nouvelle-Orléans. Je pense que c'était peut-être l'absence d'un quelconque centre d'orientation qui me mit dans un tel état. Rouler à bord de ce car rapide avait été comme une chute dans les abysses. Quand nous eûmes quitté les marais et que nous abordâmes les collines qui moutonnent dans les environs de Baton Rouge, j'ai commencé à craindre que quelque rustre primitif ne balance des bombes contre le car. Ils adorent s'en prendre aux véhicules qui sont, à leurs yeux j'imagine, des symboles du progrès.

– Bah, je suis contente que tu n'aies pas accepté cet emploi, dit Mme Reilly par pur automatisme, le mot « progrès » étant le signal que son tour était venu.

– Il m'était tout à fait impossible de l'accepter. Quand j'ai rencontré le directeur du département de culture médiévale, mes mains se sont entièrement couvertes de petites cloques blanches. C'était un être absolument dépourvu d'âme. Puis il a fait un commentaire sur le fait que je ne portais pas de cravate et une remarque malveillante à propos de ma canadienne. J'ai été effaré qu'un être aussi insignifiant pût se permettre une telle effronterie. Cette canadienne était l'une des rares douceurs auxquelles je fusse attaché en ce bas monde et si jamais je perce à jour l'identité du maniaque qui me l'a volée je le dénoncerai aux autorités compétentes.

Mme Reilly revit l'horrible canadienne constellée de taches de café qu'elle avait toujours secrètement rêvé d'offrir aux Bénévoles d'Amérique en même temps qu'un bon nombre des vêtements préférés d'Ignatius.

« Tu vois, j'étais tellement dépassé par l'absolue grossièreté de cette contrefaçon de directeur que je me suis enfui en courant de son bureau au beau milieu d'une de ses tirades ineptes pour me précipiter dans les toilettes les plus proches, qui se révélèrent celles des « Étudiants – Homme. » En tout cas, j'étais assis dans l'un des cabinets, ayant déposé ma canadienne sur la porte, quand je vis soudain disparaître mon vêtement. J'entendis des pas. Et la porte des toilettes se referma. Sur l'instant, je n'étais pas en mesure de poursuivre le voleur sans vergogne et je me mis donc à hurler. Quelqu'un pénétra dans les toilettes et frappa à la porte du cabinet dans lequel j'avais pris place. Il s'avéra qu'il s'agissait d'un membre du service de sécurité et de surveillance du campus, du moins le prétendit-il. À travers la porte, j'exposai ce qui venait de se passer. Il promit de retrouver ma canadienne et partit. En fait, comme je te l'ai déjà dit auparavant, j'ai toujours soupçonné cet homme et le « directeur » de ne faire qu'un. Leur voix avait quelque chose de très similaire.

– On ne peut plus se fier à personne, aujourd'hui, mon poulet.

– Dès que j'ai pu le faire, j'ai quitté les toilettes, songeant seulement à fuir au plus vite cet horrible endroit. Évidemment, j'ai bien failli geler, en attendant un taxi au milieu de ce campus glacial. J'ai fini par en héler un qui a bien voulu me conduire à La Nouvelle-Orléans pour quarante dollars, le chauffeur se montrant même assez altruiste pour me prêter sa propre veste. Cependant, quand nous sommes arrivés ici, sans doute déprimé d'avoir perdu sa licence de taxi, il n'était plus très aimable. Peut-être aussi avait-il attrapé un mauvais rhume, à en juger par la fréquence de ses éternuements. Il est vrai, après tout, que nous venions de passer près de deux heures sur l'autoroute.

– Je me boirais bien une autre bière, moi, Ignatius.

– Maman! Dans ce lieu de perdition!

– Rien qu'une, chéri! Allez, j'en voudrais une autre.

– Nous sommes probablement en train d'attraper une

maladie en buvant dans ces verres. Mais enfin, si ta décision est absolument irrévocable, commande-moi un cognac, veux-tu?

Mme Reilly adressa un geste au barman qui sortit de l'ombre et demanda :

– Qu'est-ce qui vous est arrivé, dans ce car, vieux, j'ai pas entendu la fin.

– Ça vous dérangerait de vous occuper convenablement de ce bar? demanda Ignatius d'un ton furieux. Votre devoir est de nous servir en silence quand nous vous appelons. Si nous avions souhaité vous faire participer à notre conversation, nous vous l'aurions fait savoir depuis longtemps. De fait, nous parlons d'affaires très personnelles et assez dramatiques.

– Voyons, Ignatius, tu n'as pas honte? Monsieur essayait seulement d'être gentil.

– C'est une pure et simple contradiction dans les termes. Personne ne pourrait être gentil dans un bouge comme celui-ci.

– Nous voudrions encore deux bières.

– Non, une bière et un cognac, corrigea Ignatius.

– Plus de verres propres, annonça le barman.

– Voyez-vous ça, quel dommage! dit Mme Reilly. Bah, nous pouvons nous servir de ceux que nous avons déjà.

Le barman haussa les épaules et repartit pour son royaume des ténèbres.

## II

Au commissariat, le vieil homme était assis sur le banc avec les autres, voleurs à l'étalage pour la plupart, qui constituaient les prises de l'après-midi. Il avait soigneusement disposé sur sa cuisse sa carte de sécurité sociale, sa carte de membre de la Société du très-saint nom de Saint Odo de Cluny, un insigne du club de l'âge d'or et une feuille de papier prouvant qu'il appartenait à l'American Legion. Un jeune Noir, les yeux dissimulés derrière des lunettes de soleil de l'ère spatiale, étudiait le petit dossier ainsi constitué sur la cuisse voisine de la sienne.

– Oua-ho! s'écria-t-il en souriant de toutes ses dents, mince alors, vous êtes membre de tout, vous alors!

Le vieil homme modifia méticuleusement la disposition de ses cartes sans prononcer une parole.

« Comment ça se fait qu'y z'arrêtent des mecs comme vous, maintenant ?

Les lunettes de soleil soufflèrent de la fumée au-dessus des cartes du vieux.

« Les flicards savent vraiment pus à qui s'en prendre !

– Je suis ici en violation flagrante de mes droits constitutionnels, dit le vieil homme dans un soudain accès de colère.

– Ouais, ben ça y n'en croiront rien. Vous feriez mieux de trouver aut' chose tout d'suite.

Une main sombre s'empara d'une des cartes.

« Dites-donc, qu'est-ce que c'est qu'ce truc, le club d'or ?

Le vieil homme récupéra brusquement sa carte et la reposa sur sa cuisse.

– C'est pas ces p'tites brèmes qui vont te servir à quelque chose, t'sais. T'es bon pour la taule en tout cas. Y foutent tout l'monde en taule.

– Vous croyez ? demanda le vieil homme au nuage de fumée.

– Recta.

Un nouveau nuage s'éleva.

« Pourquoi que t'es là, hein ?

– Je ne sais pas.

– Tu sais pas ? Oua-ho, c'est dingue ! Faut bien qu'tu soyes ici pour quèque chose. Les gens d'couleur d'accord, c'est souvent qu'on les ramasse pour que dalle. Mais toi, mon pote, faut bien que tu soyes ici pour quèque chose.

– Je ne sais vraiment pas dit le vieil homme, morose. J'étais dans la foule, devant D.H. Holmes.

– Et t'as soulevé le morlingue à quelqu'un.

– Non, je me suis engueulé avec un policier.

– Non ? Et qu'est-ce t'y as dit ?

– Je l'ai traité de communisse.

– Communisse, hein ? Eh bê ! Si j'm'avise de traiter un flicard de communisse, mézigue, ça barderait salement pour mon matricule ! Y a une de ces salopes que je traiterais bien d'communisse, pourtant. Tiens, que cet après-midi, j'étais tranquillement chez Woolsworth, voilà t'y pas qu'un mec a chouravé un sac de noix d'cajou de la boutique Toi et Noix et la v'là qui s'met à gueuler comme si on l'égorge. Bon, tout de suite après t'as le détective maison qui m'alpague et une salope de flicard qui m'emmène ici. T'as pas une chance de t'en tirer j'te dis. Oua-ho !

Ses lèvres tétèrent la cigarette.

« Personne a trouvé de cajou sur moi mais ça a pas empêché le flicard de m'emmener quand même. Eh ben je pense que le détective maison c'est un communisse. Salope d'enfoiré, va!

Le vieil homme s'éclaircit la gorge et tripota ses cartes.

– Y vont probablement te relâcher, toi, dit lunettes de soleil. Moi, y commenceront par m'faire un p'tit spitche, pour me coller la trouille, qu'y croivent, même s'y savent que j'ai pas les cajou, y vont même essayer de prouver que j'les ai. Y vont probablement en acheter un sac et me le glisser dans la fouille. Woolsworth demandera probablement que je plonge à perpète.

Le nègre semblait parfaitement résigné et souffla un nouveau nuage de fumée bleue qui les enveloppa lui, le vieil homme et ses petites cartes. Puis il se dit en aparté :

– Je m'demande qui les a chouravés, ces cajou. Probablement c't'enfoiré de détective lui-même.

Un policier appela le vieil homme à se présenter devant le bureau qui occupait le centre de la salle et derrière lequel trônait un sergent. L'agent qui avait procédé à son arrestation se tenait debout devant le bureau.

– Votre nom, demanda le sergent au vieil homme.

– Robichaux Claude, répondit-il en étalant ses petites cartes sur le bureau devant le sergent. Ce dernier passa les cartes en revue et dit :

– L'agent Mancuso, que voici, dit que vous avez résisté à l'arrestation. Et que vous l'avez traité de communisse.

– Je ne le pensais pas, dit tristement le vieil homme, remarquant l'apparente sauvagerie avec laquelle le sergent manipulait ses petites cartes.

– L'agent Mancuso dit que vous dites que tous les policiers sont communisses.

– Oua-ho, yipiii! lança le nègre à l'autre extrémité de la pièce.

– Jones, tu vas fermer ça, oui? gueula le sergent.

– D'accord, répondit Jones.

– Je m'occupe de toi ensuite.

– Dites, j'ai traité personne de communisse mézigue, dit Jones. C'est un coup monté du détective de chez Woolsworth, j'aime même pas les cajou, alors.

– Ferme-la, vu?

– D'accord, dit gaiement Jones avant de disparaître derrière un énorme nuage de fumée.

– Je ne pensais rien de ce que j'ai dit, affirma M. Robichaux au sergent. Je me suis énervé, c'est tout. Je me suis emporté. L'agent de police essayait d'arrêter un pauvre garçon qui attendait sa maman devant chez Holmes.

– Quoi? le sergent se tourna vers le petit policier falot. Qu'est-ce que vous faisiez?

– Ce n'était pas un pauvre garçon, protesta Mancuso. C'était un gros bonhomme bizarrement vêtu. Il avait l'air d'un individu suspect. J'ai seulement voulu procéder à une vérification de routine et il a résisté. Si vous voulez savoir la vérité, il avait l'air d'un gros prévert.

– Un pervert, hein? demanda avidement le sergent.

– Oui, répondit Mancuso, reprenant courage, un gros prévert.

– Gros comment?

– Le plus gros que j'aie vu de ma vie, répondit Mancuso en écartant les bras comme pour décrire les prises d'un concours de pêche.

Les yeux du sergent s'allumèrent.

« La première chose que j'ai remarquée, c'est la casquette verte qu'il portait. Une casquette de chasse.

Attentif et détaché, Jones écoutait à l'abri de son nuage de fumée.

– Bon, et alors, Mancuso? Que s'est-il passé? Pourquoi n'est-il pas ici devant moi?

– Il s'est enfui. Une bonne femme est sortie du grand magasin et elle a tout mélangé et puis ils se sont enfuis tous les deux dans le Quartier.

– Ah oui, deux maniaques du Quartier, probablement? dit le sergent, comprenant brusquement.

– Pas du tout, intervint le vieil homme. C'était vraiment sa maman. Une gentille dame comme il faut. Je les ai déjà rencontrés dans le centre tous les deux. L'agent, là, lui a fait peur.

– Mais bon Dieu, Mancuso, écoutez! hurla le sergent. Vous êtes le seul agent de toute la police municipale qui arrêterait un pauvre garçon en l'arrachant aux bras de sa maman! Et Pépé, ici présent, pourquoi diable l'avez-vous embarqué, hein? Téléphonez à sa famille et dites-leur de venir le chercher.

– Je vous en prie, implora M. Robichaux. Ne faites pas ça! Ma fille a assez à faire avec ses enfants. C'est la première fois de ma vie que je suis arrêté. Elle ne peut venir me chercher. Que vont penser mes petits-enfants? Ils font tous leurs études chez les sœurs.

– Trouvez-moi le numéro de sa sœur, Mancuso. Ça va lui apprendre à nous traiter de communisse!

– Non, je vous en prie! M. Robichaux était en larmes. Mes petits-enfants me respectent.

– Seigneur Dieu! s'écria le sergent. Il essaye d'arrêter un gosse avec sa mère et il embarque un bon vieux pépé. Fichez-moi le camp, Mancuso! Et emmenez Pépé avec vous! Ah, ça vous intéresse d'arrêter des individus suspects? Vous en faites pas, on va vous arranger ça, mon gars!

– A vos ordres, sergent, dit faiblement Mancuso tout en guidant le vieillard en larmes vers l'extérieur.

– Oua-ho, yipiii! lança Jones depuis les profondeurs les plus secrètes de son nuage.

## III

Le crépuscule descendait sur le bar *Les Folles Nuits* et alentour. Dehors, Bourbon Street commençait à s'illuminer. Des enseignes au néon s'éteignaient et s'allumaient, reflétées par les rues que rendait humides une bruine légère qui tombait régulièrement depuis quelque temps déjà. Les taxis qui amenaient les premiers clients de la soirée, des touristes ou des congressistes du Middle West, produisaient un chuintement feutré dans le crépuscule froid.

Il y avait quelques clients maintenant dans *Les Folles Nuits*. Un homme qui lisait en suivant les lignes du doigt une quelconque feuille turfiste, une blonde déprimée qui semblait liée d'une manière ou d'une autre à l'établissement et un jeune homme élégamment vêtu qui fumait des Salem à la chaîne et avalait cul sec des daïquiris dans des verres givrés.

– Ignatius, on f'rait mieux d's'en aller, dit Mme Reilly avant de roter.

– Quoi? beugla Ignatius. Nous devons rester, au contraire, pour observer ces mœurs corrompues. Quelques spécimens sont déjà installés.

L'élégant jeune homme en renversa son daïquiri sur sa belle veste de velours vert bouteille.

– Eh, garçon! lança Mme Reilly. Apportez un chiffon. Y a un monsieur qui vient juste de renverser son verre.

– Oh mais tout va excessivement bien, ma chère, merci, dit le jeune homme plein de colère.

Il considéra Ignatius et sa mère en arquant un sourcil. « J'ai dû me tromper d'établissement, de toute manière.

– Ne vous mettez pas dans cet état, mon petit, conseilla Mme Reilly. Qu'est-ce que c'est que ce truc que vous buvez, hein ? On dirait une boule de neige au jus d'ananas.

– Même si je vous le décrivais, je doute que vous soyez en mesure de le comprendre.

– Comment diantre osez-vous parler ainsi à ma très chère et bien-aimée mère ?

– Oh, doucement, vous le gros, dit le jeune homme, regardez l'état dans lequel est ma veste.

– Elle est totalement grotesque, votre veste.

– Allons, allons. Soyons amis, dit Mme reilly, les lèvres moussues de bière. Y a déjà bien assez de bombes et de trucs de par le monde.

– Et votre fils semble prendre un grand plaisir à les balancer, je dois dire.

– Ça suffit, vous deux. C'est le genre d'endroit dans lequel tout le monde est censé s'amuser, non ? Et Mme Reilly sourit au jeune homme. Laissez-moi vous offrir un autre verre, mon garçon, pour remplacer celui que vous avez renversé. Et moi je crois que je vais me boire une autre Dixie.

– Il faut que je me sauve, vraiment, soupira le jeune homme. Merci, de toute manière.

– Par une nuit pareille ? demanda Mme Reilly. Oh, mais ne faites donc pas attention à ce qu'a dit Ignatius. Pourquoi ne restez-vous pas jusqu'au spectacle ?

Le jeune homme leva les yeux au plafond.

– Ouais, approuva la blonde, sortant de son silence. Restez voir un peu de cul et de nichons.

– Maman, dit froidement Ignatius, je crois bien que tu es en train de prodiguer des encouragements à ces gens inimaginables.

– Bah, c'est toi qui as voulu rester, Ignatius.

– Parfaitement, j'ai exprimé le souhait de demeurer comme un observateur. Je ne tiens pas particulièrement à me mêler à ces gens.

– Chéri, pour te dire la vérité, je ne peux vraiment plus écouter cette histoire d'autocar ce soir. Tu l'as déjà racontée quatre fois depuis que nous sommes arrivés ici.

Ignatius parut blessé.

– Je ne me doutais nullement que je t'ennuyais. Après tout, ce voyage en car a constitué l'une des expériences les plus formatives de mon existence. En tant que mère, tu devrais t'intéresser aux traumas qui ont créé ma vision du monde.

– Qu'est-ce que c'est que cette histoire de car? demanda la blonde en approchant son tabouret de celui d'Ignatius. Je m'appelle Darlene. J'aime les bonnes histoires. T'en connais des salées?

Le barman posa violemment la bière et le daïquiri sur le comptoir au moment même où l'autocar reprenait le départ pour les limbes et l'abysse.

– Tenez, un verre propre, aboya le barman à l'adresse de Mme Reilly.

– Ça c'est gentil, alors. Dis, Ignatius, monsieur me donne un verre propre.

Mais son fils était trop préoccupé par son arrivée à Baton Rouge pour entendre cette remarque.

– Vous savez, mon petit, dit Mme Reilly au jeune homme, mon grand fils et moi on a eu des ennuis aujourd'hui. La police a voulu l'arrêter.

– Hélas! ma chère. Les policiers sont toujours tellement sûrs d'eux, vous ne trouvez pas?

– Et comment! Et penser qu'Ignatius est licencié et tout.

– Mais que faisait-il donc?

– Mais rien. Rien du tout. Il était là à attendre sa pauvre maman.

– Sa tenue est un peu bizarre. En entrant, j'ai pensé qu'il devait être artiste, mais je me suis bien gardé de chercher à imaginer la nature de son numéro!

– Je n'arrête pas de lui parler de ses vêtements, mais il ne veut rien entendre.

Mme Reilly laissa errer son regard sur le dos de la chemise de flanelle de son fils et sur les cheveux qui rebiquaient au bas de sa nuque.

« Vous, votre veste, on peut dire qu'elle est vraiment jolie.

– Oh, ça? demanda le jeune homme en tâtant le velours de sa manche. Je ne vous cache pas qu'elle m'a coûté une fortune. Je l'ai trouvée dans une merveilleuse petite boutique du Village.

– On ne croirait jamais que vous êtes de la campagne.

– Oh la, la, soupira le jeune homme en allumant une Salem dans un grand cliquetis de briquet. C'est de Greenwich Village, à New York que je parlais, ma chère. A propos, où avez-vous bien pu dégotter ce galure? Il est génial, fabuleux.

– Ça, mais grand Dieu, je l'ai depuis la 1re communion d'Ignatius.

– Vous le vendriez?

– Comment ça?

– Il se trouve que je vends des vêtements d'occasion. Je vous en offre dix dollars.

– Allons donc, dix dollars pour – ça?

– Disons quinze.

– Vraiment? demanda Mme Reilly en retirant le chapeau, mais bien sûr, mon chou.

Le jeune homme ouvrit son portefeuille et donna trois billets de cinq dollars à Mme Reilly. Vidant d'un trait son verre de daïquiri, il se leva et dit :

– Et maintenant, il faut vraiment que je me sauve.

– Déjà?

– J'ai été absolument enchanté de faire votre connaissance.

– Faites bien attention à vous dans ce froid et cette pluie.

Le jeune homme sourit, plaça soigneusement le chapeau sous son imperméable et quitta le bar.

– La patrouille radar, était en train d'expliquer Ignatius à Darlene, semble particulièrement incollable. Apparemment, nous faisions des petits points sur leur écran depuis Baton Rouge.

– Alors comme ça vous étiez sur les écrans radar, bâilla Darlene. Imaginez un peu!

– Ignatius, il faut partir, intervint Mme Reilly. J'ai faim.

Elle se tourna vers lui et, dans ce mouvement, heurta sa bouteille de bière qui tomba par terre et explosa en une multitude de petits éclats de verre brun.

– Maman, tu vas nous faire remarquer, c'est ce que tu veux? demanda Ignatius fort irrité. Ne vois-tu pas que Mlle Darlene et moi nous sommes en pleine conversation? Tu as des gâteaux, non? Tu n'as qu'à les manger. Tu te plains sans cesse de ne jamais aller nulle part. J'aurais cru que tu en profiterais.

Et Ignatius en revint aussitôt à son radar. Aussi Mme Reilly plongea-t-elle la main dans une boîte et l'en ressortit armée d'un macaron.

– Vous en voulez un? demanda-t-elle au barman. Sont bons. Et j'ai de bons gâteaux au vin, aussi.

Le barman fit mine de chercher quelque chose sur les étagères.

– Je sens le gâteau au vin! s'écria Darlene en regardant au-delà d'Ignatius dans la direction de Mme Reilly.
– Servez-vous, mon chou, offrit Mme Reilly.
– Je pense que je vais en manger un aussi, dit Ignatius. Je pense qu'ils doivent aller fort bien avec le cognac.
Mme Reilly répandit sur le comptoir le contenu de ses boîtes. Le turfiste lui-même accepta un macaron.
– Où avez-vous acheté ces bons gâteaux ma petite dame? demanda Darlene à Mme Reilly. Ils sont délicieux et pas secs du tout.
– Mais, chez Holmes, tout simplement, chérie. Je trouve qu'ils ont une bonne sélection. Très variée.
– Ils sont assez savoureux, concéda Ignatius, tout en chassant de sa langue de flanelle rose d'éventuelles miettes qui auraient pu s'accrocher à sa moustache. Je crois que je vais manger un ou deux macarons. Ils sont à la noix de coco, j'ai toujours trouvé que cela constituait un aliment de choix.
Il se servit dans la boîte avec application.
– Moi, personnellement, j'ai toujours aimé un bon gâteau pour terminer un repas, disait Mme Reilly au barman qui lui tourna aussitôt le dos.
– Je parie que vous cuisinez bien, hein? demanda Darlene.
– Maman ne cuisine pas intervint dogmatiquement Ignatius, elle brûle.
– Moi aussi je faisais la cuisine quand j'étais mariée, leur apprit Darlene. Mais je dois dire que je me servais quand même beaucoup de tous ces machins en boîte qu'on fait maintenant. J'aime bien ce riz à l'espagnole qu'ils font maintenant. Et les spaghetti à la tomate.
– Les conserves sont une perversion, dit Ignatius. Je soupçonne qu'en dernier ressort leur consommation est extrêmement dommageable pour l'âme.
– Seigneur, mon coude qui recommence, dit Mme Reilly en poussant un soupir.
– S'il te plaît, maman, je parle, la reprit son fils. Je ne mange jamais de conserve. Je l'ai fait une fois et j'ai senti que mon intestin commençait à s'atrophier.
– Dites, vous en savez des trucs, dit Darlene.
– Ignatius a le bac. Et il est encore resté quatre ans de plus pour avoir sa licence. Il est licencié fort, mon Ignatius.
– Licencié fort, répéta Ignatius avec une certaine ironie. Tente de définir un peu les termes que tu emploies. Qu'entends-tu exactement par « licencié fort », je te prie?

– En voilà des façons de causer à sa maman, dit Darlene.

– Oh, il me traite bien mal des fois, allez, dit Mme Reilly à très haute voix avant de se mettre à pleurer. Vous ne pouvez pas savoir. Quand je pense à tout ce que j'ai fait pour...

– Maman, qu'est-ce que tu racontes ?

– Tu ne m'es pas reconnaissant de tout ce que je fais pour toi.

– Arrête tout de suite, je t'en prie. Je crains que tu n'aies bu trop de bière.

– Tu me traites comme une moins que rien. Alors que j'ai été bonne pour toi, dit Mme Reilly entre deux sanglots avant de se tourner vers Darlene. J'ai dépensé tous les sous de l'assurance de la pauvre mémée Reilly pour l'envoyer au lycée et à la fac pendant huit ans. Et depuis ce jour, il n'a jamais rien fait d'autre que de traîner dans la maison à regarder la télé.

– Vous devriez avoir honte, dit Darlene à Ignatius. Un grand gros bonhomme comme vous! Regardez votre pauvre maman.

Mme Reilly s'était abattue, sanglotante, sur le bar, une main refermée autour de son verre de bière.

– C'est ridicule, maman, arrête ça, voyons.

– Si j'avais pu savoir que vous étiez si méchant, mon petit monsieur, jamais j'aurais écouté votre dinguerie d'histoire d'autocar.

– Lève-toi, maman.

– D'ailleurs vous avez l'air d'un gros cinglé, dit Darlene. J'aurais dû m'en douter. Regardez-moi c'te pauv' femme, comment qu'elle pleure.

Elle tenta de pousser Ignatius à bas de son tabouret mais ne parvint qu'à le précipiter contre Mme Reilly qui, cessant abruptement de pleurer, poussa un cri étouffé :

– Mon coude!

– Qu'est-ce qui se passe, ici? demanda une femme debout devant la porte capitonnée de faux cuir vert chartreuse des *Folles Nuits*.

C'était une femme statuesque dont la jeunesse tirait à sa fin et dont le corps parfait était dissimulé sous le cuir luisant de pluie d'un long manteau.

« Je ne peux pas m'absenter quelques heures pour faire mes commissions! Il suffit que je tourne le dos une minute pour que vous essayiez tous de me ruiner, c'est ça?

– Deux ivrognes, c'est tout, expliqua le barman. Je leur fais la gueule depuis le début mais y a rien à faire, y sont collants comme des mouches.

– Mais toi, Darlene, hein ? demanda la femme. T'es copain-copain avec eux, c'est ça ? Tu fais mumuse sur les tabourets avec ces deux gugusses ?

– Ce type était en train de maltraiter sa maman, expliqua Darlene.

– Non mais, des mères ? On reçoit des mères maintenant ? Alors que les affaires sont déjà dégueulasses ?

– Dites donc... commença Ignatius.

La femme l'ignora et reporta son attention sur les boîtes écrasées et vides sur le comptoir.

– Mais y en a qui se sont organisé un pique-nique ici, bon Dieu ! Combien de fois faudra-t-il que je vous parle des rats et des fourmis, nom de Dieu ?

– Dites donc, répéta Ignatius, je vous signale que madame ma mère est présente.

– C'est bien ma veine que vous semiez toute cette merde ici alors que je cherche justement un portier !

Elle se tourna vers le barman.

« Vire-moi ces deux-là !

– Oui, Miss Lee.

– Oh, ne vous en faites pas, dit Mme Reilly, nous partons.

– Sans aucun doute, ajouta Ignatius, déplaçant pesamment sa masse vers la porte, laissant sa mère descendre seule du tabouret sur lequel elle était juchée. Dépêche-toi, maman. Cette femme a des allures de commandant nazi. Elle pourrait nous frapper.

– Minute ! hurla Miss Lee en saisissant Ignatius par la manche. Combien doivent-ils, ces deux-là ?

– Huit dollars, dit le barman.

– On se fait voler comme dans un bois, ici ! tonna Ignatius. Vous entendrez parler de nos avocats !

Mme Reilly paya à l'aide de deux billets que lui avait remis le jeune homme et, passant en titubant devant Miss Lee, elle marmonna :

– Nous voyons bien que nous ne sommes pas les bienvenus. Nous irons boire dans d'autres établissements.

– Au poil, répondit Miss Lee. Cassez-vous. Les clients comme vous, c'est le baiser de la mort.

Une fois que la porte capitonnée se fut refermée sur les Reilly, Miss Lee déclara :

– J'ai jamais pu sacquer les mères. Même pas la mienne.

– Ma mère était une pute, dit le turfiste sans même lever les yeux de sa feuille.

– Les mères font chier, ajouta Miss Lee en retirant son manteau de cuir. Et maintenant, Darlene, on va avoir une petite conversation, toutes les deux, pas vrai ?

A l'extérieur, Mme Reilly s'appuya contre le bras de son fils mais, malgré toute leur application, ils semblaient incapables d'avancer rapidement. Sur le côté, leur progression était plus facile. Leur déplacement se conforma bientôt à un modèle : trois pas rapides sur la droite, un temps d'arrêt, trois pas rapides sur la gauche, un temps d'arrêt, et ainsi de suite.

– Quelle femme horrible, dit Mme Reilly.

– Une négation de toutes les qualités humaines, renchérit Ignatius. Au fait, on est encore loin de la voiture ? Je suis fatigué.

– Je suis garée rue St. Ann, chéri, rien que deux ou trois pâtés de maison.

– Tu as laissé ton chapeau dans ce bar.

– Oh, non, je l'ai vendu à ce jeune homme.

– Tu l'as vendu ? Pourquoi ? M'as-tu demandé si je désirais qu'il fût vendu ? J'étais fort attaché à ce chapeau.

– Pardon, Ignatius. Je ne savais pas que tu l'aimais tellement. Tu n'en avais jamais rien dit.

– Mon attachement pour lui ne passait pas par l'expression verbale. C'était comme un contact avec mon enfance, un lien avec le passé.

– Mais il m'en a donné quinze dollars, Ignatius.

– Je t'en prie. Plus un mot là-dessus. Toute l'affaire est sacrilège. Dieu sait l'usage dégénéré qu'il fera de ce couvre-chef. Tu as les quinze dollars sur toi ?

– Il m'en reste encore sept.

– Eh bien, que ne nous arrêtons-nous pour manger quelque chose ? proposa Ignatius en désignant du doigt la voiture à bras en forme de saucisse rangée le long du trottoir. Je crois qu'ils vendent des hot dogs géants ici.

– Des hot dogs ? Chéri, avec cette pluie et ce froid tu voudrais qu'on reste debout dehors à manger des francfort ?

– C'est une idée.

– Non, dit Mme Reilly avec un courage puisé en partie dans la bière. Rentrons plutôt à la maison. Jamais je ne mangerais les produits de ces charrettes crasseuses. C'est tout voyou et compagnie les tenanciers de ces roulottes.

– Comme tu voudras, dit Ignatius avec une moue boudeuse. Pourtant j'ai plutôt faim et, après tout, tu viens tout de même de vendre un souvenir de mon enfance pour trente deniers, si tu vois ce que je veux dire.

Ils poursuivirent les pas de biais de leur étrange démarche le long des dalles mouillées de Bourbon Street. Parvenus dans St. Ann, ils n'eurent aucun mal à retrouver la vieille Plymouth. Son toit haut perché dépassait au-dessus de toutes les autres autos, c'était son trait le plus commode. La Plymouth était toujours facile à retrouver dans le plus encombré des parcs de supermarché. Mme Reilly grimpa à deux reprises sur le trottoir en tentant de quitter la place, et laissa, en creux, la forme aérodynamique d'un pare-chocs de Plymouth 46 dans le capot du minibus Wolkswagen garé derrière elle.

– Mes nerfs! dit Ignatius.

Il s'était affaissé sur le siège de telle manière que le sommet de sa casquette verte affleurait seul à la vitre, comme l'extrémité de quelque pastèque prometteuse. De l'arrière, où il prenait toujours place depuis qu'il avait lu quelque part que la place de passager, à côté du conducteur, était la plus dangereuse, il observait les manœuvres brutales et inexpertes de sa mère d'un air désapprobateur.

« Je crois bien que tu as entièrement démoli la petite auto que quelqu'un a imprudemment garée derrière ce mastodonte. Tu as intérêt à quitter cet endroit avant le retour de son propriétaire.

– Tais-toi, Ignatius, tu m'énerves! dit Mme Reilly avec un coup d'œil à la casquette de chasse dans le rétroviseur.

Ignatius se redressa sur son siège et regarda par la lunette arrière.

– Cette malheureuse auto est une épave. Ton permis de conduire, si tant est que tu en possèdes vraiment un, sera immanquablement suspendu. Et ce sera justice, je n'y peux rien.

– Allonge-toi et fais un petit somme, dit sa mère tandis que l'auto bondissait de nouveau vers l'arrière.

– Tu crois sincèrement que je pourrais dormir? Je crains pour ma vie. Tu es sûre que tu tournes le volant dans le bon sens?

Brusquement, la voiture bondit hors du créneau, dérapa en travers de la chaussée mouillée et alla heurter un pilier qui soutenait un balcon de fer forgé. Le pilier s'abattit de côté et l'auto s'écrasa contre le bâtiment.

– Oh, mon Dieu! hurla Ignatius à l'arrière. Mais qu'as-tu fait, voyons?

– Vite un prêtre.

– Je ne crois pas que nous soyons blessés, maman. Mais tu m'as mis l'estomac sens dessus dessous pour les quelques jours à venir.

Ignatius baissa la vitre d'une portière arrière et examina l'aile encastrée dans le mur.

« J'imagine qu'il va nous falloir un nouveau phare de ce côté.

– Qu'est-ce qu'on va faire?

– Si je conduisais, je passerais gracieusement la marche arrière et je m'éloignerais discrètement. Tu peux être assurée qu'il va y avoir des poursuites. Les gens qui possèdent cette ruine branlante devaient attendre cette occasion depuis des années et des années. Je ne serais pas étonné d'apprendre qu'ils répandaient chaque soir de la graisse sur la chaussée dans l'espoir du passage d'un automobiliste tel que toi.

Il rota.

« Ma digestion est compromise. Je crois que je suis en train d'enfler!

Mme Reilly fit jouer la boîte de vitesses usée et recula centimètre par centimètre. Au fur et à mesure que l'auto s'écartait du mur, on entendait craquer du bois au-dessus. Les craquements se transformèrent en fracas de bois et de métal déchiré. Et le balcon s'abattit par pans entiers, tonnant contre la carrosserie de la voiture avec le bruit sourd des grenades qui explosent. Comme un homme qu'on lapide, la voiture s'immobilisa, blessée, et un gros ornement de fer forgé fit voler en éclats la lunette arrière.

– Chéri, tu vas bien? demande Mme Reilly, folle d'inquiétude, quand le bombardement fut apparemment terminé.

Ignatius produisit un gargouillis étouffé. Ses yeux bleu et jaune s'étaient mouillés.

– Dis quelque chose, Ignatius, supplia sa mère, se tournant juste à temps pour le voir passer la tête par la fenêtre et vomir le long du flanc cabossé de l'automobile.

L'agent de police Mancuso descendait lentement Chartres Street, vêtu de collants de danse et d'un chandail jaune, costume qui devait, selon les dires du sergent, le mettre à même de capturer de vrais individus suspects de bon aloi et non plus des grands-pères et des fistons attendant leur moman. Ce costume était la punition imposée par le sergent. Il avait dit à Mancuso que ce dernier serait désormais responsable de l'arrestation des individus suspects et que le quartier général de la police disposait d'une garde-robe suffisamment abondante pour lui permettre de changer chaque jour de personnage. Tristement, l'agent de police Mancuso avait enfilé les collants devant le sergent qui l'avait alors poussé hors du commissariat en lui disant de se reprendre ou de démissionner.

Depuis deux heures qu'il parcourait le Quartier Français, il n'avait encore opéré aucune arrestation. A deux reprises, ses espoirs avaient été éveillés. Abordant un homme coiffé d'un béret, il lui avait demandé une cigarette, mais l'homme avait menacé de le faire arrêter. Puis il avait accosté un jeune homme en imperméable coiffé d'un chapeau de dame, mais le jeune homme lui avait flanqué une bonne gifle et s'était éclipsé.

Tandis qu'il descendait Chartres Street en se frottant la joue qui lui cuisait, l'agent de police Mancuso entendit ce qui semblait être une explosion. Espérant qu'un individu suspect venait de lancer une bombe ou de se suicider, il courut jusqu'au coin de St. Ann et découvrit la casquette de chasseur verte qui vomissait parmi les gravats.

# DEUX

« Avec la rupture du système médiéval, les dieux du Chaos, de la Démence et du Mauvais Goût prirent le dessus. » Ignatius écrivait sur un de ses cahiers Big Chief.

Après une période au cours de laquelle le monde occidental avait joui de l'ordre, de la tranquillité, de l'unité et même de l'unicité et de l'union avec son Vrai Dieu et sa Trinité, des vents de changement s'élevèrent qui n'annonçaient rien de bon. Les années lumineuses d'Abélard, de Thomas Beckett et d'*Everyman* s'estompèrent et s'éteignirent dans la tempête. La roue de la Fortune avait tourné, écrasant la nuque de l'humanité, lui fracassant le crâne, tordant son torse, crevant son bassin et endommageant son âme. L'humanité naguère si haut se retrouvait au plus bas. Tout ce qui avait naguère été dédié à l'âme se consacrait désormais au commerce.

« Ma foi, c'est assez bon », se dit Ignatius avant de poursuivre sa rédaction rapide.

Marchands et charlatans prirent le contrôle de l'Europe, baptisant « Les Lumières » leur insidieux évangile. L'apocalypse n'était pas loin mais, des cendres de l'humanité, ne renaquit nul Phénix. L'humble et pieux paysan, Pierre Laboureur, alla en ville afin de vendre ses enfants aux seigneurs de l'Ordre Nouveau, pour que ces derniers les utilisent à des fins pour le moins douteuses. (Voir Reilly, Ignatius J., *Du sang sur les mains : Ce qu'il y avait de criminel dans tout cela, Une Étude de quelques abus choisis parmi les plus représentatifs du XVIe siècle*, Monographie, 2 pages, 1950, section des livres rares, couloir de gauche, deuxième bibliothèque du mémorial Howard-Tilton, Université de Tulane, La Nouvelle-Orléans, Louisiane. Note : J'ai fait don de cette monographie singulière à la bibliothèque et la lui ai adressée par la poste. Je n'ai donc aucune certitude quant au fait que le manuscrit ait ou non été accepté. Il risque d'avoir été jeté à la poubelle, parce qu'il était rédigé au crayon, sur du papier de brouillon.) Le cercle s'était élargi. La grande chaîne de l'être s'était rompue aussi facilement que la chaîne que forme un idiot à l'aide de trombones. Le nouveau destin de Pierre serait désormais tissé de mort, de destruction, d'anarchie, de progrès, d'ambition et d'amélioration personnelle. Destin hideux s'il en fut : il devait désormais affronter l'ultime perversion : ALLER AU TRAVAIL.

Sa vision historique s'estompant momentanément, Ignatius dessina un nœud coulant au bas de la page. Puis il dessina un revolver et une petite boîte sur laquelle il écrivit en caractères d'imprimerie CHAMBRE A GAZ. Puis il fit rapidement aller et venir le côté du crayon sur le papier et baptisa le résultat APOCALYPSE. Quand il eut fini de décorer la page, il jeta le cahier sur le plancher sur lequel en étaient déjà répandus plusieurs. Une matinée fort productive, songea-t-il. Cela faisait des semaines qu'il n'avait produit autant. Contemplant les dizaines de cahiers Big Chief qui faisaient comme une carpette de parures indiennes tout autour de son lit, Ignatius songea avec orgueil que leurs pages jaunies à grands carreaux contenaient les germes d'une magnifique étude d'histoire comparative. Dans le plus grand désordre pour le moment certes. Mais un jour il entreprendrait la mise en place de ces fragments qu'il rassemblerait en un puzzle immense dont l'ambition était de montrer aux érudits que l'histoire avait pris un tour catastrophique depuis quatre siècles. Au cours des cinq années qu'il avait déjà consacrées à ce projet, il n'avait produit qu'une moyenne de six paragraphes par mois. Il ne se souvenait même pas de ce qu'il avait écrit dans certains des cahiers et il se rendait bien compte que certains étaient entièrement emplis de gribouillis sans suite. Mais, songeait calmement Ignatius, Rome ne fut pas faite en un jour.

Ignatius souleva sa chemise de nuit de flanelle et examina son ventre enflé. Il lui arrivait fréquemment d'enfler quand, allongé sur son lit, le matin, il méditait au tour regrettable qu'avaient pris les choses depuis la Réforme. Doris Day et les autocars « panoramiques » Greyhound causaient une expansion plus rapide encore de ses régions centrales. Mais depuis la tentative d'arrestation et l'accident qui avait suivi, il constatait qu'il lui arrivait d'enfler pratiquement sans raison, son anneau pylorique se fermant à n'importe quel moment, emplissant son estomac de gaz pris au piège et très mécontents de la situation sans issue qui leur était faite. Il lui arrivait de se demander si son anneau pylorique, telle Cassandre, ne cherchait pas à lui dire quelque chose. Médiévaliste, Ignatius croyait à la *rota Fortunae*, la roue du destin, concept fondamental du *De Consolatione Philosophiae*, l'œuvre philosophique qui avait jeté les bases de toute la pensée médiévale. Boèce, l'auteur du *De Consolatione...* qu'il avait rédigé pendant son emprisonnement injuste ordonné par l'empereur, disait qu'une déesse aveugle nous tient ficelés à une roue et que notre chance est donc cyclique. La désagréable tentative d'arrestation manquée constituait-elle le signe du début d'un mauvais cycle? Sa roue tournait-elle à son désavantage? L'accident constituait lui aussi un mauvais signe. Ignatius était inquiet. Malgré toute sa philosophie, Boèce avait été fait prisonnier et torturé. Puis l'anneau pylorique d'Ignatius se referma et il roula sur le côté gauche pour tenter de le faire rouvrir par pression.

– O Fortune, déesse aveugle et impitoyable, je suis ficelé à ta roue, éructa Ignatius. Ne m'écrase pas sous tes rayons. Mais élève-moi au plus haut, déesse!

– Qu'est-ce que tu marmonnes donc là-dedans, mon garçon? demanda sa mère à travers la porte close.

– Je prie, répondit coléreusement Ignatius.

– L'agent de police Mancuso vient me voir aujourd'hui à propos de l'accident. C'est le moment de dire un Je vous salue Marie pour moi, mon trésor.

– Oh, mon Dieu, murmura Ignatius.

– Je trouve ça épatant que tu pries, mon petit. Je me demandais ce que tu pouvais bien fabriquer enfermé là-dedans en permanence.

– Va-t'en, je t'en prie! vociféra Ignatius, tu réduis à rien mon extase religieuse!

Bondissant vigoureusement sur le flanc, Ignatius sentit monter un rot dans sa gorge mais, quand il ouvrit la bouche plein d'espoir, il n'émit qu'un hoquet ridicule. Cependant, le mouvement avait produit quelques effets physiologiques. Ignatius tâta la modeste érection qui piquait du nez dans le drap, referma la main dessus, et demeura immobile, cherchant à décider ce qu'il allait faire. Dans cette posture, sa chemise de nuit de flanelle rouge remontée sur la poitrine, son gros ventre saillant sur le matelas, il songea avec quelque tristesse qu'au bout de dix-huit ans de pratique de son violon d'Ingres il avait fini par en faire seulement un acte physique mécanique et répétitif, dépourvu de toutes les frasques de l'imagination et de l'invention qu'il avait autrefois été en mesure d'y apporter. Il n'avait pas été loin de se hausser jusqu'à l'œuvre d'art, jadis, pratiquant son violon d'Ingres avec l'adresse et la ferveur d'un artiste, d'un philosophe, d'un universitaire et d'un gentleman. Il conservait encore, dissimulés dans sa chambre, divers accessoires qu'il avait autrefois utilisés, un gant de caoutchouc, un fragment d'ombrelle de soie, un pot de cold-cream. Il avait fini par trouver trop déprimant la nécessité de les ranger une fois que tout était fini.

Ignatius se concentra sur ses manipulations. Enfin une vision apparut, la silhouette familière du grand collie fidèle qu'il possédait quand il allait au lycée. Ignatius eut presque l'impression d'entendre Rex aboyer de nouveau. « Ouah, ouah! Arf! » Rex semblait vivant. Une oreille dressée, l'autre pendante, il pantelait. L'apparition sauta une haie à la poursuite d'un bâton qui finit par atterrir au milieu de l'édredon d'Ignatius. Tandis que le pelage blanc et fauve se rapprochait, les yeux d'Ignatius se dilatèrent, louchèrent, puis se fermèrent, tandis qu'il retombait faiblement parmi ses quatre oreillers, se demandant s'il avait des mouchoirs en papier dans la chambre.

## II

– Je viens pour l'annonce que vous cherchez un portier.

– Ah ouais?

Lana Lee regarda les lunettes noires.

« Z'avez des références?

– Un flicard m'a donné une sacrée référence. Y m'a dit que mézigue avait pas qu'un peu intérêt à trouver un emploi officiel et rémunérateur, dit Jones en lâchant un jet de fumée dans le bar vide.

– Désolée. Je ne veux personne qui ait des ennuis avec les flics. Pas dans une affaire comme celle-ci. Je protège mes investissements, moi.

– J'ai pas vraiment ce qu'on peut appeler des ennuis. Tout c'que je peux dire, c'est qu'y m'colleront une accusation de vagabondage sans moyens d'existence connus. Voilà c'qu'y m'ont dit.

Jones se retira au centre du nuage de fumée qu'il était en train de former.

« J'm'étais dit comme ça peut-être que *Les Folles Nuits* ça leur dirait d'aider un type à devenir comme qui dirait membre à part entière de la communauté, quoi, d'aider un pauvre nègre à échapper à la prison. Ça vous f'rait une bonne pub côté civisme et tout l'tremblement, pas d'manif chez vous.

– Ouais, ben vous fatiguez pas avec ce genre de conneries.

– Ah bon, oua-ho!

– Vous avez une certaine expérience de portier?

– Quoi? Balayer, passer la serpillière et toutes ces merdes de nègre?

– Faites attention à ce que vous dites, mon gars. Je tiens une maison respectable, moi.

– Mais bon Dieu n'importe qui peut faire ça, surtout les gens de couleur.

– Cela fait plusieurs jours, déclara Lana Lee, avec toute la gravité soudaine d'un directeur du personnel, que je suis à la recherche du garçon parfait pour cet emploi.

Elle mit les mains dans les poches de son manteau de cuir et regarda droit dans les lunettes noires. C'était une véritable affaire, un cadeau déposé sur son perron. Un type de couleur qui se ferait arrêter pour vagabondage s'il ne travaillait pas. Elle aurait un portier captif qu'elle pouvait faire bosser pour presque rien. C'était trop beau. Lana se sentit bien pour la première fois depuis qu'elle était tombée sur les deux personnages qui semaient le bordel dans son bar.

« Le salaire est de vingt dollars par semaine.

– Hé bê! Dites, c'est pas étonnant que vous ayez pas encore dégotté le type qu'il vous faut. Et le salaire minimum, la loi a été abrogée pendant qu'j'avais l'dos tourné, p'têt'?

– Vous avez besoin d'un boulot, pas vrai? Moi j'ai besoin d'un portier. Les affaires sont dégueulasses. Faut pas chercher plus loin.

– Mon prédécesseur a dû mourir de faim, c'est ça?

– Vous travaillez six jours par semaine, de dix heures à trois heures. Si vous venez régulièrement, qui sait? Peut-être que vous aurez droit à une petite augmentation.

– Vous en faites pas. J'viendrai régulièrement. N'importe quoi pour être à l'abri des flicards pendant quelques heures par jour, dit Jones en soufflant de la fumée sur Lana Lee. Oùsque vous rangez vos empapaoutés de balais?

– Bon, alors y a une chose qui doit être comprise, et vite : pas question de parler grossièrement ici, vu?

– Oui Madame. Bien Madame. Je voudrais tout de même pas faire mauvaise impression dans un endroit aussi respectable que *Les Folles Nuits*. Oua-ho!

La porte s'ouvrit et Darlene entra, vêtue d'une robe de coquetèle de satin et d'un grand chapeau à fleurs, balançant gracieusement les hanches.

– Pourquoi tellement en retard? lui hurla Lana Lee. Je t'avais dit d'être ici à une heure, aujourd'hui!

– Mon cacatoès a attrapé un rhume hier soir, Lana. C'était épouvantable. Toute la nuit il a pas arrêté de me tousser dans l'oreille.

– Mais où vas-tu chercher des excuses pareilles?

– Ben, c'est la pure vérité, répondit Darlene d'une voix blessée.

Elle déposa son immense chapeau sur le comptoir et se percha sur un tabouret à l'intérieur d'un nuage que Jones avait soufflé.

« J'ai dû le trimballer chez le vétérinaire ce matin pour lui faire faire une piqûre de vitamines. Je veux pas que ce pauvre oiseau passe la journée à tousser sur tous mes meubles.

– Qu'est-ce qui a bien pu te passer par la tête, hier, pour que tu encourages ces deux cinglés à rester ici, la nuit dernière? Tous les jours, Darlene, tous les jours j'essaye de t'expliquer le genre de clientèle dont nous avons besoin ici. Et quand je rentre je te trouve en train de manger des saloperies sur mon comptoir avec une vieille dame et un gros con. Tu veux me faire fermer, c'est ça ? Les gens jettent un coup d'œil par la porte, y voient une paire pareille, y vont ailleurs. Comment est-ce que je peux te faire comprendre? Comprendre, Darlene, comprendre! Comment est-ce qu'un être humain peut entrer en communication avec une cervelle comme la tienne?

– Je t'ai déjà dit que j'avais eu pitié de cette pauv' vieille, Lana. J'aurais voulu que tu voiyes comment que son fils la traitait. J'aurais voulu qu't'entendes l'histoire de Greyhound qu'y m'a racontée. Et pendant tout ce temps, la gentille petite vieille était là à lui payer ses verres. Y fallait que je prenne un de ses gâteaux, il le fallait, pour lui faire plaisir, pour qu'elle se sente moins mal.

– Oui, ben la prochaine fois que je te vois avec des gens comme ça je te vire à coups de pompe dans le train, c'est vu?

– Oui, patronne.

– T'es bien sûre d'avoir compris ce que j'ai dit?

– Oui, patronne.

– D'accord. Alors montre à ce garçon l'endroit où on range les balais et les saloperies et fais-lui nettoyer la bouteille que la vieille dame a cassée. A toi de faire nettoyer le bar et qu'il soit nickel, c'est ta punition pour hier soir. Moi, je vais faire des courses.

Lana gagna la porte puis se retourna.

« Et que personne ne déconne avec le petit placard sous le bar!

– J'vous jure, dit Darlene à Jones après que Lana eut franchi le seuil, c'est pire qu'à l'armée ici. Elle vient de vous engager aujourd'hui?

– Ouais, répondit Jones. Si on peut appeler ça engager! Moi je dirais plutôt qu'elle vient d'm'acheter au marché des esclaves.

– Peut-être, mais vous au moins, vous aurez un salaire. Moi je travaille seulement à la commission sur ce que j'arrive à faire boire les gens. Vous croyez que c'est facile? Eh ben essayez un peu de faire acheter par un type le genre de verre qu'y vendent ici. Dès qu'il en a bu un, il a compris : c'est que de la flotte. Faut raquer dans les quinze, vingt dollars pour que ça commence à vous faire le moindre effet. Je vous jure, c'est du boulot! Lana arrive même à injecter de la flotte dans le champagne. Faut voir le goût que ça a aussi. Et puis elle arrête pas de se plaindre comme quoi les affaires sont mauvaises. Qu'elle s'offre un verre dans ce bastringue et elle comprendra. Même quand elle a que quatre ou cinq clients, ici, elle gagne une fortune, tu parles, la flotte c'est gratuit, ça lui coûte pas un rond.

– Qu'est-ce qu'elle est allée acheter? Un fouet?

– Faut pas me demander ça à moi. Lana me dit absolument jamais rien. C'est un drôle de numéro, cette Lana.

Darlene se moucha délicatement.

« Ce que j'aimerais vraiment faire, c'est danseuse exotique. Je m'entraîne, chez moi, à l'appartement, je répète un numéro. Si j'obtenais de Lana qu'elle me laisse danser ici, le soir, je finirais par bosser pour un salaire et je serais plus obligée de faire boire de la flotte à des types moyennant commission. Tiens, mais j'y pense, on m'en doit une de commission sur ce que ces gens ont bu ici hier soir. Cette vieille dame sirotait pas mal de bière. Je vois pas de quoi Lana se plaignait. Les affaires sont les affaires. Le gros type et sa matouse n'étaient pas pires que bien des gens qu'on doit s'appuyer ici. Je crois que ce qui a mis Lana en pétard c'était la drôle de casquette verte que le type s'était collée sur le crâne. Quand y causait, y rabattait l'oreillette et, quand il écoutait, il la relevait de nouveau. Quand Lana est arrivée, tout le monde était en train de lui crier après, alors il avait les deux oreillettes relevées comme deux ailes. Vous voyez, ça avait l'air bizarre.

– Et alors comme ça vous dites que ce gros tas se baladait avec sa maman? demanda Jones, à qui cela disait quelque chose.

– Mmm, mm.

Darlene replia son mouchoir et le glissa contre son sein.

« J'espère bien qu'il leur reprendra jamais l'idée de mettre de nouveau les pieds ici. Pasque là, j'aurais des ennuis, mon Dieu.

Darlene semblait soucieuse.

« Bon, écoutez, faudrait songer à faire un peu le ménage avant le retour de Lana. Mais faut pas vous crever, hein! Ça n'a jamais été vraiment propre, ici. Et puis c'est toujours tellement sombre, ici, personne pourrait dire la différence. A entendre Lana, on croirait que c'est le Ritz, ici, je vous jure.

Jones émit un nouveau nuage. De toute manière, avec ses lunettes, il ne voyait pratiquement rien.

# III

L'agent de police Mancuso était tout heureux de remonter St. Charles Avenue à motocyclette. Au commissariat, il en avait emprunté une grosse, bruyante, qui n'était que chrome étincelant sur fond bleu layette. Il suffisait d'enfoncer un bouton pour la voir se transformer en billard électrique, constellé de lumières blanches et rouges, clignotantes, éclatantes, éblouissantes. Quant à la sirène, sextuple hurlement cacophonique de loups en folie, elle suffisait à terroriser tous les individus suspects à un kilomètre à la ronde, à les chasser vers leur tanière, la colique aux tripes. L'amour de l'agent Mancuso pour la motocyclette était aussi intense que platonique.

Cependant, les forces du mal, nées des bas-fonds dans lesquels grouillaient des individus suspects – et selon toute apparence impossibles à démasquer –, semblaient moins l'obséder que de coutume. Les chênes séculaires de St. Charles Avenue formaient une voûte au-dessus de l'avenue, le protégeant du doux soleil d'hiver qui mettait des éclaboussures de lumière sur les chromes de la moto. Malgré la fraîcheur et l'humidité des derniers jours, l'après-midi se teintait de cette chaleur soudaine et surprenante qui adoucit toujours les hivers de La Nouvelle-Orléans. L'agent Mancuso appréciait cette douceur, car il ne portait qu'un ticheurte et un bermuda, costume choisi par le sergent ce jour-là. La longue barbe rousse accrochée au-dessus de ses oreilles par un fil de fer protégeait un peu sa poitrine; il l'avait chipée dans le casier en profitant d'un instant d'inattention du sergent.

L'agent de police Mancuso, inhalant l'odeur de moisi qui émanait des chênes, songea, en un aparté romantique, que St. Charles Avenue devait être le plus charmant endroit du monde. De temps à autre, il doublait un lent tramway qui se balançait mollement et semblait ne se rendre nulle part mais bien plutôt se promener au hasard entre les vieilles demeures qui bordaient l'avenue. Tout semblait si calme, si prospère – si peu suspect. Il prenait sur ses heures de repos pour aller rendre visite à la pauvre veuve Reilly. Elle lui avait paru si pitoyable, en larmes au milieu des débris de son auto. Il ne pouvait moins faire que de tenter de lui apporter une aide.

Parvenu à la hauteur de Constantinople Street, il obliqua en direction du fleuve et traversa en grondant et en crachotant un quartier voué à la dégradation. Il atteignit un groupe de maisons bâties entre 1880 et 1900, reliques de l'âge d'or, façades de bois en faux gothique, dégoulinantes d'ornements déglingués, stéréotypes banlieusards des demeures nouvelle-orléanaises du boss Tweed, séparées les unes des autres par d'étroites ruelles, cernées de grilles de fer forgé délabrées et de murets de briques à demi ruinés. Les plus grandes bâtisses avaient été transformées en immeubles improvisés, abritant plusieurs appartements. La véranda y formait une pièce supplémentaire. Dans quelques jardins, des préfabriqués d'aluminium servaient de garage et de brillants volets du même métal avaient été adjoints à deux ou trois maisons. C'était un quartier qui, de victorien, devenait peu à peu n'importe quoi, un pâté de maisons qui avait pénétré dans le XX^e^ siècle sans soin et sans idée directrice – et avec de très petits moyens.

L'adresse à laquelle se rendait l'agent de police Mancuso était celle de la plus petite construction du quartier, si l'on excepte les garages d'aluminium. Une maison lilliputienne des années 80 de l'autre siècle. Un bananier gelé, brun et livide, se dressait encore languissamment devant le perron, prêt à imiter d'un instant à l'autre la grille de fer forgé qui, elle, s'était effondrée depuis longtemps. Près de l'arbre mort, un vague monticule de terre, surmonté d'une croix celtique taillée dans du contreplaqué et plantée de guingois. La Plymouth 1946 était garée dans le « jardin », pare-chocs avant contre le perron, feu rouge protubérant débordant sur le trottoir de brique. A l'exception du bananier momifié, le minuscule jardin était nu. Pas de buisson. Pas de gazon. Pas d'oiseau chanteur.

L'agent de police Mancuso examina la Plymouth et vit les bosses de son toit et les trous de son pare-chocs, séparé de la carrosserie par dix bons centimètres. Un carton frappé aux armes du cassoulet Van Camp's avait remplacé la vitre de la lunette arrière. S'immobilisant près de la tombe, il déchiffra le nom de REX en lettres à demi effacées sur la croix. Puis il gravit les marches de brique usées et entendit, à travers les persiennes fermées, un chant tonitruant.

Les grandes filles pleurent pas.
Les grandes filles pleurent pas.
Les grandes filles, elles pleu-eu-eurent pa-a-as.
Elles pleurent pas.
Les grandes filles pleurent pa-a-as.

Tandis qu'il attendait que quelqu'un daignât répondre à son coup de sonnette, il déchiffra l'autocollant passé qui ornait la porte : « Un mot de trop coule un bateau ». Sous ce slogan, une auxiliaire féminine de la marine, un doigt sur des lèvres devenues marron.

Plusieurs habitants du pâté de maisons étaient dehors, sur leur perron, et le regardaient lui et sa motocyclette. Les stores qui, de l'autre côté de la rue, se soulevaient très lentement pour prendre la bonne inclinaison montraient qu'il avait aussi un grand nombre de spectateurs secrets, car une motocyclette de la police constituait un événement dans le voisinage, particulièrement quand elle était conduite par un petit homme en short, portant une longue barbe rousse. C'était un quartier pauvre, certes, mais honnête. Soudain gêné, l'agent de police Mancuso enfonça de nouveau le bouton de sonnette et adopta ce qu'il considérait comme sa posture officielle – une manière de garde-à-vous. Il offrit à ses spectateurs son profil méditerranéen, mais le public ne vit qu'une petite silhouette falote dont le short pendouillait gauchement à l'aine et dont les jambes maigrichonnes semblaient d'autant plus nues qu'elles portaient des chaussettes de nylon retenues à hauteur de cheville par des fixe-chaussettes. Le public restait curieux mais nullement impressionné. Et il y avait même quelques habitants du quartier pour n'être pas particulièrement curieux : tous ceux qui s'attendaient depuis longtemps à ce qu'un personnage de ce genre finît par visiter un jour la demeure lilliputienne.

Les grandes filles pleurent pas.
Les grandes filles pleurent pas.

L'agent de police Mancuso heurta sauvagement aux volets.

Les grandes filles pleurent pas.
Les grandes filles pleurent pas.

– Y sont là ! vociféra une femme à travers ses volets clos, dans la maison d'à côté, une espèce de délire architectural de la Belle Époque. Mame Reilly doit êt' dans sa cuisine. Faites le tour. Qu'est-ce que vous êtes, vous ? Flic ?

– Agent de police Mancuso. Incognito, répondit-il d'un air maussade.

– Ah ouais ?

Il y eut quelques instants de silence.

« Et c'est lequel que vous cherchez ? La mère ou le fils ?
– La mère.
– Bon, ben ça vaut mieux. Pasque lui, pour le décoller de la télé, vous pourriez toujours courir. Vous entendez ça? Ça me rend complètement folle. J'ai les nerfs en pelote.
L'agent Mancuso remercia la voix de la dame et s'engagea dans l'allée humide. Dans la courette de derrière, il trouva Mme Reilly, occupée à étendre un drap taché et jauni sur un fil qui courait entre des figuiers dénudés.
– Oh, c'est vous, dit Mme Reilly au bout de quelques instants.
Elle avait été sur le point de pousser un hurlement en voyant pénétrer dans sa cour cet individu à la barbe rousse.
« Comment va, m'sieur Mancuso ? Qu'est-ce qu'y z'ont dit, ces gens ?
Elle se déplaçait précautionneusement sur le sol de brique ébréché dans ses pantoufles de feutre marron.
« Venez, entrons, je m'en vais vous faire une bonne petite tasse de café.
La cuisine était une grande pièce haute de plafond, la plus grande de la maison, et elle sentait le café et les vieux journaux. Comme toutes les pièces de la maison, elle était sombre; le papier mural graisseux et les moulures de bois brun auraient suffi à transformer toute lumière en pénombre, or il filtrait bien peu de lumière par la fenêtre donnant sur l'obscure ruelle. Encore qu'il ne fût guère intéressé par les intérieurs, l'agent de police Mancuso ne put que remarquer, comme quiconque eût fait à sa place, l'antique réchaud à gaz avec son four en hauteur et le réfrigérateur surmonté de son moteur cylindrique. Songeant à la friteuse électrique, au séchoir à gaz, aux robots batteurs et mixeurs, aux moules à gaufres et aux rôtissoires motorisées qui semblaient en permanence ronronner, moudre, battre, refroidir, siffler et braiser dans la cuisine lunaire de son épouse, Rita, il se demanda ce que Mme Reilly pouvait bien faire dans cette pièce parcimonieusement équipée. Dès qu'un nouvel ustensile faisait l'objet d'une publicité télévisée, Mme Mancuso l'achetait, aussi obscur qu'en parût l'usage.
– Maintenant, racontez-moi ce que le bonhomme vous a dit, demanda Mme Reilly en mettant à bouillir un pot de lait sur son réchaud edwardien. Combien faut-y que je paye? Vous z'y avez bien dit que j'étais une pauvre veuve avec un enfant à charge, pas ?
– Ben oui, j'y ai dit ça, dit l'agent Mancuso, assis bien droit

sur sa chaise et dévorant des yeux la table de cuisine recouverte de toile cirée. Ça vous dérange pas que je mette ma barbe sur la table. Y fait plutôt chaud ici et ça me colle à la figure.

– Mais bien sûr, vous gênez pas mon vieux. Tenez. Prenez un bon beignet à la confiture. Je les ai achetés tout frais de ce matin dans Magazine Street. Ignatius, ce matin, y me dit comme ça « Maman, j'ai vraiment envie d'un beignet à la confiture. » Alors je suis allée chez l'Allemand et je lui en ai acheté deux douzaines. Regardez, il en reste quelques-uns.

Elle tendait à l'agent de police Mancuso une boîte à gâteaux déchirée et huileuse qui semblait avoir souffert des tentatives de quelque hideux glouton pour avaler tout son contenu d'un seul coup. Au fond de la boîte, l'agent de police Mancuso trouva deux morceaux de beignet en piètre état et qui, à en juger par leur rebord trempé, avaient été sucés et vidés de leur confiture.

– Non, merci bien, vraiment, Mme Reilly, j'ai fait un gros repas au déjeuner.

– Oh, c'est dommage.

Elle remplit à moitié deux tasses d'épais café froid et versa par-dessus le lait bouillant à ras bord.

« Ignatius adore les beignets. Y me dit comme ça, y me dit, " Maman, j'adore les beignets."

Mme Reilly aspira à grand bruit une infime goulée de son café.

« Il est au salon, en ce moment même, il regarde la télé. Chaque après-midi, c'est recta. Y regarde cette émission de danse des jeunes.

Dans la cuisine, la musique était vaguement moins forte que sur le perron. L'agent de police Mancuso se représenta la casquette de chasse verte baignée dans la lumière bleutée de l'écran de télévision.

« Y n'aime pas du tout ce programme mais il ne veut pas le manquer. Je voudrais que vous entendiez la manière qu'il cause de ces pauvres gamins!

– J'ai parlé à votre homme ce matin, dit l'agent Mancuso, espérant que Mme Reilly avait épuisé le sujet de conversation constitué par son fils.

– Oui, alors?

Elle mit trois cuillerées de sucre dans son café et, maintenant du pouce la cuiller dans la tasse au risque de se percer l'œil avec le manche, aspira encore bruyamment quelques gouttes.

« Qu'est-ce qu'il a dit, hein, mon petit?

– J'y ai dit que j'avais enquêté sur l'accident et que vous aviez dérapé sur la chaussée mouillée.

– Oui, c'est bien. Et alors, qu'est-ce qui vous a répondu?

– Il a dit qu'il voulait pas de procès. Il veut un arrangement à l'amiable, tout de suite.

– Oh, mon Dieu! beugla Ignatius à l'autre bout de la maison. Quelle remarquable insulte au bon goût!

– Faites pas attention à lui, conseilla Mme Reilly au policier qui avait sursauté. Y fait ça tout le temps quand y r'garde la télé. Un arrangement à l'amiabe – ça veut dire qu'il veut des sous, hé?

– Il a même fait faire un devis par un entrepreneur pour disposer d'une estimation des dommages. Tenez, voilà.

Mme Reilly prit la feuille de papier et parcourut la colonne de chiffres qui s'étirait sous l'en-tête de l'entrepreneur.

– Seigneur Dieu! Mille vingt dollars! Mais c'est terrible! Comment j'vais pouvoir payer une somme pareille?

Elle laissa tomber la feuille de papier sur la toile cirée.

« Vous êtes sûr que c'est juste?

– Oui madame. Et il a mis un avocat sur le coup, en même temps. Ça n'arrête pas de monter, l'addition.

– Mais où j'vais trouver mille dollars, moi? Tout ce qu'on a, mon pauvre Ignatius et moi, c'est la sécurité sociale de mon défunt mari et deux sous de pension, et ça ne va pas chercher loin.

– Puis-je en croire mes yeux? Suis-je vraiment le témoin d'une perversion aussi totale? vociférait Ignatius dans le salon.

La musique suivait les pulsations d'un rythme frénétique, primitif; un chœur de vierges folles chantaient suggestivement les délices de l'amour tout au long de la nuit.

– Je suis désolé, vraiment, dit l'agent de police Mancuso, le cœur presque brisé par les tracas financiers de Mme Reilly.

– Bah, vous n'y êtes pour rien mon petit, dit-elle d'un air morose. Peut-être que je pourrai hypothéquer la maison. On n'y peut trop rien, pas vrai?

– Eh non, répondit l'agent de police Mancuso, tendant l'oreille à l'approche d'une espèce d'immense piétinement.

– Les gosses qui passent dans cette émission devraient tous être gazés, déclara Ignatius, pénétrant en chemise de nuit dans la cuisine.

Puis il aperçut l'hôte et dit froidement :

« Oh.

– Ignatius, tu connais M. Mancuso. Dis-lui bonjour.
– Je crois effectivement l'avoir déjà vu quelque part, dit Ignatius, et il se mit à regarder par la fenêtre.
L'agent de police Mancuso était trop surpris par la monstrueuse chemise de nuit de flanelle rouge pour être en mesure de répondre.
– Ignatius, mon chéri, le bonhomme veut plus de mille dollars pour ce que j'ai fait à sa maison.
– Mille dollars? Il n'aura pas un sou. Nous allons le faire poursuivre sur-le-champ. Contacte nos avocats, maman.
– Nos avocats. Il a fait faire un devis par un entrepreneur. M. Mancuso dit qu'y a rien à faire.
– Ah, bah, il va falloir que tu le payes, alors.
– Je pourrais faire un procès, si tu penses que cela vaut mieux.
– Conduite en état d'ivresse, énonça calmement Ignatius. Tu n'as pas une chance.
Mme Reilly semblait abattue.
– Mais, mille dollars, Ignatius, tu te rends compte!
– Je suis persuadé que tu parviendras bien à te procurer les fonds, lui dit-il. Reste-t-il du café ou as-tu donné tout ce qui restait à ce masque de carnaval?
– Nous pourrions hypothéquer la maison.
– Hypothéquer? Certainement pas!
– Mais qu'est-ce qu'on peut faire d'autre, Ignatius?
– Il existe des moyens, dit Ignatius d'un air absent. J'aimerais que tu ne m'importunes pas trop avec cette histoire. Déjà que ce programme télévisé me met toujours les nerfs à vif.
Il renifla le lait avant de le verser dans le pot.
« Je te suggère d'appeler immédiatement la laiterie. Ce lait est fort ancien.
– Je peux me procurer mille dollars auprès de l'agence foncière, dit doucement Mme Reilly au policier silencieux. La maison fait un gage sérieux. Un agent immobilier m'en a offert sept mille dollars l'année dernière.
– Ce qu'il y a d'ironique, avec cette émission, disait Ignatius au-dessus du réchaud, gardant un œil sur le lait pour pouvoir le retirer dès que sa surface frémirait, c'est qu'elle est censée servir d'exemple, oui d'exemple, à la jeunesse de notre pays. J'aimerais vraiment bien savoir ce que les pères fondateurs auraient à dire s'ils voyaient qu'on débauche ces enfants pour promouvoir la cause de Clearasil! Toutefois, je me suis tou-

jours douté que la démocratie aboutirait à ce genre de résultat.

Il versa très soigneusement le lait dans sa tasse Shirley Temple.

« Il faudra imposer un gouvernement fort à notre pays avant qu'il ne se détruise lui-même. Les États-Unis ont besoin d'un peu de théologie et de géométrie, d'un peu de goût et de décence. Je crains que nous ne soyons en train de tituber au bord du gouffre.

– Ignatius, va falloir que j'aille au crédit foncier, demain.

– Nous ne traiterons pas avec ces usuriers, maman.

Ignatius cherchait dans la boîte à biscuits.

« Quelque chose se présentera forcément.

– Ignatius, mon petit chéri, on va me mettre en prison.

– Hum hum. Si tu comptes te lancer dans une de tes scènes d'hystérie, j'aime mieux me retirer au salon. Et pour tout dire, je vais le faire.

Il repartit en ondoyant en direction de la musique, la semelle de ses nu-pieds claquant à chaque pas contre la plante de ses gigantesques pieds.

– Qu'est-ce que je vais faire avec un fils pareil? demanda tristement Mme Reilly à l'agent de police Mancuso. Il se moque bien de sa pauvre petite maman. Des fois je me dis que ça ne lui ferait vraiment rien qu'on me mette en prison. Il a un cœur de glace ce garçon.

– Vous l'avez gâté, dit l'agent de police Mancuso. Les femmes devraient faire attention à pas trop gâter leurs enfants.

– Combien d'enfants vous avez, M. Mancuso?

– Trois. Rosalie, Antoinette et Angelo junior.

– Si c'est pas mignon! J'parie qu'y sont gentils, pas comme Ignatius.

Mme Reilly secoua la tête.

« Ignatius était un enfant si charmant. Je sais pas comment y peut avoir autant changé. Y me disait " Maman, je t'aime. " Y me dit plus jamais ça, maintenant.

– Oh, pleurez pas, dit l'agent de police Mancuso, profondément ému. Je vais vous faire un autre café.

– Il s'en fiche bien qu'on m'enferme, reniflait Mme Reilly.

Ouvrant le four, elle en tira une bouteille de moscatel.

« Vous voulez un peu de bon vin, M. Mancuso?

– Non, merci. Je suis en service, je dois faire bonne impression. Toujours sur le qui-vive aussi.

– Vous permettez? demanda-t-elle pour la forme avant de boire à longs traits à même le goulot.

L'agent de police Mancuso entreprit de faire bouillir le lait, s'affairant près du fourneau comme un vrai homme d'intérieur.

« Y a des fois, j'ai un sacré cafard, tout de même. La vie est pas rose. Et j'ai travaillé, vous savez. J'ai fait tout ce que j'ai pu.

– Faut voir le bon côté des choses, dit l'agent de police Mancuso.

– Bah, sans doute, approuva Mme Reilly. Y a des gens qui sont plus à plaindre que moi, je sais bien. Prenez ma pauvre cousine, une femme formidable. Elle allait à la messe tous les jours que le bon Dieu fait. Elle s'est fait renverser par un tramway, sur Magazine Street, tôt le matin, en partant pour la messe, qu'y faisait encore noir.

– Moi, personnellement, je me laisse jamais abattre, mentit l'agent de police Mancuso. Faut faire avec et garder son optimisme, vous voyez ce que je veux dire. J'exerce un métier dangereux.

– Vous pourriez vous faire tuer.

– Des fois je n'appréhende personne de toute une journée. D'autres fois, j'appréhende qui y faudrait pas.

– Comme ce vieux devant D.H. Holmes. C'est ma faute, ça, M. Mancuso. J'aurais dû me douter qu'Ignatius était dans son tort depuis le début. Ça lui ressemble bien, allez. Je me tue à lui répéter « Tiens, Ignatius, mets cette jolie chemise. Mets ce joli chandail que je t'ai acheté. » Mais y m'écoute pas. Il en fait qu'à sa tête. C'est du granit.

– Et puis des fois, j'ai des problèmes à la maison. Avec trois gosses, ma femme est très nerveuse.

– Les nerfs, c'est terrible. La pauvre Miss Annie, la voisine d'à côté, elle a ses nerfs. Elle n'arrête pas de hurler pasqu'Ignatius fait trop de bruit.

– C'est comme ma femme. Des fois, faut que je m'en aille carrément de chez nous. Ah, si j'étais un autre homme, y a des fois, j'irais bien me saouler la gueule, soit dit entre nous.

– Moi, je bois bien un petit coup de temps en temps. Ça soulage.

– Non, ce que je fais, moi, c'est d'aller au bouligne.

Mme Reilly tenta d'imaginer le petit agent Mancuso avec une grosse boule de bouligne au bout du bras et dit :

– Ça vous plaît, ça, eh?

– Le bouligne, c'est une merveille, mame Reilly, ça vous occupe complètement l'esprit à autre chose.

– Oh, juste ciel! vociférait Ignatius dans le salon. Ces filles sont déjà des prostituées, à n'en pas douter! Comment ose-t-on présenter de telles horreurs au public?

– J'aimerais bien avoir quelque chose comme ça pour m'occuper, moi aussi.

– Vous devriez essayer le bouligne.

– Hou la la, avec l'arthurite que j'ai déjà dans le coude! Je suis trop vieille pour m'amuser avec ces boules. Je me tordrais les reins.

– J'ai une tata, soixante-cinq ans, elle a, grand-mère, et elle est tout le temps au bouligne. Elle est même d'une équipe.

– Y a des femmes comme ça. Moi, j'ai jamais été très sportive.

– Le bouligne est beaucoup plus qu'un sport, dit l'agent Mancuso, sur la défensive. On rencontre des tas de gens. Des gens bien. Vous pourriez vous faire des amis.

– Mouais. Avec ma chance, je me laisserais tomber une de ces grosses boules sur les doigts de pied. Déjà que je suis guère vaillante.

– La prochaine fois que je vais au bouligne, je vous préviens. J'amènerai ma tata. Vous et moi et la tata, on ira au bouligne ensemble, d'accord?

– Maman, quand as-tu fait ce café? demanda Ignatius, pénétrant de nouveau dans la cuisine avec force claquements de savates.

– Il y a pas plus d'une heure, pourquoi?

– Il a vraiment goût de réchauffé.

– Je l'ai trouvé très bon, dit l'agent de police Mancuso. Aussi bon que celui qu'on sert au Marché Français. Je suis en train d'en faire d'autre. Vous en voulez une tasse?

– Excusez-moi, dit Ignatius. Maman, est-ce que tu comptes faire la causette avec monsieur pendant tout le reste de l'après-midi? Je me permets de te rappeler que je vais au cinéma, ce soir, et que je dois être devant la salle à sept heures juste si je veux voir le dessin animé. Il serait temps, je crois, que tu commences à préparer quelque chose à manger.

– Il est temps que je me sauve, dit l'agent de police Mancuso.

– Ignatius, tu devrais avoir honte! dit Mme Reilly avec colère. Moi et M. Mancuso, on allait justement boire une tasse de café. Tu as été méchant toute la journée. Tu te fiches bien de la manière dont je vais devoir trouver de l'argent. Tu te fiches bien qu'on me jette en prison. Tu te fiches de tout.

– Vais-je devoir supporter ces attaques personnelles alors que je suis chez moi, et en présence d'un étranger affublé d'une fausse barbe par-dessus le marché?

– Tu me brises le cœur.

– Oh, non, franchement!

Ignatius se tourna vers l'agent de police Mancuso :

« Veuillez avoir l'obligeance de vous retirer. Vous voyez bien que vous encouragez ma mère à...

– M. Mancuso fait rien d'autre du tout que d'être gentil.

– Il faut que je me sauve, répéta l'agent de police Mancuso d'un air d'excuse.

– Je l'aurai cet argent, vociféra Mme Reilly. J'vendrai la maison, tu m'entends! J'vendrais la maison avec toi dedans! Et moi j'irai à l'asile, tu te retrouveras tout seul!

Elle agrippa un coin de la toile cirée et s'essuya les yeux.

– Si vous ne partez pas, dit Ignatius à l'agent de police Mancuso, j'appelle la police!

– Mais c'est lui la police, imbécile.

– Tout cela est absurde, dit Ignatius, et ses savates se remirent à claquer. Je regagne ma chambre.

Claquant violemment sa porte, il ramassa un cahier Big Chief sur le plancher, se laissa aller à la renverse sur les oreillers et commença par gribouiller sans suite sur une page jaunie. Au bout d'une trentaine de minutes au cours desquelles il se tiraillait les cheveux et mâchonnait son crayon, il commença à composer un paragraphe.

Si Roswitha était encore parmi nous, nous nous tournerions vers elle pour solliciter ses conseils. Avec l'austérité tranquille de son monde médiéval, la célèbre nonne de Gandersheim exorciserait de son regard pénétrant de Sibylle légendaire les horreurs qui se matérialisent devant nous sous le nom de télévision. S'il était seulement possible de juxtaposer le globe oculaire de cette sainte femme et un tube cathodique, rapprochement facilité par la similitude des formes et des conceptions, à quelles explosions fantasmagoriques d'électrodes n'assisterait-on pas! Les images de ces enfants lascivement virevoltants se décomposeraient en autant d'ions et de molécules, effectuant la catharsis que réclame nécessairement cette tragédie : la corruption des innocents.

Mme Reilly était debout dans le vestibule, contemplant le NE PAS DÉRANGER qui s'inscrivait en lettre d'imprimerie sur une feuille arrachée à un cahier Big Chief et collée à la porte à l'aide d'un vieux sparadrap de couleur chair.

– Ignatius, fais-moi entrer, mon garçon! hurla-t-elle.

– Te faire entrer? demanda Ignatius à travers la porte. Mais tu n'y penses pas, voyons! Je suis actuellement occupé à la rédaction d'un passage particulièrement concis.

– Fais-moi entrer!

– Tu sais très bien que tu n'as pas le droit d'entrer ici. Mme Reilly cognait contre la porte.

« J'ignore ce qui peut bien t'arriver, maman, mais je commence à croire que tu es provisoirement dérangée. Cela me fait penser qu'en fait il vaut mieux ne pas t'ouvrir, j'ai trop peur. Tu risques d'être armée d'un poignard ou d'un tesson de bouteille de vin.

– Ouvre-moi cette porte, Ignatius.

– Oh, mon anneau pylorique! Il se bloque! grogna Ignatius. Tu es contente maintenant que tu m'as fichu en l'air pour le reste de la soirée?

Mme Reilly se précipita contre le panneau de bois brut.

« Bah, ne casse pas la porte, tout de même, finit-il par dire, puis, au bout de quelques instants, le verrou fut tiré.

– Ignatius, qu'est-ce que c'est que toutes ces saletés sur le plancher?

– C'est ma vision du monde que tu vois là. Il reste à l'organiser en un tout cohérent alors, fais attention où tu mets les pieds.

– Et tous tes volets fermés! Mais, Ignatius, il fait encore jour!

– Mon être n'est pas dépourvu d'éléments proustiens, dit Ignatius, depuis le lit vers lequel il avait opéré une prompte retraite. Oh, mon estomac!

– Ça sent terriblement mauvais ici.

– Bah, à quoi t'attends-tu donc? Confiné, le corps humain produit certaines odeurs que nous avons tendance à oublier dans cet âge de désodorisants et autres perversions. De fait, je trouve l'atmosphère de cette chambre plutôt réconfortante. Schiller avait besoin pour écrire de l'odeur des pommes qu'il mettait à pourrir dans son bureau. Moi aussi, j'ai mes besoins. Tu te souviendras peut-être que Mark Twain préférait être au lit, dans la position allongée, tandis qu'il composait ces tentatives datées et ennuyeuses que les universitaires d'aujourd'hui affectent de trouver importantes. La vénération de

Mark Twain est l'une des racines de la stagnation présente de la vie intellectuelle.

– Si j'avais su que c'était dans cet état, je serais venue depuis longtemps.

– Pour tout dire, je me demande pourquoi tu y es en ce moment. D'où te vient cette soudaine impulsion à envahir mon sanctuaire? Je doute qu'il soit jamais le même après cet intrusion d'un esprit étranger.

– Je viens te causer, mon garçon. Sors donc ta figure de ces oreillers.

– Telle doit être l'influence pernicieuse qu'exerce sur toi ce fâcheux représentant de la loi. On dirait qu'il a réussi à te monter contre ton propre enfant. A propos, il est bien parti, n'est-ce pas?

– Oui, et j'ai dû m'excuser de la manière que t'avais agi.

– Maman, tu marches sur mes cahiers. Pourrais-tu, je te prie, te déplacer de quelques centimètres? Ne te suffit-il point d'avoir détruit ma digestion et te faut-il détruire de surcroît les fruits de mon cerveau?

– Et puis ousque je vais me mettre, hein, tu voudrais que je me couche avec toi, peut-être, Ignatius? demanda Mme Reilly avec colère.

– Regarde où tu mets les pieds je te prie! tonna Ignatius. Seigneur, a-t-on jamais vu pareille invasion, pareille intrusion sauvage? Apprends-moi donc, s'il te plaît, ce qui a bien pu te jeter ici, dans cet état de démence totale et ravageuse! Serait-ce le remugle du moscatel bon marché qui assaille ma narine?

– Ma décision est prise. Tu vas aller chercher un travail.

Oh, quelle triste farce, quel tour mesquin, la fortune avait-elle soudain décidé de lui jouer? Arrestation, accident, travail. Ce cycle épouvantable s'arrêterait-il jamais?

– Je vois, dit calmement Ignatius. Te sachant congénitalement incapable de prendre seule une décision de cette taille, j'imagine que ce demi-débile d'agent de police t'aura mis cette idée dans la tête.

– Moi et M. Mancuso, on a causé comme j'avais l'habitude de causer avec ton pauvre papa. Ton papa me disait c'qui fallait faire. Si seulement il était vivant aujourd'hui...

– Mancuso et mon père se ressemblent en cela seulement qu'ils donnent l'impression d'être des individus de peu de poids. Cependant, ton mentor actuel me paraît appartenir à cette catégorie de gens qui semblent croire que tout irait pour le mieux si tout le monde travaillait tout le temps.

– M. Mancuso travaille dur. C'est pas rose tous les jours pour lui au commissariat.

– Je ne doute pas qu'il doive subvenir aux besoins de plusieurs enfants non voulus qui, tous, espèrent être policiers quand ils seront grands, y compris les filles.

– Il a trois gentils petits enfants.

– Je vois ça d'ici.

Ignatius se mit à rebondir doucement sur son lit.

« Ouille!

– Qu'est-ce que tu fabriques? Tu n'es pas encore en train de t'amuser avec cet anneau? Personne au monde a d'anneau que toi! Est-ce que j'ai un anneau moi? Je vous demande un peu!

– Tout le monde a un anneau pylorique, tout le monde! glapit Ignatius. Le mien est simplement plus développé. Je tente de rouvrir un passage que tu es parvenue à bloquer. Peut-être même est-il obstrué à jamais, comment savoir?

– M. Mancuso dit que, si tu travailles, tu pourras m'aider à payer le bonhomme. Il dit qu'il croit que le bonhomme acceptera un paiement fractionné.

– Ton ami l'agent de police dit des tas de choses. Tu as incontestablement le don de faire sortir les gens de leur coquille, comme on dit. Jamais je ne me serais douté qu'il était si loquace, ou qu'il fût capable de commentaires aussi sagaces. Te rends-tu compte qu'il a entrepris la destruction pure et simple de notre foyer? Tout a commencé avec cette brutale tentative d'arrestation devant D.H. Holmes. Bien que tes limites ne te permettent pas de prendre conscience de cette situation dans son ensemble, maman, cet homme est notre Némésis. De son fait, la roue de la fortune s'est mise en branle.

– Ne dis pas de cochonneries! M. Mancuso est un brave homme. Tu ferais mieux de lui être reconnaissant de pas t'avoir mis au trou!

– Dans mon apocalypse personnelle, il sera empalé sur son propre bâton blanc. De toute manière il est parfaitement inconcevable que je doive trouver du travail. Mon ouvrage me prend beaucoup de temps actuellement et j'ai le sentiment que je viens de pénétrer dans une période d'extrême fécondité. Peut-être l'accident a-t-il libéré mes pensées en les entrechoquant. De toute manière, j'ai accompli un grand pas aujourd'hui.

– Y faut qu'on paye ce bonhomme, Ignatius. Tu veux donc

me voir en prison ? T'aurais pas honte si ta pauvre maman se retrouvait sous les verrous ?

– Veux-tu, je te prie, cesser de parler d'incarcération ? Cette idée semble te tracasser ; t'obséder même. On dirait même que tu prends plaisir à y songer. Le martyre est dépourvu de toute signification, de nos jours.

Il rota doucement.

« Je suggère que nous réalisions certaines économies sur notre train de maison. Tu verras vite que tu disposes de la somme requise.

– Je dépense tous les sous pour toi, pour te nourrir et je ne sais quoi.

– J'ai trouvé récemment plusieurs bouteilles vides dont je n'avais certainement pas consommé le contenu.

– Ignatius !

– J'ai commis l'erreur de faire chauffer le four l'autre jour sans prendre la peine d'en inspecter l'intérieur. Quand je l'ai ouvert pour y mettre à réchauffer une pizza surgelée, j'ai presque été aveuglé par les vapeurs d'une bouteille de vin braisée qui s'apprêtait à exploser. Je suggère que tu mettes de côté une partie des sommes que tu investis à fonds perdus dans l'industrie des boissons alcooliques.

– Tu devrais avoir honte, Ignatius ! Pour quelques bouteilles de moscatel Gallo, alors que toi, avec toutes tes babioles !

– Peux-tu, je te prie, définir la signification du mot « babioles » dans ta bouche ? demanda sèchement Ignatius.

– Tous ces livres. Le gramaphone. La trompette que je t'ai achetée le mois dernier.

– Personnellement, je considère la trompette comme un bon investissement, malgré notre voisine Annie qui est de l'avis opposé. D'ailleurs, si elle vient encore frapper à mes volets, je lui verserai de l'eau dessus.

– Demain on regarde les offres d'emploi dans le journal. Tu t'habilleras bien et t'iras chercher un travail.

– J'ai peur de te demander ce que tu entends par « s'habiller bien ». Je vais probablement être obligé d'enfiler quelque déguisement grotesque.

– Je m'en vais te repasser une belle chemise blanche et tu mettras une des jolies cravates à ton papa.

– Dois-je vraiment en croire mes oreilles ? demanda Ignatius à l'un de ses oreillers.

– C'est ça ou l'hypothèque, Ignatius. Tu veux perdre le toit que t'as au-dessus de la tête ?

– Non! Tu n'hypothéqueras pas la maison! s'écria-t-il en abattant son gros poing sur son matelas. Tout le sentiment de sécurité que j'ai mis si longtemps à me bâtir s'effondrerait. Je ne supporterais pas que quelque étranger désincarné contrôle mon domicile. Impossible. Cette seule pensée suffit à me couvrir les mains de boutons.

Il tendit une patte pour que sa mère pût examiner l'éruption.

« C'est tout à fait hors de question, poursuivit-il. Cela matérialiserait toutes mes anxiétés latentes et le résultat serait assez affreux, j'en ai peur. Cela ferait du vilain. Je ne voudrais pas que tu passes le restant de tes jours à prendre soin d'un dément enfermé à double tour dans un coin du grenier. Nous ne gagerons pas la maison. Tu dois bien avoir des fonds quelque part.

– J'ai cent cinquante dollars à la banque Hibernia.

– Mon Dieu, c'est tout? Je n'aurais pas cru que nos moyens d'existence fussent si précaires. Toutefois, c'est une chance que tu me l'aies caché. Eussé-je su à quel point nous sommes proches de la pénurie que mes nerfs eussent lâché depuis longtemps.

Ignatius se gratta la main.

« Mais je dois aussi reconnaître que la solution qui s'offre à moi n'est pas reluisante. Je doute très sérieusement que quiconque veuille m'embaucher.

– Qu'est-ce que tu me chantes, mon petit? T'es un garçon bien, bien éduqué avec des diplômes et tout.

– Les employeurs perçoivent en moi la négation de leurs valeurs.

Il roula pour se mettre sur le dos.

« Ils me craignent. Je les soupçonne d'être capables de se rendre compte que je vis dans un siècle que j'exècre. Ce fut le cas quand j'ai travaillé à la bibliothèque municipale de La Nouvelle-Orléans, même là.

– Mais, Ignatius, ça a été la seule fois que tu as travaillé depuis que t'as quitté l'université. Et tu n'y es resté que deux semaines.

– C'est exactement ce que je veux dire, répondit Ignatius en visant le lustre de verre teinté avec une boule de papier froissé.

– Tout c'que t'avais à faire c'était d'coller des petites étiquettes dans les livres.

– Certes, mais j'avais un point de vue esthétique à l'égard de ces collages. Certains jours, je n'étais en mesure d'en coller que trois ou quatre pour me sentir satisfait de la qualité de mon travail. La direction de la bibliothèque n'a pas apprécié l'intégrité dont j'ai fait preuve dans toute cette affaire. Tout ce qu'ils voulaient, c'était une bête de somme prête à enduire de colle la totalité de leurs best-sellers.

– Tu crois que tu pourrais retrouver un emploi là-bas?

– J'en doute sérieusement. A l'époque, j'ai fait quelques remarques assez tranchantes à la femme qui dirigeait la section de préparation des volumes. Ils ont même annulé ma carte de lecteur. Je voudrais que tu te rendes compte de la peur et de la haine que ma *weltangschauung* inspire aux gens.

Ignatius rota.

« Je ne parlerai même pas de ce malheureux voyage à Baton Rouge. Cet incident, je le crains, a créé en moi un véritable blocage à l'encontre de tout emploi salarié.

– Tu as été très bien traité à l'université, Ignatius. Reconnais la vérité. Tu y es resté très longtemps. On t'a même laissé donner un cours.

– Bah, fondamentalement c'était la même chose. Un petit blanc du Mississippi est allé dire au doyen que j'étais un propagandiste du pape, ce qui est une contre-vérité patente. En effet, je ne soutiens nullement le pape actuel. Il ne correspond en rien à l'idée que je me fais d'un bon pape autoritaire. De fait, mon opposition au relativisme du catholicisme moderne est même assez violente. Cependant, l'ignorance crasse de cet intégriste protestant de la cambrousse, jointe à la hardiesse de sa démarche, conduisit mes autres étudiants à former un comité pour exiger que j'attribuasse des notes à leurs différents devoirs et essais accumulés avant de les leur retourner. Il y eut même une manière de petite manifestation sous les fenêtres de mon bureau. Ce fut assez spectaculaire. Pour des enfants simples et ignorants comme ils étaient, ils s'en tirèrent plutôt bien. Au plus fort de la manifestation, je précipitai par la fenêtre, droit sur la tête des étudiants, le paquet entier des copies en retard – et sans notes, bien entendu. L'université était trop mesquine pour accepter cet acte de défi contre la stupidité abyssale de l'académisme contemporain.

– Ignatius! Tu ne m'as jamais raconté ça!

– Je n'ai pas voulu te mettre martel en tête à l'époque. J'ai encore dit à mes étudiants que, par égard pour l'humanité future, j'espérais qu'ils étaient tous stériles.

Ignatius disposa les oreillers autour de sa tête.

« Je n'aurais probablement jamais pu dépasser l'analphabétisme et les erreurs grossières qui constituaient le bourbier intellectuel dans lequel se débattaient ces malheureux étudiants. Il en ira de même partout où je travaillerai.

– Tu pourrais te trouver un bon emploi. Dis-leur seulement que tu as ta licence.

Ignatius poussa un profond soupir et dit :

– Fort bien, je n'ai pas le choix.

De son visage tordu, il fit un masque de douleur. Inutile de lutter contre la Fortune, il fallait attendre la fin du cycle.

« Tu te rends bien compte, n'est-ce pas, que tout cela est de ta faute? Les progrès de mes travaux en seront gravement compromis. Je te suggère de demander une entrevue à ton confesseur et de faire quelque pénitence, maman. Promets-lui d'éviter le chemin du péché et de l'alcool à l'avenir. Dis-lui quelles ont été les conséquences de tes faiblesses morales, de ton échec; qu'il apprenne que tu es responsable du retard que prendra un acte d'accusation monumental contre notre société. Peut-être saisira-t-il dans toute son ampleur l'étendue de ta faute. Si c'est un prêtre selon mon cœur, la pénitence sera sans doute assez sévère. Hélas! j'ai appris à ne pas attendre grand-chose de nos prêtres d'aujourd'hui.

– Je m'amenderai, je serai sage, Ignatius, tu vas voir.

– Bah, je vais donc trouver un emploi, mais ce ne sera pas forcément ce que tu appellerais « une bonne place ». Je possède peut-être des intuitions et des connaissances, une perspicacité qui seraient utiles à n'importe quel employeur. Et cette expérience conférera peut-être une dimension nouvelle à mes écrits. Le fait d'agir au sein même du système que je critique représentera en soi un paradoxe ironique non dépourvu d'intérêt.

Ignatius rota bruyamment.

« Si seulement Myrna Minkoff pouvait me voir aussi bas.

– Qu'est-ce qu'elle fabrique cette fille, maintenant? demanda Mme Reilly, soudain soupçonneuse. Je payais, moi, pour tes études, et il a fallu que tu rencontres une fille pareille!

– Myrna est toujours à New York, sa ville natale. Il ne fait aucun doute qu'elle est en ce moment même en train de déployer tous ses efforts pour obtenir d'être arrêtée par la police dans une quelconque manifestation.

– Ça, on peut dire qu'elle m'énervait à jouer toujours de la guitare dans toute la maison. Si elle a autant de sous que tu dis, tu aurais peut-être dû l'épouser. Vous vous seriez peut-être calmés tous les deux, installés, vous auriez peut-être un bébé à l'heure qu'il est.

– Dois-je croire qu'un tel flot d'obscénités ordurières jaillit des lèvres de ma propre mère? beugla Ignatius. Allez, file me préparer quelque chose pour le dîner. Je dois arriver à l'heure au cinéma. Il s'agit d'une comédie musicale sur la vie du cirque, quelque chose de très certainement excessif qui a fait l'objet d'une publicité éhontée et qu'il me tarde de voir. Nous étudierons les offres d'emploi à partir de demain.

– Je suis si fière que tu te décides enfin à prendre un métier, dit Mme Reilly, débordante d'émotion, avant d'embrasser son fils quelque part sur sa moustache humide.

## IV

« Non mais, regarde-moi c'te vioque », musait Jones pardevers sa psychologie tandis que le bus le secouait et le précipitait contre sa voisine. « A se dit que chuis de couleur donc je vais la violer. Peut toujours être une grand-mère et tout, tu peux y aller, alle est prête à flanquer son gros cul par la fenêtre! Oua-ho! Mais j'veux violer personne, moi, merde! »

Il s'écarta discrètement de la femme qui était assise à côté de lui, croisa les jambes et regretta une fois de plus de ne pouvoir fumer dans le bus. Il se demanda qui pouvait bien être le grand gros type en casquette verte qui semblait avoir envahi la ville entière ces derniers temps. Où ce gros enfoiré allait-il choisir de placer sa prochaine apparition? Ce zozo en casquette verte avait effectivement quelque chose de fantomatique.

« Bon, m'en vais dire au flicard que chuis casé, gagne légalement ma vie, qu'y m'lâche un peu, j'y dirai que chuis tombé sur une humaniste file en troupe qui m'donne vingt dollars par semaine, dis donc! Et lui y va faire " Ah, c'est bien, mon gars! Chuis content d'voir que tu rentres dans l'droit chemin. " Et moi, " ouais ", que j'y f'rai, salut! Et lui y fra " Maintenant tu vas pouvoir devenir un membre à part entière de la communauté. " Et moi j'y frai " Ouais, m'ai dégotté un boulot d'nègre pour un salaire de nègre. Me v'là membre à part entière, dis-donc! Nègre à part entière. Pas vagabond! Nègre! " Oua-ho! Pour du changement, c'est du changement, non? »

La vieille femme tira sur la corde de la sonnette pour

signifier qu'elle désirait descendre au prochain arrêt et quitta son siège, s'efforçant de n'effleurer nulle partie de l'anatomie de Jones. Ce dernier, bien à l'abri derrière ses lunettes impénétrables, la regardait se contorsionner avec un grand détachement.

« Non mais, regarde-moi ça ! Alle me croit vérolé, tubard et satire – et bien monté ! – alle pense que j'vais y filer un coup de rasoir pour y piquer son sac. Oua-ho ! »

Les lunettes de soleil suivirent la vieille dame qui descendait de l'autobus et se perdait dans la foule qui attendait à l'arrêt. Quelque part, à l'arrière-plan de la foule, il vit une manière d'altercation. Un homme brandissait un journal roulé et en frappait un autre, plus petit, qui arborait une longue barbe rousse et un bermuda. Le barbu avait quelque chose de vaguement familier. Jones se sentit mal à l'aise. D'abord ce fantôme en casquette verte, et maintenant cette personne connue qu'il n'arrivait pas à identifier.

Jones se détourna de la fenêtre quand il vit s'enfuir le barbu et il ouvrit l'exemplaire de *Life* que Darlene lui avait donné. Du moins Darlene avait-elle été agréable avec lui aux *Folles Nuits.* Darlene s'était abonnée à *Life* dans l'idée de se cultiver et de s'améliorer et, en faisant cadeau de cet exemplaire à Jones, elle espérait aussi lui être utile. Jones tenta de lire un éditorial consacré à l'engagement américain en Extrême-Orient mais dut s'interrompre à mi-chemin. Il se demandait comment un canard pareil pourrait aider Darlene à devenir danseuse exotique – le but qu'elle s'était fixé et dont elle avait parlé et reparlé. Il reporta son attention aux pubs. C'était ce qui l'intéressait dans les magazines. Celui qu'il tenait entre les mains en présentait une sélection remarquable. Il aimait la pub de la compagnie d'assurances sur la vie Aetna, avec la photo de la jolie maison qu'un couple venait d'acheter. Les hommes de la lotion après rasage Yardley semblaient riches et décontractés. Voilà comment *Life* pouvait lui être utile. Il désirait ressembler à ces hommes, leur ressembler trait pour trait.

## V

Si la roue de la Fortune vous emporte dans une phase descendante, allez au cinéma et profitez mieux de la vie. Ignatius était sur le point de proférer à sa propre intention ces judicieux conseils quand il se rappela qu'il allait au cinéma tous les soirs ou presque, dans quelque sens que tournât la roue de la Fortune.

Il était assis au garde-à-vous dans l'obscurité du Prytania, à quelques rangs seulement de l'écran, son corps emplissant complètement son siège et débordant de part et d'autre sur celui de gauche et celui de droite. Sur ce dernier, il avait déposé son manteau, trois barres de Milky Way et deux paquets de pop-corn de secours, soigneusement fermés et roulés afin que le pop-corn s'y conservât chaud et croustillant. Ignatius mangeait du pop-corn en regardant avec ravissement la bande annonce des prochains films. L'un de ceux que l'on annonçait semblait assez mauvais, songea-t-il, pour l'attirer de nouveau au Prytania dans quelques jours. Puis le technicolor prit possession de l'écran, le lion rugit, et le titre du film s'inscrivit en grandes lettres lumineuses devant le miraculeux regard de ses yeux jaune et bleu. Son visage se figea et son sachet de pop-corn commença à trembler. En pénétrant dans la salle, il avait soigneusement boutonné les deux oreillettes au sommet de sa casquette et les accents stridents de la comédie musicale assaillirent ses oreilles offertes de tous les côtés à la fois, sortant d'innombrables haut-parleurs. Il prêta l'oreille à la musique et y détecta deux chansons populaires qui lui étaient particulièrement désagréables, et scruta le générique à la recherche du nom de comédiens qui lui donnaient régulièrement la nausée.

Quand le générique fut terminé, Ignatius y avait noté les noms de plusieurs comédiens, de l'auteur des dialogues, de l'auteur de la musique, du coiffeur, du réalisateur et du producteur général adjoint qui, tous, avaient prêté leur concours à des réalisations qui l'avaient révolté à plusieurs reprises dans le passé. La scène qui apparut sur l'écran montrait des hordes de figurants qui se déplaçaient autour du chapiteau d'un cirque. Il examina attentivement la foule et découvrit l'héroïne, un peu à l'arrière-plan.

– Oh, mon Dieu! vociféra-t-il, la voilà!

Les enfants qui occupaient les premiers rangs, devant lui, se retournèrent en écarquillant les yeux mais Ignatius ne les ramarqua pas. Les yeux jaune et bleu suivaient l'héroïne qui transportait gaiement un seau d'eau pour ce qui se révélait être son éléphant.

– Mais cela va être pire que mes prévisions les plus optimistes! s'écria Ignatius en apercevant le pachyderme.

Il porta le sac de pop-corn vide à ses lèvres pleines, le gonfla et attendit, les yeux brillant des mille reflets du technicolor. Un roulement de tymbales et la bande sonore s'emplit de violons. L'héroïne et Ignatius ouvrirent la bouche ensemble, elle pour chanter, lui pour émettre un grognement. Dans l'obscurité, deux mains tremblantes se rejoignirent violemment. Le sac de pop-corn explosa avec un grand boum. Les enfants se mirent à pousser des hurlements glapissants.

– Qu'est-ce que c'est que tout ce boucan? demanda l'ouvreuse du comptoir des friandises au directeur de la salle.

– Il est ici, lui répondit le directeur en désignant du doigt à l'autre extrémité de la salle la silhouette massive qui se découpait sur le bas de l'écran.

Le directeur descendit ensuite une travée jusqu'aux premiers rangs, où les hurlements redoublaient. Leur peur s'étant dissipée, les enfants avaient organisé un concours de hurlements. Entendant les ricanements aigus et les trémolos à glacer le sang dans les veines, Ignatius se réjouissait méchamment dans son coin. Avec quelques menaces modérées, le directeur vint à bout des premiers rangs avant de reporter son attention vers l'endroit, un peu en retrait, où la silhouette isolée d'Ignatius s'élevait comme celle de quelque monstre au-dessus des petites têtes. Mais il ne distingua qu'un profil bouffi. Les yeux qui luisaient sous la visière verte suivaient l'héroïne et son éléphant sur le large écran et pénétraient en leur compagnie à l'intérieur du chapiteau.

Pendant quelque temps, Ignatius se tint relativement tranquille, ne réagissant au développement de l'intrigue que par reniflements de mépris. Puis la quasi-totalité de la distribution du film se retrouva soudain dans les agrès, au sommet du chapiteau. Au premier plan, l'héroïne se balançait sur un trapèze aux accents d'une valse. Il y eut un gros plan gigantesque sur son sourire et Ignatius tenta de repérer ses caries et d'éventuels plombages. Elle étendit une jambe, Ignatius s'empressa d'en rechercher les défauts de forme. Elle se mit à chanter qu'il fallait cent fois sur le métier remettre son ouvrage, jusqu'au succès. Ignatius frissonna quand la philosophie que laissait transparaître ces paroles lui devint manifeste. Il se mit à examiner la manière dont elle tenait le trapèze, dans l'espoir de la voir lâcher prise et s'écraser dans la sciure.

Au second refrain, toute la troupe des funambules, trapézistes et acrobates reprit en chœur, chantant les vertus du succès à tout prix, d'un air lubrique, tout en se balançant à qui mieux mieux.

– Oh juste ciel! vociféra Ignatius, n'y tenant plus, et répandant du pop-corn sur sa chemise et dans les plis de son pantalon de tweed. Quel dégénéré a pu produire un tel avorton?

– Ta gueule! cria quelqu'un dans son dos.

– Mais regardez-moi ces crétins souriants! Si seulement les agrès pouvaient rompre!

Il secoua les quelques grains de pop-corn qui restaient au fond du dernier sac.

« Dieu merci, cette scène est terminée! »

Quand ce fut une scène d'amour qui sembla s'annoncer, Ignatius bondit hors de son fauteuil et descendit lourdement l'allée jusqu'au comptoir des friandises pour refaire une provision de pop-corn. Mais quand il regagna son siège, les deux grosses silhouettes roses en étaient tout juste à l'échange d'un baiser.

– J'aime mieux ne pas penser à leur haleine fétide, clama Ignatius par-dessus la tête des enfants. Quant aux endroits obscènes dans lesquels ils sont allés fourrer leur bouche, brrr! n'en parlons pas!

– Faut faire quelque chose, dit laconiquement l'ouvreuse au directeur, il est pire que jamais, ce soir!

Avec un soupir, le directeur redescendit la travée jusqu'à la rangée au milieu de laquelle Ignatius était en train de grommeler :

– Oh, mon Dieu, les voilà qui, avec leur langue, explorent méthodiquement les couronnes et les caries de leur partenaire!

# TROIS

Ignatius parcourut en titubant l'étroite allée de brique qui menait à la maison, gravit péniblement les degrés du perron, tira la sonnette. Une tige du bananier moribond avait expiré et s'était abattue, toute raide, sur le capot de la Plymouth.

Ignatius, mon petit, cria Mme Reilly dès qu'elle eut ouvert la porte, qu'est-ce qui se passe? Ça ne va pas. Tu as l'air mourant!

– Mon anneau pylorique s'est fermé dans le tramway.

– Seigneur! Entre vite te mettre à l'abri du froid!

Ignatius se traîna comme un malheureux, dans un grand bruit de savates, jusqu'à la cuisine où il se laissa tomber sur une chaise.

– Le directeur du personnel de cette compagnie d'assurances m'a traité de manière fort insultante.

– Tu n'as pas eu le poste?

– Bien sûr que je n'ai pas eu le poste.

– Que s'est-il passé?

– J'aimerais autant parler d'autre chose.

– Tu es allé aux autres endroits?

– Le contraire est manifeste. Te semblerais-je par hasard dans un état capable d'attirer d'éventuels employeurs, de les séduire? J'ai eu le sens commun de rentrer à la maison dès que possible.

– Inutile de te coller le cafard, chéri.

– Le cafard? Mais je n'ai jamais le cafard, excuse-moi!

– C'est pas la peine d'être méchant. Tu décrocheras un bon emploi. Tu ne cherches que depuis quelques jours, dit sa mère avant de l'examiner. Ignatius, tu portais cette casquette pendant l'entretien avec ce monsieur des assurances?

– Évidemment. Ce bureau était inadéquatement chauffé. J'ignore comment les employés de cette firme se débrouillent pour demeurer en vie alors qu'ils s'exposent jour après jour à cet air glacial. Et puis il y a ces tubes fluorescents qui leur rôtissent la cervelle et leur brûlent les yeux. Je n'aimais pas du tout ces bureaux. J'ai tenté d'exposer les défauts des lieux au directeur du personnel mais il a paru se désintéresser complètement de ce que je lui disais. En dernier lieu, il s'est montré extrêmement hostile.

Ignatius émit un rot monstrueux.

« Mais je t'avais bien dit qu'il en irait ainsi. Je suis un anachronisme. Les gens s'en rendent compte et en forment du ressentiment contre moi.

– Seigneur, mon chéri, faut faire avec et garder son optimisme, tu vois ce que je veux dire?

– « Faire avec? » « Garder son optimisme? » répéta Ignatius avec une sauvagerie incrédule. Mais qui a bien pu semer ces insanités contre nature dans ton esprit?

– M. Mancuso.

– Hélas! mon Dieu, j'aurais dû m'en douter ! Est-il lui-même un exemple de l'optimisme qui permet de « faire avec? »

– J'aimerais que tu l'entendes raconter sa vie, ce pauvre homme! Rien que ce que ce sergent du commissariat qui voudrait...

– Assez!

Ignatius se couvrit une oreille et abattit son poing sur la table.

« Je ne veux plus entendre un mot à propos de cet homme. Tout au long des siècles, ce sont les Mancuso qui ont causé les guerres et répandu les maladies. Voilà que, brusquement, l'esprit malin de cet homme hante notre demeure. Il est devenu ton Svengali.

– Ignatius, reprends-toi!

– Je refuse de « faire avec ». L'optimisme me donne des haut-le-cœur. Depuis la chute, la position de l'homme en ce bas monde a toujours été le malheur.

– Chuis pas malheureuse.

– Bien sûr que si!

– Pas du tout, non.

– Mais si, tu l'es!

– Ignatius, je ne suis pas malheureuse. Si je l'étais, je te le dirais.

– Si j'avais démoli le bien d'autrui dans les vapeurs de l'ébriété et jeté par là même mes enfants au loup, tu me verrais occupé à gémir en me battant la poitrine. Tu me verrais aller à genoux jusqu'à saigner. A propos, quelle pénitence t'a donnée le prêtre pour ton péché?

– Trois Je vous salue Marie et un Notre Père.

– Quoi, c'est tout? s'écria Ignatius. Lui as-tu révélé ta façon d'agir? Lui as-tu dit que tu avais interrompu un travail critique d'une vaste portée et d'un grand brio?

– Chuis allée me confesser, Ignatius. J'ai tout dit au prêtre. Il m'a dit : « Cela n'a pas l'air d'être de votre faute, mon enfant. Il me semble que vous avez seulement dérapé un petit peu sur une chaussée humide. » Alors je lui ai parlé de toi. « Mon garçon me dit que c'est de ma faute s'il n'écrit pas dans ses cahiers. Il travaille sur cette histoire depuis plus de cinq ans, maintenant. » Et le père a dit : « Ah oui? Cela ne me semble pas trop terrible. Dites-lui donc de sortir de la maison et d'aller au travail. »

– Pas étonnant que je ne supporte pas l'Église! beugla

Ignatius. Tu méritais le fouet, on aurait dû te l'appliquer sur place, en plein confessionnal!

– Maintenant écoute-moi, Ignatius. Demain, tu vas aller essayer ailleurs. Y a des tas d'offres d'emploi à travers la ville. Je causais avec Miss Marie-Louise, tu sais, la vieille qui travaille chez l'Allemand. Eh ben elle a un frère invalide, tu sais qui a un sonne automne. Il est comme sourd, quoi. Y s'est trouvé un bon emploi aux GoodWill Industries.

– Je devrais peut-être essayer là-bas?

– Ignatius! Y n'engagent que des aveugles ou des vraiment débiles pour faire des brosses et des machins comme ça!

– Je suis sûr qu'il est fort plaisant de travailler en la compagnie de ces gens.

– Regardons dans le journal de l'après-midi. Peut-être qu'y aura un bon poste, là-dedans!

– Si je devais sortir demain, je ne partirais certainement pas aussi tôt qu'aujourd'hui. J'ai été très désorienté pendant tout le temps que j'ai passé en ville.

– Mais tu n'es parti d'ici qu'après le déjeuner.

– Il n'empêche – je ne fonctionnais pas normalement. J'ai eu plusieurs mauvais rêves la nuit dernière. Je me suis éveillé brisé et marmottant.

– Tiens, écoute ça. C'est une annonce que je retrouve dans le journal tous les jours, dit Mme Reilly, tenant la feuille très proche de ses yeux. « Propre, soignant...

– Soigneux, voyons, maman...

– Propre, soigneux, travaillant, silencieux, digne de confiance...

– Travailleur, pas travaillant, donne-moi ça, dit Ignatius en lui arrachant le journal. Enfin, tu sais lire, tout de même...

– J'ai pas été aux écoles, moi, papa était trop pauvre et...

– Je t'en prie! Je ne suis pas en état d'entendre ce récit sinistre en ce moment! « Propre, soigneux, travailleur, silencieux, digne de confiance... » Grand Dieu! Quel genre de monstre veulent-ils donc? Je crois que jamais je ne pourrais travailler pour une firme dotée d'une telle vision du monde.

– Lis la fin mon chéri.

– Travail de bureau. 25-35 ans. Se présenter Pantalons Levy, Industrial Canal & River, chaque matin entre 8 et 9. Eh bien voilà. C'est exclu. Jamais je ne pourrais parcourir un tel trajet avant 9 heures du matin!

– Chéri, si tu prends un emploi, il faudra bien que tu te lèves tôt.

– Non, maman, répliqua Ignatius en jetant le journal sur le réchaud. Non, j'ai visé trop haut. Je ne saurais survivre longtemps à un emploi de ce genre. J'imagine que quelque chose dans le genre de la distribution quotidienne d'un journal à quelques abonnés...

– Mais Ignatius, un grand bonhomme comme toi ne peut pas se promener à bicyclette pour distribuer des journaux, voyons.

– Peut-être pourrais-tu m'accompagner avec la voiture. Je jetterais les journaux par la fenêtre arrière.

– Écoute-moi bien, mon garçon, dit Mme Reilly pleine de colère, tu vas aller chercher quelque chose demain matin, et, pour commencer, tu vas me faire le plaisir de répondre à cette annonce. Je parle très sérieusement. Tu fais l'imbécile et tu essayes de te défiler, je te connais!

– Mmmmh, mmmh! bâilla Ignatius, révélant la flanelle rose sale de sa langue. Pantalons Levy me paraît un nom aussi affreux, sinon pire, que celui de toutes les firmes que j'ai vues jusqu'ici. Je vois qu'à l'évidence je suis déjà tout au fond, au plus bas échelon du marché du travail.

– Patience, chéri! Tu réussiras, tu verras.

– Oh, mon Dieu!

## II

L'agent de police Mancuso avait une idée, une bonne, qui lui avait été donnée, c'était à ne pas croire, par Ignatius Reilly. Il avait appelé la demeure des Reilly au téléphone pour demander à Mme Reilly quel jour elle pourrait l'accompagner avec sa tata au bouligne. Mais c'était Ignatius qui avait décroché et il s'était aussitôt mis à hurler :

– Cessez de nous harceler, espèce de semi-mongolien! Si vous aviez tant soit peu d'intelligence, vous seriez en train d'enquêter dans des antres louches comme ce bar des *Folles Nuits*, où ma mère bien-aimée a été mal traitée et volée. Quant à moi, j'y fus victime d'une prostituée vicieuse, cruelle et dépravée. Sans compter que la propriétaire est une nazie. Nous nous en sommes tirés vivants de justesse. Allez donc enquêter sur cette bande et laissez-nous en paix, briseurs de foyers!

Puis Mme Reilly avait réussi à arracher le téléphone à son fils.

Le sergent serait content d'apprendre l'existence d'un tel lieu. Il féliciterait peut-être l'agent Mancuso pour s'être procuré ce renseignement. L'agent de police Mancuso rectifia donc la position devant le sergent, s'éclaircit la gorge et dit :

– J'ai eu un tuyau sur un bar qui emploierait des prostituées.

– Un tuyau? demanda le sergent. Qui vous l'a donné?

L'agent de police Mancuso avait plusieurs bonnes raisons de ne pas introduire Ignatius dans cette affaire. Son choix s'arrêta de préférence sur Mme Reilly mère.

– Une dame que je connais, répondit-il donc.

– Et comment se fait-il que cette dame connaisse un tel endroit? demanda le sergent. Qui l'y a emmenée?

L'agent de police Mancuso ne pouvait dire « son fils », au risque de réveiller des blessures récentes. Pourquoi les conversations avec le sergent ne suivaient-elles jamais un cours sans heurt?

– Elle y était seule, finit par dire l'agent de police Mancuso, cherchant à sauver l'entretien qui menaçait ruine.

– Une dame, dans un endroit pareil, et elle y était seule? s'écria le sergent. Mais qu'est-ce que c'était que cette dame, bon Dieu? Une prostituée elle-même, probablement! Fichez-moi le camp, Mancuso et débrouillez-vous pour me ramener un individu suspect. Vous n'avez encore pincé personne, personne! Épargnez-moi vos tuyaux sur d'improbables putes! Allez donc regarder dans notre placard, à propos! Vous êtes militaire, aujourd'hui. Allez, du vent!

L'agent de police Mancuso dériva lentement jusqu'aux armoires métalliques, se demandant pourquoi il n'arrivait jamais, selon toute apparence, à trouver grâce aux yeux du sergent. Quand il fut parti, le sergent se tourna vers un inspecteur et lui dit :

– Envoyez donc quelqu'un, un ou deux rombiers, aux *Folles Nuits*. Peut-être que quelqu'un aura été assez con pour causer à Mancuso dans cette boîte. Mais qu'il n'en sache rien, lui. Je ne veux pas que ce connard en retire le moindre bénef! Mannequin il est, mannequin il restera jusqu'à ce qu'il m'ait chopé un individu suspect!

– A propos, vous savez qu'on a encore enregistré une plainte hier contre Mancuso! Une dame est venue nous raconter qu'un petit bonhomme en sombrero s'est frotté contre elle dans l'autobus, hier soir, dit l'inspecteur.

– Sans blague? répondit le sergent, songeur. Eh ben, encore une plainte de ce genre, une seule, et c'est Mancuso que nous allons arrêter.

## III

M. Gonzales alluma la lumière du petit bureau, puis le chauffage au gaz installé à côté de sa propre table de travail. Au cours des vingt années qu'il avait passées au service des Pantalons Levy, il était toujours arrivé le premier, chaque matin.

– Il faisait encore nuit quand je suis arrivé ici ce matin, disait M. Gonzales à M. Levy dans les rares occasions où ce dernier était absolument contraint de passer aux Pantalons Levy.

– Vous devez partir trop tôt de chez vous, rétorquait M. Levy.

– J'ai conversé avec le laitier, ce matin, debout sur les marches du perron.

– Oh, la ferme, Gonzales. Vous avez retenu sur le vol de Chicago? Je ne veux pas manquer le match des Bears contre les Packers.

– Le bureau était déjà bien chaud quand les autres employés sont arrivés.

– Vous gaspillez mon gaz! Vous n'avez qu'à rester dans le froid si vous tenez à arriver si tôt. Ça vous fera du bien.

– J'ai eu le temps de faire deux pages des registres, ce matin, pendant que j'étais là, tout seul. Tenez, regardez, j'ai pris un rat près du distributeur d'eau fraîche! Il pensait qu'il était tout seul dans le bureau, vous pensez, à cette heure-là! Alors je l'ai assommé avec un presse-papiers.

– Mais virez-moi cette saleté de rat bon sang! Cet endroit me déprime suffisamment comme ça! Tenez, téléphonez à l'hôtel pour mes réservations.

Cependant les critères de jugement des employés des Pantalons Levy étaient fort bas. Il suffisait d'arriver tôt pour arriver. Et Gonzales avait été promu chef de bureau, prenant le contrôle des quelques employés léthargiques qui étaient devenus ses subalternes. Il ne se rappelait jamais vraiment de leurs noms. Employés aux écritures et dactylos semblaient aller et venir à un rythme démentiel, quasi quotidien. A l'exception de Miss Trixie, l'aide-comptable octogénaire qui se trompait depuis près d'un demi-siècle en recopiant des chiffres dans les livres des Pantalons Levy. Elle portait même sa visière de celluloïd verte en arrivant au bureau et en le quittant chaque soir, ce que M. Gonzales interprétait comme un signe de sa fidélité à la maison. Le dimanche, il lui arrivait de la porter pour aller à l'église, l'ayant prise pour un chapeau. Elle l'avait même portée aux funérailles de son frère, où elle lui avait été promptement arrachée de la tête par sa belle-sœur qui était nettement plus alerte et vaguement plus jeune qu'elle. Mme Levy avait donné des ordres pour que Miss Trixie demeurât employée par les Pantalons Levy quoi-qu'il-ar-ri-ve.

M. Gonzales passa un chiffon sur son bureau en songeant, comme il le faisait chaque matin dans le bureau encore désert et glacé où les rats des docks s'amusaient entre eux à des jeux frénétiques à l'intérieur des murs, au bonheur que lui avait valu sa rencontre avec les Pantalons Levy. Sur le fleuve, les petits cargos glissaient à travers la brume qui commençait à se lever, se saluant de longs beuglements, le son grave de leurs cornes de brume venant mourir en échos assourdis au long des classeurs qui achevaient de rouiller dans le bureau. A côté de lui, le petit radiateur à gaz pétait et craquait gaiement, au fur et à mesure que se réchauffaient et se dilataient ses divers composants. Écoutant inconsciemment les mille petits bruits qui marquaient depuis vingt ans le début de sa journée, il allumait la première des dix cigarettes qu'il fumait chaque jour. Quand il l'avait grillée jusqu'au filtre, il l'écrasait dans le cendrier qu'il vidait ensuite dans la corbeille à papier. Il aimait toujours produire une bonne impression sur M. Levy par la propreté impeccable de son bureau.

A côté du sien se trouvait le bureau à cylindre de Miss Trixie. Tous les tiroirs entrouverts en débordaient de vieux journaux. Parmi les moutons qui s'amassaient sous le bureau, un morceau de carton avait été introduit sous l'un des pieds pour conférer à l'ensemble une relative stabilité. A la place de Miss Trixie, un sac à papier empli de vieux bouts de tissu et d'une pelote de ficelle occupait son siège. Des mégots de cigarettes débordaient du cendrier et se répandaient sur le bureau. C'était un mystère dont M. Gonzales n'avait jamais été en mesure de trouver la clé car Miss Trixie ne fumait pas. Il l'avait interrogée à ce propos plusieurs fois mais n'avait jamais obtenu de réponse cohérente. La zone occupée par Miss Trixie possédait une espèce de curieux magnétisme. Elle attirait tout ce que le bureau pouvait contenir de rebuts et chaque fois qu'un stylo, une paire de lunettes, un sac ou un briquet manquaient à l'appel, on les retrouvait généralement quelque part dans le bureau de Miss Trixie. Elle était aussi une grande rassembleuse d'annuaires téléphoniques et les entassait tous dans un des tiroirs encombrés de son bureau.

M. Gonzales s'apprêtait à fouiller le bureau de Miss Trixie à la recherche de son tampon encreur quand la vieille demoiselle fit son apparition sur le seuil de la pièce et entra dans un grand chuintement de pantoufles sur le plancher. Elle apportait un nouveau sac en papier apparemment rempli du même assortiment de morceaux d'étoffe et de bouts de ficelle que le premier, à l'exception du tampon encreur qui en dépassait. Cela faisait deux ou trois ans que Miss Trixie s'était mise à transporter ces sacs, en accumulant parfois jusqu'à trois et quatre le long de son bureau sans jamais révéler à quiconque leur signification ou leur utilité...

– Bonjour, Miss Trixie, lança M. Gonzales de son exubérante voix de ténor. Comment allons-nous ce matin?

– Qui? Quoi? Oh, salut, Gomez dit faiblement Miss Trixie avant de dériver vers les toilettes des dames comme si elle était emportée par un ouragan. Car Miss Trixie n'était jamais parfaitement verticale. En toutes circonstances, elle formait avec le sol un angle inférieur à quatre-vingt-dix degrés.

M. Gonzales profita de l'occasion pour récupérer son tampon encreur et découvrit qu'il était enduit d'une matière qui avait l'odeur et l'apparence du saindoux. Tandis qu'il essuyait son tampon, il se demanda combien d'employés allaient se présenter au travail. Une année plus tôt, il s'était retrouvé seul avec Miss Trixie pendant toute une journée. Mais c'était avant l'augmentation de cinq dollars que la firme avait accordée à tous ses employés. Toutefois il arrivait encore assez fréquemment que le personnel des bureaux de la firme Pantalons Levy démissionne sans même en avertir M. Gonzales par téléphone. C'était pour lui une source d'inquiétude constante et, après l'arrivée de Miss Trixie, il surveillait toujours la porte d'entrée, plein d'espoir, surtout en cette saison, quand l'usine était censée entamer les expéditions de la collection printemps-été. La vérité vraie était qu'il avait désespérément besoin d'aide au bureau.

M. Gonzales aperçut une visière verte à l'extérieur. Miss Trixie était-elle ressortie par l'atelier pour faire tout le tour et rentrer par la porte de devant ? Ça lui ressemblait bien. Un jour, elle s'était rendue aux toilettes et n'avait été découverte qu'en fin d'après-midi par M. Gonzales, profondément endormie sur un rouleau d'étoffe dans le grenier qui servait d'entrepôt à l'atelier. Puis la porte s'ouvrit et l'un des plus grands et gros hommes que M. Gonzales eût jamais vus pénétra dans le bureau. Il ôta sa casquette verte, révélant une épaisse chevelure noire, plaquée en arrière à force de vaseline dans le style des années 20. Quand le manteau fut retiré, il permit à M. Gonzales de découvrir de gros boudins de graisse engoncés dans une chemise blanche trop étroite, que divisait verticalement une large cravate à fleurs. Il semblait que la vaseline eût également servi à enduire la moustache car cette dernière était prodigieusement brillante. Et puis il y avait ces yeux incroyablement jaune et bleu entremêlés de la plus fine résille de veines rosâtres. M. Gonzales faillit prier le ciel à haute et intelligible voix pour que ce Béhémoth fût un impétrant. Car il était impressionné, abasourdi.

Ignatius se retrouvait dans ce qui était fort probablement le bureau le plus minable dans lequel il eût jamais mis les pieds. Les ampoules nues qui pendaient à intervalles irréguliers du plafond taché et noirci jetaient une faible lumière jaune sur les lattes disjointes et tordues du plancher. De vieux classeurs délimitaient à travers la pièce plusieurs espaces rectangulaires, occupés chacun par un bureau recouvert d'un vernis orange très particulier. A travers les fenêtres poussiéreuses du bureau, on apercevait les docks de Poland Avenue, le terminal militaire, le Mississippi et, plus loin, à l'horizon, les cales sèches du chantier naval et les toits d'Alger, de l'autre côté du fleuve. Une très vieille femme entra en clopinant et se heurta à une rangée de classeurs métalliques. L'atmosphère des lieux rappela à Ignatius celle de sa chambre, et son anneau pylorique le lui confirma en s'ouvrant joyeusement. Ignatius faillit prier le ciel à haute et intelligible voix pour que sa candidature fût acceptée. Car il était impressionné, abasourdi.

– Oui ? demanda d'un air engageant le petit bonhomme tiré à quatre épingles devant son bureau tout propre.

– Oh, je croyais que je devais m'adresser à Madame, dit Ignatius d'une voix de stentor, jugeant que le bonhomme constituait la seule fausse note dans le bureau. Je viens pour l'annonce.

– Oh, parfait, parfait, c'est merveilleux, s'écria le petit homme débordant d'enthousiasme. Laquelle? Nous en passons deux dans les journaux. Une pour un homme, l'autre pour une femme.

– Et à laquelle croyez-vous que j'ai choisi de répondre? tonna Ignatius.

– Oh, fit M. Gonzales, en proie à la plus vive confusion. Pardonnez-moi! Je n'ai pas fait attention. Ce que je voulais dire, c'est que le sexe est sans importance. Vous pourriez occuper n'importe lequel des deux emplois. C'est-à-dire que peu m'importe le sexe!

– Oublions cela, je vous en prie, dit Ignatius.

Il remarqua que la vieille dame commençait à dodeliner de la tête devant son bureau. Les conditions de travail semblaient idylliques.

– Venez vous asseoir, je vous en prie. Miss Trixie va vous débarrasser de vos affaires et les déposer dans le vestiaire des employés. Nous voulons que vous vous sentiez chez vous aux Pantalons Levy.

– Mais nous n'avons pas encore dit un mot.

– Aucune importance. Je suis persuadé que nous allons tomber entièrement d'accord. Miss Trixie. Miss Trixie!

– Qui? cria cette dernière en envoyant dinguer le cendrier plein sur le plancher.

– Bon, je vais vous débarrasser moi-même.

M. Gonzales reçut une tape sur la main quand il fit mine de s'emparer de la casquette mais fut autorisé à prendre le manteau.

« Quelle jolie cravate! On n'en voit plus guère de semblables.

– Elle appartenait à feu mon père.

– Oh, toutes mes condoléances, dit M. Gonzales en enfermant le manteau dans un vieux casier métallique à l'intérieur duquel Ignatius aperçut un sac en papier semblable aux deux qui étaient posés le long du bureau de la vieille dame.

« A propos, que je vous présente à Miss Trixie, l'une de nos plus anciennes employées. Vous verrez que vous prendrez plaisir à la connaître.

Miss Trixie s'était assoupie, sa tête chenue reposant parmi les tas de vieux journaux qui encombraient son bureau.

– Oui, finit-elle par soupirer. Ah, c'est vous, Gomez? Il est déjà l'heure de partir?

– Miss Trixie, voici l'un de nos nouveaux employés.

– Un bon gros garçon, dit Miss Trixie en levant ses yeux chassieux sur Ignatius. Bien nourri.

– Miss Trixie travaille dans la maison depuis plus de cinquante ans. Cela pour vous donner une idée des satisfactions que nos employés retirent de leurs relations avec les Pantalons Levy. Miss Trixie travaillait déjà pour feu Monsieur le père de Monsieur Levy, un merveilleux vieux gentleman.

– Oui, un merveilleux vieux gentleman, approuva Miss Trixie, totalement incapable de se rappeler le moindre trait du vieux Levy. Il me traitait bien. Il avait toujours un mot gentil, cet homme.

– Merci, Miss Trixie, s'empressa d'intervenir M. Gonzales, comme un meneur de jeu remercie un numéro de variétés qui vient de faire un épouvantable bide.

– La boîte dit que j'aurai droit à un beau jambon pour Pâques, exposa Miss Trixie à Ignatius. J'avoue que je compte dessus. Ma dinde de Thanksgiving est passée à l'as.

– Miss Trixie n'a jamais abandonné les Pantalons Levy malgré les années, expliqua le chef de bureau tandis que la vieille aide-comptable continuait de bavoter à propos de cette dinde.

– Voilà des années que j'attends ma retraite, mais chaque année ils me disent qu'il m'en reste encore une à tirer. Ils vous font travailler jusqu'à la fin, pas vrai, ils vous tuent à l'ouvrage, grasseya Miss Trixie avant de perdre brusquement tout intérêt pour la retraite et d'ajouter : Elle m'aurait bien rendu service, tout de même, cette dinde.

Elle se mit à farfouiller dans le contenu d'un de ses sacs.

– Pouvez-vous commencer dès aujourd'hui ? demanda Gonzales à Ignatius.

– Mais je ne crois pas avoir eu le moindre entretien concernant le salaire et autres détails du même genre. N'est-ce point la manière habituelle de procéder quand les choses en sont là ? demanda Ignatius avec condescendance.

– Ma foi, le travail de classement, qui est celui que nous avons terriblement besoin de faire effectuer, et qui est donc l'emploi que vous occuperez chez nous, rapporte soixante dollars par semaine. Les jours d'absence, pour maladie ou toute autre cause, sont déduits de la paye hebdomadaire.

– Voilà qui est incontestablement inférieur aux émoluements auxquels je croyais pouvoir m'attendre, répondit Ignatius apparemment très pénétré de sa propre importance. Je possède, hélas ! un anneau pylorique soumis à des vicissitudes qui risquent de me contraindre à garder le lit souventes fois. Plusieurs firmes plus engageantes, c'est le cas de le dire, se disputent actuellement mes services. Il faudra que je leur donne la priorité.

– Mais écoutez, dit le chef de bureau en confidence, Miss Trixie, elle, ne gagne que quarante dollars par semaine. Elle bénéficie pourtant d'une indiscutable ancienneté.

– Elle semble effectivement assez usée, dit Ignatius, observant l'intéressée qui, ayant répandu le contenu du sac sur son bureau, avait entrepris de farfouiller dedans au hasard. Elle n'a donc pas passé l'âge de la retraite?

– Chut! fit M. Gonzales. Mme Levy ne veut pas que nous la mettions à la retraite. Elle pense qu'il est préférable pour Miss Trixie de rester active. Mme Levy est une femme remarquable, très intelligente. Elle a pris des cours de psychologie par correspondance.

M. Gonzales laissa à cette importante révélation le temps de pénétrer l'esprit de son interlocuteur avant de reprendre :

« Donc, pour en revenir à vos perspectives d'avenir, vous avez déjà de la chance de commencer au salaire que je vous ai cité. Tout cela fait partie de notre nouveau plan d'embauche, destiné à injecter du sang frais dans les veines des Pantalons Levy. Miss Trixie avait malheureusement été engagée avant la mise en œuvre de notre plan, qui n'est pas rétroactif et, par conséquent, ne la concerne pas.

– Je regrette de vous décevoir, monsieur, mais le salaire ne me convient pas. Un magnat du pétrole est, en ce moment même, occupé à me faire miroiter des milliers de dollars devant les yeux pour me convaincre de devenir son secrétaire personnel. J'en étais encore à me demander si je puis prendre sur moi d'accepter la vision du monde entièrement matérialiste de cet homme. Je commence à croire, en définitive, que je vais lui dire : « Oui. »

– Nous ajouterons vingt *cents* par jour pour vos frais de déplacement, plaida M. Gonzales.

– Ma foi, voilà qui change un peu les choses, concéda Ignatius. Disons que j'accepte provisoirement cet emploi. Je dois reconnaître que les Pantalons Levy exercent sur moi un attrait certain.

– Oh, mais c'est merveilleux, balbutia M. Gonzales. Il va se plaire ici, pas vrai, Miss Trixie?

Miss Trixie était beaucoup trop préoccupée par ses recherches pour répondre.

– Je trouve étrange que vous ne m'ayez même pas demandé mon nom, lâcha Ignatius dégoûté.

– Oh, bonté divine! J'avais complètement oublié cet aspect des choses. Qui êtes-vous?

Ce jour-là, une seule autre employée se présenta. Une femme téléphona pour dire qu'elle préférait laisser tomber et vivre des allocations chômage. Les autres n'entrèrent même pas en contact avec les Pantalons Levy.

# IV

– Enlevez-moi ces putains de lunettes! Comment vous pourriez voir toute la saloperie qu'il y a par terre?

– Qui voudrait voir une telle saloperie?

– Je vous ai dit d'enlever ces lunettes, Jones.

– Les lunettes sont bien où qu'elles sont, point final.

Jones heurta violemment un tabouret du bar avec le balai qu'il poussait devant lui.

– Pour vingt dollars par semaine, non mais sans blague, c'est pas une plantation que vous dirigez!

Lana Lee entreprit de passer un bracelet élastique autour des liasses de billets et de dresser de petites piles de pièces de monnaie au fur et à mesure qu'elle les tirait de la caisse.

– Arrêtez de donner des coups de balai contre le bar, hurla-t-elle. Vous me portez sur les nerfs, bon Dieu de merde!

– Si vous faut un balayage en douceur trouvez-vous une vioque. Mézigues j'balaye jeune, jeune, que je balaye!

Le balai heurta encore le comptoir plusieurs fois de suite. Puis le nuage de fumée et le balai qu'il contenait se déplacèrent vers l'extrémité de la salle.

– Vous feriez bien d'dire à vos clients d'se servir des cendriers, z'avez qu'à leur dire que vous employez un mec bien au-dessous du salaire minimum. P'têt' qui f'ront un peu plus attention.

– Vous devriez plutôt vous estimer heureux que je vous donne une chance, mon garçon, dit Lane Lee. Les gars de couleur qui cherchent du boulot, c'est monnaie courante aujourd'hui.

– Ouais, et y a des tas de Noirs qui se font choper pour vagabondage, aussi. Quand y voyent le genre de paye qu'on leur offre. Des fois, je me dis que pour un mec de couleur, c'est p'têt' mieux de choisir carrément le vagabondage!

– Vous devriez plutôt vous estimer heureux d'avoir du boulot.

– Ben tiens, chaque soir j'en tombe à genoux pour remercier le ciel de sa bonté!

Le balai heurta une table.

– Quand vous aurez fini avec ce balai, dites-le-moi, dit Lana Lee. J'ai une petite course à vous faire faire pour moi.

– Une petite course? Dites, stop! Moi j'croyais qu'c'était un boulot d'portier. Balai, serpillière et basta! Il souffla un cumulus avant de reprendre :

« Qu'est-ce que c'est cette histoire de course de merde?

– Écoutez un peu, Jones! s'écria Lana Lee en lançant une pile de pièces de monnaie dans la caisse avant d'inscrire un chiffre sur un morceau de papier. Je n'ai qu'à téléphoner à la police et dire que vous avez perdu votre boulot. Vous me suivez?

– Et moi j'dirai aux flicards que *Les Folles Nuits* est un repaire de tapineuses. Chuis tombé dans un panneau en venant bosser ici. Oua-ho! maintenant, j'attends seulement de mettre la main sur une preuve. Quand j'en aurai, vous pouvez compter sur moi pour aller baver au commissariat, tiens.

– Oui, ben attention à ce que vous dites!

– Oh, les temps ont changé, dit Jones, rajustant ses lunettes de soleil. Les menaces ça fait plus peur aux gens de couleur, c'est fini. Y aura des gens qui viendront s'enchaîner devant vot' établissement, j'vous f'rai fermer, moi, j'vous f'rai passer aux nouvelles, à la télé. On nous fait bouffer assez de merde, à nous les gens de couleur, et c'est pas pour vingt dollars par semaine que vous m'en f'rez avaler encore un gramme. J'en ai plutôt ma claque d'avoir à choisir entre vagabondage et boulot même pas payé au salaire minimum, merde. Alors trouvez quelqu'un d'aut' pour vot' course.

– Oh, la barbe, Jones, fermez ça et finissez de nettoyer. Je vais demander à Darlene d'y aller.

– C'te pauv' fille, dit Jones en explorant un recoin avec son balai. Entraîneuse pour faire boire de la flotte et maintenant garçon d'courses. Oua-ho!

– Vous pouvez toujours la dénoncer au commissariat.

– C'est vous, qu'j'attends de pouvoir dénoncer au commissariat, vous! Darlene veut pas faire le métier qu'a fait. Alle est bien obligée d'le faire. Mais a dit qu'alle veut faire du spectac'.

– Ah ouais? Avec la jugeote qu'elle a, cette pauvre nana, elle a de la chance de pas se retrouver dans un zoo.

– Alle y s'rait mieux qu'ici.

– Elle serait mieux ici si elle voulait bien penser à me faire vendre de l'alcool en laissant tomber ces conneries de danse. Oh, j'ai pas d'mal à imaginer ce qu'elle pourrait faire sur une scène. Sur ma scène! C'est le genre à vous fiche en l'air un investissement dès qu'on cesse de la surveiller, cette nana.

La porte capitonnée s'ouvrit à la volée et un tout jeune homme pénétra dans le bar dans un grand déhanchement souligné par le cliquetis du bout ferré de ses santiags sur le plancher.

– Il serait temps, lui dit Lana.

– Tiens, t'as un nouveau négro, hein? demanda le jeune homme en observant Jones à travers ses boucles brunes et huileuses. Qu'est-ce qu'il est arrivé à l'autre? Il est clamcé ou quoi?

– Écoute, dit Lana d'un ton très froid.

Le gars sortit un portefeuille cousu main du genre voyant et en tira quelques billets qu'il remit à Lana.

– Tout s'est bien passé, George? lui demanda-t-elle. Les orphelins ont été contents?

– Y z'ont surtout aimé celle sur le bureau avec les lunettes. Y z'ont pensé qu'c'était une espèce de prof ou quelque chose comme ça. Je veux que celle-là cette fois-ci.

– Et tu penses qu'ils seraient intéressés par une dans le même genre? demanda Lana avec intérêt.

– Ouais. Pourquoi pas? Peut-être une avec un tableau noir et un bouquin. Tu vois. Le truc à faire avec un bout de craie, tu vois?

Le jeune type et Lana échangèrent un sourire.

– Je vois d'ici le tableau, dit Lana avec un clin d'œil.

– Eh, dis donc, toi, t'es camé? lança le jeunot à Jones. Pasque tu m'as tout l'air d'un camé.

– On va voir si t'auras pas l'air camé toi-même avec un manche à balai planté dans l'cul, dit Jones avec une extrême lenteur. Non mais des fois! Et puis tu vas voir, les balais des *Folles Nuits* sont vieux, c'est bon ça, mon vieux, pleins d'échardes, qui sont!

– D'accord, d'accord! vociféra Lana. Ça va comme ça, vous deux, je veux pas d'émeute raciale ici, moi, j'ai un investissement à protéger.

– Ouais ben vous feriez mieux d'dire à vot' petit joufflu de s'casser vite fait, alors, conseilla Jones en soufflant sa fumée sur les deux associés. Les insultes sont pas comprises dans l'tarif avec le genre de boulot que j'fais ici, vu?

– Allez, George, laisse tomber, dit Lana en ouvrant le petit placard situé sous le comptoir et en tendant audit George un paquet enveloppé de papier d'emballage. C'est celle que tu veux. Et maintenant salut! Casse-toi.

George lui lança un clin d'œil et sortit en coup de vent.

– Et ce mec c'est sensé êt' un messager de l'orphelinat? demanda Jones. Ça m'botterait pas qu'un peu de mater les orphelins pour lesquels y bosse! J'parierais qu'c'est plutôt des orphelines et qu'a sont pas à la sécu, oua-ho!

– Mais qu'est-ce que vous racontez comme conneries? demanda Lana pleine de colère.

Elle examina le visage de Jones, mais les lunettes rendaient son expression impénétrable.

« Y a pas d'mal à faire un peu de charité, non? Et maintenant finissez-moi ce plancher!

Lana se mit à faire des bruits, des espèces d'imprécations de prêtresse, au-dessus des billets que lui avait remis le jeune homme. Des chiffres et des paroles murmurés s'élevaient de ses lèvres corallines et, les yeux mi-clos, elle transcrivit certains chiffres sur une feuille de papier. Son corps parfait, lui-même investissement profitable, comme il lui en avait donné la preuve au long des années, se courbait au-dessus du formica du comptoir devenu autel. De la fumée, semblable à quelque encens, montait en volutes de la cigarette déposée dans un cendrier près de son coude, pour se mêler à ses prières, tandis qu'elle élevait l'hostie, l'unique dollar d'argent qui figurait parmi les offrandes, pour en étudier la date de frappe. Son bracelet tintinnabulait, appelant les communiants à l'autel, mais le seul être qui fût présent dans le temple avait été excommunié à cause de sa parentèle et continuait de passer la serpillière. Une offrande chut et Lana tomba à genoux, pour la vénérer – et la retrouver.

– Hep, attention! lança Jones, rompant la sainteté de la cérémonie, c'est de la graine d'orphelin, ça, ça pousse pas!

– Vous avez vu où elle a roulé, Jones? demanda-t-elle. Vous pouvez la retrouver.

John posa son instrument contre le bar et se mit à la recherche de la pièce, plissant les yeux derrière le trouble écran de ses lunettes et de sa fumée.

– Non mais, quelle merde! murmurait-il par-devers soi en joignant ses efforts à ceux de Lana. Oua-ho!

– Ça y est, s'écria Lana, enchantée, je l'ai!

– Oua-ho! Ça me fait rudement plaisir. Pasque si vous passez vot' temps à semer des dollars d'argent, *Les Folles Nuits* tarderont pas à être en faillite! Comment que vous feriez, après, pour payer des salaires de nabab, comme le mien?

– Et si vous fermiez ça, mon gars?

– Dites, vous causez à quelqu'un que je connais? Pasque j'ai cru vous entendre l'appeler « mon gars »? demanda Jones en récupérant son balai et en le poussant avec vigueur vers le comptoir. Vous vous prenez pour Scarlet O'Horreur?

## V

Ignatius s'installa confortablement dans le taxi et donna au chauffeur l'adresse de Constantinople Street. De la poche de son manteau, il tira une feuille de papier à l'en-tête des Pantalons Levy et, empruntant le carnet de bord du chauffeur pour s'en servir comme d'un sous-main, il se mit à écrire tandis que la voiture se mêlait à la circulation intense de St. Claude Avenue.

Je me sens la proie d'une très réelle fatigue à la fin de cette première journée de travail. Mais que l'on n'aille surtout pas me croire découragé, déprimé ou défait. Pour la première fois de mon existence, j'ai affronté le système face à face pleinement décidé à opérer en son sein, comme une espèce d'observateur et de critique déguisé, pour ainsi dire. S'il existait plus de firmes comme Pantalons Levy, je suis convaincu que la force de travail américaine serait beaucoup mieux adaptée à ses tâches. Le bon travailleur, celui qui est manifestement digne de confiance, y est laissé absolument tranquille. M. Gonzales, mon « patron », est plutôt un crétin, mais n'en est pas moins tout à fait agréable. Il semble vivre dans une appréhension perpétuelle, beaucoup trop forte, en tout cas, pour lui permettre de critiquer le travail de l'un quelconque des employés qu'il a sous ses ordres. De fait, il accepte à peu près tout et n'importe quoi, et se montre donc raisonnablement démocrate, à sa manière un peu dépassée. Je n'en veux pour exemple que Miss Trixie, notre Cibèle du monde du commerce, qui a récemment mis le feu par accident, en s'apprêtant à allumer un petit radiateur à gaz, à une série de commandes importantes. Cette *gaffe* (en français dans le texte, NdT) a été prise par M. Gonzales avec une longanimité d'autant plus frappante que les carnets de commandes de la firme sont de plus en plus vides, depuis quelque temps, et qu'il s'agissait là de commandes pour une valeur de cinq cents dollars (500!) émanant d'un revendeur de Kansas City. Souvenons-nous toutefois que M. Gonzales ne fait qu'obéir aux ordres qu'il reçoit de la mystérieuse Mme Levy, épouse réputée brillante et érudite du magnat Levy, qui exige que Miss Trixie soit bien traitée et continue de se sentir active et utile. Mais il s'est aussi montré fort courtois à mon endroit, me laissant organiser le classement comme je l'entendais.

Je compte bien tirer les vers du nez de Miss Trixie d'ici peu. Je soupçonne cette méduse du capitalisme d'être une mine de renseignements substantifiques et d'opinions sagaces.

Une seule fausse note – mais de taille et dont il faudrait pouvoir parler avec vulgarité pour être à la hauteur du sujet – en la personne de Gloria, la sténographe, une jeune garce sans cervelle et effrontée. Son esprit n'était qu'un fatras de préjugés et de jugements de valeur aberrants. Après qu'elle se fut livrée à deux ou trois remarques aussi impertinentes que mal venues sur ma personne et mon habillement, j'ai pris M. Gonzales à part pour lui confier que Gloria manigançait de cesser le travail le soir même sans l'en avertir aucunement. Sur quoi M. Gonzales entra dans une fureur démentielle et chassa Gloria sur-le-champ, s'offrant du même coup un exercice d'autorité qui, je l'ai bien vu, constitue chez lui une rareté. A vrai dire, ce fut plus encore l'épouvantable bruit que produisait Gloria en faisant claquer ses talons aiguille qui me poussa à adopter l'attitude qui fut la mienne. Une seule journée supplémentaire de ce fracas et mon anneau se fermait à jamais. Et puis encore il y avait tout ce mascara, tout ce rouge à lèvres et bien d'autres détails d'une telle vulgarité que j'aime autant n'en point dresser le catalogue.

J'ai beaucoup de projets pour mon service de classement et d'archivage et j'ai arrêté mon choix, parmi un grand nombre de bureaux sans propriétaire, sur une table voisine d'une fenêtre. Je m'y suis assis et j'y ai passé tout l'après-midi, dans la chaleur de mon petit radiateur à gaz poussé au maximum, à observer les vaisseaux venus de bien des ports exotiques évoluer sur les eaux froides et obscures du port. Les légers ronflements de Miss Trixie et le crépitement de la machine à écrire sur laquelle M. Gonzales tapait comme un furieux fournissaient une agréable toile de fond sonore à mes propres réflexions.

M. Levy ne s'est pas montré aujourd'hui. On m'a laissé entendre qu'il ne se montre que rarement dans les locaux de la firme qu'il a l'intention, selon M. Gonzales, de « brader le plus vite possible ». Peut-être qu'à nous trois (car je compte obtenir de M. Gonzales qu'il renvoie les autres employés s'ils se présentent demain; trop de gens dans ce bureau serait une source de distraction) nous serons en mesure de revitaliser la firme et de redonner foi au jeune M. Levy. J'ai déjà plusieurs idées excellentes et je sais quant à moi que je finirai par convaincre M. Levy de mettre son cœur et son âme au service de sa maison.

J'ai déjà, à propos, réussi une négociation fort délicate avec M. Gonzales. Je l'ai convaincu qu'ayant aidé la firme à réaliser l'économie du salaire de Gloria, j'avais droit à être transporté de et à mon travail en taxi. La querelle qui s'ensuivit jette une ombre sur une journée autrement parfaite mais j'ai fini par avoir le dessus en exposant au bonhomme les dangers que courent mon anneau pylorique en particulier et ma santé en général.

Nous voyons donc qu'au moment même où la Fortune semble nous mener au plus bas d'un cycle, sa roue peut s'immobiliser quelques instants au cours desquels nous nous retrouvons à l'intérieur d'un autre cycle, plus petit, mais bon, à l'intérieur du grand cycle devenu mauvais. Nous savons évidemment que l'univers est entièrement fondé sur le principe du cercle contenu dans un autre cercle. Pour le moment, je suis dans un cercle intérieur. A l'évidence, d'autres cercles, plus petits encore, sont encore possibles à l'intérieur de celui-ci.

Ignatius restitua son carnet de bord au chauffeur, tout en lui dispensant force conseils et admonestations quant à l'itinéraire qu'il convenait d'emprunter et quant à la vitesse de croisière qui le satisfaisait. Quant ils arrivèrent à l'adresse de Constantinople Street, un silence hostile régnait depuis déjà quelque temps dans le taxi. Le chauffeur le rompit pour réclamer le prix de la course.

Tandis qu'Ignatius s'arrachait coléreusement au taxi, il aperçut sa mère qui venait à sa rencontre dans la rue. Elle portait sa courte veste de tailleur rose et le petit chapeau rouge incliné sur un œil qui lui donnait l'air d'une starlette survivante de l'époque des *Golddiggers*. Désespéré, Ignatius constata qu'elle avait ajouté une autre tache de couleur vive en agrafant une fleur un peu fanée au revers de sa veste. Ses mocassins marron à semelle compensée crissaient avec toute l'audacieuse insouciance de souliers achetés pendant une quinzaine promotionnelle, tandis qu'elle avançait, toute rougeur et roseur, au long du trottoir de brique délabré. Alors même qu'il connaissait ses tenues depuis des années, la vue de sa mère ainsi attifée avait toujours un effet assez dévastateur sur son anneau pylorique.

– Oh, mon chéri, dit Mme Reilly essoufflée quand ils se rencontrèrent devant le pare-chocs arrière de la Plymouth qui barrait toute la largeur du trottoir, quelque chose de terrible...

– Oh, mon Dieu! Quoi encore?

Ignatius s'imagina aussitôt qu'il était arrivé quelque chose dans la famille de sa mère, groupe humain apparemment soumis à toutes sortes de violences et de douleurs. Il y avait la vieille tante à laquelle des voyous avaient volé cinquante *cents* à l'arraché, le cousin qu'avait renversé le tramway de Magazine, l'oncle intoxiqué par un chou à la crème avarié, le parrain qui avait saisi à pleine main un fil électrique dénudé arraché par une tempête.

– C'est cette pauvre Annie, la voisine. Ce matin elle s'est trouvée mal dans l'impasse. Les nerfs, mon chou. Elle dit que tu l'avais réveillée en sursaut ce matin en jouant de ton banjo.

– Il s'agit d'un luth, pas d'un banjo, tonna Ignatius. Me prendrait-elle pour l'un des personnages dégénérés de Mark Twain ?

– Je reviens de la voir. Elle s'est installée chez son fils, dans St. Mary Street.

– Ah oui, ce garçon insupportable.

Ignatius gravit les marches du perron devant sa mère.

« Ma foi, remercions le ciel que la voisine soit partie pour un moment. Je vais peut-être pouvoir jouer du luth sans avoir à supporter ses imprécations bruyantes de l'autre côté de l'impasse.

– Je me suis arrêtée en chemin chez Lenny pour lui acheter une jolie paire de perles pleines d'eau de Lourdes.

– Bonté divine ! Lenny ! Jamais de ma vie je n'ai vu boutique aussi incroyablement débordante de bondieuseries. Je ne serais pas étonné que cette bijouterie soit le théâtre d'un miracle d'ici peu. Peut-être sera-ce l'assomption de Lenny lui-même !

– Miss Annie les a adorées, ces perles, j'tassure. Elle s'est mise à dire son rosaire aussitôt.

– Cela valait sans aucun doute mieux que de converser avec toi.

– Assieds-toi mon chou et je m'en vas te mitonner quelque chose.

– Dans l'affolement consécutif à la déconfiture de Miss Annie, tu sembles avoir totalement oublié le fait que tu m'avais expédié vers les Pantalons Levy ce matin.

– Oh, alors, oui, Ignatius, comment ça s'est passé ? demanda Mme Reilly en présentant une allumette devant un brûleur qu'elle avait ouvert depuis déjà plusieurs secondes, produisant une véritable petite explosion. Mon Dieu ! j'ai failli me brûler !

– Tu as devant toi un employé des Pantalons Levy.

– Ignatius ! s'écria sa mère, entourant sa grosse tête aux

cheveux pommadés d'une farouche embrassade de laine rose qui lui écrasa le nez. Elle en avait les larmes aux yeux.

« Comme je suis fière de mon fiston!

– Je suis à bout. L'atmosphère de ce bureau est d'une tension extrême.

– Je savais bien que tu réussirais.

– Merci de la confiance que tu me témoignes.

– Combien qu'ils vont te payer les Pantalons Levy, chéri?

– Soixante dollars américains par semaine.

– Bah, c'est tout? T'aurais p'têt' dû bien chercher encore un peu.

– Oh, mais les possibilités de promotion sont très nombreuses et réelles, le jeune ambitieux est assuré de faire son chemin. Le salaire pourrait changer bientôt.

– Tu crois? Bon, je suis fière de toi en tout cas, mon chéri. Ote donc ton paletot.

Mme Reilly ouvrit une boîte de ragoût Libby's qu'elle versa dans une casserole.

« Y a des jolies filles qui travaillent là!

Ignatius songea à Miss Trixie et répondit:

– Oui, une.

– Célibataire?

– Selon toute apparence.

Mme Reilly adressa un clin d'œil à Ignatius et accrocha son manteau en haut du placard.

– Bon, regarde, chéri. Je t'ai mis ce ragoût à chauffer. Ouvre-toi une boîte de pois. Y a du pain dans le friseur. J'ai aussi acheté un gâteau chez l'Allemand, mais là, je me rappelle pas où je l'ai mis. Tu regarderas dans la cuisine. Moi, faut que je me sauve.

– Mais où t'en vas-tu donc?

– M. Mancuso et sa tata, y vont passer me prendre d'une minute à l'autre. On va au bouligne en face chez Fazzio.

– Quoi? glapit Ignatius. C'est vrai?

– Je rentrerai tôt. J'ai dit à M. Mancuso que je pouvais pas sortir tard le soir. Et sa tata est grand-mère, alors j'imagine qu'a doit avoir besoin de sommeil elle aussi.

– Ah, c'est une belle réception que je reçois au soir de ma première journée de travail, ironisa Ignatius, fou furieux. Tu ne peux pas jouer aux boules. Tu as de l'arthrite ou je ne sais trop quoi. C'est ridicule. Et où vas-tu manger?

– Je pourrai manger un chili au bouligne.

Mme Reilly était déjà repartie pour se changer dans sa chambre.

« Ah, au fait, chéri, il est arrivé une lettre pour toi. De New York. J'lai mise derrière la boîte de café. Je crois bien qu'elle vient de ta Myrna, là, pasque l'enveloppe est toute salopée. Comment ça se fait que la Myrna envoye toujours du courrier qu'à cette allure-là ? Tu m'avais pas dit que son papa était riche ?

– Tu ne peux pas aller au bouligne, beuglait Ignatius. C'est la chose la plus inepte que tu aies jamais faite !

La porte de Mme Reilly claqua. Ignatius prit l'enveloppe et l'ouvrit en la réduisant en mille morceaux de papier. Il en tira le programme ronéoté et vieux d'un an d'un festival de films dans un cinéma d'art et d'essai. Au verso du programme froissé, une lettre était effectivement tracée de l'écriture irrégulière et anguleuse de Myrna Minkoff. Cette dernière avait tellement l'habitude d'écrire à des rédacteurs en chef plutôt qu'à des amis que ses formules de politesse s'en ressentaient toujours :

Messieurs,

Quelle lettre étrange et effrayante tu m'envoies, Ignatius ! Comment pourrais-je entrer en contact avec l'association pour la défense des libertés individuelles sur la base des maigres données que tu me fournis ? Je n'arrive pas à imaginer pourquoi un policier pourrait s'aviser de t'arrêter. Tu ne sors jamais de ta chambre. J'aurais peut-être cru à « l'arrestation » si tu n'avais pas parlé aussi de « l'accident d'auto ». Si tu as eu les deux poignets brisés, comment as-tu pu m'écrire cette lettre ?

Soyons francs l'un avec l'autre, Ignatius. Je n'ai pas cru un seul mot de ce que tu m'as écrit. Mais j'ai peur – peur pour toi. Ton fantasme d'arrestation présente toutes les caractéristiques du délire paranoïaque classique. Et tu n'es évidemment pas sans savoir que Freud a établi le lien entre la paranoïa et les tendances homosexuelles.

– Immondices ! vociféra Ignatius.

Nous n'entrerons pas plus avant dans cette voie d'exploration de ton fantasme car je te sais l'ennemi acharné de toute sexualité, sous quelque forme que ce soit. Il n'empêche que ton problème affectif est évident. Depuis que tu as raté l'entrevue qui devait te permettre d'obtenir un poste d'enseignant à Baton Rouge (tout en disant que c'était la faute de l'autocar – transfert classique de culpabilité) tu souffres probablement d'un sentiment d'échec. Cet « accident d'auto » est destiné à constituer une nouvelle béquille, une nouvelle excuse pour ton existence impuissante, dépourvue de toute signification. Ignatius il faut absolument que tu trouves à t'identifier avec quelque chose. Comme je te l'ai répété je ne sais combien de fois, tu dois t'engager dans les problèmes cruciaux de ton temps.

– Ouâââhhhmm! bâilla Ignatius.

Subconsciemment, tu te sens tenu d'excuser ton échec, ton incapacité à participer, en tant qu'intellectuel, soldat des idées, à des mouvements de critique sociale. Je crois aussi qu'une rencontre et une relation sexuelles satisfaisantes te purifieraient le corps et l'esprit. La sexualité est une thérapeutique dont je crois que tu as désespérément besoin. De ce que je sais de ton cas et de bien d'autres cas cliniques similaires au tien, j'ai bien peur que tu ne sois condamné à devenir une espèce d'invalide psychosomatique, comme Elizabeth Browning.

– On ne saurait être plus indignement insultant, balbutia Ignatius.

Je ne me sens pas très proche de toi. Tu as fermé ton esprit à l'amour et à la société. Pour l'heure, je consacre le plus clair de mon temps à aider quelques amis qui cherchent à rassembler les fonds nécessaires au tournage d'un merveilleux film qu'ils ont écrit à propos d'un mariage interracial. Ce sera de toute manière un film à petit budget, mais le script est déjà bourré de vérités dérangeantes et contient des ironies géniales et des demi-teintes fascinantes. C'est l'œuvre de Shmuel, un garçon que je connais depuis le lycée. Shmuel jouera aussi le rôle du mari dans le film. Nous avons trouvé une fille dans les rues de Harlem pour jouer l'épouse. C'est une personne si vraie, si authentique, si débordante de vie, que j'en ai fait ma meilleure amie. Je discute ses problèmes raciaux avec elle absolument sans cesse, et je la fais parler, même quand elle préférerait laisser les choses dans l'ombre – je vois bien la ferveur avec laquelle elle se lance dans ce dialogue avec moi et à quel point elle m'en est reconnaissante.

Le script contient aussi un sale réactionnaire, un affreux bonhomme de propriétaire irlandais qui refuse évidemment de louer un appartement au couple, qui, à ce moment du film, est déjà marié, au cours d'une cérémonie vachement discrète qui a eu lieu au sein d'un groupe de Culture Éthique. Le proprio habite une espèce de petite chambre-matrice dont les murs sont couverts de portraits du pape et de trucs dans ce goût-là. Autrement dit, le public saura tout de lui dès qu'il aura aperçu les murs de sa chambre. Nous n'avons encore personne pour ce rôle. Tu serais évidemment extraordinaire. Vois-tu, Ignatius, si tu pouvais te décider à couper le cordon ombilical qui te rattache à cette ville stagnante, à ta mère et à ton lit, tu pourrais venir ici profiter de multiples occasions dans le genre de celle-ci. Le rôle t'intéresse-t-il ? Nous ne pouvons pas offrir de gros cachet mais tu pourras vivre chez moi.

Pour la bande sonore, je jouerai peut-être un peu de musique d'atmosphère et quelques morceaux contestataires sur ma guitare. J'espère que nous pourrons bientôt fixer ce magnifique projet sur la pellicule, parce que Leola, l'incroyable fille de Harlem, commence à nous tarabuster pour son salaire. J'ai déjà réussi à soutirer dans les 1 000 dollars à mon père, qui ne croit guère (comme d'habitude) à mon entreprise.

Ignatius, voilà trop longtemps que je suis gentille avec toi dans notre correspondance. Désormais, inutile de m'écrire tant que tu n'auras pas pris parti. J'ai horreur des lâches. Une fidèle lectrice,

M. Minkoff

P.-S. Écris aussi au cas où tu voudrais jouer le proprio.

– Je lui montrerai, moi, à cette impudente! marmonna Ignatius en jetant le programme dans la flamme, sous la casserole du ragoût.

# QUATRE

Les Pantalons Levy occupaient deux bâtiments fondus en une unité sinistre. Devant, un immeuble commercial de brique construit au XIXe siècle dont le toit mansardé s'ornait d'une série de chiens assis aux fenêtres dépourvues de vitres pour la plupart. Les bureaux occupaient le deuxième étage de ce bâtiment, des magasins occupaient le premier et l'entrepôt des rebuts le rez-de-chaussée. Rattaché à ce premier bâtiment que M. Gonzales aimait appeler « le centre cérébral », l'atelier proprement dit, espèce de hangar à avions mâtiné de grange. Les deux hautes cheminées qui se dressaient au-dessus du toit de tôle de l'usine formaient un angle aigu en oreilles de lapin comme on en voit à certaines antennes de télévision. Mais ces antennes-là, loin de capter d'amusants signaux électroniques du monde extérieur, lâchaient de temps à autre une bouffée de fumée de couleur indéfinissable et malsaine. Au milieu des toits gris et réguliers des docks, bien alignés au long du fleuve et du canal, l'usine Pantalons Levy s'étaient nichée comme une survivance silencieuse, un muet appel aux entreprises de rénovation urbaine.

A l'intérieur du « centre cérébral » l'activité qui régnait était assez anormale. Ignatius était en effet occupé à punaiser à un pilier voisin de ses dossiers un grand écriteau de carton qui proclamait en grandes lettres gothiques d'un bleu agressif :

DÉPARTEMENT DES RECHERCHES ET DES RÉFÉRENCES
I.J. REILLY, CONSERVATEUR

Il avait abandonné ses classements du matin afin de confectionner l'écriteau, vautré sur le plancher avec des feuilles de carton, de la peinture bleue, peignant méticuleusement pendant plus d'une heure. Miss Trixie avait marché sur l'écriteau pendant l'un des petits tours parfaitement inutiles qu'elle faisait de temps à autre dans le bureau, mais les dégâts s'étaient limités à une empreinte de pantoufle au coin du carton. La jugeant désagréable à l'œil, Ignatius l'avait masquée en peignant par-dessus une version stylisée et fort spectaculaire d'une fleur de lys.

– C'est pas beau, ça? avait demandé M. Gonzales quand Ignatius eut terminé l'affichage. Voilà qui confère au bureau un certain cachet.

– Qu'est-ce que ça veut dire? demanda Miss Trixie en venant se planter juste sous l'écriteau qu'elle étudia avec une certaine frénésie.

– Bah, une simple signalisation, un guide, en somme, dit fièrement Ignatius.

– Je n'y comprends rien, dit Miss Trixie. Qu'est-ce qui se passe, ici?

Puis, se tournant vers Ignatius, elle ajouta :

« Gomez, qui est cette personne?

– Miss Trixie, voyons, vous connaissez M. Reilly. Il travaille avec nous depuis une semaine, déjà.

– Reilly? Je croyais que c'était Gloria.

– Retournez travailler sur vos chiffres, lui enjoignit Gonzales. Nous devons envoyer cet état à la banque avant midi.

– Oh, oui, c'est vrai. Nous devons envoyer cet état, accorda Miss Trixie avant de gagner les toilettes en traînant les pieds.

– M. Reilly, je m'en voudrais de faire aucunement pression sur vous, dit prudemment Gonzales, mais je remarque que le matériel s'entasse sur votre bureau dans l'attente du classement.

– Oh, cela, oui, c'est ma foi vrai. Quand j'ai ouvert le premier tiroir, ce matin, j'ai été salué par un assez gros rat qui était apparemment occupé à dévorer le dossier Magasins Abelman. Il m'a semblé politique d'attendre qu'il fût repu. J'aurais horreur de contracter la peste bubonique et d'être contraint de me retourner contre les Pantalons Levy.

– Vous avez parfaitement raison, dit anxieusement M. Gonzales, tremblant de toute sa pimpante personne à l'idée d'un éventuel accident du travail.

– De plus, mon anneau pylorique fait des siennes et m'a jusqu'ici empêché de me courber pour atteindre les tiroirs du bas.

– J'ai exactement ce qu'il vous faut, dit M. Gonzales avant d'aller chercher dans le petit débarras attenant au bureau ce qu'Ignatius imaginait être un quelconque médicament.

Mais il revint portant l'un des plus petits tabourets métalliques qu'Ignatius eût jamais vus.

« Tenez, voici. La personne qui travaillait autrefois au classement se déplaçait sur les petites roulettes dont ce tabouret est muni. Essayez-le.

– Je ne crois pas que mon physique assez particulier soit très adapté à ce genre d'appareil, fit remarquer Ignatius, un œil d'oiseau de proie fixé sur le tabouret rouillé.

Il avait toujours possédé un assez piètre sens de l'équilibre et depuis sa petite enfance d'obèse avait souffert d'une tendance à tomber, à trébucher et à faire des faux pas. Jusqu'à l'âge de cinq ans, quand il avait enfin appris à marcher à peu près normalement, il n'avait été qu'une boule d'hématomes et de comédons.

« Toutefois, par respect pour les Pantalons Levy, je veux bien essayer.

Ignatius s'accroupit de plus en plus bas jusqu'à toucher de ses gigantesques fesses le sommet du tabouret, ses genoux remontant presque à la hauteur de ses épaules. Quand il fut enfin installé sur son minuscule perchoir, il avait l'air de quelque aubergine installée en équilibre sur une punaise.

– Cela n'ira jamais. Je me sens tout à fait mal à l'aise.

– Essayez, dit gaiement M. Gonzales.

Se poussant avec les pieds, Ignatius commença à avancer devant les rangées de classeurs métalliques. Puis une des roulettes se coinça dans une fente du plancher. Le tabouret s'inclina puis se coucha tout à fait, précipitant lourdement Ignatius sur le sol.

– Oh, mon Dieu! beugla-t-il, je crois que je me suis brisé les reins.

– Attendez, hurla Gonzales de sa voix de ténor terrifié, je vais vous aider à vous relever.

– Non! Jamais il ne faut manipuler une personne dont les reins sont brisés, à moins que l'on ne dispose d'une civière. Je refuse d'être paralysé le restant de mes jours du fait de votre incompétence.

– Je vous en prie essayez de vous remettre debout, M. Reilly.

M. Gonzales contemplait la montagne abattue à ses pieds. Le cœur lui manquait.

« Je vais vous aider. Je ne crois pas que vous soyez très gravement blessé.

– Fichez-moi la paix, glapit Ignatius. Imbécile que vous êtes. Je refuse de finir mes jours dans une chaise roulante.

M. Gonzales sentit ses pieds devenir glacés et comme lointains.

Le bruit sourd de la chute d'Ignatius avait fait sortir Miss Trixie des toilettes; contournant les classeurs, elle trébucha sur la montagne de chair couchée.

– Oh, mon Dieu, dit-elle faiblement. Gloria est-elle mourante, Gomez?

– Non, trancha sèchement M. Gonzales.

– Ouf, vous me rassurez, dit Miss Trixie, marchant sur une des mains d'Ignatius.

– Juste ciel! tonna ce dernier en s'asseyant d'un bond. Les os de ma main sont écrasés. J'en ai sans doute perdu l'usage à tout jamais.

– Miss Trixie est très légère, dit le directeur du bureau à Ignatius. Je ne pense pas qu'elle puisse vous avoir fait très mal.

– Vous a-t-elle déjà marché dessus, pauvre idiot? Non, alors qu'en savez-vous?

Assis aux pieds de ses collègues, Ignatius examinait sa main.

– Je crains qu'il me sera impossible de me servir de ma main aujourd'hui. Je ferais mieux de rentrer immédiatement à la maison et de lui faire prendre un bain.

– Mais le classement doit être fait. Regardez comme vous êtes en retard.

– Vous venez me parler de classement à un moment comme celui-ci ? Je m'apprête quant à moi à prendre contact avec mes avocats afin de vous assigner en dommages et intérêts pour m'avoir fait asseoir sur cet obscène tabouret.

– Nous allons vous aider à vous lever, Gloria.

Et Miss Trixie prit apparemment une position de haleuse. C'est-à-dire qu'elle écarta largement les pieds, orteils tournés vers l'extérieur, et qu'elle s'accroupit à demi comme une danseuse de Bali.

– Relevez-vous, voyons ! lança M. Gonzales. Vous allez tomber.

– Non, répondit-elle, les lèvres serrées. Je vais aider Gloria. Mettez-vous de l'autre côté Gomez. Nous allons prendre Gloria par les coudes.

Ignatius regarda passivement M. Gonzales s'accroupir à moitié.

– Vous ne distribuez pas votre poids comme il faudrait, leur dit-il, très pédagogue. S'il s'agit de chercher à me soulever, la posture que vous adoptez vous donne très peu de levier. Je crains que nous ne soyons blessés tous les trois. Je vous suggère d'essayer plutôt la position debout. Vous pourrez plus facilement vous courber pour me hisser.

– Ne vous inquiétez pas, Gloria, dit Miss Trixie en se balançant d'avant en arrière sur les hanches.

Puis elle s'abattit de l'avant, directement sur Ignatius, le rejetant de nouveau sur le dos, et le rebord de sa visière de celluloïd vint lui heurter la gorge.

– Brouf ! gargouilla de ses plus intimes profondeurs la gorge d'Ignatius. Brâââh !

– Gloria ! se récria Miss Trixie.

Examinant le gros visage qui se trouvait directement sous le sien, elle dit à M. Gonzales :

– Gomez, appelez un médecin.

– Miss Trixie, écartez-vous, voyons ! Laissez M. Reilly ! siffla le directeur du bureau accroupi à côté de ses deux subordonnés.

– Qu'est-ce que vous fabriquez tous par terre ? demanda une voix d'homme près de la porte.

Le visage en lame de couteau de M. Gonzales se figea en un masque d'horreur et il glapit :

– Bonjour, M. Levy! Nous sommes très heureux de vous voir.

– Je suis passé voir si j'avais du courrier personnel. Je repars tout de suite pour la côte. Qu'est-ce que c'est que ce gros écriteau, là ? On va s'éborgner sur ce machin, un de ces jours.

– Est-ce M. Levy ? lança Ignatius, toujours vautré. Il ne pouvait apercevoir le nouveau venu que lui cachaient les classeurs métalliques. Brââââh ! Je souhaitais beaucoup faire sa connaissance.

Écartant Miss Trixie qui s'affala sur le sol, Ignatius se démena pour se remettre debout et aperçut un homme d'une cinquantaine d'années, vêtu très sport, une main sur la poignée de la porte d'entrée, de manière à pouvoir repartir aussi vite qu'il était entré.

– Bonjour mon vieux, lança M. Levy sans formalisme excessif. Un nouveau, Gonzales ?

– Heu, oui, monsieur. Monsieur Levy, j'aimerais vous présenter M. Reilly. Un homme très efficace. Une perle. A vrai dire, il nous permet de faire l'économie de plusieurs autres employés.

– Brââââh !

– Ah, mais oui, le nom sur l'écriteau.

M. Levy regarda bizarrement Ignatius.

– Je prends à votre firme un intérêt dont je ne suis pas coutumier, dit Ignatius à M. Levy. L'écriteau que vous avez remarqué en entrant n'est que la première d'une longue série d'innovations que j'ai en vue. Brââââh. Je vous ferai changer d'avis à propos de cette maison, monsieur. Rappelez-vous ce que je vous dis là.

– Sans blague ?

M. Levy examina Ignatius avec une certaine curiosité.

« Et alors, ce courrier, Gonzales ?

– Il n'y a pas grand-chose. Vous avez reçu vos nouvelles cartes de crédit. Transglobal Airlines vous a fait parvenir un brevet de pilote honoraire, parce que vous avez volé plus de cent heures sur leurs lignes.

Ouvrant son bureau, Gonzales remit son courrier à M. Levy.

« Et puis il y a un prospectus d'un hôtel de Miami.

– Il serait temps que vous commenciez à vous occuper de mes réservations pour mon entraînement de printemps. Je vous ai ɪné mon itinéraire, n'est-ce pas ?

Oui, monsieur. A propos, j'aurais quelques lettres à vous

faire signer. Il a fallu que j'écrive aux magasins Abelman. Nous avons toujours des ennuis avec ces gens-là.

– Je sais. Que nous ont fait ces escrocs cette fois-ci?

– Ils prétendent que les pantalons du dernier lot que nous leur avons expédié avaient des jambes de soixante centimètres seulement. J'essaie de voir clair dans cette affaire.

– Mouais? Bah, il s'est déjà produit ici des choses encore plus bizarres, s'empressa de dire M. Levy.

Le bureau le déprimait déjà. Il lui fallait partir.

« Feriez bien de vérifier avec le contremaître, à l'atelier. Comment s'appelle-t-il, déjà? Bon, dites, pourquoi vous ne signeriez pas ces lettres comme vous le faites d'habitude. Il faut que je m'en aille.

M. Levy poussa la porte.

– Ne faites pas trop travailler ces jeunes gens, Gonzales. Salut, Miss Trixie. Ma femme vous fait ses amitiés.

Miss Trixie était assise sur le plancher et remettait une de ses pantoufles.

– Miss Trixie, hurla Gonzales, M. Levy vous parle!

– Qui ça? siffla Miss Trixie. Je croyais que vous aviez dit qu'il était mort.

– J'espère que vous constaterez quelques changements de grande portée lors de votre prochaine visite inopinée, déclara Ignatius. Nous allons revitaliser, si vous me passez l'expression, votre entreprise.

– D'accord. Pas d'affolement, dit M. Levy avant de disparaître en claquant la porte derrière lui.

– C'est un homme merveilleux, dit M. Gonzales avec ferveur tandis qu'Ignatius et lui-même regardaient par une fenêtre M. Levy prendre place dans une voiture de sport.

Le moteur rugit et M. Levy s'éloigna en quelques secondes, abandonnant derrière lui un petit nuage de gaz d'échappement bleutés.

– Je pourrais peut-être reprendre mes classements, dit Ignatius en se retrouvant devant une rue vide au-delà du carreau. Pourriez-vous, je vous prie, signer cette correspondance que j'en puisse archiver les copies carbone. Il devrait désormais être possible d'approcher en toute sécurité ce que ce rongeur aura laissé subsister du dossier Abelman.

Ignatius observa M. Gonzales qui traçait à grand soin la signature de Gus Levy au bas de quelques lettres.

– M. Reilly, dit le directeur de bureau en refermant soigneusement le capuchon de son stylographe à deux dollars, je vais à l'atelier pour parler au contremaître. Veillez au grain, je vous prie.

Par *le grain*, Ignatius imagina que M. Gonzales entendait Miss Trixie, qui ronflait bruyamment sur le plancher devant les classeurs métalliques.

– *Seguro*, dit Ignatius avec un sourire. Un peu d'espagnol en l'honneur de votre noble héritage.

Le directeur n'avait pas franchi la porte qu'Ignatius introduisit une feuille de papier à en-tête des Pantalons Levy dans la haute machine à écrire noire de M. Gonzales. Si les Pantalons Levy devaient connaître le succès, il fallait d'abord châtier durement les détracteurs de la firme. Les Pantalons Levy devaient se montrer plus militants et plus autoritaires pour survivre dans la jungle commerciale moderne. Ignatius se mit à taper la première mesure de ce programme :

Magasins Abelman
Kansas City, Missouri
USA
M. I. Abelman, PDG et quasi-mongolien,

Nous avons reçu par la poste vos absurdes commentaires concernant nos pantalons, commentaires qui révélaient surtout votre complet manque de contact avec la réalité. Eussiez-vous été tant fût peu plus conscient, vous eussiez aussitôt compris que l'expédition des pantalons en question s'était faite en toute connaissance de cause quant à l'anomalie de la longueur des jambes.

Mais alors, pourquoi, pourquoi? direz-vous dans votre babil irresponsable, incapable que vous êtes d'assimiler les concepts les plus stimulants du commerce moderne à votre vision du monde retardataire et dégénérée.

Les pantalons vous ont été adressés 1) comme moyen de tester votre esprit d'initiative (une firme dynamique et intelligente devrait être capable de faire en quelques jours des pantalons trois-quarts le fin mot de la mode masculine d'été. Vos services de merchandising et de publicité sont manifestement en faute.) et 2) comme moyen de mettre à l'épreuve vos capacités de répondre aux exigences de qualité de nos distributeurs agréés. (Nos vrais distributeurs, ceux sur lesquels nous comptons, sont évidemment capables d'écouler en quelques jours des pantalons portant le label Levy, quelle que soit la qualité de leur conception et de leur réalisation. Selon toute apparence, vous n'êtes pas dignes de notre confiance.)

Nous ne souhaitons pas à l'avenir être importunés par ce genre de réclamations fastidieuses. Vous voudrez bien limiter votre correspondance à l'expédition de vos commandes. Nous sommes une firme amique et fort active, les tracasseries impertinentes dont vous blez vous faire une spécialité ne peuvent qu'entraver la réalisation de notre mission. Si vous nous importunez de nouveau, vous sentirez, Monsieur, la brûlure de notre fouet en travers de vos pitoyables épaules.

Agréez, Monsieur, nos coléreuses salutations,
Gus Levy, président.

Songeant joyeusement que le monde ne comprenait que le langage de la force, Ignatius copia la signature de Levy sur la lettre avec le stylo du directeur, déchira la lettre que M. Gonzales avait rédigée pour Abelman, et glissa celle qu'il venait lui-même d'écrire dans la corbeille du courrier départ. Puis, contournant sur la pointe des pieds la petite silhouette prostrée de Miss Trixie, il gagna son service des archives et, ramassant la pile de documents à classer, les jeta dans la corbeille à papier.

## II

– Dites, Miss Lee, le gros enfoiré avec sa casquette verte, y vient encore ici, des fois?

– Non, Dieu merci. C'est des guignols comme ça qui vous ruinent un investissement.

– Et vot' petit copain des orphelins, là, y revient quand? Oua-ho! J'aimerais vraiment savoir c'qui trifouillent les orphelins! J'parie que ce s'rait bien les premiers orphelins à intéresser les flicards!

– Je vous ai dit que j'envoyais deux trois petites choses aux orphelins. Un petit peu de charité n'a jamais fait de mal à personne. On se sent mieux après.

– Ouais, c'est la charité bien ordonnée des *Folles Nuits!* Pasque les orphelins y vous refilent pas mal de pognon pour tout ce qu'y reçoivent.

– Arrêtez donc de vous en faire pour ces orphelins et occupez-vous plutôt de mon plancher. J'ai assez de problèmes comme ça. Darlene veut danser. Vous, vous voulez une augmentation. Et c'est pas tout, il y a encore pire.

Lana songeait aux flics en civil qui avaient brusquement commencé à se montrer au bar en fin de soirée.

« Et les affaires n'ont jamais été aussi mauvaises.

– Ouais, ça, je peux le dire aussi. Je meurs de faim, moi, dans cette maison de fous.

– Dites donc, Jones, vous êtes allé au commissariat, récemment ? demanda prudemment Lana, se demandant s'il y avait la moindre chance que ce fût Jones qui attirait les flics dans son établissement.

Ce Jones se révélait un emmerdement, malgré son très bas salaire.

– Non chuis pas allé voir mes potes flicards récemment. J'attends d'avoir un vrai indice, un tuyau de première bourre.

Jones émit une formation nuageuse.

« J'attends de nouveaux éléments dans l'mystère des orphelins. Oua-ho !

Lana tordit ses lèvres corallines et chercha à imaginer qui pouvait bien avoir prévenu la police.

## III

Mme Reilly avait du mal à croire que cela lui était vraiment arrivé, à elle. Pas de télévision. Pas de récriminations. La salle de bains était libre. Même les cafards semblaient avoir plié bagage. Assise devant la table de la cuisine, elle sirotait un petit verre de moscatel et souffla sur l'unique bébé cafard qui s'apprêtait à traverser la table. Le corps minuscule s'envola et disparut et Mme Reilly dit « au revoir, chéri ! » Elle se versa un nouveau doigt de vin. Et, pour la première fois, elle se rendit compte que l'odeur de la maison avait changé elle aussi. L'odeur de renfermé était toujours aussi forte, mais la curieuse odeur corporelle de son fils, qui la faisait toujours songer à l'arôme des vieux sachets de thé usagés, semblait s'être dissipée. Saisissant son verre, elle se demanda si les Pantalons Levy s'étaient mis à sentir le vieil *orange pekoe*.

Soudain, Mme Reilly se remémora l'épouvantable soirée où elle s'était rendue au Prytania, en compagnie de M. Reilly, voir Clark Gable et Jean Harlow dans *Red Dust*. Dans la chaleur et la confusion qui avaient suivi leur retour à la maison, ce pauvre gentil Reilly avait essayé une de ses manœuvres d'approche indirecte et Ignatius avait été conçu. Pauvre Reilly. Elle n'avait plus jamais mis les pieds dans une salle de cinéma jusqu'à sa mort.

Mme Reilly poussa un soupir et regarda sur le sol si elle percevait le bébé cafard encore en bonne santé. Elle se sentait de trop plaisante humeur pour faire le moindre mal à quoi que ce fût. Elle examinait encore le linoléum quand le téléphone sonna dans l'étroit vestibule. Mme Reilly reboucha sa bouteille et la replaça dans le four éteint.

– Allô, dit-elle au téléphone.

– Salut, eh c'est bien Irene? demanda une voix de femme un peu rauque. Qu'est-ce que tu fabriques, petite. C'est Santa Battaglia.

– Comment vas-tu chou?

– Vannée. J'viens d'finir d'ouvrir quat' douzaines d'huîtres dans la courette, répondit Santa de sa voix de basse. C'est du boulot, crois-moi!

– Je m'aviserais pas d'essayer un truc pareil, admit très honnêtement Mme Reilly.

– Bah, moi ça va. Quand j'étais gamine j'ouvrais les huîtres pour la mamma. Elle tenait un petit étal de fruits de mer devant le marché Lautenschlaeger. Pauv mamma. A peine débarquée, dis donc. Qu'elle parlait pas un mot d'anglais ou presque. Et moi, tout bout d'chou à ouvrir les huîtres. Chu même pas jamais allée à l'école. C'était pas pour moi, ça. J'étais là à ouvrir les huîtres et puis c'était marre. Et puis quand c'était vraiment marre, la mamma s'mettait à m'taper d'ssus pour un oui pour un non. Oh, ça bougeait autour de not' stand, nous!

– Ta mamma était facile à mettre en rogne, c'est ça?

– La pauvre. Debout là, par tous les temps, avec son foulard noué sur la tête, à même pas comprendre ce que disaient les personnes la moitié du temps. C'était pas la vie en rose à l'époque, Irene. Moi j'te l'dit. On rigolait pas tous les jours.

– Ça, tu peux l'dire, approuva Mme Reilly. On rigolait pas non plus tous les jours dans Dauphine Street. Mon père était très pauvre. Y travaillait dans un atelier de réparation de carrioles. Mais y a eu l'automobile et y s'est fait prendre la main dans une courroie d'ventilateur. Des semaines et des semaines on a vécu de haricots rouges et de riz.

– Les haricots rouges me donnent des gaz.

– Et moi, tiens. Écoute, Santa, pourquoi que tu m'appelles, ma colombe?

– C'est vrai, j'allais presque oublier. Tu t'rappelles quand c'est qu'on est allé au bouligne, l'aut' soir?

– Mardi?

– Non, c'était mercredi, chcrois bien. Bref, c'était l'soir où Angelo s'est fait arrêter et qu'il a pas pu v'nir.

– Non mais, je te demande un peu, quelle horreur! La police qui se met à arrêter les flics, maintenant!

– Mouais! Pauvre Angelo. Il est tellement chou. Ça, on peut dire qu'il a des ennuis dans ce fichu commissariat.

Santa fit entendre une toux rauque dans le combiné.

« Bref, c'était le soir où t'es v'nue m'chercher avec ta bagnole, là, et pis qu'on est allé au bouligne toutes seules. Bon, eh ben ce matin j'étais au marché au poisson, pour acheter ces fameuses huîtres et voilà-t-y-pas qu'un vieux m'aborde et m'fait comme ça " z'étiez pas au bouligne l'autre soir? " Alors j'y fais " Ça s'rait pas étonnant vu qu'j'y vais souvent." Et y m'fait " Bah, j'y étais avec ma fille et son mari et je vous ai vue avec une dame qu'avait les ch'veux plutôt rouquins comme ça. " Et j'y fais : " C'est ma copine Reilly, ça. Les cheveux au henné, vous voulez dire? Oui, j'y apprends le jeu." Et pis c'est tout, Irene. Figure-toi qu'y m'a soulevé son chapeau, comme ça, et il est parti.

– Je me demande bien qui ça pouvait être, répondit Mme Reilly avec beaucoup d'intérêt. C'est bizarre en tout cas. A quoi qui ressemble?

– Pas mal, un peu vieux. Je l'avais déjà vu dans le quartier, y menait des gosses à la messe. Ses petits-enfants, chcrois bien.

– Quelle histoire! Qui pourrait bien d'mander après moi?

– Chais pas, mon chou, mais fais bien gaffe. T'as l'ticket, moi j'te l'dis!

– Bouh, voyons, Santa! Chuis trop vieille, ma fille!

– Non, mais écoutez-la! T'es encore très bien, Irene, j'ai vu des tas d'hommes te faire les yeux doux, au bouligne, je sais c'que j'dis.

– Allez, arrête!

– Sans char, petite. Je cause sérieusement. T'es restée trop longtemps enfermée à la maison avec ton fiston.

– Ignatius dit que ça marche très fort pour lui aux Pantalons Levy, répondit Mme Reilly, aussitôt sur la défensive. Je ne veux pas me retrouver embarquée dans une histoire avec un vieux chton.

– Mais il n'est pas si vieux que ça, rétorqua Santa, vaguement blessée. Écoute, Irene, Angelo et moi on passera te prendre vers sept heures, ce soir.

– Je ne sais pas trop, ma chérie. Ignatius a pas arrêté de me que je ferais mieux d'rester un peu plus souvent à la ›n.

– Et pourquoi que tu resterais à la maison, ma belle? Angelo me dit que c'est un grand garçon.
– Ignatius, lui, y dit qu'il a peur quand je le laisse tout seul à la maison. Y dit qu'il a peur des cambrioleurs.
– T'as qu'à l'amener avec toi et Angelo y apprendra aussi à jouer.
– Pfff, tu parles! Ignatius c'est pas vraiment le grand sportif! s'empressa de répondre Mme Reilly.
– Ben toi, tu viens en tout cas, d'accord?
– D'accord, finit par concéder Mme Reilly. Je crois que l'exercice est bon pour mon coude. J'dirai à Ignatius qu'il a qu'à s'enfermer à clé dans sa chambre.
– Bien sûr, approuva Santa. Personne y fera du mal, au fiston.
– On a vraiment rien à voler, de toute façon. Je me demande toujours où Ignatius va chercher des idées pareilles.
– Moi pis Angelo on s'ra là à sept heures.
– Très bien. Et puis, écoute un peu, ma colombe, tâche un peu de savoir au marché au poisson qui ça peut bien être ce vieux.

## IV

La résidence des Levy se dressait au milieu des pins sur une petite levée dominant les eaux grises de Bay Saint Louis. L'extérieur en était un exemple de rusticité élégante. A l'intérieur, on s'était ingénié au contraire à chasser jusqu'à l'ombre la plus légère de rusticité; c'était une matrice où régnait en permanence une température de 22 °C, reliée toute l'année à une centrale de conditionnement de l'air par un ombilic de venteaux et de conduits qui emplissaient silencieusement les pièces des brises filtrées et reconstituées du Golfe du Mexique et exhalaient l'oxyde de carbone des Levy, la fumée de leurs cigarettes et leur ennui. La machinerie de cet organe vital vibrait au plus profond des entrailles acoustiquement isolées de la résidence, comme un instructeur de la Croix-Rouge donnant la cadence à une classe de secouristes apprenant la respiration artificielle, « In-halation de l'oxygène, ex-piration de l'air vicié, in-halation de l'oxygène. »
La résidence était aussi douillettement confortable pour tous les sens qu'est supposée l'être la matrice humaine. Chaque siège

s'enfonçait de plusieurs centimètres au plus léger toucher, la mousse et le duvet cédant avec une servilité absolue à la moindre pression. Les touffes acryliques des moquettes de nylon venaient chatouiller les chevilles de quiconque avait la bonté de les piétiner. A côté du bar, un petit tableau de commande qui ressemblait à celui d'un poste de radio permettait de tamiser ou au contraire de rendre éclatant l'éclairage de la maison tout entière, selon l'humeur de ses occupants. Éparpillées à travers toute la demeure, à peu de distance les unes des autres, des chaises de repos, une table de massage et une planche d'exercice motorisée et articulée, dont les multiples sections imprimaient au corps une série de mouvements à la fois paisibles et suggestifs. Levy's Lodge – c'était ce que proclamait l'écriteau, à l'entrée du chemin privé, au carrefour de la route de la corniche – était un palais des mille et une nuits pour les cinq sens; à l'intérieur de ses parois parfaitement isolées tout était calculé pour le plaisir et la satisfaction des sens.

M. et Mme Levy, qui n'escomptaient l'un de l'autre ni plaisir ni satisfaction, étaient assis devant leur récepteur de télévision, contemplant les couleurs qui se fondaient les unes dans les autres sur l'écran.

– Perry Como a la figure toute verte, dit Mme Levy avec une extrême hostilité. On dirait un cadavre. Tu ferais mieux de rapporter ce poste au magasin.

– Je viens tout juste de l'apporter de La Nouvelle-Orléans, répondit M. Levy, soufflant sur les poils noirs de sa poitrine qu'il apercevait par le V de l'échancrure de son peignoir d'éponge.

Il venait de prendre un bain de vapeur et désirait se sécher entièrement. Même avec l'air conditionné et le chauffage central, on ne savait jamais.

– Eh bien, remporte-le! Je ne compte absolument pas me crever les yeux à regarder une télévision défectueuse.

– Oh, ferme-la, il a l'air tout à fait normal.

– Pas du tout! Regarde ses lèvres, elles sont toutes vertes.

– Mais non, c'est un maquillage télé.

– C'est ça, tu voudrais me faire croire que les maquilleurs de Perry Como lui mettent du vert à lèvres!

– Mais non, je n'en sais rien.

'a, tu peux le dire, approuva Mme Levy en tournant vers oux le regard méprisant de ses yeux aux paupières bleu
:.

Elle aperçut un bout de tissu éponge, une savate de douche en caoutchouc mousse et une jambe poilue.

– Lâche-moi la jambe, dit-il. Va faire mumuse avec ta planche d'exercice.

– Je ne peux pas me servir de ce truc aujourd'hui. Mes cheveux sont coiffés.

Elle effleura les boucles hautement plastiques de sa chevelure platine.

« Le coiffeur m'a dit que je devrais m'acheter une perruque, au fait, ajouta-t-elle.

– Qu'est-ce que tu ficherais avec une perruque? Tu as vu tout ce que tu as comme cheveux?

– Je veux une perruque brune, figure-toi, pour pouvoir changer de personnalité.

– Écoute, tu es brune, non? Alors tu pourrais laisser à tes cheveux leur couleur naturelle, quand ils auront repoussé, et tu t'achèteras une perruque blonde.

– Tiens, je n'y avais pas pensé.

– Eh bien justement, penses-y un moment et fiche-moi la paix. Je suis fatigué. Quand je suis allé en ville, aujourd'hui, j'ai fait un saut à la boîte. Ça me déprime à tous les coups.

– Que s'y passe-t-il?

– Rien. Strictement rien.

– C'est ce que je pensais, soupira Mme Levy, tu laisses les affaires de ton père aller à vau-l'eau. Et c'est le drame de ta vie.

– Seigneur, qui voudrait de cette vieille usine? Personne n'achète plus depuis longtemps le genre de pantalons qu'on y fabrique. Tout ça c'est la faute de mon père. Quand les pinces sont apparues, dans les années trente, il a refusé de changer et s'en est tenu aux pantalons droits. Et quand les pantalons droits ont refait leur apparition, dans les années cinquante, il est passé aux pantalons à pinces. Je voudrais que tu voies ce que Gonzales appelle la nouvelle collection d'été. On dirait ces falzars bouffants que les clounes portent dans les cirques. Et les tissus! Moi, je n'en voudrais pas comme torchon.

– Quand nous nous sommes mariés, tu étais mon idole, Gus. Je te croyais dynamique et ambitieux. Tu aurais pu faire des Pantalons Levy une très grosse boîte. Avec même un bureau à New York, qui sait? Ça te tombait tout rôti dans le bec et toi tu as fait la fine bouche.

– Oh, arrête tes conneries! Tu ne manques de rien.

– Ton père avait du caractère, lui. J'avais du respect pour lui.

– Mon père était un être extrêmement mesquin et méchant, un tyranneau. Je m'intéressais à la boîte, quand j'étais jeune. Je m'y intéressais même beaucoup. Bon, c'est lui qui a détruit tout ça par goût de la tyrannie. Il se prenait pour le Henry Ford du prêt-à-porter! Alors, pour moi, Pantalons Levy, c'est sa boîte à lui. Qu'elle coule, j'en ai rien à foutre. Il a mis son veto à toutes les bonnes idées que j'ai eues pour cette boîte, pour le plaisir de prouver que c'était lui le patron et que je n'étais que son fils. Si je disais « Pinces », lui c'était « Pas de pinces, rien à faire! » Si je disais : « On devrait essayer certains des nouveaux tissus synthétiques », lui c'était « Les synthétiques, moi vivant, jamais! »

– Il avait fait ses début en vendant des pantalons sur les marchés. Regarde ce qu'il avait su en faire. Et toi, avec les atouts que tu avais au départ, tu aurais dû faire de Pantalons Levy une compagnie à l'échelle nationale.

– Ouais, ben la nation sait pas c'qu'elle a loupé! Elle l'a échappé belle, je t'assure, je sais de quoi je parle : j'ai passé mon enfance dans ces pantalons! Et puis tu parles trop, tu me fatigues. Basta.

– Très bien. Taisons-nous. Regarde, les lèvres de Como sont en train de devenir roses.

...

– Tu n'as jamais été un père pour Susan et Sandra.

– La dernière fois que Sandra était à la maison, elle a ouvert son sac pour en tirer des cigarettes et elle a fait tomber un paquet de capotes anglaises juste à mes pieds.

– Mais c'est exactement ce que je te dis. Jamais tu n'as su donner à tes filles l'image paternelle dont elles avaient besoin. Pas étonnant qu'elles soient aussi paumées. Moi, on peut dire que j'ai fait tout ce que j'ai pu.

– Écoute, ne parlons pas de Susan et Sandra. Elles sont à l'université. Estimons-nous heureux de ne pas savoir ce qui leur arrive. Quand elles se fatigueront de tout ça, elles épouseront un malheureux et tout sera dit.

– Et quel minable grand-père tu feras!

– Je n'en sais rien. Fous-moi la paix. Va sur ta planche d'exercice, va à la piscine, va où tu veux mais fiche-moi la paix, cette émission m'intéresse.

– Comment peux-tu t'y intéresser alors que les visages ont d'aussi affreuses couleurs!

– On va pas remettre ça, non!
– On va à Miami, le mois prochain?
– Peut-être. Peut-être qu'on pourrait s'y installer.
– Et renoncer à tout ce que nous possédons!
– Renoncer à quoi? Ta planche à exercice tiendrait dans un camion de déménagement, tu sais.
– Mais la firme?
– La firme a rapporté tout ce qu'elle pouvait rapporter, le moment est venu de la vendre.
– Tu as de la chance que ton père soit mort. J'aurais voulu qu'il voit ça!
Mme Levy lança un regard tragique à la sandale de douche. « Désormais, j'imagine que tu passeras tout ton temps aux matches, aux courses, aux grands prix. C'est ça, Gus? Oh, quelle tragédie, quelle affreuse tragédie!
– Oh, tu ne vas pas nous pondre une pièce d'Arthur Miller à propos des Pantalons Levy!
– Remercie le ciel de m'avoir pour te surveiller un peu! Remercie le ciel que moi, au moins, je m'intéresse un peu à la firme! Comment va Miss Trixie? J'espère qu'elle a encore toute sa tête.
– Elle est encore vivante; c'est à peu près tout ce qu'on peut dire d'elle.
– Au moins, je m'intéresse à elle. Sans moi, tu l'aurais jetée à la rue depuis bien longtemps!
– Elle aurait dû prendre sa retraite depuis longtemps, c'est vrai!
– Je t'ai dit que la retraite la tuerait. Il faut lui faire sentir qu'on l'aime et qu'on a besoin d'elle. Cette femme est le sujet idéal pour une expérience de rajeunissement. Je veux que tu me l'amènes ici un jour. J'aimerais me mettre sérieusement au travail sur son cas.
– Quoi, cette vieille peau! L'amener ici? Tu dois être cinglée! Je n'ai aucune envie d'avoir un rappel des Pantalons Levy dans mon salon! Elle ronfle, elle fera pipi sur ton canapé. Fais mumuse avec elle si tu veux, mais par téléphone!
– Ah, c'est bien toi, soupira Mme Levy. Comment ai-je pu supporter ta dureté de cœur pendant tant d'années – je me le demanderai toujours.
– Je t'ai déjà laissée garder Trixie au bureau, alors que je sais qu'elle doit rendre ce pauvre Gonzales complètement cinglé à longueur de journée. Quand j'y suis passé ce matin, ils étaient

tous par terre. Ne me demande pas ce qu'ils pouvaient bien fabriquer. Tout et n'importe quoi.

M. Levy siffla entre ses dents.

– Gonzales est toujours dans la lune, un personnage incroyable, mais alors je voudrais que tu voies l'autre individu qu'il a dégotté. Je me demande où ils sont allés le dénicher. Tu n'en croirais pas tes yeux, tu peux me faire confiance. J'ai peur d'imaginer ce que ces trois clounes peuvent bien fabriquer toute la journée dans ce bureau. C'est un miracle qu'il ne se soit pas encore produit la moindre catastrophe.

## V

Ignatius avait pris la décision de ne pas se rendre au Prytania. Le film qu'on y donnait était un drame suédois chéri de la critique, l'histoire d'un homme qui perdait son âme. Ignatius n'était pas particulièrement intéressé. Il lui faudrait dire deux mots au directeur de la salle qui programmait des spectacles aussi insipides.

Il vérifia le verrou de sa porte et se demanda à quelle heure sa mère allait rentrer. Voilà que, brusquement, elle s'était mise à sortir pratiquement tous les soirs. Mais Ignatius avait d'autres chats à fouetter pour le moment. Ouvrant son bureau, il contempla une pile d'articles qu'il avait rédigés autrefois, quand il lorgnait sur le marché des hebdomadaires. Pour les journaux d'opinion, il y avait « Boèce de plus près », et « En Défense de Roswitha, contre ceux qui mettent en doute son existence. » Pour les hebdomadaires de la famille, il y avait « La mort de Rex » et « Les enfants, espoir du monde. » Dans l'idée de s'introduire aussi sur le marché des suppléments dominicaux, il avait écrit aussi « Relever le défi de l'eau potable », « Les dangers des moteurs huit cylindres », « L'Abstinence, le moyen le plus sûr du contrôle des naissances » et « La Nouvelle-Orléans, ville d'art et de culture ». Feuilletant ces vieux manuscrits, il se demanda pourquoi il n'en avait jamais expédié aucun, car chacun était excellent à sa manière.

Mais il était sur le point de s'atteler à un nouveau projet, extrêmement commercial. Ignatius dégagea rapidement son bureau en poussant droit sur le plancher, d'un revers de manche, les vieux manuscrits et les divers cahiers Big Chief qui l'encombraient. Il plaça une nouvelle chemise cartonnée devant lui sur le bureau, et, au crayon rouge, entreprit lentement d'inscrire en lettres d'imprimerie sur sa couverture rugueuse JOURNAL D'UN JEUNE TRAVAILLEUR, ou SORTIR DU RUISSEAU. Quand il eut fini, il prit une rame de copies quadrillées et les glissa dans la chemise. Il y glissa aussi les quelques notes qu'il avait déjà jetées sur le papier à en-tête des Pantalons Levy. Puis, saisissant son crayon à bille Pantalons Levy, il se mit à écrire sur la première feuille quadrillée.

Cher lecteur,
Les livres sont des fils immortels qui défient ceux qui les ont engendrés.

Platon.

Je constate, cher lecteur, que je me suis accoutumé au rythme frénétique de la vie de bureau, une adaptation dont je doutais que je fusse capable. Certes, il convient de reconnaître que, dans le courant de ma brève carrière aux Pantalons Levy, SARL, j'ai déjà mis en place avec succès un certain nombre de méthodes destinées à alléger le travail. Ceux d'entre vous qui sont comme moi employés de bureau et prennent connaissance de ce journal mordant au cours d'une pause café ou toute autre institution du même genre pourraient prendre bonne note d'une ou deux innovations. J'adresse de même ces observations aux responsables et magnats.

J'ai entrepris de me présenter au bureau une heure après l'heure convenue. De cette manière, je suis beaucoup plus frais et reposé quand je me présente et j'évite la première heure blafarde de la journée de travail, au cours de laquelle mes sens encore engourdis font de toutes les tâches de véritables pensums. Je constate qu'en arrivant plus tard j'ai considérablement amélioré la qualité de mon travail.

Quant à l'innovation que j'ai introduite dans la tenue des archives, il convient de la tenir secrète pour le moment, car elle est assez révolutionnaire et il me faut voir comment les choses tourneront. En théorie, mon idée est superbe. Je me risquerai seulement à avancer que les papiers desséchés et jaunis qui s'entassent dans les dossiers constituent un fort danger d'incendie. Un aspect plus spécifique et dont la validité dans l'ensemble des cas doit faire l'objet de vérifications prudentes est que mon système d'archives fournit apparemment un repaire à toutes sortes de vermines. La peste bubonique constituait sans doute une fin acceptable au Moyen Age mais j'estime qu'il serait inepte de mourir de la peste en notre épouvantable siècle!

Aujourd'hui notre bureau a enfin été assez heureux pour accueillir notre seigneur et maître, le sieur G. Levy. Pour parler sans détour, je le trouve assez insouciant et superficiel. J'ai attiré son attention sur l'écriteau (oui, lecteur, il a été peint et mis en place et une fleur de lys assez royale lui confère une signification accrue), mais, pour cela pas plus que pour le reste il n'a guère manifesté d'intérêt. Son passage fut bref et fort peu professionnel, mais qui sommes-nous pour nous interroger sur les mobiles de ces géants du commerce dont les caprices dominent et façonnent le destin de notre pays? Il apprendra bien à temps à connaître mon dévouement à son entreprise et mon loyalisme. Et mon exemple pourrait bien, à son tour, l'amener à retrouver foi dans les Pantalons Levy.

La Trixie garde un mutisme obstiné qui la révèle plus sagace encore que je ne l'ai cru d'emblée. Je soupçonne cette femme d'en savoir beaucoup et d'affecter l'apathie comme une façade commode pour la rancune qu'elle nourrit apparemment contre les Pantalons Levy. Elle retrouve sa cohérence pour parler de la retraite. J'ai remarqué qu'elle a besoin d'une nouvelle paire de chaussettes blanches, celles qu'elle porte actuellement ayant nettement viré au gris. Peut-être lui ferai-je présent d'une paire de chaussettes blanches absorbantes à usage athlétique dans un avenir prochain. Ce geste pourrait l'affecter et l'amener à converser. Elle semble s'attacher peu à peu à ma casquette, qu'elle porte de préférence à sa visière de celluloïd.

Comme je vous l'ai appris dans de précédentes livraisons, j'avais entrepris en émule du poète Milton de passer ma jeunesse dans la réclusion, la méditation et l'étude, de manière à parfaire, comme l'avait fait mon modèle, mon art d'écrivain. L'intempérance cataclysmique de ma mère m'aura projeté dans le monde à mon corps défendant de la manière la plus cavalière qui soit; mon organisme entier en est encore agité. J'en suis donc encore à tenter de m'adapter aux tensions du monde du travail. Dès que mon organisme sera accoutumé au bureau, je franchirai un pas de géant : j'irai visiter l'atelier, la ruche animée qui est au cœur de l'entreprise Levy. Par la porte de l'usine, j'ai déjà entendu force sifflements et rugissements mais l'état général de mes nerfs interdit, pour le moment, toute descente dans cet enfer bien particulier. De temps à autre, quelque travailleur de l'atelier s'aventure dans le bureau d'un pas hésitant, d'ordinaire pour y plaider quelque cause dans son jargon patoisant (le plus souvent, il s'agit de l'ivrognerie du contremaître, buveur invétéré). Quand j'aurai recouvré la plénitude de mes moyens, je rendrai visite à ces gens de l'atelier; je suis en effet tenu par la profondeur de mes convictions à l'égard de l'action sociale. Je suis convaincu qu'il est peut-être en mon pouvoir d'aider le peuple de l'usine. Je ne puis me montrer tolérant à l'égard de ceux qui agiraient avec lâcheté devant l'injustice sociale. Je crois qu'il convient de s'engager avec audace, avec fracas, pour affronter les problèmes de notre temps.

Note sociale : il m'est plus d'une fois arrivé de rechercher l'évasion au Prytania, attiré par le pouvoir de séduction des horreurs en technicolor, avortements filmés qui constituent autant d'atteintes au bon goût et à la bienséance, bobines après bobines de perversions et de blasphèmes qui frappaient de stupeur mes yeux incrédules, choquaient mon esprit virginal et fermaient hermétiquement mon anneau pylorique.

Ma mère fréquente présentement des fâcheux importuns qui ont entrepris de faire d'elle une espèce d'athlète, rebuts d'humanité qui croient pouvoir trouver l'oubli au bouligne. Par moment, je trouve assez pénible de devoir poursuivre ma jeune carrière dans les affaires tandis que de telles contrariétés me tourmentent à la maison.

Santé : mon anneau pylorique s'est fermé tout à fait violemment cet après-midi, quand M. Gonzales m'a demandé de faire une longue addition pour lui. Quand il a vu l'état dans lequel sa requête m'avait plongé, il a eu la délicatesse de faire son addition lui-même. J'aurais préféré éviter cette scène, mais mon anneau l'entendait autrement. Ce directeur du bureau risque d'ailleurs de se révéler importun à l'usage.

Jusqu'au revoir,
Darryl, votre jeune travailleur.

Ignatius lut ce qu'il venait d'écrire avec plaisir. Ce *journal* offrait toutes sortes de possibilités. Il pouvait en faire un véritable document contemporain, un compte rendu réel, fidèle, vivant, des problèmes d'un jeune homme. Refermant enfin la chemise, il envisagea la possibilité de rédiger une réponse à Myrna, une attaque cinglante, cruelle de son être et de sa vision du monde. Mais mieux valait attendre d'avoir visité l'atelier et d'y avoir recensé les possibilités d'action sociale. Une telle effronterie méritait d'être traitée convenablement; peut-être serait-il capable de faire pour les travailleurs de l'atelier quelque chose qui suffirait à faire passer Myrna pour réactionnaire dans le champ de l'action sociale. Il devait prouver sa supériorité sur cette insultante catin.

Ramassant son luth, il décida de chanter pour se détendre un peu. Sa grosse langue se retroussa pour humecter sa moustache en manière de préparation, puis, taquinant les cordes, il entonna : Sans plus tarder te lances sur la route/Et va quérir ton legs en fils de bon aloy...

– La ferme! vociféra Miss Annie à travers ses volets fermés.

– Comment osez-vous! réplique Ignatius en ouvrant ses propres contrevents à la volée pour jeter les yeux dans l'étroite impasse obscure et froide. Ouvrez, holà, ouvrez! Quelle audace! Comment osez-vous vous dissimuler derrière ces volets?

Il se précipita comme un furieux vers la cuisine, y emplit un broc d'eau et revint en courant dans sa chambre. Il était sur le point de jeter l'eau sur les volets toujours clos de Miss Annie quand il entendit une portière d'auto claquer dans la rue. On venait dans l'impasse. Ignatius ferma ses volets et éteignit la lumière. Il avait reconnu sa mère en conversation avec quelqu'un. L'agent de police Mancuso prononça quelques paroles en passant sous la fenêtre d'Ignatius et une femme à la voix rauque dit alors :

– Ça m'a l'air sans problème, à moi, ma colombe. Y a pas d'loupiote d'allumée en tout cas. Y sera sorti, tu verras.

Ignatius enfila son manteau et fila jusqu'à la porte principale tandis que les intrus ouvraient celle de la cuisine. Il descendit les marches du perron et aperçut la Rambler blanche de l'agent de police Mancuso garée devant la maison. S'accroupissant à grand-peine, Ignatius enfonça son doigt dans l'une des valves et l'y maintint tant qu'elle siffla. Quand le pneu s'étala comme une crêpe dans le ruisseau de brique, il regagna l'impasse, qui laissait tout juste le passage à sa masse, et passa derrière la maison.

La cuisine était brillamment illuminée et l'on entendait le poste de radio à bon marché de sa mère malgré les vitres de la fenêtre fermée. Ignatius gravit silencieusement les quelques marches qui menaient à la porte de service et regarda à l'intérieur par la vitre crasseuse. Sa mère et l'agent de police Mancuso étaient attablés devant une bouteille presque pleine de bourbon Early Times. Le policier semblait plus abattu que jamais, mais Mme Reilly battait la mesure du pied sur le linoléum et souriait timidement devant le spectacle qui s'offrait à sa vue au centre de la pièce. Une femme épaisse, aux cheveux entortillés, dansait sans cavalier sur le linoléum, secouant ses seins pendants que dissimulait mal une tenue de bouligne. Ses souliers – de bouligne aussi – martelaient consciencieusement le sol, transportant d'arrière en avant puis d'avant en arrière le balancement saccadé de ses seins et le pivotement rythmique de ses hanches entre la table et le réchaud.

C'était donc là la Tata de l'agent de police Mancuso. Nul autre que ce dernier n'aurait pu avoir pour tante un phénomène semblable, ironisa Ignatius par-devers soi.

– Houou ! cria gaiement Mme Reilly. Santa !

– Visez-moi un peu ça, les mômes ! répliqua la femme aux cheveux gris en hurlant comme un arbitre de gauche, avant de se mettre à descendre de plus en plus bas tout en se tortillant, jusqu'à être pratiquement par terre.

– Oh, juste ciel ! confia Ignatius au vent.

– Tu vas te coller une hernie, ma poulette, dit Mme Reilly

en riant. Tu vas passer à travers mon plancher, dis donc!

– Tu f'rais peut-être mieux d'arrêter, Tata Santa, avança l'agent de police Mancuso d'un air morose.

– Merde, j'vais pas m'arrêter maintenant. J'arrive à peine, répondit la femme en se redressant en rythme. Qui c'est qu'a dit qu'les grands-mères pouvaient pus danser?

Tendant les bras, elle se mit à se trémousser en se tortillant sur le linoléum.

– Seigneur! s'écria Mme Reilly avant d'éclater de rire et de servir un verre de bourbon. Qu'est-ce qu'Ignatius dirait s'il rentrait brusquement et qu'il voyait ça!

– On l'emmerde, Ignatius!

– Santa! gronda Mme Reilly, choquée, mais, Ignatius l'aurait juré, pas mécontente.

– Ça suffit comme ça! hurla alors Miss Annie à travers ses volets clos.

– Qui c'est? demanda Santa à Mme Reilly.

– Arrêtez ou j'appelle les flics! cria encore la voix un peu étouffée de Miss Annie.

– Arrêtez, je vous en prie, je vous en prie! implora l'agent de police Mancuso soudain nerveux.

# CINQ

Darlene était occupée à verser de l'eau dans les bouteilles d'alcool à moitié pleines, derrière le bar.

– Eh, Darlene, écoute un peu ces conneries, lui enjoignit Lana Lee en pliant son journal et en le calant avec son cendrier. « Frieda Club, Betty Bumper et Liz Steele, demeurant toutes trois au 796 St. Peter Street, ont été arrêtées hier soir au El Caballo, un bar du 570 Burgundy Street, et inculpées de tapage nocturne et de violences contre les clients du bar. Selon les policiers qui ont procédé à leur arrestation, tout a commencé lorsqu'un individu non identifié a fait des propositions à l'une des trois femmes. Les deux compagnes de cette dernière ont alors frappé l'inconnu qui s'est enfui. La femme Steele a alors jeté un tabouret à la tête du barman, tandis que les deux autres femmes menaçaient les clients avec des tabourets et des tessons de bouteilles de bière. Certains consommateurs ont précisé que l'individu qui s'était enfui portait des chaussures de bouligne. » Qu'est-ce que t'en dis? C'est les gens comme ça qui fichent le Quartier en l'air! Un brave gonze propose la botte à une de ces gouines et paf! elles lui foutent sur la gueule. Je me souviens d'une époque où c'était chouette, ici, on était normal dans le Quartier. Aujourd'hui y a plus que des gouines et des pédés. Faut pas s'étonner que les affaires soyent si mauvaises. Les gouines, moi, je peux pas les sacquer. Mais alors pas les sacquer!

– Les seuls clients qui viennent encore ici le soir, c'est des poulets en civil, dit Darlene. Comment ça se fait qu'y ne foutent pas les flics en civil au cul des bonnes femmes comme ça?

– On se croirait dans un commissariat, ici, bon sang! On dirait le foyer des retraités de la police, merde alors! dit Lana, complètement dégoûtée. Beaucoup de vide, et deux ou trois flics qui échangent des signes. Et il faut que je t'aie à l'œil tout le temps, futée comme t'es, si je veux pas que tu te mettes à jouer les entraîneuses auprès des flics!

– Ben oui, comment que je suis censée les reconnaître, moi, les flics, hein, Lana? demanda Darlene avant de se moucher. Pour moi tous les clients ont la même tête, j'essaie seulement de gagner ma croûte.

– Les poulets, tu les reconnais au regard, Darlène. Y sont très sûrs d'eux, tu vois. Y a trop longtemps que je fais ce boulot. Je connais tous leurs trucs, toutes leurs saloperies. Les biftons marqués, les tenues fantaisie. Si les yeux te suffisent pas, alors regarde le blé. Leurs biftons sont pleins de marques et de coups de crayon.

– Et comment que je suis censée le regarder, leur blé? Y fait tellement noir, ici, même les yeux, j'aurais du mal.

– Bah, il faudra bien qu'on fasse quelque chose, alors. Je ne veux plus que tu restes assise au bar, voilà. Sinon, un de ces quatre, tu vas faire du charme au chef de la police pour essayer de lui faire commander deux Bellini!

– Justement, t'as qu'à me laisser danser! J'ai un numéro tout prêt.

– Oh, la ferme! brailla Lana, songeant que, si jamais Jones apprenait les récents démêlés du bar avec la police, elle pourrait dire adieu à son portier au rabais. Écoute voir, Darlene, ne raconte pas à Jones que la maison poulaga tout entière se donne rendez-vous ici tous les soirs. Tu sais comment sont les gens de couleur à propos des flics. Ça pourrait lui coller les jetons et il se tirerait. Moi, ce garçon, j'aimerais l'aider, l'empêcher de se retrouver à la rue.

– D'accord, dit Darlene, mais moi je gagne plus un flèche. Tellement que j'ai peur que le type que j'attaque soye flic. Tu sais ce qui nous faudrait, ici, pour faire des sous?

– Non, quoi? demanda Lana de mauvaise grâce.

– Y nous faut une mascotte, une bête.

– Quoi? Ce qu'il faut pas entendre!

– Moi ch'fais pas l'ménage si y a une bête, hein? Chuis pas garçon d'piste dans un cirque, moi! intervint Jones en donnant un coup sonore de balai dans un des tabourets du bar.

– Tiens, venez voir par là, sous les tabourets, là, lui lança Lana.

– Oua-ho! C'est pas vrai! J'aurais manqué un coin? Pas possible!

– T'as qu'à lire le journal, Lana, dit Darlene. Presque tous les autres clubs de la rue ont un animal.

Lana ouvrit à la page des spectacles et, à travers la brume émise par Jones, entreprit d'examiner les annonces des cabarets.

– Eh ben, Darlene, tu te lances, c'est ça? Tu voudrais que je te nomme gérante, non, c'est ça?

– Non, pas du tout.

– Bon, souviens-t'en, conclut Lana en suivant du doigt une colonne dans le journal. Non, mais regarde-moi ça! Ils ont un serpent chez Jerry. Y z'ont des tourterelles au 104, et là, un bébé tigre, un chimpanzé...

– Et c'est là que tout le monde va, dit Darlene. C'est le genre de truc qu'y faut se tenir au courant dans les affaires.

– Merci beaucoup. Et puisque c'est ton idée, tu auras peut-être une suggestion à faire?

– Ouais, ben moi j'suggère un vote à l'unanimité contre la transformation d'la boîte en zoo!

– Occupez-vous donc du plancher, dit Lana.

– On pourrait se servir de mon cacatoès, dit Darlene. J'ai répété une danse formidable avec lui. Il est rudement malin c't'oiseau. Je voudrais qu'tu l'entendes causer, tiens.

– Dans les bars pour gens de couleur, ceux qui causent de trop on les vire.

– Allez quoi, donne sa chance à mon oiseau, implora Darlene.

– Ouah-ho! s'écria Jones. Attention les yeux, v'là votre orphelin. C'est l'moment des B.A.

George fit son entrée dans le bar, engoncé dans un gros chandail rouge, qu'il portait sur un dgine blanc et des bottes beige et pointues. Sur ses mains étaient tatoués des poignards.

– Désolée, rien pour les orphelins aujourd'hui, s'empressa de dire Lana.

– Voyez-vous ça! M'est avis qu'les orphelins auraient plus vite fait d'aller s'adresser au fonds de solidarité nationale, dit Jones en soufflant de la fumée sur les poignards. On a déjà du mal à acquitter les salaires, alors... charité bien ordonnée...

– Mmm? fit George.

– On met de drôles de voyous dans les orphelinats aujourd'hui, fit observer Darlene. Moi, j'y donnerais rien, Lana. Si tu veux mon avis, c'est un racket, d'une façon ou d'une autre. Si çuila est orphelin, moi chuis la reine d'Angleterre!

– Viens par là, dit Lana à George et elle l'entraîna dans la rue.

– C'qu'y a? demanda George.

– Je ne peux pas te parler devant ces deux cons, dit Lana. Écoute, ce nouveau portier n'est pas du tout comme l'ancien. Ce petit malin a pas arrêté de me poser des questions sur ces conneries d'histoires d'orphelin depuis le jour qu'il t'a vu. J'me méfie de lui. J'ai déjà des crosses avec la flicaille...

– Procure-toi un nouveau négro, alors, c'est pas ça qui manque.

– J'aurais pas les moyens d'me procurer un Esquimau aveugle, pour le salaire que je lui refile. C'était un marché entre lui et moi, une espèce d'entente sur des prix inférieurs au marché. Et il croit que, s'il déserte, je peux le faire arrêter pour vagabondage. C'est un marché, tout ça, George. Dans les affaires, tu vois, faut pas louper ce genre d'occase. Tu comprends?

– Ouais et pour moi, ça change quoi?

– Ce Jones s'en va déjeuner entre midi et midi trente. Reviens vers midi quarante-cinq.

– Et qu'est-ce que je fiche avec ces paquets tout l'après-midi? Je peux rien faire jusqu'à trois heures, moi. Je veux pas me trimballer avec ça, moi.

– Mets-les à la consigne à la gare routière. M'en moque. Du moment que tu fais bien attention. Allez, à demain.

Lana rentra dans le bar.

– J'espère bien que tu lui as dit de mettre les bouts, dit Darlene. Faudrait le dénoncer aux brigades de la répression des mauvaises pratiques commerciales, ce gamin.

– Ouah-ho!

– Allez Lana, donne-nous une chance, à l'oiseau et à moi. On est tordants, tous les deux.

– Avant, t'avais les hommes d'affaires, y z'aimaient boire un verre en voyant se trémousser une jolie fille. Aujourd'hui, c'est des compliqués, faut qu'y ait un animal, en plus. Mais qu'est-ce qu'y z'ont donc, les gens d'aujourd'hui ? Tous des malades. On a du mal à gagner honnêtement sa vie.

Lana alluma une cigarette et se mit à riposter à Jones, nuage pour nuage...

« O.K., d'accord, on auditionne l'oiseau. Tu s'ras sans doute moins dangereuse sur scène avec un perroquet qu'au bar avec un poulet. Amène-moi ta foutue volaille.

## II

A côté de son petit radiateur, Gonzales écoutait les bruits qui montaient du fleuve, son âme paisible flottant au milieu de quelque Nirvana, quelque part au-dessus de la double antenne des Pantalons Levy. Subconsciemment, ses sens se régalaient de la cavalcade des rats, de l'odeur du vieux bois et du vieux papier, du calme et de la sûreté familière que lui conférait son vieux pantalon Levy. Exhalant un mince filet de fumée filtrée, il visa comme un tireur d'élite le centre du cendrier avec sa cendre. L'impossible s'était produit : la vie aux Pantalons Levy était devenue encore plus belle. La raison en était M. Reilly. Quelle fée bienveillante avait pu déposer M. Reilly sur les marches délabrées de la compagnie Levy?

Il valait quatre employés à lui seul. Entre les mains compétentes de M. Reilly, les dossiers à classer semblaient disparaître. Et il était tout à fait gentil pour Miss Trixie; il n'y avait pratiquement nulle friction au bureau. M. Gonzales avait été touché du spectacle auquel il lui avait été donné d'assister l'après-midi précédent – M. Reilly agenouillé devant Miss Trixie pour lui changer ses chaussettes. M. Reilly avait beaucoup de cœur. Certes, il avait aussi un anneau. Mais les conversations constantes sur l'anneau pylorique de M. Reilly étaient supportables – elles étaient l'unique inconvénient.

Jetant à la ronde des regards heureux, M. Gonzales remarqua une nouvelle fois les résultats du travail manuel de M. Reilly à travers le bureau. Punaisé au bureau de Miss Trixie, un grand écriteau proclamait MISS TRIXIE et s'ornait d'un bouquet à l'ancienne dessiné au pastel dans un coin. Son propre bureau était orné d'un écriteau décoré de la couronne d'Alphonse le Sage et de son nom, SENOR GONZALES. Clouée à l'un des piliers du bureau, une croix attendait que LIBBY'S TOMATO JUICE et KRAFT JELLY eussent disparu sous une couche de peinture marron veinée de noir pour imiter le grain du bois que M. Reilly avait promis d'y passer. Sur les classeurs métalliques, des haricots germés avaient déjà commencé à pousser leurs premières vrilles vertes dans plusieurs pots de carton ayant contenu des crèmes glacées. Les rideaux de bure violette qui pendaient à la fenêtre la plus proche du bureau de M. Reilly créaient une aire de méditation au milieu du bureau. Le soleil y jetait un rayon lie-de-vin sur le saint Antoine de plâtre haut d'un mètre qui se dressait à côté de la corbeille à papier.

Jamais employé n'avait valu M. Reilly. Un garçon d'un dévouement, d'une application sans égal. Il projetait même d'aller visiter l'atelier quand son anneau le lui permettrait pour voir s'il ne pouvait apporter quelque amélioration aux conditions de travail. Les autres employés s'étaient toujours montrés tellement insouciants, tellement négligents.

La porte s'ouvrit lentement et Miss Trixie fit son entrée quotidienne, précédée d'un grand sac.

– Miss Trixie! lança M. Gonzales de ce qui était, pour lui, un ton extrêmement coupant.

– Qui? vociféra frénétiquement la vieille demoiselle.

Baissant les yeux, elle les posa sur sa chemise de nuit en lambeaux et sa vieille robe de chambre de flanelle.

– Mon Dieu, mon Dieu! s'écria-t-elle, je me disais aussi! Il faisait frisquet dehors!

– Rentrez immédiatement chez vous!

– Il fait froid, dehors, Gomez.

– Vous ne pouvez rester aux Pantalons Levy dans cette tenue, je regrette.

– Vous me mettez à la retraite d'office? demanda Miss Trixie, pleine d'espoir.

– Non! glapit M. Gonzales. Je vous demande seulement de

retourner chez vous vous changer! Vous habitez au coin de la rue. Faites vite!

Miss Trixie repartit en traînant les pieds et en faisant claquer la porte. Puis elle vint récupérer le sac qu'elle avait posé par terre et elle repartit en claquant de nouveau la porte derrière elle.

Quand Ignatius arriva, une heure plus tard, Miss Trixie n'était pas encore revenue. M. Gonzales entendit le pas lourd et lent de M. Reilly dans l'escalier. La porte s'ouvrit d'une poussée, et le merveilleux Ignatius J. Reilly fit son apparition, une écharpe écossaise de la taille d'un plaid nouée autour du cou, une des extrémités retombant dans son manteau.

– Bonjour, Monsieur! lança-t-il majestueusement.

– Bonjour, répondit M. Gonzales, ravi. Le voyage a été bon?

– Guère. Le chauffeur avait des tendances latentes à la course de vitesse, m'est avis. Il m'a fallu le mettre continuellement en garde contre lui-même. Quand nous avons pris congé, je crois que l'hostilité était réciproque. Mais je ne vois pas notre chère petite employée de bureau, ce matin?

– J'ai été contraint de la renvoyer chez elle. Elle est venue prendre son travail en chemise de nuit.

Ignatius fronça les sourcils avant de dire:

– Je ne comprends pas pourquoi vous l'avez renvoyée. Après tout, le négligé est parfaitement accepté ici. Nous formons une grande famille. J'espère en tout cas que vous n'avez pas entamé son moral.

Il alla remplir un verre au distributeur d'eau fraîche pour arroser ses haricots.

« Vous ne devriez pas être surpris de me voir un jour paraître en chemise de nuit. Je la trouve assez confortable.

– Je n'ai certainement pas l'intention de vous imposer une quelconque mode vestimentaire, dit nerveusement M. Gonzales.

– Ça, j'espère bien. Miss Trixie et moi – notre patience a des limites.

M. Gonzales fit semblant de chercher quelque chose dans son bureau pour éviter les yeux terribles qu'Ignatius braquait sur lui.

– Je vais terminer la croix, finit par déclarer Ignatius, tirant deux boîtes d'un kilo de peinture des poches semblables à des besaces de son manteau.

– C'est merveilleux.

– La croix est ma priorité n° 1, pour le moment. Classement, archivage, classification alphabétique – tout cela doit attendre que j'aie terminé ce projet. Puis, quand j'aurai terminé la croix, il va falloir que j'aille voir l'usine. M'est avis que ces pauvres gens brament après une oreille compatissante, un guide bienveillant. Peut-être me révélerai-je capable de les aider.

– Bien sûr. Ce n'est pas à moi de vous dire ce que vous avez à faire.

– J'espère bien, approuva Ignatius en dévisageant le directeur du bureau. Mon anneau semble enfin permettre une visite de l'usine. C'est une occasion que je ne dois pas laisser passer. Si j'attends, peut-être se refermera-t-il pour plusieurs semaines.

– Alors vous devez absolument aller à l'atelier aujourd'hui, déclara M. Gonzales plein d'enthousiasme.

Puis il fixa sur Ignatius un regard débordant d'espoir mais ne reçut aucune réponse. Ignatius archiva son manteau, son écharpe et sa casquette dans un des classeurs et se mit à l'ouvrage sur la croix. A onze heures, cette dernière recevait sa première couche, méticuleusement appliquée à l'aide d'un tout petit pinceau à aquarelle. Miss Trixie était encore ASM.

A midi, M. Gonzales leva les yeux du tas de papiers sur lequel il était au travail et déclara :

– Je me demande bien ce que Miss Trixie fabrique.

– Vous l'avez probablement vexée, répondit froidement Ignatius qui était occupé à tapoter de son pinceau les rebords rugueux du carton. Elle se montrera peut-être pour le déjeuner. Car je lui ai dit hier que je lui apporterais un sandwich de mortadelle. J'ai découvert que Miss Trixie est assez friande de mortadelle. Je vous offrirais bien un sandwich mais je crains d'en avoir tout juste assez pour Miss Trixie et moi.

– Mais, ne vous en faites pas pour moi, je vous en prie, protesta M. Gonzales en arborant un pâle sourire, tandis qu'Ignatius ouvrait sous ses yeux un sac de papier d'emballage maculé de graisse. Je vais devoir travailler pendant toute l'heure du déjeuner si je veux que ces bilans et ces factures soient terminés à temps.

– Oui, c'est ce que vous avez de mieux à faire. Nous ne devons surtout pas laisser les Pantalons Levy prendre le moindre retard dans le combat sans merci pour la survie des plus aptes !

Ignatius mordit à belles dents dans son premier sandwich

qu'il déchira en deux et se mit à mastiquer d'un air satisfait.

– J'espère vraiment que Miss Trixie va finir par se montrer, dit-il après avoir terminé le premier sandwich et émis une série de rots sonores qui donnaient l'impression de faire exploser tout son système digestif. Mon anneau n'est pas en mesure de supporter la mortadelle, j'en ai bien peur.

Il était en train d'arracher avec ses dents la garniture du second sandwich quand Miss Trixie entra, sa visière de celluloïd verte sur la nuque.

– La voici, annonça Ignatius au directeur à travers la grande feuille de laitue qui lui pendait mollement de la bouche.

– Ah, mais oui, reconnut faiblement Gonzales, Miss Trixie.

– Je me suis figuré que la mortadelle activerait ses facultés. Par ici, Mère du Commerce.

Miss Trixie se heurta au saint Antoine de plâtre.

– Je savais bien qu'il y avait quelque chose, Gloria, je n'ai pas cessé de me turlupiner toute la matinée, déclara Miss Trixie, saisissant le sandwich entre ses griffes avant de regagner son bureau.

Ignatius se mit à observer avec fascination le jeu complexe des gencives, des lèvres et de la langue que chaque petit morceau de sandwich mettait en branle.

– Il vous a fallu bien longtemps pour vous changer, dit le directeur à Miss Trixie, constatant avec amertume que son nouvel ensemble était à peine plus présentable que sa chemise de nuit et sa robe de chambre.

– Qui ? demanda Miss Trixie en tirant une langue enduite de pain et de mortadelle mastiqués.

– Je dis : il vous a fallu longtemps pour vous changer.

– Moi ? Je viens de partir.

– Voulez-vous bien cesser de la persécuter, je vous prie ? demanda coléreusement Ignatius.

– Le retard n'est pas justifiable. Elle demeure à deux pas, dans les docks, dit le directeur en reportant son attention sur ses papiers.

– Ça vous a plu ? demanda Ignatius à Miss Trixie quand la dernière grimace labiale eut cessé.

Miss Trixie fit oui de la tête et s'attaqua consciencieusement à un second sandwich. Mais quand elle eut enfin terminé d'en mastiquer une moitié, elle s'affaissa sur son siège.

– Ouf, je n'en peux plus, Gloria. C'était délicieux.

– M. Gonzales, voudriez-vous le morceau de sandwich que Miss Trixie ne peut pas finir?

– Non, merci.

– Je préférerais vraiment que vous l'acceptiez. Sinon les rats vont nous envahir *en masse.* (En français dans le texte, NdT.)

– Oui, Gomez, prenez ça, dit Miss Trixie, laissant tomber le morceau de sandwich à demi rongé et sucé sur les papiers qui recouvraient le bureau du directeur.

– Regardez ce que vous avez fait, vieille imbécile! glapit M. Gonzales. Ah, je la retiens, moi, Mme Levy! C'est l'état que je préparais pour la banque!

– Comment osez-vous vous en prendre à la magnanimité de Mme Levy! tonna Ignatius. Je vais faire un rapport, monsieur!

– Mais il m'a fallu plus d'une heure pour préparer cet état! Regardez ce qu'elle en a fait.

– Je veux mon jambon de Pâques, fulmina Miss Trixie. Et ma dinde de Thanksgiving, où est-elle! J'ai renoncé à un merveilleux emploi de caissière dans un cinéma pour venir travailler ici! Et maintenant je crois bien que je mourrai à la tâche. Ah, on peut dire que les travailleurs sont bien mal traités, ici. Je prends ma retraite *sur-le-champ.*

– Si vous alliez vous laver les mains? lui dit M. Gonzales.

– Voilà une bonne idée, Gomez, dit Miss Trixie qui partit aussitôt pour les toilettes des dames.

Ignatius se sentit floué. Il avait espéré une scène. Tandis que le directeur du bureau entreprenait de recopier son état, il regagna la croix et reprit son travail. Pour ce faire, il dut d'abord soulever Miss Trixie qui, revenue des toilettes, s'était agenouillée sous la croix pour prier, exactement à l'endroit où Ignatius se tenait pour peindre. Miss Trixie demeura perpétuellement dans ses jambes, ne le quittant que pour cacheter quelques enveloppes sur la demande de M. Gonzales, faire une petite sieste et se rendre à plusieurs reprises aux toilettes. Le directeur était la seule source de bruit du bureau avec sa machine à écrire et sa machine à calculer qu'Ignatius avait un peu de mal à supporter. A une heure et demie la croix était terminée. Il n'y manquait plus que les lettres dorées à la feuille qui formaient les mots DIEU ET COMMERCE et qu'Ignatius tenait prêtes à coller au bas de son œuvre. Quand cela fut fait, il recula d'un pas et dit à Miss Trixie :

– J'ai fini.

– Oh, Gloria, que c'est beau, se récria Miss Trixie en toute sincérité. Regardez un peu ça, Gomez !

– N'est-ce pas merveilleux, approuva M. Gonzales en examinant la croix de ses yeux fatigués.

– Bien, passons au classement, dit Ignatius d'un ton affairé. Ensuite, j'irai à l'usine. Je ne puis tolérer l'injustice sociale.

– Oui, il faut que vous alliez à l'atelier pendant que votre anneau fonctionne, approuva le chef de bureau.

Ignatius passa derrière la rangée de classeurs, saisit les documents à classer qui s'accumulaient et les flanqua au panier. Remarquant que le chef de bureau avait posé les mains sur ses yeux, Ignatius en profita pour ouvrir le premier tiroir des dossiers et pour en renverser le contenu alphabétique dans la corbeille à papier.

Puis il prit pesamment le chemin de l'usine, passant dans un grondement de tonnerre devant Miss Trixie qui était de nouveau tombée à genoux devant la croix.

## III

L'agent de police Mancuso avait un peu tâté des heures supplémentaires dans sa tentative d'arrêter quelqu'un – n'importe qui – pour satisfaire le sergent. Après avoir raccompagné chez elle sa tata en sortant du bouligne, il était passé dans le bar pour voir ce qu'il pourrait y récolter. Il y avait récolté des coups de ces trois femmes terrifiantes. Il porta la main au bandage qui ceignait son front en pénétrant dans le commissariat où le sergent l'avait précisément convoqué.

– Qu'est-ce qui vous est arrivé, Mancuso ? glapit le sergent en apercevant le pansement.

– Je suis tombé.

– Ça vous ressemble. Si vous aviez la moindre idée de votre boulot, vous seriez dans les bars, vous nous renseigneriez sur les individus louches dans le genre des trois nanas qu'on a bouclées hier soir !

– Oui, chef.

– Je ne sais pas quelle est la pute qui vous a rancardé sur *Les Folles Nuits*, mais nos gars y sont pratiquement tous les soirs et y n'ont rien trouvé du tout.

– Ben, je pensais...

– La ferme ! Vous nous avez refilé un tuyau crevé ! Vous savez ce que nous faisons à ceux qui nous refilent des tuyaux crevés, non ?
– Non.
– On les colle à la salle d'attente de la gare routière, vu ?
– Oui, chef.
– Huit heures par jour dans les toilettes de la gare routière, jusqu'à ce que vous m'ayez mis la main sur un individu suspect, nom de Dieu !
– D'accord.
– Y a pas de d'accord qui tienne ! Faites-moi le plaisir de me dire « oui, chef », et maintenant foutez-moi le camp ! Allez voir dans votre casier. Vous êtes de la campagne aujourd'hui.

## IV

Ignatius ouvrit le « Journal d'un jeune travailleur » à la première page blanche en faisant claquer d'un geste très professionnel la pointe de son crayon à bille. La pointe du crayon Pantalons Levy ne se coinça pas du premier coup mais se rétracta au contraire dans son cylindre de plastique. Ignatius renouvela son geste avec plus d'énergie mais, rétive, la pointe disparut derechef. Abattant furieusement le stylo à bille sur son bureau, Ignatius ramassa l'un des crayons à mine dure qui traînait par terre. Ponctionnant du bout du crayon le cérumen de ses oreilles, il commença à se concentrer, écoutant les bruits que faisait sa mère en se préparant pour une nouvelle soirée au bouligne. Il y avait le staccato de nombreux pas en rafale, d'un bout à l'autre de la salle de bains, et il pouvait en conclure que sa mère tentait d'accomplir plusieurs phases de sa toilette simultanément. Puis il y eut les bruits qu'il avait appris à connaître au long des années quand sa mère s'apprêtait à sortir : le choc de sa brosse à cheveux tombant dans le lavabo, le bruit d'une boîte de poudre heurtant le carrelage, les exclamations soudaines, l'agitation et le chaos.
– Aïe ! cria sa mère à un moment donné.
Ignatius finit par trouver ennuyeux tout ce fracas étouffé et se mit à souhaiter qu'elle en eût fini. Il entendit enfin le déclic de l'interrupteur, elle avait éteint la lumière. Puis elle heurta légèrement à sa porte.

– Ignatius, mon chou, je m'en vais.
– Fort bien, répondit Ignatius, glacial.
– Ouvre la porte, mon chéri, pour me dire au revoir et me donner un baiser.
– Maman, je suis fort occupé pour le moment.
– Oh, ne sois pas comme ça, Ignatius. Ouvre, voyons.
– Allez, va-t'en avec tes amis, je t'en prie.
– Oh, Ignatius!
– Faut-il vraiment que tu ne cesses de me tourmenter à chaque instant? Je suis au travail sur une œuvre qui serait merveilleuse pour le cinéma. Quelque chose d'extrêmement commercial.

Mme Reilly se mit à donner dans la porte des coups de ses souliers de bouligne.

– As-tu décidé de ruiner cette paire de souliers absurdes acquis à l'aide de mes gages si durement gagnés?
– Comment? Qu'est-ce que tu dis, mon chéri?

Ignatius sortit le crayon de son oreille et ouvrit la porte. Sa mère avait crêpé ses cheveux acajou et les avait ramenés haut sur le front; ses pommettes s'ornaient de rouge étalé à la hâte jusqu'aux yeux. Une houppette trop généreusement poudrée avait blanchi le visage de Mme Reilly, le devant de sa robe et même quelques-unes de ses mèches acajou.

– Oh, mon Dieu, dit Ignatius, ta robe est couverte de poudre, mais j'imagine qu'il s'agit simplement d'une suggestion, d'un petit « truc beauté » de Mme Battaglia.
– Pourquoi tu tapes toujours sur Santa, Ignatius.
– Si j'en juge par son apparence, bien des hommes ne se sont pas contentés de lui taper dessus! Ils se la sont tapée! Mais qu'elle ne s'avise pas de m'approcher, car je lui taperai effectivement dessus!
– Oh, Ignatius!
– Il est vrai que, pour parler vulgairement, elle est assez « tapée ».
– Une grand-mère! Tu devrais avoir honte!
– Grâce au ciel, les cris éraillés de Miss Annie ont ramené la paix, l'autre soir. Jamais de ma vie il ne m'avait été donné d'assister à orgie plus éhontée! Et ce dans ma propre cuisine. Si cet homme était tant soit peu un « défenseur de l'ordre » il eût arrêté cette sienne « tata » sur-le-champ.
– C'est pas la peine de t'en prendre à Angelo non plus. Il est malheureux, lui aussi, c'est dur pour lui. Santa m'a dit qu'il a passé toute la journée aux toilettes de la gare routière.

– Dieu du ciel! Dois-je en croire mes oreilles? Je t'en prie, cours rejoindre tes deux acolytes de la mafia et me laisse en paix.

– Ne sois pas si méchant avec ta pauvre maman.

– Pauvre? Ai-je bien entendu? Quand les dollars coulent littéralement à flot dans cette maison du fait de mon labeur? Et s'en écoulent plus vite encore!

– Ne recommence pas avec ça, Ignatius. Tu ne m'as donné que vingt dollars cette semaine et j'ai dû te les arracher, c'est tout juste s'il a pas fallu te supplier à genoux. Et regarde tous les zinzins que tu t'achètes. C'te caméra que t'as ramenée aujourd'hui.

– Elle sera vite utilisée. Quant à l'harmonica, il était fort bon marché.

– A ce train-là, nous n'aurons jamais fini de rembourser le bonhomme.

– C'est le cadet de mes soucis. Je ne conduis pas, moi.

– Tu te conduis mal, oui. Tu te fiches de tout, tu t'es toujours fichu de tout!

– J'aurais dû savoir en ouvrant la porte de ma chambre que c'est chaque fois comme ouvrir la boîte de Pandore! Mme Battaglia ne t'a-t-elle point priée d'aller les attendre, elle et son débauché de neveu, au bord du trottoir, afin que nulle précieuse minute de bouligne ne soit perdue?

Ignatius rota alors les gaz d'une demi-douzaine de sablés au chocolat qu'emprisonnait son anneau.

« Accorde moi un peu de paix. N'est-ce point suffisant que je sois harcelé, persécuté, tout au long de ma journée de travail? Je croyais t'avoir brossé une peinture fidèle des horreurs auxquelles il me faut m'affronter quotidiennement.

– Tu sais bien que je te suis reconnaissante, mon petit, renifla Mme Reilly. Allez, donne-moi un petit bisou pour me dire au revoir comme un bon fiston.

Ignatius se courba et effleura de ses lèvres la joue de sa mère.

– Oh, mon Dieu, se récria-t-il, crachant de la poudre de riz, je vais avoir la bouche ensablée toute la soirée!

– Je me suis mis trop de poudre?

– Non, c'est parfait. Mais n'es-tu pas censée être arthritique, par hasard? Comment diable peux-tu jouer aux boules?

– Je crois que l'exercice me fait du bien, justement. Je me sens beaucoup mieux.

Un avertisseur résonna dans la rue.

– Ton ami a enfin réussi à sortir des cabinets dirait-on, ironisa Ignatius. Ça ne m'étonne pas de lui qu'il traîne à la gare routière. Il prend probablement du plaisir aux arrivées et aux départs de ces monstruosités « panoramiques. » Dans sa vision du monde, l'autocar est selon toute apparence affecté d'un signe positif. Cela seul suffirait à illustrer sa débilité mentale.

– Je vais rentrer tôt, chéri, dit Mme Reilly en refermant la porte d'entrée.

– Je vais probablement me faire maltraiter par quelque brigand entré par effraction! vociféra Ignatius.

Tirant le verrou de sa chambre, il saisit une bouteille d'encre vide et ouvrit ses volets. Sortant la tête, il regarda vers l'entrée de l'impasse, La petite Rambler blanche était visible malgré l'obscurité, garée le long du trottoir de brique. De toute sa force, il balança la bouteille et l'entendit heurter le toit de la voiture en produisant des effets sonores très supérieurs à son attente.

– Eh là! entendit-il Santa Battaglia gueuler tandis qu'il refermait silencieusement ses volets.

Ravi, ricanant, il rouvrit le « Journal » et prit son crayon.

Cher lecteur,
Un grand écrivain est l'ami et le bienfaiteur de ceux qui le lisent.
Macaulay.

Une nouvelle journée de travail s'est terminée, ô doux lecteur. Comme je vous l'ai déjà dit, j'ai réussi à déposer comme une manière de patine adoucissante sur la démence et la turbulence qui régnaient naguère dans notre bureau. Toutes les activités qui n'étaient pas essentielles sont abandonnées peu à peu. Pour le moment, je m'affaire à décorer notre ruche bourdonnante d'abeilles en col blanc (trois). Je considère mon action comme devant répondre à trois impératifs : embellir, élaguer, bénéficier. S'il me fallait trouver les impératifs qui président à l'action de notre chef de bureau, véritable bouffon, je n'aurais que l'embarras du choix : ennuyer, importuner, gêner, embarrasser, faire l'important, faire le malin, faire des difficultés, faire l'imbécile, je préfère en rester là. Je suis parvenu à la conclusion que notre chef de bureau n'a d'autre fonction que de mettre des bâtons dans les roues. Sans lui, l'autre employée (La Dama del Comercio) et moi-même serions parfaitement paisibles et satisfaits. Nous vaquerions à nos occupations dans un climat d'estime mutuelle. Je suis persuadé que ses méthodes dictatoriales sont en grande partie responsables du désir qu'exprime Miss T. de prendre sa retraite.

Je suis enfin en mesure de vous décrire notre usine. Cet après-midi, me sentant serein parce que j'avais achevé la croix (oui! elle est achevée et confère au bureau une dimension spirituelle dont il avait besoin), je suis allé visiter le bruyant cauchemar mécanique de l'atelier.

Le spectacle qui s'est offert à ma vue est à la fois fascinant et repoussant. L'atelier du suceur de sang façon révolution industrielle aura été conservé pour la postérité par les Pantalons Levy. Si seulement le Smithsonian Institute avait le pouvoir d'emballer sous vide cet atelier et de le transporter dans la capitale des États-Unis avec l'ensemble de ses travailleurs figés, chacun, dans une attitude de travail, les visiteurs de ce musée d'un goût douteux ne manqueraient pas de déféquer dans leurs criardes tenues de touristes. C'est en effet une scène qui combine les pires aspects de *La Case de l'oncle Tom* et du *Metropolis* de Fritz Lang. Ce n'est que la mécanisation de l'esclavage, elle résume les progrès du Noir, passé de la récolte du coton à la confection des cotonnades. (S'ils étaient demeurés au stade de la cueillette, du moins seraient-ils à respirer le bon air de la campagne, chantant des chansons et mangeant des pastèques – toutes choses qu'ils sont censés faire, je crois, quand ils se trouvent, en groupe, à la campagne). Mes convictions profondes et vibrantes à l'égard de l'injustice sociale ont été aussitôt remuées. Mon anneau pylorique a vigoureusement réagi.

(A propos des pastèques, il me faut dire, car je m'en voudrais d'offenser une quelconque organisation professionnelle de défense des droits civils, que je n'ai jamais été ni prétendu être un observateur très attentif des mœurs populaires américaines. Je puis me tromper. J'aurais tendance à imaginer que, de nos jours, les gens qui cueillent le coton le font d'une main tandis que, de l'autre, ils appuient contre leur oreille un poste de radio à transistor qui peut y déverser des communiqués consacrés aux autos d'occasion, au décrépant Softstyle et à la laque Royal Crown, au vin Gallo, et qu'à leurs grosses lèvres pend une cigarette mentholée qui menace de communiquer le feu à toute la récolte. Bien qu'habitant les bords du Mississippi (fleuve célébré par des vers et des chansons exécrables dont le motif prévalant consiste à faire du fleuve une espèce de substitut du père, mais qui n'est en fait qu'un cours d'eau perfide et sinistre, dont les courants et les remous font, chaque année, de nombreuses victimes. Jamais je n'ai connu quiconque qui s'aventurât ne fût-ce qu'à tremper un orteil dans ses eaux brunes et polluées, qui bouillonnent de l'apport des égouts, des effluents industriels et de mortels insecticides. Même les poissons meurent. C'est pourquoi le Mississippi Père-Dieu-Moïse-Papa-Phallus-Bon Vieux est un thème particulièrement mensonger, lancé, j'imagine, par cet affreux imposteur de Mark Twain. Cette complète absence de contact avec la réalité est d'ailleurs, soyons juste, caractéristique de la quasi-totalité de « l'art » d'Amérique. Toute ressemblance entre l'art américain et la nature américaine serait purement fortuite et relèverait de la coïncidence, mais c'est seulement parce que le pays dans son ensemble n'a pas de contact avec la réalité. On tient là une seulement des raisons pour lesquelles j'ai toujours été contraint d'exister à la lisière de sa société, consigné dans le limbe réservé à ceux qui savent reconnaître la réalité quand ils la rencontrent), je n'ai jamais vu pousser le coton et n'en éprouve pas le besoin. La seule excursion de ma vie hors de La Nouvelle-Orléans m'a emmené de la matrice au cœur du désespoir : Baton Rouge. Dans quelque future livraison, grâce à la technique du retour en arrière, je conterai peut-être ce pèlerinage à travers les marais, voyage dans le désert dont je suis revenu brisé physiquement, moralement et spirituellement. La Nouvelle-Orléans est d'ailleurs une métropole confortable, dotée d'une certaine apathie stagnante que je ne trouve pas désagréable. Du moins son climat est-il suave. Et puis c'est ici que je suis assuré d'avoir un toit sur la tête et un Dr. Nut dans l'estomac. Encore que certaines régions d'Afrique du Nord (Tanger, etc.) aient retenu autrefois mon attention et éveillé en moi un relatif intérêt. Le voyage en bateau m'alanguirait excessivement je le crains, me laissant sans nerf, et je ne possède certainement par la perversité qui me permettrait de tâter du transport aérien, à supposer que j'en eusse les moyens financiers. Les lignes d'autocars Greyhound sont suffisamment menaçantes pour me faire accepter le statu quo. J'aimerais que ces machines « panoramiques » soient retirées de la circulation. J'ai bien l'impression que leur hauteur contrevient à quelque article du règlement de la circulation sur les grandes autoroutes fédérales, concernant les gabarits des tunnels ou je ne sais trop quoi. Peut-être que l'un d'entre vous, chers lecteurs, doté d'un esprit plus juridique que le mien, pourrait extraire de sa mémoire la clause en question. Il faut que ces engins soient retirés de la circulation. Le simple fait de savoir qu'ils foncent en ce moment même quelque part à travers l'obscurité me remplit d'appréhension.)

L'usine est une vaste bâtisse semblable à une grange qui abrite des rouleaux de tissu, des tables de coupe, de grosses machines à coudre et des chaudières qui fournissent la vapeur nécessaire au pressage et au repassage. L'effet global est assez surréaliste, force est de le constater, surtout quand on voit *les Africains* (en français dans le texte, NdT) vaquer à leurs occupations dans ce décor hautement mécanisé. L'ironie qui s'illustre là s'empara, je dois le dire, de mon imagination. Quelque chose de Joseph Conrad me surgit à l'esprit mais je ne puis apparemment pas me rappeler ce que c'était. Peut-être me comparai-je au Kurtz du *Cœur des ténèbres* quand, loin des bureaux européens des compagnies commerciales, il est affronté à l'horreur ultime. Ce dont je me souviens parfaitement, c'est que je me vis en casque colonial et tenue d'un blanc immaculé, le visage énigmatique derrière le voile des moustiquaires.

Les chaudières font régner dans l'atelier une chaleur fort agréable en ces jours de froidure mais, en été, je suspecte que les travailleurs doivent retrouver le climat qui berça les jours de leurs ancêtres, la chaleur des tropiques quelque peu augmentée, même, par ces grands appareils qui brûlent du charbon et crachent de la vapeur. J'ai cru comprendre que l'usine ne tournait pas à sa pleine capacité en ce moment et j'ai effectivement observé qu'une seule des chaudières fonctionnait, brûlant, outre le charbon, un objet dans lequel j'ai bien cru reconnaître une table de coupe. Et aussi, pendant le temps que j'ai passé dans les lieux, je n'ai vu achever qu'un seul pantalon, alors que les travailleurs allaient et venaient, manipulant toutes sortes d'étoffes. J'ai remarqué une femme qui repassait des vêtements de bébé et une autre qui semblait faire des merveilles à partir d'un coupon de satin fuschia qu'elle était occupée à coudre devant l'une des grosses machines. Elle était apparemment bien avancée dans la confection d'une robe du soir qui, pour être colorée, ne manquerait pas d'une certaine élégance canaille. Je dois dire que j'admirais l'efficacité avec laquelle elle faisait bouillonner le tissu d'arrière en avant pour le présenter à la grosse aiguille électrique. Il s'agissait manifestement d'une ouvrière très qualifiée et je jugeai d'autant plus regrettable qu'elle ne fût pas plutôt occupée à créer, avec tout son talent, un pantalon... Levy. La morale posait manifestement un problème à l'usine.

Je me mis en quête du contremaître, M. Palermo, qui est, soit dit en passant, fort adepte de la bouteille, comme le prouvent les nombreuses contusions dont il porte la trace du fait de ses chutes entre les tables de coupe et les machines à coudre, mais en vain. Il était probablement en train d'engloutir quelque déjeuner purement liquide dans une des nombreuses tavernes qui parsèment notre voisinage. Il y a un bar à chaque coin de rue dans les alentours des Pantalons Levy – signe que les salaires sont épouvantablement bas dans le quartier. Les pâtés de maisons où la situation est particulièrement désespérée possèdent jusqu'à trois et quatre assommoirs à chaque carrefour.

Dans ma candeur naïve, je me figurais que le jazz obscène que déversaient les haut-parleurs accrochés au mur de l'usine était à la racine de l'apathie que je pouvais constater chez les travailleurs. La psyché ne peut supporter qu'une certaine quantité d'agressions et de bombardements par ces rythmes avant de se défaire et de s'atrophier. Ce fut pourquoi je me mis en quête du commutateur, le trouvai, et interrompis la musique. Ce geste ne me valut qu'un cri unanime de protestation de la part des ouvriers soudés dans la réprobation de ma personne à laquelle ils commencèrent de jeter des regards fort peu engageants. Je remis donc la musique, arborant un large sourire et faisant force gestes de la main pour reconnaître l'erreur de jugement que j'avais commise et tenter de gagner la confiance des ouvriers. (Dans leurs immenses yeux blancs, je lisais déjà ma condamnation. Il me faudrait refaire beaucoup de terrain avant de les convaincre de l'ardeur presque névrotique qui me poussait à leur venir en aide.)

A l'évidence, le fait d'avoir été sans cesse exposés à cette musique avait fini par créer en eux une réaction quasi pavlovienne au bruit, réaction qu'eux-mêmes prenaient pour du plaisir. Ayant passé d'innombrables heures de ma vie devant la télévision à observer les malheureux gamins qui dansent sur des musiques de ce genre, je connaissais le spasme physique qu'elles sont censées faire naître chez l'auditeur et je tentai aussitôt d'en esquisser ma propre version – assez retenue – pour amadouer tout à fait les ouvriers. Je dois reconnaître que mon corps se mouvait avec une agilité surprenante. Je dois posséder un sens inné du rythme; mes ancêtres durent se distinguer lors des gigues sur la lande. Ignorant délibérément les yeux des travailleurs, je me mis à danser en traînant les pieds sous l'un des haut-parleurs. Je me trémoussais en hurlant et en marmonnant des insanités : « Ouais, ouais, ouais! Chauffe, allez, chauffe! Vas-y petit! Visez un peu les amis! Oui! Oua-ho! » Je sus que j'avais refait le terrain perdu avec eux quand un certain nombre se mirent à rire en me montrant du doigt. Je ris aussi pour bien leur faire voir que je partageais leur bonne humeur. *De Casibus Virorum Illustrium!* De la chute des grands hommes! Et certes ma chute se produisit. Littéralement. Mon considérable organisme, affaibli par tous ces tours sur lui-même (et ce, surtout dans la région du genou), finit par se révolter. Je m'abattis avec fracas sur le sol, alors même que je m'apprêtais à esquisser l'un des pas les plus remarquablement pervers qu'il m'ait été donné de voir à plusieurs reprises à la télévision. Les ouvriers semblèrent sincèrement ennuyés pour moi et m'aidèrent à me relever avec une grande courtoisie, souriant de la manière la plus amicale. Je fus enfin persuadé que je n'avais plus rien à craindre du *faux pas* (en français dans le texte, NdT) que j'avais commis en interrompant leur musique.

Malgré tout ce à quoi on les soumet depuis si longtemps, les Noirs n'en sont pas moins des gens plutôt sympathique dans leur immense majorité. Je n'ai guère eu l'occasion d'en rencontrer : décidé à ne fréquenter que mes égaux, je ne fréquente bien évidemment personne puisque je suis sans égal. En conversant avec plusieurs travailleurs – lesquels semblaient tous désireux de parler avec moi – je découvris qu'ils touchaient un salaire encore inférieur à celui de Miss Trixie.

En un sens, je me suis toujours senti comme une lointaine parenté avec la race des gens de couleur parce que sa position est assez comparable à la mienne : l'un et l'autre nous vivons à l'extérieur de la société américaine. Certes, mon exil à moi est volontaire. Tandis qu'il est trop clair que nombre d'entre les nègres caressent le vœu de devenir des membres actifs des classes moyennes américaines. Je n'arrive pas à me figurer pourquoi. Mais je dois reconnaître que, de leur part, ce désir me conduit à mettre en question leur sens des valeurs. Cependant, s'ils souhaitent rejoindre les rangs de la bourgeoisie, ce n'est pas mon affaire. Qu'ils scellent en paix leur propre destin fatal. Personnellement, je m'agiterais avec la dernière énergie si je soupçonnais quelqu'un de vouloir m'aider à m'élever jusqu'aux classes moyennes. J'entreprendrais de faire de l'agitation contre la personne assez folle pour se lancer dans cette aventure, on l'aura bien sûr compris. L'agitation prendrait la forme de nombreux défilés de protestation avec banderoles, pancartes et slogans – « A bas les classes moyennes! » « Classes moyennes go home! » etc. Je verrais sans inconvénient l'explosion d'un ou deux coquetèles molotov pour faire bon poids. J'ajoute que j'éviterais soigneusement de m'asseoir à côté des classes moyennes dans les restaurants et les transports publics, afin de défendre la grandeur et l'honnêteté intrinsèques de mon être. Si un Blanc des classes moyennes poussait l'inconscience suicidaire jusqu'à venir s'asseoir près de moi, j'imagine que jui assénerais une dégelée de coups sur la tête et les épaules à l'aide d'une de mes grandes mains, tout en me servant de l'autre pour lancer adroitement un de mes coquetèles molotov à l'intérieur du premier bus bondé de Blancs des classes moyennes qui viendrait à passer. Que le siège de ma personne dure un mois ou un an, je suis persuadé qu'en dernier ressort tout le monde finirait par me laisser la paix, une fois le bilan du carnage et des dommages matériels établi.

J'admire d'ailleurs la terreur que les Noirs sont capables d'instiller dans le cœur de certains membres du prolétariat blanc (voici un aveu assez personnel) et je voudrais de toute mon âme disposer d'une capacité semblable. Le Noir terrifie simplement en étant soi-même, alors que je suis contraint de recourir à un certain nombre de manœuvres d'intimidation pour atteindre le même résultat. Peut-être aurait-il fallu que je fusse un Noir. M'est avis que j'aurais fait un Noir de dimensions considérables et tout à fait terrifiant, pressant continuellement mes vastes cuisses contre les maigres cuisses ridées des vieilles Blanches dans les transports publics afin de leur tirer plus d'un glapissement de panique. Sans compter d'ailleurs que, nègre, je cesserais d'être en butte aux tracasseries de ma mère qui me somme de trouver un bon emploi – puisqu'il n'existerait pas de bons emplois. Ma mère elle-même, vieille négresse usée, serait brisée par des années et des années de labeur ancillaire sous-payé et n'aurait pas la force d'aller au bouligne le soir. Nous pourrions mener elle et moi une existence des plus plaisantes dans quelque cabane moisie d'un quelconque bidonville, dans un état de contentement paisible, dépourvu de toute ambition, conscient d'être des rebuts sociaux et dégagés, par le fait même, de toute nécessité de nous agiter en d'inutiles efforts.

Toutefois, je dois préciser que je ne désire nullement assister en spectateur à la hideuse ascension des Noirs au sein des classes moyennes. Ce mouvement m'apparaît comme une grave insulte à leur intégrité collective. Mais revenons à nos moutons, en l'occurrence des pantalons, les Pantalons Levy. Pour l'avenir, je me réserve la possibilité de rédiger une histoire sociale des États-Unis depuis le poste d'observation privilégié que j'occupe actuellement. Que le

*Journal d'un jeune travailleur* connaisse un certain succès de librairie et je m'attacherai peut-être à croquer de ma plume un portrait de notre pays. Ce dernier exige le regard d'un observateur totalement désengagé, comme l'est votre jeune travailleur, et je possède déjà dans mes dossiers une quantité assez formidable de notes et de pensées rapides à partir desquelles il me serait loisible de décrire – et de juger – l'époque actuelle.

Laissons-nous donc porter sur l'aile de la prose jusqu'à l'usine et à ses employés qui m'ont suggéré cette longue digression. Comme je vous disais, ils venaient de me soulever dans leurs bras, mon numéro de danse et ma chute ayant suscité un intense sentiment de camaraderie. Je les remerciai cordialement, tandis que dans leurs divers accents anglais du XVII^e^ siècle, ils s'enquéraient de ma condition avec beaucoup de sollicitude. Je n'étais pas blessé et l'orgueil étant un péché auquel j'ai le sentiment d'échapper en général, cette constatation valait pour le moral comme le physique.

J'entrepris alors de les questionner à propos de l'usine, ce qui était le but réel de ma visite. Ils étaient tout à fait désireux de parler avec moi et semblaient même particulièrement intéressés à ma personne. La monotonie des heures passées entre les tables de coupe doublait semblait-il le plaisir des visites. La conversation fut très libre, encore que les travailleurs ne parussent guère souhaiter en dire long quant à leurs tâches. A vrai dire, c'était à moi plus qu'à tout autre chose qu'ils semblaient s'intéresser. Loin de m'en formaliser, je répondis de mon mieux à toutes leurs questions jusqu'à ce qu'elles se fissent trop intimes et indiscrètes à mon goût. Certains d'entre eux, qui avaient eu l'occasion de s'aventurer dans les bureaux pour une raison ou une autre, posèrent des questions précises concernant la croix et les autres décorations annexes. Une dame fort exaltée sollicita l'autorisation (qu'elle obtint bien évidemment) de rassembler à l'occasion certains de ses confrères autour de la croix afin d'y chanter des spirituals. (J'abhorre les spirituals et ces hymnes mortelles des calvinistes du XIX^e^ siècle, mais j'étais prêt à supporter ces agressions contre mes tympans si elles pouvaient faire le bonheur des ouvriers.) Quand je les questionnai à propos des salaires, ce fut pour découvrir que leur enveloppe hebdomadaire contenait moins de trente (30) dollars. Tout bien considéré, j'estime que toute personne mérite un salaire déjà supérieur à celui-là pour le simple fait de passer cinq jours par semaine dans une usine, et plus encore une usine du genre des Pantalons Levy dont le toit criblé de fuites menace de s'effondrer à tout moment. Et qui sait? Ces gens ont peut-être beaucoup mieux à faire que de traîner leur oisiveté aux Pantalons Levy – composer du jazz, inventer des danses nouvelles – bref faire ces choses, quelles qu'elles soient, qu'ils font avec une telle facilité. Nulle raison de s'étonner que régnât une telle apathie à l'intérieur de l'usine. Il n'en demeurait pas moins incroyable que le tran-tran stérile de l'atelier de production pût cohabiter avec l'activité fébrile des bureaux à l'intérieur d'une unique entreprise (Pantalons Levy). Eussé-je été l'un des ouvriers de l'usine (et j'eusse fait un ouvrier particulièrement imposant et terrifiant, comme je l'ai dit plus haut) que j'eusse depuis longtemps fait irruption dans les bureaux pour exiger un salaire décent.

Ici, il convient que je rédige une note en passant. Du temps que je fréquentais l'université avec un mépris amusé, je fis connaissance un jour à la cafétéria d'une demoiselle Myrna Minkoff, jeune étudiante braillarde et insultante, originaire du Bronx. Cette experte de la concurrence généralisée fut attirée à la table où je tenais ma cour par la singularité et le magnétisme qui émanaient de tout mon être. Au fur et à mesure que la magnificence et l'originalité de ma vision du monde trouvaient à s'expliciter dans la conversation, la péronnelle se mit à m'attaquer à tous les niveaux, allant jusqu'à me décocher d'assez vigoureux coups de pied sous la table. Je la fascinais et lui faisais perdre le fil de sa propre pensée, bref, je la dépassais. Le désespérant esprit de clocher provincial des ghettos de Gothma ne l'avait pas préparée à la rencontre d'un être aussi unique que votre jeune travailleur. Myrna croyait, voyez-vous, que tous les êtres humains à l'ouest et au sud de l'Hudson étaient des coboilles illettrés ou, pis encore, des protestants blancs, groupes humains collectivement spécialisés dans l'ignorance, la cruauté et la torture. (Je ne souhaite pas prendre ici la défense des protestants blancs que je tiens moi-même en assez piètre estime.)

Les manières grossières et brutales de Myrna eurent bientôt chassé mes courtisans de ma table et nous nous retrouvâmes en tête à tête devant des cafés froids et des problèmes brûlants, Constatant que je refusais de tomber d'accord avec ses braiements elle me dit que j'étais manifestement antisémite. Sa logique était une combinaison de demi-vérités et de clichés, sa vision du monde un pot-pourri d'idées fausses tirées d'une histoire de notre pays écrite du point de vue d'un tunnel du métro. Elle fouilla dans une gigantesque sacoche noire et me jeta pratiquement à la figure des exemplaires maculés de graisse de *Men and Masses* (hommes et masses), de *Now!* (maintenant!), de *Broken Barricades* (barricades brisées), de *Surge* (debout!) et de *Revulsion,* ainsi que d'innombrables tracts, manifestes et brochures émanant d'organisations dont elle était l'un des membres les plus actifs : les Étudiants pour la Liberté, La Jeunesse pour le Sexe, les Black Muslims, les Amis de la Lituanie, les Enfants partisans des Mariages Mixtes, les Conseils de Citoyens Blancs, etc. Myrna était, comme vous le voyez, prodigieusement *engagée* dans la société, tandis que moi, plus âgé et plus sage, j'étais au contraire terriblement *dés-engagé.*

Elle avait réussi à extorquer pas mal d'argent à son père pour venir s'inscrire dans notre université, histoire de voir un peu « la cambrousse ». Malheureusement, elle tomba sur moi. Le traumatisme de cette première rencontre nourrit nos masochismes respectifs et aboutit à une liaison (platonique). (Myrna était décidément masochiste. Elle n'était heureuse qu'au moment où un chien policier plantait ses crocs dans ses collants noirs, ou quand on l'entraînait en la tirant par les pieds sur les degrés du palais de justice ou du sénat.) Je dois reconnaître que je l'ai toujours soupçonnée d'être sensuellement intéressée à ma personne, mon attitude fermement restrictive à l'égard de la sexualité l'intriguant. En quelque sorte, je devins l'un de ses innombrables combats et projets. Je réussis, cependant, à repousser chacune de ses attaques contre le château fort de mon corps et de mon esprit. Dans la mesure où, séparément, nous suffisions déjà, Myrna et moi, à plonger les autres étudiants dans une extrême confusion, notre couple était doublement déconcertant pour les cervelles d'oiseaux sudistes et souriantes qui composaient le gros du corps des étudiants. Les ragots du campus, j'ai cru le comprendre, nous liaient dans les intrigues les plus indiciblement dépravées.

La panacée de Myrna, son vulnéraire universel, remède contre l'affaissement de la voûte plantaire et la dépression nerveuse, était la sexualité. Elle convainquit de cette philosophie, avec des conséquences tout à fait catastrophiques, deux belles sudistes qu'elle avait prises sous son aile pour éclairer leurs cervelles réactionnaires et obscurantistes. Mettant en pratique les conseils de Myrna avec l'aide intéressée de nombreux jeunes gens, l'une des deux ravissantes fit une dépression nerveuse, tandis que l'autre tentait sans succès de s'ouvrir les poignets avec un tesson de bouteille de Coca-Cola. Myrna expliqua qu'elles étaient toutes deux trop réactionnaires dès l'origine et, avec un regain de vigueur, elle se remit à prêcher l'intensité de la pratique sexuelle dans toutes les classes et dans toutes les pizzerias, au point qu'elle manqua se faire violer par un appariteur du bâtiment des Sciences Sociales. Entre-temps, je tentais de la mettre sur la voie de la vérité.

Au bout de quelques semestres, Myrna disparut de l'université, après avoir déclaré dans son style agressif et insultant : « Cet établissement n'a rien à m'apprendre que je ne sache déjà. » Les collants noirs, la crinière crépue, la monstrueuse sacoche – tout cela disparut d'un coup et le campus retrouva sa léthargie coutumière et ses flirts inoffensifs. J'ai revu cette péronnelle libérée à plusieurs reprises depuis lors car, de temps à autre, elle se livre à une « tournée d'inspection » dans le Sud, finissant toujours par s'arrêter à La Nouvelle-Orléans pour me haranguer et tenter de me séduire à l'aide des sinistres chants de prisonniers et de forçats qu'elle interprète en grattant sa guitare. Myrna est extrêmement sincère, hélas ! elle est aussi extrêmement irritante.

Quand je l'ai vue à la fin de sa dernière « tournée d'inspection », elle était assez abattue. Elle avait fait étape un peu partout à travers le Sud rural pour enseigner aux nègres des chansons folkloriques qu'elle apprenait à la bibliothèque du Congrès. Les nègres, selon toute apparence, préféraient des musiques plus contemporaines et augmentaient insolemment le son de leurs transistors quand Myrna entonnait l'une de ses odes lugubres. Si les nègres avaient fait de leur mieux pour l'ignorer, les Blancs s'étaient au contraire beaucoup intéressés à elle. Des bandes de petits Blancs et de péquenots l'avaient chassée des villages, crevant ses pneus et lui appliquant même quelques coups de fouet sur les avant-bras. Elle avait été poursuivie par des molosses, piquée de coups d'aiguillon, mordue par des chiens policiers, quelque peu arrosée de chevrotines. Elle avait été à la fête pendant tout le temps qu'avaient duré ces persécutions, et m'avait montré fièrement (et, je dois le dire, très suggestivement) la marque des crocs sur le haut de sa cuisse. Mes yeux incrédules notèrent, non sans effarement, qu'elle avait, pour l'occasion, troqué ses habituels collants noirs pour une paire de bas sombres. Elle ne parvint toutefois pas à faire monter ma tension artérielle.

Nous entretenons une correspondance assez régulière. Le thème principal des missives de Myrna est toujours de me presser de participer à telle ou telle manifestation, défilé, marche, occupation et protestation. J'ai toujours négligé de suivre ses conseils. Un thème mineur est de me presser d'aller la rejoindre à Manhattan, afin que nous puissions de conserve semer la confusion dans ce haut lieu de l'horreur mécanisée. S'il m'arrive un jour de me sentir réellement bien, en parfaite santé, je ferai peut-être le voyage. Au moment même où j'écris, la fieffé péronnelle est sans doute au fond d'un tunnel du métro, fonçant sous le Bronx d'une réunion de protestation à une quelconque orgie de chansons folkloriques, voire pire encore. Un jour, il ne fait aucun doute que les autorités qui gouvernent notre société l'appréhenderont sur la simple accusation d'être elle-même. Son incarcération conférera enfin un sens à sa vie et mettra un terme à ses colères et à sa frustration.

L'une de ses récentes communications était plus audacieuse et plus agaçante que d'ordinaire. Il faut qu'elle reçoive la réponse qu'elle a méritée et j'ai donc pensé à elle en passant en revue les conditions de dénuement qui prévalent à l'usine. Je me suis confiné trop longtemps dans mon isolement miltonien. Il est manifestement temps que je renonce à mes méditations pour pénétrer audacieusement dans la société, non à la manière passive et ennuyeuse des Minkoff, mais avec style et panache.

Vous serez les témoins de certaine décision courageuse, hardie, voire agressive de la part de l'auteur de ces lignes, décision qui révélera un esprit militant d'une vigueur et d'une profondeur inattendues chez une nature apparemment si bénigne. Demain je décrirai en détail ma réplique aux Myrna Minkoff de ce bas monde. Il en résultera peut-être, soit dit en passant, la ruine de M. Gonzales qui cessera d'être une puissance au sein de Pantalons Levy. Il faut s'occuper de ce monstre comme il convient. Je ne doute pas que l'une des plus puissantes organisations pour la défense des droits civils ne me couvre de lauriers.

Une douleur presque intolérable torture mes doigts, résultat de cette surabondance d'écriture. Je dois poser le crayon, mon instrument de vérité, afin de baigner mes mains infirmes dans quelque eau tiède. C'est l'intensité de mon dévouement à la cause de la justice qui a été cause de cette longue diatribe et je sens que mon cycle Levy va me porter sous peu vers de nouveaux succès.

Santé : Mains souffrantes. Anneau provisoirement ouvert (à moitié).

Vie mondaine : Rien aujourd'hui. Maman est encore sortie, fardée comme une courtisane. Vous sourirez peut-être d'apprendre qu'un de ses acolytes a récemment révélé à quel point son cas était désespéré en manifestant une attirance fétichiste pour les autocars Greyhound.

Je vais prier saint Martin, patron des mulâtres, pour qu'il nous vienne en aide à l'usine. Comme on l'invoque parfois contre les rats, il pourrait peut-être nous venir en aide au bureau aussi.

Jusqu'au revoir,
Gary, votre jeune travailleur.

# V

Le docteur Talc alluma une Benson & Hedges tout en regardant par la fenêtre de son bureau du bâtiment des sciences sociales. De l'autre côté du campus baigné d'ombre il apercevait quelques lumières, celles des cours du soir qui avaient lieu dans d'autres bâtiments. Depuis le début de la soirée il avait mis son bureau sens dessus dessous dans l'espoir de retrouver ses notes sur les monarques légendaires de l'histoire d'Angleterre. Il les avait prises jadis à la hâte, pendant sa lecture d'une brève histoire de Grande-Bretagne en édition de poche. Il était censé donner une conférence le lendemain et il était déjà huit heures trente. Comme conférencier, le docteur Talc s'était taillé une réputation d'humoriste sarcastique dont les généralisations aisément assimilables faisaient, en particulier, le bonheur des étudiantes et aidaient à dissimuler son ignorance dans tous les domaines et, plus particulièrement, dans celui de l'histoire d'Angleterre.

Mais Talc lui-même se rendait bien compte qu'aucune pirouette, aucun mot d'esprit, ne pourrait le sauver cette fois, car du roi Arthur et du roi Lear il ne savait strictement rien, sinon que ce dernier avait eu des enfants. Posant sa cigarette dans le cendrier, il reprit ses recherches à partir du tiroir du bas. Tout au fond du tiroir, il y avait une pile de vieux papiers qu'il n'avait pas examinés de fond en comble lors de sa première fouille méthodique du bureau. Posant la pile sur ses genoux, il la feuilleta soigneusement et constata qu'elle était principalement constituée, comme il se l'était figuré tout à l'heure, de vieux devoirs qu'il n'avait jamais rendus aux élèves et qui s'étaient accumulés pendant plus de cinq ans. En retournant l'un des devoirs, il aperçut une feuille grossièrement arrachée à un cahier Big Chief qui commençait à jaunir et sur laquelle on avait tracé au crayon rouge, en caractères d'imprimerie, le message suivant :

Votre totale ignorance de ce que vous faites profession d'enseigner mérite la peine de mort. Vous ignorez probablement que saint Cassian d'Imola mourut sous les coups de stylet de ses élèves. Sa mort, martyre parfaitement honorable, en a fait le saint patron des enseignants.

Implorez-le, stupide engeance, minable joueur de golf, snobinard des courts, lampeur de coquetèles, pseudo-cuistre, car vous avez effectivement grand besoin d'un patronage céleste. Vos jours sont comptés mais vous ne mourrez pas en martyr, car vous ne défendez nulle sainte cause – vous mourrez comme le fieffé imbécile, l'âne bâté que vous êtes.

ZORRO

On avait dessiné une épée sur la dernière ligne de la page.

– Je me demande ce qu'il a bien pu devenir, dit Talc à haute voix.

# SIX

La Guinguette de Mattie se dresse à un coin de rue dans le secteur Carrollton de la ville où, après une dizaine de kilomètres de course parallèle, l'avenue St. Charles et le Mississippi se rejoignent, marquant la fin de celle-là mais pas de celui-ci. Dans les deux branches de l'angle formé d'une part par l'avenue et ses voies de tramway, de l'autre par le fleuve, la jetée et les voies de chemin de fer, se dresse comme un petit quartier distinct du reste de la ville. L'air y est chargé en permanence du remugle écœurant de la distillerie installée sur le fleuve. Par les chaudes après-midi d'été, quand le vent souffle du fleuve, l'odeur devient carrément suffocante. Ce quartier s'est bâti voilà un siècle environ, au petit bonheur, et, de nos jours, c'est tout juste s'il a l'air urbain. Les rues de la ville, après avoir traversé l'avenue St. Charles pour pénétrer dans le quartier, renoncent progressivement à l'asphalte au profit du gravier. C'est comme un vieux village rural – possédant même quelques granges – un microcosme campagnard mystérieusement égaré au milieu de la ville.

La guinguette de Mattie a la même allure que toutes les autres bâtisses du pâté de maisons auquel elle appartient : elle est basse, n'a jamais été peinte et s'écarte de la verticale. La guinguette est légèrement de guingois, elle penche vers la droite, attirée par le fleuve et les voies de chemin de fer. Sa façade est pratiquement invulnérable, entièrement bardée d'affiches publicitaires de fer-blanc vantant les mérites de diverses bières, cigarettes et boissons non alcoolisées. Même le store de la porte d'entrée de la guinguette de Mattie est publicitaire, offert par une boulangerie industrielle.

On trouve chez Mattie une combinaison de bar et d'épicerie, ce dernier aspect se limitant à un choix très restreint d'aliments – boissons, pain et conserves pour l'essentiel. Derrière le bar, une glacière tient au frais quelques livres de charcuterie. Mais il n'y a pas de Mattie. Le propriétaire *café au lait* (en français dans le texte, NdT), M. Watson, dispose seul du pouvoir sur ce maigre fonds de commerce.

– Le problème y vient de ce que j'ai pas de vocation, voilà! était en train de dire Jones à M. Watson.

Jones était perché sur un tabouret de bois, les jambes repliées sous lui comme les crocs d'une pince à sucre, prêtes à emporter le tabouret sous les vieux yeux étonnés de M. Watson.

« Si j'avais n'importe quelle formation, chais pas moi, je serais pas à laver par terre chez cte vieille pute.

– Tiens-toi bien, répondit assez vaguement M. Watson. Sois bien convenable avec la dame.

– Quoi? Mais t'entraves que dalle, mon vieux! Tu t'rends compte que je bosse avec un oiseau, un oiseau!

Jones dirigea un jet de fumée de l'autre côté du comptoir.

« D'accord, ça m'fait plaisir que la p'tite aie sa chance! Y a déjà longtemps qu'a bosse pour ct'enfoirée de Lee. Faut qu'a s'en sorte, d'accord! Mais c't'oiseau, chparie qu'y gagne pus que moi! Oua-ho! C'est dingue!

– Suffit d'être gentil, Jones.

– Oua-ho, dis! c'est pas possib! C'est un lavage de cerveau qu'on t'a fait! Y a pourtant personne qui vient t'laver ton plancher à toi! C'est drôle, tu trouves pas? Dis-moi comment que ça se fait?

– Ne va pas t'attirer des ennuis.

– Mais dis, on dirait c't'enfoirée d'Lee elle-même, à t'entendre. Vous devriez vous rencontrer tous les deux, chtassure. Elle va t'adorer. Elle te dira : « Salut mon garçon! T'es exactement le genre de vieux négro à la con, bien propre et soumis et tout que j'ai cherché toute ma vie! » Qu'a t' dira. « Dis, pisque t'es si gentil mignon tout plein ça t'dirait d'm'encaussiquer mon plancher, hein, vieux yabon? T'es si chou, ça t'dirait d'me cirer les grolles? Et d'me récurer mes cagouinces s'en était donc vraiment? » Et toi t'y dirais « Oui madame, bien madame, bien sûr madame, tout de suite madame, ce sera tout, madame? Vous pouvez y aller, j'me tiens bien et chuis bien convenable. » Et puis un jour tu t'casseras l'cul en tombant du haut d'un escabeau que t'étais grimpé pour y astiquer son lustre, et a s'ra là avec d'autres copines poufiasses à elle à comparer leurs prix et a t'jettera des pièces de monnaie par terre en riant « Dis donc, c'est minable c'que tu fais là mon pauv'gars. Rapporte-moi mes pièces de monnaie tout d'suite ou j'appelle les flicards! » Oua-ho! t'aurais l'air fin!

– Elle a pas dit qu'elle appellerait les flicards si tu l'ennuies, cette dame, hein?

– Ouais, c'est bien comme ça qu'elle me tient! Oh, chcrois que cte Lee, alla des liens avec les flicards. A l'arrête pas d'me causer de c't'ami qu'all aurait comme ça dans les flicards. A dit qu'alla un établissement de classe que jamais un flicard y mettrait les pieds.

Jones souffla un lourd nuage d'orage au-dessus du petit comptoir.

« Pourtant, a fabrique bien quelque chose, tout d'même, avec c't'enfoiré d'orphelin, tout d'même, y a pas, a trafique. Dès qu'une personne comme Lee te cause de « charité » tu sais qu'y a du pas réglo dans l'air! D'ailleurs chais bien qu'y a du pet puisque le chef aux orphelins il a justement arrêté d'venir depuis qu'j'ai commencé à poser toutes mes questions. Merde!

Ca m'botterait d'découvrir c'qui s'trafique là-d'ssous. J'en ai ma claque d'êt' coincé dans c'piège à cons à vingt sacs la semaine à bosser avec un oiseau qu'est grand comme un aigle, sans blague! J'veux arriver, moi, mon vieux! J'veux l'air conditionné, j'veux la télé couleurs et rester à picoler des trucs meilleurs que la bière, merde!

– Une autre bière?

Jones regarda le vieux Watson à travers ses lunettes de soleil.

– T'essaye de m'vendre une aut' bière, à moi, un pauvre nègre qui s'casse le cul pour gagner vingt sacs par semaine? Tu crois pas qu'y s'rait temps qu'tu m'paye une bière avec tout l'blé que tu rafles en vendant des charcuterie et des bibines à des tas de pauvres nègres? T'as eu les moyens d'envoyer ton gars à l'université avec tout l'blé qu't'as fait ici.

– Il est maître d'école, maintenant, dit fièrement Watson en ouvrant une canette.

– Le veinard. Et moi qui suis pas allé à l'école deux ans dans toute ma vie, dis donc! Ma maman toujours dehors à laver l'linge des autres. Qui c'est qui m'aurait même parlé d'aller à l'école, hein? Moi chpassais mon temps à rouler un pneu dans la rue, pour me marrer, quoi. Maman qui lave, moi qui roule, personne qu'apprend rien – et merde! T'en connais qui cherche des rouleurs de pneu pour leur refiler des boulots, toi? Moi pas. Alors j'me r'trouve à bosser pour des clopinettes et avec un bestiau, en plus, et pour une patronne qui doit vendre de la mouche d'Espagne aux enfants. Oua-ho!

– Bah, si la situation est vraiment mauvaise...

– Vraiment mauvaise? Ho, hê, mais c'est l'esclavage moderne là où que j'bosse, voilà! Si j'me barre, j'me fais coxer pour vagabondage. Si j'reste, chtravaille légalement et tout pour un salaire qu'est même pas le bout du début du commencement du salaire minimum!

– Je vais te dire ce que tu peux faire, moi, dit M. Watson en se penchant vers Jones par-dessus le comptoir et en lui donnant la bière.

L'autre homme qui était au comptoir s'inclina vers eux pour ne rien perdre de leur conversation. Il la suivait en silence depuis quelques minutes déjà.

« Essaye un p'tit coup de sabotage. C'est la seule manière de se battre quand on est piégé comme tu l'es.

– Comment ça, du « sabotage »?

– Tu le sais très bien, mon vieux, chuchota M. Watson.

Comme la bonniche qu'est pas assez payée alors elle renverse tout le poivre dans la soupe par accident. Comme le gardien d'parking qu'en a marre de s'faire insulter et qui glisse sur une flaque d'huile et paf! il emplafonne une tire.

– Oua-ho! fit Jones. Comme le gosse qui fait magasinier au supermarché et qui d'un seul coup s'met à avoir les doigts glissants. Paf! une douzaine d'œufs qui s'cassent la gueule pasqu'on lui paie pas ses heures sup. Hé, hé!

– Tu m'as compris.

– Nous, c'est du gros sabotage – du gros – qu'on prépare, dit l'autre homme, rompant le silence qu'il avait respecté jusqu'alors. On prépare une grosse manif là où j'bosse.

– Ah ouais? Où ça? demanda Jones.

– Aux Pantalons Levy. Ya ce gros blanc qu'est v'nu nous voir à l'usine pour dire qu'il était temps qu'on balance une bombe nucleyère su la boîte!

– Dis donc c'est pas du sabotage, dit Jones, c'est la guerre!

– Faut être bien convenable, bien respectueux, dit Watson à l'inconnu.

L'homme se mit à rire, rire à en avoir les larmes aux yeux.

– Y dit qu'y prie pour les mulâtres et les rats du monde entier, ce type.

– Les rats! Oua-ho! C'est un cinglé cent pour cent garanti sur facture que vous vous appuyez les mecs!

– Il est très malin, dit l'homme, sur la défensive. Et très religieux, en plus. Y s'est construit une grande croix en plein milieu du bureau!

– Eh ben dis donc!

– Y dit, vous autres, vous seriez pus heureux au Moyen Age. Y vous reste qu'à prendre un canon et des flèches y dit comme ça. Et foute une bombe nucleyère sus t'endroit.

L'homme rit de nouveau.

« Et c'est vrai qu'y a rien d'autre à foutre dans c't'usine! Il est toujours intéressant quand y s'met à causer c'foutu moustachu! Y va nous organiser une grande manifestation qu'y dit qu'les aut' manifs à côté ce s'ra d'l'ouvrage de dames!

– Ouais, ben y va vous conduire tout droit en prison, tous tant qu'vous êtes si tu veux mon avis, dit Jones en ajoutant encore à la couverture nuageuse du comptoir, ça m'a tout l'air d'un dingue complet ton enfoiré d'blanc.

– Faut dire qu'il est un peu bizarre, reconnut l'homme. Mais y bosse au bureau, tout de même, et l'chef de bureau, l'père Gonzala, y l'trouve super, ce mec, faut dire. Y l'laisse faire tout c'qui veut, tout! Y l'laisse même revenir à l'usine autant qu'y veut. Y a des tas d'gars qui sont prêts à manifester avec lui. Y nous dit comme ça qu'il a la permission à m'sieur Levy soi-même en personne, que m'sieur Levy y veut qu'on manifeste! Pour s'débarrasser du Gonzala. Qui sait? Y nous augment'ront p'têt. Le père Gonzala il a déjà la trouille du gros.

– Dis donc, mon pote, à quoi qui ressemble au juste ton sauveur blanc, là? demanda Jones, soudain intéressé.

– Il est très grand et gros, il a une casquette de chasse qu'y porte absolument tout l'temps.

Les yeux de Jones s'agrandirent derrière ses lunettes.

– Non! Et elle est verte, sa casquette? Il a une casquette verte?

– Ouais, comment qu'tu l'sais?

– Oua-ho! fit Jones. Eh ben, vous êtes dans la merde, les gars! Y a déjà un flicard sur les traces de vot' enfoiré. Il est v'nu aux *Folles Nuits*, une fois, y s'est mis à entreprendre la Darlene avec des histoires de car.

– Eh ben ça c'est pas ordinaire, dit l'homme. Figure-toi qu'y nous a causé d'un car à nous autres aussi, y nous a dit comme ça qu'y s'avait jeté au cœur des ténèbres dans un car, une fois, y nous a dit.

– C'est le même. Approchez pas ce malade! Il est recherché par les flicards. Vous les nègres, vous allez tous vous retrouver en taule pour ses beaux yeux. Gros comme une maison!

– Bah, va falloir que j'y demande, fit l'homme. Pas question d'participer à une manif organisée par un taulard.

## II

M. Gonzales était arrivé tôt, selon son habitude. Il avait symboliquement allumé le petit radiateur à gaz et une cigarette à filtre avec la même allumette – deux torches signalant le début d'une nouvelle journée de travail. Pour l'heure, il s'appliquait à ses méditations habituelles. M. Reilly avait ajouté la veille une nouvelle touche à la décoration du bureau. Des rubans de papier crépon mauve, gris et brun formaient des guirlandes entre chaque ampoule électrique. La croix, les écriteaux, et maintenant les guirlandes – le chef de bureau songeait aux décorations de Noël et se sentait devenir vaguement sentimental. Jetant un regard heureux dans le domaine de M. Reilly, il remarqua avec un vif plaisir que les haricots avaient commencé à pousser avec une telle vigueur que des vrilles vertes retombaient maintenant entre les poignées des classeurs métalliques. M. Gonzales se demanda comment l'archiviste pouvait prendre soin de ses archives et procéder à ses classements sans abîmer les tendres pousses. Il en était là de ses réflexions quand il eut la surprise de voir paraître M. Reilly en personne qui franchit comme une torpille la porte du bureau.

– Bonjour, monsieur, lança Ignatius assez brusquement, son écharpe-châle flottant horizontalement derrière lui comme la bannière de quelque clan écossais sur le sentier de la guerre.

Une caméra bon marché lui pendait à l'épaule et, sous un bras, il transportait une espèce de paquet qui semblait un drap de lit roulé.

– Vous arrivez bien tôt, ce matin, M. Reilly.

– Où voulez-vous en venir ? J'arrive chaque matin à la même heure.

– Certes, certes, dit docilement M. Gonzales.

– Iriez-vous croire que j'arrive plus tôt aujourd'hui dans une intention particulière ?

– Mais non, non, je...

– Parlez, monsieur ! Pourquoi vous montrez-vous si étrangement suspicieux ? Vos yeux clignent littéralement sous l'effet de la paranoïa !

– Quoi donc, M. Reilly ?

– Vous m'avez fort bien entendu, répondit Ignatius avant de franchir pesamment la porte de l'atelier.

M. Gonzales tenta de reprendre son calme mais fut de nouveau troublé par des espèces de hourrah provenant de l'atelier. Peut-être, songea-t-il, l'un des ouvriers est devenu papa ou a gagné un gros lot. Tant que les ouvriers lui fichaient la paix, il ne demandait pas mieux que de leur rendre le même service. A ses yeux, ils faisaient partie des activités purement physiques des Pantalons Levy et n'étaient nullement liés au « centre cérébral ». Il n'avait pas à se soucier d'eux, placés qu'ils étaient sous le contrôle éthylique de Palermo. Quand il serait parvenu à ressembler suffisamment de courage, il comptait bien toucher un mot à M. Reilly – avec toute la diplomatie souhaitable, bien sûr – du temps qu'il passait désormais dans l'atelier. Mais, précisément, M. Reilly se faisait de plus en plus distant et difficile à aborder, ces derniers temps, et M. Gonzales redoutait d'avoir à l'affronter. Il avait les pieds glacés à la seule idée de ces gigantesques pattes d'ours s'abattant sur son crâne pour l'enfoncer comme un piquet à travers le plancher si peu sûr du bureau.

Quatre ouvriers avaient saisi Ignatius par ses gigantesques cuisses et tentaient à grand-peine de le hisser sur une des tables de coupe. En équilibre précaire sur les épaules de ses porteurs, Ignatius aboyait des instructions comme s'il supervisait le chargement de l'objet le plus fragile et le plus précieux qui se pût imaginer.

– Plus haut et à droite! vociférait-il. Plus haut, plus haut! Encore! Attention. Doucement. Voilà. Votre prise est bonne?

– Ouais, répondit l'un des porteurs.

– On ne dirait pas, pourtant. S'il vous plaît! Je ne vais pas tarder à sombrer dans une anxiété voisine du désespoir!

Les travailleurs observaient avec intérêt le spectacle des porteurs qui titubaient sous leur charge.

– Bon, reculez! lança nerveusement Ignatius. En arrière, en arrière, encore! Jusqu'à ce que la table soit directement sous moi.

– Vous en faites pas, m'sieur R., haleta l'un des porteurs, on vous dirige droit sur c'te table.

– Selon toute apparence, vous n'en faites rien, répliqua Ignatius en s'écrasant contre un pilier. Oh, mon Dieu! Mon épaule est disloquée.

Un cri monta des autres ouvriers.

– Eh! faites attention à m'sieur R., voyons! hurla quelqu'un, vous allez lui casser la tête!

– S'il vous plaît! cria Ignatius, à l'aide! Dans quelques instants, je ne serai sans doute plus qu'un tas de membres désarticulés.

– Écoutez, m'sieur R., lança l'un des porteurs hors d'haleine, la table est juste derrière nous, maintenant.

– Je risque de me retrouver dans les entrailles d'une de ces chaudières avant la fin de cette mésaventure. M'est avis que j'eusse beaucoup mieux fait de vous haranguer en restant au niveau du sol.

– Posez vos pieds, m'sieur R., la table est juste en dessous.

– Doucement, dit Ignatius, tendant son gros orteil vers le bas avec d'infinies précautions. C'est ma foi vrai. Parfait. Quand j'aurai retrouvé mon équilibre, vous pourrez relâcher votre prise sur mon corps.

Ignatius se retrouva enfin à la verticale sur la longue table, tenant le drap de lit devant son pubis de manière à masquer le fait que, pendant son transport, il avait été quelque peu stimulé.

– Mes amis! lança-t-il noblement, élevant le bras qui ne tenait pas le drap de lit. Notre jour est enfin venu! J'espère que tous vous aurez songé à apporter vos engins de guerre.

Du groupe qui entourait la table de coupe ne s'élevèrent ni démenti ni confirmation.

« J'entends par là les gourdins, les chaînes, les matraques et ainsi de suite.

Gloussant et ricanant en chœur, les ouvriers brandirent des pieux, des manches à balai, des chaînes de vélo et des briques.

« Mon Dieu! Vous avez effectivement assemblé une armurerie redoutable et d'une grande diversité. La violence de notre assaut dépassera peut-être mes attentes. Mais bast! plus définitif le coup porté, plus définitifs les résultats qu'on peut en escompter. Cette rapide inspection de notre armement renforce par conséquent ma foi dans le succès de notre croisade d'aujourd'hui. Nous ne laisserons derrière nous que des Pantalons Levy réduits en ruines fumantes et nous combattrons le feu par le feu.

– Qu'est-ce qu'y dit? se demandaient les ouvriers les uns les autres.

– Nous allons prendre d'assaut le bureau très prochainement, surprenant ainsi l'ennemi au moment où ses sens sont encore engourdis par le brouillard matutinal.

– Eh, m'sieur R., j'mescuse, lança un homme dans la foule, mais y a quelqu'un qui m'a dit comme ça qu'vous aviez des ennuis avec la police. C'est-y vrai, ça?

Une vague d'anxiété et de malaise parcourut les rangs des ouvriers.

– Quoi! glapit Ignatius. Où avez-vous pêché un tel ragot calomnieux? C'est totalement faux. Quelque raciste blanc, quelque péquenot du nord de l'État, voire Gonzales en personne, seront à l'origine de cette vile rumeur. Comment osez-vous, monsieur? Tous, vous devez vous rendre compte que notre cause a beaucoup d'ennemis.

Tandis que les travailleurs l'applaudissaient vivement,

Ignatius se demanda comment l'ouvrier avait pu apprendre que ce mongolien de Mancuso avait tenté de l'arrêter. Peut-être se trouvait-il dans la foule devant le grand magasin. Décidément, cet agent de police était le caillou dans la chaussure de tout un chacun. De toute manière, les choses semblaient arrangées pour le moment.

– Voilà ce que nous brandiront en avant-garde! hurla Ignatius quand les derniers applaudissements furent retombés.

Et d'un geste spectaculaire il déploya le drap qu'il avait jusqu'alors tenu devant son bassin. Parmi les taches et les traînées jaunâtres les mots *EN AVANT!* avaient été tracés au pastel rouge. En dessous, en anglaises compliquées, au crayon bleu, on lisait Croisade pour la dignité des Maures.

– Seigneur! Je me demande bien qui a pu dormir sur ce vieux machin! dit la dame exaltée au penchant spirituel qui devait prendre la direction du chœur.

Plusieurs autres futurs émeutiers exprimèrent la même curiosité en termes plus explicitement physiques.

– Silence! dit Ignatius, frappant du pied sur la table dans un bruit de tonnerre. Je vous en prie! Que des femmes les plus statuesques portent cette bannière entre elles deux déployée quand nous envahirons le bureau.

– Je mettrai pas ma main là-dessus, déclara une des femmes.

– Silence! Silence vous tous! lança Ignatius, furieux. Je commence à douter que vous soyez dignes de la cause sacrée que nous allons défendre. Selon toute apparence, vous n'êtes pas prêts à consentir les derniers sacrifices.

– Mais pourquoi qu'on doit emporter c'vieux drap dégueulasse avec nous, aussi? demanda quelqu'un. Chcroyais qu'on d'vait faire une manif sur les salaires.

– Un drap? Quel drap? tonna Ignatius. Ce que je brandis sous vos yeux, c'est la plus noble des bannières, la proclamation du but que nous poursuivons, un aperçu de notre quête.

Les ouvriers examinèrent plus intensément les taches jaunes.

« Si vous souhaitez seulement vous précipiter dans le bureau comme un troupeau de bêtes à cornes, libre à vous, mais vous ne ferez rien de plus qu'une très ordinaire émeute. Cette bannière et elle seule confère un sens et une identité à notre agitation. Il y a une certaine géométrie à l'œuvre dans ces choses : il convient de respecter certain rituel. Tenez, les deux dames, là, approchez. Prenez ceci entre vous deux et brandissez-le bien haut.

Les deux femmes qu'Ignatius avait désignées vinrent lentement jusqu'à la table de coupe, se saisirent délicatement de la bannière entre les pouces et les index et la tinrent entre elles comme s'il s'agissait de la robe d'un lépreux.

– C'est encore plus impressionnant que je ne l'avais imaginé, déclara Ignatius.

– Viens pas me secouer ça sous le nez, ma fille! lança une voix qui déclencha un nouveau fou rire dans l'assistance.

Ignatius déclencha le moteur de sa caméra et la dirigea sur la bannière et sur les ouvriers.

– Voudriez-vous agiter de nouveau vos bâtons et vos divers missiles!

Les travailleurs furent trop heureux de s'exécuter. Myrna allait s'étrangler sur son express à l'italienne quand elle verrait ça!

« Un petit peu plus de violence, je vous prie. Brandissez ces armes férocement. Faites des grimaces. Vociférez. Certains d'entre vous pourraient peut-être sauter sur place si cela ne les dérange pas!

Ils suivirent en riant jusqu'aux larmes les ordres qu'il leur donnait, à l'exception, évidemment, des deux femmes qui tenaient la bannière.

Dans le bureau, M. Gonzales était en train de regarder Miss Trixie se cogner contre le chambranle de la porte en arrivant prendre son poste pour la journée. Simultanément, il se demandait ce que pouvait bien signifier la nouvelle explosion de cris en provenance de l'usine.

Ignatius filma la scène qu'il avait sous les yeux pendant une ou deux minutes encore, avant de panoramiquer sur un pillier qu'il suivit lentement jusqu'au plafond, en un mouvement qui lui parut devoir constituer un moment de cinématographie inspiré, symbolisant de manière *recherchée* (en français dans le texte, NdT) les apirations des émeutiers. La pâle envie rongerait le bas-ventre musqué de Myrna. Parvenue au sommet du pilier, la caméra fixa pour la postérité quelques mètres carrés de la face interne mangée de rouille du toit de l'usine. Puis, abaissant la caméra, Ignatius la tendit à un travailleur et demanda à être filmé à son tour. Tandis que l'homme fixait sur lui les lentilles de l'objectif, Ignatius fronça les sourcils et brandit le poing, ce qui eut le don de beaucoup amuser les travailleurs.

– Fort bien, lança-t-il d'un ton enjoué quand il eut récupéré et arrêté la caméra. Ne nous laissons pas entraîner par notre instinct de révolte et commençons par dresser un plan soigneux de nos divers stratagèmes. Pour commencer, les deux dames ici présentes ouvriront la marche avec la bannière. Directement derrière la bannière s'avancera le chœur, qui chantera quelque mélodie d'inspiration populaire ou religieuse appropriée au moment. La dame qui a la charge du chœur est libre de choisir. Ignorant tout de vos coutumes musicales, je vous abandonne ce choix tout en regrettant de n'avoir point disposé du temps nécessaire pour vous enseigner les beautés de quelque madrigal. Je me permets seulement de vous suggérer le choix d'une mélodie puissante. Tous ceux d'entre vous qui ne participent pas au chœur formeront le bataillon des guerriers. Je fermerai la marche avec ma caméra afin de fixer l'image de cet événement mémorable. A quelque date ultérieure, nous tirerons peut-être tous des suppléments de revenu de la location du film à des organisations estudiantines ou à d'autres associations pareillement épouvantables.

« Veuillez retenir ce qui suit : Notre première démarche sera pacifique et rationnelle. Quand nous entrerons dans le bureau, les deux dames porteront la bannière devant le chef de bureau. Puis le chœur prendra place autour de la croix. Le bataillon restera à l'arrière-plan tant que le besoin ne s'en fera pas sentir. Mais comme nous traiterons directement avec Gonzales, m'est avis que l'intervention du bataillon sera rapidement sollicitée. Si Gonzales ne réagit pas correctement devant cet émouvant spectacle, je m'écrierai en effet : « à l'attaque » Ce sera le signal de l'assaut. Des questions?

Quelqu'un dit « Tout ça c'est des conneries » mais Ignatius fit celui qui n'avait pas entendu. Il se fit un silence impatient et heureux dans l'atelier, la plupart des ouvriers attendant avec plaisir cette rupture avec la routine. M. Palermo, le contremaître, fit une brève et ivrognesque apparition entre deux chaudières puis on ne le revit plus.

– Le plan de bataille est donc clair pour tous, conclut Ignatius voyant qu'on ne lui posait pas de question. Les deux porte-bannière auraient-elles l'obligeance de prendre leur place, là, près de la porte? Et maintenant le chœur, s'il vous plaît, derrière les deux dames. Et enfin, le bataillon.

Les ouvriers se mirent rapidement en place, souriant et s'envoyant des bourrades avec leurs ustensiles guerriers.

« Parfait! Le chœur peut commencer à chanter.

La dame au penchant spirituel souffla dans un petit sifflet pour donner le ton et les membres du chœur entonnèrent d'un air lubrique : O Jésus / Marche à mes côtés / Alors je serai toujours, toujours satisfait.

– Cela vous a quelque chose de réellement émouvant, commenta Ignatius avant de crier : En avant!

La troupe obéit si vite qu'avant qu'il eût pu ajouter un mot la bannière avait déjà traversé l'atelier et se retrouvait en haut des marches conduisant au bureau, le chœur sur les talons.

– Halte! glapit Ignatius. Que quelqu'un m'aide à descendre de cette table!

O Jésus, sois mon ami
Jusqu'à, oh oui, jusqu'à la fin
Prends ma main
Je me sens bien
Sachant que tu marches à mes côtés
Que Tu entends ma prière
Je ne me plains plus de rien
Même s'il pleut
Car je suis avec Jésus.

– Arrêtez! vociféra Ignatius au bord de la crise de nerfs, voyant disparaître à la queue leu leu les derniers membres du bataillon. Revenez ici immédiatement!

La porte se referma. Il se mit à quatre pattes et gagna prudemment le bord de la table. Là, pivotant sur lui-même, il parvint à s'asseoir, les jambes pendantes, après bien des manœuvres de ses extrémités. Remarquant que ses pieds n'étaient plus qu'à quelques centimètres du plancher, il décida de courir le risque d'un saut. En se libérant de la table pour se retrouver debout sur le col, il laissa glisser de son épaule la caméra qui se fracassa sur le ciment avec un bruit sourd. Les entrailles filmiques de la caméra éventrée se répandirent en bouillonnant sur le sol. Ignatius ramassa l'appareil et actionna le bouton qui était censé le mettre en mouvement – rien.

O, Jésus, tu paies ma caution
Quand on me jette en prison
Oh, oh, toujours tu m'as donné
Raisons de vivre et d'espérer.

– Que chantent donc ces fous furieux? demanda Ignatius à l'atelier vide tout en essayant de bourrer ses poches de film déroulé.

Jamais tu ne me blesses
Jamais, jamais, jamais tu ne me laisses

Je ne puis plus pécher,
Je ne puis que gagner
Depuis que j'ai Jésus.

Traînant derrière lui des mètres de pellicule déroulée, Ignatius gagna le bureau à la hâte. Les deux femmes présentaient avec une obstination d'airain le recto du drap taché à un Gonzales assez dépassé par les événements. Les yeux clos, les choristes chantaient comme perdus dans une transe, subjugués par la mélodie. Ignatius joua des coudes pour franchir les rangs du bataillon qui badaudait sans méchanceté et s'avança vers le bureau du chef.

Miss Trixie l'aperçut et demanda :

– Que se passe-t-il Gloria? Qu'est-ce qu'ils fabriquent ici, tous les gens de l'atelier?

– Prenez la fuite pendant que c'est encore possible, Miss Trixie, lui répondit-il avec le plus grand sérieux.

O Jésus, quand je rue dans les brancards,
Tu me protèges des flicards.

– Je n'entends pas un mot de ce que vous dites, cria Miss Trixie en lui saisissant le bras, c'est un groupe folklorique?

– Allez donc faire pendouiller vos appas fanés au-dessus des toilettes! lui hurla méchamment Ignatius.

Miss Trixie s'éloigna en traînant ses pantoufles.

– Eh bien? demanda Ignatius au chef de bureau en faisant déplacer les deux dames de manière que Gonzales pût prendre connaissance des slogans qu'il avait tracés au verso du drap.

– Qu'est-ce que ça veut dire? demanda Gonzales, déchiffrant la bannière.

– Refusez-vous de venir en aide à ces gens?

– Leur venir en aide? demanda le chef de bureau d'une voix tremblante de frayeur. De quoi donc parlez-vous, M. Reilly?

– Je parle du péché contre la société dont vous êtes coupable.

– Quoi?

La lèvre inférieure de Gonzales tremblait.

– A l'attaque! cria Ignatius à l'adresse du bataillon. Cet homme est absolument dépourvu de toute charité.

– Vous y avez pas donné une chance de dire que dalle, fit remarquer l'une des deux femmes mécontentes de tenir le drap. Laissez M. Gonzales causer.

– A l'attaque, à l'attaque! répéta Ignatius plus furieusement encore.

Ses yeux bleu et jaune lui sortaient de la tête et lançaient des éclairs.

Quelqu'un fit tournoyer une chaîne de bicyclette sans trop y croire et précipita par terre les pots de haricots germés qui se trouvaient sur les classeurs.

– Mais regardez donc ce que vous avez fait! dit Ignatius. Qui vous a dit d'abîmer ces plantes?

– Ben, vous avez dit à l'attaque, non? protesta le propriétaire de la chaîne de vélo.

– Voulez-vous bien arrêter ça tout de suite! beugla Ignatius à l'adresse d'un homme qui avait entrepris de lacérer placidement, à l'aide de son canif, l'écriteau DÉPARTEMENT DES RECHERCHES ET DES RÉFÉRENCES? I.J. REILLY, CONSERVATEUR. Où voulez-vous en venir, malheureux?

– Ben, vous avez dit à l'attaque, non? protestèrent plusieurs voix.

En ce lieu de solitude
Tu me donnes la grâce
Tu me donnes la lumière
Malgré la nuit
O, Jésus, entends mes doléances, connais ma douleur
Jamais, jamais je ne t'abandonnerai.

– Arrêtez cette épouvantable chanson! hurla Ignatius à l'adresse du chœur. Jamais encore je n'avais entendu tant d'incroyables blasphèmes!

Les choristes cessèrent de chanter, vexés.

– Je ne comprends pas ce que vous faites, dit le chef de bureau à Ignatius.

– Oh, fermez votre clapet de mauviette, espèce de mongolien.

– Nous retournons à l'usine, dit le porte-parole du chœur, la dame exaltée. Vous êtes un sale type. Je suis persuadée que la police vous recherche vraiment!

– Ouais, parfaitement! approuvèrent plusieurs voix.

– Mais non, attendez, attendez, implora Ignatius. Il faut que quelqu'un s'en prenne à Gonzales.

Il examina les hommes du bataillon.

« Vous, là, l'homme à la brique! Venez ici immédiatement et donnez-lui donc un coup de votre brique sur le coin du citron.

– Je vais frapper personne avec ça, fit l'homme à la brique, t'as probablement un casier long comme le bras, mon pote!

Les deux femmes laissèrent tomber le drap d'un air dégoûté et emboîtèrent le pas aux choristes qui repassaient déjà la porte à la file indienne.

– Mais dites donc, revenez, revenez! vociféra Ignatius que la fureur et la surabondance de salive étranglaient.

Les guerriers ne dirent rien et emboîtèrent à leur tour le pas aux choristes et aux deux porte-étendard qui avaient depuis longtemps disparu. Ignatius les rejoignit prestement et retint l'un des guerriers par le bras, mais l'homme lui décocha une claque, comme pour se débarrasser d'un moustique, en disant :

– On a assez d'emmerdes comme ça, sans aller se faire fout' en taule!

– Revenez! Revenez ici! Nous n'en avons pas fini! Vous pouvez avoir Miss Trixie aussi, si vous le désirez! vociférait Ignatius, saisi d'une espèce d'hystérie. Mais la procession continua de se diriger en silence et avec détermination vers l'atelier qu'elle venait de quitter. Au bout de quelques minutes, la porte se referma sur le dernier croisé de la dignité des Maures!

## III

L'agent de police Mancuso consulta sa montre. Il venait de passer huit bonnes heures dans la cabine. Il était temps de rendre son costume au commissariat et de rentrer chez lui. Il n'avait appréhendé personne de la journée et semblait avoir pris froid. Les toilettes étaient un lieu froid et humide. Il éternua et voulut ouvrir la porte mais elle refusa de céder. Il la secoua, en tripota la serrure, constata que cette dernière semblait coincée. Au bout d'une minute supplémentaire d'essais infructueux, il appela au secours.

## IV

– Ignatius! T'as donc réussi à t'faire mettre à la porte!

– Je t'en prie, maman, je suis près du point de rupture.

Ignatius colla la bouteille de Dr. Nut sous sa moustache et but bruyamment, avec force gargouillis et clapotis.

« Si tu choisis de jouer les harpies, tu vas réussir à me précipiter de l'autre côté.

– Un petit boulot de rien dans un bureau et t'es pas capable de le garder! Avec tous tes diplômes!

– J'étais victime de la haine et de l'envie générales, dit Ignatius en jetant un regard douloureux sur les murs brunâtres de la cuisine.

Arrachant sa langue au goulot de la bouteille avec un bruit de succion, il rota un peu de Dr. Nut.

« En dernier ressort, tout ça est de la faute de Myrna Minkoff. Tu la connais, tu sais la peste que c'est.

– Myrna Minkoff? Ne me raconte pas d'histoire, Ignatius. Elle est à New York, cette petite. Je te connais, mon gars. Tu as encore dû en faire de belles chez ces Pantalons Levy!

– Oui, j'étais trop bon pour eux!

– Donne-moi ce journal! On va jeter un coup d'œil aux off'es d'emploi!

– Non, vraiment? tonna Ignatius. Tu me jetterais derechef à l'abîme? Tu as donc abandonné toute charité dans ce maudit bouligne! Il me faut à tout le moins garder le lit pendant une semaine avant de recouvrer un semblant de santé. Tu vas devoir m'y servir.

– Tiens, à propos d'lit! Qu'est-ce que t'as fait de ton drap? hein?

– Que veux-tu que je te dise? Je n'en ai très certainement rien fait. On l'aura volé. Je t'avais mise en garde contre la possibilité d'un cambriolage.

– C'est ça! Tu voudrais m'faire croire qu'une personne sensée irait s'introduire dans la maison pour voler un de tes draps sales?

– Si tu manifestais un soupçon de conscience quant à la blanchisserie, la description de ce drap serait peut-être différente.

– Allez, donne-moi ce journal, Ignatius.

– Tu as vraiment l'intention de lire à haute voix! M'est avis que mon organisme ne pourrait supporter pareil traumatisme à l'heure actuelle. Et je suis d'ailleurs en train de lire un passionnant article de la page scientifique sur les mollusques.

Mme Reilly arracha le journal de la main de son fils, n'y laissant subsister que deux minuscules confettis.

– Maman! Dois-je voir dans ces manières incongrues et grossières l'un des résultats de tes fréquentations? Est-ce l'influence de tes boulistes siciliens?

– La ferme, Ignatius! dit sa mère, feuilletant passionnément les pages d'annonces classées du journal. Demain matin, tu te lèves avec les poules et tu prends le trolleybus de St. Charles!

– Hein? fit-il d'un air absent.

Il en était à se demander ce qu'il allait bien pouvoir écrire à Myrna. Le film était apparemment détruit. Expliquer l'aboutissement désastreux de la croisade dans une lettre serait impossible.

« Qu'est-ce que tu disais, ma mère?

– J'ai dit que tu te lèverais avec les poules!

– Cela semble approprié.

– Et ne t'avise pas de rentrer à la maison avant d'avoir trouvé un emploi.

– Il semblerait que la Fortune ait décidé d'un nouveau plongeon.

– Quoi?

– Rien.

## V

Mme Levy était vautrée sur sa planche d'exercice motorisée. Les diverses sections étaient au travail sur son corps considérable, pétrissant sa molle chair blanche comme un mitron plein d'amour. Les bras repliés sous la planche, elle l'étreignait fortement. Elle poussa un petit cri gémissant de plaisir et de satisfaction et mordilla la section de la planche qui se trouvait directement sous son visage.

– Arrête-moi ce truc-là, fit la voix de son mari quelque part derrière elle.

– Quoi? demanda Mme Levy en levant un peu la tête et en jetant un regard rêveur autour d'elle. Qu'est-ce que tu fais là? Je croyais que tu restais en ville pour les courses.

– J'ai changé d'avis si tu n'y vois pas d'inconvénient.

– Oh non, je n'y vois pas le moindre inconvénient. Fais ce que tu veux. Ne te gêne surtout pas pour moi. Amuse-toi bien. Ça m'est absolument équilatéral!

– Excuse-moi. Je te demande pardon de t'avoir arrachée à ta planche.

– Ne mêlons pas ma planche à tout ça, si tu veux bien.
– Oh, pardon, pardon, je ne voulais pas insulter ta planche.
– Je te dis de laisser ma planche tranquille. C'est tout ce que j'ai dit. J'essaye d'être gentille. Ce n'est pas moi qui donne le signal des disputes, ici.
– Alors rallume ta fichue saloperie et ferme-la. Moi je vais prendre une douche.
– Tu vois? Tu as vu l'état dans lequel tu te mets strictement pour rien? Ce n'est pas la peine de passer toute ta culpabilité sur moi.
– Quelle culpabilité? Qu'est-ce que j'ai encore fait?
– Tu sais ce que tu as fait, Gus. Tu sais comment tu as fichu ta vie en l'air. Comment ton affaire part à vau-l'eau. Alors que tu avais une occasion rêvée d'accéder à la dimension nationale! La chair et le sang et la sueur et les larmes de ton père qui te tombaient tout rôtis dans le bec.
– Beuârk!
– La déconfiture d'une affaire en pleine expansion.
– Écoute, j'ai mal à la tête tellement je me suis démené pour sauver l'affaire, cet après-midi. C'est pour ça que je ne suis pas allé aux courses.
Après trente-cinq ans de bataille contre son père, M. Levy s'était bien promis de passer le restant de ses jours sans la moindre contrariété. Mais il était contrarié chaque jour de sa vie quand il était chez lui par sa femme qui lui reprochait de fuir les contrariétés que lui aurait valu la direction effective des Pantalons Levy. Mais il était encore plus contrarié quand il ne mettait jamais les pieds aux Pantalons Levy, car alors il y avait toujours quelque chose qui clochait là-bas. Tout aurait été plus simple – et moins contrariant – s'il s'était décidé à s'occuper vraiment de son affaire en y consacrant huit heures par jour. Mais le seul nom de « Pantalons Levy » lui collait des brûlures d'estomac. Pour lui, c'était son père.
– Et qu'as-tu fait, Gus! Tu as signé trois lettres?
– J'ai flanqué quelqu'un à la porte.
– La belle affaire! Qui ça? Un des aide-chauffeurs des chaudières?
– Tu te souviens, je t'ai parlé de ce grand cinglé, celui que cet âne de Gonzales avait embauché?
– Ah oui, celui-là.
Mme Levy se retourna sur la planche d'exercice.
– J'aurais voulu que tu voies ce qu'il avait fait. Des guir-

landes en papier pendues au plafond. Une grande croix au beau milieu du bureau. Je n'étais pas sitôt arrivé, ce matin, qu'il vient me trouver pour se plaindre que quelqu'un de l'atelier a jeté ses haricots par terre.

– Ses haricots? Il prenait les Pantalons Levy pour une épicerie?

– Comment savoir ce qui lui était passé par la tête? Il veut que je vire le type qui a renversé ses plantes et puis encore un autre qui lui a tailladé son écriteau. Il dit que les ouvriers de l'atelier sont des malfrats qui n'ont pas de respect pour lui. Il dit qu'ils veulent sa peau. Je vais donc à l'atelier pour parler avec Palermo, qui n'est évidemment pas là, et qu'est-ce que je trouve? Tous les ouvriers ont des briques, des bâtons, des chaînes – y en a partout! Ils sont tous dans tous leurs états et ils me racontent que ce gars, Reilly, c'est lui le gros chameau, leur a dit d'apporter tout ça pour attaquer le bureau et filer une volée à Gonzales.

– Quoi?

– Il n'arrêtait pas de leur répéter qu'ils étaient sous-payés et surexploités.

– Je suis bien d'accord avec lui, dit Mme Levy. Hier encore Susan et Sandra m'ont écrit à ce propos. Leurs petits copains, à la fac, leur ont dit qu'à les entendre parler de leur père – toi – on aurait dit un planteur vivant de l'esclavage. Elles sont dans tous leurs états, comme tu dis. Je voulais t'en parler mais j'ai eu tellement d'ennuis avec ce nouveau séche-cheveux que ça m'est sorti de l'esprit. Elles veulent que tu augmentes les salaires de ces malheureux, sans quoi elles ne reviendront plus à la maison.

– Non mais, elles se prennent pour qui, ces deux-là!

– Elles se prennent pour tes filles, au cas où tu l'aurais oublié. Elles ne demandent qu'à pouvoir te respecter. Elles disent que tu devras améliorer les conditions de travail et les salaires de tes employés, sinon elles ne remettront plus les pieds à la maison.

– Alors ça y est, c'est les gens de couleur qui les intéressent, tout d'un coup? Fini les petits gommeux, déjà! Ils n'ont pas tenu longtemps!

– Et voilà! Tu attaques tes propres filles une fois de plus. Tu vois ce que je te disais? C'est pour ça que, moi non plus, je ne peux pas te respecter. Si l'une de tes filles était un cheval et l'autre un joueur de base-ball, tu serais aux petits soins pour elles.

– Si l'une était un cheval et l'autre un joueur de base-ball nous serions dans une meilleure situation! Elles nous rapporteraient de l'argent!

– Oh, je suis désolée, pardon, dit Mme Levy en remettant sa planche d'exercice en marche. Mais plus un mot. Je suis déjà trop déçue. J'ai perdu toutes mes illusions. Je me demande comment je vais trouver la force d'écrire aux petites à propos de cette affaire.

M. Levy connaissait pour les avoir vues les lettres de son épouse aux « petites ». Longs éditoriaux irrationnels, purement sentimentaux, véritables lavages de cerveau qui auraient fait passer Patrick Henry pour un conservateur royaliste * et qui avaient toujours pour résultat de monter les filles contre leur père en raison des innombrables injustices qu'il était censé commettre contre leur pauvre mère. En le dépeignant comme un membre du Ku Klux Klan acharné à la perte d'un jeune militant, elle allait pouvoir rédiger une lettre particulièrement savoureuse et maléfique. L'occasion était trop belle.

– Mais ce type était un véritable cinglé, relevant de l'asile, dit M. Levy.

– A tes yeux, il suffit d'avoir du caractère pour être fou. D'être honnête pour te paraître complexé. Je sais, je sais, j'ai déjà entendu tout ça trop souvent.

– Écoute, je ne l'aurais probablement pas mis à la porte si un des travailleurs de l'atelier ne m'avait pas dit qu'il est recherché par la police. C'est ce qui m'a décidé, et vite, tu comprends. J'ai déjà assez d'ennuis avec cette boîte sans y faire travailler des fous recherchés par la police!

– Épargne-moi ça, je t'en prie. C'est tout toi. Pour toi et tes semblables, tous les jeunes militants idéalistes ne peuvent être que des beatniks, des voyous et des cas pathologiques. C'est votre défense contre eux. Mais merci de me l'avoir rappelé. Ça ajoutera au réalisme de ma lettre.

– Je n'ai jamais mis personne à la porte de ma vie, dit M. Levy. Mais je ne peux pas me permettre de garder quelqu'un que la police recherche. Ça pourrait nous valoir des ennuis, je dis bien : nous.

– Oh, je t'en prie, répliqua Mme Levy avec un geste de mise en garde. Ce malheureux jeune idéaliste doit errer au hasard en

---

* Alors qu'il s'agissait d'un patriote et révolutionnaire américain, bien sûr. NdT.

ce moment même, effondré. Les filles en seront aussi horrifiées et malheureuses que je le suis moi-même. Je suis une femme de caractère, un être intègre et raffiné. Tu n'as jamais su apprécier ces qualités. Mes relations avec toi n'ont fait que me ravaler à un niveau qui n'est pas le mien. Tu salis tout ce que tu touches, moi comprise. Je me suis terriblement endurcie à ton contact.

– C'est ça, je t'ai fichue en l'air, hein?

– J'ai été jadis une jeune femme pleine de chaleur et de tendresse et d'espoirs fous. Les filles le savent. Les petites savent que je comptais sur toi pour faire des Pantalons Levy une grande entreprise à l'échelle du pays entier.

La tête de Mme Levy rebondissait mollement sur la planche d'exercice motorisée.

« Et regarde! Ce n'est plus qu'une petite boîte minable et sans débouchés. Tes filles ont perdu leurs illusions. J'ai perdu mes illusions. Le jeune idéaliste que tu viens de renvoyer a sans doute perdu ses illusions.

– Tu veux que je me tue?

– Tu es libre de faire ce que tu veux. Tu ne m'as jamais consultée pour prendre une décision. Je n'existais que pour ton plaisir. Je ne suis qu'une de tes vieilles voitures de sport. Sers-toi de moi quand il te plaira, je m'en moque.

– Oh, ferme-la! Qui voudrait se servir de toi pour quoi que ce soit!

– Tu vois, tu vois? Tu n'arrêtes pas d'attaquer. C'est ton sentiment d'insécurité, tes complexes de culpabilité, ton agressivité. Si tu étais fier de toi, fier de la façon dont tu traites les autres, tu serais agréable à vivre. Tiens, prends Miss Trixie, par exemple. Regarde ce que tu lui as fait.

– Je ne lui ai jamais rien fait, moi, à cette femme.

– C'est bien ce que je dis. Elle est seule. Elle a peur.

– Elle est surtout presque morte.

– Depuis que Susan et Sandra ne sont plus à la maison, je souffre d'un complexe de culpabilité moi-même. Qu'est-ce que je fais? A quoi suis-je bonne? Où sont mes projets, mes activités? Je suis une idéaliste, soupira Mme Levy. Je me sens tellement inutile. Tu m'as enfermée dans la cage des innombrables objets matériels qui ne me satisfont pas vraiment.

Elle regarda froidement son mari.

« Tu m'amènes Miss Trixie et je n'écrirai pas cette lettre.

– Quoi? Pas question d'amener cette vieille gaga ici. Et ton club de bridge, bon sang? La dernière fois, c'est une robe neuve que tu voulais, quand tu n'as pas envoyé de lettre. Mettons-nous d'accord là-dessus. Je t'achète une robe de coquetèle.

– Non, il ne me suffit pas d'avoir permis à cette femme de rester active. Elle a besoin d'une aide plus personnelle.

– Tu t'en es déjà servi comme d'un cochon d'Inde pour ces cours par correspondance que tu as pris. Si tu lui fichais la paix. Gonzales n'a qu'à la mettre à la retraite.

– C'est ça, ça suffirait à la tuer. Elle se sentirait rejetée par tout le monde. Tu aurais une mort sur la conscience.

– Non, mais c'est pas croyable.

– Quand je pense à ma propre mère. Sur la plage à San Juan, tous les hivers. En bikini. Bronzée. Elle danse, elle nage, elle s'amuse. Elle a des amants.

– Elle a aussi une crise cardiaque chaque fois qu'une vague la renverse. Ce qu'elle ne perd pas au casino, elle le refile au toubib du Hilton!

– Tu n'aimes pas ma mère parce qu'elle a vu clair en toi. Elle a toujours eu raison. J'aurais dû épouser un médecin. Un type qui aurait un idéal, une vocation.

Mme Levy rebondissait tristement.

« Tout cela n'a plus guère d'importance pour moi, désormais. La souffrance m'a apporté de nouvelles forces.

– Tu souffrirais beaucoup si quelqu'un bousillait cette fichue planche d'exercice?

– Je t'ai déjà dit, dit Mme Levy pleine de colère, de ne pas mêler ma planche à tout ça. C'est ton agressivité qui l'emporte sur toute autre considération. Crois-moi, Gus, suis mon conseil, va consulter le psychanalyste dont je t'ai parlé, celui qui a aidé Lenny à sortir sa bijouterie des difficultés dans lesquelles elle avait failli sombrer. Il a guéri Lenny du complexe qui l'empêchait de vendre ses rosaires. Lenny ne jure plus que par ce toubib. Il a passé une espèce de contrat d'exclusivité avec les bonne sœurs qui fourguent des rosaires dans une quarantaine d'écoles catholiques de la ville. L'argent coule à flot. Lenny est heureux. Les bonnes sœurs aussi. Et les gosses.

– Ça a l'air merveilleux, à t'entendre.

– Lenny vend même des statuettes et des objets de piété, maintenant.

– J'parie qu'il est heureux.

– Parfaitement. Et tu devrais l'être toi aussi. Va voir ce médecin avant qu'il ne soit trop tard, Gus. Pour les petites, pour leur bien, tu devrais te faire soigner. Moi – je m'en moque.

– J'en suis bien persuadé.

– Tu es plein de contradictions, tu ne vas pas bien. Sandra, elle, depuis sa psychanalyse, elle va beaucoup mieux. Un toubib de la fac l'a aidée.

– Je n'en doute pas.

– Eh bien Sandra risque de faire une rechute quand elle apprendra comment tu as traité ce jeune militant. Je sais que les petites seront totalement montées contre toi. Elles sont chaleureuses et pleines de compassion, tout comme je l'étais moi-même avant d'être victime de tes mauvais traitements.

– Mauvais traitements?

– Oh, je t'en prie. Assez de tes sarcasmes.

Un ongle peint esquissa un mouvement de mise en garde. « Alors, tu m'amènes Miss Trixie ou j'envoie cette lettre aux petites?

– Je t'amène Miss Trixie, finit par dire M. Levy. Tu vas probablement essayer de la faire sautiller sur ta fichue planche. Elle y laissera le col du fémur!

– Ne mêle pas ma planche à tout ça! »

# SEPT

Paradise Vendors, SA, avait pris la suite d'un ancien garage automobile au rez-de-chaussée obscur d'un immeuble commercial autrement inoccupé de Poydras Street. Les portes du garage étaient généralement ouvertes, et le passant pouvait donc se mettre plein les narines du parfum acidulé des hot dogs brûlants et de la moutarde mêlé à l'âcre remugle de béton détrempé de lubrifiants et d'huiles de moteur depuis des années et des années. Ces effluves aussi puissants que composites intriguaient parfois ledit passant au point de lui faire fouiller les ténèbres de l'ancien garage, au-delà des portes ouvertes. Là, il pouvait découvrir une flottille de saucisses de taule montées sur des roues de bicyclette. Les véhicules ne payaient guère de mine. Beaucoup étaient gravement cabossés. Une francfort accidentée était même couchée sur le flanc, sa roue unique à l'horizontale au-dessus d'elle.

Parmi les rares passants de l'après-midi, qui pressaient le pas sur le trottoir devant Paradise Vendors, SA, une impressionnante silhouette semblait au contraire prendre tout son temps. C'était évidemment Ignatius. S'immobilisant devant l'étroite façade du garage, il huma le fumet de Paradise avec un intense plaisir, les poils qui poussaient dru dans ses narines analysant, cataloguant et classifiant les odeurs distinctes des lubrifiants, de la saucisse et de la moutarde. Prenant une profonde inspiration, il se demanda s'il détectait effectivement une odeur plus délicate, une senteur plus fragile : celle des petits pains tout chauds à l'aide desquels on confectionnait les hot dogs. Il jeta un coup d'œil à l'aiguille gantée de blanc de sa montre Mickey et constata qu'il avait pris son déjeuner depuis moins d'une heure. Ces arômes intrigants ne l'en faisaient pas moins saliver abondamment.

Il pénétra dans le garage et jeta les yeux alentour. Dans un coin, un vieil homme ébouillantait des saucisses dans un pot classique dont la taille faisait paraître minuscule le réchaud à gaz sur lequel il était perché.

– Pardon, monsieur, lança Ignatius, vendez-vous au détail ici ?

Les yeux larmoyants du vieux se tournèrent vers l'imposant visiteur.

– Vous désirez ?

– J'aimerais acheter l'un de vos hot dogs. Ils dégagent une odeur plutôt engageante. Je me demandais si vous m'en vendriez un, un seul.

– Bien sûr.

– Puis-je le choisir moi-même ? demanda Ignatius, regardant par-dessus le rebord du grand pot.

Dans l'eau bouillante, les francfort gigotaient comme des paramécies artificiellement colorées vues dans quelque gigantesque microscope. Ignatius s'emplit les poumons de l'odeur puissante et acidulée.

« Faisons semblant d'être dans un restaurant chic, je choisis mon homard dans le vivier.

– Tenez, prenez cette fourchette, dit l'homme en tendant à Ignatius une espèce de pique tordue et corrodée. Et n'allez pas tremper votre main dans l'eau, surtout, c'est comme une espèce d'acide. Regardez ce qu'elle a fait à la fourchette!

– Ho, ho! dit Ignatius au vieil homme, après avoir pris une première bouchée. Ces choses-là sont assez fortes. Quels ingrédients entrent dans leur composition?

– Caoutchouc, céréales, tripes. Qui sait? Jamais vous ne me feriez toucher à une de ces saletés-là.

– Elles sont pourtant curieusement appétissantes, dit Ignatius en s'éclaircissant la gorge. J'ai bien pensé que les vibrisses de mes narines détectaient quelque chose d'unique, quand je suis passé devant la porte.

Ignatius mastiquait avec une espèce de félicité sauvage tout en examinant une cicatrice sur le nez de l'homme et en l'écoutant siffler.

– Serait-ce du Scarlatti? finit-il par demander.

– Bah, j'avais l'impression de siffler *Turkey in the Straw* (dinde dans la paille), fit l'homme.

– Je m'étais pris à espérer que vous connussiez Scarlatti, qui fut le dernier musicien, fit observer Ignatius avant de reprendre ses furieuses attaques contre la longue saucisse. Avec le penchant que vous semblez manifester pour la musique, vous pourriez vous appliquer à quelque chose de réellement intéressant.

Ignatius reprit sa mastication, l'homme son sifflotement indistinct.

« M'est avis que vous considérez probablement *Turkey in the Straw* comme un exemple estimable de l'art populaire américain. Eh bien, apprenez qu'il n'en est rien. Il s'agit d'une discordante abomination.

– J'ai du mal à voir l'importance de tout cela.

– Cela a beaucoup d'importance, monsieur! fulmina Ignatius. La révérence pour des choses du niveau de *Turkey in the Straw* est la racine du grand dilemme contemporain.

– Mais d'où diable sortez-vous donc? Et qu'est-ce que vous voulez, nom de Dieu?

– Votre opinion d'une société qui considère *Turkey in the Straw* comme l'un des piliers – pour ainsi dire – de sa culture.

– Mais qui a dit une chose pareille? demanda le vieil homme d'un ton las.

– Tout un chacun! Et plus particulièrement les chanteurs folkloriques et les enseignants de troisième ordre. Les jeunes étudiants barbouillés et les lycéens ne cessent de psalmodier cet air comme des sorciers.

Ignatius rota.

« Je crois bien que je vais manger une autre de ces friandises.

Après son quatrième hot dog, Ignatius passa sur ses lèvres puis sur sa moustache sa magnifique langue rose et dit au vieil homme :

– Voilà bien longtemps que je n'avais ressenti une satisfaction aussi totale. J'ai eu de la chance de vous rencontrer. Devant moi s'étend la perspective d'une journée chargée d'on ne sait encore quelles horreurs. Je suis actuellement sans emploi et l'on m'a lancé sur la piste d'un travail. Aussi bien aurais-je pu me mettre en quête du Saint-Graal. Voilà maintenant une semaine que je parcours comme une flèche le quartier des affaires de notre ville. Selon toute apparence, il me manque une quelconque perversion que l'employeur contemporain recherche.

– Vous avez rien trouvé, c'est ça ?

– Bah, en une semaine je n'ai répondu qu'à deux annonces. Il y a des jours où je suis totalement vidé en arrivant à Canal Street. Ces jours-là, c'est déjà beau que je parvienne à me traîner jusque dans une salle de cinéma. A vrai dire, j'ai vu tous les films que l'on donne actuellement au centre ville, et comme ils sont tous suffisamment attentatoires au bon goût et à la géométrie pour passer plusieurs semaines durant, les sept jours à venir s'annoncent particulièrement moroses.

Le vieil homme regarda Ignatius, puis le grand pot, le réchaud à gaz et les voitures cabossées. Il dit :

– Je peux vous engager ici sur-le-champ.

– Merci bien, rétorqua Ignatius avec condescendance. Je ne pourrais pas travailler ici. Ce garage est particulièrement humide. Or je suis fragile des voies respiratoires, entre bien d'autres choses.

– Vous ne travailleriez pas ici, fiston, vous seriez vendeur.

– Quoi ? beugla Ignatius. Dehors tous les jours par tous les temps, qu'il pleuve ou qu'il neige !

– Il ne neige pas ici.

– Cela s'est déjà produit. Cela recommencerait sans doute dès l'instant où je me risquerais dehors avec une de ces voitures. On me retrouverait très probablement dans quelque caniveau, des stalactites gelées pendant à tous les orifices de mon corps. Des chats de gouttière me poussant de leur patte étique dans l'espoir de profiter de l'ultime chaleur de mon dernier souffle. Non, merci monsieur, mais très peu pour moi. Je dois prendre congé. Je dois avoir quelque rendez-vous urgent.

Ignatius consulta sa petite montre d'un air absent et constata qu'elle s'était de nouveau arrêtée.

– Pour quelque temps seulement, implora le vieil homme. Essayez une journée, rien qu'une. D'accord? J'ai salement besoin de vendeurs.

– Une journée, répéta Ignatius sans y croire. Toute une journée? Je ne puis jeter ainsi une précieuse journée par la fenêtre. J'ai des lieux à visiter, des gens à voir.

– D'accord, dit fermement le vieil homme. Dans ce cas payez-moi le dollar que me devez pour mes quatre saucisses.

– Je regrette, vous allez être contraint de me les offrir. Ma fouineuse de mère ayant découvert des talons de billet de cinéma dans ma poche, hier soir, elle m'a seulement donné de quoi payer le tramway, aujourd'hui.

– J'appelle la police.

– Oh, mon Dieu!

– Payez-moi, payez-moi ou j'appelle la police!

Le vieil homme brandit la longue fourchette et en plaça fort adroitement les deux dents rouillées contre la gorge d'Ignatius.

– Vous percez mon écharpe d'importation! glapit Ignatius.

– Donnez-moi l'argent du tram!

– Je ne vais pas marcher jusqu'à Constantinople Street!

– Prenez un taxi. Quelqu'un, chez vous, paiera le chauffeur quand vous arriverez là-bas.

– Vous croyez sérieusement que ma mère me croira si je lui dis qu'un vieillard m'a braqué avec une fourchette pour s'emparer de mes dix cents?

– Je refuse de me laisser voler une fois de plus, dit le vieil homme, bombardant Ignatius de postillons. C'est trop fréquent dans le commerce des hot dogs. Les marchands de saucisses chaudes et les pompistes y ont toujours droit. Braquages, agressions. Personne ne respecte les marchands de hot dogs.

– Voilà qui est parfaitement mensonger, monsieur. Personne plus que moi ne respecte les vendeurs de saucisses chaudes. Ils s'acquittent d'une des rares tâches utiles dans notre monde moderne. Voler un marchand de saucisses, c'est accomplir un acte symbolique. Il s'agit moins de l'appât du gain que du désir de ravaler le vendeur.

– Fermez votre grosse gueule et payez-moi, merde!

– Je vous trouve bien excité pour un homme âgé. Quoi qu'il

en soit, je ne suis absolument pas disposé à parcourir une telle distance à pied pour rentrer chez moi. J'aimerais mieux mourir de la pointe d'une fourchette rouillée.

– Très bien, alors écoute-moi, mon pote, je vais me mettre d'accord avec toi, voilà c'que je te propose : tu sors, tu pousses une de mes voitures pendant une heure, rien qu'une heure, et on s'ra quittes, tous les deux.

– Ne convient-il pas que j'obtienne une autorisation des services de santé, que sais-je ? Je pourrais porter sous les ongles quelque chose d'extrêmement débilitant pour l'être humain. A propos, engagez-vous tous vos vendeurs de la même façon ? Votre politique d'embauche m'apparaît fort peu compatible avec les pratiques modernes. J'ai le sentiment d'être tombé dans quelque grossier piège de sergent-recruteur. La terreur m'empêche de vous demander quelles sont vos méthodes pour renvoyer vos employés.

– Ouais, ben n'essaye plus jamais de voler un marchand de saucisses !

– Je vous comprends parfaitement. Bien joué. Je regrette seulement que vous ayez percé mon écharpe. J'espère que vous êtes prêt à me verser une réparation. On n'en fait plus de semblables. Elle fut tissée dans un petit atelier anglais qui a été détruit par la Luftwaffe. A l'époque, la rumeur publique a soutenu que c'était bien là la mission dont la Luftwaffe avait été chargée, pour entamer le moral des Britanniques, car les autorités allemandes avaient remarqué, sur une bobine d'actualités dont elles s'étaient emparées, que Churchill portait une telle écharpe. Les éléments dont je dispose n'empêchent pas de penser que celle-ci est précisément celle que portait Churchill. Leur valeur se chiffre aujourd'hui en milliers de dollars. On peut aussi les porter à la manière d'un châle. Regardez.

– Bon, finit par dire le vieil homme après avoir successivement regardé Ignatius utiliser son écharpe comme un turban, comme une large ceinture de flanelle, comme un camail, un kilt, une bandoulière et un fichu. Bon, vous ne risquez pas de faire trop de mal à Paradise Vendors, SA, en une petite heure.

– Si le seul choix qui s'offre à moi est de finir en prison ou d'avoir la pomme d'Adam perforée, je serais trop heureux d'y échapper en poussant l'une de vos voitures. Je ne puis toutefois prédire la distance que je serai en mesure de parcourir.

– Ne vous méprenez pas sur moi, fiston. Chus pas l'mauvais bougre. Seulement trop c'est trop. J'ai passé dix ans à essayer dfaire de Paradise Vendors une entreprise respectable – mais c'est pas facile. Les gens méprisent les marchands de saucisses. On croit que je dirige une affaire qui n'emploie que des clodos. J'ai du mal à trouver des vendeurs convenables. Et dès que je mets enfin la main sur un type bien, il se fait agresser par des voyous. Comment se fait-il que Dieu puisse rendre la vie si difficile?

– Ses voies sont impénétrables, dit Ignatius.

– Ben oui, mais j'y comprends vraiment rien de rien.

– La lecture de Boèce pourrait vous donner quelques lumières.

– Je lis le père Keller et Billy Graham chaque jour dans le journal.

– Oh, Seigneur! siffla Ignatius. Pas étonnant que vous vous sentiez perdu.

– Tenez, dit le vieil homme, ouvrant une armoire métallique voisine du réchaud. Passez ça.

Il avait retiré de l'armoire une espèce de jupe blanche qu'il tendait à Ignatius.

– Qu'est-ce que c'est que ça? demanda Ignatius. On dirait une toge universitaire.

Il l'enfila par la tête; au-dessus de son manteau, la robe blanche lui conférait l'air d'un œuf de dinosaure sur le point d'éclore.

– Serrez la ceinture autour de la taille.

– Mais non, voyons. Ces choses sont censées flotter librement autour des formes, encore que celle-ci manque d'ampleur. Êtes-vous sûr de n'en point détenir de plus grande?

« En y regardant de plus près, je constate que les manchettes de cette robe sont assez jaunies. Et ces taches sur la poitrine, j'espère qu'il s'agit plutôt de ketchup que de sang. Celui qui a porté cette robe le dernier a peut-être été poignardé par des malfrats.

– Tenez, mettez cette casquette.

L'homme tendit à Ignatius un petit rectangle de papier blanc.

– Je ne vais certainement pas porter de casquette de papier. Celle que je porte est bien assez bonne et d'ailleurs très supérieure du point de vue de la santé.

– Vous ne pouvez pas porter cette casquette de chasse. C'est l'uniforme des vendeurs chez nous, à Paradise, SA.

– Je ne porterai pas cette casquette de papier! Je refuse d'attraper une pneumonie mortelle en jouant ce petit jeu pour vous. Plongez votre fourchette dans mes organes vitaux si cela vous chante. Je ne porterai pas cette casquette. La mort plutôt que le déshonneur et la maladie.

– D'accord, laissez tomber, soupira le vieil homme. Allez, prenez cette voiture-là.

– Croyez-vous sérieusement que je vais me montrer dans les rues avec cette abomination délabrée? demanda Ignatius en proie à une véritable fureur tout en lissant le surplis de vendeur sur son corps imposant. Donnez-moi celle-ci qui étincelle, avec les pneus flanc blanc.

– Bon, bon, très bien, fit l'homme de mauvaise grâce.

Il ouvrit le couvercle du petit puits dans la voiture et, à l'aide d'une fourchette, entreprit de transvaser lentement des saucisses chaudes du grand pot au petit puits.

« Alors je vous mets une douzaine de saucisses.

Il ouvrit l'autre couvercle, celui de la réserve à petits pains.

« Ici, je mets un paquet de petits pains, compris?

Il referma le couvercle et ouvrit une petite porte découpée dans le flanc de la saucisse de fer-blanc.

« C'est ici la réserve de chaleur pour la voiture, on y met un conteneur de chaleur liquide.

– Mon Dieu, s'écria Ignatius avec un certain respect, ces charrettes sont de véritables casse-tête chinois. M'est avis que je ne cesserai pas d'ouvrir le mauvais couvercle.

Le vieil homme en ouvrit encore un pour sa part, découvrant un petit placard niché à l'arrière de la saucisse.

– Et là-dedans, qu'y a-t-il? Une mitrailleuse?

– La moutarde et le ketchup.

– Eh bien, ma foi, je vais faire de mon mieux. Mais rien ne garantit que je ne vende pas le conteneur de chaleur liquide au premier client qui se présentera.

Le vieil homme roula la charrette jusqu'à la porte du garage et dit :

– O.K., p'tit gars, en route.

– Merci infiniment, répliqua Ignatius, poussant la voiture en forme de saucisse sur le trottoir. Je serai de retour dans une petite heure.

– Descendez du trottoir avec ce truc, voyons!

– Vous ne croyez tout de même pas que je vais affronter la circulation, j'espère!

– Vous risquez de vous faire arrêter! C'est interdit de pousser ces machins-là sur le trottoir.

– Tant mieux, déclara Ignatius, si j'ai la police aux trousses, cela découragera d'éventuels agresseurs.

Il s'éloigna lentement du quartier général de Paradise Vendors en poussant sa voiture parmi la foule assez dense des piétons qui s'écartaient d'un côté ou de l'autre de la saucisse de tôle comme les vagues devant l'étrave d'un navire. C'était une façon plus agréable de passer le temps que les entrevues avec des chefs du personnel, dont une majorité, songea Ignatius, l'avaient fort mal traité au cours de ces dernières journées. Les cinémas lui étant désormais interdits de par son manque de fonds, il lui aurait fallu errer morne et sans but dans le quartier des affaires jusqu'à l'heure normale du retour à la maison. Les passants et les badauds regardaient Ignatius mais aucun n'achetait. Au bout de deux cents mètres, il se mit crier : « Hot dogs! Hot dogs de Paradise! »

– Descends sur la chaussée, mon gars! cria le vieil homme quelque part dans son dos.

Ignatius tourna le coin de la rue et gara sa voiture le long d'un bâtiment. Ouvrant les divers couvercles, il se prépara une saucisse chaude qu'il engloutit avidement. Sa mère avait été d'humeur violente toute la semaine, refusant de lui acheter le moindre Dr. Nut, martelant sa porte quand il désirait écrire, menaçant de vendre la maison et de prendre sa retraite dans une maison de vieux. Elle vantait à Ignatius le courage de l'agent de police Mancuso qui, dans une situation extrêmement adverse, se battait pour conserver son emploi, parce qu'il voulait travailler, prêt même à tirer le meilleur parti possible de son torturant exil dans les toilettes de la gare routière. La situation de l'agent de police Mancuso rappelait à Ignatius celle de Boèce, jeté en prison sur ordre de l'empereur pour y attendre son exécution. Afin d'apaiser le courroux maternel et d'améliorer d'autant l'atmosphère du foyer, il lui avait remis une traduction de *De Consolatione* en lui disant de la prêter à Mancuso pour qu'il pût la parcourir pendant sa faction dans les toilettes. « Le livre nous apprend à accepter ce que nous ne pouvons modifier. Il décrit le sort horrible qui est celui du juste dans une société injuste. Il est au fondement de toute la pensée médiévale. Je ne doute pas qu'il puisse aider ton agent de police dans ses tourments », avait dit Ignatius d'un ton bienveillant. « Sans blague? », avait répliqué Mme Reilly. « Bah, c'est gentil, Ignatius. Ce pauvre Angelo va être content. » Pendant une journée au moins, ce présent propitiatoire à l'agent de police Mancuso avait apporté un semblant de paix dans la petite maison de Constantinople Street.

Quand il eut terminé la première saucisse chaude, Ignatius

s'en confectionna une autre, envisageant les gentillesses qui pourraient peut-être lui permettre d'éviter de travailler quelques jours encore. Quinze minutes plus tard, constatant que sa provision de saucisses diminuait visiblement dans le petit puits, il se décida pour une abstinence provisoire. Il se remit à pousser lentement sa charrette en lançant de nouveau le cri « Hot dogs! »

George, qui remontait d'un pas de flâneur Carondelet Street, les bras chargés de paquets emballés de papier brun, entendit le cri et se dirigea vers la gargantuesque silhouette du marchand.

– Hep! Filez-m'en une.

Ignatius lança un regard sévère au jeune homme qui s'était planté en travers de sa route. Son anneau protesta contre l'acné, contre le visage hargneux qui semblait suspendu aux longs cheveux bien lubrifiés, contre la cigarette derrière l'oreille, contre le blouson bleu marine, contre les bottes pointues, contre le pantalon serré odieusement renflé à l'aine en violation de toutes les règles de la théologie et de la géométrie.

– Je regrette, se renfrogna Ignatius, mais il ne me reste que quelques saucisses et je dois les mettre de côté. Veuillez vous écarter de mon chemin.

– Les mettre de côté? Pour qui ça?

– Cela ne vous regarde nullement, espèce de jeune fugueur. Vous devriez être à l'école! Veuillez cesser de m'importuner. De toute manière, je n'ai pas de monnaie.

– Je l'ai, moi, la monnaie.

Mince sourire ironique des lèvres pâles.

– Je ne puis vous vendre de saucisse, monsieur. Me fais-je bien comprendre?

– Y a quelque chose qui tourne pas rond l'ami.

– Certes, certes! Vous avez, vous, quelque chose qui ne tourne pas rond! Pas rond du tout. Comment pouvez-vous désirer un hot dog si tôt dans l'après-midi? Ma conscience ne me laisserait pas vous en vendre un. Regardez à quel point votre teint est hideux! Vous êtes en pleine croissance, votre organisme a besoin de légumes verts, de jus d'orange, de pain complet, d'épinards que sais-je! Je refuse certainement quant à moi de contribuer à débaucher un mineur.

– Mais qu'est-ce qu'y raconte? Vendez-moi une de ces putains d'saucisses. J'ai faim, merde, j'ai pas déjeuné, moi!

– Non! hurla Ignatius avec une telle fureur que les passants s'immobilisèrent et ouvrirent des yeux ronds. Allez, fichez-moi le camp avant que je vous passe sur le corps avec mon chariot!

George ouvrit le compartiment à petits pains et s'écria :

– Mais y en a des tas! Préparez-moi une saucisse, bon sang!

– Au secours! lança Ignatius, se rappelant soudain les mises en garde du vieil homme contre les voleurs. On vole mes petits pains! Police!

Reculant sa voiture, il la précipita contre l'aine de George.

– Aïe! Mais faites donc attention, espèce de cinglé!

– Au secours! Au voleur!

– Mais fermez ça, bon Dieu! s'écria George en faisant claquer la porte du compartiment. T'es bon à enfermer, espèce de grand con, t'es complètement givré!

– Quoi? glapit Ignatius. Quelle impertinence ai-je cru entendre?

– Je te dis que t'es complètement givré, timbré, s'coué, t'entends? aboya George, beaucoup plus fort cette fois, avant de s'éloigner en faisant sonner les talons de ses santiag. Je voudrais pas en manger des p'tits pains qu't'aurais touchés avec tes grosses pognes de dingue!

– Comment osez-vous venir me crier des obscénités? Arrêtez-le! lança férocement Ignatius tandis que George se fondait dans la foule des piétons un peu plus loin dans la rue. Qu'un bon citoyen se saisisse de ce délinquant juvénile! De ce répugnant mineur! Il n'a pas le moindre respect. Ce rejeton du ruisseau a mérité le fouet jusqu'à l'évanouissement!

Une femme du groupe qui s'était formé autour de la saucisse ambulante dit alors :

– Si c'est pas malheureux! Où qu'y vont les chercher les vendeurs de saucisses, non mais c'est pas vrai!

– Paumés, c'est tout paumés et compagnie, lui répondit une voix.

– Tout ça, c'est l'pinard, si vous voulez savoir. C'est ça qui les rend fous, à mon avis. on devrait pas laisser des lascars comme ça en liberté dans les rues.

– Ma paranoïa se développerait-elle hors de toute proportion, demanda Ignatius au petit attroupement, ou est-ce bien à moi et de moi que vous parlez, bande de mongoliens?

– Fichez-lui la paix, fit quelqu'un, vous avez vu ses yeux?

– Quoi, mes yeux? Qu'est-qu'ils ont mes yeux? demanda férocement Ignatius.

– On s'en va.

– C'est ça, je vous y encourage, répliqua Ignatius, les lèvres tremblantes. Puis il se confectionna un nouveau sandwich pour apaiser son système nerveux chancelant. D'une main mal assurée, il porta à sa bouche les trente centimètres de pain et de plastique rouge et en engloutit un bon sixième. Une mastication vigoureuse lui permit de masser sa tête douloureuse. Quand il eut enfourné le dernier millimètre de croûte, il se sentit beaucoup plus calme.

Saisissant la poignée de son véhicule, il remonta lentement Carondelet Street. Fidèle à sa promesse d'effectuer un tour complet du pâté de maisons, il tourna de nouveau en arrivant au coin de rue suivant et alla s'immobiliser devant les vieux murs de granit gris de Gallier Hall, le temps de consommer deux hot dogs Paradise de plus, avant d'entreprendre la dernière portion de son voyage. Quand il eut tourné le dernier coin de rue et qu'il aperçut l'enseigne PARADISE VENDORS, SA, dans Poydras Street, Ignatius se mit à trotter assez vite et franchit en haletant les portes de l'ancien garage.

– A l'aide! lança-t-il dans un souffle pitoyable en faisant sauter sa saucisse de fer-blanc par-dessus le seuil de ciment peu élevé du garage.

– Qu'est-ce qui s'est passé, mon gars? On s'était bien mis d'accord sur une heure, non?

– Nous avons l'un et l'autre de la chance que je sois rentré, tout simplement. Car, hélas! ils ont frappé de nouveau, je le crains.

– Qui?

– Le syndicat du crime. Qui que soient ses membres. Regardez donc mes mains!

Ignatius agita deux grosses pattes sous le nez du vieux.

« Mon système nerveux tout entier est sur le point de se révolter contre moi pour l'avoir soumis à un tel choc. Si je devais soudain vous paraître plongé dans une stupeur comateuse, ignorez-moi, je vous en prie.

– Mais qu'est-ce qui s'est passé, bon sang!

– Un membre de la vaste et puissante pègre adolescente m'a assiégé dans Carondelet Street.

– Quoi, on t'a attaqué pour te voler? demanda le vieux tout surexcité.

– Parfaitement. Avec la dernière brutalité. Sans craindre de placer contre ma tempe un grand pistolet rouillé. A vrai dire, il a été appliqué avec une telle force contre l'une de mes artères que le sang a cessé de circuler dans la partie gauche de la tête pendant un temps que je qualifierais d'assez long.

– Dans Carondelet? A cette heure-ci? Et personne ne s'est interposé?

– Bien sûr que non! Les gens encouragent ce genre de chose. Ils tirent probablement quelque plaisir du spectacle d'un pauvre vendeur ambulant publiquement humilié. Les gens étaient probablement d'accord avec l'initiative du jeune homme.

– De quoi avait-il l'air?

– Le même air qu'un millier d'autres adolescents. Acné, banane, chaussures pointues, l'équipement standard de l'adolescence. Peut-être y avait-il quelque signe particulier, tache de naissance ou infirmité congénitale – j'ai oublié. Après que le pistolet eut été pressé contre ma tempe, je me suis évanoui – de peur et d'anoxie cérébrale. Tandis que j'étais étendu sur le trottoir, il a apparemment mis à sac ma voiture.

– Combien a-t-il pris d'argent?

– D'argent? Mais non, rien du tout. D'ailleurs il n'y avait pas d'argent à voler puisque je n'avais pas encore été en mesure de vendre une seule de ces délectables saucisses. Non, il a pris des saucisses. Eh, oui! Toutefois, il ne les a pas toutes prises. Ayant récupéré, j'ai été en mesure de vérifier. Il ne reste plus qu'une ou deux francfort, je ne sais plus très bien.

– C'est bien la première fois que j'entends une histoire pareille!

– Peut-être était-il affamé. Quelque carence en vitamine de son jeune corps en pleine croissance exigeait peut-être un soulagement immédiat. Le désir qu'a l'homme de se nourrir est à peu près égal au désir sexuel. Il y a bien des viols à main armée, pourquoi pas un vol de hot dogs à main armée? Je ne vois rien de bien extraordinaire dans tout cela.

– Tu racontes vraiment n'importe quoi!

– Moi? Mais, sociologiquement parlant, l'incident est parfaitement plausible! La faute en incombe à notre société. Le jeune homme, affolé par les programmes d'une télévision hautement suggestive et par la lecture de divers périodiques lascifs, ne fréquentait, selon toute apparence, qu'auprès d'adolescentes soucieuses des conventions qui refusèrent de participer aux jeux sexuels de son imagination débridée. Ses désirs physiques frustrés trouvèrent à s'assouvir à travers la sublimation alimentaire. J'ai malheureusement été la victime finale de ce processus. Mais nous pouvons remercier Dieu que cet enfant eût choisi cette sublimation alimentaire de préférence à toute autre. Sinon, j'eusse risqué d'être violé dans Carondelet Street!

– Il en a laissé que quatre, dit le vieil homme en regardant dans le petit puits du hot dog de tôle. Je me demande comment ce petit salopard a pu se tirer en emportant toutes ces saucisses!

– Je n'en sais fichtre rien, dit Ignatius, avant d'ajouter indigné : Je suis revenu à moi pour trouver le couvercle ouvert. Personne ne m'est venu en aide. Mon surplis blanc trahissait en moi le vendeur ambulant – l'intouchable.

– Bon, si vous essayiez de nouveau?

– Comment? Dans mon état actuel, proposez-vous sérieusement que je reprenne le chemin des rues pour y faire le colporteur? Mes dix cents vont tomber dans la paume du receveur du tramway St. Charles. Je compte passer le restant de la journée dans une baignoire d'eau chaude où je tenterai de recouvrer un semblant de normalité.

– Bien, mais que diriez-vous de revenir demain, alors? demanda le vieux, plein d'espoir. Pour essayer encore un coup. J'ai vraiment besoin de vendeurs.

Ignatius examina quelque temps cette offre, tout en étudiant la cicatrice que le vieux portait sur le nez. Il rota à plusieurs reprises. Du moins cela lui ferait-il un emploi. Sa mère en serait satisfaite. C'était un emploi dans lequel il risquait peu d'être surveillé et importuné par ses supérieurs. Il s'éclaircit la gorge et mit fin à ses médiations dans un dernier rot :

– Si je suis en état de fonctionner demain matin, je reviendrai peut-être. Je ne puis prédire l'heure de mon arrivée, mais il me semble assuré que vous pouvez vous attendre à me voir.

– C'est au poil, ça, mon gars, dit le vieil homme. Je suis M. Clyde.

– Très heureux, dit Ignatius en cueillant du bout de la langue une miette qu'il venait de découvrir à la commissure de ses lèvres. A propos, M. Clyde, je vais emporter ce surplis à la maison pour prouver à ma mère que j'ai trouvé un emploi. C'est que, voyez-vous, elle boit beaucoup et a besoin d'être rassurée quant au fait que le salaire de mes peines permettra de regarnir sa réserve de spiritueux. Je mène une vie assez peu réjouissante. Un jour, peut-être, je vous la décrirai en détail. Pour le moment, en tout cas, il suffira que vous sachiez deux ou trois choses de mon anneau.

– Votre anneau?

– Oui.

## II

Jones passait à l'aveuglette une éponge sur le comptoir. Lana Lee était partie faire des courses pour la première fois depuis longtemps, fermant à double tour la caisse enregistreuse avant de partir, avec un bruit qu'elle voulait menaçant. Ayant vaguement humidifié le comptoir, Jones remit l'éponge dans le seau et alla s'asseoir à une des tables pour jeter un coup d'œil au dernier *Life* que lui avait passé Darlene. Il alluma une cigarette dont le nuage de fumée rendit le magazine encore plus invisible. *Les Folles Nuits* ne possédait qu'une seule lampe qui permît à peu près la lecture – celle de la caisse. Jones repassa donc derrière le bar et alluma la petite lampe. Il abordait tout juste une étude approfondie d'une réception photographiée pour la publicité du whisky Seagram's, quand Lana Lee entra.

– Je me disais bien que mieux valait ne pas vous laisser ici tout seul, dit-elle en ouvrant un filet à provisions dont elle tira une boîte de craies scolaires qu'elle déposa dans le petit placard, sous le comptoir. Qu'est-ce que vous trafiquez avec ma caisse, hein? Occupez-vous donc de mon plancher.

– Il est déjà fini, vot' plancher. Chuis en train d'dev'nir un vrai expert, question plancher. J'pense que les Noirs ont ça dans l'sang, vous voyez, l'balayage! Ça vient tout seul. C'est comme becter ou respirer, pour un nègre, balayer. J'vous parie qu'si vous r'filez un balai à un moutard d'un an, y s'mettra à balayer comme un fou, l'négrillon! Oua-ho!

Jones reporta son attention sur la publicité, tandis que Lana refermait le placard à clé. Puis elle considéra les longues traînées de poussière sur le plancher, comme si Jones avait labouré, plutôt que balayé. L'alternance de bandes propres et sales créait en effet comme des sillons. Lana ne pouvait savoir qu'il s'agissait, de la part de Jones, d'une subtile tentative de sabotage. Il avait des projets plus ambitieux pour l'avenir.

– Dites donc, vous! Regardez un peu mon putain d'plancher!

Jones regarda à contrecœur et, à travers ses lunettes, ne vit strictement rien.

– Oua-ho! Le beau plancher qu'vous avez là! Tout est vraiment d'première classe aux *Folles Nuits*, y a pas à dire.

– Non mais, vous voyez toute cette merde?

– Pour vingt sacs par semaine, faut qu'vous vous attendiez à un peu d'merde, tout d'même. La merde, a commence à disparaître quand on arrive autour de cinquante, soixante sacs de salaire par semaine, vu?

– Moi, j'en veux pour mon argent, dit Lana, fort irritée.

– Non mais, dites, z'avez essayé d'vivre avec un salaire comme çui qu'vous m'refilez? Vous croyez p'têt' que les nègres ont l'épicerie et les vêtements au prix d'gros? A quoi qu'vous gambergez la moitié du temps qu'vous passez sur le cul, tranquillement assise à compter vot' blé? Oua-ho! Où que je vis, vous savez comment qu'on achète les cigarettes? On peut même pas s'offrir tout l'paquet, on achète les sèches une par une, deux cents pièce! Vous croyez qu'les noirs ont la vie facile? Merde! Chdéconne pas! J'en ai plein l'dos d'être arrêté pour vagabondage ou d'avoir à essayer d'survivre sur un salaire pareil!

– Qui c'est qui vous a tiré du ruisseau, aussi, quand les flics étaient sur le point de vous boucler pour vagabondage, hein? Pensez-y, de temps en temps, pendant que vous vous la coulez douce derrière vos lunettes à la con!

– J'me la coule douce? Ben merde! Nettoyer c'te putain d'turne j'appelle pas ça s'la couler douce! Y a quelqu'un ici qui nettoie et qui ramasse la merde que vos pauv' caves de clients foutent par terre, figurez-vous! Je les plains, tiens, les pauvres connards qui viennent ici en s'disant qu'y vont s'marrer un peu! On leur refile probablement des somnifères dans leur verre et les glaçons leur collent la chaude-pisse! Oua-ho! Et pis, si vous parlez d'en vouloir pour votre argent, parlons d'argent! J'm'étais dit comme ça qu'vous en auriez un p'tit peu plus à m'donner, maintenant que vot' petit pote orphelin met plus les pieds ici. Pisque vous avez laissé tomber la charité, vous pourriez p'têt' me r'filer un p'tit supplément, j'm'étais dit...

Lana ne répondit rien. Elle agrafa le reçu de la boîte de craies à son livre de compte, de manière à le faire entrer dans la liste des achats déductibles qu'elle faisait toujours figurer dans sa déclaration de revenus. Elle avait déjà acheté un globe terrestre d'occasion. Il se trouvait lui aussi dans le placard. Il ne lui manquait plus qu'un bouquin. La prochaine fois qu'elle verrait George, elle lui demanderait d'en apporter un. Il devait bien lui en être resté quelques-uns du temps où il n'avait pas encore pris la décision de laisser tomber le lycée.

Il avait fallu un certain temps à Lana pour rassembler ces quelques accessoires. Tant que les flics en civil étaient venus tous les soirs, elle avait été trop préoccupée pour songer à la réalisation du nouveau projet de George. Il y avait eu Darlene, gros problème, point faible de la protection que Lana avait érigée autour d'elle contre la police. Mais, désormais, les inspecteurs avaient disparu avec la même soudaineté qu'ils étaient apparus. Tous ceux qui étaient entrés, Lana les avait repérés à la seconde. Darlene n'étant plus au bar, mais répétant avec son oiseau, les poulets s'étaient cassé les dents. Lana avait veillé à ce qu'ils fussent ignorés de tous. Il fallait de l'expérience, pour repérer les flics. Mais celui ou celle qui en étaient capables pouvaient éviter des tas d'emmerdes.

Il ne restait plus que deux choses à régler. L'une était donc de se procurer un bouquin. Puisque George voulait qu'elle eût un bouquin, il n'avait qu'à lui en trouver un. Lana n'allait certainement pas mettre de l'argent dans un livre – même d'occasion. L'autre – il s'agissait de ramener Darlene au comptoir, maintenant que les flics avaient mis les bouts. Une nana comme Darlene, il valait toujours mieux l'avoir à la commission qu'au salaire. Ce que Lana avait vu Darlene faire sur scène avec son cacatoès suffisait à la convaincre que, provisoirement en tout cas, *Les Folles Nuits* seraient bien inspirées de refuser toute dimension animale.

– Où est Darlene? demanda-t-elle à Jones. J'ai deux mots à leur dire, à elle et à son oiseau.

– Alla téléphoné pour dire qu'a viendrait dans l'après-midi pour répéter encore un peu, dit Jones en s'adressant à la publicité qu'il était en train d'étudier. Alla dit qu'alle emmenait son bestiau au vétérimaire d'abord pasqu'alla vu qu'y perdait des plumes.

– Ah oui?

Lana se mit à réfléchir au projet d'une composition incluant le globe terrestre, la craie et le bouquin. S'il y avait des possibilités commerciales là-dedans, il n'en convenait pas moins d'agir avec finesse et d'en faire quelque chose de qualité. Elle envisagea diverses dispositions combinant la grâce et l'obscénité. Inutile d'être par trop cru. Elle était séduisante pour les gosses, de toute manière.

– Nous voilà, lança joyeusement Darlene depuis le seuil. Puis elle entra dans le bar en trébuchant, vêtue d'un pantalon et d'une veste à pois et portant une grande cage recouverte d'une étoffe.

– Oui? Eh bien ne t'installe pas pour des années, répondit Lana, j'ai deux ou trois trucs à vous dire à toi et à ton petit copain emplumé.

Darlene posa la cage sur le bar et la découvrit, faisant

apparaître un gigantesque cacatoès rose et scrofuleux qui, comme une très vieille voiture d'occasion, semblait être passé entre les mains d'innombrables propriétaires successifs. La crête de l'animal se hérissa et il poussa un cri affreux : *Couââc!*

– O.K. Vire-moi ça, Darlene. Tu vas reprendre ta place au bar, à compter de ce soir.

– Oh, non, Lana, geignit Darlene. Qu'est-ce qui y a? Les répétitions se passaient de mieux en mieux, mince! Attends seulement qu'on aye arrondi les angles et tu verras. C'est un vrai succès qu'on tient là, un tabac!

– Écoute, Darlene, tu veux que je te dise? Vous me flanquez les jetons, ton oiseau et toi.

– Regarde!

Darlene retira sa veste à pois et montra à Lana les petits anneaux qu'elle avait attachés à son pantalon et à son chemisier à l'aide d'épingles de sûreté.

« Tu vois ces p'tits machins. C'est ça qui va tout faire marcher comme sur des roulettes. J'me suis entraînée avec, chez moi. Cht'assure que c'est tout à fait nouveau. Il attrape ces petits anneaux et y m'arrache mes vêtements. Bon, je veux dire, ceux-là, c'est seulement pour la répétition. Quand je f'rai faire mon costume, les anneaux s'ront cousus au-dessus d'une agrafe. Quand il tir'ra d'sus, l'agrafe s'ouvrira et le costume aussi. Chte l'dis, moi, ça f'ra un tabac, mon truc.

– Écoute Darlene, c'était moins risqué quand cette sale bête te tournait seulement autour de la tête.

– Mais non! Main'nant y va vraiment faire partie du numéro pour de bon! Y va tirer...

– C'est ça, et supposons qu'il te tire sur les nichons, hein? Tout c'qu'y m'faut, ici, c'est un bon accident, une ambulance pour chasser les clients et me ruiner. J'ai un investissement à protéger, moi! Et imagine que l'oiseau se fiche dans la tête de voler dans le public et de crever un œil à quelqu'un, hein? J'aurais l'air de quoi? Non, Darlene, j'ai pas confiance. Ni en toi ni en l'oiseau. La sécurité d'abord.

– Oh, Lana! protesta Darlene, le cœur brisé. Donne-nous une chance. Juste quand on était en train de s'améliorer...

– Non. Laisse tomber. Tire-toi et enlève la cage de cet oiseau avant qu'il chie sur mon bar.

Lana remit l'étoffe en place sur la cage.

« Les tu-sais-quoi sont partis et tu peux donc retrouver ton tabouret.

– Ouais, ben je m'demande si je vais pas parler des tu-sais-quoi à tu-sais-qui. Comme ça tu-sais-qui aura la frousse et il s'en ira.

Jones leva les yeux d'une page de publicité et dit :

– Si vous continuez la tchache, mézigue j'peux pus lire. C'est quoi les tu-sais-quoi et tu-sais-qui c'est qui ?

– Descendez-donc de c'tabouret, l'apache, et occupez-vous d'mon plancher.

– Ce bestiau a pas arrêté d'voyager pour v'nir s'entraîner ici, fit Jones depuis le cœur d'un nuage de fumée. Merde. Faut lui donner sa chance, à c'volatile, pas l'traiter comme si c'était un nègre.

– C'est juste, dit Darlene de tout son cœur.

– Pisque nous avons cessé la charité aux orphelins, et que ça n'a pas entraîné d'amélioration du sort du portier, à savoir mézigue, on pourrait pt'êt' faire quand même un p'tit qu'que chose pour c'te pauv nana qu'est obligée d'faire l'entraîneuse à la commission, non ?

Car Jones avait vu l'oiseau voleter autour de Darlene, sur scène, tandis que la seconde tentait de danser. Jamais il n'avait vu pire. Darlene et l'oiseau constituaient une forme indiscutable de sabotage.

« Faudrait p'têt' deux trois p'tites améliorations ici ou là, un peu plus d'ondulations là, un peu moins de balancement ici, mais l'un des l'aut' c'est un vachement bon numéro, oua-ho !

– Tu vois ? dit Darlene à Lana. Jones est bien placé, tout de même. Les Noirs ont le sens du rythme.

– Et comment ! Oua-ho !

– Et y a quelqu'un qui vaudrait mieux que j'effraye pas avec mes histoires sur des gens...

– Oh, la ferme, Darlene ! hurla Lana Lee.

Jones leur souffla dessus un peu de fumée et dit :

– C't'oiseau, là, et pis la Darlene, moi j'dis qu'c'est super-original. Oua-ho ! Chuis sûr qu'ça attirerait des tas d'nouveaux clients. Y a pas un aut' club qui pourrait s'vanter d'avoir c't'aigle pour attraction.

– Vous croyez vraiment qu'on pourrait trouver une clientèle pour cet oiseau, tous les deux ? demanda Lana.

– Pas qu'un peu ! Si chuis sûr qu'y a une clientèle pour ces bestiaux-là ? Mais bien sûr ! Les Blancs se baladent tous avec des perruches et des canes à riz ! Alors tu penses ! Quand y verront le genre de zoizeau qu'on leur propose, ici, aux *Folles Nuits !* Y aura bientôt un chasseur en uniforme devant c'te porte, c'est mézigue qui vous l'dis! Vous allez avoir toute la haute, ici! Oua-ho!

Jones créa un nimbus d'allure menaçante qui semblait sur le point de crever.

« Faudra seulement que Darlene et c't'oiseau y rondissent un peu les ang' et voilà! Merde, quoi! Alle commence seulement, Darlene. Faut lui donner sa chance.

– C'est vrai, ça, mince, dit Darlene. Je commence seulement. Faut m'donner ma chance.

– Ferme-la, connasse. Tu penses que tu peux arriver à te faire coller à loilpé par ce volatile?

– Et comment! répondit l'intéressée avec enthousiasme. Ça m'est venu tout d'un coup. J'étais assise chez moi, à l'regarder jouer avec ses anneaux, et j'me suis dit comme ça « Darlene, t'as qu'à coudre des anneaux sur tes vêtements, ma fille! »

– Arrête tes conneries, dit Lana. Alors gi! Voyons c'qui sait faire.

– Oua-ho! Ça c'est causé. Ça va êt' la panique ici, y va en v'nir de toutes sortes pour voir c'te numéro.

## III

– Santa, fallait qucht'appelle, chérie.

– Qu'est-ce qui va pas, ma p'tite Irene, demanda Mme Battaglia de sa voix de grenouille, basse mais pleine de compassion.

– C'est Ignatius.

– Qu'est-ce qu'il a encore fait, çui-là, hein? Raconte à Santa.

– Attends un peu que j'aille voir s'il est toujours dans son bain.

Mme Reilly tendit une oreille pleine d'inquiétude aux gros bruits d'éclaboussures qui lui parvenaient de la salle de bains. Une espèce de ronflement de baleine emplit le corridor.

« Ça va, il y est encore. Autant te dire la vérité, Santa : j'en peux pus.

– Oh!

– Ignatius est arrivé à la maison y a un peu moins d'une heure, habillé en boucher.

– Très bien! Il a trouvé un nouveau boulot ce va-nu-pieds!

– Mais pas dans une boucherie, ma cocotte, dit Mme Reilly d'une voix alourdie par le chagrin. Il est marchand de hot dogs.
– Quoi, pas possible! coassa Santa. Marchand de hot dogs? Tu veux dire, comme ça, dans les rues.
– Dans les rues, chérie, comme un vulgaire clochard.
– Clochard, ça tu l'as dit, ma fille! Et même pire. T'as qu'à lire les rapports de la police dans les journaux, de temps en temps. C'est rien qu'un tas de vagabonds.
– Si c'est pas malheureux!
– C'qui lui faudrait, à c'garçon, c'est un bon coup de pied au cul.
– T'as pas idée de c'qu'il a fait, Santa! Figure-toi qu'en arrivant, il a voulu m'faire deviner l'métier qu'il avait trouvé! Moi, tu vois, tout de suite, comme ça, j'ai dit « boucher » tu comprends.
– Bien sûr.
– Et lui, tu vois, tout de suite insolent, « Devine encore », qu'y m'fait, « on peut pas dire que tu brûles ». J'arrête pas moi, deviner et deviner pendant cinq bonnes minutes jusqu'à ce que j'voye pus aucun métier qu'on porte ces espèces d'uniformes blancs. Et lui, alors qu'y m'fait comme ça : « Tu t'trompes à tous les coups. Je m'ai dégotté un travail comme vendeur de saucisses. » J'me suis presque évanouie, tu vois, Santa, là, directement sur le lino d'ma cuisine. Qu'est-ce que tu dis d'ça, moi par terre la tête cassée dans ma cuisine!
– C'est pas pour ça qu'y s'en f'rait, lui! Faut pas croire!
– Oh, tu peux y aller!
– Ben voyons, y f'rait beau voir!
– C'est pas pour sa pauv' mère qu'y s'en fait, va, conclut Mme Reilly. Et avec l'éducation qu'il a, les diplômes, attention. Aller vendre des saucisses dans la rue, en plein jour.
– Et qu'est-ce t'y as dit, ma fille?
– Rien du tout, que j'y ai dit, rien de rien. Le temps que j'ouvre la bouche, il avait déjà cavalé à la salle de bains. Il y est toujours enfermé à l'heure que chte cause, en train d'éclabousser partout, tu peux être sûre.
– Quitte pas une minute, Irene, figure-toi qu'j'ai une de mes p'tites-filles avec moi pour la journée, dit Santa qu'on entendit ensuite vociférer à l'autre bout de la ligne. Vas-tu t'écarter de c'réchaud, bon sang, Charmaine! Va jouer sur le trottoir avant que cht'en r'tourne une!
Il y eut une voix enfantine qui faisait une réponse.

« Ah, bon Dieu, reprit calmement Santa à l'adresse de Mme Reilly, y sont chouettes les gosses mais y a des fois, chais pas c'que... CHARMAINE! Fiche-moi l'camp et va jouer avec ton vélo ou tu vas avoir une paire de claques! Quitte pas, Irene.

Mme Reilly entendit Santa déposer le combiné. Puis une enfant poussa un hurlement, une porte claqua et Santa fut de retour au bout du fil.

« Seigneur, Irene, cette petite écoute jamais personne, cht'assure! J'essaye d'lui préparer des spaghetti et du ragoût et elle arrête pas de tripatouiller dans ma casserole! Ah j'voudrais qu'les sœurs lui donnent une bonne raclée de temps en temps à l'école! Tu connais Angelo. Eh ben j'aurais voulu qu'tu voyes comment qu'elles le dérouillaient, les sœurs, quand il était petit! Y en a même une, un jour, qui l'avait jeté contre le tableau noir, dis donc! C'est pour ça qu'Angelo est un homme si gentil et si bien élevé, aujourd'hui.

– Les sœurs elles adoraient Ignatius. C'était un si mignon p'tit garçon, tu peux pas savoir. Il rapportait toujours tout plein d'images pieuses qu'il avait gagnées pasqu'y connaissait bien son catéchisme.

– Ouais; ben elles auraient mieux fait d'le dérouiller un peu les sœurettes.

– Ah, ch't'assure, quand j'le voyais rentrer avec toutes ces petites images pieuses, renifla Mme Reilly, si on m'avait dit qu'un jour y vendrait des saucisses dans la rue, en plein jour!

Mme Reilly fut prise d'une violente et nerveuse quinte de toux.

« Mais dis-moi, ma colombe, comment ça va pour Angelo?

– Rita, sa femme, vient d'm'app'ler pour dire qu'y va finir avec une bonne pneumonie s'y reste encore longtemps enfermé dans ces toilettes. Ch'tel'dis comme j'le vois, Irene, Angelo est pâle comme un fantôme. Ah, les flics le traitent vraiment pas correctement, ce garçon! Il adore son métier. Quand il a eu son diplôme de l'académie d'la police, ch't'assure, il était aussi heureux et fier qu'si ç'avait été la Mite ou le Caltex! Ce qu'il pouvait être fier!

– Ouais, il a franchement pas bonne mine, Angelo, accorda Mme Reilly. Il a attrapé une mauvaise toux, aussi, ce garçon. Bah, p'têt' qu'y s'sentira mieux après qu'il aura lu le livre qu'Ignatius m'a donné pour que j'y donne. Ignatius dit que c'est inspirant comme littérature.

– Ouais, bah, moi j'me méfierais des inspirations littéraires d'Ignatius, m'enfin... Ça doit être plein d'histoires de fesse...
– Tu t'rends compte, si quelqu'un l'rencontrait avec une voiture à bras!
– T'as pas à avoir honte de rien, ma belle. T'y es pour rien si t'as un sale gosse sur les bras, grogna Santa. C'qu'y t'faut, c'est un homme à la maison, ma grande, pour faire marcher droit ton garçon. J' m'en vais trouver c't'homme qu'a d'mandé après toi. Il était gentil ce vieux.
– Mais j'ai pas besoin d'un gentil vieux, moi. Tout c'que j'demande c'est qu'mon fils y soye gentil.
T'occupe! Laisse faire Santa! J'm'en vais t'arranger tout ça, moi. Le type qui dirige le marché au poisson dit qu'y connaît pas l'nom d'ton bonhomme. Mais ch'trouverai, t'inquiète pas. A vrai dire, ch'crois bien l'avoir rencontré dans St. Ferdinand Street l'autre jour.
– Il a d'mandé après moi?
– Non, ma belle, ch'te dis que je l'ai juste aperçu. J'ai pas pu y causer. Chuis même pas tout à fait sûre que c'était bien lui, tu vois.
– Tu vois bien. Ce vieux se moque bien de moi, lui aussi.
– Dis pas ça, ma grande. J'irai d'mander aussi au café du coin. J'irai dimanche après la messe. Chuis bien sûre que j'trouverai son nom.
– Ce vieux se fiche de moi.
– Irene, ça peut pas faire de mal de le rencontrer.
– J'ai assez d'histoires comme ça avec Ignatius, ch't'assure. C'est la honte, le scandale, Santa. Imagine que Miss Annie, la dame d'à côté, le voye avec une de ces charrettes. Déjà qu'elle est toujours après nous pour nous faire interner. Elle arrête pas d'espionner d'l'aut' côté d'l'impasse, derrière ses volets fermés.
– T'occupe pas de c'que diront les gens, Irene, conseilla Santa. Tous mes voisins sont médisants que c'est pas croyabe. Si tu supportes la vie dans la paroisse de St Ode de Cluny, tu es prête à vivre n'importe où, tu m'entends, n'importe où! C'est des langues de vipère, voilà l'mot. Y a une bonne femme, tiens, celle-là elle finira par prendre une brique sur le coin de la cafetière si elle continue à jacasser contre moi comme elle fait. La veuve joyeuse, qu'elle m'appelle, à c'qu'on m'a dit. Mais t'en fais pas. J'l'aurai au tournant, celle-là. Ch'crois qu'elle fricote avec un bonhomme qui boulonne au chantier naval. D'ici c'que

son mari y reçoive une bonne petite lett' anonyme pour la faire marcher droit, y a pas loin!

– Ch'sais c'que c'est, va, ma colombe. Oublie pas que chuis de Dauphine Street, moi. Les lett' anonymes que papa il a pu r'cevoir... contre moi. Des langues de vipère, tu l'as dit. J'ai toujours pensé qu'c'était ma cousine, une vieille fille, tu penses, la pauv' qui les écrivait.

– Quelle cousine que c'était, celle-là ? demanda Santa, pleine d'intérêt.

La parentèle d'Irene Reilly était une collection de biographies sanglantes qui, toutes, valaient la peine d'être entendues.

– Celle qui s'était renversé une casserole d'eau bouillante sur le bras quand elle était p'tite. Celle qu'avait l'air ébouillanté, quoi. Tu vois c'que j'veux dire. Elle était toujours à écrire, écrire, écrire, sur la table de cuisine à sa pauv' mère. Sur moi, sûrement qu'elle écrivait, contre moi. Elle était très jalouse quand M. Reilly a commencé à sortir avec moi.

– C'est la vie, dit Santa.

Une parente ébouillantée ne faisait qu'un portrait assez terne dans la spectaculaire galerie d'Irene. D'une voix rauque et enjouée, Mme Battaglia changea de conversation :

« J'vais organiser une petite soirée avec toi et pis Angelo et sa femme, si elle veut bien v'nir.

– Oh, c'est gentil, ça, Santa, mais chais pas si j'ai vraiment l'cœur à sortir, ces temps-ci.

– Ça te f'ra du bien de t'secouer un peu, ma fille. Si ch'peux trouver qui c'est, ce vieux monsieur, j'l'inviterai aussi. Vous pourrez danser, tous les deux.

– Eh ben, alors, si tu le vois, ce vieux monsieur, dis-y que Miss Reilly lui dit bonjour.

Derrière la porte de la salle de bains, Ignatius était passivement allongé dans l'eau tiède, poussant d'une pichenette le porte-savon de plastique à la surface, prêtant de temps à autre l'oreille à la conversation téléphonique de sa mère. A l'occasion, il enfonçait le porte-savon sous l'eau et l'y maintenant jusqu'à ce qu'il fût plein et coulât. Il le cherchait alors à tâtons au fond de la baignoire, le vidait, et le faisait voguer derechef. Ses yeux bleu et jaune se posaient sur une enveloppe de papier brun posée, sans avoir été ouverte, sur le siège des cabinets. Cela faisait un temps assez long qu'il se demandait s'il l'ouvrirait ou non. Le traumatisme de la découverte d'un nouvel emploi affectait négativement ses valeurs et il attendait que l'eau chaude dans laquelle il se vautrait comme un hippopotame rose eût exercé un effet calmant sur l'ensemble de son organisme. Alors seulement il ouvrirait l'enveloppe. Paradise Vendors se révélerait peut-être un employeur agréable. Il passerait le plus clair de ses journées garé au bord du fleuve à prendre des notes pour le Journal. M. Clyde possédait un je ne sais quoi de paternel qui plaisait à Ignatius. Ce vieil homme, magnat endurci de la saucisse de Francfort, ferait un nouveau personnage fort bienvenu dans le Journal.

Ignatius se sentit enfin suffisamment détendu et, arrachant à l'eau sa massive carcasse dégouttante, s'empara de l'enveloppe.

– Pourquoi donc faut-il qu'elle utilise ce genre d'enveloppes ? demanda-t-il avec colère tout en étudiant le cachet de la poste sur l'épais papier brun. Quant à la lettre elle-même, elle doit être écrite au crayon tendre, voire pire encore.

Il déchira l'enveloppe, mouillant le papier, et en sortit une affiche pliée qui proclamait en gros caractères :

CONFERENCE! CONFERENCE!

Myrna Minkoff parle sans détour de
*« La sexualité dans la politique : la liberté érotique comme arme contre les réactionnaires »*

20 H. Mardi 28 - Y.M.H.A.

Entrée : 1 dollar OU une signature au bas de la pétition par laquelle Myrna Minkoff demande agressivement plus d'activités sexuelles et de meilleure qualité pour tous, ainsi qu'un programme d'urgence pour les minorités! (Cette pétition sera envoyée à Washington.) Signe si tu veux épargner à l'Amérique l'ignorance sexuelle, la chasteté et la peur. Es-tu assez engagé pour participer à ce mouvement audacieux et de toute première importance?

– Oh, Seigneur! crachota Ignatius à travers sa moustache détrempée. La laisserait-on s'exprimer en public, désormais? Que diable peut bien vouloir signifier le titre de cette conférence imbécile?

Ignatius relut l'affiche, débordant de malveillance.

« En tout cas, je suis effectivement persuadé qu'elle parlera sans détour et, non sans perversité, j'aimerais assez entendre cette péronnelle pérorer devant un auditoire. Car elle s'est dépassée elle-même, cette fois-ci, dans ses atteintes au bon goût et à la décence.

Suivant des yeux une flèche dessinée à la main au bas de l'affiche et surmontée des initiales T.S.V.P., Ignatius découvrit docilement le verso de l'affiche où Myrna avait écrit la lettre suivante :

Messieurs,

Que se passe-t-il, Ignatius ? Je suis sans nouvelles de toi. Ma foi, je ne t'en veux pas trop de ne pas écrire. J'imagine que j'y suis allée un peu fort dans ma dernière lettre, mais c'était seulement parce que tes phantasmes paranoïaques me troublaient enracinés qu'ils risquaient d'être dans ton attitude malsaine face à la sexualité. Tu sais très bien que, depuis notre toute première rencontre, je n'ai cessé de t'adresser des questions précises afin de tenter de clarifier un peu tes penchants sexuels. Mon unique désir était de t'aider à trouver ton auto-expression véridique et ta satisfaction dans un orgasme naturel. Je respecte ton esprit et j'ai toujours accepté tes tendances excentriques, c'est pourquoi j'aimerais tant te voir accéder au niveau supérieur d'un parfait équilibre mental et sexuel. (Un bon orgasme, bien explosif, purgerait ton être en profondeur et te ferait sortir de la zone obscure.) Ne te mets pas en colère contre moi pour cette lettre.

Je vais t'expliquer le sens de cette affiche un peu plus loin dans ma lettre, parce que j'imagine que cela t'intéressera de savoir comment s'est présentée l'occasion de cette audacieuse conférence tellement engagée. Mais auparavant, il me faut t'apprendre que c'en est fini du projet de film et donc, que si tu comptais prendre le rôle du propriétaire, laisse tomber. Fondamentalement, c'était une question d'argent. Je n'ai pas pu soutirer la plus petite drachme à mon père et Leloa, ma découverte de Harlem, est devenue de plus en plus agressive à propos de son salaire (ou plutôt de son absence) et a fini par lâcher une ou deux petites remarques qui m'ont paru antisémites. Qui a besoin d'une nana qui n'est même pas assez engagée pour accepter de tourner gratuitement dans un film qui ne pourrait que rendre service à tous les membres de sa race ? Samuel a décidé de devenir *ranger* dans le Montana, parce qu'il a conçu le projet d'une allégorie dramatique située dans le décor d'un grand bois (l'Ignorance et la Coutume) et qu'il veut apprendre à sentir la forêt et à la comprendre. Connaissant Samuel comme je le connais, je prévois qu'il fera un *ranger* épouvantable mais son allégorie, je le sais, sera intellectuellement stimulante, pleine de vérités dérangeantes et source d'innombrables controverses. Souhaite-lui de réussir. C'est un type remarquable.

Pour en revenir à la conférence, il semblerait que je sois enfin sur le point de trouver une plate-forme d'où faire entendre ma philosophie,etc. Tout est arrivé de la manière la plus étrange. Voilà quelques semaines, je me trouvais chez des amis qui avaient organisé une petite fête pour un garçon tellement *authentique* qui rentrait d'Israël. Il était incroyable. Et je suis sérieuse.

Ignatius rota un peu de gaz parfumé aux produits Paradise.

Pendant des heures et des heures il a chanté les chants folkloriques qu'il avait recueillis là-bas. Des chansons qui, toutes, tendaient à prouver que j'avais raison de soutenir ma théorie selon laquelle la musique devrait être, fondamentalement, un instrument d'expression et de protestation sociales. Nous sommes restés des heures à l'écouter chez lui, et nous en redemandions. Plus tard, nous nous sommes tous mis à parler – à des tas de niveaux – et je lui ai livré le fond de ma pensée.

– Hââ-hum! bâilla Ignatius avec la dernière violence.

Et il m'a dit : « Pourquoi gardes-tu tout ça pour toi? Pourquoi ne le fais-tu savoir aux autres, Myrna? » Je lui ai répondu que je prenais fréquemment la parole dans les groupes de discussion et dans mon groupe de thérapie de groupe. Je lui ai dit aussi que j'envoyais pas mal de lettres aux rédacteurs en chef et que quelques-unes ont été publiées dans *The New Democracy*, *Men and Masses et Now!*

– Sors de cette baignoire, Ignatius!

Mme Reilly vociférait derrière la porte de la salle de bains.

– Pourquoi? demanda son fils, tu veux la place?

– Non.

– Alors je te prie de me laisser. Éloigne-toi.

– Ça fait trop longtemps que tu es là-d'dans.

– Je t'en prie! Je tente d'achever la lecture d'une lettre!

– Une lettre? Qui c'est qui t'écrit?

– Ma chère amie, Miss Minkoff.

– La dernière chose que tu m'avais dite c'est qu'elle t'avait fait renvoyer d'chez les Pantalons Levy.

– Tel était bien le cas. Mais c'était peut-être une bonne chose en définitive. Ce nouvel emploi pourrait s'avérer pleinement satisfaisant.

– Si c'est pas malheureux, dit tristement Mme Reilly. Tu t'fais flanquer déhors d'un emploi de rien du tout dans une fabrique et tu te retrouves à vendre des saucisses dans la rue! Mais j'aime mieux t'prévenir tout d'suite, Ignatius, te fais pas flanquer déhors par le marchand d'saucisses, j'te préviens, Tu sais c'que Santa elle a dit?

– Je ne doute pas toutefois qu'il s'agisse d'une remarque sagace et incisive. J'ai tendance à croire que ses agressions contre notre langue maternelle sont d'une interprétation difficultueuse.

– Ouais, ben elle a dit que, c'qui t'faudrait, c'est un bon coup sur la gueule.

– Venant d'elle, il s'agit presque d'un exploit littéraire!

– Qu'est-ce que cette Myrna peut bien fabriquer, encore? demanda Mme Reilly prise de soupçons. Comment se fait-il qu'elle t'écrive tellement? En v'là une, c'est un bon bain, qui lui faudrait, tiens!

– La psyché de Myrna ne peut entretenir avec l'eau que des relations d'oralité.

– Quoi?

– Me feras-tu le plaisir de cesser de hurler comme une harangère et d'aller vaquer à tes affaires? N'as-tu point mis une bouteille de moscatel à rôtir dans le four? Et fiche-moi la paix. Je suis fort nerveux.

– Nerveux? Ça fait plus d'une heure que tu trempes dans c't'eau chaude!

– Elle n'est pratiquement plus chaude.

– Alors sors de cette baignoire.

– Pourquoi est-il si important à tes yeux que je quitte cette baignoire? Maman, je ne te comprends vraiment pas du tout. Tu es une maîtresse de maison, n'est-il pas quelque tâche à l'accomplissement de laquelle tu te sentes tenue de voler? J'ai cru remarquer ce matin que les moutons du corridor atteignaient des proportions monstrueuses. Nettoie la maison. Téléphone à l'horloge parlante. Fais quelque chose. Va t'allonger et fais un petit somme. Tu sembles plutôt à bout, ces temps-ci.

– Bien sûr que chuis à bout! Tu brises le cœur à ta pauv' maman, voilà c'que tu fais, Ignatius. Qu'est-ce que tu f'ras, hein, quand tu m'auras tuée? tu s'ras bien avancé.

– Fort bien, je refuse de me laisser entraîner à une conversation aussi inepte. Continue ton monologue derrière la porte si tel est ce que tu souhaites. Mais à voix basse, je t'en prie. Je dois me concentrer sur les nouvelles effronteries que Miss Minkoff a concoctées pour sa dernière épître.

– J'en peux pu, Ignatius. Tu vas m'retrouver dans la cuisine, un de ces quat'matins, sur le lino avec une attaque. Fais bien attention, mon garçon. Tu te retrouveras seul au monde. Alors tu te jetteras à genoux et tu prieras le bon Dieu de te pardonner la façon dont tu traitais ta pauv'mère, seulement, y s'ra trop tard.

De la salle de bains ne provenait plus que du silence. Mme Reilly guetta, l'oreille tendue, ne fût-ce qu'un clapotis d'eau ou un froissement de papier, mais la porte de la salle de bains eût aussi bien pu être celle d'un tombeau. Au bout d'une ou deux minutes d'attente infructueuse, elle traversa le corridor en direction du réchaud. Quand Ignatius entendit la porte du four s'ouvrir en grinçant, il reprit sa lecture.

Il disait : « Avec ta voix et ta personnalité, tu devrais te produire devant les détenus, dans les prisons. » Ce type était vraiment effarant, et puis ce n'était pas seulement un cerveau, c'était un homme, un vrai. Il était si galant, si attentionné, que j'avais du mal à le croire. (Surtout après Samuel, qui est un idéaliste et qui n'a pas froid aux yeux mais qui a quand même tendance à être gueulard et lourdingue.) Je n'avais jamais rencontré quiconque d'aussi déterminé à combattre les idées et les préjugés réactionnaires que ce chanteur folklorique. Son meilleur ami était un peintre abstrait, un Noir qui, disait-il, barbouille ses toiles de magnifiques dégoulinures de protestation et de défi, allant même parfois jusqu'à lacérer les toiles à coups de couteau. Il m'a donné une brochure remarquable qui montre en détail que le pape est en train d'assembler une panoplie d'armes nucléaires. Ça m'a vraiment ouvert les yeux. Je l'ai fait passer au rédacteur en chef de *The New Democracy* afin de l'aider dans son combat contre l'Église. Mais c'est pas tout, il avait aussi un ressentiment terrible contre les WASPS (White Anglo Saxon Protestants – Blancs, Anglo-Saxons et protestants qui constituent la classe dominante aux États-Unis –, mais *a wasp* est une guêpe, NdT) ce type. Il les hait littéralement. Comme je te l'ai dit, c'est vraiment un type supérieur.

Le lendemain, il m'a appelée au téléphone. Étais-je prête à prononcer une conférence devant une association d'action sociale qu'il allait créer à Brooklyn Heights ? Je n'en revenais pas ? Dans ce monde où l'homme est un loup pour l'homme, il est rare de trouver un ami... un ami vraiment sincère... enfin, c'était ce que je me figurais. Bref – j'ai découvert que les conférences, c'est comme le chaubize, faut coucher avant – tu vois où je veux en venir ?

– Dois-je en croire mes yeux ? Suis-je bien en train de lire cette insigne atteinte au bon goût et à la pudeur ? demanda Ignatius au porte-savon flottant. Cette fille est entièrement sans vergogne !

Une fois de plus, j'ai dû constater que mon corps attire certaines gens plus que mon esprit.

– Hââ-hum, soupira Ignatius.

Personnellement, j'ai envie de dénoncer ce chanteur bidon qui, à n'en pas douter, doit être occupé à draguer d'autres innocentes libérales. Une fille que je connais m'a appris que ce soi-disant « chanteur folklorique » était en réalité un baptiste d'Alabama. Quel escroc ! Alors j'ai examiné de plus près la brochure qu'il m'avait passée et j'ai constaté qu'elle était publiée par le Ku Klux Klan. Cela te donnera une idée des subtilités idéologiques qu'il nous faut apprendre à mettre en œuvre aujourd'hui ! Moi, j'avais trouvé que c'était une bonne brochure libérale. Et il a fallu que je m'humilie pour écrire au rédacteur en chef de *The New Democracy* que la brochure, quoique intellectuellement stimulante, n'avait pas les auteurs qu'on aurait pu croire ou souhaiter. On peut dire que les WASPS m'ont bien eue, cette fois-ci. Ça m'a rappelé cette fois, dans le parc Poe, où j'ai nourri un écureuil qui s'est révélé être un rat, que n'importe qui aurait pris pour un écureuil au premier coup d'œil. Enfin, ça me servira de leçon. Ce faux jeton m'a donné une idée. Il y a toujours quelque chose à apprendre dans le malheur. J'ai décidé de demander si je pouvais avoir l'auditorium du « Y », un de ces soirs. Ils ont fini par répondre que c'était d'accord. Évidemment, ici, au « Y » du Bronx, l'auditoire sera assez restreint et petit-bourgeois, mais si je m'en tire bien, je pourrais me retrouver au « Y » de Lexington Avenue, un de ces jours, un endroit ou des grands penseurs comme Norman Mailer et Seymour Krim viennent exprimer leur point de vue. De toute manière, je risque rien d'essayer.

J'espère que tu t'es mis au travail sur tes problèmes de personnalité, Ignatius. Est-ce que tes symptômes paranoïaques empirent ? A la base de cette paranoïa, je crois qu'il y a le fait que tu passes tout ton temps enfermé dans cette chambre – ce qui a fini par te rendre méfiant à l'égard de tout le reste du monde. Je ne sais pas pourquoi tu tiens tellement à vivre dans le Sud avec les alligators. Malgré l'espèce de révision complète dont ton esprit a besoin, je pense que ton cerveau trouverait à s'épanouir ici, à New York. Pour le moment, tu te maintiens toi-même sous le boisseau. La dernière fois que je t'ai vu, quand je suis passée en revenant du Mississippi, tu étais dans un état assez épouvantable. J'imagine que tu dois maintenant avoir totalement régressé, à force de vivre dans ce minuscule taudis avec la seule compagnie de ta mère. Tes impulsions naturelles ne hurlent-elles pas pour être assouvies ? Une belle histoire d'amour bien significative te transformerait, Ignatius. J'en suis persuadée. De grands liens œdipiens t'enserrent le cerveau et te détruisent.

Je n'imagine pas non plus que tes idées sociales ou politiques aient pu évoluer vers plus de progressisme. As-tu abandonné au moins le projet de former un parti politique et de désigner un candidat à la présidence qui défendraient le droit divin? Je me rappelle qu'en te rencontrant, j'ai secoué ton apathie politique. Ce fut alors qu'il te vint cette idée. Je savais bien qu'il s'agissait d'un projet réactionnaire, mais il montrait au moins la preuve du fait que tu étais en train d'acquérir un semblant de conscience politique. Fais-moi le plaisir de m'écrire à ce propos, je t'en prie. Il nous faut un système tripartite dans ce pays et je crois que, jour après jour, les fascistes prennent plus de force. Ce parti du droit divin formerait une espèce de groupe marginal qui pourrait fort bien rafler une bonne part des voix de la droite.

Bon, je m'arrête. J'espère que la conférence aura du succès. Toi le premier, tu ferais bien d'en écouter le message et d'en tirer profit. A propos, si par extraordinaire tu finissais par mettre réellement en pratique les idées que tu as sur le droit divin, je pourrais toujours t'aider à mettre sur pied une section, ici, en ville. S'il te plaît, sors de chez toi Ignatius et pénètre dans le monde qui t'entoure. Tu as toujours été le principal projet de ma liste. Je voudrais bien connaître tes conditions mentales de ces derniers temps. Alors, s'il te plaît, sors-toi des oreillers et ÉCRIS.

M. Minkoff

Plus tard, ayant enveloppé sa peau rose et fripée dans la vieille robe de chambre de flanelle qu'une épingle de nourrice attachait sur sa hanche, Ignatius s'assit devant son bureau, dans sa chambre, et remplit son stylographe. Dans le vestibule, sa mère parlait à quelqu'un au téléphone.

– Et tous les sous de sa pauv' grand-mère Reilly, tous les sous de l'assurance y sont passés jusqu'au dernier pour lui payer ses études! C'est pas malheureux, tout de même? Tout cet argent jeté par les f'nêtres!

Ignatius rota et ouvrit un tiroir pour y chercher le papier à lettre qu'il pensait encore posséder. Ce faisant, il trouva le yo-yo qu'il avait acheté à un Philippin qui était venu en vendre dans le quartier quelques mois auparavant. D'un côté du yo-yo, un palmier que le Philippin y avait gravé à la requête d'Ignatius. Il le lança, mais le cordon cassa et le yo-yo roula dans un grand bruit sur le sol et sous le lit où il alla s'arrêter contre une pile de cahiers Big Chief et de vieux magazines. Débarrassant l'extrémité de son doigt du bout de ficelle qui y était resté accroché, il fouilla encore dans le tiroir et en tira une feuille de papier à l'en-tête des Pantalons Levy.

Myrna bien-aimée,

J'ai bien reçu ton irritante et effrontée communication. Crois-tu sérieusement que je sois le moins du monde intéressé par tes rencontres sordides avec des sous-hommes de l'acabit de ton chanteur folklorique? Dans chacune de tes lettres, il appert que je suis condamné à découvrir de nouvelles références au caractère dissolu de ton existence personnelle. Veuille à l'avenir te confiner à la discussion et au débat théorique et idéologique, de manière à éviter au moins les obscénités et les atteintes au bon goût, à la décence et à la géométrie. J'ai toutefois pensé que le symbolisme du rat et de l'écureuil, ou du rat-écureuil, ou de l'écureuil-rat, peu importe, était fort évocateur et plutôt excellent.

Lors de la sinistre soirée de cette douteuse conférence, l'unique membre de l'auditoire sera probablement un vieux bibliothécaire désespérément solitaire qui, ayant aperçu une lumière à travers la porte de l'auditorium, y sera venu dans l'espoir d'échapper au froid et aux horreurs de son enfer personnel. Là, dans la salle, sa silhouette courbée assise seule devant le podium, ta voix nasale se répercutant en écho au long des rangées de chaises vides, lui enfonçant dans la tête, comme à coups de marteau sur son pauvre crâne chauve, l'ennui mortel, en même temps que des images sexuelles de plus en plus précises, il sera amené peu à peu jusqu'à l'hystérie et, sans l'ombre d'un doute, finira par recourir à l'exhibitionnisme, brandissant son vieux sexe flétri et tordu comme un gourdin pour lutter contre l'horrible bourdonnement qui environnera sa tête. Si j'étais toi, j'annulerais cette conférence dès maintenant. Je suis persuadé que la direction du « Y » sera soulagée de ta décision, surtout si ses membres ont déjà eu l'occasion d'apercevoir l'impossible affiche qui doit, je n'en doute pas, orner désormais tous les poteaux télégraphiques du Bronx.

Les commentaires concernant ma vie personnelle, que personne n'avait sollicités, révèlent une absence choquante de goût et de décence.

De fait, ma vie personnelle a subi une métamorphose : je suis pour l'heure en relation, de la manière la plus fondamentale, avec l'industrie du marchéage alimentaire et je doute par conséquent très sérieusement d'avoir à l'avenir le temps de correspondre avec toi.

Ignatius, bien occupé.

# HUIT

– Fiche-lui la paix, dit M. Levy, tu vois bien qu'elle essaie de dormir.

– Que je lui fiche la paix? répéta Mme Levy en installant des coussins dans le dos de Miss Trixie pour la faire tenir droite sur le sofa de nylon jaune. Te rends-tu compte, mon pauvre Gus, que c'est là le drame de la vie de cette malheureuse? Elle a toujours été seule, ce n'est pas de paix qu'elle a besoin. C'est d'attention et d'amour. Elle a besoin qu'on s'occupe d'elle. Elle a besoin qu'on l'aime.

– Beuârk!

Mme Levy était une femme qui s'intéressait à la vie et au monde. Une femme qui avait un idéal – voire plusieurs. Au cours des années, elle s'était adonnée librement et successivement au bridge, aux violettes africaines, à Susan et à Sandra, au golf, à Miami, à Fanny Hurst et à Hemingway, à l'enseignement par correspondance, à la coiffure, au soleil, à la grande cuisine, à la danse et, plus récemment, à Miss Trixie. Jusqu'alors, elle avait dû se contenter de Miss Trixie à distance. Cela lui avait considérablement compliqué la mise en pratique de ses cours de psychologie par correspondance et elle avait connu un retentissant échec à l'examen de fin d'année. L'école d'enseignement par correspondance n'avait même pas voulu lui donner un zéro. Mais maintenant qu'elle avait su jouer correctement ses cartes à la suite du renvoi du jeune idéaliste, Mme Levy disposait enfin de Miss Trixie en chair et en os – surtout en os – avec sa visière, ses pantoufles et tout le tremblement. M. Gonzales avait été trop heureux d'accorder à l'aide-comptable un congé illimité.

– Miss Trixie, dit gentiment Mme Levy, réveillez-vous.

Miss Trixie ouvrit les yeux et souffla :

– J'ai ma retraite?

– Non ma chère.

– Quoi! aboya Miss Trixie, j'croyais qu'on me donnait enfin ma retraite!

– Miss Trixie, vous vous croyez vieille et fatiguée. C'est très mauvais.

– Qui?

– Vous.

– Oh, mais c'est vrai. Je suis très fatiguée.

– Vous voyez bien, dit Mme Levy. C'est dans votre tête, tout ça. Vous avez une psychose de la vieillesse. Vous êtes encore une très jolie femme. Il faut que vous vous disiez à vous-même, que vous vous répétiez « je suis une jolie femme. Je suis encore une très jolie femme ».

– Vas-tu me faire le plaisir de lui fiche la paix, à la fin, Sigmund! lança M. Levy, levant des yeux irrités de son journal sportif. J'en viens presque à regretter que Susan et Sandra ne soient pas là pour que tu joues avec elles. Et ton cercle de canasta, il a fermé, ou quoi?

– Ne m'adresse pas la parole, espèce de raté. Comment veux-tu que j'aille jouer à la canasta quand il y a une détresse psychologique à secourir?

– Une psycho... Elle est sénile, cette femme, c'est tout. Nous avons dû nous arrêter dans une trentaine de stations-service en venant! J'ai fini par en avoir marre de descendre de voiture à chaque fois pour lui indiquer les toilettes des dames. Je l'ai laissée choisir toute seule. J'ai mis au point un petit système, une vraie martingale : la loi des moyennes. J'ai parlé de l'argent sur elle et elle s'en tirait en fait à cinquante/cinquante.

– Plus un mot, interrompit Mme Levy, menaçante. Je ne veux plus rien entendre. Cela te ressemble trop! Permettre de telles erreurs à une compulsive anale!

– C'est pas l'émission de Lawrence Welk? demanda tout à coup Miss Trixie.

– Non, ma chère, détendez-vous.

– Mais c'est bien samedi, aujourd'hui?

– Oui, l'émission aura lieu. Ne vous inquiétez pas. Bon, alors dites-moi de quoi vous rêvez.

– Je me rappelle pas pour le moment.

– Essayez, insista Mme Levy, prenant une vague note sur son calepin à l'aide d'un crayon incrusté de faux diamants. Il faut essayer, Miss Trixie. Vous comprenez, ma chère, vous avez l'esprit déformé, c'est comme si vous étiez infirme.

– Alors là, je suis vieille, mais je suis pas infirme! dit farouchement Miss Trixie.

– Regarde, Florence Nightingale, tu la mets dans tous ses états, dit M. Levy. Avec le peu que tu sais de la psychanalyse tu vas fiche en l'air tout ce qui peut bien rester dans cette pauvre tête. Elle ne demande qu'à prendre sa retraite et à dormir.

– Ça ne te suffit pas d'avoir gâché ta vie? Tu veux aussi gâcher la sienne? C'est un cas dans lequel la retraite est impossible. Il faut au contraire lui faire sentir qu'on a besoin d'elle et qu'on l'aime.

– Allume donc ta fichue planche à exercices et laisse-la piquer un petit roupillon, bon sang!

– Je croyais que nous étions bien d'accord pour laisser la planche en dehors de tout ça.

– Fiche-lui la paix! Fiche-moi la paix! Va faire du vélo fixe!

– Du calme, s'il vous plaît! coassa Miss Trixie en se frottant les yeux.

– Il faut parler agréablement devant elle, souffla Mme Levy. Les éclats de voix, les disputes ne peuvent qu'accroître encore son sentiment d'insécurité.

– Alors là, d'accord! Tais-toi et sors-moi cette gâteuse de mon salon.

– C'est ça. Tu ne penses qu'à toi, comme d'habitude. Si seulement ton père pouvait te voir aujourd'hui, souhaita Mme Levy dont les paupières bleu-vert se soulevèrent d'horreur. Un jouisseur bouffé aux mites en quête de sensations fortes.

– De sensations fortes?

– Oh, mais taisez-vous, à la fin! lança Miss Trixie, menaçante. Je dois dire que je marque d'une pierre noire le jour où l'on m'a menée ici. J'étais quand même beaucoup mieux là-bas avec Gomez. Beaucoup plus tranquille. Si c'est une espèce de poisson d'avril, je ne trouve pas ça drôle.

Miss Trixie dévisagea M. Levy de ses yeux chassieux.

« C'est vous l'oiseau qui avez renvoyé mon amie Gloria. Pauvre Gloria. La plus gentille personne qui ait jamais travaillé dans ce bureau.

– Oh, non! s'exclama Mme Levy avant de se tourner vers son mari. Je croyais que tu n'avais jamais renvoyé qu'un seul employé, c'est bien ce que tu m'as dit? Et cette Gloria, alors? Une personne traitait Miss Trixie comme un être humain. Une personne était son amie. Tu t'en es soucié? Tu t'es posé des questions? Bien sûr que non! Les Pantalons Levy pourraient aussi bien être sur Mars pour ce que tu t'en occupes! Alors tu rentres du champ de courses un jour et hop! tu renvoies Gloria.

– Gloria? répéta M. Levy. Jamais je n'ai renvoyé de Gloria!

– Si, si! siffla Miss Trixie. Je l'ai vu de mes yeux vu. Cette pauvre Gloria était la bonté même. Je me souviens que Gloria m'avait donné des chaussettes et de la mortadelle.

– Des chaussettes et de la mortadelle?

M. Levy siffla entre ses dents.

« Qu'est-ce qui faut pas entendre.

– C'est ça, vas-y! hurla Mme Levy. Moque-toi de cette pauvre créature. Et surtout ne me dis jamais ce que tu as bien pu faire d'autre aux Pantalons Levy. Je ne pourrais pas le supporter. Je ne parlerai pas de Gloria aux petites. Elles ne comprendraient pas. Elles sont trop innocentes.

– Effectivement, tu ferais mieux de ne pas t'aviser de leur parler de Gloria, dit M. Levy avec colère. Si ces âneries continuent tu ne vas pas tarder à te retrouver à San Juan sur la plage avec ta mère! Vous pourrez vous amuser, danser et nager ensemble!

– Tu me menaces?

– Assez! Silence! fulmina Miss Trixie. Je veux retourner aux Pantalons Levy sur-le-champ.

– Tu vois? demanda Mme Levy à son mari, tu vois ce désir de travailler? Et tu voudrais l'écraser en la mettant à la retraite? Gus, je t'en prie, fais-toi soigner. Tu finiras mal.

Miss Trixie tendait la main vers le sac d'ordures qu'elle avait apporté pour bagage.

– D'accord Miss Trixie, dit M. Levy du ton qu'il aurait utilisé pour s'adresser à un chat, en route pour la voiture!

– Dieu soit loué! soupira Miss Trixie.

– Bas les pattes! hurla Mme Levy.

– Je ne me suis même pas encore levé de mon fauteuil, répliqua son mari.

Mme Levy tira assez violemment Miss Trixie en arrière et la fit rasseoir sur le sofa.

– Restez ici. Vous avez besoin que l'on vous aide.

– Mais je ne veux pas de votre aide à vous, trancha Miss Trixie. Laissez-moi me lever.

– Laisse-la se lever.

– Je t'en prie, trancha Mme Levy, brandissant sa main grassouillette et chargée de bagues, ne t'en fais pas pour cette pauvre créature négligée. Ne t'en fais pas pour moi non plus. Oublie tes petites-filles. Prends ta voiture de sport et va faire un tour. Il y a une régate cet après-midi. J'aperçois des voiles par la baie vitrée que j'ai fait installer grâce à l'argent que ton père avait gagné à la sueur de son front.

– Je vous revaudrai ça, je vous préviens, fulminait Miss Trixie sur le sofa. Je me vengerai, vous verrez bien.

Elle tenta encore de se lever, mais Mme Levy la tenait fermement sur le nylon jaune.

## II

Son rhume ne cessait d'empirer et chaque quinte causait une vague douleur dans ses poumons où elle s'attardait longtemps après que la quinte eut déchiré sa gorge et ses bronches. L'agent de police Mancuso essuya la salive de sa bouche et tenta vainement de s'éclaircir la gorge. Un après-midi, sa claustrophobie était devenue si aiguë qu'il avait failli s'évanouir dans les cabinets. Mais cette fois, c'était l'étourdissement que lui causait le rhume qui le mettait au bord de l'évanouissement. Appuyant sa tête contre la paroi du réduit, il ferma quelques instants les yeux. Des nuages rouge et bleu traversaient ses paupières closes. Il fallait absolument mettre la main au collet d'un suspect et sortir de ces toilettes avant que la fièvre le terrassât, contraignant le sergent à le transporter jusqu'au réduit chaque matin pour venir l'en retirer le soir. Il avait toujours espéré se conduire en héros dans la police, mais qu'y avait-il d'héroïque à mourir de pneumonie dans les toilettes d'une gare routière ? Même ses parents riraient de lui. Et que pourraient bien raconter ses enfants à leurs petits camarades d'école ?

L'agent de police Mancuso s'absorba dans la contemplation du carrelage sur le sol. Il accommodait mal. Il sentit la panique l'envahir. Il regarda de plus près, écarquillant les yeux, et constata que la mosaïque était recouverte d'une fine pellicule de moisissure grise, comme la quasi-totalité des surfaces dans les toilettes de la gare. Il reporta ses regards sur *La Consolation de la philosophie* et en tourna une page molle et humide. Le livre, qui était ouvert sur ses genoux, le déprimait plus encore. Le type qui l'avait écrit allait être torturé par le roi. La préface le disait. Donc, pendant tout le temps que le type écrivait le bouquin, il savait, et on savait, qu'il allait finir avec un truc enfoncé dans le crâne. L'agent de police était plein de compassion pour ce type et se sentait contraint de lire ce qu'il avait écrit. Pour le moment, il n'avait réussi à parcourir qu'une vingtaine de pages et se demandait déjà si ce Boèce n'était pas une espèce de joueur professionnel. Il n'arrêtait pas de parler de la chance, du destin, de la roue de la fortune. En tout cas, ça n'était pas précisément le genre de bouquin qui vous aidait à voir le bon côté des choses.

Après la lecture de quelques phrases, l'esprit de l'agent de police Mancuso se mit à vagabonder. Il regarda par la fente de la porte, qu'il prenait toujours la précaution de laisser entrouverte d'un ou deux centimètres afin d'être en mesure de voir ceux qui utilisaient les urinoirs, les lavabos et le distributeur de serviettes en papier. Là, devant les lavabos, il y avait le jeune homme que l'agent de police Mancuso voyait tous les jours. Il observa les bottes délicates qui se déplaçaient entre les lavabos et le distributeur de serviettes. Appuyé contre un lavabo, le garçon était occupé à dessiner au crayon à bille sur le dos de sa main. C'était peut-être louche, se dit l'agent Mancuso.

Il ouvrit la porte du cabinet et rejoignit le garçon. Toussant, il essaya cependant de parler d'une voix engageante :

– Qu'est-ce donc que vous vous écrivez sur la main, mon gars ?

George n'eut qu'un regard pour le monocle et la barbe qui lui arrivaient à la hauteur du coude et dit :

– Foutez-moi la paix ou je vous balance un coup de pied dans les valseuses.

– Abblez la bolice, taquina Mancuso.

– Non, répondit George, mais fichez-moi la paix. Je ne fais rien de mal. je ne veux pas d'histoires.

– Vous avez beur de na bolice?

George se demanda qui pouvait bien être ce cinglé. Il était aussi redoutable que ce vendeur de hot dogs enragé.

– Écoute, ducon, barre-toi. Je veux pas d'ennuis avec les flics.

– Vraibent? demanda l'agent de police Mancuso tout réjoui.

– Vraiment, et j'aime mieux te dire qu'un olibrius comme toi ferait mieux de les éviter aussi, répondit George en examinant les yeux larmoyants et la bouche humide au milieu de la barbe.

– Je vous zarrêde, toussa l'agent de police Mancuso.

– Quoi ? T'en as vraiment un coup dans l'casque, toi !

– Agent de bolice Bangouzo. Ingognido.

Une plaque étincela un bref instant devant l'acné de George.

« Zuibez boi !

– Mais pourquoi est-ce que vous m'arrêtez, bon Dieu ? Chuis là, j'fais rien d'mal ! protesta George, nerveux. J'ai rien fait ! Qu'est-ce que c'est qu'c't histoire?

– Vous zêddes zoubçonné.

– Mais soupçonné de quoi ? demanda George, pris de panique.

– Aha ! ricana l'agent de police Mancuso, z'avez vraibent la drouille.

Il tendit la main pour attraper George par le bras et lui passer les menottes, mais le garçon arracha *La Consolation de la philosophie* sous le bras du policier et lui en flanqua un grand coup sur le côté de la tête. Ignatius avait acheté une belle édition, élégante et limitée de la traduction anglaise, un fort volume dont les quinze dollars de papier et de carton heurtèrent Mancuso avec la violence d'un dictionnaire. L'agent de police se baissa pour ramasser le monocle qui lui était tombé de l'œil. Quand il se redressa, ce fut pour voir le garçon s'enfuir précipitamment des toilettes en emportant le bouquin. Il voulut lui courir après mais la tête lui faisait trop mal. Il regagna le cabinet pour se reposer, plus déprimé encore qu'il ne l'avait été jusqu'alors. Qu'allait-il bien pouvoir raconter à Mme Reilly à propos du livre?

George ouvrit aussi vite qu'il le put le casier de consigne de la salle d'attente et en sortit les paquets enveloppés de papier d'emballage qu'il y avait déposés. Sans prendre la peine de refermer la porte, il sortit en courant dans Canal Street et, dans un grand claquement de fers de bottes, gagna à la course le centre du quartier des affaires, jetant de temps à autre un coup d'œil en arrière à la recherche d'une barbe et d'un monocle. Il n'y avait nulle barbe derrière lui.

Quelle déveine! Cet espèce d'agent secret à la manque allait traîner toute la journée à la gare routière. Et le lendemain? Pareil! La gare routière avait cessé d'être sûre, elle lui était désormais interdite avec ce type qui risquait de l'y chercher.

– Merde pour Miss Lee, s'écria George à haute voix tout en continuant à marcher aussi vite qu'il le pouvait.

Si elle n'était pas si pingre, cela ne se serait jamais produit. Elle aurait pu flanquer le négro à la porte, et il aurait pu continuer à venir chercher ses paquets à l'heure habituelle – deux heures. Alors que là, il avait failli se faire arrêter. Et tout ça parce qu'il devait aller foutre la came à la consigne de la gare routière, tout ça parce qu'il était coincé deux heures avec la came chaque après-midi. Où est-ce qu'on gardait une marchandise pareille? On pouvait pas se balader tout l'après-midi avec un truc pareil sur soi, et puis c'était fatigant. Et avec sa mère à la maison tout le temps, pas question non plus d'aller se réfugier là-bas.

– Sale avare, marmonna George entre ses dents.

Remontant les paquets qu'il portait sous le bras, il se rendit compte qu'il avait gardé le bouquin arraché au flic. Voler un agent. Mais ça avait du bon. Miss Lee lui avait commandé un livre. George regarda le titre, *La Consolation de la philosophie*. Bah, elle l'avait son bouquin maintenant.

## III

Santa Battaglia goûta une cuillerée de salade de pommes de terre, nettoya la cuiller avec sa langue et la déposa délicatement sur une serviette en papier près du saladier. Suçant des débris d'oignon et de persil restés entre ses dents, elle dit à l'adresse du portrait de sa mère qui trônait sur la cheminée :

– Y vont adorer ça. Personne sait faire les patates en salade comme Santa.

Le salon était pratiquement prêt pour la petite fête. Sur le vieux poste de radio étaient posés deux bouteilles de Early Times et un carton de six bouteilles de Seven-Up. Le phonographe qu'elle avait emprunté à sa nièce était installé au milieu de la pièce, à même le linoléum soigneusement passé à la serpillière, sa prise branchée directement au-dessus, dans une douille de la suspension. Deux paquets de format géant de pommes de terre chips étaient déposés aux deux extrémités du sofa de peluche rouge. Une fourchette sortait du pot d'olives ouvert qu'elle avait placé sur un plateau de fer-blanc, au sommet du lit-cage fermé.

Santa s'empara de la photo qui trônait sur la cheminée, le portrait d'une fort vieille femme à l'air agressif, tout de noir vêtue, posant à l'entrée d'une sombre impasse entièrement jonchée de coquilles d'huîtres.

– Pauv' Mamma, dit Santa avec émotion, donnant à la photo un gros baiser bruyant et humide.

L'aspect graisseux de la plaque de verre qui protégeait la photographie témoignait de la fréquence de ces accès sentimentaux.

« Tu peux dire que t'as pas eu la vie en rose, petite chérie.

Les deux petits yeux de charbon noir siciliens semblèrent lancer des éclairs sur le cliché qui parut presque s'animer.

« La seule photo qu'j'ai d'toi, Mamma, et faut qu'ça soye à l'entrée d'c't'affreuse impasse! Si c'est pas malheureux!

Avec un soupir sur l'injustice de tout le tremblement, Santa reposa brutalement le portrait de sa mère sur la cheminée, à côté du saladier de fruits de cire, du bouquet de zinnias de papier et de la statuette de la vierge Marie. Puis elle se dirigea vers la cuisine pour aller chercher les glaçons et une chaise. Quand elle fut revenue avec la chaise et un petit seau à glace de camping contenant les glaçons, elle disposa ses plus jolis verres à moutarde sur le manteau de la cheminée, devant le portrait maternel. La proximité de ce dernier fit qu'elle s'en empara de nouveau pour y déposer un baiser qui fit craquer contre le verre le glaçon qu'elle était en train de croquer.

– J'dis une prière pour toi tous les jours, petite chérie, annonça sans grand à-propos la fille au portrait de la mère. Y a toujours un cierge qui brûle pour toi à St. Ode.

On frappa aux volets de la façade. S'empressant de remettre la photographie en place, Santa la renversa face contre la cheminée.

– Irene! cria Santa en ouvrant la porte et en apercevant Mme Reilly qui hésitait sur le perron et son neveu l'agent de police Mancuso qui était resté sur le trottoir.

« Entre, ma chérie, entre! Ce que tu peux être chou, tu sais!

– Merci, ma belle, dit Mme Reilly. Ouf! J'avais oublié le temps qu'il faut pour v'nir jusqu'ici en voiture! Moi et Angelo ça fait presqu'une heure qu'on est dans cette bagnole!

– Z'est abeg la circulation gui y a, avança l'agent de police Mancuso.

– Non mais, écoute-moi ce rhume qu'il a! dit Santa. Écoute, Angelo, y faut qu'tu leur dises, au commissariat, qu'y doivent te r'tirer d'ces toilettes! C'est pus possible. Où qu'est Rita?

– Anna bas vounu b'nir. Anna la bigraine.

– Bah, ça m'étonne pas. Enfermée toute la journée à la maison avec les gosses, dit Santa. Faut qu'elle sorte, Angelo. Qu'est-ce qu'elle a donc, cette petite?

– Les nerfs, dit tristement Angelo. C'est nerbeux.

– Les nerfs, c'est terrible, dit Mme Reilly. Tu sais pas c'qui s'est passé, Santa? Angelo a perdu le livre qu'Ignatius y avait donné. Si c'est pas malheureux. Le livre c'est rien, mais faudra jamais rien dire à Ignatius. Sinon ça f'rait encore un foin terrible avec lui.

Mme Reilly souligna cette déclaration en portant un doigt à ses lèvres, pour bien montrer que la perte du livre devait rester à jamais secrète.

– Bon, donne-moi ton manteau, ma fille, dit gaiement Santa.

Elle arracha presque des épaules de Mme Reilly son vieux manteau de laine violette. Elle était bien décidée à éviter que le fantôme d'Ignatius J. Reilly ne vînt hanter sa petite fête comme il avait déjà hanté tant de soirées au bouligne.

– C'est gentil chez toi, Santa, dit Mme Reilly pleine de respect. C'est propre.

– Ouais, mais faudrait que j'me paye un nouveau lino pour le salon. Et dis donc, est-ce que tu t'es déjà servie d'ces rideaux en papier qu'y font maintenant? Y z'ont pas l'air mal. J'en ai vu des jolis, l'aut' jour, vers Maison-Blanche.

– J'ai acheté des jolis rideaux de papier pour la chambre à Ignatius, une fois, mais y les a arrachés et tout chiffonnés. Y disait comme ça qu'c'est une abomination. Si c'est pas malheureux!

– Chacun ses goûts, s'empressa de couper Santa.

– Ignatius sait pas que chuis ici ce soir. J'y ai dit qu'j'allais à une neuvaine.

– Dis voir, Angelo, prépare donc un bon p'tit verre pour Irene. Prends donc un peu d'whisky pour toi, ça f'ra passer ton rhume. J'ai des cocas dans la cuisine.

– Ignatius, les neuvaines, il aime pas ça non plus. Je m'demande c'qu'y peut bien aimer, c'garçon. Ç'a beau être mon fils, ch'commence à en avoir par-dessus la tête d'Ignatius, moi, ch'te l'dis.

– J'nou ai préparé des bonnes patates en salade, dis donc. Le vieux y m'a dit comme ça qu'il aimait bien les bonnes patates en salade.

– J'voudrais qu'tu voyes ces grands uniformes blancs qu'y m'donne à laver. Et pis qu'y faut les laver comme ci et comme ça. Ch't'assure, on dirait qu'y fait la pub pour la lessive à la télé où que'que chose! Ignatius fait comme si c'était vraiment bien d'pousser c'te charrette au centre ville.

– Regarde Angelo, ma colombe, il est en train d'nous préparer un bon p'tit verre.

– T'as de l'aspirine, chérie?

– Oh, Irene! Mais quel rabat-joie j'me suis collé sur les bras pour ma p'tite fête? Bois donc quelque chose. Attends voir un peu que l'autre vieux s'amène. On va bien s'amuser. Tiens, le vieux et toi, vous allez pouvoir danser devant le phono.

– Danser? J'ai pas envie d'danser avec un vieux, moi. Et pis d'ailleurs, j'ai les pieds enflés à force d'avoir repassé ces uniformes.

– Irene, faut pas l'décevoir, ma fille, tu peux pas lui faire ça! J'aurais voulu qu'tu voyes sa tête quand j'l'ai invité, d'vant l'église. Pauv' vieux. J'parie qu'on doit pas l'inviter à sortir souvent.

– Y voulait v'nir, hein?

– S'y voulait v'nir! Y m'a d'mandé si fallait s'habiller.

– Et qu'est-ce que t'y as dit?

– J'y ai dit, vous vous mettez comme vous voulez, voilà c'que j'y ai dit.

– Bah, c'est gentil, dit Mme Reilly en baissant les yeux sur sa robe de taffetas vert. Ignatius y m'a d'mandé pourquoi que je mettais une robe de coquetèle pour aller à une neuvaine. Il est dans sa chambre, en c'moment, à écrire des bêtises. J'y dis comme ça : « Qu'est-ce que t'écris, voir, Ignatius ? » Et lui y m'fait : « J'écris comment c'est d'être un vendeur de saucisses. » Si c'est pas malheureux ! Qui qui voudrait lire un truc comme ça ? Tu sais combien qu'il a rapporté à la maison, de ses saucisses, ce soir ? Quat' dollars. Comment que j'vais l'payer, moi, c'bonhomme ?

– Regarde, Angelo nous a préparé un bon p'tit verre.

Mme Reilly prit un des verres à moutarde des mains d'Angelo et le vida plus qu'à moitié en deux gorgées.

– Où que t'as eu c'bel hiffi, là, chérie ?

– Quoi donc ? demanda Santa.

– Ben, l'gramaphone que t'as, là, par terre.

– Ah, ça c'est ma p'tite nièce. Un trésor ! A vient juste de sortir du lycée et elle a tout d'suite trouvé une place de vendeuse.

– Ah, tu vois ! dit Mme Reilly, tout excitée, ch'parie qu'elle gagne déjà plus qu'Ignatius.

– Mon Dieu, Angelo ! dit Santa, tousse pas comme ça ! Va donc t'allonger derrière et repose-toi jusqu'à ce que le vieux s'amène.

– Pauvre Angelo, dit Mme Reilly quand ce dernier eut quitté la pièce. C'est vraiment un gentil garçon. Vous êtes chic tous les deux avec moi, ça on peut l'dire. Penser qu'on s'est tous rencontrés pasqu'il a essayé d'arrêter Ignatius !

– J'me demande pourquoi c'vieux n'arrive pas.

– P'têt' qui viendra pas, Santa.

Mme Reilly vida son verre.

« J'm'en r'sers un aut', chérie, si tu veux bien. J'ai des soucis, tu sais.

– Vas-y, mon chou, vas-y. J'm'en vais porter ton manteau dans la cuisine et voir un peu c'que fabrique Angelo. On peut pas dire que vous soyez très rigolos tous les deux, pour ma p'tite fête, m'enfin... J'espère que ce vieux va pas tomber et s'casser une jambe en v'nant ici !

Quand Santa fut partie, Mme Reilly se versa un plein verre de bourbon et y ajouta une goutte de Seven-Up. Elle prit la cuiller, goûta la salade de pommes de terre, puis, nettoyant la cuiller avec la bouche, la replaça soigneusement sur la serviette en papier. Les voisins qui occupaient l'autre moitié de la maison de Santa avaient entrepris d'organiser une véritable émeute, à en juger par le bruit qu'ils faisaient. Tout en sirotant son verre, Mme Reilly alla coller son oreille au mur pour tenter de démêler le sens de ce qui se braillait de l'autre côté.

– Angelo est en train de prendre un médicament pour la toux, annonça Santa en pénétrant de nouveau dans le salon.

– Dis donc, t'as des bons murs, ici, hein, commenta Mme Reilly, incapable de saisir ce qui se disait de l'autre côté. Si on pouvait habiter ici, Ignatius et moi. Miss Annie aurait rien à dire.

– Mais où qu'est donc ce vieux? demanda Santa aux persiennes.

– P'têt' qui va pas v'nir.

– P'têt' qu'il a oublié.

– C'est comme ça avec les vieux, ma pauv'.

– Mais ch'te dis qu'il est pas si vieux qu'ça, Irene.

– Quel âge il a?

– La soixantaine avancée, ch'dirais...

– Bah, c'est pas très vieux. Ma pauv' vieille tante Marguerite, celle que ch't'ai dit qu'les voyous avaient tapée pour y prendre cinquante *cents*? Eh ben elle va sur ses quatre-vingts.

Mme Reilly vida son verre.

« P'têt' qu'il est allé voir un bon p'tit film ou que'que chose comme ça. Dis, j'm'en r'sers un coup?

– Irene! Tu tiendras plus d'bout, ma fille! Je vais pas présenter une ivrogne au vieux, moi.

– Juste une goutte. J'ai mes nerfs ce soir.

Mme Reilly versa un bon coup de whisky dans son verre et se rassit, écrasant un des paquets de chips.

– Mon Dieu, qu'est-ce que j'ai fait, moi!

– T'as écrasé les chips, dit Santa un peu irritée.

– Oh, y a pus qu'des miettes, maintenant! dit Mme Reilly en tirant le paquet de sous son séant. Elle se mit à examiner la cellophane aplatie. Écoute, Santa, quelle heure il est? Ignatius m'a dit qu'il était sûr qu'ce soir les cambrioleurs allaient venir et j'y ai promis d'rentrer tôt.

– Oh, du calme, Irene, tu viens à peine d'arriver.

– Si tu veux la vérité, Santa, ch'crois qu'j'ai pas très envie d'le rencontrer, ce vieux monsieur.

– Ouais, ben maintenant c'est trop tard.

– Mais qu'est-ce qu'on va faire, ce vieux monsieur et moi, hein? demanda Mme Reilly, pleine d'appréhension.
– Mais détends-toi, bon sang, Irene! Tu finirais par me rendre nerveuse, ch't'assure. J'regrette de t'avoir invitée, voilà.
Elle écarta momentanément des lèvres de Mme Reilly le verre à moutarde qu'elle y portait trop fréquemment à son goût et reprit :
« Écoute-moi donc un peu! Ton arthurite te f'sait très mal, pas vrai? Le bouligne te fait du bien? C'est pas vrai? T'étais enfermée chez toi, tous les soirs, coincée avec ton cinglé de fils jusqu'à ce que Santa s'amène. C'est pas vrai? Alors écoute un peu ta p'tite Santa ma chérie. Faut pas qu'tu t'retrouves toute seule avec ton Ignatius sur les bras, tu m'entends? Ce vieux monsieur, on dirait qu'il a des sous. Y s'habille bien. Y t'a déjà vue quelque part. Y t'aime bien.
Santa se pencha pour regarder Mme Reilly droit dans les yeux.
« Ce vieux monsieur pourrait payer ta dette!
– Moui?
Mme Reilly n'avait pas pensé à ça. Le vieux monsieur devenait soudain plus séduisant.
« Il est prope?
– Comment s'il est prope? Mais bien sûr qu'il est prope! s'emporta Santa. Qu'est-ce que tu crois? Qu'j'essayerais d'refiler un clodo à une de mes amies?
Quelqu'un frappa doucement au contrevent de la porte d'entrée.
– Ah, ch'parie qu'c'est lui, s'écria Santa ravie.
– Dis-lui qu'j'ai dû m'en aller, chérie.
– T'en aller? Mais où, Irene? Il est devant la porte!
– Ah bon.
– J'vais ouvrir.
Santa alla ouvrir la porte toute grande.
« Eh ben, M. Robichaux, lança-t-elle dans la nuit, à l'adresse de quelqu'un qu'Irene ne pouvait voir, vous vous êtes fait attendre! Mon amie Miss Reilly, là, se demandait c'que vous deveniez! Entrez, entrez vous réchauffer!
– Ben oui, Miss Battaglia, figurez-vous qu'j'ai été r'tenu. Y fallait qu'j'amène mes p'tits-enfants faire le tour du quartier. Y placent des billets d'tombola pour les sœurs. Y a des rosaires à gagner.
– Chuis au courant, dit Santa. J'ai acheté un billet à un gamin pas plus tard qu'hier. Une dame que j'connais a gagné le

hors-bord que les sœurs avaient mis en tombola l'année dernière.

Mme Reilly restait figée sur le sofa, regardant fixement son verre comme si elle venait d'y découvrir un cafard.

– Irene! s'écria Santa. Qu'est-ce que tu fabriques, ma belle? Dis bonjour à M. Robichaux.

Mme Reilly leva les yeux et reconnut le vieil homme que l'agent de police Mancuso avait arrêté devant le magasin D.H. Holmes.

– Enchantée, dit Mme Reilly à son verre.

– Peut-être que Miss Reilly se souvient pas, dit M. Robichaux à Santa qui rayonnait de bonheur, mais nous nous sommes déjà rencontrés.

– Quand ch'pense que vous êtes de vieux amis, tous les deux, dit joyeusement Santa. Ah, le monde est petit, y a pas d'doute.

– Oh, la la, fit Mme Reilly, si misérable que sa voix en était à demi étranglée, oh, la la, la la...

– Vous vous souvenez, lui dit M. Robichaux. C'était au centre ville, près de chez Holmes. Ce policier avait essayé d'arrêter vot' fils et y m'a emmené à la place.

Les yeux de Santa s'arrondirent.

– Ah... mais oui! dit Mme Reilly. Ch'crois qu'j'm'en souviens, maintenant. Un p'tit peu.

– Oh, mais c'était pas d'vot' faut', hein, Miss Reilly! Ça, c'est la police. Rien qu'une bande de communisses.

– Pas si fort, avertit Mme Reuilly. Les murs sont minces, ici.

Elle bougea le coude et renversa son verre vide qu'elle avait posé sur le bras du sofa.

« Oh, mon Dieu! Dis Santa, tu pourrais p'têt dire à Angelo d'rentrer directement. Ch'pourrai m'prende un taxi, moi. Dis-y qu'y peut sortir par-derrière. C'est pus pratique, pour lui. Tu sais?

– Ouais, ch'te comprends, chérie, dit Santa avant de se tourner vers M. Robichaux. Dites, quand vous avez vu mon amie avec moi, au bouligne, vous auriez pas vu un homme, avec nous, non?

– Non, mesdames, vous étiez seules.

– Ce s'rait pas c'te nuit où A. s'est fait arrêter? chuchota Mme Reilly à Santa.

– Ah, ouais, t'as raison, Irene. T'es v'nue m'chercher avec c'te drôle de bagnole que t'as. Tu t'souviens, t'as complètement perdu ton aile, juste devant le bouligne.

– Je sais. J'l'ai su' l'siège arrière, maintenant. C'est la faute à Ignatius si j'ai c't'accident, aussi. Y m'énervait, depuis l'siège arrière.

– Non! fit M. Robichaux, si y a quelque chose que je peux pas supporter, c'est les gens qu'ont peur en voiture et qu'ennuient le conducteur.

– Moi, chuis pour le pardon, si on m'fait des crasses, dit Santa. Tende l'aut' joue. Vous voyez c'que j'veux dire? Chrétien, quoi. T'es pas d'accord, Irene?

– Bien sûr, chérie, approuva Irene sans enthousiasme. Santa, ma jolie, t'aurais pas une bonne petite aspirine?

– Irene! s'écria Santa courroucée. Vous savez, M. Robichaux, supposez qu'vous voyez c'flic qui vous a arrêté.

– J'espère bien que j'le r'verrai jamais, dit M. Robichaux avec conviction. C'est un sale communisse. Ces gens-là veulent instaurer un État policier.

– Oui, mais juste pour supposer, comme ça. Vous seriez pas partisan du pardon et de l'oubli.

– Santa! interrompit Mme Reilly, ch'crois bien que j'vais courir dans la cuisine voir si t'as pas de bonnes p'tites aspirines.

– C'était le scandale, vous comprenez, disait M. Robichaux à Santa. Toute ma famille a été prévenue. La police avait appelé ma fille au téléphone.

– Bah, mais c'est rien du tout, ça! dit Santa. Tout l'monde se fait embarquer une fois dans sa vie, tout d'même. Tiens, elle, vous la voyez?

Santa saisit la photo qu'elle avait renversée sur la cheminée et la montra à ses deux hôtes.

« Ma pauv' Mamma. La police l'a arrêtée quat' fois au marché Lautenschlaeger pasqu'elle faisait du scandale.

Elle s'interrompit pour sonner à l'instantané un baiser humide.

« Vous croyez qu'elle s'en s'rait fait pour ça? Pensez-vous!

– C'est ta mamma? demanda Mme Reilly dont l'intérêt s'éveillait. Ça a dû êt' dur pour elle. Ch't'assure que c'est pas facile pour les mères aujourd'hui, vous pouvez m'croire.

– Alors, comme je disais, poursuivit Santa, moi j'm'en f'rais pas tant qu'ça pour avoir été arrêtée. Les policiers ont pas un boulot facile. Ça leur arrive de s'tromper. C'est qu'des hommes après tout.

– Moi, j'ai toujours été convenable comme citoyenne, dit

Mme Reilly, ch'crois qu'y faut qu'j'aille à la cuisine pour rincer mon verre dans l'évier.

– Oh, va donc t'asseoir, Irene, laisse-moi causer à M'sieur Robichaux.

Mme Reilly alla au vieux poste de radio et se versa un verre de Early Times.

– Jamais j'oublierai c't'agent Mancuso, était en train de dire M. Robichaux.

– Mancuso? demanda Santa en jouant la surprise. C'est qu'j'ai des tas d'parents qui ont justement c'nom-là! Et même, y en a un qu'est dans la police. Et même, il est ici en c'moment!

– Ch'crois qu'j'ai entendu Ignatius m'appeler. Faut que j'me sauve.

– T'appeler? demanda Santa. Qu'est-ce que tu racontes, Irene? Ignatius est à dix bons kilomètres d'ici! Écoute, on n'a même pas offert un verre à m'sieur Robichaux. Fais-y un verre, petite, moi j'vais chercher Angelo.

Mme Reilly se perdit dans la contemplation de son verre, espérant follement y découvrir un cafard ou, à tout le moins, une mouche.

« Passez-moi vot' manteau, m'sieur Robichaux. Comment qu'vos amis vous appellent?

– Claude.

– Enchantée, Claude, moi c'est Santa et elle c'est Irene. Eh ben, Irene, tu dis rien?

– Bonjour, dit machinalement Irene..

– Bon j'vous laisse faire connaissance, dit Santa avant de disparaître dans l'autre pièce.

– Comment va ce grand beau fils que vous avez? demanda M. Robichaux pour rompre le silence qui s'était installé.

– Qui?

– Votre fils!

– Ah, lui. Oh, il va bien.

L'esprit de Mme Reilly s'envola jusqu'à Constantinople Street où elle avait laissé Ignatius occupé à écrire dans sa chambre en ronchonnant contre Myrna Minkoff. A travers la porte, elle l'avait entendu dire : « Elle doit être flagellée jusqu'à l'évanouissement. »

Il y eut un fort long silence, rompu seulement par les violents bruits de succion que produisait Mme Reilly en tétant le bord de son verre.

– Vous voulez de bonnes petites chips? finit par demander

Mme Reilly qui avait découvert que le silence la mettait plus mal à l'aise encore.

– Mais oui, volontiers.

– Elles sont dans l'sac, là, tout près d'vous.

Mme Reilly observa M. Robichaux qui ouvrait le paquet de cellophane. Son visage et son complet de gabardine grise semblaient l'un et l'autre sortir de chez le teinturier.

« P'têt' qui faudrait qu'j'aille aider Santa. P'têt' qu'elle est tombée.

– Mais elle vient juste de sortir. Elle va revenir.

– Ces sols sont dangereux, fit remarquer Mme Reilly en s'absorbant dans une intense contemplation du linoléum brillant. On risque de glisser et de s'ouvrir la tête.

– Ah, c'est qu'il faut faire attention, dans la vie.

– Oh, la la. Vous l'avez dit. Moi, je fais toujours bien attention.

– Moi aussi. Croyez-moi, la prudence paie.

– Oh, pour ça, oui! C'est exactement ce qu'Ignatius disait pas pus tard qu'hier, mentit Mme Reilly. Y m'disait comme ça : « Dis maman, la prudence paie, tout d'même, tu crois pas? » Et comment! que j'y ai répondu. Sois donc prudent, fiston.

– C'est un bon conseil.

– Bah, j'en donne tout l'temps à Ignatius, des conseils. Vous voyez? Pour l'aider, quoi, toujours.

– Je parierais que vous êtes une bonne mère. Je vous ai vue avec ce garçon au centre ville des tas d'fois, et toujours j'ai pensé que c'était vraiment un gros garçon qui avait beaucoup d'allure. Y tranche sur les autres, vous voyez?

– Je fais tout c'que j'peux avec lui. Sois prudent, fiston, va pas glisser et te casser la tête, ou un bras.

Mme Reilly suçota un moment ses glaçons.

« Je lui ai vraiment appris la sécurité. Ça, il m'en est reconnaissant.

– Oh, mais il peut, croyez-moi!

– J'ui dis à Ignatius, j'ui dis fais bien attention en traversant, fiston.

– Oh, ça, faut faire attention à la circulation Irene. Vous permettez que je vous appelle par votre prénom, pas vrai?

– Oh, mais si vous voulez, si vous plaît.

– C'est un joli prénom, Irene.

– Vous trouvez? Ignatius dit qu'il aime pas ça.

Mme Reilly se signa et vida son verre.

« Oh, ma vie est pas rose, m'sieur Robichaux. J'ai pas peur de vous l'dire, mon pauv' monsieur.
– Appelez-moi Claude.
– Dieu m'est témoin, j'ai une affreuse croix à porter. Vous voulez un bon p'tit verre?
– Oui, merci. Mais pas trop fort, hein. Je ne suis pas très buveur.
– Oh, Seigneur Jésus, renifla Mme Reilly en remplissant deux verres de whisky pur à ras bord, quand je pense à tout c'que j'encaisse, y a des jours, j'ai envie d'pleurer.
Et là-dessus, Mme Reilly éclata en sanglots bruyants et violents.
– Oh, ne pleurez pas, je vous en prie, implora M. Robichaux, complètement décontenancé devant le tour tragique de la petite fête.
– Faut que j'fasse quelque chose. Faut que j'fasse enfermer c'garçon.
Elle retint un sanglot. Profitant du répit, elle avala une gorgée d'Early Times.
– « P'têt' qu'on l'mettrait en maison de redressement?
– Il n'a donc pas trente ans?
– J'en peux plus.
– Je croyais qu'il écrivait.
– Des bêtises que personne voudra jamais lire. Maintenant, avec cette Myrna, y s'écrivent des injures, tous les deux. Ignatius me dit comme ça qu'y va s'la faire pour de bon, lui régler son compte, à c'te fille. Si c'est pas malheureux! Pauv' Myrna.
M. Robichaux, ne sachant que dire, demanda :
– Pourquoi vous demandez pas à un prêtre de causer à votre fils?
– Un prêtre? Mme Reilly pleurait de plus belle. Ignatius voudra jamais écouter un prêtre. Y dit qu'le curé d'not' paroisse est un hérétique. Y s'était beaucoup disputé avec lui quand son chien était mort.
M. Robichaux ne put trouver le moindre commentaire pour cette déclaration énigmatique.
« C'était affreux. J'ai cru qu'j'allais m'faire renvoyer d'l'église. Chais pas où c'garçon va chercher ses idées. Heureusement qu'son pauv' papa est mort. Y lui aurait brisé le cœur, avec sa charrette à saucisses.
– Quelle charrette à saucisses?
– Figurez-vous qu'il est dans les rues toute la journée à pousser une voiture de hot dogs.

– Ah bon, il s'est trouvé un emploi, alors?

– Un emploi?

Mme Reilly sanglotait toujours.

« Vous appelez ça un emploi? Tout l'quartier qu'en parle! Ma voisine qu'arrête pas d'me poser des millions d'questions! Toute la rue de Constantinople parle que d'ça. Quand ch'pense à tous les sous qu'j'ai dépensés pour ses études! Vous savez, moi j'me disais qu'les enfants c'est un réconfort pour vos vieux jours. Ben quel genre de réconfort qu'y m'apporte, Ignatius, hein?

– P'têt' qu'il est allé à l'université trop longtemps, vot' garçon, avança M. Robichaux. C'est plein d'communisses dans les facultés.

– Ah oui? demanda Mme Reilly avec intérêt, se tamponnant les yeux avec la jupe de sa robe de coquetèle de taffetas vert, sans se rendre compte qu'elle montrait ainsi à M. Robichaux les grandes échelles qui marquaient ses bas filés aux genoux. C'est p'têt' bien ça qui cloche avec Ignatius. C'est bien comme les communisses, ça, de mal traiter sa maman.

– Demandez donc à c'garçon c'qu'y pense de la démocratie, un jour.

– J'y manquerai pas, dit joyeusement Mme Reilly.

Ignatius était bien du genre à être communiste. Il en avait même un peu l'allure.

« P'têt' que ça pourrait lui faire peur.

– Ce garçon devrait pas vous causer de souci. Vous avez un remarquable caractère. J'admire cela chez une femme. Quand je vous ai reconnue, au bouligne, avec Miss Battaglia, je me suis dit « j'espère bien que je pourrai la rencontrer un jour ».

– Vous vous êtes dit ça?

– J'ai admiré votre fermeté, votre courage, quand vous avez fait front pour ce garçon face à ce sale flic. Plus encore s'il vous fait des ennuis à la maison. Y faut du courage.

– Ah, j'aurais mieux fait d'laisser Angelo l'arrêter, tiens! Rien d'tout l'reste se s'rait jamais produit. Ignatius aurait pas couru d'risque, en prison.

– Qui c'est, Angelo?

– Voilà! Moi et ma grande gueule. Qu'est-ce que j'ai dit, Claude?

– Quelque chose à propos d'un Angelo.

– Seigneur! Bon, faut qu'j'aille voir si Santa va bien. La pauvre! Elle se s'ra p'têt brûlée susson réchaud. Santa arrête pas d'se brûler. Elle fait pas assez attention au feu, vous savez.

– On l'aurait entendue crier si elle s'était brûlée.
– Non, vous connaissez pas Santa. Elle a tout plein d'courage, cette fille-là. Jamais vous l'entendrez. Pas un mot. C'est l'sang italien, ça.
– Dieu tout-puissant! vociféra M. Robichaux en bondissant sur ses pieds. C'est lui!
– Quoi? demanda Mme Reilly, prise de panique.
Tournant les yeux, elle aperçut Santa et Angelo qui se tenaient sur le seuil.
« Tu vois, Santa, ch't'avais bien dit qu'ça tournerait comme ça. Seigneur, j'ai les nerfs en p'lote, j'aurais mieux fait d'rester chez moi.
– Si vous étiez pas un sale flic, j'vous donnerais un bon coup d'pied au cul, hurlait M. Robichaux à Angelo.
– Oh, du calme, Claude, dit froidement Santa. Angelo pensait pas à mal, franchement.
– Y m'a gâché la vie, oui, ce sale communisse!
L'agent de police Mancuso fut pris d'une violente quinte de toux puis parut fort déprimé. Il se demandait ce qu'il allait pouvoir lui arriver encore d'épouvantable.
– Oh, Seigneur, vaut mieux que j'me sauve, disait Mme Reilly, au désespoir. Si y a quelque chose dont j'me passerais bien, c'est une bagarre. On va se r'trouver dans tous les journaux, c'est là qui s'rait content, Ignatius.
– Pourquoi m'avez-vous fait v'nir ici? demanda M. Robichaux furibond. Qu'est-ce que c'est qu'cette histoire?
– Santa, ma chérie, tu veux bien m'appeler un bon p'tit taxi?
– Oh, la ferme, Irene! répondit Santa. Maintenant, Claude, écoutez-moi. Angelo vous d'mande pardon, là, qu'est-ce qui vous faut d'plus?
– Ça veut rien dire, ça. Il est trop tard pour d'mander pardon. Le scandale a eu lieu. J'ai perdu la face devant mes petits-enfants.
– Faut pas être en colère après Angelo, plaida Mme Reilly. Tout ça c'était la faute à Ignatius. C'est mon fils, mais faut bien r'connaît' qu'il a une drôle d'allure quand y sort. Angelo aurait dû l'arrêter.
– C'est vrai, renchérit Santa. Écoutez voir un peu c'qu'Irene vous dit, Claude. Et faites donc attention à pas mett' les pieds su'l'phono à ma pauv' tite nièce!
– Si Ignatius aurait été gentil avec Angelo, y s'serait rien passé d'tout ça, expliqua Mme Reilly à son auditoire. Regardez

l'rhume qu'Angelo s'trimballe, maintenant! C'est pas rose pour lui, Claude!

– Oui, dis-y, toi, ma fille! approuva Santa. Si Angelo a chopé c'rhume, c'est pasqu'y vous a embarqué, Claude.

Santa agita un doigt accusateur sous le nez de M. Robichaux.

« A l'heure qu'il est, il est coincé dans les toilettes. Et y va pas tarder à s'faire virer.

L'agent de police Mancuso toussa tristement.

– P'têt' que j'm'étais laissé un peu emporter, concéda M. Robichaux.

– J'aurais pas nû bous embarguer, souffla Angelo. J'beu zuis ennerbé.

– Tout était d'ma faute, dit Mme Reilly. Pasque j'ai voulu protéger c't'Ignatius, aussi. J'aurais dû vous laisser l'arrêter, Angelo.

Mme Reilly tourna son visage blanc de poudre vers M. Robichaux.

– M'sieur Robichaux, vous connaissez pas Ignatius. Partout où y va y fait des histoires.

– Quelqu'un devrait lui donner un bon coup d'pied dans l'cul, à c't Ignatius, dit Santa avec beaucoup de conviction.

– Quelqu'un devrait lui botter les fesses, renchérit Mme Reilly.

– Quelqu'un devrait lui filer une bonne raclée à c't Ignatius, dit encore Santa. Bon, allez, maintenant, tout l'monde est copain.

– D'accord, dit M. Robichaux et, saisissant la main d'un blanc bleuté d'Angelo, il la serra mollement.

– Ça c'est gentil, dit Mme Reilly. Venez vous asseoir su'l'sofa, Claude, et Santa va nous jouer d'ce bel hiffi qu'elle a eu d'sa p'tite nièce qu'est un trésor.

Tandis que Santa posait un disque de Fats Domino sur la platine, Angelo, reniflant et un peu perdu, prit place sur la chaise de cuisine en face de Mme Reilly et de M. Robichaux.

– Eh ben, voilà, tout va bien! Si c'est pas mieux comme ça! hurla Mme Reilly, tentant de couvrir le son tonitruant du piano et de la contrebasse. Santa, chérie, faut qu'tu baisses un peu ce zinzin!

– D'accord, hurla Santa à ses hôtes.

Le volume sonore diminua légèrement.

« Bon, tout l'monde fait ami-ami et moi j'vais chercher des assiettes pour ma bonne salade de patates. Eh! Irene, Claude, montrez-nous vois un peu comment vous guinchez, les enfants!

Les deux petits yeux de charbon la regardèrent sévèrement depuis le perchoir de la cheminée tandis qu'elle quittait la pièce en gambillant gaiement. Les trois invités, noyés dans le rythme retentissant qui émanait en pulsations sonores du petit phonographe, s'absorbèrent dans la contemplation silencieuse des murs rosâtres et du motif floral du linoléum. Puis, brusquement, Mme Reilly se mit à crier aux deux messieurs :

– Oh, mais dites donc, vous savez pas? Ignatius était en train d'faire couler un bain quand chuis partie. Ch'parie qu'il aura oublié d'refermer les robinets!

Voyant que personne ne répondrait, elle ajouta :

– Ah, c'est pas rose tous les jours, pour les mamans.

# NEUF

– Le bureau de l'hygiène a porté plainte contre vous, Reilly.

– Ah, c'est tout? A en juger par votre visage, je croyais que vous étiez au bord de la crise d'épilepsie, dit Ignatius à M. Clyde, poussant en cahotant sa voiture dans le garage, la bouche pleine de saucisse et de pain. Je préfère ne pas deviner le sujet de cette plainte et moins encore son origine. Je vous assure que j'ai été la propreté personnifiée. Mes habitudes intimes sont au-dessus de tout soupçon. N'étant porteur de nul germe ni maladie vénérienne, je ne vois pas ce que je pourrais transmettre à vos saucisses qu'elles n'auraient déjà. Regardez-moi ces ongles.

– Pas la peine de m'assommer avec tout c'baratin, gros paumé!

M. Clyde détourna les yeux des grosses pattes qu'Ignatius offrait à son inspection.

« Ça fait seulement quelques jours que vous êtes au boulot. Y a des gars qu'ont travaillé pour moi pendant des années sans jamais avoir d'ennuis avec le bureau!

– Je ne doute point qu'ils fussent plus rusés que moi.

– Y avait un type qui vous surveillait.

– Ah, ah, dit calmement Ignatius qui s'interrompit pour mastiquer le bout de saucisse qui lui dépassait de la bouche comme un mégot de cigare. C'était donc ça, cet archétype du fonctionnaire qui avait bien l'air d'un appendice de la bureaucratie. On peut toujours reconnaître les employés et serviteurs de l'État à la vacuité totale qui occupe l'espace où la plupart des autres gens ont leur visage.

– Fermez-la, gros salopard. Vous l'avez payée, la saucisse que vous mangez?

– Bah, indirectement. Vous pouvez la soustraire de mon misérable salaire.

Ignatius regarda M. Clyde jeter des chiffres sur un bloc.

« Dites-moi, quel tabou sanitaire archaïque ai-je bien pu violer? M'est avis qu'il s'agira de quelque falsification de la part de l'inspecteur.

– Le bureau dit que le vendeur numéro sept – c'est vous – a été aperçu...

– Oui, c'est moi, interrompit Ignatius. O sept trois fois béni! Je reconnais volontiers ma culpabilité. Ils ont déjà trouvé quelque chose à me reprocher! Je ne suis pas étonné que la voiture numéro sept soit précisément – et fort ironiquement – un porte-malheur. Je veux une autre voiture aussi vite que possible. Selon toute apparence, c'est un oiseau de malheur que je pousse à travers les rues. Je suis persuadé que je ferai mieux avec une autre charrette. Nouvelle voiture, nouvelles aventures!

– Vous allez m'écouter, oui!

– Bah, si j'y suis absolument contraint. Je dois toutefois vous signaler que je suis sur le point de m'évanouir d'angoisse et d'abattement. Le film que j'ai vu hier soir était particulièrement débilitant, une comédie musicale mettant en scène des adolescents sur une plage. J'ai failli m'effondrer pendant la séquence de chant sur planche à voile! De plus, j'ai souffert tout au long de deux cauchemars, la nuit dernière – l'un concernait un autocar panoramique, l'autre tournait autour d'une jeune femme de ma connaissance. Il était assez brutal et obscène. Si je vous le décrivais, vous en seriez sans aucun doute effrayé.

– On vous a vu ramasser un chat dans le ruisseau dans St. Joseph Street.

– Est-ce vraiment là tout ce dont ils sont capables? Quel absurde mensonge! dit Ignatius en faisant disparaître d'un coup de langue le dernier segment de saucisse encore visible.

– Qu'est-ce que vous fichiez dans St. Joseph Street, d'abord? Y a que des quais, des docks et des entrepôts, là-bas. Y a pas âme qui vive, dans c'te rue! Elle est même pas dans nos itinéraires!

– Ma foi, je l'ignorais. Je m'étais simplement traîné faiblement jusque-là pour prendre un peu de repos. De temps à autre, un piéton se matérialisait. Malheureusement pour nous, aucun ne semblait d'humeur à acheter un hot dog.

– Alors vous y étiez bel et bien! Pas étonnant que vous vendiez rien! Et j'parie qu'vous tripotiez c'matou, en plus!

– Maintenant que vous le dites, il me semble bien avoir remarqué un ou deux domestiques dans les parages.

– Vous étiez bel et bien en train de tripoter c'foutu chat!

– Non je n'étais pas en train de « tripoter » ce petit félin. Je ne tripote pas les chats. Je l'avais seulement ramassé pour le caresser un peu. C'était une tricolore assez séduisante, nullement un matou. Je lui ai offert un hot dog. La chatte a refusé de le manger, figurez-vous. C'était un animal doué de tact et de goût.

– Vous vous rendez compte de la gravité de cette contravention, espèce de grand singe?

– Non, je crains bien de ne pas m'en rendre un compte exact, dit Ignatius, courroucé. On a selon toute apparence estimé évident que la chatte n'était pas propre. Comment le savons-nous? Les chats sont fameux pour leur goût d'hygiène, ils ne cessent de se lécher dès qu'ils soupçonnent la moindre trace d'impureté. Cet inspecteur doit être prévenu contre les chats. On n'a pas donné sa chance à cette chatte.

– Mais il s'agit pas d'cette chatte! s'écria M. Clyde avec tant de véhémence qu'Ignatius fut en mesure d'apercevoir les veines violettes qui s'enflaient autour de la cicatrice qu'il avait sur le nez. C'est de vous qu'il s'agit, de vous!

– Mais alors, moi, je suis d'une propreté indiscutable. Ce sujet a déjà été traité. Je demandais simplement à ce que cette chatte fût entendue avant d'être condamnée, c'est de bonne justice. Quand cesserai-je, monsieur, d'être sempiternellement harcelé et persécuté? Quand vous avez tenu à vérifier l'état de mes ongles, voilà quelques instants, avez-vous remarqué l'irrépressible et violent tremblement de mes mains? Mes nerfs sont au bord de l'effondrement final. Je serais à la torture d'avoir à poursuivre Paradise Vendors SA pour lui faire injonction d'acquitter mes frais de psychiatrie. Peut-être ignorez-vous encore que je ne suis couvert par nulle assurance maladie, en cas d'hospitalisation ? Paradise Vendors est manifestement une entreprise trop paléolithique pour offrir à ses employés ce genre d'avantages sociaux. A vrai dire, monsieur, les conditions de travail dans cette firme mal famée me conviennent de moins en moins.

– Pourquoi ça, qu'est-ce qui n'va pas? demanda M. Clyde.

– Tout, je le crains. Et, par-dessus le marché, j'ai le sentiment que vous ne m'êtes nullement reconnaissant.

– Bah, au moins vous venez tous les jours, ça, je vous l'accorde.

– C'est uniquement parce que, sinon, je serais proprement assommé à l'aide d'une bouteille de vin cuite au four. Je ne puis demeurer chez moi. Ouvrir la porte de mon foyer c'est comme s'introduire dans l'antre d'une lionne en furie. Ma mère devient chaque jour plus mal embouchée, plus cruelle.

– Vous savez bien, Reilly, que je ne vais pas vous mettre à la porte, dit M. Clyde d'un ton paternel.

Il avait déjà entendu la triste histoire du vendeur Reilly : la mère ivrogne, les dégâts qu'il fallait rembourser, la misère menaçant la mère et le fils, les amis débauchés de la mère.

« Je m'en vais vous filer un nouvel itinéraire et vous donner une nouvelle chance. J'ai deux trois trucs publicitaires qui vous aideront peut-être dans la vente.

– Bah, vous enverrez la carte de mon nouvel itinéraire au service psychiatrique de l'hôpital de la Charité. Les bonnes sœurs et les psychiatres de cet établissement m'aideront, dans leur sollicitude, à déchiffrer votre envoi entre deux traitements de choc.

– Fermez-la!

– Vous voyez? Vous cherchez à détruire en moi toute initiative, déclara Ignatius dans un rot. Ma foi, j'espère bien que vous m'avez réservé un itinéraire agréablement paysagé, à travers un parc, par exemple, bien équipé de bancs, fauteuils et autres sièges à l'intention des gens qui souffrent des pieds. Quand je me suis levé, ce matin, mes chevilles se sont dérobées. Heureusement que j'ai pu m'agripper à temps au montant du lit. Autrement, j'aurais fini sur le plancher, en un tas d'ossements brisés. Mes tarses sont apparemment sur le point de jeter l'éponge tout à fait.

Ignatius entreprit de boiter autour de M. Clyde pour illustrer sa déclaration, traînant ses semi-bottillons sur le béton huileux.

– Arrêtez-ça, gros saligaud, vous êtes pas plus infirme que moi !

– Pas tout à fait invalide pour le moment, c'est encore vrai. Toutefois, une diversité de petits os et de ligaments agitent le drapeau blanc de la reddition. Mon organisme tout entier semble concocter une espèce de trêve momentanée. Mon système digestif a pratiquement cessé de fonctionner. Quelque tissu aura crû par-dessus mon anneau pylorique, le scellant à jamais.

– Je vous mets dans le Quartier Français.

– Quoi ? tonna Ignatius. Croyez-vous que j'accepte jamais d'aller faire le péripatéticien dans ce repaire de tous les vices ? Non, je crains que cela soit hors de question. Ma psychê tomberait en miettes dans cette atmosphère. Sans compter que les rues y sont fort étroites et dangereuses. Je risquerais trop d'être renversé par une auto ou écrasé contre un mur.

– C'est ça ou rien, espèce de gros cochon. A prendre ou à laisser. C'est votre dernière chance.

La cicatrice de M. Clyde blanchit derechef.

– Ma dernière chance, vraiment ? Bah, de toute manière, je vous en prie, ne faites pas une nouvelle crise d'épilepsie. Vous risqueriez de tomber dans votre baril de saucisses chaudes et d'y être ébouillanté. Si vous insistez, j'imagine qu'il me faudra aller vendre mes saucisses à Sodome et Gomorrhe.

– D'accord. C'est arrangé, donc. Venez demain matin, on vous donnera quelques accessoires.

– Je ne puis vous promettre de que nombreuses saucisses seront vendues au Quartier. Je serai probablement occupé à chaque instant par la nécessité de protéger mon honneur contre les démons qui vivent là-bas.

– C'est surtout les touristes qu'on a, au Quartier.

– C'est encore pire. Seuls des dégénérés pratiquent le tourisme. Personnellement, je ne suis sorti de notre ville qu'une seule fois. A propos, vous ai-je jamais entretenu de ce pèlerinage à Baton Rouge ? Une fois franchi les limites de la ville, il y a bien des horreurs.

– Ça va, je n'veux pas en entendre parler.

– Ma foi, tant pis pour vous. Vous auriez acquis, peut-être, quelques connaissances utiles en écoutant le récit traumatique de ce voyage. Toutefois je suis heureux que vous ne vouliez pas l'entendre. Les subtilités psychologiques et symboliques échapperaient probablement à votre épaisse mentalité de propriétaire de l'établissement Paradise Vendors. Heureusement, j'ai couché tout cela sur le papier et, un jour ou l'autre dans l'avenir, la fraction la plus avertie du public bénéficiera de mon compte rendu de ce séjour abyssal dans les marais, jusqu'au dernier degré de l'horreur ultime.

– Bon, ça va comme ça, Reilly.

– Dans mon récit, j'ai trouvé une comparaison particulièrement appropriée, faisant de l'autocar panoramique l'équivalent de ces horribles montagnes russes des foires.

– Bon, Reilly, la ferme! hurla M. Clyde tout en agitant sa longue fourchette de manière menaçante. Voyons un peu votre recette d'aujourd'hui. Combien avez-vous vendu?

– Oh, Seigneur mon Dieu, soupira Ignatius, je savais que nous en viendrions là tôt ou tard.

Les deux hommes se chamaillèrent à propos des bénéfices pendant quelques minutes. Ignatius avait en fait passé la matinée confortablement assis à Eads Plaza, observant les mouvements du port et jetant quelques notes à propos de l'histoire de la navigation et de Marco Polo sur un cahier Big Chief. Entre deux notes, il réfléchissait à divers moyens de détruire Myrna Minkoff sans parvenir à une conclusion satisfaisante. Son projet le plus prometteur comportait l'emprunt à la bibliothèque d'un ouvrage sur les munitions, la fabrication d'une bombe, et son envoi par la poste à Myrna. Puis il se souvint qu'on lui avait retiré sa carte de bibliothèque. L'après-midi avait été consacré à la chatte. Ignatius avait tenté de la prendre au piège dans le compartiment à petits pains pour l'emporter à la maison et en faire un animal familier. Mais elle lui avait échappé.

– Il me semble que vous pourriez avoir la générosité de consentir un semblant de remise à vos employés, dit Ignatius d'un air important après qu'une computation des recettes de la journée eut fait apparaître, après soustraction des saucisses qu'il avait lui-même consommées, que sa paie de la journée s'élevait exactement à un dollar et vingt-cinq cents. Après tout, je suis en train de devenir votre meilleur client.

M. Clyde planta sa fourchette dans le foulard du vendeur Reilly et lui enjoignit de sortir du garage au plus vite, le menaçant de renvoi s'il ne se présentait pas tôt le lendemain matin pour aller prendre son service dans le Quartier Français.

Ignatius se traîna de méchante humeur jusqu'à l'arrêt du

trolleybus et grimpa dans une voiture à destination du nord de la ville, rotant si violemment des gaz Paradise tout au long du trajet que personne ne vint s'asseoir près de lui, alors que le trolley était bondé.

Quand il pénétra dans la cuisine, sa mère l'accueillit en tombant à genoux et en clamant :

– Seigneur, que t'ai-je fait pour qu'tu m'envoyes cette terrible croix à porter? Hein, Seigneur? Dis-le-moi. Envoie-moi un signe. J'ai toujours été une bonne chrétienne.

– Cesse de blasphémer à l'instant! hurla Ignatius.

Mme Reilly interrogeait des yeux le plafond, cherchant une réponse dans les fissures et les traces de graisse.

« Voilà toute la réception à laquelle j'ai droit quand je rentre d'une nouvelle et épuisante journée de lutte pour la vie dans les rues de cette ville féroce?

– Et qu'est-ce que t'as aux mains?

Ignatius regarda les égratignures infligées par les griffes de la chatte quand il avait voulu l'enfermer dans le compartiment à petits pains.

– J'ai eu une bataille assez apocalyptique avec une prostituée affamée, rota Ignatius. Je n'ai dû qu'à la supériorité de ma force musculaire de pouvoir l'empêcher de mettre à sac ma voiture. Elle a fini par s'éloigner en boitant, les haillons en désordre.

– Ignatius! s'écria Mme Reilly, tragique. Chaque jour c'est à croire que tu deviens encore pire! Que t'arrive-t-il?

– Va donc chercher ta bouteille dans le four. Elle doit être à point.

Mme Reilly lança à son fils un regard en dessous et lui demanda :

– Ignatius, t'es bien sûr de pas êt' communisse?

– Oh, Seigneur Dieu! beugla Ignatius. Chaque jour je suis soumis à une chasse aux sorcières maccarthyste dans cette bâtisse croulante! Non! Je te l'ai déjà dit! Je ne suis pas un compagnon de route. Qu'est-ce qui a bien pu te mettre pareille idée en tête?

– J'ai lu comme ça su'l'journal comme quoi y z'avait repéré des tas d'communisses dans les facultés.

– Eh bien, fort heureusement, je ne les y ai pas rencontrés. Eussent-ils croisé mon chemin qu'ils eussent senti la cuisante morsure de mon fouet en travers de leurs pitoyables épaules. Crois-tu que je voudrais vivre dans une société collectiviste avec des gens comme cette Battaglia que tu fréquentes, à balayer les rues et à casser les cailloux ou je ne sais quelle autre activité typique des habitants de ces malheureux pays? Ce que j'appelle de mes vœux, c'est une bonne monarchie solide avec à sa tête un roi plein de goût et de décence et quelques connaissances de théologie et de géométrie afin de cultiver une riche vie intérieure.

– Un roi? Tu veux un roi?

– Oh, cesse de te récrier stupidement!

– Jamais j'ai entendu personne qui était pour un roi!

– S'il te plaît!

Ignatius abattit violemment une grosse patte sur la toile cirée de la table de cuisine.

« Va balayer le perron, rends visite à Miss Annie, téléphone à la catin Battaglia, va t'entraîner dans l'impasse avec ta boule de bouligne. Mais fiche-moi la paix, laisse-moi tranquille. Je suis dans un fort mauvais cycle.

– Comment ça « cycle »?

– Si tu ne cesses pas de m'importuner je vais baptiser la proue de ton épave de Plymouth avec la bouteille de vin que tu serres dans le four, menaça Ignatius d'un ton méprisant.

– Aller se battre avec une malheureuse dans la rue, dit tristement Mme Reilly. Si c'est pas affreux! Et d'vant une charrette de saucisses chaudes, en plus. Ignatius, y faut que tu t'fasses soigner, je crois.

– Oui, eh bien, je vais aller regarder la télévision, dit Ignatius avec courroux. Il y a un programme que j'aime bien.

– Une minute, mon gars, dit Mme Reilly en se relevant et en lui tendant une enveloppe de papier brun qu'elle tira d'une poche de son chandail. Tiens. C'est arrivé pour toi, aujourd'hui.

– Ah oui? demanda Ignatius avec intérêt en saisissant la petite enveloppe sombre. J'imagine que tu la connais par cœur, maintenant.

– Tu f'rais mieux d'te rincer soigneusement les mains dans l'évier avec ces griffes que t'as.

– Elles peuvent attendre, dit Ignatius.

Il déchira l'enveloppe.

« Myrna Minkoff a selon toute apparence répondu à ma missive avec une hâte frénétique. Je l'avais éconduite avec une certaine méchanceté.

Mme Reilly s'assit et croisa les jambes, balançant tristement ses chaussettes blanches et ses vieux escarpins de cuir noir, tandis que les yeux bleu et jaune de son fils parcouraient la lettre que Myrna avait écrite sur un sac en papier de Prisunic.

Messieurs,

Bon, je reçois enfin de tes nouvelles, Ignatius. Et quelle lettre dégueulasse! Je ne m'attarderai pas sur l'en-tête des Pantalons Levy qui ornait le papier. C'est probablement l'idée que tu te fais d'une bonne blague antisémite. Heureusement, je suis au-dessus de toute attaque à ce niveau. Mais jamais je n'aurais cru cela possible de toi. Comment peux-tu être tombé si bas. Décidément, on en apprend tous les jours.

Tes commentaires à propos de la conférence trahissaient une jalousie mesquine à laquelle je ne me serais pas attendue de la part de quelqu'un qui se prétend large d'esprit et non engagé. Cette conférence soulève déjà l'intérêt de plusieurs personnes sérieuses que je connais. Quelqu'un m'a promis de venir (et d'amener plusieurs amis très intelligents) et c'est un remarquable contact nouveau que j'ai établi à l'heure de pointe dans un wagon de la ligne de Jerome Avenue. Il s'appelle Ongah, c'est un étudiant boursier dans le cadre d'un programme d'échange, il vient du Kenya pour rédiger une thèse sur les poètes symbolistes français du XIXe siècle à l'Université de New York. Bien sûr, tu ne comprendrais pas et tu n'aimerais pas un garçon aussi brillant et engagé que l'est Ongah. Je pourrais l'écouter parler pendant des heures. Il est sérieux et ne déconne pas sans cesse comme tu le fais avec tous ces faux-semblants depuis toujours. Ce que dit Ongah est profondément chargé de sens. Ongah est quelqu'un d'authentique et de très vivant. Il est viril et agressif. Il attaque la réalité à belles dents après avoir déchiré les voiles qui la dérobaient.

– Oh, mon Dieu! cracha Ignatius. La péronnelle a été violée par un Mau-Mau.

– Qu'est-ce que tu racontes? demanda Mme Reilly d'un air soupçonneux.

– Va donc allumer le poste de télévision pour qu'il chauffe, répondit Ignatius d'un air absent tout en poursuivant sa lecture.

Il ne te ressemble en rien, comme tu l'imagines sans peine. Il est aussi musicien et sculpteur et passe chaque minute à des activités importantes, créant et ressentant sans cesse. Ses sculptures donnent l'impression de vous bondir dessus, de vous empoigner, tant elles débordent d'être et de vie.

Au moins ta lettre me permet-elle de savoir que tu es encore vivant, si l'on peut appeler *vivre* ce que tu fais. Qu'est-ce que tous ces mensonges à propos de tes liens et de l'industrie de l'alimentation ? Serait-ce quelque attaque détournée contre le fait que mon père dirige une affaire de fournitures pour restaurants ? Si tel est le cas, c'est loupé, car voilà des années que je suis à couteau tiré avec mon père sur les questions d'idéologie. Voyons les choses en face, Ignatius ; depuis la dernière fois que je t'ai vu, tu n'as rien fait d'autre que de rester à pourrir sur pied dans ta chambre. L'agressivité que tu manifestes à l'encontre de ma conférence n'est qu'une manifestation de tes sentiments d'échec, d'inaccomplissement et de ton impuissance mentale (mentale ?).

– Il conviendrait d'empaler cette jeune ribaude libérale sur le membre d'un étalon de taille particulièrement avantageuse, marmotta Ignatius plein de fureur.

– Quoi ? Qu'est-ce que tu dis, quoi ?

Ignatius, des choses graves se préparent. Il faut absolument que tu fasses quelque chose – quoi que ce soit. Même le bénévolat dans un quelconque hôpital te tirerait utilement de ton apathie et serait probablement sans réel danger pour ton anneau et autres organes déficients. Sors donc de cette maison-matrice ne serait-ce qu'une heure par jour. Va faire des promenades à pied, Ignatius. Regarde les arbres et les oiseaux. Prends conscience de la vie qui foisonne autour de toi. L'anneau se ferme parce qu'il croit se trouver dans un organisme mort. Ouvre ton cœur, Ignatius, et tu ouvriras ton anneau.

Si tu as de quelconques phantasmes sexuels, décris-les en détail dans ta prochaine lettre. Je serai peut-être capable de les interpréter et de t'aider ainsi à traverser la crise psycho-sexuelle dans laquelle tu te débats pour le moment. Quand j'étais à l'université, je t'ai dit bien des fois que tu traverserais un jour ou l'autre une phase psychotique comme celle-ci.

Je pense que tu seras sans doute intéressé d'apprendre, comme je viens de le lire dans *Révulsion sociale*, que la Louisiane est l'État qui a le plus fort pourcentage d'illettrés des E. U. Tire-toi de ce merdier avant qu'il ne soit trop tard. Je ne t'en veux pas de ce que tu as dit de ma conférence – vraiment. Je comprends ton état, Ignatius. Les membres de mon groupe de thérapie de groupe suivent tout ton cas avec beaucoup d'intérêt (je le leur ai exposé chapitre par chapitre, en commençant par tes phantasmes paranoïdes, tout en ajoutant un certain nombre de commentaires pour leur situer ton histoire dans son contexte), et tout le groupe est avec toi. Si la conférence ne m'occupait pas tant, j'entreprendrais une tournée d'inspection depuis trop longtemps remise et je viendrais te voir personnellement. Tiens le coup jusqu'à notre prochaine rencontre.

M. Minkoff.

Ignatius replia la lettre avec violence, puis, roulant en boule le sac de Prisunic ainsi plié, il le précipita dans la boîte à ordures. Mme Reilly regarda le visage empourpré de son fils et demanda :

– Qu'est-ce qu'elle veut, cette fille? Qu'est-ce qu'elle devient en ce moment?

– Myrna se prépare à jeter ses braiements au visage d'un nègre. Et en public.

– Si c'est pas malheureux! Ah, on peut dire que t'as l'chic pour choisir tes amis, Ignatius. Les gens de couleur ont déjà pas une vie toute rose. C'est pas facile pour eux non plus... La vie est dure, Ignatius... tu finiras par l'apprendre à tes dépens.

– Je te remercie beaucoup, répondit Ignatius, imperturbable.

– Tu connais la pauv' vieille dame de couleur qui vend des crottes en chocolat devant l'cimetière, pas vrai? Hou, la la, Ignatius, elle me fait peine, ch't'assure. Tiens, l'aut' jour, j'la vois avec rien qu'son p'tit paletot d'tissu tout troué, alors qui f'sait froid. Alors j'y dis comm' ça j'y dis : « Hê, ma bonne, vous allez attraper la mort, avec c'te p'tit paletot tout troué qu'vous avez là! » Mais elle êm dit...

– Oh, je t'en prie! vociféra Ignatius avec rage, je ne suis nullement d'humeur à me régaler d'une anecdote patoisante!

– Ignatius tu vas m'écouter. Cette petite dame fait peine à voir, parfaitement! Alors êm dit : « Oh, j'me moque bien du froid, ma douce, j'ai l'habitude! » Ah, elle est bien courageuse, pas vrai? conclut Mme Reilly en regardant Ignatius avec beaucoup d'émotion, en quête d'une approbation qu'elle fut loin de trouver dans sa moustache ironique. C'est quèque chose, tout d'même! Alors tu sais pas c'que j'ai fait? J'y ai donné vingt-cinq *cents* et j'y ai dit comme ça : « Tenez ma bonne, vous achèterez un p'tit quèque chose pour vos p'tits enfants. »

– Quoi? explosa Ignatius. Ainsi dilapides-tu mes profits! Tandis que j'en suis pratiquement réduit à mendier par les rues, tu jettes notre argent par les fenêtres au bénéfice des pires escrocs! Car les vêtements de cette femme ne sont qu'une ruse. Elle dispose d'un emplacement excellent et fort lucratif – devant ce cimetière. Je ne doute pas qu'elle ne gagne dix fois plus que moi.

– Ignatius! Elle est toute cassée, pliée en deux, dit tristement Mme Reilly. Si seulement tu étais aussi courageux qu'cette pauv' femme!

– Je vois. Désormais l'on me compare à de vieilles farceuses dégénérées, coutumières de l'imposture. Pis – la comparaison m'est défavorable. Ma propre mère a l'audace de m'infliger un traitement aussi ignominieux.

Ignatius abattit sa grosse patte sur la toile cirée.

« Assez ! C'en est assez ! Je passe au salon où je vais regarder la télévision. Entre deux pauses-moscatel, tu trouveras bien le temps de m'y porter quelque chose à grignoter. Mon anneau brame de désir d'être apaisé.

– Silence là-bas, hurla Miss Annie derrière ses persiennes tandis qu'Ignatius, rassemblant les pans de son surplis, passait dans le vestibule, l'esprit plongé dans l'examen de son plus urgent problème : l'organisation d'un nouvel assaut contre l'effrontée péronnelle. Le premier assaut, celui du combat pour les droits des Noirs, avait échoué du fait des défections qu'Ignatius avait enregistrées dans les rangs. Il fallait trouver d'autres assauts à lancer, chercher dans les domaines de la politique et de la sexualité. Plutôt la politique. Il devait consacrer toute son attention à la mise au point d'une stratégie.

## II

Lana Lee était sur un tabouret de bar, les jambes croisées dans un pantalon de daim fauve, ses fesses musclées clouant le tabouret au sol et le contraignant à la supporter en position parfaitement verticale. Quand elle bougeait légèrement, les grands muscles de son derrière joufflu s'animaient, parcourus d'une infime ondulation, ils empêchaient le tabouret de bouger ou de pencher ne fût-ce que d'un centimètre. Les muscles enserraient le siège capitonné et le maintenaient fermement érigé. De longues années d'entraînement et d'usage avaient fait du bas de son dos un instrument docile, d'une souplesse et d'une dextérité peu communes.

Son propre corps l'avait toujours effarée. Elle l'avait reçu sans frais, et pourtant jamais elle n'avait rien acheté qui lui eût rendu autant de signalés services que ce corps qui était le sien. Dans les instants rarissimes où Lana Lee devenait sentimentale, voire religieuse, elle remerciait Dieu pour la bonté qu'Il avait manifestée en façonnant un corps qui était aussi un ami. C'était un cadeau qu'elle tentait de mériter en lui accordant des soins remarquables. Elle l'entretenait en experte, avec la précision méticuleuse et dépourvue de sentiment d'un mécanicien.

Lana attendait la première répétition en costume du numéro de Darlene. Quelques minutes plus tôt cette dernière était arrivée portant une grande boîte et avait disparu dans les coulisses. Lana regardait l'appareil de Darlene, sur la petite scène. Un menuisier avait fabriqué un perchoir qui ressemblait à un porte-chapeaux dont les crochets auraient été remplacés par des anneaux de grande taille. Trois autres anneaux pendaient à des chaînes de longueur différente attachées au sommet du perchoir. Ce que Lana avait vu du numéro pour l'instant n'était pas prometteur mais Darlene affirmait que le costume en ferait quelque chose d'une grande beauté. Tout bien considéré, Lana n'avait pas à se plaindre, elle était contente de s'être laissé convaincre par Darlene et par Jones de donner sa chance à la première. Le numéro ne lui revenait pas cher, et il fallait reconnaître que le volatile était excellent, acteur de talent, très professionnel, il rachetait presque les déficiences humaines du numéro. Les autres boîtes de nuit de la rue pouvaient bien monopoliser la clientèle des amateurs de tigres, de chimpanzés et de serpents. *Les Folles Nuits*, elles, étaient désormais assurées de la clientèle des amateurs d'oiseaux. La connaissance bien particulière qu'avait Lana de l'humaine nature la portait à penser qu'il pouvait s'agir d'une clientèle fort large.

– D'accord, Lana, on est prêt, lança Darlene depuis les coulisses.

Lana reporta les yeux sur Jones qui était occupé à balayer entre les tables et les banquettes dans un double nuage de fumée et de poussière et dit :

– Mettez le disque.

– Scusez, mais l'disque, moi chcommence à l'mette à partir de 30 dollars par semaine. Oua-ho!

– Oui, ben posez-moi c'balai et mettez-vous au phono avant que j'appelle le commissariat, fulmina Lana.

– Ben vous-même, z'avez qu'à descende de c'tabouret et mette le disque, quoi merde, avant qu'j'appelle l'commissariat pour dire à ces enfoirés d'flicards de s'mette un peu à la r'cherche d'vot' petit pote l'orphelin, là, qu'a disparu. Oua-ho!

Lana examina le visage de Jones mais ses yeux étaient invisibles derrière ses lunettes au milieu du nuage de fumée.

– Qu'est-ce que vous racontez? finit-elle par demander.

– Tout c'que vous avez jamais r'filé aux orphelins c'est la

vérole. Oua-ho! Me faites pas chier avec votre enculé d'phono, vu? Dès qu'j'aurais réussi à comprende c't'histoire d'orphelin, c'est moi qui les appellera, les flicards. J'en ai par-dessus la tête d'bosser dans c'bordel pour moins qu'le minimum et d'me faire menacer par-dessus l'marché.

– Eh, les amis! Où qu'est not' musique? lança Darlene toujours invisible.

– Qu'est-ce que vous pourriez prouver d'vant les flics, hein? demanda Lana.

– Oh, mais c'est qu'y a bien quèque chose, alors! Oua-ho! J'le savais d'puis l'début! Bon, ben si jamais vous aviez l'idée d'appeler les flics pour y causer d'moi, j'ai l'intention d'les app'ler pour y causer d'vous! Va y avoir des sonneries à la police! tous ces coups d'téléphone, oua-ho! Bon, pis laissez-moi balayer en paix. Passer des disques c'est un boulot trop technique pour les gens d'couleur. J'le casserais, probabe, vot' tourne-disque.

– Ça m'f'rait mal que les flics aillent croire un gibier d'potence, un vagabond comme vous. Surtout quand moi j'leur aurai dit que vous vous servez dans la caisse.

– Qu'est-ce qui se passe? s'enquit Darlene de derrière le petit rideau.

– J'me sers d'une seule chose, ici, un foutu seau d'eau sale pour tremper ma serpillière, voilà!

– C'est ma parole contre la vôtre. Les flics vous ont déjà à l'œil. Y n'ont besoin que d'une chose, qu'une vieille connaissance comme moi les rancarde sur votre compte. Qui croyez-vous qu'ils croiront?

Lana Lee observa Jones et vit que son silence répondait à la question qu'elle avait posée.

« Bon, occupez vous de ce phono.

Jones lança son balai contre une banquette et alla mettre le disque, *Stranger in Paradise*.

– Bon, ça va tout l'monde? Alors c'est parti mon kiki! lança Darlene qui se jeta en scène, le cacatoès sur un bras.

Elle portait une robe longue de satin orange et au sommet de ses cheveux relevés une grande orchidée artificielle. Elle esquissa plusieurs mouvements maladroitement lascifs en direction du perchoir dont elle s'approcha lentement tandis que le cacatoès se balançait sur son bras pour conserver son équilibre. Se tenant d'une main au sommet du perchoir, elle entreprit une grotesque danse de séduction en tressautant du pubis devant la barre verticale tout en soupirant : « Oh! »

Le cacatoès prit place dans l'anneau le plus bas et, du bec et des pattes, entreprit de se hisser jusqu'à l'anneau le plus élevé. Darlene rebondissait et se tortillait tout autour de la barre verticale du perchoir dans une espèce de frénésie orgiaque. L'oiseau lui arriva enfin au niveau de la ceinture. Elle lui présenta l'anneau qui était cousu dans le tissu de sa robe. Il le saisit avec son bec et la robe s'ouvrit.

– Oh, soupira Darlene, en rebondissant jusqu'au bord de la scène pour montrer aux spectateurs la lingerie que laissait voir sa robe ouverte. Oh. Oh.

– Oua-ho!

– Assez, assez! cria Lana et, sautant à bas de son tabouret, elle arrêta le phonographe.

– Eh, qu'est-ce qui se passe? demanda Darlene d'une voix mécontente.

– C'est à chier, voilà c'qui se passe. Pour commencer t'es habillée en pute. Ce que je veux, c'est un numéro distingué, dans ma boîte de nuit. Je dirige une affaire respectable, moi, imbécile!

– Oua-ho!

– T'as l'air d'un tapin avec ta robe orange. Et qu'est-ce que c'est que tous ces bruits que tu fais comme une traînée. On dirait une nympho ivre morte qui tourne de l'œil au fond d'un cul-de-sac!

– Mais Lana...

– La volaille ça va. Toi t'es à chier.

Lana colla une cigarette entre ses lèvres corallines et l'alluma.

« Faut m'repenser tout ça. On dirait que t'as cassé ton moteur ou je n'sais quoi. Chconnais c'métier. Le strip-tease, c'est une insulte à la bonne femme, tu comprends? Le genre de caves qu'on a ici c'est pas un tapin qu'y veulent voir insulter.

– Eh ben! fit Jones, dirigeant son nuage vers Lana Lee, chcroyais qu'y avait qu'des gens distingués qui v'naient ici!

– La ferme, dit Lana. Bon, écoute, Darlene. Insulter une traînée, c'est à la portée de tout l'monde. Ces cons c'est une jeune nana de bonne famille, une vierge qu'y veulent voir se faire humilier et foutre à loilpé. Sers-toi donc aussi de ta tête, à l'occasion, Darlene, bon Dieu! Faut que tu soyes pure. Tu vas me faire le plaisir de te conduire comme une gentille petite jeune fille bien comme il faut. T'es surprise quand l'oiseau attrape tes vêtements, vu?

– Qui c'est qui a dit qu'j'étais pas comme y faut? demanda Darlene, courroucée.

– D'accord, d'accord, t'es très comme il faut. Alors conduis-toi comme il faut sur scène. On veut jouer la comédie, bon sang!

– Oua-ho! C'est plus *Les Folles Nuits*, c'est l'conservatoire ici! Le zoziau va s'faire un prix d'interprétation!

– Ouais, ben vous, reprenez l'balai et au boulot!

– Tout d'suite, Scarlett O'Horreur, tout d'suite!

– Attends un peu! vociféra brusquement Lana dans la meilleure tradition du metteur en scène tel qu'on le dépeint dans les comédies musicales, car elle avait toujours aimé les aspects théâtraux de son métier : il fallait jouer, poser, composer des tableaux, diriger un jeu d'acteur. Oui, j'y suis!

– Où ça? demanda Darlene.

– J'ai une idée, imbécile! répondit Lana, tenant la cigarette devant ses lèvres et parlant dedans comme s'il se fût agi d'un mégaphone de metteur en scène. Alors écoute-moi bien. Tu es une beauté sudiste, le type de la belle vierge pulpeuse du vieux Sud, et tu as un oiseau comme animal de compagnie, sur la plantation.

– Dis, c'est chouette, ça, lança Darlene avec enthousiasme.

– Ben, évidemment! Seulement écoute-moi, répondit Lana dont l'esprit commençait à bouillonner. On pourrait en faire un petit chef-d'œuvre de théâtre de ce numéro. Ce bestiau a toutes les qualités d'une grande vedette. On va te faire porter une crinoline, des dentelles. Une grande capeline. Une ombrelle. Tout ça très raffiné, très sophistiqué. Les cheveux sur les épaules, des anglaises. Tu rentres d'un grand bal au cours duquel tous ces gentlemen sudistes ont cherché à te peloter entre une cuisse de poulet frites en panier et un verre de *mint julep*. Mais tu les as tous remis à leur place. Pourquoi? Mais pasque t'es une dame, une vraie, bon sang! Tu t'amènes sur scène. Le bal est fini, mais tu as conservé ton honneur. Tu as ton petit animal avec toi pour lui dire bonne nuit et tu lui racontes : « Ce n'étais pas les galants qui manquaient, au bal, mon coco, mais j'ai su garder mon honneur. » Et voilà que ce sale oiseau attrape ta robe. T'es choquée, t'es surprise, pasque t'es innocente. Tu es trop sophistiquée pour arrêter l'oiseau. Tu comprends?

– C'est très chouette, dit Darlene.

– C'est du théâtre, c'est tout, corrigea Lana. Bon, on va essayer. Musique, maestro!

– Oua-ho! C'te fois, nous v'là rev'nus sul la plantation pour de bon, dis donc!

Jones fit patiner l'aiguille en travers des premiers sillons du disque.

« J'me d'mande c'qui a bien pu m'prende d'ouvrir ma grande gueule dans c'te boxon d'malheur, faut-y que j'soye con!

Darlene entra en scène à tout petits pas, ondulant avec effronterie et, faisant de sa bouche un bouton de rose, déclara :

– C'était pas les balants qui manquaient au gal, mon coco...

– Stop! fulmina Lana.

– Laisse-moi une chance, implora Darlene. C'est la première fois. Je me suis entraînée pour ête danseuse exotique, moi, pas actrice.

– Tu peux pas t'souvenir d'une réplique aussi simple?

– Darlene a la maladie nerveuse des *Folles Nuits*, expliqua Jones en créant une couverture nuageuse devant la scène. Ça résulte des bas salaires et des mauvais traitements, c'te maladie-là. Et le bestiau va s'la taper aussi, ça va pas tarder. Vous l'verrez tomber d'son perchoir en bavant et en râlant! Oua-ho!

– Darlene est votre copine, pas vrai? J'ai vu qu'elle arrêtait pas d'vous passer des revues, dit Lana avec colère à ce Jones qui commençait à lui taper singulièrement sur le système, qu'elle avait pourtant froid et équilibré. Après tout, c'est surtout vous qu'avez eu l'idée de ce numéro, Jones. Vous êtes bien sûr que vous voulez qu'on lui donne sa chance sur une scène?

– Et comment! Oua-ho. Faut bien qu'y ait quelqu'un qui s'en sorte, dans c'bordel! Et pis c'numéro a vach'ment d'la classe, ça va amener des tas d'clients. J'aurai une augmentation. Dis donc!

Jones sourit, un croissant de lune jaune lui fendant le bas du visage.

« Non mais, j'ai tout misé sur cette volaille, moi!

Lana venait d'avoir une idée qui arrangerait les affaires et serait mauvaise pour Jones. Elle l'avait déjà laissé aller trop loin.

– Parfait, lui dit-elle. Alors écoutez-moi, Jones. Vous voulez aider Darlene, pas vrai? Vous trouvez son numéro très bon, hein? J'me souviens que vous avez dit que le numéro de Darlene avec son oiseau allait attirer tellement de clients qu'il me faudrait un chasseur devant la porte. Bon, eh bien j'en ai un, de chasseur – vous.

– Eh là! Pas question! Vous voudriez quand même pas que j'vienne faire le con ici la nuit alors que chtouche même pas le salaire minimum!

– Vous allez venir le jour de la première, dit Lana d'une voix parfaitement égale, Vous serez sur le trottoir, devant la porte. On va vous louer une belle livrée, une vraie de vraie de chasseur du Vieux Sud. Vous m'attirerez les clients, vous les f'rez entrer ici. Compris? J'veux qu'on affiche complet pour la première de vot' petite copine et d'son zoizeau.

– Merde. Je m'tire, moi, j'laisse tomber ce bar de merde. Vous pouvez p't'êt' vous payer Scarlett O'Horreur et son vautour sur scène, mais y aura pas d'esclave devant la porte en plus!

– Le commissariat va donc recevoir certaine dénonciation...

– Y aura p't'êt' bien une histoire d'orphelins, aussi.

– Chcrois pas.

Jones savait que c'était vrai. Il finit par dire :

– D'ac. Chrai ici l'soir de la première. J'amènerai des clients. Chf'rai entrer des clients qui vous f'ront met' la clef sous l'paillasson pour de bon! Chf'rai entrer des types comme le gros enfoiré à la casquette verte.

– J'me d'mande c'qu'il est dev'nu çui-là, dit Darlene.

– Ferme-la et répète plutôt ton texte! lui cria Lana. Ton p'tit copain ici présent veut que tu t'en sortes. Il t'aidera, tu verras, Darlene. Montre-lui ce que tu sais faire.

Darlene s'éclaircit la gorge et énonça :

– Ce n'était pas les galants qui manquaient au mal, mon coco, mais j'a su garder mon honneur.

Lana entraîna Darlene et l'oiseau hors de la scène et jusque dans la cour, derrière le bar. Jones entendit les éclats de voix d'une violente dispute, puis une voix implorante et enfin le claquement d'une gifle qui atterrissait sur le coin de la figure de quelqu'un.

Il passa derrière le bar pour prendre un verre d'eau, envisageant des moyens de saboter les affaires de Lana Lee de manière à la ruiner définitivement. Dehors, le cacatoès criaillait et Darlene pleurnichait :

– Chuis par actrice, moi, Lana, chte l'ai déjà dit.

Baissant les yeux, Jones s'aperçut que Lana Lee avait

étourdiment laissé ouverte la porte du petit placard, sous le bar. Tout l'après-midi elle s'était fait du mouron pour la répétition de Darlene. Jones s'agenouilla et, pour la première fois à l'intérieur des *Folles Nuits*, retira ses lunettes de soleil. Pour commencer, ses yeux eurent quelques difficultés à s'adapter à ce regain de lumière, pourtant très modéré. Puis il distingua la crasse incrustée dans le plancher. Il regarda dans le petit placard et aperçut une dizaine de paquets parfaitement empilés et enveloppés de papier d'emballage. Dans un coin, un globe terrestre, une boîte de craie et un grand bouquin qui avait l'air coûteux.

Il ne voulut pas saboter sa découverte en prélevant quoi que ce fût sur le contenu du placard. Lana Lee, avec son œil de lynx et son flair de chien de chasse, aurait tôt fait de remarquer quelque chose. Il réfléchit un instant, puis, saisissant le crayon qui était sur la caisse, il écrivit aussi petit que possible, sur le côté des paquets, l'adresse des *Folles Nuits*. Comme une lettre dans une bouteille, l'adresse apporterait peut-être une réponse, peut-être même celle d'un saboteur professionnel et légitime. Cette adresse sur un paquet simplement enveloppé de papier d'emballage, c'était aussi compromettant qu'une empreinte digitale sur un flingue, songea Jones. C'était quelque chose qui n'aurait pas dû s'y trouver. Il redressa les paquets empilés pour leur redonner exactement l'allure qu'ils avaient avant son intervention. Puis il reposa le crayon sur la caisse enregistreuse et termina son verre d'eau. Examinant la porte du petit placard, il se convainquit qu'elle était ouverte aussi exactement que possible comme quand il l'avait découverte.

Il sortit de derrière le bar et reprit son balayage de façade au moment même où Lana, Darlene et l'oiseau rentraient. L'orchidée de Darlene pendouillait de guingois et les rares plumes de l'oiseau étaient ébouriffées. Lana Lee, au contraire, était aussi impeccable que d'habitude, comme si quelque cyclone l'avait miraculeusement manquée, elle – et elle seule.

– Alors allons-y, Darlene, dit Lana, saisissant l'autre aux épaules, quel est ton texte, bon Dieu?

– Oua-ho! Quelle directrice d'acteurs vous faites, vous alors! Ça s'rait un film, la moitié des figurants s'raient déjà morts!

– La ferme et occupez-vous d'votre balai, dit Lana à Jones avant de secouer légèrement Darlene. Alors, ça vient, idiote?

Darlene poussa un soupir désespéré et dit :

– Ce n'était pas les bancals qui galaient au bal, mon coco, mais j'ai su garder mon honneur.

## III

L'agent de police Mancuso s'appuya contre le bureau du sergent et vrombit :

– Vaut m'zordir d'zes giottes. J'beux bus rezbirer, boi.

– Quoi ?

Le sergent examina la piètre figure qu'il avait sous les yeux, le petit bonhomme pâlichon, les yeux larmoyants et roses derrière les lunettes à double foyer, les lèvres sèches au-dessus de la barbiche blanche.

« Mais qu'est-ce qui cloche donc chez vous, Mancuso ? Vous ne pouvez donc pas vous conduire comme un homme ! Aller m'attraper un rhume, a-t-on idée ? Les policiers ne s'enrhument pas, Mancuso. Les policiers sont costauds.

L'agent de police toussa et crachota dans sa barbiche.

– Vous n'avez pas arrêté de suspect dans cette gare routière. Vous vous souvenez de c'que j'vous ai dit, bon sang ! Vous y resterez tant qu'vous aurez arrêté personne.

– J'bais jober eude bdeubodie.

– Prenez des médicaments. Allez ouste, filez là-bas et ramenez-moi un individu louche !

– Ba dande nit gue j'bais bourir zi j'rezde nans zes gabinets.

– Vot' tante ? Qu'est-ce qu'un grand garçon comme vous a besoin de consulter sa tante ? Bon Dieu ! Mais quel genre de gens vous fréquentez, Mancuso ? Des vieilles qui vont toutes seules dans des boîtes de strip-tease, des tantes ! C'est pas possible ! Vous d'vez être membre d'une association de vieilles rombières ou un truc dans ce goût-là ! Tenez-vous droit, bon Dieu !

Le sergent étudia la misérable carcasse agitée de tremblements convulsifs après une quinte particulièrement violente et maligne. Il ne voulait pas endosser la responsabilité d'une mort. Mieux valait donner à Mancuso une période probatoire avant de le virer.

« D'accord. Inutile de retourner à la gare routière. Sortez de nouveau dans les rues pour prendre un peu de soleil. Seulement écoutez-moi bien. J'vous donne deux s'maines. Si vous n'avez chopé personne d'ici-là, z'êtes viré ! M'entendez, Mancuso ?

L'agent de police Mancuso approuva de la tête en reniflant.

– J'bais ezzayer. J'bais bous abder un zuzbect.

– Et vous penchez pas comme ça vers moi! beugla le sergent. Vous allez me r'filer votre rhume, bon sang! Redressez-vous! Fichez-moi l'camp! Prenez des cachets et du jus d'orange, bon Dieu!

– J'bous abèderai un zuzbect, nasilla de nouveau l'agent de police Mancuso, moins convaincant encore que la première fois.

Puis il partit à la dérive dans son nouveau costume, la dernière blague que le sergent avait eu l'idée de lui imposer. Il portait en effet une casquette de bèsebolle et un déguisement de père Noël.

## IV

Ignatius ignorait les coups que sa mère frappait à sa porte close tout en emplissant le vestibule de ses imprécations contre les cinquante *cents* de salaire qu'il avait rapportés à la maison pour prix de sa journée de travail. Balayant les cahiers Big Chief, le yo-yo et le gant de caoutchouc qui encombraient son bureau, il ouvrit le *Journal* et se mit à écrire :

Cher Lecteur,
Un bon livre est le précieux sang vital d'un maître esprit, embaumé et volontairement dissimulé comme un trésor pour servir dans une vie ultérieure.

Milton.

L'esprit pervers (et, je commence à le croire, excessivement dangereux) de Clyde a conçu encore un moyen de tenter d'amoindrir mon être pourtant assez invincible. Au début, je pensais avoir peut-être trouvé un père subrogé dans la personne du tsar des saucisses, empereur de la viande. Mais la rancune et la jalousie qui l'animent à mon égard croissent chaque jour. Je ne doute point qu'elles finiront par l'engloutir tout entier et par détruire sa raison. La grandeur de mon physique, la complexité de ma vision du monde, la décence et le bon goût qu'implique mon port altier, la grâce avec laquelle je parviens à fonctionner à travers le marécage bourbeux du monde moderne – tout cela frappe Clyde de stupeur et le plonge dans la plus extrême confusion d'esprit. Voilà qu'il m'a relégué dans le Quartier Français, une zone qui abrite tous les vices que l'homme ait jamais pu concevoir dans ses plus débridées aberrations, ainsi, me semble-t-il, que quelques variantes modernes rendues possibles par les merveilles de la science. Le Quartier n'est pas dépourvu de ressemblance, j'imagine, avec Soho ou avec certaines régions d'Afrique du Nord. Toutefois, les résidents du Quartier Français, ayant reçu en partage l'esprit de suite et le savoir-faire si caractéristiques de l'Amérique, se donnent probablement en ce moment même un mal de tous les diables pour égaler et surpasser en variété comme en richesse d'imagination toutes les perversions que pratiquent joyeusement les habitants de ces autres régions de dégradation de l'humain.

A l'évidence, un quartier comme celui-là ne constitue pas l'environnement convenant à un jeune travailleur impressionnable, prudent, chaste et de mœurs très pures. Edison, Ford, Rockefeller durent-ils affronter de telles difficultés à leurs débuts?

L'esprit démoniaque de Clyde ne s'est toutefois pas contenté d'un moyen aussi simple de m'abaisser. Sous le prétexte fallacieux que je satisfais les besoins d'une prétendue « clientèle touristique », je suis affublé d'une manière de costume.

(Si j'en juge par les clients que j'ai eus aujourd'hui pour ma première journée sur ce nouvel itinéraire, les « touristes » sont les mêmes vieux vagabonds que je servais dans le quartier commercial. Dans les fumées d'une ivresse puisée dans le mauvais vin, ils auront probablement dérivé en titubant jusque dans le Quartier, acquérant de ce seul fait, dans l'esprit sénile de Clyde, la qualité de « touristes ». Je me demande d'ailleurs si Clyde a jamais eu l'occasion de voir de ses yeux les dégénérés, les épaves et les rebuts d'humanité qui achètent les produits Paradise et en font apparemment leur unique subsistance. Entre les autres vendeurs – une humanité de vagabonds totalement brisés par la vie, perpétuels égrotants dont les noms vont de Roro, Toto et Fifi à Mecton, La Terreur ou Gégène – et mes clients, je suis selon toute apparence prisonnier de limbes où s'agitent seulement des âmes perdues. Cependant, le simple fait qu'ils ont tous connu un échec retentissant et sont des ratés complets dans notre siècle n'est pas sans leur conférer une certaine qualité spirituelle. Ces épaves défaites, qui nous dit qu'elles ne sont pas les véritables saints de notre triste époque – beaux vieux nègres vaincus aux yeux fauves, débris humains qui ont dérivé jusqu'à nous depuis les vastes friches du Texas et de l'Oklahoma, métayers ruinés qui cherchent un refuge dans les garnis infestés de rats de notre ville.

(Il n'en demeure pas moins que je ne souhaite pas qu'il m'échoie un jour en partage d'avoir à me sustenter uniquement de saucisses chaudes. La vente de mes écrits m'apportera peut-être quelques profits. Si besoin est, je pourrai toujours me tourner vers le circuit des conférences, sur les pas de l'épouvantable Myrna Minkoff, dont les atteintes à la décence et au bon goût ont déjà fait l'objet d'une description détaillée pour vous les lecteurs, afin de nettoyer les écuries d'Augias d'ignorance et d'obscénité qu'elle n'aura pas manqué d'installer partout sur son chemin, à travers les principales salles de conférence du pays. Toutefois, il se sera peut-être trouvé, parmi ses premiers auditoires, une personne de qualité pour l'arracher au podium et flageller tant soit peu ses zones érogènes. Car la cloche, quelles qu'en soient les qualités spirituelles, est sans conteste très en dessous de la norme en ce qui concerne le confort physique et je forme des doutes très sérieux quant à l'aptitude de mon physique substantiel et bien développé au sommeil sur le trottoir des impasses et ruelles. Je devrais indiscutablement me rabattre sur les bancs publics, dans les parcs. C'est en cela que l'importance même de ma personne devrait m'éviter de descendre vraiment trop bas dans la structure hiérarchique de notre civilisation.

Après tout, et si l'on me passe l'expression, je ne crois point qu'il soit absolument nécessaire de racler le fond d'une société pour s'en former une image subjective. Plutôt que de se mouvoir verticalement vers le bas, on peut tout aussi bien se déplacer horizontalement vers l'extérieur et atteindre à un point de détachement suffisant sans se séparer d'un minimum de confort matériel. C'était là que j'étais – dans la marge même de notre ère, à sa lisière – quand la cataclysmique intempérance de ma mère m'a, comme vous le savez bien, catapulté dans la fièvre de l'existence contemporaine. En toute honnêteté, force m'est de reconnaître que, depuis lors, les choses n'ont cessé d'empirer. La situation s'est régulièrement détériorée. Minkoff, l'objet de ma flamme sans passion, s'est retournée contre moi. Ma mère elle-même, non contente d'avoir été l'agent de ma ruine, s'est mise à mordre la main qui la nourrit. Je suis dans un cycle qui ne cesse de m'entraîner plus bas, plus bas, toujours plus bas. O Fortune! Déesse capricieuse!

Quant à moi, j'ai appris que la pénurie alimentaire et l'absence de confort, plutôt que d'anoblir l'esprit, créent l'angoisse au sein de l'humaine psychè et parviennent à canaliser tous les dons d'un être vers la seule recherche d'une quelconque nourriture. Malgré donc la possession que je me reconnais d'une riche vie intérieure, il me faut aussi des aliments et du confort.)

Mais revenons au sujet qui nous occupe : la vengeance de Clyde. Le vendeur qui avait autrefois la charge du Quartier portait une curieuse panoplie de pirate, clin d'œil respectueux de Paradise Vendors, SA, au folklore et à l'histoire de La Nouvelle Orléans, tentative typiquement clydienne de lier la vente des saucisses chaudes à la légende créole. Clyde m'a contraint à passer ce costume dans le garage. Il avait été taillé pour la charpente phtisique et rachitique du vendeur précédent et nous eûmes beau pousser, tirer, ahaner, rien n'y fit, l'affaire était trop étroite pour mon corps musclé. De telle sorte qu'une espèce de compromis fut nécessaire. Autour de ma casquette, je nouai l'écharpe rouge des pirates. J'attachai à mon oreille l'unique anneau d'or – bijou de pacotille qui déparait mon lobe gauche. Enfin, à l'aide d'une épingle de nourrice, je fixai au côté de mon surplis blanc de vendeur le sabre de plastique noir. Pas très impressionnant pour un pirate, direz-vous. Certes, et cependant, quand j'allai examiner mon image dans le miroir, force me fut de reconnaître que mon apparence avait quelque chose de spectaculaire qui ne laissait pas d'être intrigant. Brandissant contre Clyde le sabre de plastique, je m'écriai : « En garde, amiral! c'est une mutinerie! » J'aurais dû savoir que, dans l'esprit de littéralité et de chair à saucisse du vieux dépravé, cette exclamation ne pourrait que faire des ravages. Extrêmement inquiet, il entreprit de m'attaquer avec sa fourchette semblable à un épieu. Nous nous démenions à travers tout le garage comme deux boucaniers dans un film historique particulièrement inepte, la fourchette et le sabre s'entrechoquant follement, dans un cliquetis du meilleur effet. Comprenant que mon arme de plastique ne me permettait guère de m'opposer à un Mathusalem en furie maniant une longue fourchette, comprenant aussi que j'avais sous les yeux Clyde sous son jour le plus épouvantable, je tentai de mettre fin à notre duel. Je lançai des paroles d'apaisement, je cajolai, pour finir, je me rendis à sa merci. Clyde continuait de me harceler, à croire que mon costume était si convaincant que le vieillard se croyait revenu au bon vieux temps, quand les gentilshommes réglaient les affaires d'honneur et de saucisses chaudes à vingt pas. Alors la lumière se fit dans mon esprit aux multiples replis. Je sais maintenant que Clyde avait réellement décidé de tenter de m'occire. Il aurait eu la meilleure des excuses : la légitime défense. Je m'étais moi-même mis à sa merci, j'avais fait son jeu. Heureusement pour moi, je tombai alors par terre. En reculant, j'avais heurté une des voitures et perdu un équilibre qui, chez moi, est toujours précaire. Bien que je me fusse fait très mal en me cognant la tête contre la voiture, je criai d'un ton enjoué :

– Vous l'emportez, monsieur!

Et je rendis *in petto* grâce à dame Fortune de m'avoir arraché à une mort certaine des dents d'une fourchette rouillée.

Poussant ma voiture devant moi, je quittai à la hâte le garage et gagnai le Quartier. En chemin, je remarquai que nombre de passants réagissaient très favorablement à mon demi-costume. Mon sabre claquant contre mon flanc, mon anneau se balançant à mon lobe, mon écharpe écarlate brillant dans le soleil avec assez d'éclat pour attirer un taureau, je traversai résolument la ville, remerciant le ciel d'être encore en vie et m'armant contre les horreurs qui m'attendaient au Quartier. Plus d'une prière vociférée s'éleva de mes chastes lèvres roses, actions de grâces et suppliques. Je priai saint Mathurin, que l'on invoque pour l'épilepsie et la folie, l'implorant de veiller sur M. Clyde (saint Mathurin est aussi le saint patron des pitres). Quant à moi, j'adressai mes humbles salutations à saint Médéric l'Ermite, que l'on invoque pour les affections intestinales. Méditant sur l'appel de la tombe que j'avais pratiquement reçu, je me pris à penser à ma mère, car je n'ai pas cessé de me demander ce que serait sa réaction si je devais mourir en essayant de payer pour ses méfaits. Je la vois d'ici à l'enterrement, une petite cérémonie pouilleuse, dans le sous-sol de quelques minable officine de pompes funèbres. Folle de chagrin, les larmes ruisselant en torrent de ses yeux rougis, elle tenterait probablement de m'arracher à la bière en hurlant de sa voix d'ivrogne : « Non, non ne l'emportez pas! Pourquoi les fleurs les plus belles se fanent-elles sur leur tige? » La cérémonie funèbre dégénérerait probablement en véritable cirque, ma mère ne cessant d'enfoncer les doigts dans les deux trous laissés à mon cou par la fourchette rouillée de M. Clyde, vociférant à l'antique des cris de douleur et de malédiction. Tout cela pourrait avoir quelque chose de spectaculaire, j'imagine. Mais ma mère étant responsable de la mise en scène, la tragédie implicite tournerait vite au mélodrame. Arrachant de mes mains sans vie le lys blanc qu'on y aurait glissé, elle le briserait en deux et vagirait à l'intention de la foule endeuillée : « Tel était ce lys, tel mon Ignatius. Désormais les voici défaits et brisés l'un et l'autre. » Puis jetant les morceaux vers le cercueil, son faible bras lui permettrait d'atteindre seulement mon visage exsangue.

Pour ma mère, j'adressai une prière à sainte Zita de Lucques, qui passa sa vie comme domestique et s'infligea bien des humiliations en s'astreignant à la plus rigoureuse austérité, dans l'espoir qu'elle aiderait ma mère à combattre son alcoolisme et ses tendances à l'inconduite nocturne.

Puisant de nouvelles forces dans cet interlude religieux, je prêtai l'oreille aux claquements du sabre contre mon flanc. C'était comme une manière d'éperon moral qui me poussait vers le Quartier, chaque claque de plastique semblant dire : « Reprends courage, Ignatius. Tu possèdes un glaive redoutable. » Je commençai à me considérer comme une espèce de croisé.

Je finis par traverser Canal Street, affectant d'ignorer les regards que tous les passants me décochaient. Les rues étroites du Quartier m'attendaient. Un vagabond implora le don d'une saucisse chaude. Je l'écartai du geste et poursuivis ma route. Malheureusement, mes pieds ne pouvaient suivre le rythme imposé par mon âme. Sous la cheville, mes tissus douloureusement enflés réclamaient le repos. Garant la voiture au bord du trottoir, je m'assis donc. Les balcons des vieux immeubles s'avançaient au-dessus de ma tête comme les ramures de quelque allégorique forêt du mal. Symboliquement, un autobus nommé Desire passa en cahotant et les fumées de son échappement m'asphyxièrent presque. Fermant les yeux pour méditer quelques instants et recouvrer des forces, j'ai dû m'assoupir, car je me souviens d'avoir été brutalement réveillé un agent de police qui, debout à côté de moi, me caressait les côtes de la pointe de son soulier. M'est avis que mon organisme doit sécréter quelque musc qui attire et enrage les agents de l'autorité. Qui d'autre que moi serait accosté par un agent alors qu'il attend tranquillement et innocemment sa mère devant un grand magasin? Qui d'autre serait espionné puis dénoncé pour avoir ramassé un pauvre chaton sans défense dans le ruisseau? Telle une chienne en chaleur, je semble exercer une forte attraction sur une meute de policiers et de fonctionnaires de l'hygiène. Le monde fera quelque jour ma perte sous un fallacieux prétexte. Je me contente d'attendre le moment où l'on m'entraînera vers quelque cul-de-basse-fosse à air conditionné pour m'abandonner sous les lampes fluorescentes du plafond insonorisé afin de me faire payer le mépris que j'ai toujours éprouvé pour tout ce que chérissent mes contemporains dans leur petit cœur de latex.

Me redressant de toute ma taille – ce qui constitue en soi-même un spectacle – je regardai de haut l'impertinent policier et l'écrasai d'un commentaire que, fort heureusement, il ne comprit pas. Puis je repartis, poussant ma charrette, pénétrant plus avant dans le Quartier. Comme on était au début de l'après-midi, peu de gens se promenaient encore dans les rues. Je compris que les habitants du Quartier devaient encore être au lit, se reposant de tous les actes indécents dont ils s'étaient rendus coupables la veille. Nombre d'entre eux relevaient, sans l'ombre d'un doute, des talents du médecin, appelé pour recoudre tel ou tel orifice ou raccommoder un génitoire brisé. Je ne pouvais qu'imaginer les regards innombrables, hagards ou dépravés, qui m'observaient avec concupiscence derrière les volets clos. Je m'efforçais de n'y point penser. Déjà je me sentais comme un bifteck particulièrement appétissant à l'étal d'un boucher. Cependant, nul chant de sirène ne me parvint, tentateur, à travers les volets. Ces esprits pervertis, palpitant dans leurs appartements ténébreux, avaient apparemment des méthodes de séduction plus subtiles. Je songeai qu'un mot de billet pouvait à tout instant jaillir d'une fenêtre et tomber en papillonnant jusqu'à moi. Ce fut une boîte de jus d'orange surgelé qui me manqua de justesse. Me courbant, je ramassai le cylindre de métal vide, dans l'espoir d'y découvrir quelque communication. Seules, quelques gouttes d'un résidu visqueux me coulèrent sur les doigts. Était-ce là quelque obscène message? Je réfléchissais à ce problème tout en contemplant la fenêtre d'où la boîte avait été lancée quand un vieux clochard m'aborda et implora une francfort. Je lui en vendis une à mon corps défendant, grommelant contre un travail qui venait toujours me mettre des bâtons dans les roues au pire moment.

La fenêtre par laquelle on avait lancé la boîte avait évidemment eu le temps d'être refermée. Je poussai ma charrette plus avant dans la rue, guettant les volets clos dans l'attente de quelque signe. De plus d'un immeuble jaillissaient des éclats de rire sur mon passage. Selon toute apparence, les occupants se livraient à quelque forme de dépravation et de débauche qui les déridait et les amusait dans son obscénité même. Tâchant de boucher mes oreilles vierges à leurs affreux gloussements, je passai mon chemin.

Un groupe de touristes errait par les rues, appareil photo en batteries, lunettes de soleil brillant comme des chromes. Ces gens m'aperçurent, s'immobilisèrent et, avec un accent du Midwest à couper au couteau qui blessait mes tympans délicats comme l'aurait pu faire l'épouvantable fracas d'une moissonneuse-batteuse-lieuse (bruit particulièrement effroyable s'il en fut), me prièrent de bien vouloir poser pour une photographie. Touché de la gentillesse de leur requête, j'acquiesçai. Plusieurs minutes durant, ils me mitraillèrent tandis que je m'efforçais de les obliger en prenant toutes sortes de poses artistiques. Debout devant la voiture comme s'il se fût agi d'un vaisseau pirate, je brandis mon sabre pour une pose particulièrement mémorable, l'autre main appuyée à la proue de ma saucisse de tôle. Bouquet final, je voulus grimper sur la voiture, mais mon physique trop massif eut raison de ce véhicule assez insignifiant. Il se déroba sous moi mais les messieurs du groupe se portèrent obligeamment à ma rescousse et m'aidèrent à reprendre pied par terre. Enfin ce groupe affable prit congé de moi. Tandis que ces gens s'éloignaient au long de la rue, photographiant avec passion tout ce qui s'offrait au regard, j'entendis une dame pleine de bonté déclarer :

– Comme c'était triste, n'est-ce pas. Nous aurions dû lui donner quelque chose.

Malheureusement, aucun des autres (tous des conservateurs et des réactionnaires à n'en pas douter) ne répondit à son incitation à la charité très favorablement, considérant sans aucun doute que les quelques *cents* qu'ils me jetteraient constitueraient un vote de confiance à la sécurité sociale. « Il les boirait ! » tint à nasiller une autre femme, vieille commère décrépite dont le visage ridé trahissait l'appartenance à une ligue antialcoolique. Selon toute apparence, les autres se rangèrent aux côtés de la sorcière antialcoolique car le groupe poursuivit son chemin.

Je dois reconnaître que je n'eusse pas refusé une offrande de quelque nature que ce fût. Un jeune travailleur a en effet grand besoin de chaque *penny* sur lequel il peut mettre sa main ambitieuse et persévérante. Sans compter que ces photos allaient permettre à ces culs terreux de la ceinture de blé de gagner des fortunes dans les concours. Un instant, j'envisageais de courir après ces touristes mais ce fut alors qu'une incroyable satire du tourisme, une pauvre petite silhouette falote, ployant sous le poids d'une monstruosité munie d'innombrables objectifs et lentilles qui était à n'en pas douter une caméra de Cinémascope, et ridiculement vêtue d'un bermuda, me lança une salutation. Un examen plus attentif m'apprit qu'il s'agissait de l'agent de police Mancuso, qui était la dernière personne que je m'attendais à rencontrer. J'ignorai évidemment le faible sourire de mongolien qu'esquissait ce machiavélique imbécile et fis semblant de rajuster ma boucle d'oreille. Selon toute apparence, son emprisonnement dans les toilettes de la gare avait pris fin. « Comment qu'vous allez ? » insista-t-il avec son impertinence d'analphabète. « Où est mon livre », demandai-je de manière à le terrifier. « Je le lis encore. Il est très bien », s'empressa-t-il de répondre effectivement en proie à la terreur. « Profitez de ses leçons, avertis-je. Quand vous l'aurez terminé, je vous demanderai de me soumettre une critique écrite ainsi qu'une analyse de son message à l'humanité! » Cet ordre résonnait encore magnifiquement suspendu dans les airs que je m'éloignai déjà à grands pas. Puis, me rendant compte que j'avais oublié ma voiture, je rebroussai chemin avec une intense dignité pour l'aller récupérer. (Cette voiture est une gêne considérable. J'ai le sentiment d'être affublé d'un enfant retardé, appelant des soins constants. Ou encore je me sens comme une poule couvant un œuf de fer-blanc d'une dimension particulièrement impressionnante.)

Et voilà, il était près de deux heures et j'avais vendu exactement une saucisse chaude. Votre jeune travailleur allait devoir se donner bien du mal s'il voulait réussir. Les résidents du Quartier Français ne tenaient manifestement pas les francfort en haute estime et les touristes ne venaient apparemment pas dans la vieille et pittoresque Nouvelle-Orléans pour se gaver de produits Paradise SA. A l'évidence, je vais me trouver affronté à ce qu'il convient, dans notre terminologie commerciale, de nommer un problème de marchéage. Par vengeance, le malveillant Clyde m'avait évidemment refilé un itinéraire qui est un « éléphant blanc », terme qu'il n'a pas hésité à appliquer à ma propre personne, lors d'une conférence de travail entre nous deux. Rancune et jalousie me frappent de nouveau au risque de m'abattre.

Outre cela, il me faut concevoir quelque moyen de riposter à la dernière en date des impertinences de Myrna Minkoff. Le Quartier me procurera peut-être le matériau : une croisade pour le goût et la décence, pour la géométrie et la théologie, peut-être.

Note sociale : Un nouveau film de ma vedette féminine favorite, dont les excès récents dans une comédie musicale sur le cirque m'ont plongé dans la stupeur et l'ébahissement, sort sous peu dans l'un des grands cinémas du centre. Il faut que je parvienne à l'aller voir. Mais ma voiture est un obstacle considérable. La publicité parle d'une comédie « sophistiquée ». Ne doutons point qu'elle y atteigne à de nouveaux sommets de perversion et de blasphème.

Santé : gain de poids étonnant, dû à n'en pas douter à l'angoisse que me cause le caractère de plus en plus acariâtre et désagréable de ma mère. C'est un truisme de l'humaine nature que de dire que les gens apprennent à haïr ceux qui leur viennent en aide. Ainsi ma mère s'est-elle tournée brutalement contre moi.

Jusqu'au revoir,
Lance, votre jeune travailleur, traqué et persécuté.

## V

La ravissante nana sourit au docteur Talc et dit dans un souffle :

– J'ai adoré votre cours. Enfin, bon, moi je le trouve super, quoi.

– Ah, bah, répliqua Talc, ravi. C'est fort aimable à vous. Car mon cours est en fait tellement général...

– Oui mais je veux dire vous avez une démarche historique qui est vachement vivante, contemporaine, quoi bon, pas orthodoxe, je veux dire, bon, c'est nouveau, quoi, pas ennuyeux.

– Je suis effectivement convaincu qu'il convient d'écarter résolument certaines formes anciennes, certaines démarches devenues inadéquates.

La voix de Talc était importante, pédante. Devait-il inviter cette ravissante créature à venir prendre un verre avec lui?

« Par définition, l'histoire est évolutive!

– Mais oui, c'est ça, c'est exactement ça! se récria la nana, ouvrant si grands les yeux que Talc put se noyer dans leur immensité d'azur l'espace d'une seconde.

– Mon seul et plus cher désir c'est d'intéresser mes étudiants. Alors voyons les choses en face : l'étudiant moyen se moque bien de la Grande-Bretagne des Celtes. Et moi donc! C'est pourquoi, et vous me pardonnerez de le dire moi-même, je sens fréquemment que le courant passe pendant mes cours.

– Mais oui, c'est ça, c'est exactement ça!

La nana effleura légèrement la manche de tweed coûteux du professeur en tendant la main pour prendre son sac. Ce contact émoustilla Talc. Il fut parcouru de picotements. Voilà le genre de nanas qu'on s'attendait à trouver à la faculté, rien à voir avec une virago comme cette Minkoff qu'un des appariteurs avait failli violer derrière la porte du bureau de Talc. Cette évocation suffit à le faire frissonner. Pendant les cours, cette Myrna Minkoff n'avait jamais cessé de l'attaquer, de le contrer, de le vilipender, de le défier, excitant aussi contre lui ce monstre de Reilly. Jamais il ne les oublierait, ces deux-là – personne ne les oublierait, à la fac. C'étaient deux Huns tombant à bras raccourcis sur Rome. Talc se demanda distraitement s'ils s'étaient mariés tous les deux. Ils se méritaient indiscutablement l'un l'autre! Peut-être avaient-ils l'un et l'autre fait défection au profit de Cuba.

– Certains de ces personnages historiques sont tellement ennuyeux!

– Comme c'est vrai, approuva Talc, toujours prêt à apporter sa contribution aux campagnes dirigées contre les grandes figures de l'histoire d'Angleterre qui lui empoisonnaient l'existence depuis si longtemps.

La simple nécessité de retenir les noms de toute cette bande lui collait des migraines. Il s'interrompit pour allumer une Benson & Hedges et s'éclaircit la gorge du flegme amer que l'évocation de l'histoire d'Angleterre y avait fait monter.

« Tous, ils ont commis tant d'erreurs stupides!

– Mais oui, c'est exactement ça!

La nana se regarda dans le petit miroir qu'elle venait de tirer de son sac à main. Puis ses yeux se durcirent et sa voix prit une nuance aigrelette.

« Mais je ne voudrais pas vous faire perdre votre temps avec ces bavardages historiques! J'étais venue vous demander des nouvelles de l'essai que je vous ai remis depuis bientôt deux mois. Je veux dire, bon, ça me ferait plaisir de savoir un peu à quel genre de note je peux m'attendre pour cette UV. Je l'aurai ou pas?

– Oh, mais oui, dit vaguement Talc.

Sa bulle d'espoir venait d'éclater. Au cœur, toutes ces étudiantes étaient bien les mêmes. La ravissante créature s'était muée en une femme d'affaires aux yeux d'acier froid, calculatrice, implacable, additionnant ses UV comme des bénéfices.

« Vous dites que vous m'avez remis un devoir?

– Mais bien sûr! Dans une chemise jaune.

– Alors voyons si je peux mettre la main dessus.

Talc se leva et alla farfouiller parmi les piles de vieilles copies qui s'entassaient au sommet de la bibliothèque. Pendant qu'il remettait un peu d'ordre dans les papiers qu'il avait déplacés, une feuille jaunie, arrachée à un cahier et pliée en forme d'avion, tomba d'une chemise et plana jusqu'au plancher. Talc ne l'avait pas remarqué. Ce n'était qu'un avion de l'escadrille qui n'avait cessé d'entrer par ses fenêtres ouvertes tout au long d'un semestre voilà quelques années. Mais la nana l'aperçut et le ramassa. Voyant que le papier jauni portait un message griffonné, elle déplia la feuille et lut :

« Talc : tu as été jugé coupable de tromper et de pervertir la jeunesse. Je décrète que tu seras pendu par tes testicules sous-développés jusqu'à ce que mort s'ensuive. ZORRO. »

La nana lut et relut ces lignes tracées au crayon puis, tandis que Talc poursuivait ses recherches au sommet de la bibliothèque, elle ouvrit son sac, y laissa tomber la feuille de papier, puis le referma avec un claquement sec.

# DIX

Gus Levy était un brave type. C'était aussi un client régulier. Il avait des amis parmi les organisateurs, les entraîneurs et les directeurs sportifs de tout le pays. Il n'était pas de champs de courses, pas de stade, pas de terrain sur lequel Gus Levy ne pût compter connaître au minimum une personne liée d'une manière ou d'une autre à l'établissement. Il connaissait des propriétaires, des caissiers et des joueurs. Il recevait même chaque année une carte de Noël d'un marchand de cacahuètes ambulant qui travaillait dans le parc à autos du Memorial Stadium de Baltimore. Il était très aimé.

Levy's Lodge était l'endroit où il se retirait entre les saisons. Il n'y avait point d'ami. A Noël, l'unique signe de la période, le seul baromètre de l'esprit de la Nativité était l'apparition des filles de Levy qui lui tombaient dessus venant de la faculté pour lui demander plus d'argent et le menacer de le désavouer à jamais pour leur père s'il continuait à maltraiter leur mère. Pour Noël, plutôt qu'une liste de présents, Mme Levy compilait la liste des injustices et des brutalités qu'elle avait souffertes depuis août. Les filles recevaient cette liste dans leur petit soulier. Et le seul cadeau que Mme Levy demandait de ses filles, c'était qu'elles attaquassent leur père. Mme Levy adorait Noël.

Pour le moment, M. Levy attendait à Levy's Lodge que l'entraînement de printemps débutât. Gonzales avait pris pour lui ses réservations en Floride et en Arizona. Et pourtant, c'était comme si Noël avait recommencé, et M. Levy songeait que ce qui se passait à Levy's Lodge aurait vraiment pu être retardé jusqu'à son départ pour les terrains d'entraînement.

Mme Levy avait fait allonger Miss Trixie sur son canapé favori à lui, Levy, celui qui était recouvert de nylon jaune, et elle était en train de masser le visage de la vieille femme pour y faire pénétrer une crème de beauté. De temps en temps, la langue de Miss Trixie jaillissait pour cueillir un peu de crème sur sa lèvre supérieure.

– Ça me donne des haut-le-cœur de voir ça, dit M. Levy. Tu ne pourrais pas l'emmener promener. Il fait beau aujourd'hui.

– Elle aime ce sofa, répondit Mme Levy. Laisse-lui ses

plaisirs. Pourquoi tu ne sortirais pas toi, plutôt, pour lustrer ta belle voiture de sport?

– Silence! aboya Miss Trixie découvrant le prodigieux dentier que Mme Levy venait de lui acheter.

– Non mais écoute-moi ça, dit M. Levy; c'est elle qui commande, ma parole.

– Et alors? Elle peut bien s'affirmer un peu. Ça te gêne? Avec ses dents, elle a repris un peu de confiance en elle-même. Oh, bien sûr, même cela tu l'aurais refusé à cette pauvre femme. Je commence à comprendre pourquoi elle est si peu assurée. J'ai découvert que Gonzales faisait comme si elle n'existait pas, il lui faisait sentir de mille manières qu'elle était importune, inutile, mal aimée. Dans son subconscient, elle déteste les Pantalons Levy.

– Tout le monde en est là, commenta Miss Trixie.

– Quelle tristesse, se contenta de dire M. Levy.

Miss Trixie grogna et un peu d'air siffla entre ses dents.

– Bon allez, ça suffit comme ça, reprit M. Levy. Je t'ai laissée faire joujou à des tas de jeux ridicules. Mais là ça dépasse tout, ça ne rime à rien. Si tu veux ouvrir une boîte de pompes funèbres et devenir embaumeuse, d'accord, je t'aiderai. Mais pas dans mon salon. Alors essuie la bouillasse que tu lui as collée sur la figure et je vais la reconduire en ville. Qu'on me laisse un peu la paix tant que je serai dans cette maison.

– Tiens, tiens. Alors te voilà en colère d'un seul coup. Au moins c'est une réaction normale. Pour toi, c'est inhabituel.

– Tu ferais tout ça seulement pour me faire mettre en colère? Tu peux me mettre en colère sans faire tout ça, je t'assure. Fiche-lui la paix, voyons. Tout ce qu'elle demande, c'est qu'on la mette à la retraite. C'est comme si tu torturais une bête stupide.

– Je suis une femme très séduisante, marmonna Miss Trixie dans son sommeil.

– Tu entends ça! s'écria Mme Levy toute joyeuse. Et tu voudrais la jeter dehors! Juste quand j'arrive enfin à l'atteindre? Elle est comme le symbole de tout ce que tu as raté, de tout ce que tu n'as pas su faire.

Brusquement, Miss Trixie se dressa d'un bond en aboyant :

– Où est ma visière!

– Tiens, j'attends ça avec impatience, dit M. Levy. Ce sera bonnard quand elle te plantera son dentier à cinq cents dollars dans le gras du bras!

– Qui a pris ma visière ? demanda farouchement Miss Trixie. Où suis-je ? Bas les pattes, vous !

– Voyons ma chérie, commença Mme Levy, mais déjà Miss Trixie s'était endormie, affalée sur le flanc, tachant le canapé de son visage gras.

– Regarde, Reine des fées, combien t'as déjà coûté ce petit jeu ? Je te préviens que je ne donnerai pas un sou pour faire recouvrir ce canapé.

– Ben voyons. Dépense tout sur les chevaux. Et laisse se noyer cette pauvre femme, ce n'est qu'un être humain.

– Tu ferais mieux de lui retirer ce râtelier de la bouche avant qu'elle se tranche la langue d'un coup de dents ! C'est pour le coup qu'elle serait bien avancée !

– Puisque tu parles de langue, j'aurais voulu que tu entendes tout ce qu'elle m'a raconté à propos de Gloria, ce matin.

Mme Levy fit un geste fataliste, indiquant qu'elle acceptait l'injustice et le tragique de l'existence.

« Gloria était la bonté, la gentillesse personnifiée. Elle a été la première à s'intéresser à Miss Trixie. Et toi tu t'amènes là-dedans et tu jettes Gloria hors de sa vie. Je crois que ça a été un terrible traumatisme pour elle. Les filles seraient enchantées d'apprendre l'histoire de Gloria. Elles auraient des questions à te poser, tu peux m'en croire !

– Oh, mais je te crois ! Tu sais, je crois que tu perds les pédales. Il n'y a pas, il n'y a jamais eu de Gloria. Gloria n'existe pas. Si tu continues tes conversations avec ta petite protégée, c'est elle qui finira par te faire passer la ligne. Gâteuse, tu vas finir gâteuse ! Quand Susan et Sandra reviendront pour Pâques, elles vont te trouver en train de rebondir sur ta fichue planche, avec un sac de vieux chiffons entre les bras !

– C'est ça, c'est ça, je vois. Oh, tu ne me trompes pas, moi ! Tout ça c'est un sentiment de culpabilité à cause de Gloria. Tu te bats, tu es plein de rancune, d'agressivité. Tout ça finira mal, très mal, Gus. Je t'en prie, décide-toi à manquer un de tes matches et va consulter le médecin de Lenny. Il fait des miracles, tu peux me croire.

– Alors demande-lui de nous débarrasser des Pantalons Levy. J'ai parlé à trois agents cette semaine. Tous, ils m'ont tous dit que c'était l'affaire la plus invendable qu'ils aient vue de leur vie.

– Gus, dis-moi que j'ai mal entendu ! Tu parles de vendre ton héritage ? glapit Mme Levy.

– Assez! aboya Miss Trixie. Je vous aurai! Attendez voir. Vous y aurez droit. Je me vengerai.

– Oh, la ferme! lui cria Mme Levy en la contraignant à se recoucher sur le canapé où elle ne tarda pas à s'assoupir de nouveau.

– Un des types, un battant, poursuivit calmement M. Levy, m'a pourtant donné quelques espoirs. Oh, il a commencé comme les deux autres, personne ne veut acheter dans la confection aujourd'hui. Le marché est mort. La boîte est démodée. Dépassée. Faudrait dépenser des millions de remise à neuf et de réparations. Y a bien des quais de chargement pour le train, mais, aujourd'hui, les marchandises légères comme les pantalons voyagent par la route, et l'usine est mal située pour les camions. A l'autre bout de la ville qu'il faut traverser tout entière pour gagner l'autoroute. L'industrie du vêtement bat de l'aile dans le Sud. Même le terrain ne vaut pas grand-chose. Tout le coin est en train de virer au ghetto, à la zone de taudis. Et patati et patata. Seulement il a fini par dire qu'il pourrait peut-être intéresser une chaîne de supermarchés à acheter pour en faire un magasin. Bon, ça, ça n'avait pas l'air mauvais. Et puis il n'a pas tardé à mettre le doigt sur un os – encore un! Il n'y a pas d'endroit pour se garer, dans le coin des Pantalons Levy. Et puis le niveau économique des habitants est trop bas pour permettre l'implantation d'un très grand marché, et hop, c'était reparti! L'unique espoir, il a fini par me dire, c'était d'arriver à louer les locaux comme entrepôt. Seulement ça ne rapporte pas grand-chose et puis c'est mal situé pour un entrepôt. Une histoire d'autoroute, encore une fois. Alors tu n'as pas à t'en faire. Les Pantalons Levy sont encore à nous et bien à nous! Comme si on avait hérité un pot de chambre.

– Un pot de chambre? C'est charmant. La sueur et le sang de ton père, la chair de sa chair, un pot de chambre! Oh, mais je vois clair dans ton jeu, j'entrevois tes motivations : détruire le dernier monument à la réussite de ton père.

– Les Pantalons Levy, un monument?

– Qu'est-ce qui a bien pu me prendre de vouloir aller travailler là-dedans, je ne le saurai jamais, s'écria Miss Trixie courroucée, parmi les coussins sur lesquels Mme Levy l'immobilisait. Heureusement pour ma pauvre Gloria, elle est partie à temps.

– Je vous demande pardon, mesdames, dit M. Levy en sifflant entre ses dents, mais moi, je vous laisse. Vous n'avez pas besoin de moi pour parler de Gloria.

Il se leva et passa dans sa baignoire à eau pulsée. Tandis que l'eau bouillonnait autour de lui, il se demanda comment il allait devoir s'y prendre pour se débarrasser des Pantalons Levy entre les mains d'un acheteur innocent. Il fallait bien leur trouver une utilité. Qu'en faire? Une piste de patinage à roulettes? Un gymnase? Une cathédrale d'un culte noir? Puis il se demanda ce qui se passerait s'il emportait la planche d'exercice motorisée de Mme Levy jusqu'au bord de mer et s'il la précipitait dans le golfe. Il se sécha très soigneusement, enfila son peignoir d'éponge et regagna le salon pour y prendre son journal sportif.

Miss Trixie était assise bien droite sur le canapé. On lui avait nettoyé le visage. Sa bouche était une grosse tache de rouge à lèvres orange. Ses yeux de taupe étaient accentués de mascara. Mme Levy était occupée à disposer une perruque de cheveux noirs par-dessus la chevelure clairsemée de la vieille femme.

– Mais qu'est-ce que vous avez bien pu encore trouver à me faire subir? chevrotait Miss Trixie à l'adresse de sa bienfaitrice. Vous me le paierez, je vous préviens!

– Est-ce que tu en crois tes yeux? demanda Mme Levy à son mari, d'une voix dont la fierté avait chassé toute trace d'hostilité. Regarde-moi ça.

M. Levy n'en croyait pas ses yeux. Miss Trixie était devenue le portrait craché de la mère de Mme Levy.

## II

A la guinguette de Mattie, Jones emplit son verre de bière et enfonça ses longues dents jaunes dans la mousse.

– Cette bonne femme, là, Lana Lee, ne traite pas comme il faut, Jones, était en train de lui dire M. Watson. Si y a quèque chose qu'j'aime pas voir, c'est bien un homme d'couleur qui s'moque sa propre couleur. Et c'est ça qu'a t'fait faire en t'costumant en nègre du bon vieux temps des plantations, pas aut' chose!

– Oua-ho! Les négros comme nous, on s'fait déjà assez chier comme ça sans qu'les gens en pusse y viennent nous charrier pasqu'on est noirs. Merde alors. Ma conn'rie, ç'a été d'dire à c't'enfoirée d'Lee qu'les flicards m'avaient dit d'trouver du boulot. J'aurais mieux fait d'y dire qu'c'était l'bureau d'placement, les services d'surveillance de l'emploi, lui foutre un peu la trouille à c'te bonne femme, merde.

– Tu f'rais mieux d'aller trouver la police et d'y dire que tu quittes c'te place mais qu't'en trouveras une aute tout d'suite.

– Ça va pas, non? J'vais pas foute les pieds dans un commissariat pour causer aux flicards, moi. La s'conde qu'y m'voyent, les flicards, y leur en faut pas plus. J'me r'trouve d'dans en moins d'deux. Oua-ho! Les gens d'couleur trouvent p'têt' pas d'travail, mais des débouchés, ça oui, y z'en ont : en tôle! Le placard c'est encore le meilleur moyen d'ête sûr d'avoir à bouffer tous les jours. Mais moi, j'préfère crever la dalle mais de-hors! J'aime encore mieux laver par terre chez c'te pute que m'retrouver au placard à fabriquer des putains d'pinces à linge et des chaises et des brosses et toute c'te merde. J'ai été assez con pour me laisser piéger dans ces *Folles Nuits* de mes deux, à moi d'ête assez malin pour m'en tirer tout seul.

– Y a pas, moi j'dis qu't'as qu'à aller leur dire à la police que tu vas ête entre deux boulots un p'tit moment.

– Ouais! Et pis chrai p'têt' entre deux boulots pendant cinquante piges! J'ai pas vu qu'on s'battait dans les rues pour embaucher les nègres sans qualification, merde. Oua-ho. Les salopes comme c'te Lee, ça connaît des tas d'flicards. J'veux pas prende le risque d'aller trouver un pote flicard à la mère Lee pour y dire : « Écoutez voir, j'retourne au vagabondage, mais seul'ment pour un p'tit moment. » Y m'louperait pas. Y m'répondrait du tac au tac : « Te frappe pas, mon pote, tu s'ras en tôle qu'un p'tit moment aussi! » Oua-ho!

– Bah, et le sabotage, qu'est-ce que ça donne?

– Pas grand-chose. La mère Lee a m'a fait bosser des heures sup' l'aute jour. Alla vu qu'son plancher était d'plus en plus dégueu qu'si elle y f'sait pas attention ses pauves caves de clients y z'allaient enfoncer dans la poussière jusqu'à mi-cuisse! Merde. Cht'ai dit qu'javais écrit son adresse sur les paquets des orphelins, là, alors, si elle fait toujours la charité, comme elle dit, p'têt' bien qu'elle aura une réponse inattendue un d'ces quate. J'dois dire qu'ça m'botterait d'voir c'que c't'adresse pourrait bien rapporter. Qui sait, peut-être les flicards? Oua-ho!

– Ouais, ben ça crève les yeux qu'ça mène nulle part, tout ça. Va donc causer avec la police, mon vieux. Chte dis qu'y t'comprendront, moi.

– J'ai les chtons des flicards, Watson, vu? Ouh! T'aurais les chtons aussi si t'était arrivé la mêm' chose qu'à moi. T'es au Woolsworth, bien peinard, et le flicard t'emmène. Et puis la Lee alla dû passer à la casserole avec les trois quarts de la police de La Nouvelle-Orléans! Oua-ho!

Jones produisit ce qui avait toute l'apparence d'un nuage, et d'un nuage radioactif. Bientôt, l'inquiétant cumulus dirigea progressivement des retombées sur le bar et sur la glacière pleine de charcutailles.

« Au fait, dis donc, qu'est-ce qu'est arrivé à l'aute enfoiré, l'connard qu'était là l'aute jour, le gars d'chez Pantalons Levy? Tu l'as r'vu?

– Çui qui causait d'une manif?

– Ouais, l'gars qu'avait l'gros enfoiré d'blanc cinglé comme chef, çui qui disait comme ça qu'les nègres fallait qu'y balancent une bombe nucleyère su l'usine où qu'y bossent. Des coups à s'faire zigouiller et balancer c'qui reste en tôle par-dessus l'marché!

– J'lai pas r'vu depuis.

– Merde! J'voudrais bien savoir où qu'perche c'te gros malade. Chpourrais p'tête app'ler Pantalons Levy et d'mander après lui. Pasqu'il a l'air du genre que la mère Lee elle cague dans son froc à les r'garder. Oua-ho! Si a'm'veut comm' chasseur, d'ac! Seul'ment chrai l'chasseur le pus saboteur qui aye jamais mis les panards su la plantation. L'coton aura entièrement cramé avant que j'me tire!

– Fais gaffe, Jones, va pas t'fourrer dans les emmerdes.

– Oua-ho!

## III

Ignatius commençait à se sentir de plus en plus mal. Son anneau semblait refermé à jamais, étranglé, et il avait beau sauter, rien ne parvenait à l'ouvrir. D'amples rots s'arrachaient aux poches de gaz de son estomac, déchirant son tractus digestif. Certains s'échappaient à grand bruit. D'autres, comme des rots d'enfant sevré, venaient se loger dans sa cage thoracique, lui causant des haut-le-cœur et des brûlures d'estomac intolérables.

La cause physique du déclin de sa santé résidait, il le savait, dans la consommation trop assidue et épuisante des produits Paradise. Mais il en existait d'autres, plus subtiles. Sa mère s'enhardissait tous les jours et s'opposait de plus en plus violemment à lui. Il lui devenait impossible de la maîtriser. Peut-être avait-elle rejoint les rangs de quelques marginaux d'extrême droite qui la rendaient belliqueuse, agressive, hostile. En tout cas, elle avait indiscutablement lancé une interminable chasse aux sorcières dans la cuisine brunâtre, lui posant d'innombrables questions sur sa philosophie politique. Ce qui était bizarre. Car elle avait toujours été notoirement apolitique, votant uniquement pour les candidats qui semblaient avoir gentiment traité leur mère. Mme Reilly avait été un partisan solide et farouche du président Roosevelt d'un bout à l'autre de ses quatre mandats, non pas à cause du New Deal, mais parce que Mme Sara Roosevelt semblait avoir été respectée et bien traitée par son fils. Mme Reilly avait également voté pour cette Mme Truman, debout devant sa maison victorienne d'Independence, Missouri, et pas particulièrement pour Harry Truman. Aux yeux de Mme Reilly, Nixon et Kennedy, c'était Hannah et Rose. Les candidats sans mère la troublaient, et les jours de ces élections orphelines, elle restait à la maison. Ignatius ne parvenait pas à comprendre les efforts maladroits et soudains de sa mère pour protéger l'*American way* contre lui.

Et il y avait Myrna qui lui apparaissait dans une série de rêves qui empruntaient leur forme au vieux feuilleton de Batman, l'homme chauve-souris qu'il avait vu au Prytania quand il était enfant. Un épisode suivait l'autre. Dans l'un des plus épouvantables, il se tenait sur un quai de métro, réincarné dans la personne de saint Jacques, martyrisé par les Juifs. Myrna surgissait d'un portillon, brandissant une pancarte sur laquelle on pouvait lire CONGRÈS NON VIOLENT POUR LES NÉCESSITEUX SEXUELS. Elle se mettait à l'invectiver. « Jésus viendra et l'emportera, ce n'est pas une question de peau », prophétisait saint Jacques-Ignatius, grandiose. Mais Myrna, avec un ricanement hideux, le repoussait à l'aide de sa pancarte et le précipitait sur la voie, à l'instant où un métro arrivait à toute vitesse. Il se réveillait au moment même où le train allait l'écraser. Ces cauchemars minkoffiens devenaient plus redoutables encore que les vieux rêves terrifiants au cours desquels Ignatius, magnifique sur l'impériale, avait suivi dans leur chute des autocars panoramiques qui s'abîmaient dans des fleuves ou entraient en collision avec des avions à réaction roulant sur des pistes d'aérodrome.

La nuit, des cauchemars l'assiégeaient et, le jour, son

cauchemar était l'itinéraire impossible que M. Clyde lui avait confié. Personne, au Quartier Français, ne semblait s'intéresser aux saucisses chaudes. Aussi le salaire qu'il rapportait à la maison diminuait-il chaque jour, redoublant l'agressivité de sa mère. Quand et comment allait-il sortir de ce cercle vicieux?

Il avait lu dans la presse du matin qu'une association artistique de dames organisait une exposition de ses œuvres dans Pirate's Alley. Imaginant que les tableaux seraient d'assez mauvais goût pour l'intéresser quelque temps, il poussa sa charrette sur les dalles de l'impasse du Pirate jusqu'aux nombreuses œuvres d'art accrochées à la grille de fer qui ceignait la cathédrale. Sur la proue de sa voiture, espérant s'attirer la clientèle des habitants du Quartier, Ignatius avait fixé une feuille de papier arrachée à un cahier Big Chief, sur laquelle il avait écrit au crayon, en caractères d'imprimerie : TÂTEZ DE MES SAUCISSES, 20 CM DE PARADIS. Jusqu'alors, nul n'avait répondu à son message.

L'impasse était pleine de dames bien vêtues portant de vastes capelines : Ignatius dirigea la proue de sa charrette au cœur de la cohue et poussa. Une femme déchiffra la déclaration sur papier Big Chief et poussa un hurlement strident, pressant ses compagnes de s'écarter devant l'épouvantable apparition qui menaçait de ruiner leur exposition.

– Hot dogs, mesdames? demanda Ignatius d'un air engageant.

Les regards de ces dames se portèrent tour à tour de l'affichette à la boucle d'oreille, à l'écharpe rouge, au sabre et se firent implorants. Voulait-il bien passer son chemin? La pluie eût été suffisamment catastrophique. Mais... ça!

– Saucisses chaudes, saucisses chaudes, lança Ignatius un peu agacé. Délices en provenance directe des hygiéniques cuisines du Paradis.

Il fut pris d'un rot particulièrement violent et sonore pendant le silence qui salua son appel. Les dames firent semblant de s'absorber dans la contemplation du ciel et du petit jardin, de l'autre côté des grilles de la cathédrale.

Ignatius se dirigea lourdement vers cette grille, renonçant à la cause désespérée de sa saucisse de ferraille, et passa en revue les huiles, les gouaches et les aquarelles accrochées là. Si le style variait d'une œuvre à l'autre dans sa rudimentarité, les sujets choisis étaient assez similaires : camélias flottant dans des coupes, azalées torturées en compositions florales ambitieuses, magnolias semblables à de grands moulins à vent blancs. Pendant quelque temps, Ignatius examina avec une espèce de fureur les diverses œuvres exposées, tout seul, car ces dames s'étaient toutes écartées de la grille et rassemblées en un groupe vaguement protecteur. La voiture semblait, quant à elle, abandonnée sur les dalles, à quelques mètres de la guilde des dames artistes.

– Oh, mon Dieu! beugla Ignatius après quelques allées et venues le long de la grille promue au rang de cimaise. Comment osez-vous présenter de telles abominations au public!

– Passez votre chemin, monsieur, s'il vous plaît, dit une dame plus audacieuse que les autres.

– Les magnolias ne ressemblent pas à ça, dit Ignatius désignant d'un sabre vengeur l'objet de son courroux. Vous auriez besoin de cours de botanique, mesdames. Et peut-être bien de géométrie par-dessus le marché.

– Personne ne vous oblige à venir regarder, dit une voix outragée au sein du groupe – la voix de la dame qui avait peint le magnolia en question.

– Bien sûr que si! hurla Ignatius. Vous avez besoin des critiques d'une personne de goût, mesdames! Laquelle d'entre vous s'est-elle rendue coupable de ce camélia. Allons, dénoncez-vous! L'eau, dans cette coupe, on dirait de l'huile de moteur!

– Fichez-nous la paix, fit une voix perçante.

– Vous devriez cessez d'organiser des thés et des déjeuners, pauvres femmes que vous êtes, pour apprendre un peu à dessiner, c'est un travail et un savoir qui ne s'improvisent pas! tonna Ignatius. Pour commencer, apprenez à manier la brosse. Je me permets de vous suggérer de vous réunir pour peindre la maison de l'une d'entre vous, ça fera un début.

– Allez-vous-en!

– Si des artistes comme vous avaient participé à la décoration de la chapelle Sixtine, elle aurait l'air d'un hall de gare particulièrement vulgaire, cracha ironiquement Ignatius.

– Nous n'avons pas l'intention de nous laisser insulter par un vulgaire colporteur, dit un porte-parole de la bande des grands chapeaux d'un air particulièrement hautain.

– Ah, je vois! hurla Ignatius. C'est donc vous et vos semblables qui diffamez les marchands ambulants de hot dogs et les perdez de réputation!

– Il est fou.

– Ce qu'il peut être commun.

– Grossier.
– Ne l'encouragez pas!
– Nous n'avons pas besoin de vous ici, allez-vous-en, dit le porte-parole en toute simplicité acide.
– Vous ne m'étonnez pas! fit Ignatius, haletant. Vous avez peur de quiconque a gardé le contact avec la réalité, quiconque est en mesure de vous exposer véridiquement les attentats dont vous vous êtes rendues coupables contre la toile!
– Allez-vous-en s'il vous plaît, lui enjoignit le porte-parole.
– De ce pas, déclara Ignatius en saisissant les bras de sa voiture. Vous devriez me demander pardon à genoux des horreurs que vous m'avez fait voir sur cette grille, misérables femelles.
– Ah, on peut dire que notre ville va vraiment mal quand on voit « ça » se promener tranquillement dans nos rues, dit une femme tandis qu'Ignatius se dirigeait vers l'entrée de l'impasse en traînant les pieds.

Ignatius eut la surprise de recevoir un petit caillou qu'il sentit heurter l'arrière de sa tête et rebondir. Courroucé, il pressa le pas, poussant sa voiture vers l'entrée de l'impasse. Quand il y fut presque, il gara sa charrette à l'abri des regards dans un petit renfoncement. Ses pieds lui faisaient mal et, pendant qu'il se reposerait, il ne voulait pas qu'un importun lui vînt réclamer une saucisse chaude. Malgré les affaires qui n'auraient pas pu être plus mauvaises, il venait un moment où l'homme devait s'occuper avant tout de lui-même et ne penser qu'à son bien-être. S'il continuait son colportage, ses pieds seraient réduits à l'état de moignons sanguinolents.

Il s'accroupit inconfortablement sur les marches d'un escalier latéral de la cathédrale. Son récent gain de poids et la dilatation due à la paresse de son anneau pylorique lui rendaient toute position autre que debout et couchée assez difficile. Retirant ses semi-botillons, il entreprit d'examiner ses très grands pieds.

– Oh, mon Dieu, ce n'est pas possible, dit une voix quelque part au-dessus de lui. Que vois-je? Je me décide à sortir pour venir visiter cette exposition absolument dégueulasse et quel est le premier objet que je vois exposé? C'est le fantôme de Lafitte le pirate. Non, non, c'est Fatty Arbuckle. Ou serait-ce la grosse Marie du port? Dites-le-moi, dites-le-moi, j'ai hâte de savoir, je brûle, j'enrage!

Levant les yeux, Ignatius aperçut le jeune homme qui avait acheté le chapeau de sa mère aux *Folles Nuits*.

– Laissez-moi tranquille, espèce de freluquet, allez-vous-en. Où est le chapeau de ma mère?

– Bah, ça, soupira le jeune homme. Je suis au regret de vous apprendre qu'il a été détruit au cours d'une réunion excessivement mouvementée. Tout le monde l'adorait.

– Je n'en doute point. Je préfère ne vous point demander comment il a été profané.

– De toute manière, je ne m'en souviendrais pas. Trop de martini-gin ce soir-là *per me!*

– Oh, mon Dieu.

– Au nom du ciel, que fabriquez-vous dans cette tenue étrange? On dirait Charles Laughton en travelo, jouant la reine des gitanes. A quoi êtes-vous censé ressembler? Dites-le-moi, je vous en prie, je tiens vraiment à le savoir.

– Allez, du vent, petit gommeux!

Ignatius rota, une éructation gazeuse qui se répercuta le long des murs de la cathédrale. L'association artistique tourna ses chapeaux dans la direction de cette rumeur volcanique comme une seule femme. Ignatius foudroyait du regard le jeune homme, sa veste de velours fauve, son chandail de cachemire parme et la boucle de cheveux blonds qui retombait sur le front de ce visage étroit et luisant.

« Écartez-vous de moi avant que je ne vous abatte.

– Bonté divine, s'écria le jeune homme avant d'éclater d'un petit rire bref, enfantin et joyeux qui fit frissonner sa veste duveteuse. Mais vous êtes donc vraiment fou, c'est bien ça?

– Quelle audace! glapit Ignatius.

Il tira son sabre et se mit à en frapper les mollets du jeune homme. Ce dernier gloussa en dansant de-ci de-là devant Ignatius pour éviter les coups qu'il lui portait. Rapides et souples, ses mouvements faisaient de lui une cible difficile. Pour finir, il traversa l'impasse, toujours dansant, et adressa un signe de la main ironique à son adversaire. Ce dernier ramassa l'un de ses éléphantesques semi-bottillons et le lança contre la silhouette pirouettante.

– Oh! glapit le jeune homme d'une voix aiguë, puis, rattrapant au vol le soulier, il le relança contre Ignatius, qu'il atteignit en pleine figure.

– Oh, mon Dieu! Je suis défiguré!

– Bah, la ferme!

– Je puis sans mal vous faire arrêter et jeter en prison pour cette agression caractérisée.

– Si j'étais vous, mon gros loup, je n'irais pas me frotter à la police. Quelle sera la réaction des flics devant votre tenue, hein, vous y avez songé, ma jolie petite fée ? Me faire arrêter moi – moi, moi ! – pour agression ? Soyons réaliste. Je suis déjà surpris que la police vous laisse draguer dans cet ensemble de diseuse de bonne aventure.

Le jeune homme s'interrompit pour ouvrir son briquet avec un *clic!* sonore, allumer une Salem, puis refermer le briquet avec le même *clic!* et reprit :

« Sans parler de vos pieds nus et de ce sabre joujou ! Vous plaisantez !

– La police sera toute prête à croire ce que je lui dirai.

– Ben voyons. Assez, je vous en prie, revenez à la réalité.

– On vous enfermera peut-être pour plusieurs années.

– Mais vous divaguez réellement.

– Oui, je divague de rester ici à écouter vos insanités, dit Ignatius en enfilant ses semi-botillons de daim.

– Non mais regardez-moi ça ! glapit le jeune homme, ravi. Cette expression que vous avez eue ! Bette Davis souffrant d'une indigestion !

– Ne m'adressez pas la parole, espèce de dégénéré. Allez donc jouer avec vos petits amis. Je suis bien certain que le Quartier en pullule.

– Et comment va votre chère maman ?

– Je ne veux pas que son nom béni soit prononcé par vos lèvres décadentes.

– Ma foi, c'est trop tard, répondez donc à ma question. Comment va-t-elle ? Elle est si gentille et charmante, cette femme, tellement nature. Vous avez beaucoup de chance.

– Je ne vais certainement pas discuter de son cas avec vous.

– Oh, mais quel mauvais coucheur ! Enfin, si c'est ce que vous voulez, tant pis. Soyez désagréable et mal embouché autant qu'il vous plaira. J'espère seulement qu'elle ignore que vous faites le trottoir vêtu comme une espèce de Jeanne d'Arc hongroise ! Cette boucle d'oreille ! Ce qu'elle peut être magyar, mon Dieu !

– Si vous voulez un costume comme celui-ci, allez vous en acheter un et fichez-moi la paix, dit Ignatius.

– Oh, mais je sais bien qu'une chose pareille n'est à

vendre nulle part, nulle part! Non, mais quel déguisement pour une fête! Ils en seraient tous ma-la-des!

– M'est avis que les fêtes que vous fréquentez doivent être de véritables visions d'apocalypse. Je savais que notre société allait aboutir à cela. D'ici quelques années, vos petits amis et vous aurez probablement pris en main les destinées de notre pays.

– Oh, mais nous y comptons bien, fit le jeune homme avec un malin sourire. Nous avons des relations très, très haut placées! Je ne vous dis que ça...

– Oh, je n'en doute pas. Roswitha aurait pu le prévoir sans mal.

– Rose qui? Qui diable est-ce là?

– Une nonne du Moyen Age, véritable sibylle. Elle a guidé ma vie.

– Ah, non, mais vous êtes vraiment impayable, fantastique, dit joyeusement le jeune homme. Et vous avez encore pris du poids, j'aurais juré que c'était impossible. Quand vous arrêterez-vous et vous arrêterez-vous jamais? Votre obésité a quelque chose de si délicieusement rétro, et même disons kitsh!

Ignatius se leva et porta un coup d'estoc dans la poitrine du jeune homme avec son sabre de plastique.

– Tiens, prends-ça, larve minable! vociféra-t-il en plongeant son sabre dans le cachemire parme du chandail.

La pointe du sabre se brisa et tomba sur les dalles de l'impasse.

– Houla! glapit le jeune homme. Vous allez déchirer mon chandail espèce de gros fou!

Vers le fond de l'impasse, les dames de l'association artistique décrochaient leurs œuvres de la grille et pliaient leurs chaises longues d'aluminium comme des Arabes prêts à lever le camp. Leur exposition annuelle avait été totalement gâchée.

– Je suis le glaive vengeur du bon goût et de la décence, s'époumonait Ignatius.

Tandis qu'il tâchait de tailler en pièces le chandail avec son arme brisée, les dames s'enfuyaient de l'impasse. Les traînardes récupéraient à la hâte qui son magnolia, qui son camélia, en proie à une véritable panique.

– Qu'est-ce qui m'a pris de m'arrêter pour vous parler, espèce de fou furieux? demandait le jeune homme hors d'haleine et plein de haine. C'est mon plus beau chandail.

– Catin! beugla Ignatius en raclant son sabre contre les côtes du jeune homme.

– Oh, mais c'est affreux.

Il tenta de s'enfuir, mais Ignatius avait saisi son bras et le retenait fermement de la main qui ne brandissait pas le sabre. Glissant un doigt dans l'anneau qu'Ignatius portait à l'oreille, le jeune homme tira violemment vers le bas en ordonnant dans un souffle :

– Lâchez ce sabre.

– Seigneur Jésus!

Ignatius laissa tomber son sabre sur les dalles.

« Je crois que j'ai l'oreille brisée.

Le jeune homme lâcha la boucle d'oreille.

– Trop tard, sagouin! balbutia Ignatius. Vous allez pourrir dans une prison fédérale le reste de vos jours misérables.

– Regardez ce que vous avez fait de mon chandail, sale monstre dégoûtant!

– Seuls les plus éminents rebuts d'humanité, la lie de la lie de la terre, accepteraient de porter une telle abomination à faire avorter une vache aveugle! Si vous n'avez point de vergogne, manifestez du moins quelque goût dans le choix de votre vêture!

– Espèce de grosse bête. Espèce de, espèce de... gros!

– Plusieurs années dans un service d'oto-rhino-laryngologie seront probablement nécessaires pour remettre cela d'aplomb, déclara Ignatius en jouant avec son oreille. Attendez-vous donc à recevoir chaque mois les factures assez faramineuses de mes dépenses médicales. Mes hommes de loi vous contacteront dès demain matin dans le lieu quel qu'il soit où vous poursuivez vos activités douteuses. J'aurai eu soin de les prévenir d'avoir à s'attendre à tout et n'importe quoi. Ce sont tous de brillants avocats, piliers de notre société, des universitaires de l'aristocratie créole qui ignorent probablement jusqu'où peut descendre la dépravation. Peut-être même refuseront-ils de vous voir. On vous enverra peut-être un représentant de bien moindre stature, quelque associé mineur, accepté seulement par charité chrétienne au sein d'un de leurs prestigieux cabinets.

– Sale type, vous êtes odieux.

– Toutefois, pour vous épargner les angoisses d'attendre l'arrivée de cette phalange de phares du barreau à votre appartement semblable à la toile de quelque répugnante araignée, je consens à accepter un arrangement amiable sur-le-champ. Si vous le souhaitez. Cinq ou six dollars suffiront.

– Mon chandail m'a coûté quarante dollars, dit le jeune

homme, tâtant les dégâts qu'y avait causés le sabre de plastique. Vous êtes prêt à me le rembourser?

– Bien sûr que non! Vous ne savez donc pas qu'il est absurde d'avoir une altercation avec un nécessiteux? Je suis parfaitement insolvable.

– Je n'aurai pas de mal à vous faire un procès. Je porte plainte.

– Peut-être devrions-nous renoncer l'un et l'autre à l'idée d'introduire une quelconque action en justice. Pour un événement aussi chargé de présages et de solennité qu'un procès vous risqueriez de vous laisser entièrement emporter par votre enthousiasme et d'apparaître portant diadème et robe du soir. Le vieux magistrat y perdrait tout à fait son latin. On nous jugerait coupables l'un et l'autre de quelque accusation grossièrement falsifiée.

– Espèce d'animal révoltant.

– Pourquoi ne courez-vous pas participer à quelque distraction louche de nature à vous séduire? éructa Ignatius. Tenez, voyez ce matelot qui déambule dans Charles Street. Il semble bien esseulé.

Le jeune homme jeta un coup d'œil dans la direction de Charles Street, à l'extrémité de l'impasse.

– Bah, celui-là, dit-il, ce n'est que Timmy.

– Timmy? s'étonna Ignatius courroucé, vous le connaissez donc?

– Bien sûr, répondit le jeune homme d'une voix lourde d'ennui, c'est l'un de mes meilleurs, de mes plus vieux amis. Il n'est pas matelot du tout.

– Quoi? tonna Ignatius. Insinueriez-vous qu'il joue le rôle d'un membre des forces armées de notre pays?

– Si c'était le seul rôle qu'il joue!

– Mais c'est extrêmement grave, dit Ignatius en fronçant si fort les sourcils que son écharpe de satin rouge lui glissa sur les yeux, par-dessus la visière de sa casquette de chasse. Tous les soldats, tous les matelots que nous voyons pourraient être tout simplement de décadents maniaques déguisés! Mon Dieu! Nous sommes tous prisonniers de quelque affreux complot. Je savais bien que quelque chose de ce genre risquait d'arriver. Les États-Unis sont probablement privés de toute défense nationale!

Le jeune homme et le matelot échangèrent un signe familier et le second disparut au détour de la cathédrale. A quelques pas derrière le matelot apparut l'agent de police Mancuso, affublé d'un béret et d'une barbiche.

– Ah! glapit joyeusement le jeune homme en apercevant Mancuso sur la piste du matelot, c'est ce merveilleux policier! Ils n'ont donc pas encore compris que tout le monde le connaît au Quartier?

– Quoi, vous le connaissez aussi? demanda Ignatius, méfiant. C'est un individu fort dangereux.

– Tout le monde le connaît. Je remercie le ciel qu'il soit de retour. Nous commencions à nous demander ce qui avait bien pu lui arriver. Nous l'aimons tendrement. Oh, j'attends toujours avec une telle impatience de voir le nouveau déguisement qu'on lui assignera! J'aurais voulu que vous le vissiez la semaine où il a disparu? Cette tenue de cow-boy – un poème!

Le jeune homme éclata d'un rire incontrôlable.

« C'était tout juste s'il arrivait à marcher avec ses bottes. Il se tordait sans arrêt les chevilles. Un jour il m'a abordé dans Charles Street, je faisais la folle avec le chapeau si délicieusement rétro de Mme votre mère. Et puis il m'a abordé de nouveau dans Domaine Street et il a essayé d'entamer une conversation. Cette fois-là, il portait des lunettes à monture d'écaille et un chandail aux armes de Princeton. Il m'a dit qu'il était étudiant et qu'il était descendu par ici pour les vacances. Il est fabuleux. Je suis vraiment content qu'on se soit décidé à le renvoyer parmi les gens qui savent l'apprécier à sa juste valeur. Je suis certain que là où il était ces derniers temps, ses talents étaient gâchés. Et cet accent qu'il prend! Il y a des gens qui le préfèrent dans le rôle du touriste anglais. Génial! Mais moi, personnellement, c'est son colonel sudiste, et de loin! Bah, c'est une question de goût. Nous l'avons fait arrêter deux fois pour racolage et incitation à la débauche. A chaque fois, ça plonge la police dans un embarras exquis! Mais j'espère bien que nous ne lui avons pas attiré trop d'ennuis, car nous l'adorons.

– C'est un être entièrement malfaisant, commenta Ignatius, avant d'ajouter :

« Je me demande combien de nos militaires sont simplement des gens comme votre ami, des catins déguisées.

– Qui sait? S'ils pouvaient l'être tous!

– Certes, dit Ignatius d'une voix posée et réfléchie, ce pourrait constituer un complot à l'échelle mondiale.

L'écharpe écarlate montait et descendait, suivant le mouvement soucieux de ses sourcils.

« La prochaine guerre pourrait dégénérer en orgie de masse. Juste ciel! Combien des responsables militaires du monde sont-ils en vérité de vieux sodomites désaxés cherchant une jouissance dans cette personnalité d'emprunt? En fait, le monde pourrait en tirer profit. Ce serait la fin de la guerre. La clé d'une paix éternelle.

– Sans l'ombre d'un doute, approuva le jeune homme avec enjouement. La paix à n'importe quel prix!

Deux terminaisons nerveuses se joignirent dans l'esprit d'Ignatius et formèrent aussitôt une association durable. Il mettait peut-être la main sur un moyen d'attaquer l'impertinente Myrna Minkoff.

– Les dirigeants mondiaux qu'affole leur goût du pouvoir seraient bien surpris de découvrir que leurs chefs militaires et leurs troupes ne sont qu'un ramassis de sodomites grimés tout prêts à rencontrer les sodomites grimés d'en face pour organiser non des batailles mais des bals au cours desquels il leur serait loisible d'apprendre divers pas de danse étrangers!

Ce serait génial! L'État nous paierait pour voyager. Divin! Nous mettrions un terme aux souffrances du pauvre monde et nous redonnerions espoir et foi aux peuples de la Terre!

– Peut-être êtes-vous le seul espoir qui reste pour l'avenir, déclara Ignatius, frappant théâtralement ses grosses pattes l'une contre l'autre. Je ne vois guère d'autre promesse à l'horizon, en tout cas.

– Et nous aiderions aussi à contrôler l'explosion démographique.

– Oh, mon Dieu! s'écria Ignatius, ses yeux bleu et jaune parcourus d'éclairs sauvages. Votre méthode serait probablement plus acceptable et satisfaisante que les techniques de contrôle des naissances tout à fait drastiques dont je me suis toujours fait l'avocat. Je dois consacrer une portion de mes écrits à cette affaire. Ce sujet mérite de retenir l'attention d'un penseur digne de ce nom, disposant de certaines connaissances dans le domaine de l'évolution culturelle du monde. Je suis fort heureux que vous m'ayez ouvert cette perspective nouvelle.

– Oh, quelle charmante journée, ce que je m'amuse! Vous êtes une gitane. Timmy est matelot. Ce merveilleux policier est un artiste.

Le jeune homme poussa un soupir.

« On dirait le carnaval, je me sens exclu. Je crois que je vais vite, vite aller passer quelque chose d'amusant.

– Un instant, un instant! interrompit Ignatius qui ne pouvait se permettre de laisser une telle occasion lui filer entre les doigts.

– Je vais mettre des semelles compensées. Je suis dans ma période Ruby Keeler, dit gaiement le jeune homme à Ignatius avant de se mettre à chantonner : « Va chercher tes affriolants dessous/ Moi je suis sens dessus dessous/ Nous partirons droit devant nous/ Hou, hou, hou/ En dansant jusqu'à Buffalo, ho, ho, ho... »

– Cessez ce numéro dégradant, intima Ignatius, courroucé.

Ces gens-là avaient besoin de sentir le fouet leur caresser les côtes pour se tenir tranquilles.

Mais le jeune homme esquissa quelques pas autour d'Ignatius et dit :

– Ruby était tellement chou. Un amour! Je regarde tous ses vieux films à la télé – re-li-gi-eu-se-ment. « Donne un dollar porte-bonheur/ Au gentil contrôleur/ Il baissera l'éclairage/ C'est de notre âge/ Nous allons danser jusqu'à... »

– Je vous en prie, soyez sérieux cinq minutes. Cessez de papillonner autour de moi.

– *Come, io*? Je papillonne? Mais c'est bouffon. Que veux-tu, parle, belle gitane.

– Avez-vous déjà pensé à former un parti politique et à présenter un candidat à la présidence?

– De la politique? O, pucelle de La Nouvelle-Orléans, quel ennui!

– Mais c'est d'une extrême importance, vociféra Ignatius soucieux.

Ah, il allait lui montrer, à Myrna, comment mêler la sexualité à la politique.

« Je n'y avais jamais songé auparavant mais vous détenez peut-être, vous et vos semblables, la clé de l'avenir.

– Et alors, que comptez-vous y faire, Eleanor Roosevelt?

– Il faut commencer à organiser un parti. Faire des projets.

– Oh, je vous en prie, soupira le jeune homme. Ces conversations d'homme me donnent le tournis.

– Mais nous serons peut-être en mesure de faire le salut du monde! déclama Ignatius d'une voix enflée de tribun. Juste ciel. Pourquoi ne m'en étais-je pas avisé plus tôt?

– C'est le genre de conversation qui me déprime plus que vous ne pourriez l'imaginer, lui dit le jeune homme. Vous commencez à me rappeler mon père, que pourrait-il y avoir de plus déprimant, je vous le demande?

Il poussa un nouveau et long soupir.

« Allez, il faut que je me sauve. Je vais aller m'habiller.

– Non! s'écria Ignatius en saisissant le jeune homme au revers.

– Oh, mon Dieu, souffla le jeune homme, portant la main à la gorge, il va me falloir des tranquillisants toute la nuit.

– Nous devons nous organiser immédiatement.

– Oh, vous me fichez un cafard, mais un cafard!

– Il faut d'abord démarrer la campagne par une grande réunion destinée à jeter les bases de notre organisation.

– Serait-il question de partie?

– Oui, en quelque sorte. Mais enfin, il s'agirait de bien exprimer votre objectif.

– Mais alors ce serait plutôt amusant. Vous n'avez pas idée à quel point les dernières parties étaient mornes, mais mornes!

– Il ne s'agit pas d'une surprise-partie, imbécile, mais d'un parti.

– Oh, nous serions très sérieux.

– Bien, dans ce cas, écoutez-moi. Il faut que je vienne vous donner une conférence pour vous mettre sur la bonne voie et vous faire prendre un bon départ. J'ai une connaissance assez étendue des questions d'organisation.

– Génial. Et il faudra que vous portiez ce costume fantastique. Je suis en mesure de vous affirmer que vous capturerez ainsi toute l'attention de votre auditoire.

Le jeune homme glapit d'un rire suraigu et se couvrit la bouche de la main.

« Oh, mon Dieu, je vois d'ici la fête que ça pourrait être.

– Il n'y a pas de temps à perdre, dit Ignatius, impassible. L'apocalypse se profile déjà à l'horizon.

– Nous ferons ça la semaine prochaine, chez moi.

– Il va falloir me draper la tribune de guirlande bleu blanc rouge, conseilla Ignatius. C'est toujours comme ça dans les réunions politiques.

– Je vous en aurai des mètres et des mètres. J'adore la décoration! Il va falloir que me fasse aider par quelques intimes.

– Oui, bonne idée, approuva Ignatius avec enthousiasme. Commencez à vous organiser à tous les niveaux.

– Oh, jamais je n'aurais deviné que vous seriez d'une fréquentation aussi amusante. Vous étiez tellement agressif dans ce bar minable.

– Mon être a de multiples facettes.

– Vous m'effarez, j'en suis baba!

Le jeune homme regardait le costume d'Ignatius en écarquillant les yeux.

« Quand je pense qu'on vous laisse vous promener comme ça en toute liberté. D'une certaine façon, je vous respecte et je vous admire.

– Je vous en remercie bien sincèrement, dit Ignatius d'une voix douce et satisfaite. La plupart des imbéciles ne comprennent pas le moins du monde la vision que j'en ai.

– J'imagine sans peine.

– M'est avis que sous vos apparences scandaleusement et vulgairement efféminées vous cachez une espèce d'âme. Avez-vous lu Boèce, ne serait-ce que vaguement?

– Qui ça? Oh, mon Dieu. Je ne lis même pas les journaux, pensez.

– Alors vous devez vous mettre à la lecture dès aujourd'hui, je vous ferai un programme. Ainsi serez-vous en mesure de commencer à saisir la crise que traverse notre époque, énonça solennellement Ignatius. Vous commencerez par les derniers Romains, au premier rang desquels Boèce, bien sûr. Puis vous vous plongerez dans l'étude relativement exhaustive des penseurs du début du Moyen Age. Vous pouvez sauter sans mal la Renaissance et les Lumières. C'est surtout de la propagande dangereuse. Et, pendant que j'y suis, vous feriez mieux aussi de sauter les Romantiques et les Victoriens. Pour l'époque contemporaine, un choix de bandes dessinées et d'illustrés.

– Vous êtes formidable.

– Je recommande tout particulièrement Batman, car il a tendance à transcender quelque peu l'abominable société dans laquelle il se trouve. Et sa morale est assez rigide. Je dois dire que j'éprouve un certain respect pour Batman.

– Tiens, regardez, revoilà Timmy! dit le jeune homme, voyant le matelot repasser dans Chartres Street, mais dans la direction opposée à celle qu'il avait prise la première fois. Il ne se fatigue donc jamais de suivre toujours le même itinéraire? Il va et vient, va et vient, regardez-le! C'est l'hiver, et il porte encore sa tenue blanche d'été. Il ne se rend pas compte de la cible parfaite qu'il fait pour la patrouille de la prévôté maritime. Jamais vous ne pourriez imaginer à quel point ce garçon est stupide – un idiot!

– Il n'a effectivement pas le visage très ouvert, concéda Ignatius.

L'artiste à béret et barbiche passa à son tour dans Chartres Street, toujours affairé sur les traces du matelot.

« Oh, mon Dieu! Ce grotesque défenseur de l'ordre va tout faire rater. Il est le grain de sable dans tous les rouages, le caillou dans la chaussure de tout un chacun! Peut-être pourriez-vous rejoindre ce marin désaxé et lui faire quitter le trottoir. Si la police maritime l'appréhende, la marine apprendra sans doute qu'il s'agit d'un imposteur et toute notre stratégie sera par terre. Escamotez-moi ce cloune avant qu'il fasse rater le coup politique le plus démoniaque de toute l'histoire de la civilisation occidentale!

– Hou! glapit joyeusement le jeune homme. J'y vais, je vais le mettre au courant. Quand il apprendra ce qu'il a failli faire, il va tomber dans les pommes!

– Et surtout, pas de relâchement dans vos préparatifs, avertit Ignatius.

– Je vais me surmener, travailler jusqu'à épuisement, dit gaiement le jeune homme. Réunions de quartier, listes électorales, tracts, scrutin de liste. Nous commencerons notre réunion inaugurale vers les huit heures. Je demeure dans St. Peter Street, l'immeuble de stuc jaune, vous ne pouvez pas le manquer, juste au coin de Royal. Voici ma carte.

– Oh, mon Dieu! marmonna Ignatius en examinant l'austère petit bristol. Vous ne vous appelez pas vraiment Dorian Greene, ce n'est pas possible!

– Oui, c'est chouette, n'est-ce pas? demanda Dorian d'une voix languide. Si je vous disais mon vrai nom vous ne m'adresseriez plus jamais la parole. Il est si commun que je pourrais mourir rien que d'y penser. Je suis né dans une grosse exploitation agricole du Nebraska. Blé, blé, blé. Vous voyez ce que je veux dire.

– Ma foi, et quoi qu'il en soit, je me nomme, quant à moi, Ignatius J. Reilly.

– Ce n'est pas trop atroce. Je vous aurais imaginé comme une espèce d'Horace ou, pire encore, de Humphrey, quelque chose dans ce goût-là. Bon, ben je compte sur vous. Répétez bien votre discours. Je vous garantis qu'il y aura foule, tout le monde est pratiquement mort d'ennui et de déprime, ces temps derniers, on se battra pour être invité. Donnez-moi un petit coup de fil et nous déciderons du jour de notre petite sauterie.

– Sauterie! Vous plaisantez! Soulignez bien l'importance de ce conclave historique, dit Ignatius. Dans ce premier groupe, le noyau dur de notre organisation, nous n'accepterons pas de feux follets. rien que des gens stables et solides.

– Il y aura peut-être deux ou trois personnes costumées, tout de même. C'est ce qui est vraiment génial à La Nouvelle-Orléans, c'est le carnaval et Mardi gras toute l'année si le cœur vous en dit. Franchement, il y a des fois, le Quartier tout entier a des allures de grand bal masqué! Il m'arrive de ne pas distinguer mes amis de mes ennemis. Mais si vous êtes vraiment contre, je le dirai à tout le monde, quitte à briser leurs pauvres petits cœurs. Cela fait des mois qu'il n'y a pas eu une fête digne de ce nom.

– Je ne serais pas opposé à la présence de quelques masques de bon goût, finit par concéder Ignatius. Ils pourraient conférer à notre réunion la touche d'internationalisme qui serait seyante. Les hommes politiques tiennent apparemment à toujours serrer la main de quelques mongoliens en costume folklorique ou indigène. Puisque j'y pense, vous pourrez encourager la présence de deux ou trois congressistes en costume. Toutefois, pas de travestis. Je ne crois pas que les politiciens tiennent particulièrement à se faire voir en compagnie de ces gens-là. M'est avis qu'ils suscitent le mécontentement des électeurs dans les régions rurales.

– Bon, maintenant je vais courir après cet idiot de Timmy. Je vais lui faire une peur bleue.

– Méfiez-vous de ce policier machiavélique. S'il a vent de notre conspiration, c'en est fait de nous.

– Bah, si je n'étais pas tellement heureux de le voir de retour parmi nous, je pourrais téléphoner à la police et le faire arrêter sur-le-champ pour racolage. Vous n'avez pas idée de la merveilleuse expression qui se peint sur les traits de ce pauvre homme quand le panier à salade vient pour l'embarquer! Et les flics qui l'embarquaient! Non, c'était impayable, im-pay-a-ble! Mais nous sommes tous si contents de le voir de retour que personne n'osera plus lui faire de misères désormais. A bientôt, mère des gitans.

Dorian disparut à l'extrémité de l'impasse sur les traces du matelot décadent. Ignatius se demanda ce qu'il avait pu advenir de l'association artistique. Il gagna lourdement le renfoncement où il avait dissimulé sa charrette, se prépara une saucisse chaude et pria pour que quelques clients consentissent à se montrer avant la tombée de la nuit. Plein de tristesse, il considéra de nouveau les tours que la Fortune lui avait joués. Jamais il n'aurait imaginé qu'il en serait réduit un jour à prier que quelqu'un veuille bien lui acheter des hot dogs! Du moins venait-il de démarrer une nouvelle et magnifique machine de guerre contre l'impertinente Myrna Minkoff. La pensée de la prochaine réunion inaugurale le réjouissait beaucoup. La péronnelle serait à jamais confondue.

## IV

Toute la question était une affaire de stockage. De une heure à trois heures, George était coincé avec ces fichus paquets tous les après-midi. Il s'était décidé à aller au cinéma mais, même là, dans la salle obscure, les yeux fixés sur le déroulement d'un quelconque porno (il y en avait deux au programme), il s'était senti mal à l'aise. Il avait peur de déposer ses paquets sur un siège à côté de lui – surtout dans une salle pareille. Il les avait donc gardés sur ses genoux et, pendant les trois heures où il avait vu défiler des nudités bronzées, il n'avait pas pu oublier une seconde son fardeau. Toutes les autres fois, il avait erré à travers le quartier commercial et le Quartier Français, s'ennuyant royalement. Quand venait trois heures, il était si fatigué qu'il n'avait plus du tout le cœur à vaquer à son colportage. D'ailleurs, au bout de deux heures de promenade. les emballages devenaient humides et finissaient pas se déchirer. Que l'un deux vînt à s'ouvrir brusquement et à répandre son contenu sur le trottoir, et il était bon pour passer quelques années en maison de redressement. Pourquoi le flic en civil avait-il voulu l'arrêter aux chiottes de la gare? Il n'avait strictement rien fait. Le type devait être médium, un flic doté de perception extra-sensorielle, c'était le bouquet!

George songea enfin à un endroit où il pourrait se reposer et même s'asseoir quelque temps – la cathédrale Saint-Louis. Il alla s'asseoir dans une travée voisine d'une rangée de porte-cierges et entreprit de décorer le dos de ses mains à son habitude. Cela fait, il prit un missel et le feuilleta, rafraîchissant les connaissances très rudimentaires qu'il avait des mécanismes de la sainte messe en examinant les croquis du célébrant aux différents stades de la célébration. Finalement, la messe était plutôt simple, songea George. Il ne cessa de feuilleter le missel jusqu'à l'heure de se lever et de partir. Rassemblant ses paquets, il sortit dans Chartres Street.

Un matelot appuyé à un réverbère lui adressa un clin d'œil. Il répondit d'un signe obscène de ses mains tatouées et se mit à descendre la rue de sa démarche chaloupée. Passant devant l'impasse du Pirate, il entendit des hurlements. Là, dans l'impasse, le marchand de hot dogs cinglé tentait de poignarder un pédé avec son sabre de plastique. Il était complètement zinzin, ce mec. George s'immobilisa quelques instants pour regarder la boucle d'oreille et l'écharpe rouge qui sautillaient sur place, tandis que le pédé gueulait comme un âne. Le camelot ne savait probablement même pas quel jour on était, ou quel mois, ou quelle année! Il se croyait à Mardi gras, le louf!

A la dernière extrémité, George aperçut l'agent civil qui s'amenait dans la rue derrière le mataf. Il avait l'air d'un rapin. George courut se cacher derrière l'une des arcades de l'ancien gouvernement espagnol, le Cabildo, qu'il traversa comme l'éclair pour ressortir dans St. Peter Street. Sans cesser de courir, il atteignit Royal Street et prit la direction du centre et des lignes d'autobus.

L'agent secret rôdait maintenant autour de la cathédrale. George devait tirer son chapeau aux flics. Ils étaient vraiment dans le coup. Ils ne vous laissaient pas l'ombre d'une chance, les vaches.

Et son esprit retourna au problème du stockage. Il commençait à se sentir comme un évadé, un taulard en cavale, obligé de se cacher de tous les flics. Où aller? Il grimpa dans un bus Desire, qui fit demi-tour et s'engagea dans Bourbon Street. Passant devant *Les Folles Nuits*, George songeait encore à son problème. Il aperçut Lana Lee et le bamboula. Elle le surveillait pendant qu'il plaçait une affiche dans le casier vitré qu'il y avait devant le bar. Le bougnoule jeta son mégot qui faillit flanquer le feu aux cheveux de Miss Lee. Lancé par un tireur d'élite, il passa à deux centimètres au-dessus de la chevelure de la patronne du bar. Y devenaient de plus en plus gonflés, ces bougnoules. Il faudrait que George aille faire une petite virée par chez eux un de ces soirs, histoire de balancer quelques œufs. Ça faisait un bout de temps qu'il n'avait pas fait ça avec ses potes. On partait dans une vieille bagnole gonflée, appartenant à l'un ou à l'autre, et on balançait des œufs sur tous les bougnoules qu'étaient assez cons pour se trouver sur le trottoir. Ça faisait du monde.

Mais revenons à cette histoire de stockage. L'autobus avait atteint Elysian Fields avant que Georges trouvât la moindre idée. Et tout d'un coup, ça y était. Il avait eu ça sous le nez pendant tout ce temps. Ça lui crevait les yeux et il ne s'en était pas rendu compte. Il s'en serait donné des coups de pied dans les tibias avec ses bottes ultra-pointues. Il voyait un compartiment métallique, propre, vaste, à l'abri des intempéries. Un véritable petit coffre-fort roulant que pas un flic en civil, aussi futé qu'il pût être, n'aurait jamais l'idée d'aller ouvrir. Une chambre forte gardée par le dernier des cinglés : le compartiment à petits pains de la saucisse ambulante de ce gros colporteur complètement givré.

# ONZE

– Ooh r'garde! dit Santa, rapprochant le journal de ses yeux myopes, y jouent un bon film au cinéma du quartier avec la petite Debbie Reynolds.

– Ooh, qu'elle est chou, dit Mme Reilly. Vous l'aimez bien, Claude?

– Qui ça? demanda gentiment M. Robichaux.

– La p'tite Debbie Reynolds, répondit Mme Reilly.

– Je n'vois pas bien, non. Je ne vais pas souvent au cinéma.

– Elle est adorabe, dit Santa. Un petit bijou. Tu l'as vue dans ce joli film où qu'elle jouait Tammy, Irene?

– C'est çui où elle devient aveugle, c'est ça?

– Alors là, pas du tout! Tu dois te tromper d'film.

– Ah oui, je sais à quoi chpensais ma belle. Chpensais à June Wyman, figure-toi. Elle était bien gentille aussi.

– Ooh, elle était bien, dit Santa. J'me souviens d'ce film où qu'elle faisait la débile qu'était violée.

– Jésus, chuis bien contente d'pas l'avoir vu, çui là.

– Ooh, mais il était formidable, ma chérie. Très triste. Tu sais? La tête qu'elle faisait cette pauvre petite simplette quand elle était violée. Jamais j'l'oublierai.

– Quelqu'un veut encore du café? demanda M. Robichaux.

– Ma foi oui, donnez-m'en un peu, Claude, là, dit Santa en repliant son journal et en le lançant sur le réfrigérateur. Chuis vraiment désolée qu'Angelo aye pas pu v'nir. Le pauve gars, tout d'même. Y m'a dit qu'il allait travailler jour et nuit, jour et nuit qu'il a dit, prende sur son propre temps pour arrêter quelqu'un. Chuis sûre qui doit ête de sortie quèque part, ce soir. J'aurais voulu qu'vous entendiez Rita, tiens, c'qu'elle m'a raconté. On dirait qu'Angelo est allé s'payer des tas d'fringues de lusque pour attirer des drôles de gens. Si c'est pas malheureux. Ça montre comment qu'il aime son métier, c'garçon. S'y d'vaient l'mette à la porte, ça lui briserait l'cœur. Ah, pourvu qu'il arrête un sale type.

– C'est pas rose tous les jours pour Angelo, dit Mme Reilly d'un air absent.

Elle songeait à l'écriteau proclamant PAIX AUX HOMMES DE BONNE VOLONTÉ qu'Ignatius venait d'apposer au fronton de leur petite maison quand il était rentré du travail. Miss Annie n'avait pas tardé à déclencher une enquête, braillant des questions à travers ses volets fermés.

« Qu'est-ce que vous penseriez d'quelqu'un qui veut la paix, Claude?

– Ça m'aurait tout l'air d'être une idée communisse, ça.

Les pires craintes de Mme Reilly se réalisaient.

– Qui qui veut la paix? demanda Santa.

– Ben Ignatius, il a affiché un écriteau sur la paix devant la maison.

– J'aurais dû m'en douter, dit Santa avec colère. D'abord y veut un roi, et puis v'là qui veut la paix, maintenant, çui-là. Moi chte l'dis, Irene. C'est pour ton bien. Faut l'faire enfermer, c'garçon.

– Y porte pas d'bouque d'oreille. J'y ai d'mandé et y m'a dit comme ça, maman, qu'y m'a dit, j'porte pas d'bouque d'oreille.

– Angelo est pas un menteur.

– P'têt' qu'il en a une toute petite alors?

– Une bouque, c'est une bouque, j'vois pas la différence. Pas vrai, Claude?

– C'est vrai, répondit Claude à Santa.

– Ooh, Santa, qu'elle est jolie la petite sainte vierge que t'as là sur ta télévision, dit Mme Reilly pour faire changer le sujet de la conversation et faire oublier les boucles d'oreilles.

Tous les regards se portèrent sur le téléviseur, à côté du réfrigérateur, et Santa dit :

– Pas vrai qu'elle est mignonne? C'est une petite Notre Dame d'la télévision. Y a une tite ventouse par en d'ssous, pour que j'la renverse pas en faisant ma cuisine. J'l'ai ach'tée chez Lenny.

– Il a tout, Lenny, dit Mme Reilly. Et ça a l'air d'ête fait en joli plastique incassable, hein?

– Alors, les enfants, ça vous a plu, ce dîner?

– C'était délicieux, dit M. Robichaux.

– Merveilleux, renchérit Mme Reilly. Ça faisait longtemps qu'j'avais pas aussi bien mangé.

– Barrff, éructa Santa. Chcrois bien qu'j'ai mis trop d'ail dans mes aubergines farcies, j'ai toujours la main lourde avec l'ail, moi. Même mes p'tits-enfants y m'le disent, « Mémé, qu'y m'disent, t'y es pas allé molo pour l'ail! »

– Si c'est pas mignon, dit Mme Reilly, séduite par ces gourmets en culotte courte.

– J'ai trouvé les aubergines parfaites, dit M. Robichaux.

– Moi chuis heureuse que quand j'frotte mes planchers ou que chfais la cuisine, dit Santa à ses invités. J'adore préparer un grand fait-tout de riz et d'boulettes à la tomate, ou faire un bon colombo avec des crevettes.

– J'aime faire la cuisine, dit M. Robichaux. Ça aide bien ma fille, de temps en temps.

– Je veux, qu'ça l'aide, approuva Santa. Un homme qui sait faire la cuisine ça rend rudement service dans la maison, croyez-moi.

Elle décrocha un coup de pied à Mme Reilly sous la table.

« Une femme qui peut compter sur son homme pour faire la cuisine peut dire qu'elle a dégotté l'oiseau rare.

– Vous aimez faire la cuisine, Irene? demanda M. Robichaux.

– C'est à moi qu'vous causez, Claude?

Mme Reilly était en train de se demander à quoi Ignatius pourrait bien ressembler avec une boucle d'oreille.

– Mais dis donc, t'es dans les nuages, ma fille, dit Santa. Claude te d'mandait si t'aimes faire la cuisine.

– Mouais, mentit Mme Reilly. J'aime bien faire la cuisine. Mais y a des fois, y fait si chaud, dans cette cuisine, surtout l'été, y vient pas la moinde tite brise, dans c't'impasse, vous savez. Ignatius il aime manger des saletés, d'toute façon. Ignatius, t'y refiles quelques bouteilles de Dr. Nut et des tas d'gâteaux qu't'achètes à la boulangerie et il est content.

– Faut vous offrir une cuisinière élétrique, dit M. Robichaux. J'en ai payé une à ma fille. Ça chauffe pas autant qu'un réchaud à gaz.

– Mais d'où qu'vous tirez tous ces sous, Claude? demanda Santa, vraiment intéressée.

– Ma foi, j'ai une retraite confortable des ch'mins d'fer. J'y ai passé quarante-cinq ans, vous savez. On m'a offert une belle épingle en or, quand chuis parti en r'traite.

– C'est gentil, ça, dit Mme Reilly. Vous aviez bien travaillé, Claude, hein?

– Et pis, poursuivit M. Robichaux, je possède deux trois p'tits appartements que je loue, autour de ma maison, chez moi. J'ai toujours mis un peu d'mon salaire de côté pour investir. Quand l'bâtiment va, comme on dit. Le logement, c'est le meilleur investissement qui soit.

– Y a pas d'doute, approuva Santa en roulant sauvagement des yeux à l'intention de Mme Reilly. En somme, vous v'là bien pourvu, hein?

– Faut pas se plaindre. Seulement, vous voyez, des fois je me lasse d'habiter avec ma fille et son mari. Ils sont jeunes, vous voyez. Y z'ont leur famille. Oh, ils sont très gentils avec moi, m'enfin, j'aimerais mieux avoir un chez moi. Vous me comprenez?

– Si j'étais vous, dit Mme Reilly, je resterais où je suis. Si vot' fille ça la dérange pas d'vous avoir, z'êtes plutôt bien loti, moi chtrouve. Moi j'aimerais tellement avoir un enfant gentil. Z'avez d'la chance, Claude, croyez-moi.

Santa enfonça sauvagement son talon ferré dans le coup de pied de Mme Reilly

– Aïe! cria cette dernière.

– Oh, pardon, ma belle! J'm'escuse, moi et mes grands pieds! Ça m'a toujours gênée, c't'histoire de grands pieds. C'est qu'y z'arrivent pas à m'servir au magasin, hein! L'vendeur m'voit v'nir, ça loupe, pas, y pense « V'là encore mame Battaglia. Qu'est-ce que j'vas bien pouvoir faire? »

– T'as pas les pieds si grands qu'ça, fit remarquer Mme Reilly après avoir regardé sous la table de la cuisine.

– C'est que j'les serre à mort dans ces souliers qui sont beaucoup trop p'tits. Faudrait qu'tu les voyes quand chuis pieds nus ma fille!

– Oh, moi, mes pieds, c'est terrible, y sont plats, confia Mme Reilly, malgré les signaux désespérés qui lui adressait Santa afin qu'elle ne fît pas étalage de ses défauts. Y a des jours, chpeux à peine marcher. Chcrois qu'ça a commencé quand Ignatius était petit et que j'devais l'porter partout. Dieu qu'il a été lent à s'mette à marcher. Il arrêtait pas d'tomber. Et il était lourd, ça chpeux vous l'dire. P'têt' bien qu'c'est comme ça qu'j'ai chopé mon arthurite.

– Écoutez vous deux, s'empressa d'intervenir Santa, avant que Mme Reilly eût le temps d'entreprendre la description de quelque défaut rédhibitoire, qu'est-ce que vous diriez d'aller voir ce film avec la mignonne Debbie Reynolds?

– C'est une très bonne idée, dit M. Robichaux. Je n'ai pas souvent l'occasion d'aller au cinéma.

– Vous voulez aller au cinéma? demanda Mme Reilly. Bah, moi chais pas. Avec mes pieds.

– Ooh, ben quoi, ma belle, allons-y! Faut sortir d'ici, chtrouve que ça sent l'ail, moi.

– Chcrois bien qu'Ignatius m'a dit quce film était mauvais. Il voit tous les films qui sortent, ce garçon.

– Irene, attaqua Santa, pleine de courroux. Tu n'arrêtes donc jamais de penser à c'garçon, avec tout l'mal qu'il te donne! Réveille-toi un peu, ma p'tite! Si t'avais du bon sens, y a belle lurette qu'y s'rait enfermé à l'hôpital de la Charité, ton Ignatius. On l'passerait un peu à la douche froide. On lui mettrait des prises élétriques à c'garçon. On lui f'rait voir, tiens, et ça lui f'rait les pieds. Ils apprendrait à bien s'tenir.

– Tu crois? s'intéressa Mme Reilly. Et ça coût'rait gros?

– Mais non, c'est tout gratuit, Irene.

– Médecine sociale, fit remarquer M. Robichaux. Ça doit être plein d'communisses et d'compagnons d'route, là-dedans.

– C'est des bonnes sœurs à l'hôpital de la Charité, Claude. Où qu'vous allez toujours pêcher ces histoires de communisses, bon sang?

– Les sœurs se font peut-être rouler, dit M. Robichaux.

– Si c'est pas malheureux tout d'même, dit tristement Mme Reilly. Ces pauvres petites sœurs. Travailler pour une bande de communisses!

– J'veux pas savoir qui qui commande là-bas, j'm'en moque, dit Santa. Si c'est gratuit et si on y enferme les gens, c'est là qu'Ignatius y d'vrait ête.

– Si Ignatius s'mettait à leur causer, p'têt' bien qui l'enfermeraient pour toujours tellement qu'il les ficherait en rogne, dit Mme Reilly, qui se rendit compte que ce n'était d'ailleurs pas une perspective tellement désagréable. P'têt' bien qu'il écouterait pas les médecins, Ignatius.

– T'occupe pas, va, ils le f'raient écouter. Y lui frapperaient sulla tête, y lui colleraient la camisole d'force, y l'passeraient au jet d'eau froide, dit Santa avec un peu trop d'enthousiasme.

– Vous devez penser un peu à vous-même, Irene, dit M. Robichaux. Si vous faites pas attention, votre fils, là, finira par vous enterrer trop tôt.

– Oui, exactement, dites-lui, vous, Claude.

– Bah, dit Mme Reilly, on va lui donner encore une chance, à Ignatius. P'têt' qu'y va s'améliorer.

– En vendant des saucisses? demanda Santa. Seigneur, tu rêves.

Elle secoua tristement la tête.

« Bon, l'temps d'passer ces assiettes dans l'évier et en route! On va voir c'te p'tite chatte de Debbie Reynolds.

Quelques minutes plus tard, après que Santa se fut arrêtée dans le salon pour donner un baiser d'adieu à sa mère, les trois amis se mirent en route pour le cinéma. La journée avait été exceptionnellement douce. Un vent du sud n'avait cessé de souffler depuis le golfe. La soirée restait tiède. Des solides odeurs de cuisine méditerranéenne flottaient sur tout ce quartier surpeuplé, provenant de la fenêtre ouverte de toutes les cuisines des petits immeubles et des pavillons. Et chacun des habitants semblait soucieux d'apporter sa contribution, si modeste fût-elle, à la cacophonie générale de chutes de casseroles, de hurlements télévisuels, de disputes, d'enfants braillards et de portes claquées.

– Tout l'quartier s'y est mis, ce soir, commenta Santa, tandis que tous trois longeaient l'étroit trottoir. Mais en été, c'est encore pire. Tout l'monde est dans la rue jusqu'à dix, onze heures du soir.

– C'est pas à moi qu'y faut l'dire, ma bonne, répondit Mme Reilly, tout en boitillant avec ostentation entre ses deux amis. Oublie pas que chuis d'Dauphine Street. On mettait les chaises de cuisine déhors sul trottoir, et on y restait jusqu'à des minuit, parfois, à attendre qu'la maison rafraîchisse. Et les trucs qu'les gens d'ici racontent, Seigneur!

– Moi j'dis qu'c'est des langues de vipère, voilà! approuva Santa. C'est des malveillants.

– Mon pauvre papa, dit Mme Reilly. Il était tellement fauché. Et pis quand y s'est pris la main dans c'te courroie d'ventilateur, là, les gens du quartier ont eu l'culot d'dire qu'y d'vait ête saoul! Ces lettes anonymes qu'on a r'çues là-d'ssus! Et ma pauve vieille Tata Boubou. Quatre-vingts ans qu'elle avait. Elle allumait un cierge pour son pauvre défunt mari, v'là qu'la bougie tombe et met l'feu au matelas. Et les gens y z'ont dit qu'a fumait au lit!

– Pour moi, les gens sont innocents tant qu'on a pas fait la preuve qu'ils sont coupables.

– Oui, ben moi c'est pareil, Claude, approuva Mme Reilly. Encore l'autre jour, j'disais à Ignatius, Ignatius, j'ui disais chcrois qu'les gens sont innocents tant qu'on a pas prouvé l'contraire.

– Irene!

Ils profitèrent d'une accalmie passagère de l'intense circulation pour traverser St. Claude Avenue et descendirent l'avenue sous les néons. Comme ils passaient devant une officine de pompes funèbres, Santa s'arrêta pour bavarder avec un des hommes en noir qui attendait sur le trottoir.

– Dites voir, m'sieur, qui c'est qui z'enterrent là? demanda-t-elle.

– C'est la cérémonie pour la vieille mame Lopez, répondit l'homme.

– Pas possibe. La femme au Lopez qui t'nait la p'tite épicerie d'l'autre côté d'Frenchman Street?

– C'est ça.

– Ooh, chuis bien triste d'entende ça, dit Santa? D'quoi donc qu'elle est morte?

– Le cœur.

– Si c'est pas malheureux, dit Mme Reilly avec beaucoup de sentiment. La pauvre!

– Ma foi, si j'étais habillée comme y faut, dit Santa à l'homme, j'entrerais y faire un dernier salut. Moi et mes amis, là, on est en route pour le cinéma. Merci.

Ils poursuivirent leur chemin, Santa décrivit à Mme Reilly les innombrables chagrins et tribulations qui avaient marqué la lugubre existence à la vieille mame Lopez. En conclusion, elle dit :

– Chcrois qu'j'vais faire dire une messe pour la famille.

– Seigneur, dit Mme Reilly, écrasée par la biographie très horrifique de la vieille mame Lopez, chcrois qu'j'vais faire dire une messe pour le repos d'cette pauve vieille moi aussi.

– Mais Irene! glapit Santa. Tu les connais même pas ces gens!

– Bah, c'est vrai, accorda faiblement Mme Reilly.

Quand ils arrivèrent au cinéma, il y eut quelques instants de contestation entre Santa et M. Robichaux pour savoir qui paierait les billets. Mme Reilly dit qu'elle paierait volontiers, quant à elle, si elle n'avait à honorer une traite sur l'achat de la trompette d'Ignatius dans les jours qui venaient. M. Robichaux se montra inflexible et Santa finit par le laisser en faire à sa tête.

– Après tout, dit Santa quand il leur tendit à chacune un ticket, c'est vous qu'avez plein d'sous!

Elle adressa un clin d'œil à Mme Reilly dont la pensée était retournée vers cet écriteau dont Ignatius avait refusé de lui expliquer la signification. Pendant le plus clair du film, elle pensa au salaire d'Ignatius qui diminuait rapidement, au paiement de la trompette, au paiement des dégâts causés au bâtiment qu'elle avait embouti, à la boucle d'oreille et à l'écriteau. Seules les exclamations joyeuses de Santa « Si c'est pas mignon tout plein! » « Elle est à croquer! » et « Regarde si c'est pas une robe ravissante, ça, Irene! » ramenaient de temps en temps Mme Reilly à ce qui se passait sur l'écran. Puis quelque chose d'autre détourna son attention de ses méditations à propos de son fils et de tous les ennuis qu'elle avait – ce qui ne formait d'ailleurs qu'un seul et même sujet. La main de M. Robichaux s'était doucement posée sur la sienne et l'avait saisie gentiment. Mme Reilly avait bien trop peur pour esquisser le moindre geste. Pourquoi donc les films avaient-ils ce pouvoir de rendre tous les hommes qu'elle avait connus – M. Reilly et M. Robichaux – amoureux? Elle fixait aveuglément l'écran, sur lequel plutôt que les cabrioles de Debbie Reynolds en technicolor elle croyait voir le bain de Jean Harlow en noir et blanc.

Mme Reilly était en train de se demander si elle pourrait sans difficulté arracher sa main de celle de M. Robichaux pour s'enfuir de la salle à toutes jambes quand Santa s'écria :

– Non mais regarde-la, Irene, chte parie qu'la p'tite Debbie va s'faire faire un bébé!

– Un quoi? hurla hystériquement Mme Reilly éclatant en sanglots incontrôlables, sauvages, qui ne se calmèrent qu'une fois qu'un M. Robichaux terrorisé eut pris la tête auburn de sa voisine pour la poser délicatement contre son épaule.

## II

Cher Lecteur,
La Nature, parfois, fait des imbéciles, mais un freluquet est toujours œuvre de l'homme lui-même.

Addison.

Alors que j'usais jusqu'à n'être plus qu'une lamelle les semelles de crêpe de mes semi-bottillons sur les vieilles dalles des trottoirs du Quartier Français dans ma fébrile tentative d'arracher une maigre subsistance à une société qui se soucie de moi comme d'une guigne, je fus hélé par une mienne connaissance (que j'aime beaucoup bien qu'il s'agisse d'une personne déviante). Après quelques minutes d'une conversation qui me permit d'établir aisément ma supériorité morale sur ce pauvre dégénéré, je me retrouvai une fois encore occupé à soupeser les causes et la nature de la crise de notre époque. Mon esprit jamais en repos et dont je ne puis maîtriser le mouvement perpétuel eut tôt fait de me faire apercevoir un plan si audacieux et splendide que je tremblais à cette seule pensée. « Assez! criai-je, implorant mon propre esprit semblable à quelque dieu. C'est pure folie. » Mais je n'en prêtais pas moins attention au bouillonnement qui habitait mon cerveau. Ce dernier m'offrait la possibilité de sauver le monde en utilisant la décadence et la dégénérescence elles-mêmes! Là, sur les pavés usés du Quartier, j'obtins de cette fleur d'humanité flétrie l'engagement qu'elle tenterait de rallier sous la bannière de la fraternité ses semblables en dépravation contre nature.

Notre premier geste sera de faire élire l'un des leurs à quelque poste élevé – la présidence si dame Fortune nous le permet. Puis ils infiltreront l'armée. Militaires, ils seront tellement occupés à fraterniser, à retailler leurs uniformes pour les rendre aussi ajustés que des peaux de saucisson, à concevoir de nouvelles coupes de tenues de combat et à organiser des sauteries qu'ils n'auront pas une minute pour se battre. Celui que nous finirons par nommer chef d'état-major aura pour seul désir de prendre soin de sa garde-robe à la dernière mode, une garde-robe qui devrait lui permettre d'être tout à tour chef d'état-major ou débutant, selon son caprice du moment. Devant le succès remporté ici par les pervers réunis, leurs semblables du monde entier suivront leur exemple et s'empareront de l'armée dans leurs pays respectifs. Dans les pays les plus réactionnaires où lesdits pervers rencontreront des difficultés, nous leur enverrons une aide – par exemple des rebelles pour les aider à renverser leur gouvernement. Quand, enfin, nous aurons réussi à renverser tous les gouvernements du monde, ce dernier en aura fini avec la guerre, remplacée désormais par des orgies à l'échelle de la Terre entière, menées selon un protocole rigoureux et dans l'esprit le plus véridiquement internationaliste qui soit, car les gens de cette espèce transcendent effectivement les différences nationales. Ils n'ont qu'une chose en tête, ils sont par conséquent très véritablement unis autour d'une seule et même pensée.

Aucun des pédérastes ainsi portés au pouvoir n'aura évidemment l'esprit assez pratique pour connaître et moins encore pour comprendre des engins aussi complexes que les bombes. Les armes nucléaires pourriront donc à l'abandon, oubliées quelque part dans leurs silos. De temps en temps, le chef d'état-major, le président, et ainsi de suite, vêtus de plumes et de fanfreluches dorées, recevront les dirigeants, c'est-à-dire les pervers, de tous les autres pays et leur offriront des sauteries et des bals. Les querelles et disputes de toutes sortes seront aisément réglées à l'amiable dans les toilettes des hommes de l'Organisation des Nations unies, redécorées pour l'occasion. On verra fleurir partout des ballets et des comédies musicales dans le plus pur style de Broadway, ce dont les gens du commun auront probablement lieu de plus se réjouir que des discours et adresses sinistres, hostiles et fascistoïdes de leurs dirigeants d'aujourd'hui.

La quasi-totalité des autres catégories d'être humains ont eu à un moment ou à un autre l'occasion de diriger le monde. Je ne vois pas pourquoi ces gens-là ne se verraient pas offrir eux aussi une chance. Ils ont sans conteste été maltraités et méprisés trop longtemps. Leur accession au pouvoir ne sera, en un sens, qu'un aspect particulier du mouvement planétaire qui porte les hommes vers plus de justice, plus de bonheur et l'égalité des chances pour tous. (Un exemple : pourriez-vous nommer un seul travesti élu au Sénat ? Non, bien sûr ! Voilà trop longtemps que ces gens ne sont pas représentés. Leur sort est un scandale à l'échelle du pays et à l'échelle de la Terre tout entière.)

La décadence qui était naguère encore le symptôme et le signe avant-coureur d'un effondrement de la société deviendra désormais le synonyme de la paix pour un monde qui en a grand besoin. Il faut savoir trouver des solutions nouvelles aux problèmes nouveaux.

J'agirai un peu comme le mentor et le guide de ce mouvement, mes modestes mais utiles connaissances de l'histoire mondiale, de l'économie, de la religion et de la stratégie politique jouant pour ainsi dire le rôle d'un réservoir dans lequel ces gens pourront puiser d'utiles règles de conduite. Dans la Rome de la décadence, tel fut un peu le rôle dévolu à Boèce. Comme l'a écrit de lui Chesterton, « ainsi fut-il en mesure de jouer vraiment le rôle d'ami, de guide et de philosophe auprès de plus d'un chrétien, précisément parce que, vivant dans une époque corrompue, il avait néanmoins su acquérir une culture complète ».

Cette fois-ci, la déconfiture de Myrna la péronnelle sera consommée. Mon projet grandiose, à couper le souffle, dépasse de loin les possibilités du petit esprit épris de littéralité et de libéralisme de l'impertinente péronnelle, prisonnière qu'elle est des clichés à courte vue dans lesquels elle patauge. La Croisade pour la dignité des Maures, la première et brillante attaque que j'avais lancée contre les difficultés et problèmes de notre temps aurait pu constituer un coup grandiose et assez décisif, si elle n'avait échoué du fait de la vision du monde étriquée et petite-bourgeoise des gens plutôt simples qui composaient mon avant-garde. Mais cette fois-ci, je vais travailler avec des gens qui ont répudié la philosophie insipide des classes moyennes, des gens qui se sont montrés capables de prendre et d'assumer des positions controversées, de défendre leur cause malgré toute son impopularité et les dangers qu'elle présente pour la bonne conscience béate des membres de la classe moyenne.

Ainsi Myrna Minkoff disait vouloir la sexualité dans la politique ! Je lui en donnerai, moi – et beaucoup ! Je ne doute point qu'elle sera par trop dépassée pour réagir à l'originalité de mon projet. A tout le moins, elle pâlira d'envie. (Il était temps de donner une leçon à cette jeune femme. Une telle effronterie ne pouvait être laissée la bride sur le cou.)

Une dispute fait rage en moi, entre le pragmatisme brutal et l'élévation morale. La fin glorieuse – la Paix – vaut-elle que l'on emploie des moyens abjects – les dégénérés ? Comme deux personnages d'un fabliau médiéval, le pragmatisme et la morale s'affrontent dans le champ clos de mon esprit. Je ne puis attendre le dénouement de leur furieux combat : je suis trop obsédé par la Paix. (Si quelque producteur de cinéma plus fin que ses confrères était conduit par son flair à se porter acquéreur des droits d'adaptation cinématographique du présent Journal, je puis fournir ici quelques idées pour la représentation filmographique de cette dispute. Une scie musicale fournirait un excellent arrière-plan musical. En surimpression sur toute la scène, l'œil du héros serait du plus bel effet symbolique. Je ne doute pas que l'on pourrait engager une séduisante découverte, dans un drugstore, un motel, ou l'un quelconque de ces endroits où ont en général lieu les « découvertes » d'acteurs inconnus, pour lui confier le rôle de votre jeune travailleur. Le film pourrait être tourné en Italie, en Espagne, ou dans quelque autre pays intéressant que l'équipe et la distribution pourraient souhaiter visiter, tel par exemple que l'Amérique du Nord.)

Pardon à ceux d'entre vous qui seraient intéressés à découvrir les dernières nouvelles falotes du commerce des francfort, ils resteront sur leur faim. Mon esprit est trop préoccupé de la magnificence de ce dessein. Il me faut encore communiquer avec Myrna Minkoff et jeter sur le papier quelques notes en prévision de mon adresse devant la réunion inaugurale du mouvement.

Note sociale : ma mère buissonnière est de nouveau en vadrouille, ce qui est en fait une chance. Ses agressions vigoureuses et dommageables contre mon être affectent négativement mon anneau pylorique. Elle a prétendu qu'elle allait assister à je ne sais trop quel couronnement de la Vierge Marie dans une église quelconque, mais comme nous ne sommes pas en mai, je doute de la véracité de ces propos.

La « comédie sophistiquée » dans laquelle la vedette est tenue par ma comédienne favorite débute incessamment dans une grande salle du centre. Il faut absolument que je parvienne à m'y trouver le jour de la première. Je ne puis qu'imaginer les toutes dernières horreurs de ce film, la manière dont il doit flanquer la vulgarité à la face de la théologie et de la géométrie, du goût et de la décence. (Je ne parviens pas à comprendre ce qui me pousse ainsi à voir des films; on dirait presque que j'ai cela « dans le sang ».)

Santé : mon ventre grossit hors de toutes proportions, les coutures de mon surplis de colporteur craquent de manière inquiétante.

Jusqu'au revoir,
Tab, votre jeune travailleur pacifiste.

## III

Mme Levy aida une Miss Trixie remise à neuf à monter l'escalier et ouvrit la porte.

– Mais c'est les Pantalons Levy, aboya Miss Trixie.

– Vous voilà de retour là où l'on a besoin de vous, ma chère.

Mme Levy parlait comme si elle consolait un enfant.

« Si vous saviez comme votre absence a pesé! M. Gonzales nous appelait tous les jours en nous suppliant de vous ramener! Ça doit être merveilleux de sentir que l'on est absolument indispensable à une entreprise, non?

– Je croyais qu'on m'avait donné ma retraite!

Les dents énormes claquaient comme un piège à loup.

« Vous m'avez bien eue!

– Et voilà, tu es contente? demanda M. Levy à son épouse.

Il fermait la marche, portant l'un des sacs de détritus de Miss Trixie.

« Si elle avait un couteau, tu serais bonne pour l'hôpital dans les trois minutes.

– Écoute donc plutôt l'énergie qui transparaît dans sa voix, répondit Mme Levy. Une telle vigueur! C'est incroyable.

Miss Trixie tenta de se dégager de l'étreinte de Mme Levy quand les deux femmes pénétrèrent dans le bureau, mais ses escarpins ne lui conféraient pas la même assise que ses pantoufles habituelles et elle trébucha seulement.

– Non! La revoilà? se récria M. Gonzales le cœur navré.

– Vous n'en croyez pas vos yeux, pas vrai? lui demanda Mme Levy.

M. Gonzales se vit contraint d'examiner Miss Trixie dont les yeux étaient deux flaques pâles soulignées de mascara bleu. Ses lèvres avaient été élargies en une ligne orangée qui lui atteignait presque les narines. Dans le voisinage des boucles d'oreilles, quelques mèches grises s'échappaient de la perruque brune qui était posée imperceptiblement de guingois. La jupe courte révélait de maigres jambes arquées et de petits pieds sur lesquels les escarpins avaient l'air de grosses chaussures de neige. Les journées entières passées à somnoler sous une lampe solaire avaient recuit le teint de Miss Trixie qui était devenu d'un brun doré.

– Elle a l'air en pleine forme, concéda M. Gonzales d'une voix de fausset avec un sourire assez jaune. Vous avez fait des miracles, Mme Levy.

– Je suis une femme très séduisante, gazouilla Miss Trixie.

M. Gonzales eut un petit rire nerveux.

– Écoutez-moi, lui dit sèchement Mme Levy. Une partie des problèmes de cette femme viennent précisément de ce genre d'attitude. Elle n'a pas besoin que vous vous moquiez d'elle.

M. Gonzales tenta de baiser la main de Mme Levy sans y parvenir.

– Je veux que vous vous arrangiez pour donner à cette femme le sentiment qu'on a besoin d'elle, ici. Elle a encore toutes ses facultés. Donnez-lui le travail qui lui permettra de les exercer. Donnez-lui plus de responsabilités. Elle a désespérément besoin de jouer un rôle actif dans cette maison.

– Absolument, accorda M. Gonzales. Voilà bien longtemps que je le dis moi-même. N'est-ce pas, Miss Trixie?

– Qui? aboya cette dernière.

– J'ai toujours voulu vous faire exercer plus de responsabilités, cria le petit chef de bureau, vous vous en souvenez?

– Oh, fermez-la, Gomez! intima Miss Trixie en claquant du dentier comme d'une paire de castagnettes. Vous m'avez acheté ce jambon de Pâques, oui ou non? Répondez plutôt à cette question, hein?

– Bon, eh bien, tu t'es amusée, maintenant partons! dit M. Levy à son épouse. Allons-y! Je me sens déjà déprimé.

– Un instant, s'il vous plaît, intervint Gonzales, j'ai du courrier pour vous, monsieur.

Tandis que le chef de bureau se dirigeait vers sa table pour y prendre le courrier, il y eut un grand bruit dans le fond de la salle. Tout le monde, à l'exception de Miss Trixie qui s'était assoupie la tête sur son bureau, se retourna vers la rangée de classeurs des archives. Un homme de très grande taille aux longs cheveux noirs était en train d'y ramasser un tiroir métallique qu'il avait laissé tomber sur le plancher. Il y fourra pêle-mêle le tas de dossiers qui en était tombé et remit très violemment le tiroir dans les rainures du casier d'où il était sorti.

– C'est M. Zalatimo, chuchota M. Gonzales. Il n'a commencé que depuis quelques jours, je ne crois pas qu'il fera l'affaire.

M. Zalatimo contemplait pensivement les classeurs métalliques en se grattant. Puis il ouvrit un autre tiroir et se mit à farfouiller d'une main dans son contenu tandis que de l'autre il se grattait l'aisselle à travers les larges mailles de son tricot de peau à résille.

– Voulez-vous que je vous l'amène? demanda le chef de bureau.

– Non, non, merci, répondit M. Levy. Où allez-vous chercher les gens qui travaillent ici, Gonzales? Je n'en rencontre jamais de semblables ailleurs.

– Moi, je trouve qu'il a l'air d'un gangster, dit Mme Levy. Vous n'avez pas d'argent liquide, ici, j'espère?

– Je crois que M. Zalatimo est honnête, chuchota le chef de bureau. Mais il a du mal avec les classements alphabétiques, c'est tout.

Il tendit à M. Levy une liasse de courrier.

« Ce sont surtout des confirmations de vos réservations dans certains hôtels pour l'entraînement de printemps. Mais il y a une lettre d'Abelman. Comme elle vous est adressée, et non à la compagnie, et qu'elle est marquée *personnelle*, j'ai préféré ne pas l'ouvrir. Elle est arrivée depuis quelques jours déjà.

– Qu'est-ce que ce con-là peut bien me vouloir? demanda M. Levy, courroucé.

– Peut-être s'inquiète-t-il de savoir ce qu'il est advenu d'une jeune usine en pleine expansion, suggéra Mme Levy. Peut-être se demande-t-il ce qui a bien pu se passer depuis la mort de Leon Levy. Peut-être que cet Abelman a quelques mots à dire à un play-boy comme toi. Lis cette lettre, Gus. Ce sera ton travail de cette semaine pour l'entreprise que tu diriges!

M. Levy examina l'enveloppe sur laquelle le mot « personnelle » avait été écrit trois fois au crayon à bille rouge. Il l'ouvrit et en tira une lettre à laquelle était agrafée une pièce jointe.

Cher Gus Levy,

Nous avons été profondément choqués et gravement blessé de recevoir la lettre ci-jointe. Voilà trente ans que nous écoulons fidèlement vos produits et nous nous sentions liés à votre entreprise par des sentiments d'amitié et d'affection. Peut-être vous souviendrez-vous de la couronne que nous vous avions fait parvenir pour les funérailles de feu Monsieur votre père pour laquelle nous n'avions pas regardé à la dépense.

Nous serons brefs : après plusieurs nuits sans sommeil, nous avons remis l'original de la lettre dont copie jointe à nos avocats qui ont entamé une procédure pour injures, menaces et accusations diffamatoires, réclamant un dédommagement et un *pretium dolori* de 500 000 dollars, seul capable d'atténuer un peu le coup que vous nous avez porté.

Prévenez votre propre avocat. Nous ne nous verrons plus qu'au tribunal comme il convient à des gentlemen. Et cessez vos menaces s'il vous plaît.

Avec tous nos vœux,
I. Abelman
PDG Magasins Abelman.

M. Levy se glaça quand, ayant tourné la page, il prit connaissance de la photocopie de la lettre qu'avait reçue Abelman. C'était incroyable. Qui diable pouvait prendre la peine d'écrire des choses pareilles? « M. I. Abelman PDG et quasi mongolien », « votre complet manque de contact avec la réalité », « votre vision du monde retardataire et dégénérée », « vous sentirez, Monsieur, la brûlure de notre fouet en travers de vos pitoyables épaules ». Mais, pire que tout, la signature de Gus Levy qui figurait au bas de la page semblait parfaitement authentique. Abelman devait baiser dévotement l'original et se frotter les mains. Pour un type de cet acabit, une telle lettre c'était de l'or en barre, un chèque en blanc.

– Qui a rédigé ça? demanda M. Levy à Gonzales en lui tendant la lettre.

– Que se passe-t-il, Gus? Des ennuis? Tu aurais un ennui? Mais c'est justement là un de tes ennuis : tu ne me parles jamais de tes ennuis.

– Oh, Seigneur mon Dieu! glapit Gonzales, mais c'est affreux!

– Silence! ordonna Miss Trixie.

– Qu'y a-t-il, Gus? Quelque chose que tu n'as pas fait comme il fallait? Tu aurais délégué ton autorité à une personne incompétente?

– Oui, oui, c'est un ennui. Un ennui qui signifie que nous allons perdre jusqu'à la chemise que j'ai sur le dos.

– Quoi ? Mme Levy arracha la lettre à M. Gonzales. Elle lut les deux textes et se mua en harpie. Ses boucles laquées devinrent autant de serpents.

« Bravo ! Tu as gagné ! tu étais prêt à tout pour te venger de ton père. Pour conduire son affaire à la ruine ! Je savais que tout finirait ainsi !

– Oh, la ferme ! Ce n'est jamais moi qui rédige le courrier, ici !

– Suzan et Sandra vont devoir quitter l'université. Elles se vendront à des matelots et à des gangsters comme celui qui est ici !

– Hé ? s'enquit M. Zalatimo, sentant qu'il était question de lui.

– Tu n'es qu'un malade mental ! vociférait Mme Levy.

– Suffit !

– Et moi, que vais-je devenir ? demanda Mme Levy dans un grand tremblement de ses paupières bleu pâle. Déjà ma vie n'est plus qu'un naufrage. Mais maintenant ? Je vais devoir faire les poubelles ? Me vendre dans les ports. Ma mère avait raison.

– Suffit ! répéta Miss Trixie avec une fureur redoublée. Vous êtes les gens les plus bruyants que j'aie jamais rencontrés.

Mme Levy s'était laissée tomber sur une chaise, sanglotant des paroles sans suite sur la possibilité de se faire démarcheuse à domicile.

– Que savez-vous de tout ceci, Gonzales ? demanda M. Levy au petit chef de bureau dont les lèvres avaient blanchi.

– Je ne sais rien, glapit Gonzales, c'est la première fois que je vois cette lettre !

– C'est vous qui vous chargez de la correspondance !

– Mais pas ça, je n'ai pas écrit ça !

Ses lèvres tremblaient.

« Jamais je ne ferais une chose pareille aux Pantalons Levy, jamais !

– Oui, c'est vrai, je le sais bien, dit M. Levy, tentant de réfléchir. Quelqu'un ne nous a pas ratés, tout de même !

M. Levy marcha jusqu'aux classeurs métalliques et, écartant de l'épaule M. Zalatimo qui se remit à se gratter, il ouvrit le tiroir des « A ». Il n'y avait pas de dossier Abelman. Le tiroir était entièrement vide. Il ouvrit plusieurs autres tiroirs mais la moitié d'entre eux étaient vides aussi. L'affaire s'annonçait bien !

– Qu'est-ce que vous fabriquez avec les archives, ici?

– C'est bien ce que je me demandais moi aussi, balbutia vaguement M. Zalatimo.

– Gonzales, comment s'appelait le grand cinglé que vous aviez mis aux archives, le gros plein de soupe avec une casquette verte, là?

– M. Ignatius Reilly. C'est lui qui s'est occupé de mettre cette lettre au courrier. Mais qui a pu composer une telle horreur?

– Hé, dites! fit la voix de Jones au téléphone, est-ce qu'y a toujours le gros enfoiré avec une casquette verte qui bosse chez vous? Un gros blanc, un gros mec qu'a une moustache?

– Non, pas du tout, répondit M. Gonzales avant de reposer violemment le combiné.

– Qui était-ce? demanda M. Levy.

– Oh, je n'en sais rien. Quelqu'un qui voulait M. Reilly, justement.

Le chef de bureau essuya son front moite avec un mouchoir.

« C'est celui qui voulait me faire tuer par les travailleurs de l'atelier.

– Reilly? demanda Miss Trixie, ce n'était pas Reilly, c'était...

– Le jeune idéaliste? demanda Mme Levy entre deux sanglots. Qui le demandait?

– Je ne sais pas, répondit le chef de bureau, j'ai l'impression que c'était la voix d'un Noir.

– Ça ne m'étonnerait pas du tout, dit Mme Levy. En ce moment même il doit tenter de venir en aide à quelques nouveaux infortunés. Je suis rassurée de constater que son idéalisme est intact.

M. Levy s'était avisé de quelque chose et demanda au chef de bureau :

– Comment avez-vous dit qu'il s'appelait, ce cinglé?

– Reilly. Ignatius J. Reilly.

– Vraiment? fit Miss Trixie, très intéressée, c'est étrange. J'ai toujours pensé que c'était...

– Miss Trixie, je vous en prie, l'interrompit M. Levy avec colère.

Ce gros pépère de Reilly travaillait pour la boîte quand la lettre à Abelman avait été postée.

« Pensez-vous que ce Reilly aurait pu rédiger une lettre comme ça?

– Peut-être, répondit M. Gonzales. Je ne sais pas. J'avais placé de grands espoirs en lui jusqu'au jour où il a voulu me faire casser la tête par un ouvrier.

– Bon voyons, ne vous gênez pas, geignit Mme Levy. Vas-y, colle tout sur le dos de ce jeune idéaliste. Essaye de le faire jeter en prison, là où son idéalisme ne te dérangera plus. Les gens comme ce jeune idéaliste ne peuvent rien avoir à faire dans des coups fourrés de cette nature. Attends que Susan et Sandra apprennent cette histoire!

D'un geste, Mme Levy indiqua fort clairement que le choc plongerait probablement les filles dans la stupeur.

« Et pendant ce temps, des Noirs téléphonent ici pour solliciter ses conseils. Oh, non, Gus je ne vais pas pouvoir en supporter beaucoup plus! Je n'en peux plus, je n'en peux plus.

– C'est ça, tu préférerais que je dise que c'est moi, moi, qui l'ai écrite, cette lettre!

– Mais non, bien sûr! hurla Mme Levy. Tu veux donc me faire finir à la soupe populaire! Si c'est le jeune idéaliste qui l'a écrite, il ira en prison pour faux et usage de faux!

– Dites, qu'est-ce qui se passe? demanda M. Zalatimo. Vous allez le fermer ce boxon, ou quoi? J'aimerais savoir à quoi m'en t'nir, moi.

– Oh, vous, le gangster, taisez-vous, lança Mme Levy, féroce. Sinon, on vous colle ça sur le dos à vous!

– Hein?

– Veux-tu me faire le plaisir de te taire, oui? Tu rends tout deux fois plus difficile, dit M. Levy à sa femme, avant de se tourner vers le chef de bureau. Trouvez-moi le numéro de téléphone de ce Reilly.

– M. Gonzales éveilla Miss Trixie et lui demanda un annuaire.

– C'est moi qui ai la garde de tous les annuaires, moi! trancha Miss Trixie. Personne ne s'en servira.

– Alors cherchez-nous le numéro de Reilly, dans Constantinople Street.

– Oh, très bien, Gomez, aboya Miss Trixie. Pas la peine de monter sur vos grands chevaux.

Elle prit dans quelque recoin de son bureau trois annuaires écornés qu'elle entreprit d'étudier à l'aide d'une loupe, puis annonça un numéro.

Une fois que M. Levy l'eut composé, une voix répondit :

– Teinturerie Royale à votre service, j'écoute!

– Passez-moi donc un de ces annuaires, s'emporta M. Levy.

– Non, protesta Miss Trixie, abattant sa main sur le tas de gros volumes, les gardant de ses ongles fraîchement passés au vernis. Vous les perdriez. Je vais vous trouver le bon numéro. Je dois dire que vous êtes des gens fort impatients et surexcitables. Mon séjour chez vous m'a certainement coûté dix ans de ma vie. Pourquoi est-ce que vous ne fichez pas la paix à ce pauvre Reilly? Vous l'avez déjà flanqué à la porte pour une peccadille.

M. Levy composa le second numéro qu'elle lui communiqua. Une femme qui semblait un peu ivre répondit et lui apprit que M. Reilly ne rentrerait pas avant la fin de l'après-midi. Puis elle se mit à pleurer et M. Levy, sentant la déprime le gagner, la remercia et s'empressa de raccrocher.

– Bah, il n'est pas chez lui, annonça-t-il à la cantonade.

– M. Reilly avait toujours donné l'impression de prendre très à cœur les intérêts des Pantalons Levy, dit tristement le chef de bureau. Pourquoi il a organisé cette émeute, je ne le saurai jamais.

– Pour commencer, il était connu des services de police.

– Quand il est venu se présenter, jamais je n'aurais deviné qu'il avait eu des ennuis avec la police.

Le chef de bureau secoua la tête.

« Il paraissait si cultivé, si distingué.

M. Gonzales observa M. Zalatimo qui avait enfoncé son long index dans une de ses narines. Et celui-là, qu'allait-il bien pouvoir faire? Il en eut des fourmis de terreur dans les pieds.

La porte de l'atelier s'ouvrit à la volée et l'un des ouvriers entra en hurlant :

– Hé! M. Gonzales, y a M'sieur Palermo qui vient d'se brûler la patte sur une des chaudières!

Un tumulte provenait de l'atelier. On entendait jurer un homme.

– Oh, bonté divine! s'écria M. Gonzales. Dites aux ouvriers de se calmer. J'arrive.

– Viens, dit M. Levy à son épouse, on s'en va. J'ai des brûlures d'estomac.

– Attends un peu, répondit Mme Levy avec un geste à l'intention de Gonzales. A propos de Miss Trixie. Je veux que vous l'accueilliez chaleureusement chaque matin. Donnez-lui des travaux intéressants à faire. Dans le passé, elle était probablement trop peu sûre d'elle-même pour se voir confier les moindres responsabilités. Je crois qu'elle a dépassé ça aujourd'hui. Fondamentalement, elle est animée d'une haine farouche contre les Pantalons Levy. J'attribue cette haine à la peur qu'elle éprouve. Il faut l'en guérir pour la guérir de sa haine.

– Bien entendu, dit le chef de bureau n'écoutant que d'une oreille.

Ça semblait barder à l'atelier.

– Allez voir ce qui se passe à l'usine, Gonzales, lui ordonna M. Levy. Moi, j'entrerai en contact avec ce Reilly.

– Bien, Monsieur.

M. Gonzales s'inclina profondément devant le couple Levy et s'empressa de quitter le bureau.

– Allez.

M. Levy tenait déjà ouverte la porte. Il suffisait de s'approcher trente secondes des Pantalons Levy pour être soumis à des ennuis et à des influences déprimantes de toutes sortes. On ne pouvait pas tourner le dos une minute. Si l'on voulait se la couler douce et profiter de la vie sans se faire de mousse, mieux valait ne pas posséder de boîte comme les Pantalons Levy! Gonzales n'était même pas capable de surveiller le courrier départ.

« Allez, Freud, en route!

– Non, mais c'est tout l'effet que ça te fait qu'Abelman nous mette sur la paille! Un calme olympien!

Les paupières bleutées tremblèrent.

« Tu ne cherches plus l'idéaliste?

– Plus tard. J'en ai eu assez comme ça pour aujourd'hui.

– Pendant ce temps, Abelman nous prend à la gorge.

– Mais il n'est pas chez lui, répondit M. Levy qui n'avait guère envie d'entamer une nouvelle conversation avec son épouse éplorée. Je le rappellerai dans la soirée, de la maison. Il n'y a pas de souci à se faire. On ne peut pas me demander un demi-million pour une lettre que je n'ai pas écrite.

– Vraiment? Eh bien moi je pense qu'un type comme Abelman en est parfaitement capable. Je vois d'ici l'avocat qu'il s'est payé. Un requin qui ne fera qu'une bouchée de toi. Grand invalide à force d'échapper à des accidents de la route et à des incendies montés de toutes pièces pour toucher d'énormes assurances!

– Écoute, tu rentreras en car si tu ne te dépêches pas. Moi, ce bureau est en train de me coller une indigestion.

– Très bien. Très bien. Tu n'as pas une minute à perdre de ton existence oisive pour cette pauvre femme, c'est ça? dit Mme Levy en indiquant Miss Trixie qui ronflait comme un sonneur.

Elle lui secoua l'épaule.

« Je m'en vais. Mais tout ira bien. J'ai parlé avec M. Gonzales. Il est ravi que vous soyez de retour.

– Silence! ordonna Miss Trixie.

Son dentier claqua d'une manière menaçante.

– Viens avant que je ne sois obligé de t'emmener te faire vacciner contre la rage, dit M. Levy avec colère en attrapant sa femme par la manche de son manteau de fourrure.

– Non, mais regardez-moi ce taudis!

Une main gantée indiqua les vieux meubles de bureau décatis, les planchers faussés, les rubans de papier crépon qui étaient restés pendus depuis l'époque où Ignatius Reilly était conservateur du département des archives, M. Zalatimo, enfin, qu'une colère alphabétique poussait à décocher des coups de pied dans une corbeille à papier.

Quelle tristesse. Une affaire qui part à vau-l'eau, de jeunes idéalistes si malheureux qu'ils s'abaissent jusqu'à devenir des faussaires pour se venger.

– Mais sortez donc d'ici, vous autres! ordonna Miss Trixie en abattant sa paume ouverte sur son bureau.

– Tu entends l'énergie qui vibre dans cette voix? demanda Mme Levy fièrement, tandis que son mari l'entraînait, petite silhouette boulotte dans son manteau de fourrure. J'ai fait un vrai miracle.

La porte se referma et M. Zalatimo s'approcha de Miss Trixie en se grattant distraitement. Il lui tapota l'épaule et demanda :

– Dites, m'dame, p'têt' que vous pouvez m'aider. Qu'est-ce que vous classeriez en premier, vous, *Willis* ou *Williams?*

Miss Trixie le foudroya quelques instants du regard. Puis elle enfonça ses dents neuves dans l'avant-bras de l'analphabète. Dans l'atelier, M. Gonzales entendit le hurlement qu'avait poussé M. Zalatimo. Fallait-il laisser tomber M. Palermo et ses brûlures pour courir dans le bureau, ou demeurer dans l'atelier où les ouvriers s'étaient mis à danser sous les haut-parleurs? Les Pantalons Levy n'étaient décidément pas une entreprise de tout repos et mettaient ses nerfs à rude épreuve.

Dans le coupé décapotable qui les ramenait à travers les marais saumâtres jusqu'à la côte, Mme Levy releva le col de son manteau de fourrure pour se protéger du vent et dit à son époux :

– Bon, je vais monter une Fondation.

– Je vois. Et si le requin du barreau engagé par Abelman nous pompe tout notre fric ?

– Mais non. Le jeune idéaliste est fait comme un rat, dit-elle calmement. Il était déjà connu de la police. Il a organisé une émeute. Ses antécédents sont vraiment très accablants pour lui !

– Tiens, tiens, te voilà brusquement d'accord pour dire que ton jeune idéaliste n'est qu'un criminel ?

– Il était manifestement tout seul dans le bureau.

– Et puis tu en as quand même profité parce que tu voulais te payer Miss Trixie.

– C'est vrai.

– Très bien, mais pour la Fondation, c'est non.

– Susan et Sandra seront sûrement désolées d'apprendre que ton attitude irresponsable a failli les ruiner et que nous avons un procès qui risque de nous coûter un demi-million, simplement parce que tu n'es même pas capable de surveiller le courrier de ton entreprise ! Je crois qu'elles vont t'en vouloir pour de bon. Le minimum que tu avais fait pour elles jusqu'ici, c'était quand même de leur assurer un certain confort matériel. Elles seront certainement enchantées d'apprendre qu'elles sont passées à deux doigts de la prostitution, ou pire encore...

– C'est vrai que je n'aurais pas vu d'inconvénient à ce que ça leur rapporte un peu d'argent. A ma connaissance, elles ont toujours fait ça gratuitement jusqu'ici.

– Je t'en prie, Gus, plus un mot. Même moi, malgré tes mauvais traitements, il me reste un fond de sensibilité. Je ne puis te laisser parler de mes filles en ces termes orduriers.

Mme Levy poussa un soupir de satisfaction.

« Cette affaire Abelman, c'est la pire et la plus dangereuse des erreurs que ta paresse et ta négligence et ton attitude de fuite t'aient fait commettre jusqu'ici. Les cheveux des filles vont s'en dresser sur leur tête. A moins, bien sûr, que tu me demandes instamment de ne pas les effrayer en leur racontant tout ça.

– Combien veux-tu pour ta Fondation ?

– Je ne sais pas encore. J'en suis à imaginer les règles de fonctionnement.

– Puis-je me permettre de te demander comment tu l'appelleras, ta Fondation, espèce de Guggenheim à la manque ? Caisse Noire de Susan et Sandra, j'imagine ?

– Ce sera la Fondation Leon Levy, en l'honneur de ton père. Il faut bien que je songe à honorer la mémoire de ton père, pour compenser tout ce que tu n'as pas fait pour lui. Les sommes allouées seront un tribut à la mémoire de ce grand bonhomme.

– Je vois. Autrement dit, tu vas distribuer des lauriers à des vieux schnoques qui auront su se mettre particulièrement en valeur du fait de leurs seules vacherie et avarice sordides.

– Non, Gus, je t'en prie, interrompit Mme Levy en levant sa main gantée. Les filles ont été tout heureuses de ce que je leur ai écrit de mon action sur Miss Trixie. La Fondation leur donnera foi en leur propre nom. Je dois faire tout ce qui est en mon pouvoir pour compenser l'échec complet de tes relations parentales.

– Recevoir un prix ou une récompense de la Fondation Leon Levy sera vite considéré comme une insulte publique. Les procès en diffamation vont se multiplier : tous les lauréats t'en feront! Laisse donc tomber! Tu ne joues donc jamais plus au bridge? Je me suis laissé dire que des tas de gens y jouaient encore. Et le golf, tu n'es plus au club? Prends des leçons de danse – encore des leçons de danse. Amène Miss Trixie avec toi.

– Si tu veux que je sois tout à fait franche avec toi, je te dirai que Miss Trixie commençait à m'ennuyer un peu, ces derniers temps.

– Ah, voilà donc la raison pour laquelle la cure de jouvence a connu une fin si abrupte!

– J'ai fait tout ce qui était en mon pouvoir pour cette femme. Susan et Sandra sont fières de savoir que j'ai réussi à la maintenir en activité si longtemps.

– Parfait, mais il n'y aura pas de Fondation Leon Levy.

– Tu m'en veux? Il y a de la rancune dans ta voix. Je l'entends fort bien. Et de l'agressivité. Gus, c'est pour ton bien. Va voir ce médecin dont je t'ai parlé. Celui qui a sauvé Lenny. Avant qu'il ne soit trop tard. Il va falloir que je te surveille jour et nuit pour m'assurer que tu vas bel et bien prendre contact avec ce criminel idéaliste le plus vite possible. Je te connais. Tu ferais traîner les choses en longueur jusqu'au jour où Abelman viendrait avec un camion de déménagement vider les bureaux et l'usine. Et devant Levy's Lodge pour tout nous prendre.

– Y compris ta planche d'exercice.

– Je t'ai déjà dit cent fois, vociféra Mme Levy, de laisser ma planche en dehors de tout ça!

Elle rajusta sa fourrure ébouriffée par le vent.

« Fais-moi le plaisir d'aller trouver ce fou de Reilly avant qu'Abelman ne vienne confisquer ta jolie voiture de sport. Avec un type comme ça, Abelman est coincé. Le docteur de Lenny pourra analyser ce Reilly et le procureur le fera placer dans un établissement où il ne risquera pas de mettre qui que ce soit sur la paille. Dieu merci, Suzan et Sandra ignoreront toujours qu'elles ont bien failli se retrouver obligées de vendre des insecticides ou des brosses au porte-à-porte. Si elles venaient à apprendre la négligence avec laquelle leur propre père veille sur leur bien-être, les pauvres chéries en auraient le cœur brisé.

# IV

George avait tendu son embuscade dans Poydras Street, sur le trottoir opposé à celui de l'ancien garage qui abritait les établissements Paradise Vendors, SA. Il s'était souvenu du nom de la firme peint sur la charrette et l'avait cherché à l'annuaire. Toute la matinée, il avait attendu en vain le gros colporteur qui ne s'était pas montré. Peut-être avait-il été lourdé pour avoir poignardé le pédé dans l'impasse du Pirate. A midi, George avait abandonné son affût pour aller chercher les paquets chez Miss Lee. Et maintenant il était de retour dans Poydras Street, se demandant si le gros marchand ambulant allait ou non s'amener. George avait décidé qu'il tenterait de la lui faire au charme en étant gentil et en lui tendant quelques dollars d'entrée de jeu. Les marchands de hot dogs devaient être pauvres. Le gars lui serait reconnaissant pour les quelques dollars. Il ferait une couverture parfaite. Il ne se douterait jamais de rien. Et pourtant, il en avait là, ce type, ça s'voyait.

Enfin, vers une heure passée, un surplis blanc descendit du trolley en roulant comme une forte vague et déferla jusqu'au garage. Quelques minutes plus tard, l'étrange colporteur réapparaissait dans la rue, poussant sa voiture. Il portait encore sa boucle d'oreille, son écharpe et son sabre, comme le constata George. S'il les mettait au garage, c'était qu'il s'agissait de sa tenue de travail, d'un truc de vendeur. Parce que, à sa façon de causer, on voyait bien que le gars était allé très longtemps à l'école. C'était probablement ce qui l'avait rendu dingue.

George avait quant à lui eu la sagesse de quitter l'école aussitôt qu'il avait pu. Il ne voulait pas finir comme ce pauvre type.

George l'observa tandis qu'il faisait quelques pas dans la rue, poussant son chariot. Puis il le vit s'arrêter et coller une feuille de papier à l'avant de sa voiture. George n'allait pas finasser avec ce type, le mieux était de compter sur la culture du bonhomme et sur son goût pour le pognon. Cela suffirait à lui faire accepter de louer son compartiment à petits pains.

Puis un vieux sortit la tête du garage, courut derrière le vendeur ambulant et lui donna un coup du plat d'une espèce de longue fourchette entre les omoplates.

– Remuez-vous un peu, bon Dieu, espèce de grand gorille! vocifèra le vieux. Vous êtes déjà en retard. C'est déjà l'après-midi! Aujourd'hui vous allez me rapporter du fric, sinon...

Le vendeur répondit tranquillement et à voix basse. George ne l'entendit pas. Mais la tirade fut longue.

– Je me fous que votre mère prenne même de la came, répondit le vieux. J'en ai ma claque de tous ces bobards sur l'accident d'auto, et vos rêves, et votre fichue copine! Je veux plus entendre parler de tout ça. Remuez-vous le cul, espèce de gros babouin. Je ne veux pas vous voir revenir sans m'apporter au moins cinq dollars, vu?

Après une bourrade du vieux, le gros se remit en route et disparut aux regards dans St. Charles Street. Quand le vieux fut rentré dans son garage, George se mit en chasse en roulant des mécaniques.

Sans se rendre compte qu'il était suivi, Ignatius remontait St. Charles Street à contre-courant de la circulation, en direction du Quartier. Il avait veillé si tard la nuit passée, travaillant au discours qu'il allait prononcer lors de la réunion inaugurale, qu'il avait été incapable de s'arracher à ses draps jaunis avant midi. Encore n'était-ce que les vociférations hargneuses de sa mère et les coups violents qu'elle assenait à sa porte qui avaient fini par le tirer du sommeil. Et maintenant qu'il se retrouvait dans la rue, il lui fallait d'urgence résoudre un grave problème : la comédie « sophistiquée » ouvrait ce même jour au RKO Orpheum. Il avait pu soutirer dix *cents* à sa mère pour payer son retour en bus, et encore lui avait-elle âprement reproché cette dépense. Il fallait donc qu'il se débrouillât pour vendre très rapidement cinq ou six saucisses, remiser quelque part sa voiture et filer rincer son œil incrédule de tous ces incroyables blasphèmes en technicolor.

Perdu dans ses réflexions quant au moyen de se procurer la

somme dont il avait besoin, Ignatius ne remarqua pas que, depuis un bon moment déjà, sa voiture se déplaçait selon un mouvement parfaitement rectiligne dont elle n'était vraiment pas coutumière. Quand il voulut se rapprocher du bord du trottoir, la voiture refusa d'obliquer d'un millimètre vers la droite. Il s'immobilisa et constata que l'une des roues de bicyclette qui équipait son chariot s'était logée à l'intérieur d'un rail de tramway. Il tenta de l'en faire sortir sans succès, la voiture étant trop lourde pour qu'il pût la soulever comme il eût fallu. Tandis qu'il glissait ses mains sous le ventre de la saucisse de tôle, il entendit dans le lointain le fracas d'un tramway qui s'approchait. Des centaines de petites pustules blanches apparurent sur ses mains et, après quelques secondes d'hésitation douloureuse, son anneau pylorique se referma d'un coup. Il tira follement sur la saucisse métallique. Le pneu de bicyclette sortit bruquement de la rainure, s'éleva, se balança quelques instants dans les airs, puis se mit à l'horizontale : la voiture avait versé sur le flanc. Un couvercle sauta et quelques saucisses fumantes atterrirent sur la chaussée.

– Oh, mon Dieu, murmura Ignatius par-devers soi, apercevant la silhouette menaçante d'un tramway se profiler à moins de trois cents mètres. Quel tour féroce dame Fortune est-elle en train de me jouer?

Abandonnant l'épave, il se dirigea à la rencontre du tramway, son uniforme blanc lui battant les chevilles comme un boubou. Le gros véhicule vert olive et cuivre vint lentement dans sa direction en ferraillant et brinquebalant à loisir. Le conducteur, apercevant l'énorme silhouette blanche et sphérique qui pantelait au milieu de la voie, arrêta le tramway et ouvrit une fenêtre de devant.

– Je vous demande pardon, monsieur, lui lança boucle d'oreille. Si vous voulez bien prendre patience, je vais tenter de redresser mon équipage qui donne pour le moment de la gîte.

George saisit l'occasion au vol. Il rejoignit Ignatius en courant et lui lança joyeusement :

– Allez, maître, courage! J'vais vous donner un coup d'main et, à nous deux, on va vite la remettre d'aplomb.

– Oh, mon Dieu! tonna Ignatius, ma Némésis impubère! La journée s'annonce bien! Je suis selon toute apparence destiné à être écrasé par un tramway et détroussé simultanément, triste record jamais encore atteint par nul colporteur des établissement Paradise SA. Au large, bambin dépravé!

– Tenez, maître, prenez-la par un bout, moi chprends l'aute.

Le tramway fit retentir une sonnerie impatiente.

– Oh et puis après tout! finit par lancer Ignatius. Pour moi, je ne verrais guère d'inconvénient à laisser cette voiture vilaine vautrée sur la chaussée.

George prit une extrémité de la saucisse de tôle et dit :

– Vous feriez mieux de refermer c'couvercle avant d'avoir s'mé toutes vos francfort, m'sieur.

Ignatius referma la porte d'un maître coup de pied, décoché comme pour marquer l'essai décisif dans un tournoi de rugby, tranchant net en deux tronçons une saucisse qui avait mis le nez dehors.

– Vous mettez pas en rogne, maître, vous allez casser vote charrette.

– Taisez-vous, sacripan. Je vous dispense de me faire la conversation.

– Comme vous voudrez, dit George avec un haussement d'épaules. Moi, c'que j'en dis, c'est seulement pour vous donner la main, pas.

– Comment diable pourriez-vous me venir en aide le moins du monde? brailla Ignatius en découvrant un ou deux crocs brunâtres. Vous avez déjà la moitié des institutions répressives de la société sur les talons. Leurs plus fins limiers vous suivent probablement à la trace en se fiant aux exhalaisons suffocantes de votre brillantine. Et vous prétendez me « donner la main » comme vous dites! D'où sortez-vous ? Pourquoi me suivez-vous?

– Dites, vous voulez que je vous aide à ramasser ce tas d'boue, oui ou non?

– Tas de boue? Est-ce ainsi que vous vous référez à mon véhicule des établissements Paradise SA?

Le conducteur du tramway actionna de nouveau sa sonnette.

– Allez, dit George, hooo... hisse!

– J'espère que vous vous rendez bien compte, dit Ignatius en haletant sous l'effort qu'il faisait pour soulever la charrette, qu'en associant aux miens vos efforts je ne fais que céder au caractère d'urgence de la situation.

La voiture se retrouva sur ses deux roues de bicyclette et rebondit lourdement, faisant racler son contenu contre ses flancs de métal.

– Et voilà, mon cher maître, heureux d'avoir pu vous rende service.

– Au cas où vous ne vous en seriez pas aperçu, insupportable galopin, vous êtes sur le point de vous faire écharper par le chasse-cailloux du tram.

Ledit tramway passa devant les deux silhouettes quasiment au pas, afin de permettre au conducteur et au receveur d'étudier les détails du costume d'Ignatius.

George saisit une des mains de ce dernier et y fourra deux dollars.

– De l'argent? dit Ignatius tout heureux, Dieu soit loué.

Il s'empressa d'empocher les deux billets.

« J'ignore l'obscène motivation derrière votre geste. J'aimerais croire qu'à votre manière simpliste vous cherchez seulement à faire amende honorable pour m'avoir importuné le premier jour de mon travail avec cette voiturette grotesque.

– Exactement, mon cher maître. Vous l'avez dit mieux qu'j'aurais pu faire. On voit qu'vous en avez vachement dans l'cigare.

– Ah oui? demanda Ignatius enchanté. Peut-être tout espoir n'est-il pas perdu pour vous, en définitive. Un hot dog?

– Non, merci.

– Vous me permettrez d'en manger un moi-même. Mon organisme exige quelque forme d'apaisement.

Ignatius jeta un coup d'œil dans le puits central de sa voiture.

« Mon Dieu! Les saucisses sont tout en désordre.

Tandis qu'Ignatius s'affairait à ouvrir et refermer des couvercles avec force claquements puis plongeait l'une de ses grosses pattes dans le puits, George passa à l'attaque :

– Maintenant que j'vous ai rendu un p'tit service, maître, vous pourriez pt'ête en faire autant pour moi.

– Peut-être, accorda distraitement Ignatius en mordant dans le hot dog.

– Tenez, vous voyez ces trucs? demanda George en indiquant du geste les paquets enveloppés de papier d'emballage qu'il portait sous les bras. Ce sont des fournitures scolaires. Voilà ce qui me tracasse : je dois aller les chercher chez le distributeur à l'heure du déjeuner, mais je ne peux les livrer dans les écoles qu'après la fin des classes. Je me trimballe donc avec ces trucs pendant près de deux heures. Vous pigez? C'que je cherche, c'est un endroit pour déposer ces machins pendant l'après-midi. Comme une consigne, quoi. Chpourrais vous rencontrer tous les jours à une heure, coller mes machins dans vot' placard à p'tits pains, là, et venir les reprendre avant trois heures, vu?

– Quelle galéjade! éructa Ignatius. Vous croyez sérieusement que je puis vous croire un seul instant? Vous livreriez des fournitures scolaires après la fermeture des écoles?

– Je vous paierai deux dollars par jour.

– Ah oui? releva Ignatius soudain intéressé. Mais alors il vous faudra me payer une semaine de location à l'avance. Je ne traite pas pour d'aussi petites sommes.

George ouvrit son portefeuille et tendit huit dollars à Ignatius.

– Tenez, avec les deux qu'vous avez déjà, ça en fait dix pour une s'maine.

Ignatius empocha joyeusement les nouveaux billets et arracha l'un des paquets à George en disant :

– Il faut que je sache ce que vous me faites garder. Je ne serais pas outre mesure étonné que vous vendiez des stupéfiants à des enfançons.

– Eh là! hurla George. Je peux les vendre que s'y sont fermés, moi!

– Tant pis pour vous.

Ignatius repoussa le gamin et déchira l'emballage du paquet. Il découvrit ce qui avait tout l'air d'une pile de cartes postales.

« Qu'est-ce que c'est qu'ça. Des fiches aide-mémoire d'instruction civique ou de l'une quelconque des matières ineptes dont on abrutit les enfants des écoles?

– Rendez-moi ça, espèce de cinglé!

– Oh, mon Dieu!

Ignatius ouvrit des yeux ronds. Jadis, au lycée, quelqu'un lui avait fait voir une photo porno et il s'était effondré contre un distributeur d'eau glacée. La photographie qu'il avait sous les yeux était de loin supérieure. Une femme nue était assise au bord d'un bureau, à côté d'un globe terrestre. Avec un bâton de craie, elle semblait pratiquer une forme de masturbation qui intrigua Ignatius. Son visage était caché par un gros volume. Tandis que George esquivait un certain nombre de taloches décochées par la patte restée libre, Ignatius plissa les yeux et déchiffra les caractères inscrits sur la couverture du bouquin : Anicius Manlius Severinus Boethius – Boèce – *La Consolation de la Philosophie.*

– Dois-je en croire le témoignage de mes propres yeux? Quel brio, quel goût! Juste ciel!

– Rendez-moi ça, implora George.

– Non, celle-ci est à moi, déclara Ignatius, radieux, empochant la photo.

Il tendit à George le paquet déchiré et considéra le morceau de papier d'emballage qui lui était resté entre les doigts. Il y figurait une adresse. Il le plaça aussi dans sa poche.

« Où diable avez-vous pu vous procurer une chose pareille? Qui est cette femme remarquable?

– Ça vous r'garde pas.

– Je vois. Une affaire clandestine.

Ignatius songea à l'adresse inscrite sur le bout de papier. Il allait faire sa propre petite enquête. Une intellectuelle déchue semblait prête à tout pour quelques dollars. Sa vision du monde ne devait pas manquer d'acuité – si l'on pouvait en juger par ses lectures. Il se pouvait même qu'elle se trouvât dans la même situation que *Votre Jeune Travailleur :* voyante et philosophe, elle avait peut-être été jetée au beau milieu d'un siècle hostile par des puissances qu'elle ne pouvait contrôler. Il fallait à tout prix qu'Ignatius rencontrât cette femme. Peut-être possédait-elle quelques idées nouvelles et dignes d'intérêt.

– Bien, malgré ma prévention, je vais mettre ma voiture à votre disposition. J'y consens toutefois à une condition : vous veillerez sur la voiture cet après-midi. J'ai un rendez-vous assez urgent.

– Hola! Et puis quoi? Vous en avez pour combien d'temps?

– Deux heures environ.

– Je dois aller vers le nord de la ville à trois heures.

– Ma foi, vous serez un peu en retard aujourd'hui, répliqua Ignatius avec colère. Je vais déjà assez loin en condescendant à m'associer avec vous et à souiller mon compartiment à petits pains. Vous devriez vous estimer heureux que je ne vous livre pas à la police. J'y possède un ami, figurez-vous, un policier plein de flair et de brio, l'agent Mancuso. Il a grand besoin de l'avancement qu'une affaire comme la vôtre pourrait lui valoir. Tombez donc à genoux pour rendre grâces au ciel de ma bienveillance.

Mancuso? N'était-ce pas là le nom du flic en civil qui l'avait alpagué dans les chiottes? George devint fort nerveux.

– A quoi qu'y r'semble, vote copain flic? demanda-t-il avec un rire jaune.

– Il est petit et sait passer inaperçu, dit Ignatius d'une voix rusée. Il est comme le furet, insaisissable, tantôt par ici, tantôt par là, dans son implacable poursuite des mauvais garçons. Pendant quelque temps, il a choisi de se cacher dans des toilettes mais il est de nouveau dans les rues désormais et je puis l'y contacter à tout instant.

La gorge de George s'emplit de quelque chose qui l'étouffa.

– C't'un coup monté, merde, parvint-il à articuler en déglutissant.

– J'en ai assez entendu, silence, petit voyou! Quand je pense que vous avez poussé à la débauche une noble lettrée, aboya Ignatius. Vous devriez baiser le bas de ma robe d'uniforme pour me remercier de n'avoir point averti Sherlock Mancuso de vos louches trafics. Rendez-vous devant l'Orpheum RKO dans deux heures!

Ignatius disparut comme une houle dans Common Street. George déposa ses deux paquets dans le compartiment à petits pains et s'assit au bord du trottoir. C'était bien sa veine – tomber sur un copain de ce Mancuso! Le gros colporteur le tenait. Il jeta un coup d'œil furibond à la voiture. Il n'était plus seulement coincé avec ses paquets, maintenant – il était coincé avec une grosse saucisse de tôle!

Ignatius jeta de l'argent à la caissière et se rua littéralement dans la salle de l'Orpheum où il gagna les premiers rangs d'orchestre. Il avait bien calculé son coup. Le film allait commencer. Le gamin qui vendait ces photographies magnifiques était décidément une découverte intéressante. Ignatius se demanda s'il serait en mesure de le contraindre à garder la voiture tous les après-midi en le faisant chanter. Le sale mioche avait indiscutablement réagi quand il lui avait parlé de son prétendu ami dans la police.

Ignatius regarda défiler le générique en ricanant. Tous ceux qui avaient participé à cette production étaient aussi imbuvables les uns que les autres. Le décorateur, en particulier, l'avait déjà horrifié à maintes reprises dans le passé. L'héroïne était encore plus insupportable qu'elle ne l'avait été dans la comédie musicale sur le cirque. Dans ce film-ci elle était censée être une jeune et brillante secrétaire qu'un aventurier assez âgé tentait de séduire. Il la faisait transporter aux Bermudes à bord de son avion privé et l'installait dans un luxeux appartement d'hôtel. Quand le libertin ouvrait pour la première fois la porte de la chambre à coucher de celle qu'il désirait, elle piquait une fameuse crise de nerfs.

– Saleté! hurla Ignatius, répandant du pop-corn et des postillons sur l'espace de plusieurs rangées de fauteuils, comment a-t-elle l'audace de se faire passer pour vierge! Regardez-moi ce visage de dégénérée. Qu'on la viole!

– Ah, y a des drôles de gens tout d'même en matinée, dit une spectatrice qui avait un sac à provisions sur les genoux à sa voisine de gauche qui se retourna. Tenez, regardez-le! Il porte une boucle d'oreille.

Puis vint une scène d'amour tournée avec flou artistique et Ignatius commença à perdre la maîtrise de ses réactions. Il sentit l'hystérie monter en lui et tenta de garder le silence mais ce fut pour découvrir qu'il en était absolument incapable.

– La scène est filmée à travers plusieurs épaisseurs de toile à beurre, bredouilla-t-il. Oh, mon Dieu! Qui pourrait imaginer à quel point ces deux-là doivent être ridés et répugnants! Je crois que je vais vomir! N'y a-t-il donc personne dans la cabine de projection pour couper l'électricité? Par pitié!

Il se mit à assener de grands coups bruyants de son sabre sur l'accoudoir de son siège. Une vieille ouvreuse vint alors pour tenter de s'emparer de l'arme, mais il résista, se débattit et la vieille dame s'affala sur la moquette. Elle se releva et partit en boitillant.

Croyant son honneur menacé, l'héroïne se mettait à délirer et devenait la proie de visions hallucinatoires à demi paranoïaques. Elle se voyait allongée sur son lit avec son libertin. Puis le lit se promenait à travers les rues et finissait dans la piscine du luxueux hôtel.

– Bonté divine. Cette cochonnerie turpide est censée être comique? demanda Ignatius dans l'obscurité. Mais je n'ai pas encore ri une seule fois, moi! Mes yeux ont du mal à croire qu'ils voient vraiment cette ordure blême. Cette femme mérite d'être flagellée à mort. Elle sape notre civilisation. C'est un agent communiste chinois dont la mission est de nous détruire! Par pitié! Qu'un individu doué d'un semblant de décence gagne le tableau des fusibles! Nous sommes des centaines dans cette salle, victimes de cette entreprise de démoralisation! Avec un peu de chance, peut-être la direction de l'Orpheum a-t-elle oublié de régler sa dernière note d'électricité!

Quand le film se termina, Ignatius se mit à crier :

– Sous ses airs cent pour cent américains, c'est en fait la Rose de Tokyo!

Il avait envie de rester pour la seconde séance, mais il se souvint du garnement. Il ne voulait pas gâcher une aventure qui s'annonçait profitable. Il avait besoin de ce galopin. Il enjamba sans force les quatre boîtes de pop-corn vides qui s'étaient accumulées devant son siège au cours de la séance. Il était comme anéanti. Vidé de toute émotion, il remonta la travée en titubant puis sortit dans la rue qu'illuminait le soleil. Là, près de la station de taxis du *Roosevelt Hotel*, il aperçut George qui montait amèrement la garde près de la voiture.

– Bon sang, lui dit ce dernier, qu'est-ce que vous fichiez! J'ai cru qu'vous sortiriez jamais! Qu'est-ce que c'était qu'ce rendez-vous à la gomme? Z'êtes allé voir un film ouais!

– Je vous en prie, soupira Ignatius. Je viens de connaître un grave choc. Filez. Je vous verrai demain à une heure précise au coin de Canal Street et de Royal Street.

– D'accord, mon cher maître!

George récupéra ses paquets et partit de sa démarche chaloupée.

« Et pas un mot, hein?

– Nous verrons bien, fit Ignatius d'un air morose.

Il mangea un hot dog, les mains tremblantes, et jeta un coup d'œil à la photographie au fond de sa poche. Vue ainsi d'en haut, la femme semblait encore plus maternelle et rassurante. Quelque professeur d'histoire de Rome tombée dans la débine? Ou bien médiévaliste ruinée? Si seulement elle avait montré son visage. De l'ensemble se dégageait un air de solitude, de détachement, de plaisir sensuel et culturel pris en solitaire qui le séduisait profondément. Il examina le fragment de papier d'emballage et l'adresse griffonnée en caractères minuscules. Bourbon Street. La malheureuse était tombée entre les mains d'exploiteurs professionnels. Quel personnage remarquable elle ferait pour le *Journal*. Cette œuvre était en effet assez déficiente dans le domaine de la sensualité – Ignatius s'en avisait soudain. Une bonne dose d'insinuations bien senties ne lui ferait pas de mal. Les confidences d'une telle femme ne pourrait que donner du sel à l'ouvrage.

Ignatius regagna le Quartier en poussant sa voiture et, l'espace d'un instant fort bref mais d'une rare violence, envisagea une aventure amoureuse. Myrna en rongerait d'envie le rebord de ses tasses d'espresso! Il décrirait chacun de ses moments de riche langueur en compagnie de cette belle lettrée. Avec ses antécédents et sa vision du monde boécienne, elle prendrait avec stoïcisme et fatalisme les gaucheries et les bourdes sexuelles qu'il risquait de commettre. Elle se montrerait compréhensive. « Sois bonne », lui murmurait Ignatius. Myrna abordait probablement les relations sexuelles avec le sérieux et la véhémence qu'elle apportait à ses entreprises de contestation sociale. Quelle angoisse serait la sienne quand Ignatius lui décrirait ses tendres plaisirs.

– Oserai-je? se demanda Ignatius, heurtant distraitement de sa voiture une automobile garée le long du trottoir. Les brancards lui entrèrent dans le ventre et il rota. Il ne révélerait pas à cette femme comment il avait appris son existence. Il commencerait par parler de Boèce. Elle serait abasourdie.

Ignatius arriva devant l'adresse indiquée et se récria :

– Seigneur mon Dieu! elle est tombée entre des mains démoniaques.

Il examina la façade des *Folles Nuits* et s'approcha lourdement de l'affiche apposée derrière la vitre. Il lut :

ROBERTA E. LEE
présente
*Harlett O'Hara,*
*La vierge de Virginie*
(et sa p'tite bête)

Qui était cette Harlett O'Hara? Et quelle pouvait bien être cette « petite bête? » Ignatius était fort intrigué. Craignant de s'attirer la colère de la propriétaire nazi, il s'assit inconfortablement au bord du trottoir et décida d'attendre.

Lana Lee était en train de regarder Darlene et l'oiseau. Les deux partenaires étaient pratiquement prêts pour la première. Si seulement Darlene était capable de retenir correctement son texte. Elle s'éloigna de la petite scène d'un pas hésitant, donna quelques instructions à Jones, lui enjoignant de mieux balayer sous les tabourets, puis alla regarder par le petit hublot de verre découpé dans la porte d'entrée. Elle en avait jusque-là de ce numéro et l'avait assez vu pour la journée. Il était d'ailleurs devenu tout à fait présentable dans son genre. Quant à George, il faisait rentrer d'assez fortes sommes grâce à la nouvelle marchandise. Tout allait bien. Et même, Jones semblait enfin se plier à sa nouvelle situation.

Lana ouvrit la porte et brailla en direction de la rue :

– Eh là! Vous là-bas, fichez l'camp de devant ma porte, espèce d'épouvantail!

– Je vous en prie, répliqua une voix aux inflexions riches et profondes, je ne fais que reposer mes pieds assez épuisés.

– Ouais, ben allez donc vous les r'poser plus loin, hein! Et virez-moi c'te voiture dégueulasse de devant mon établissement.

– Permettez-moi de vous assurer que je ne me suis pas effondré volontairement devant votre espèce de chambre à gaz. Ma volition n'est guère intervenue dans mon retour ici. Mes pieds ont tout simplement cessé de fonctionner. Je suis paralysé.

– Allez avoir vos accès de paralysie un peu plus loin. Ah, y n'manquait plus qu'vous. Vous avez décidément envie de me ruiner! Et mon investissement, alors? Z'avez l'air d'un pédé avec cette boucle d'oreille. Les gens vont croire que j'dirige une boîte à tantes. Allez, ouste!

– Rassurez-vous, jamais les gens ne croiront une chose pareille. Vous dirigez sans l'ombre d'un doute l'établissement le plus lugubre de la ville *. Puis-je vous intéresser à l'achat d'une saucisse chaude?

Darlene vint sur le seuil et dit :

– Non, mais regardez qui est là! Comment va vot' pauvre manman?

– Oh, Seigneur! beugla Ignatius. Pourquoi dame Fortune m'a-t-elle conduit jusqu'ici?

– Eh, Jones! lança Lana Lee, arrêtez d'faire semblant d'balayer et virez-moi ce malpropre.

– Pas question. Le salaire de videur, ça commence dans les cinquante sacs par semaine.

– Ça, vous êtes vraiment cruel avec vot' pauvre manman, on peut l'dire, commenta Darlene toujours sur le seuil.

– M'est avis que vous n'avez ni l'une ni l'autre lu Boèce, mesdames, soupira Ignatius.

– Lui parle pas, dit Lana à Darlene. Y s'croit malin ce connard. Jones, je vous donne exactement deux secondes pour venir me virer c't'individu, avant que j'vous fasse embarquer en même temps qu'lui pour vagabondage spécial! J'en ai ma claque des p'tits malins en général.

– Dieu seul sait quel SS va fondre sur moi pour m'infliger une correction qui me laissera inconscient sur le trottoir, dit froidement Ignatius. Mais vous ne pouvez me faire peur. J'ai eu ma ration de traumatismes pour la journée.

– Oua-hooo! fit Jones en jetant à son tour un coup d'œil dans la rue. L'enfoiré à la casquette verte. Lui-même. En personne. En chair et en os!

– Je vois que vous avez décidé, dans votre sagesse, d'engager

* Jeu de mot sur *gay* qui signifie *gai*, mais sert aussi à désigner les homosexuels. (N.d.T.)

un Noir particulièrement terrifiant afin qu'il vous protège contre la rage légitime des clients que vous grugez, dit l'enfoiré à la casquette verte à Lana Lee.

– Allez, virez-moi ça, dit Lana à Jones.

– Oua-ho! Comment qu'vous vireriez un éléphant, vous?

– Regarde-moi ces lunettes noires. Je ne doute point que son organisme baigne dans la drogue.

– Mais rentre ici, bon sang! dit Lana à Darlene qui dévisageait Ignatius en ouvrant des yeux ronds.

Elle poussa Darlene et dit à Jones :

« Allez, ouste!

– C'est ça, tirez votre rasoir et étripez-moi, s'écria Ignatius tandis que Darlene et Lana rentraient dans le bar. Vitriolez-moi. Poignardez-moi. Comment pourriez-vous vous rendre compte du fait que ce fut mon intérêt pour la cause des Noirs qui fit de moi le colporteur éclopé que vous avez sous les yeux. J'ai perdu un emploi particulièrement prometteur du fait de ma ferme prise de position en faveur de l'égalité raciale. Mes pieds navrés sont le résultat indirect de l'extrême sensibilité de ma conscience sociale.

– Oua-ho! Z'avez été viré des Pantalons Levy pasque vous vouliez faire foute en tôle tous ces pauves caves de nègres, hein?

– Comment le savez-vous, s'enquit Ignatius, aussitôt gardé. Fûtes-vous mêlé à ce coup avorté?

– Non. Mais j'ai des oreilles pour entende les gens causer.

– Vraiment? demanda Ignatius, intéressé. Ils auront alors, ces gens que vous avez entendus, parlé de moi, de ma carrure et de mon port dans des termes qui... Me voici reconnaissable! J'étais loin de me douter que j'étais devenu une figure légendaire. Peut-être ai-je abandonné le mouvement avec une hâte excessive.

Ignatius était aux anges. Voilà une journée qui s'annonçait enfin radieuse après tant et tant de jours falots.

« Je suis devenu sans doute une manière de martyr, rota-t-il. Désirez-vous un hot dog? Je sers avec la même courtoisie les représentants de toutes les races et de toutes les croyances. Paradise Vendors SA a fait œuvre de pionnier dans ce domaine.

– Comment qu'ça s'fait qu'un mec comme vous, blanc et tout, et qui cause comme un bouquin, soye dev'nu marchand d'saucisses?

– Je vous en prie, soufflez votre fumée dans une autre direction. Mon appareil respiratoire est, malheureusement, d'une qualité inférieure à la moyenne. M'est avis que je suis le fruit d'un engendrement d'une particulière faiblesse de la part de mon père. Son sperme fut émis, je le crains, d'une manière très négligente.

Ça, c'était de la veine, songeait Jones. Le gros enfoiré lui tombait du ciel quand il avait le plus besoin de lui.

– Mais vous êtes complètement sinoque, mec! Comment qu'ça s'fait qu'vous avez pas un bon boulot, une grosse bagnole, tout l'tremblement, merde! Oua-ho, chais pas, moi, la télé couleur, l'air conditionné, pulsé...

– J'ai un emploi qui me plaît beaucoup, coupa Ignatius, glacial. Je travaille en plein air, personne ne me surveille. Le seul ennui, ce sont les pieds.

– Ouais, ben si j'étais allé aux écoles, j'me balad'rais pas par les rues à tirer une foutue trip'rie ambulante pour vende de la merde et des saloperies aux gens!

– Je vous en prie. Les produits Paradise sont de la qualité la plus haute.

Ignatius frappa son sabre sur le rebord du trottoir.

« Quiconque travaille dans ce bar louche n'est pas en mesure de faire la fine bouche devant le métier des autres.

– Merde alors! Vous croyez qu'ça m'plaît, moi, *Les Folles Nuits?* Oua-ho! Seulement j'veux arriver, moi! Aller quèque part, un bon boulot, bien payé, gagner d'quoi vivre.

– Je m'en doutais, s'emporta Ignatius. Autrement dit, vous rêvez de vous embourgeoiser complètement. On vous a lavé le cerveau, à vous et à vos semblables. Vous voudriez réussir, ou quelque chose d'aussi vil.

– Voilà, là vous m'avez compris, youpi!

– Je n'ai malheureusement pas le temps de débattre avec vous de vos erreurs de jugement dans le domaine des valeurs. Toutefois, j'ai besoin de renseignements. Y a-t-il par hasard, dans ce bouge, une femme qui apprécie la lecture?

– Si. Alle arrête pas d'me r'filer des trucs à bouquiner. A voudrais qu'j'm'instruise. Alle est réglo.

– Oh, mon Dieu.

Les yeux bleu et jaune lancèrent des éclairs.

« Et existe-t-il un moyen quelconque de faire la connaissance de ce parangon?

Jones ne connaissait pas ce genre d'animal et se demandait ce qui pouvait bien se passer. Il dit pourtant :

– Oua-ho! Vous devriez v'nir un d'ces soirs, la voir danser avec son bestiau.

– Juste ciel! Ne me dites pas que c'est cette Harlett O'Hara.

– Mais si. C'est Harlett O'Horreur, exactement!

– Boèce et une petite bête, marmonna Ignatius. Quelle découverte.

– A va débuter dans deux, trois jours. V'nez donc poser vote cul ici un d'ces quate. C'est le plus beau numéro qu'j'aye jamais vu. Oua-ho!

– J'imagine fort bien, dit respectueusement Ignatius.

Quelque brillante satire sur la décadence du vieux Sud, livrée comme perles aux pourceaux inconscients qui se pressaient aux *Folles Nuits*. Pauvre Harlett.

« Dites-moi. Avec quel animal se produit-elle au juste.

– Eh, mais c'est que chpeux pas vous l'dire, moi, mon pote! L'numéro est une vache de surprise! Et Harla cause, aussi. C'est pas l'numéro d'effeuilleuse classique, attention! Harla cause.

Bonté divine. Quelque commentaire incisif que nul, dans son public, n'était vraiment en mesure de comprendre. Il fallait qu'il vît Harlette. Qu'il entrât en communication avec elle.

– Il est encore une chose que j'aimerais apprendre de vous, monsieur, reprit-il. La propriétaire nazie de ce bouge est-elle présente chaque soir?

– Qui? Miss Lee? Nooon!

Jones sourit par-devers lui. Le sabotage marchait à la perfection – trop peut-être. Le gros enfoiré désirait vraiment venir aux *Folles Nuits*.

« Alle a dit comme ça, alle a dit qu'Harla O'Lorreur est tell'ment bien qu'alla même pas b'soin d'venir tous les soirs pour surveiller. Dès qu'Harla aura débuté, alle a dit, a s'envole pour prendre des vacances en Californie, dis-donc! Oua-ho!

– Quelle chance, lança Ignatius. Eh bien, moi, je vais venir ici, au contraire, pour assister au numéro de Miss O'Hara. Vous pouvez me réserver secrètement une table – la meilleure. Je dois voir et entendre tout ce qu'elle fait, tout.

– Oua-ho! Vous s'rez très bien r'çu, mec, chpeux vous l'assurer. Am'nez vous un d'ces quate, et vous aurez droit à c'qui y a d'mieux dans la maison.

– Jones, vous bavardez avec cet épouvantail, ou quoi? lança Lee depuis l'intérieur.

– Ne vous inquiétez pas, lui dit Ignatius. Votre homme de

main m'a terrifié, complètement terrifié. Je ne commettrai plus jamais l'erreur de passer ne serait-ce qu'à proximité de cette infecte bauge.

– Parfait, laissa tomber Lana avant de refermer la porte d'une poussée.

Ignatius regarda Jones d'un air réjoui de conspirateur.

– Eh, écoutez, lui dit ce dernier. Avant d'vous casser, disez moi quèque chose : qu'est-ce que vous croyez qu'un mec de couleur, comme moi, puisse faire pour pus s'faire coller des accusations d'vagabondage sans accepter d'bosser pour moins qu'le SMIC ?

– Je vous en prie, répliqua Ignatius tout en tâtonnant pour s'appuyer au bord du trottoir, à travers le tissu blanc de son surplis, et en se redressant.

« Vous ne vous rendez pas compte du degré de confusion qui règne dans votre esprit. Vos jugements de valeur sont tous faux. Quand vous serez " au sommet " de la pyramide, si c'est bien là ou dans un endroit de ce genre que vous voulez aller, vous aurez une dépression nerveuse, ou pire encore. Connaissez-vous des nègres qui ont un ulcère ? Non, bien sûr que non ! Vivez donc heureux dans quelque taudis. Remerciez Dame Fortune de ne vous point avoir affublé d'un père ou d'une mère blancs qui vous harcèleraient sans cesse. Lisez Boèce.

– Qui ? Que je lise quoi ?

– Boèce vous apprendra qu'il ne sert à rien de faire des efforts, en dernière analyse, puisque tous les efforts sont dépourvus de sens. Nous devons apprendre à accepter. Demandez à Miss O'Hara de vous parler de lui.

– Mais bon sang, ça vous dirait d'être en vagabondage les trois quarts du temps ?

– Mais oui ! Ce serait merveilleux. J'ai moi-même été vagabond en des temps plus cléments et j'ai connu alors des jours meilleurs. Si seulement je pouvais être à votre place. Je ne quitterais ma chambre qu'une fois par mois pour aller pêcher mon chèque des aides publiques dans la boîte aux lettres. Vous ne vous rendez pas compte de votre bonheur.

Décidément le gros enfoiré en avait un vrai coup dans le casque. Les pauvres types des Pantalons Levy avaient du bol de pas s'être retrouvés à Angola.

– Bon, alors chcompte sur vous dans un ou deux jours, un d'ces soirs, pas vrai ?

Jones souffla un nuage sur la boucle d'oreille.

« Harla fera son numéro.

– J'y serai, j'y serai sans faute! dit Ignatius tout heureux. Myrna s'en rongerait les ongles et grincerait des dents.

– Oua-ho! lança Jones qui avait fait le tour de la charrette et examinait la feuille arrachée à un cahier Big Chief qui en ornait l'avant. On dirait qu'y a quelqu'un qui s'est amusé à vous faire des blagues.

– Non, ce n'est qu'une astuce publicitaire.

– Ben mon pote! Chcrois qu'vous feriez bien d'y j'ter un coup d'œil tout d'même.

Ignatius contourna à son tour le véhicule et constata que l'affreux galopin avait décoré son affichette d'une série de phallus.

– Seigneur mon Dieu!

Ignatius arracha la feuille couverte de graffiti au crayon à bille.

« Me serais-je promené en poussant cette horreur?

– Bon ben chrai d'vant la porte à vous attende, hein? dit Jones. Allez salut!

Ignatius adressa un signe de la main à Jones avant de s'éloigner tout content. Il avait enfin une raison de gagner de l'argent : Harlett O'Hara. Il dirigea la proue de son petit navire de fer-blanc vers le quai du Bac-d'Alger, lieu de rassemblement des dockers et des matelots. Avec des appels et des sourires engageants il s'enfonça au cœur de cette foule d'hommes rudes et parvint à vendre son stock, répandant moutarde et ketcheupe avec l'énergie d'un pompier et la courtoisie joyeuse d'une parfaite maîtresse de maison.

Quelle merveilleuse journée. Dame Fortune semblait lui adresser des signes prometteurs. Surpris, M. Clyde reçut des salutations joyeuses et dix dollars du colporteur Reilly. Puis Ignatius, le surplis lesté des billets du galopin ajoutés à ceux du magnat de la saucisse, ondoya joyeusement jusqu'au trolleybus.

Il arriva chez lui pour trouver sa mère en grande conversation chuchotée au téléphone.

– J'ai réfléchi à c'que tu disais, murmurait Mme Reilly dans le combiné. P'tête que c'est pas une si mauvaise idée qu'ça, dans l'fond. Tu m'as comprise.

– Bien sûr, qu'elle est pas mauvaise, mon idée, répondit Santa. A la Charité, y pourrait prendre un peu d'repos, l'Ignatius. Claude va pas tell'ment vouloir d'Ignatius dans les parages, ma colombe.

– Alors comme ça, y m'aime bien?

– S'y t'aime bien? Y m'a app'lée c'matin pour me d'mander

si t'allais pas t'remarier un d'ces jours! Ben ma foi, Claude, que j'y ai fait comme ça, faut poser la question à l'intéressée, que j'y ai dit! A l'intéressée, t'entends? C'est des vraies fiançailles, et des belles, si tu veux savoir mon avis. C'pauvre homme est tout désespéré d'solitude.

– Ça chpeux pas dire, il est attentionné, souffla Mme Reilly dans l'appareil. Mais des fois j'avoue qu'y m'rend un peu nerveuse, moi, avec tous ces communisses partout.

– Qu'est-ce encore que cet intarissable babillage? tonna Ignatius dans le vestibule.

– Jésus Marie Joseph, dit Santa. On dirait qu'Ignatius est d'retour.

– Chhh! fit Mme Reilly dans l'appareil.

– Bon, ben écoute, ma belle, une fois qu'Claude s'ra marié, tu verras comment qu'il les oubliera, ses communisses. Il a pas l'esprit occupé, c'est ça qui va pas. T'as qu'à l'occuper, toi, lui donner d'l'amour.

– Oh, Santa!

– Juste ciel! cracha Ignatius. Serais-tu encore en train de parler avec la catin Battaglia?

– Ferme-la!

– Tu f'rais mieux d'lui flanquer une bonne paire de baffes, à l'Ignatius, dit Santa.

– Oh, si chpourrais, si j'étais assez forte, j'le f'rais, ma belle, répondit Mme Reilly.

– Au fait, Irene, j'allais presqu'oublier d'te l'dire, dis donc. Figure-toi qu'Angelo rst v'nu boire le café chez moi, c'matin. Dis donc, c'est tout juste si j'l'ai r'connu. J'aurais voulu qu'tu l'voyes avec ce nouveau costume de laine qui s'est acheté! Une allure! Une classe! Pauve Angelo. Ah, on peut dire qu'il en met un coup. Main'nant y va dans tous les bars chic, dis-donc, qu'y m'a dit. Jui souhaite d'en alpaguer un, d'suspect!

– Si c'est pas malheureux, dit tristement Mme Reilly. Qu'est-ce qui va bien pouvoir faire, Angelo, s'il est mis à pied? Et c'est qu'il a trois enfants.

– Paradise Vendors SA offre sans doute quelques postes d'avenir à des hommes de goût possédant le sens des responsabilités et un fort esprit d'initiative, intervint Ignatius d'une voix de stentor.

– Écoute-moi l'aute cinglé, j'lentends d'ici! dit Santa. Oh la la Irene, téléphone à l'hôpital d'la Charité, chtassure.

– J'y donne encore une chance. Des fois qu'y décrocherait la timbale.

– Chtassure que j'me d'mande pourquoi chte cause, de temps en temps ! soupira Santa. Bon, ben chte verrai c'soir vers les sept heures. Claude a dit qu'y viendrait ici. Il a dit qu'y passerait nous prende et qu'y nous emmènerait faire une belle promenade jusqu'au lac pour manger des crabes, là, tu sais, ceux qui sont fameux. Un régal. Vous avez d'la chance d'avoir un chaperon comme moi, les enfants. Vous en aurez besoin, avec le Claude, c'est pas du luxe, crois-moi !

Santa ricana d'une voix plus rauque encore que de coutume et raccrocha.

– Qu'est-ce que tu peux bien trouver à raconter à cette vieille ribaude pendant des heures et des heures, hein ? demanda Ignatius.

– La ferme chte dis !

– Merci. Je vois que la vie ici sera aussi agréable ce soir que les autres soirs.

– Combien qu'tu rapportes de sous, aujourd'hui ? Vingt-cinq *cents ?* glapit Mme Reilly d'une voix stridente.

D'un bond, elle fut sur pied et, se jetant sur Ignatius, arracha de la poche de son surplis la photographie merveilleuse.

« Ignatius !

– Rends-moi ça ! tonna ce dernier. Comment oses-tu maculer cette image magnifique de tes doigts poisseux d'ivrognesse ?

Mme Reilly jeta un nouveau coup d'œil à la photographie et ferma les paupières. Une larme roula sur sa joue.

– Je le savais. Je le savais quand tu t'es mis à vendre des francfort que tu finirais avec des gens comme ça. Je le savais.

– Qu'est-ce que tu racontes – des gens comme ça ? demanda Ignatius, courroucé. C'est une femme superbe, intelligente et victime d'une brute. Fais-moi le plaisir d'en parler avec respect, voire avec révérence.

– J'veux pas t'parler du tout, renifla Mme Reilly, les paupières obstinément closes. Va donc t'asseoir dans ta chambre et que cht'écris, et que cht'écris encore des idioties, vas-y !

Le téléphone sonna.

« Ça doit ête ce monsieur Levy. Ça fait déjà deux fois qu'il a app'lé aujourd'hui.

– Levy ? Que me veut ce monstre ?

– Il a pas voulu dire. Vas-y espèce de pauvre fou. Décroche, mais décroche donc, réponds !

– Bah, je n'ai certainement pas la moindre envie de lui parler, gronda Ignatius.

Il prit le téléphone et, déguisant sa voix, prenant un accent très snob, il dit :

– Viii ?

– M. Reilly ? demanda une voix d'homme.

– Môssieuh Reilly est sorti.

– Gus Levy à l'appareil.

En arrière-plan sonore, Ignatius entendit une femme qui disait :

– Voyons un peu c'que tu vas dire. Encore une chance que tu as laissé échapper. Un fou en liberté.

– Je suis tout à fait désolé, déclara Ignatius. Môssieuh Reilly a été appelé en ville pour une course assez urgente et cruciale. À vrai dire, il se trouve actuellement à l'asile départemental de Mandeville. Depuis qu'il a été remercié si sèchement et abruptement par vos établissements il a fait ce trajet aller et retour tous les jours. Son moi en a pris un coup. Vous recevrez bientôt les factures de son psychiatre. Elles sont assez impressionnantes.

– Il a craqué ?

– Violemment, et totalement. Nous avons connu des moments difficiles ici, avec lui. La première fois qu'il est allé à Mandeville, il a fallu l'y transporter en fourgon blindé. Comme vous le savez, son physique est assez impressionnant. Mais, cet après-midi, il est parti à bord d'une ambulance de la police.

– Il peut recevoir des visiteurs, à Mandeville ?

– Bien sûr. Faites-y un saut en voiture. Apportez-lui des gâteaux.

Ignatius raccrocha violemment le téléphone, déposa vingt-cinq *cents* dans la paume de sa mère qui reniflait toujours, aveuglée par les larmes, et passa lourdement dans sa chambre. Avant d'en ouvrir la porte, il s'immobilisa pour redresser l'écriteau PAIX AUX HOMMES DE VOLONTÉ que l'on avait fixé au bois avec des punaises.

Tous les signes l'indiquaient : la roue de la Fortune achevait son demi-tour et entrait dans sa période ascendante !

# DOUZE

Il y avait eu un incroyable remue-ménage. Le facteur avait soufflé dans son sifflet comme un dératé, la camionnette de la poste avait fait un potin de tous les diables dans Constantinople Street, sa mère avait commencé à pousser des cris suraigus et Miss Annie avait crié au facteur que son sifflet lui avait fait une peur bleue. Tout cela avait interrompu dans sa toilette Ignatius qui se préparait pour la réunion inaugurale. Il avait signé le reçu de la poste et s'était de nouveau précipité dans sa chambre dont il avait verrouillé la porte.

– C'était quoi, mon garçon? avait demandé Mme Reilly depuis le vestibule.

Ignatius examinait l'enveloppe de papier bulle, le tampon DISTRIBUTION PAR PORTEUR SPECIAL et les petits rajouts à la main : « Urgent », et « vite! ».

– Oh, juste ciel, dit-il tout joyeux, la péronnelle doit être dans tous ses états.

Déchirant l'enveloppe, il en tira la lettre.

Messieurs,

M'as tu réellement envoyé le télégramme suivant, Ignatius :

MYRNA FONDE COMITÉ CENTRAL POUR LE NORD-EST DU PARTI DE LA PAIX STOP ORGANISE A TOUS LES NIVEAUX STOP RECRUTE SEULEMENT SODOMITES STOP SEXUALITÉ EN POLITIQUE STOP DÉTAILS SUIVENT STOP IGNATIUS PRÉSIDENT NATIONAL STOP

Qu'est-ce que cela signifie, Ignatius? Désires-tu vraiment que je recrute des homos? Qui voudrait se faire enregistrer comme Sodomite? Ignatius, je suis très inquiète. Est-ce que tu sors avec une bande de tantes? J'aurais pu deviner que ça allait arriver. Tes fantasmes paranoïaques d'arrestation et d'accident ont été le premier symptôme. Et maintenant le syndrome entier devient brusquement visible. Les voies de la satisfaction sexuelle normale ont été si longtemps bloquées chez toi que le trop plein sexuel s'écoule désormais dans de mauvais canaux. Depuis les premiers fantasmes, signe des débuts de la crise, tu n'as cessé d'aller de plus en plus mal. Et maintenant te voilà parvenu au fond, tout au fond, et tu tombes dans les aberrations sexuelles pures et simples. J'aurais pu te dire que tu flipperais un jour ou l'autre. Et voilà que cela s'est produit. Mon groupe de thérapie de groupe sera bien abattu quand j'apprendrai aux autres que ton cas ne fait qu'empirer. Je t'en prie quitte cette ville décadente et viens dans le Nord. Appelle-moi en P.C.V. si tu veux pour que nous puissions discuter de ce problème d'orientation sexuelle que tu sembles connaître en ce moment. Il faut que tu te fasses soigner rapidement si tu ne veux pas devenir une folle perdue.

– Quelle audace! Elle se croit tout permis, beugla Ignatius.

Qu'est-ce qui a bien pu arriver au Parti de la Monarchie de droit divin? J'avais déjà trouvé plusieurs personnes qui étaient prêtes à adhérer. Je ne sais pas si cette histoire de parti des sodomites sera de leur goût – encore que je vois bien que cette réunion sodomiste nous permettrait sans doute de priver de leur clientèle les groupes fascistes marginaux. Peut-être parviendrions-nous à couper l'extrême droite en deux. N'empêche – je ne pense vraiment pas que ce soit une bonne idée. Suppose que des non-sodomites demandent à adhérer et que nous leur opposions un refus. On nous accusera de racisme et tout s'écroulera. Ma conférence n'a pas précisément été une réussite. C'est passé, d'accord, mais c'est passé complètement au-dessus de la tête de mon auditoire. Il y avait deux ou trois personnes d'un certain âge, dans la salle, qui m'ont aussitôt agressée avec des questions très hostiles. Heureusement que quelques amis de mon groupe de thérapie de groupe étaient présents. Ils ont relevé le défi et leur ont opposé une agressivité égale mais inverse. En fin de compte, les réactionnaires ont quitté la salle. Mais, comme je le pensais, mes idées sont un peu trop avancées pour un auditoire de quartier. Ongah ne s'est pas montré, lui, le salaud. Moi, j'en ai ma claque de ce type et je ne pleurerai pas quand on le renverra en Afrique! Je croyais vraiment qu'il avait quelque chose dans la tête, ce type, mais, apparemment, il est complètement apathique au niveau politique. Il m'avait promis de venir, ce connard. Ignatius, ce plan sodomiste me paraît fort impraticable. Je crois y discerner en outre une simple mais dangereuse manifestation du déclin de ta santé mentale. Je ne sais pas trop comment je vais pouvoir raconter ces événements bizarroïdes à mon groupe de thérapie de groupe – même si tout cela était prévisible. Le groupe n'a cessé de travailler pour toi dès l'origine, en somme. Certains membres s'identifient même à toi. Si tu nous craques, ils nous craqueront entre les doigts aussi, si ça se trouve. J'ai besoin d'entrer en communication avec toi le plus vite possible. Je t'en prie, appelle-moi en P.C.V. à n'importe quelle heure après six heures du soir. Je suis très, très inquiète.

M. Minkoff.

– Elle ne sait absolument plus où donner de la tête, dit joyeusement Ignatius. Et ce n'est rien. Attendons qu'elle ait entendu parler de ma rencontre apocalyptique avec Miss O'Hara.

– Ignatius, c'était quoi, c'te lettre?

– Une missive de la péronnelle Myrna Minkoff.

– Qu'est-ce qu'elle te veut donc, c'te fille?

– Elle menace de se suicider si je ne lui jure pas que mon cœur n'appartient qu'à elle.

– Si c'est pas malheureux tout d'même. Chparie qu't'as pas cessé d'y raconter des mensonges à c'te pauve fille. Chte connais allez.

Derrière la porte close, Mme Reilly entendait son fils s'habiller. Un objet métallique tomba par terre.

– Où tu vas? demanda Mme Reilly à la peinture écaillée.

– Je t'en prie, maman, répondit une voix de basse, je suis assez pressé. Cesse de m'importuner, je te prie.

– Tu f'rais mieux d'rester à la maison toute la journée, pour les sous qu'tu m'rapportes! vociféra Mme Reilly contre la porte. Comment que je vais rembourser cet homme, moi, comment?

– J'aimerais que tu me fiches la paix. Je dois prononcer un discours lors d'une réunion politique, ce soir, et j'ai besoin de mettre un peu d'ordre dans mes pensées.

– Une réunion politique? Ignatius! Mais c'est formidable ça! P'tête bien qu'tu vas réussir en politique mon gars! T'as une belle voix, en tout cas. Dans quel club, mon chéri. Les démocrates de Crescent City? Les Old Regulars?

– Le parti est encore secret pour le moment, j'en ai peur.

– Qu'est-ce que c'est qu'un parti politique qui reste secret? demanda Mme Reilly dont les soupçons s'éveillaient. Tu vas pas aller causer avec une bande de communisses, des fois?

– Hum, hum.

– Quelqu'un m'a passé un traque sur les communisses, figure-toi. J'ai tout lu, moi, sur les communisses. Essaye pas d'm'avoir, ça s'ra pas aussi facile que tu crois.

– Oui, j'ai vu l'un de ces tracts dans le vestibule cet après-midi. Si tu ne l'as pas laissé tomber là de propos délibéré dans l'idée de me faire bénéficier de son message, tu l'auras jeté au cours de ton orgie œnologique quotidienne en croyant qu'il s'agissait d'un confetti particulièrement éléphantesque. M'est avis que tu dois avoir un certain mal à accommoder à partir de deux heures de l'après-midi. Bref, j'ai lu ce tract pratiquement dans son entier. C'est l'œuvre d'un presque analphabète. Dieu sait où tu vas pêcher de telles ordures. Tu le tiens probablement de la vieille négresse qui vend des pralines devant le cimetière. De toute manière, je ne suis pas communiste et fiche-moi la paix.

– Ignatius, tu crois pas qu'tu s'rais p'tête plus heureux si t'allais prende un peu d'repos à l'hôpital de la Charité ?

– Voudrais-tu parler du service psychiatrique, par hasard ? demanda Ignatius pris de rage. Me croirais-tu fou ? Supposerais-tu que le premier imbécile de psychiatre venu serait capable ne serait-ce que d'essayer de commencer à entrevoir les mécanismes de ma psyché ?

– Tu pourrais prende un peu d'repos, chéri. Et tu pourrais écrire des choses dans tes petits cahiers.

– Ils essayeraient aussitôt de faire de moi un crétin, amateur de télévision, de voitures neuves et d'aliments surgelés ! Tu ne comprends donc pas ? La psychiatrie c'est pire que le communisme. Je ne veux pas de lavage de cerveau ! Je ne veux pas devenir un robot, un zombie !

– Mais Ignatius, tout d'même, y viennent en aide à des tas d'personnes qu'ont des ennuis.

– Crois-tu que j'ai un ennui ? beugla Ignatius. Les seuls ennuis de ces malheureux c'est de n'avoir point le goût des voitures neuves et de la laque en atomiseur. C'est pour cela qu'on les enferme ! Ils inspirent de la terreur aux autres membres de la société. Tous les asiles de ce pays, jusqu'au dernier, sont pleins de gens qui ne supportent pas la lanoline, la cellophane, le plastique, la télévision et les circonscriptions, de pauvres gens dont c'est le seul crime.

– Ignatius, c'est pas vrai. Tu t'rappelles le vieux M. Becnel qu'habitait la porte à côté ? Y l'ont enfermé pasqu'y s'promenait tout nu dans la rue.

– Mais bien sûr qu'il se promenait tout nu. Sa peau ne pouvait plus supporter les vêtements de dacron et de nylon qui lui obstruaient les pores. J'ai toujours considéré M. Becnel comme un martyr de notre époque. Le pauvre homme a été victime de mauvais traitements particulièrement cruels. Et maintenant cours voir à la porte si mon taxi est arrivé.

– Oùsque tu trouves les sous d'un taxi ?

– Je garde une petite somme cousue dans mon matelas, répondit Ignatius.

Il était parvenu à extorquer par chantage dix autres dollars au galopin, qu'il avait également contraint de surveiller une nouvelle fois la voiture tandis que lui-même était allé voir un film. Cette fleur du ruisseau était indiscutablement une découverte! Un cadeau de Dame Fortune, envoyé sans doute en dédommagement de tous les tours pendables qu'elle avait joués à Ignatius.

« Va regarder par la fente des volets.

La porte de sa chambre s'entrouvrit en grinçant et Ignatius parut en tenue de pirate.

– Ignatius!

– Je craignais que tu réagisses de la sorte, c'est pourquoi je gardais toute cette panoplie chez Paradise Vendors SA.

– Angelo avait raison, pleurnichait Mme Reilly. Ça fait des jours que tu te promènes dans la rue vêtu en Mardi gras.

– Bah, une écharpe ici, un sabre là – rien de plus que deux ou trois suggestions adroites et de bon goût, voilà tout. L'effet général me paraît au contraire assez réussi.

– Tu peux pas sortir dans cette tenue, vociféra Mme Reilly.

– Je t'en prie, ne me fais pas encore une de tes scènes hystériques. Tu troublerais toutes les pensées qui se forment dans mon esprit à propos de l'adresse que je dois prononer.

– Rentre dans cette chambre, mon garçon, ordonna Mme Reilly qui se mit à battre Ignatius. Rentre immédiatement Ignatius. Je ne plaisante pas. Je ne te laisserai pas me ridiculiser d'cette façon, c'est une honte!

– Juste ciel, maman! Cesse, voyons, je ne vais jamais être capable de prendre la parole.

– Qu'est-ce que c'est qu'ce discours, hein? Où que tu vas, Ignatius? Dis-le-moi!

Mme Reilly donna une grande taloche à son fils.

« Tu ne sortiras pas de la maison, espèce de cinglé.

– Oh, mon Dieu. Serais-tu en train de devenir folle? Fiche-moi immédiatement la paix! J'espère que tu auras remarqué le cimeterre qui pend à mon uniforme.

Une gifle atteignit Ignatius en travers du nez, une autre lui ferma l'œil droit. Il traversa le vestibule en titubant, ouvrit d'une poussée les grands volets et se précipita dans la cour.

– Reviens immédiatement ici! hurla Mme Reilly depuis le pas de sa porte. Je t'interdis d'aller où qu'ce soye, Ignatius!

– Pas chiche de venir me chercher avec cette chemise de nuit en lambeaux, défia Ignatius en tirant une langue rose.

– Reviens tout d'suite, Ignatius.

– Oh, ça suffit vous deux, lança Miss Annie de derrière ses volets, j'ai les nerfs en boule!

– Mais r'gardez donc Ignatius, lui lança Mme Reilly. Si c'est pas un scandale d'voir ça!

Ignatius était en train d'adresser un signe d'adieu à sa mère depuis le trottoir de brique, un rayon venu d'un réverbère allumant des feux dans sa boucle d'oreille.

– Ignatius, sois gentil, rente à la maison, implora Mme Reilly.

– J'ai déjà la migraine depuis qu'ce salopard d'facteur a soufflé dans son sifflet, dit Miss Annie d'une voix menaçante. Dans une minute, j'appelle les flics.

– Ignatiuuus! appela Mme Reilly, mais il était trop tard. Un taxi en maraude passa auquel Ignatius fit signe de venir le prendre à l'instant même où, toute honte bue, malgré sa chemise de nuit en lambeaux, Mme Reilly se précipitait jusqu'au bord du trottoir. Ignatius claqua la porte au nez de sa mère et aboya une adresse à l'intention du chauffeur. Puis il assena des coups de sabre sur les doigts de sa mère en disant au chauffeur de partir le plus vite possible.

– Vous allez à un bal costumé, l'ami? demanda le chauffeur en s'engageant dans St. Charles Avenue.

– Regardez ce que vous faites et parlez quand on vous adressera la parole, tonna Ignatius.

Le reste du trajet fut silencieux de la part du conducteur, mais pas d'Ignatius qui répéta son discours à voix haute, abattant le plat de son sabre sur le dossier du siège avant, pour souligner certains passages clés.

A St. Peter Street, il descendit et commença par entendre le bruit – lointain mais frénétique – de conversations, d'éclats de rire et de chansons qui s'échappait des deux étages de l'immeuble de stuc jaune. Quelque Français prospère avait fait bâtir la maison vers la fin du XVIIIe siècle pour y loger son ménage, femme, enfants et *tantes* restées demoiselles. Les *tantes* avaient été fourrées au grenier, avec les autres meubles en surnombre ou de peu d'intérêt, et, depuis les deux mansardes du toit, elles n'avaient aperçu du vaste monde que la parcelle infime qui en existait seule, croyaient-elles, en dehors de leur petit *monde* à elles, fait de cancans scandaleux, de travaux d'aiguille et de récitations cycliques du rosaire. Mais la touche du décorateur professionnel avait exorcisé tout ce qui pouvait encore exister du fantôme de la bourgeoisie française dans les épais murs de brique du bâtiment. La façade était peinte d'un jaune canari brillant et les becs de gaz des lanternes de cuivre accrochées de part et d'autre de la monumentale porte cochère inondaient de reflets ambrés l'émail noir des grilles et des volets. Sur les dalles, sous chacune des lanternes, deux grands pots de terre cuite du temps de la plantation contenaient deux aloès aux pointes acérées.

Ignatius s'immobilisa devant le petit immeuble et le considéra avec un déplaisir évident. Ses yeux jaune et bleu refusaient la resplendissante façade. Son nez se révoltait contre l'odeur encore très évidente de peinture fraîche. Ses oreilles se contractaient sous l'assaut du tohu-bohu de voix, de caquets et de gloussements qui s'échappait des volets de cuir vernis pourtant clos.

Mécontent, il s'éclaircit la gorge, considéra les trois sonnettes de cuivre et lut les petits bristols blancs qui surmontaient chacune :

| | |
|---|---|
| Billy Truehard * | |
| Raoul Frayle | 3A |
| Frieda Club | |
| Betty Bumper | |
| Liz Steele | 2A |
| Dorian Greene | 1A. |

Enfonçant le doigt dans la sonnette du bas, il attendit. La frénésie sembla se calmer imperceptiblement derrière les volets. Une porte s'ouvrit un peu plus loin sous le porche et Dorian Greene vint jusqu'à la grille.

– Mon Dieu, dit-il en apercevant Ignatius sur le trottoir. Mais où étiez-vous donc passé ? Je crains que la réunion inaugurale ne soit mal embarquée. J'ai essayé à plusieurs reprises déjà de leur demander un peu de calme et d'ordre, mais tout le monde a l'air en pleine forme.

– J'espère que vous n'avez rien fait pour porter atteinte à leur moral, dit gravement Ignatius en tapotant impatiemment de son sabre contre la grille.

Il remarqua avec un rien d'irritation que la démarche de Dorian n'était pas très assurée. Ce n'était pas du tout ce à quoi il s'était attendu.

– Non, mais quel ambiance, dit Dorian en lui ouvrant la grille. Et tout le monde est complètement décontracté !

---

* Littéralement : Billy Vraidur et Raoul Fragyle/Frieda Matraque, Betty Bousculeuse et Liz Acié – N.d.T.

Il esquissa une rapide pantomime pour lui faire comprendre ce qu'il entendait par là.

– Juste ciel, s'écria Ignatius. Cessez immédiatement cette effarante obscénité!

– J'en connais plus d'un qui sera à tout jamais perdu de réputation après cette soirée. L'exode vers Mexico va commencer demain à l'aube. Mais qu'importe, Mexico est une ville si merveilleusement dissolue!

– J'espère bien que personne n'a tenté de faire adopter des résolutions bellicistes par l'assemblée.

– Oh, Seigneur, non!

– Je suis soulagé de vous l'entendre dire. Dieu sait à quelle opposition nous allons bien pouvoir nous heurter dès le début. Il faut peut-être compter sur la présence d'un « ennemi intérieur ». Les responsables militaires ont peut-être déjà eu vent de la chose et prévenu le reste du monde!

– Bon, eh bien suivez-moi, folle gitane, entrons.

En pénétrant sous le porche, Ignatius se récria :

– Cette bâtisse est d'un tape-à-l'œil tout à fait repoussant.

Il considéra les lampes aux teintes pastel qui se cachaient derrière les palmiers alignés le long des murs et reprit :

« Qui est responsable de cette abomination?

– Moi, belle Hongroise, cela va de soi. La maison m'appartient.

– J'aurais dû m'en douter. Et puis-je vous demander d'où vient l'argent nécessaire à l'entretien de ce caprice décadent?

– Mais de ma chère famille, là-bas, dans les blés, soupira Dorian. Ils m'envoient un gros chèque tous les mois. En échange, je leur promets simplement de ne jamais remettre les pieds dans le Nebraska. J'en suis parti plutôt précipitamment, voyez-vous. Tout ce blé, ces plaines immenses, c'était mortel. Une déprime – je ne vous dis que ça! J'ai fait mes études dans l'Est, et puis je suis venu me fixer ici. Oh, à La Nouvelle Orléans, c'est la liberté.

– Bref, du moins disposons-nous d'un lieu de rassemblement. Maintenant que je vois les lieux, je vous avoue que j'eusse préféré la location d'un auditorium de l'American Legion, ou quelque chose du même genre. Cette bâtisse ressemble plus au décor de quelque activité perverse, un thé dansant ou une réunion de plein air avec petits fours et orchestre.

– Savez-vous qu'un des principaux journaux de décoration du pays m'a demandé l'autorisation de faire un reportage photographique de quatre pages couleur? demanda Dorian.

– Si vous aviez tant soit peu le sens commun, vous comprendriez que c'est là la pire insulte, ricana Ignatius.

– Oh, jeune fille à l'anneau d'or, tu me rendras fou. Voilà, c'est la porte.

– Un instant, dit Ignatius, toujours prudent. Qu'est-ce que ce bruit épouvantable? On dirait un sacrifice humain.

Dans la lumière pastel du porche, ils s'immobilisèrent, l'oreille tendue. Quelque part dans les profondeurs du patio, un être humain hurlait sa détresse.

– Mon Dieu, qu'est-ce qu'ils ont bien pu trouver à faire? Quels petits idiots. Ils ne sont décidément jamais capables de se tenir!

– Je suggère que nous nous livrions à une petite enquête, dit Ignatius dans un chuchotement de conspirateur. Quelque officier maniaque se sera subrepticement introduit parmi nous et essaye présentement d'arracher nos secrets à l'un de nos plus loyaux partisans en le soumettant à d'atroces tortures. Les militaires convaincus ne reculent devant rien. Et d'ailleurs c'est peut-être même un agent d'une puissance étrangère.

– Oh, c'qu'on s'amuse! glapit Dorian enchanté.

Ignatius et lui se dirigèrent à pas de loup vers le patio. Là, quelqu'un appelait au secours dans les anciens quartiers des esclaves. La porte de ces anciens quartiers était entrouverte, mais Ignatius ne s'en jeta pas moins contre elle de toute sa force, brisant plusieurs carreaux.

– Oh, juste ciel! se récria-t-il quand il découvrit ce qui se passait. Ils ont déjà frappé!

Il regarda le petit matelot enchaîné au mur par des fers. C'était Timmy.

– Vous avez vu ce que vous avez fait de ma porte? demandait Dorian dans son dos.

– L'ennemi est parmi nous, dit Ignatius éperdu. Qui a parlé? Dites-le-moi. Quelqu'un est déjà sur notre piste!

– Oh, tirez-moi de là, implora le petit marin. Il fait si noir.

– Petit imbécile, cracha Dorian, qui t'a enchaîné ici?

– Ces affreux Billy et Raoul! Ils sont épouvantables ces deux-là. Ils m'ont emmené ici pour me faire voir comment tu avais redécoré les quartiers des esclaves et puis ils m'ont enfermé dans ces saletés et y sont retournés avec les autres.

Le petit marin fit tinter ses chaînes.

– Je venais de tout faire refaire ici, dit Dorian à Ignatius. Ma pauvre porte.

– Où sont passés les agents en question? demanda Ignatius brandissant son sabre et l'agitant en tous sens. Il faut les appréhender avant qu'ils ne quittent cet immeuble.

– Faites-moi sortir, je vous en prie. Je ne supporte pas l'obscurité.

– C'est de ta faute aussi, si cette porte est cassée, siffla Dorian au pauvre matelot d'opérette. Pourquoi es-tu allé faire mumuse avec les deux traînées du deuxième étage.

– C'est lui qui a cassé la porte.

– Et alors, qu'est-ce que tu peux attendre de lui. Tu n'as qu'à regarder.

– Est-ce de moi que vous osez parler, tous les deux? demanda Ignatius avec un grand courroux. Si le bris de cette porte vous met dans tous vos états, espèces de déviants, je doute fort que vous parveniez à survivre longtemps dans l'arène politique.

– Oh, mais tirez-moi de là! Je vous préviens je hurle si je reste une minute encore dans ces chaînes gluantes.

– Oh, ferme ça, Chochotte, aboya Dorian, allongeant une gifle sur les joues roses de Timmy. Fiche le camp d'ici et retourne sur le trottoir qui est le seul endroit qui te convienne.

– Ouh! s'écria le marin. Quelle affreuse méchanceté, alors!

– Je vous en prie, les mit en garde Ignatius. Ne sabotons pas notre mouvement par des querelles intestines.

– Je croyais qu'il me restait quand même un ami, dit le matelot à Dorian. Ça va, je vois que je me trompais. Vas-y, ne te gêne pas, gifle-moi encore si tu y prends tant de plaisir.

– Pouah, j'aime mieux ne pas te toucher, petite putain.

– Il n'est pas un seul tâcheron de plume, aussi médiocre et pressé soit-il, qui oserait écrire aussi minable mélo, fit remarquer Ignatius. Arrêtez-moi ça tout de suite, pauvres dégénérés. Montrez un peu de goût et de décence.

– Gifle-moi, glapit le marin. Je sais bien que tu en meurs d'envie. Tu adorerais me faire mal, pas vrai?

– Selon toute apparence, il ne cédera pas avant que vous n'ayez consenti à lui infliger un minimum de souffrance physique, dit Ignatius à Dorian.

– Pas question, je ne porterai pas la main sur son affreux petit corps de putain.

– Bah, il faut bien que nous fassions quelque chose pour le

faire taire, en tout cas. Mon anneau ne supportera pas indéfiniment les manifestations de cette névrose de matelot dérangé. Il va falloir lui demander courtoisement d'abandonner le mouvement. Il n'est pas à la hauteur, voilà tout. Le premier venu peut humer le musc entêtant de masochisme dont il est enveloppé. La pièce en est empestée en ce moment même. De plus, il a l'air assez ivre.

– Tu me détestes aussi toi, espèce de gros monstre! hurla le matelot à l'adresse d'Ignatius.

Ignatius lui appliqua un bon coup de son sabre sur l'occiput et le petit loup de mer gémit.

– Dieu sait le dégradant fantasme qui peut être le sien en ce moment, commenta Ignatius.

– Oh tapez-le encore, gazouilla Dorian, c'que c'est amusant!

– Je vous en prie sortez-moi de ces terribles chaînes, implora le marin. Je me mets plein de rouille partout sur mon costume.

Tandis que Dorian ouvrait les fers à l'aide d'une clé qu'il avait prise au-dessus de la porte, Ignatius discourut :

– Vous savez, l'inventeur des menottes, des fers et des chaînes ne se serait jamais douté de l'utilisation que ces conceptions d'un âge plus rude et plus simple que le nôtre auraient un jour dans le monde moderne! Si j'étais à la place des promoteurs immobiliers et des responsables de l'aménagement du territoire en banlieue, j'en prévoirais au minimum une paire au mur de chaque foyer. Quand les banlieusards seraient fatigués de la télévision, du ping-pong ou des autres activités, quelles qu'elles soient, qu'ils pratiquent dans leur foyer, ils pourraient s'enchaîner les uns les autres, se jeter aux fers pour un moment. Tout le monde adorerait ça. On entendrait les épouses : « Mon mari m'a jetée aux fers, hier soir. C'était formidable. Le vôtre ne vous l'a jamais fait? » Les enfants se hâteraient de rentrer de l'école à la maison car leur mère les y attendrait pour les enchaîner. Cela permettrait aux enfants d'enrichir leur imagination, ce que la télé leur interdit, et je ne doute pas que la délinquence junévile en serait considérablement diminuée. Quand le père rentrerait à son tour, les autres membres de la famille pourraient se saisir de lui et le jeter aux fers pour lui apprendre à être assez stupide pour travailler toute une journée dans le but de subvenir aux besoins du ménage. Les vieux parents ennuyeux pourraient être enchaînés dans le garage. On leur libérerait les mains une fois par mois, pour leur permettre d'endosser leur chèque de sécurité sociale ou leur retraite. Les fers et les chaînes permettraient la construction d'une vie plus belle pour tous. Il faudra que j'y pense et que j'y consacre quelques lignes de mes notes.

– Oh, mon Dieu, soupira Dorian, vous ne vous taisez donc absolument jamais?

– J'ai les bras complètement rouillés, dit Timmy. Ah, que je leur mette seulement la main dessus à ces deux-là.

– Notre petite réunion a l'air de devenir assez chaotique, dit Ignatius, commentant les bruits démentiels qui s'échappaient de l'appartement de Dorian. Le sujet de notre réunion semble avoir mis les nerfs de plus d'un participant à rude épreuve.

– Oh, ciel, j'aimerais autant ne pas regarder, dit Dorian, poussant une très aérienne porte vitrée à la française.

A l'intérieur, Ignatius découvrit une foule grouillante. Des cigarettes et des verres d'alcool, brandis comme des baguettes de chef, semblaient diriger, au-dessus de la masse, la symphonie des confidences, des glapissements, des cris, des rires et des chansons. Provenant des entrailles d'une énorme chaîne stéréo, la voix de Judy Garland luttait pour percer le tumulte. Une petite bande d'hommes très jeunes, les seuls immobiles de la pièce, se tenaient devant l'appareil comme s'il se fût agi d'un autel. « Divine! » « Et tellement humaine! », disaient-ils de la voix qui sortait de leur tabernacle électronique.

De ce rituel, les yeux bleu et jaune se transportèrent au reste de la pièce où les autres invités conversaient à qui mieux mieux. Chevrons et madras, shetland et cachemire se mêlaient les uns aux autres dans un mouvement perpétuel et brouillé au rythme des mains et des bras qui traçaient dans les airs une multitude de gestes gracieux. Les ongles, les boutons de manchette, les bagues, les dents, les yeux – tout brillait. Au centre d'un petit groupe d'invités élégants, un cavalier porteur d'une petite cravache en infligea un coup à l'un de ses admirateurs, obtenant une réaction exagérée de hurlements et d'éclats de rire. Au centre d'un autre groupe, un rustre en blouson de cuir noir enseignait des prises de judo, au grand délice de ses étudiants épicènes.

– Oh, oui! Apprenez-moi ça! hurla quelqu'un près du lutteur après qu'un élégant eut été plié en deux en une posture obscène, puis précipité sur le plancher où il s'écrasa dans un grand tintement de boutons de manchette et de bijoux assortis.

– Je n'ai invité que les mieux, dit Dorian à Ignatius.

– Bonté divine! cracha ce dernier. Je me rends compte que nous allons avoir beaucoup de travail si nous voulons attirer les électeurs calvinistes conservateurs des campagnes. Il va falloir que nous reconstruisions une image selon une tout autre ligne que celle qui s'exprime ici.

Timmy, qui observait le rustre au cuir noir et les diverses torsions et projections qu'il infligeait à des partenaires plus que consentants, soupira :

– Oh, c'que c'est amusant.

La pièce elle-même était, pour utiliser un langage de décorateur, ce que l'on pourrait appeler « sévère. » Les murs et le haut plafond étaient blancs et le mobilier était constitué par quelques belles antiquités. L'unique élément de volupté était fourni par les lourds rideaux de velours champagne retenus par de larges embrasses blanches. Les deux ou trois sièges semblaient avoir été choisis pour la bizarrerie de leur dessin et de leur conception, car ils eussent été bien en peine de fournir à quiconque une assise confortable – c'était plutôt des idées de meuble, garnies de coussins infimes suffisant à peine à asseoir une poupée. Dans une telle pièce, l'homme n'était censé ni s'asseoir, ni même se détendre, on lui demandait de prendre la pose, de se transformer en un élément humain du mobilier pour compléter le décor au mieux de ses capacités.

Quand Ignatius eut étudié ledit décor, il dit à Dorian :

– L'unique objet fonctionnel que renferme cette pièce est le phonographe. Et encore est-il à l'évidence très mal utilisé. Tout cela est sans âme.

Et il renifla avec mépris, à cause de la pièce, mais aussi parce que personne ne semblait avoir remarqué sa présence, alors même qu'il s'intégrait au décor avec autant de grâce et de discrétion que l'eût fait un semi-remorque tous phares allumés. Les participants à la réunion inaugurale semblaient beaucoup plus préoccupés de leur destin individuel que du sort de l'humanité.

« Je remarque que personne, à l'intérieur de ce sépulcre blanchi, ne nous a encore accordé ne fût-ce qu'un regard. Nul n'a même adressé un signe de tête au maître de maison, alors que tous boivent ses alcools et mettent avec leurs puissantes eaux de Cologne son système de conditionnement de l'air ambiant à rude épreuve. J'ai l'impression d'assister en voyeur à quelque querelle de matous.

– Ne vous en faites pas pour eux. Cela fait des mois qu'ils mouraient d'envie d'être invités à une fête digne de ce nom.

Venez. Il faut que je vous montre la décoration que j'ai choisie.

Il entraîna Ignatius vers la cheminée, sur le manteau de laquelle il lui fit voir un vase contenant trois roses : une blanche, une rouge, une bleue.

« C'est chouette, non ? J'ai trouvé que ce serait moins ringard que des aunes de papier crépon. J'en ai bien acheté, mais je ne suis arrivé à rien en faire de satisfaisant.

– C'est une abomination florale, commenta Ignatius courroucé, frappant le vase de son sabre. Les fleurs teintes sont contre-nature, perverses et, j'imagine, obscènes. Je vois que je vais avoir du travail avec des gens comme vous !

– Oh, bla, bla, bla, se plaignit Dorian. Alors, allons dans la cuisine, que je vous présente ces dames du service de sécurité.

– Quoi, vraiment ? Un service de sécurité ? demanda Ignatius en éveil. Bravo, vous voyez loin et cela mérite des compliments.

Ils entrèrent dans la cuisine où tout n'était que silence, à l'exception de deux jeunes gens qui se querellaient passionnément dans un coin. Assises autour d'une table, trois femmes buvaient de la bière en boîte. Elles dévisagèrent Ignatius avec rudesse. Celle qui étrait occupée à écraser dans son poing une boîte de bière vide projeta le cylindre tout aplati dans une plante en pot près de l'évier.

– Les filles, dit Dorian, je vous présente Ignatius Reilly, un nouveau venu parmi nous.

Les trois buveuses de bière poussèrent des hourras d'amateurs du noble art pendant un combat particulièrement passionnant.

– Serre-moi la pince, gros tas, dit celle qui venait d'écraser la boîte de bière.

Elle se saisit de la patte d'Ignatius et se mit à la pétrir consciencieusement, comme si elle ne songeait qu'à lui faire subir le même traitement qu'à la boîte.

– Oh, mon Dieu ! hurla Ignatius.

– C'est Frieda, expliqua Dorian. Et voici Betty, et Liz.

– Enchanté, dit Ignatius en plongeant les mains dans les poches de son surplis pour éviter toute nouvelle poignée. Je suis persuadé que vous serez d'une immense utilité à notre cause.

– Où est-ce que tu l'as ramassé, çuilà ? demanda Frieda à Dorian, tandis que ses deux compagnes dévisageaient Ignatius en s'envoyant des coups de coude.

– M. Greene et moi-même nous sommes rencontrés par l'intermédiaire de ma mère, répondit dignement Ignatius à la place de Dorian.

– Sans blague, dit Frieda, ça doit être quelqu'un, dis voir!

– Guère, répliqua Ignatius.

– Bon, ben prends donc une canette, bouboule, dit Frieda. Quand j'dis une canette, j'aimerais mieux ça qu'des boîtes. D'abord pasque Betty pourrait t'la décapsuler avec les dents. Elle a des dents – de l'acier.

Betty adressa un geste obscène à Frieda.

« Et un de ces jours, elle en aura plus du tout pasque j'en connais une qui va les lui faire avaler une par une à c'te connasse.

Betty donna à Frieda un grand coup sur la tête avec une boîte de bière vide.

– Tu l'as cherché, dit cette dernière en se levant et en brandissant une chaise de cuisine.

– Ça suffit! cracha Dorian. Si vous n'êtes pas capables de vous tenir, toutes les trois, allez-vous-en!

– Moi, dit Liz, personnellement, j'm'emmerde assise dans c'te cuisine à la con.

– Ouais, approuva Betty en hurlant.

Elle se saisit d'un barreau de la chaise que Frieda brandissait au-dessus de sa tête. Toutes deux se mirent à lutter pour la possession de la chaise.

« Et pourquoi qu'on doit rester assises ici, d'ailleurs?

– Posez cette chaise immédiatement, dit Dorian.

– Oui, je vous en prie, ajouta Ignatius qui s'était prudemment retiré dans un coin, vous pourriez blesser quelqu'un.

– Toi, par exemple, Ducon, dit Liz.

Elle lança une boîte de bière encore fermée à la tête d'Ignatius qui l'évita en se baissant brusquement.

– Juste ciel! s'écria-t-il, je crois que je vais regagner l'autre pièce.

– C'est ça, casse-toi, gros tas, lui dit Liz. Tu nous pompes l'air ici.

– Les filles! hurla Dorian à Frieda et Betty qui continuaient de lutter et dont les ticheurtes étaient trempés. Elles tiraient la chaise à hue et à dia à travers la cuisine, s'écrasant l'une l'autre contre un mur ou l'évier.

– Bon, laissez tomber! vociféra Liz à l'adresse de ses compagnes. Ces gens vont finir par nous trouver grossières.

Elle prit une chaise à son tour et s'interposa entre les deux antagonistes. Puis elle abattit la chaise qu'elle-même brandissait sur celle que se disputaient les deux autres, qu'elle envoya dinguer chacune à un bout de la cuisine. Les deux chaises tombèrent sur le carrelage dans un grand fracas.

– On t'a pas sonné, dit Frieda à Liz en la saisissant aux cheveux, qu'elle portait pourtant fort court.

Dorian, trébuchant par-dessus les chaises tombées, tenta de les repousser l'une et l'autre vers la table en aboyant :

– Allez donc vous asseoir et tenez-vous bien, maintenant!

– On s'emmerde ici, dit Betty. Elle est ringarde ta fête, y se passe que dalle.

– Pourquoi qu'tu nous as invitées, alors, si c'est pour nous faire asseoir ici, sans bouger, dans c'te saloperie d'cuisine? demanda Frieda.

– Si vous alliez à côté, vous feriez tout de suite des histoires, vous le savez bien. Je croyais que c'était de purs rapports de bon voisinage de vous inviter courtoisement à descendre prendre un verre. Je ne veux pas d'histoire. C'est la fête la plus réussie qu'il y ait eu depuis des mois.

– D'ac, gronda Frieda. Alors on va rester assises ici bien sagement comme des grandes.

Les filles manifestèrent leur accord en se décochant mutuellement de violentes bourrades et force coups de poing dans les avant-bras.

« Après tout, nous ne sommes que tes locataires, pas vrai, et on paye, pour ça. Alors retourne tranquillement là-bas et sois gentil avec ton petit cavalier à la mord-moi-l'nœud qui a essayé de nous baiser la gueule pas plus tard que l'aut' jour dans Chartres Street. Tu sais, celui qu'a la voix à Jeannette MacDonald.

– C'est quelqu'un de très bien et un excellent ami, dit Dorian. Si vous avez eu le moindre problème avec lui, je suis sûr que c'est parce qu'il ne vous avait pas reconnues.

– Tu parles, Charles! Y nous a bien reconnues quand on lui a flanqué un bon coup sur la tronche, en tout cas!

– J'te lui balancerais vite fait un coup d'tatane dans les couilles, moi tiens, ça traînerait pas, dit Liz.

– Mais je vous en prie, voyons, dit Ignatius d'un air important. Je ne vois autour de moi que querelles. Il faut resserrer les rangs et présenter un front uni à l'ennemi.

– Qu'est-ce qui veut, çuilà ? demanda Liz en ouvrant la boîte de bière qu'elle avait voulu jeter à la tête d'Ignatius.

Un jet de mousse en jaillit qui vint frapper le ventre distendu par les produits de Paradise SA du même Ignatius.

– Bon, j'en ai assez de tout cela, dit-il avec colère.

– Au poil, dit Frieda, casse-toi.

– Ce soir, dit Betty, la cuisine c'est notre territoire. C'est nous qui décidons de ceux qui peuvent entrer.

– Je ne voudrais à aucun prix manquer la première soirée qu'organiseront nos auxiliaires féminines du service de sécurité, ironisa Ignatius en se dirigeant vers la porte.

Il sortait quand une boîte vide vint heurter le chambranle, tout près de sa boucle d'oreille. Dorian lui emboîta le pas et referma la porte derrière lui en sortant.

« Je ne puis imaginer comment vous avez pu mettre notre mouvement en péril en invitant ces brutes épaisses.

– Il le fallait bien, expliqua Dorian. Quand on ne les invite pas, elles rentrent de force, de toute façon. Et alors elles sont encore bien pires. Elles sont marrantes, en fait, quand elles sont de bonne humeur. Seulement elles viennent d'avoir des ennuis avec la police et elles se vengent sur tout le monde.

– Elles seront chassées du mouvement sur-le-champ !

– Comme vous voudrez, belle Magyare, soupira Dorian. Moi, en tout cas, j'ai plutôt de la peine pour elles. Elles vivaient en Californie. Elles s'y amusaient comme des folles. Et puis il y a eu une histoire. Elles ont agressé un culturiste à Muscle Beach. Elles faisaient des bras de fer avec le type, enfin, c'est ce qu'elles disent, et puis de la lutte indienne, et puis, bref, les choses se sont envenimées. Il a fallu qu'elles quittent la Californie en troisième vitesse. Elles se sont littéralement enfuies par le désert, dans leur superbe voiture allemande. Je leur ai donné asile. A bien des égards, ce sont des locataires formidables ! Pour commencer, elles protègent ma maison mieux qu'aucun chien de garde pourrait jamais le faire. Et elles sont bourrées de fric. C'est une vieille star du ciné qui leur en envoie.

– Vraiment ? demanda Ignatius dont l'intérêt s'était aussitôt éveillé. Peut-être allais-je un peu vite en besogne, alors. Les mouvements politiques ont toujours besoin de tous les fonds qu'ils peuvent réunir. Ces filles possèdent, à n'en pas douter, un charme que me masquaient leurs bloudgines et leurs bottes.

Il regarda grouiller la masse des invités.

« Dites, il faut me mettre un peu d'ordre dans tout ça. Les choses sérieuses devraient commencer.

Le cavalier – que la peste l'emporte – était en train de chatouiller un invité élégant de l'extrémité de sa courte cravache. Le rustre de cuir clouait au sol un invité en extase. Partout ce n'était que cris, soupirs et hurlements aigus. C'était Lena Horne qui occupait maintenant la platine de l'électrophone. « Que c'est malin, ce qu'elle fait. » « Comme elle est fine. » « Ah, et puis tellement libérée. » « Mais femme du monde », disaient maintenant les membres du groupe des adorateurs qui entouraient la platine. Le cavalier s'arracha au groupe de ses admirateurs extasiés et entreprit de remuer les lèvres en synchronisme avec les paroles enregistrées, glissant sur le plancher avec les ondulations langoureuses d'une chanteuse de cabaret en bottes de cheval et bombe. Dans un déferlement de petits cris suraigus et ravis, les invités firent cercle autour de lui, laissant le rustre de cuir noir sans victime à torturer.

– Il faut interrompre tout cela, hurla Ignatius à Dorian qui clignait de l'œil à l'intention du cavalier. Tout à fait en dehors du caractère prodigieusement attentatoire au bon goût et à la décence du spectacle que j'ai sous les yeux, je dois dire aussi que la puanteur d'eau de Cologne et de sécrétions glandulaires est sur le point de me faire périr étouffé.

– Oh, soyez pas tellement sinistre. Ils s'amusent, c'est tout.

– Je regrette infiniment, répliqua froidement Ignatius, mais je suis ici ce soir pour m'acquitter d'une mission du plus grand sérieux. Il y a une jeune femme qui a besoin d'une leçon, une péronnelle effrontée, véritable ribaude sans détour. Alors veuillez interrompre cette musique offensante pour les oreilles et faire taire ces sodomites. Venons-en aux choses sérieuses.

– Je croyais que vous alliez être drôle. Si vous êtes venu jouer les ringards et les rabat-joie, la porte est ouverte, je ne vous retiens pas.

– Pas question que je parte! Personne ne pourra me faire renoncer. Vive la paix! Vive la paix! LA PAIX!

– Oh, Seigneur. Vous êtes donc vraiment sérieux? C'est ça?

Ignatius s'arracha à la conversation qu'il avait avec Dorian et se précipita vers la chaîne stéréo, non sans bousculer quelques élégants au passage. Il débrancha l'appareil. Quand il fit volte-face, son mouvement fut salué par ce qui était la version émasculée d'un cri de guerre apache, poussé par tous ces dandies.

« Quel animal... complètement fou... Taré, ce type... C'était ça, la promesse de Dorian?... Pour une surprise, c'en est une... Lena, cette merveille... Scandaleux... Criminel... Et cette tenue grotesque, cette boucle d'oreille, mais c'est un cloune... Et il est affreux – af-freux!... Ma chanson préférée... C'est un monstre... Un cauchemar ambulant... Hou la la... »

– Silence! tonna Ignatius, couvrant tout le furieux gazouillis. Je suis parmi vous ce soir, mes amis, afin de vous montrer comment vous pourriez sauver le monde et lui apporter la paix.

« Mais c'est un vrai fou... Il est fou, vraiment... Oh, Dorian, quelle mauvaise plaisanterie... D'où sort-il à la fin, c'est inimaginable... Et laid, laid, laid... Répugnant... Qu'on remette ce disque exquis... Ce que ça peut être déprimant... »

– Saurez-vous ramasser le gant? poursuivit Ignatius au plus fort de son volume sonore, saurez-vous relever le défi? Consacrerez-vous vos talents si particuliers à faire le salut du monde, ou tournerez-vous simplement le dos aux autres hommes?

« Non mais c'est d'un goût, j'vous jure... Oh, vraiment pas drôle du tout... Moi je m'en vais, hein, si cette farce ringarde doit durer une minute de plus... Oh, mais c'est dégoûtant... Remettez ce disque, voyons... Cette chère, chère Lena... Où est mon manteau?... Allez, tu viens, on va dans un bar chic... Hou! j'ai renversé la moitié de mon verre sur cette veste merveilleuse... Allez, dis, on va dans un bar chic... »

– Le monde d'aujourd'hui est livré à une grave agitation, plongé dans une crise dangereuse, vociférait Ignatius pour couvrir les miaulements et les sifflets.

Il s'interrompit quelques instants pour consulter dans sa poche les notes qu'il avait jetées sur une feuille de papier Big Chief. Au lieu de quoi il en tira la photographie froissée et cornée de Miss O'Hara. Plusieurs invités l'aperçurent et poussèrent des cris d'orfraie.

« Il faut empêcher l'Apocalypse. Il faut combattre le feu par le feu. C'est pourquoi je me tourne vers vous.

« Mais de quoi parle-t-il à la fin?.. Quelle déprime, je te jure, il est à flipper, c'est affreux... Et ces yeux, ils sont effrayants, non?... Allez, on va dans un bar chic... On va à San Francisco... »

– Silence! Bande de pervers! fulmina Ignatius. Écoutez-moi!

– Dorian, implora le cavalier de sa voix de soprano, fais-le taire. Nous nous amusions tant, c'était gai, gai, gai! Mais lui, je ne le trouve même pas rigolo.

– Ah oui, il est même franchement déprimant, renchérit un invité plus élégant encore que les autres, au visage parfaitement passé au fond de teint façon hâle solaire.

– Faut-il vraiment que nous écoutions tout ça? demanda un autre, agitant sa cigarette comme s'il se fût agi d'une baguette magique capable de faire disparaître Ignatius. Est-ce un tour que tu nous joues, Dorian? Tu sais combien nous adorons les fêtes organisées autour d'un thème, mais là, vraiment... Tout de même, moi qui ne regarde jamais les nouvelles à la télévision... J'ai travaillé toute la journée à la boutique, moi, je ne veux pas venir à ta fête pour entendre ces discours assommants. S'il faut vraiment qu'il parle, il n'aura qu'à le faire plus tard, quand je serai parti. Et puis, c'est de très mauvais goût, ce qu'il raconte...

– Tellement déplacé, approuva le rustre de cuir noir perdant la tête à son tour.

– Fort bien, dit Dorian. Remettez le disque. Je m'étais dit que ce serait peut-être rigolo.

Il reporta ses regards sur Ignatius qui reniflait d'un air méprisant.

« Mais je vois bien, mes pauvres chéris, que ça tourne à la très, très mauvaise farce, veuillez me pardonner, je vous en prie.

« Magnifique... Dorian est merveilleux... Voilà la prise... J'aime, j'aime, j'adore Lena... Je crois que c'est vraiment son meilleur enregistrement... Malin comme tout... Ces paroles... Je l'ai entendue à New York, une fois... Inoubliable... Ah, voilà, ça tourne... Écoutez! »

Sous les pieds d'Ignatius, le pont brûlait. La musique s'élevait de nouveau du saint tabernacle. Dorian s'en fut bavarder avec un petit groupe de ses invités, ignorant ostentatoirement Ignatius. Tout le monde en faisait d'ailleurs autant dans la pièce. Ignatius se sentit aussi seul qu'il l'avait été lors de cette sombre journée, au lycée, quand il avait raté une expérience pendant un cours de chimie et reproduit une forte explosion qui lui avait brûlé les sourcils et l'avait complètement terrorisé. Il en avait mouillé son pantalon et tout le monde, y compris le prof, qui le haïssait cordialement depuis qu'il avait obtenu plusieurs explosions similaires dans le passé, tout le monde, donc, avait fait mine de l'ignorer. Il n'existait plus. Tout le restant de la journée, il avait traîné sa misère et l'inconfort de son pantalon lourd et trempé, et l'ensemble des élèves et des professeurs avaient fait comme s'il était invisible. Debout là, au milieu du salon de Dorian, il se sentit tout aussi invisible et se mit à s'escrimer avec son sabre contre un adversaire imaginaire, afin de se donner une contenance.

Plusieurs invités chantaient désormais en même temps que le disque. Un couple se forma. La danse se répandit alors comme un incendie de forêt et, bientôt, tout le monde dansait, virevoltant autour de ce rocher de Gibraltar – Ignatius. Bien qu'au beau milieu du salon, il faisait tapisserie. Dorian passa dans les bras du cavalier devenu le sien et il tenta vainement d'attirer son attention. Il tenta même de piquer le cavalier avec son sabre, mais le couple ondoyait en dansant et lui échappa. Allait-il devenir complètement évanescent? Tandis qu'il se posait cette question, Frieda, Liz et Betty arrivèrent en trombe de la cuisine.

– On en avait ras le bol de cette cuisine, expliqua Frieda à Ignatius. Nous sommes des êtres humains comme les autres, non?

Elle donna à Ignatius un coup de poing dans le ventre « pour rire. »

« On dirait qu't'es laissé pour compte, gros lard?

– Qu'entendez-vous au juste par là? demanda dédaigneusement Ignatius.

– A croire que ton costume plaît pas, gros cul, fit placidement observer Liz.

– Vous m'excuserez, mesdames, je dois prendre congé.

– Bah, t'en va pas, gros tas, dit Betty. Tu vas voir que quelqu'un finira bien par t'inviter. Y z'essayent seulement de t'faire une vacherie. Abandonne pas ton poste! C'est des gens qui f'raient ça à leur propre mère.

A cet instant précis, Timmy, qui s'était coulé de nouveau jusqu'aux quartiers des esclaves pour y récupérer un bracelet perdu mais aussi dans l'espoir d'y faire joujou avec les fers et les chaînes, refit son apparition dans la pièce. Il se dirigea lentement vers Ignatius et lui demanda d'un air mélancolique:

– Vous dansez?

– Eh ben, tu vois, qu'est-ce que je te disais? lui dit Frieda.

– Ça, je demande à voir, beugla Liz. Allez dansez-nous un mambo, tous les deux.

– Oh, mon Dieu! dit Ignatius. Je vous en prie. Je ne danse pas.

– Oh, allez! insista Timmy, je peux vous apprendre. J'adore danser. C'est moi qui conduirai...

– Allez gros tas, vas-y intima Betty, devenue menaçante.

– Non, ce serait impossible. Avec ce sabre, ce surplis. Je pourrais blesser quelqu'un. Je suis venu ici pour prendre la parole, pas pour danser. Je ne danse pas. Je ne danse jamais. Je n'ai jamais dansé de ma vie.

– Ben quoi, dit Frieda, tu vas quand même pas décevoir ce matelot!

– Je ne danserai pas, aboya Ignatius. Je n'ai jamais dansé et je ne vais certainement pas commencer entre les bras d'un pervers en état de complète ébriété.

– Bah, pourquoi être tellement à cheval sur les principes? soupira Timmy.

– J'ai toujours été affligé d'un sens de l'équilibre très inférieur à la moyenne, expliqua Ignatius. Nous ne tarderions pas à nous effondrer en un tas de membres rompus. Ce matelot farfelu risquerait d'en demeurer estropié, voire pire encore.

– Gros lard m'a tout l'air d'être un faiseur d'histoires, les filles, vous croyez pas? dit Frieda à ses amies.

Sur un clin d'œil de cette dernière, les trois filles attaquèrent Ignatius. L'une lui fit un croc-en-jambe, la seconde lui décocha un coup de pied derrière le genou, la troisième le poussa violemment en arrière, en direction du cavalier qui virevoltait justement dans les parages. Ignatius ne se retint qu'en agrippant le cavalier qui fut arraché à l'étreinte d'un Dorian horrifié pour s'affaler sur le plancher. Quand le cavalier atterrit, la tête de lecture sauta du disque et la musique s'interrompit. Elle fut remplacée par un concert de vociférations et de glapissements de colère montant de la foule des invités.

– Oh, Dorian, mets-le à la porte, cria un élégant pris de panique.

Dans un tintamarre métallique d'anneaux, de bagues, de bracelets, de chaînes et de boutons de manchette, quelques invités se serrèrent peureusement dans un coin.

– Dis donc, t'as renversé c't'ordure de cavalier comme une quille, cria une Frieda pleine d'admiration à Ignatius qui continuait d'agiter les bras pour retrouver son équilibre.

– Bien joué, gros père, concéda Liz.

– Visons quelqu'un d'autre avec lui, conseilla Betty à ses compagnes.

– Mais qu'est-ce que tu as fait, espèce de monstre, ignoble animal ? lui cria Dorian.

– C'est un scandale, tempêtait Ignatius. Non seulement cette assemblée m'a humilié en faisant mine de m'ignorer, mais voilà que j'ai été victime d'une lâche et féroce agression dans les murs mêmes de la toile d'araignée qui vous sert de demeure. J'espère que vous êtes assuré pour ce repaire! Sinon, vous risquez de perdre cette propriété tape-à-l'œil une fois que mes conseils se seront sérieusement occupés de vous comme vous le méritez!

Dorian était tombé à genoux et éventait le cavalier dont les paupières commençaient tout juste à battre.

– Dis-lui de partir, Dorian, sanglota le cavalier, il a failli me tuer.

– Je vous avais cru original et rigolo, lança Dorian à Ignatius. En fait, vous avez fait la preuve que vous êtes l'être le plus abominable et le plus malfaisant qui ait jamais mis les pieds chez moi. Dès l'instant où vous avez cassé cette porte, j'aurais dû me douter que tout se terminerait ainsi. Vous rendez-vous compte de ce que vous avez fait à ce pauvre chéri!

– Mon pantalon est dé-goû-tant! glapit le cavalier.

– Je vous dis que j'ai été sauvagement agressé et qu'on m'a poussé contre ce freluquet monté.

– Raconte pas d'histoires, gros lard, dit Frieda. On a tout vu, nous. Il était jaloux, Dorian, il voulait guincher avec toi.

« Quelle horreur... Il gâche la soirée... Qu'il s'en aille... A la porte... Un vrai monstre... Fou dangereux... »

– Dehors! cria Dorian.

– On s'en occupe, dit Frieda.

– Fort bien, coupa Ignatius, très grand seigneur, tandis que les trois furies enfonçaient leurs gros doigts trapus dans son surplis pour le propulser vers la porte. Vous avez fait votre choix. Vivez donc dans un monde pourri par la guerre et les effusions de sang. Quand les bombes tomberont, inutile de venir pleurer chez moi. Je serai dans mon abri.

– Écrase, dit Betty.

Les trois filles poussèrent Ignatius tout le long du chemin jusqu'à la grille du porche d'entrée.

– Dame Fortune en soit louée, je me dissocie de ce mouvement, tonna Ignatius.

Le trio lui avait fait tomber son écharpe écarlate sur l'œil et il ne voyait plus très bien où il mettait les pieds.

– Les gens dissolus de mœurs comme vous l'êtes n'exercent guère de séduction sur l'électorat.

Elles lui firent franchir la grille d'une poussée violente et il se piqua douloureusement les mollets aux pointes des aloès qui flanquaient la porte cochère.

– Écoute-moi bien, gros tas, lui lança Frieda à travers la grille qu'elle refermait. On te donne dix minutes d'avance. Ensuite on passe le Quartier au peigne fin.

– Et si on te trouve, gare, gros lard!

– Allez casse-toi, gros cul, ajouta Betty. Ça fait longtemps qu'on s'est pas battues. Alors on est prêtes à te faire ta fête quand tu veux, vu?

– Votre mouvement est condamné, lança Ignatius dans le dos des trois filles qui rebroussaient chemin en échangeant des bourrades. Vous m'entendez? Con-dam-né! Vous ne connaissez rien à la politique. A l'électorat. Vous n'emporterez pas une seule circonscription du pays! Vous n'emporterez même pas le Quartier Français!

La porte de l'appartement de Dorian claqua et les filles disparurent. Elles avaient rejoint la fête qui semblait avoir retrouvé son intensité de naguère. La musique avait repris et Ignatius entendit les cris aigus; les rires et les vociférations repartirent de plus belle. Il alla cogner contre les volets noirs du plat de son sabre en hurlant:

– Vous allez perdre!

Le piétinement de nombreux danseurs lui répondit seul.

Un homme vêtu d'un complet de soie et d'un chapeau noir à bord roulé sortit quelques instants de l'ombre d'une porte voisine pour s'assurer du départ des trois furies. Puis il reprit sa faction dans l'obscurité, observant Ignatius qui allait et venait devant l'immeuble comme un ours furieux.

L'anneau d'Ignatius réagit à tant d'émotions en se fermant hermétiquement. Ses mains, quant à elles, se couvrirent d'une multitude de petites cloques blanches qui démangeaient à rendre fou. Qu'allait-il bien pouvoir raconter à Myrna du mouvement pour la paix, désormais? Comme la croisade avortée pour la dignité des Maures, voilà qu'une seconde débâcle lui tombait sur les bras. O Fortune, catin féroce. La soirée commençait à peine. Il ne pouvait retourner à Constantinople Street pour se faire agresser de mille façons par sa mère. Pas maintenant, pas dans l'état où l'avait mis cette nouvelle frustration à l'instant même où il croyait toucher au but. Depuis près d'une semaine il se préoccupait de la réunion inaugurale du mouvement des sodomites pour la paix, et voilà qu'expulsé du monde de la politique par trois femmes louches il se retrouvait frustré et furieux sur le trottoir mouillé de St. Peter Street.

Consultant sa montre Mickey Mouse, qui était, comme toujours, quasi moribonde, il se demanda l'heure qu'il pouvait bien être. Peut-être assez tôt pour aller assister à la première des *Folles Nuits*. Peut-être Miss O'Hara avait-elle déjà débuté. Puisque Myrna et lui ne pouvaient décidément s'affronter en une joute politique, il lui faudrait choisir un autre champ clos, la sexualité. Quelle lance Miss O'Hara ne ferait-elle pas à planter droit entre les deux yeux de l'irritante péronnelle. Ignatius contempla une nouvelle fois la photographie en salivant un peu. Quel genre de petite bête? Il restait un espoir d'arracher cette soirée d'entre les mâchoires d'acier de l'échec.

Grattant une patte avec l'autre, il parvint à la conclusion que sa sécurité exigeait de toute manière qu'il se déplaçât. Ces trois sauvages risquaient de mettre leur menace à exécution. Il se mit donc à ondoyer dans St. Peter Street, en direction de Bourbon Street. L'homme au complet de soie et au chapeau à bord roulé sortit de l'ombre et le suivit. Parvenu dans Bourbon Street, Ignatius remonta en direction de Canal Street, traversant le défilé nocturne des touristes et des habitants du Quartier, parmi lesquels il ne semblait guère étrange. Il se frayait un passage sur l'étroit trottoir encombré, jouant des hanches pour écarter les gens qu'il croisait. Quand Myrna lirait ses aventures avec Miss O'Hara, elle en recracherait son espresso de consternation.

Quand il arriva en vue des *Folles Nuits*, il entendit le Noir camé qui vociférait :

– Oua-ho! Entrez, entrez voir Miss Harlett O'Lhorreur danser avec sa p'tite bête! Vraie danse du temps d'la plantation garantie cent pour cent sur facture! Chaque salop'rie d'verre que vous avalerez contient au minimum une goutte d'un truc à s'envoyer en l'air pour longtemps, yeepi! Tous les clients ont une chance de choper une chaude-lance rien qu'à picoler dans nos verres! Et attention, jamais personne il a rien vu d'pareil que Miss O'Lhorreur quand qu'elle danse avec sa p'tite bête! Première ce soir! Entrez, entrez, y a des chances qu'ça soye aussi la dernière!

Ignatius finit par l'apercevoir à travers la foule qui se hâtait en passant devant *Les Folles Nuits*. Selon toute apparence, personne ne réagissait favorablement aux discours de l'aboyeur. Ce dernier lui-même avait momentanément interrompu son boniment pour souffler un nuage de fumée en forme de nimbus. Il portait une queue-de-pie et un haut-de-forme crânement incliné au-dessus de ses lunettes noires. A travers la fumée épaisse, il souriait aux passants qui résistaient à ses appels.

– Eh ben, vous tous qui traînez vos guêtres par ici! Arrêtez-vous un peu, j'vous dis! Arrêtez-vous et v'nez poser vos culs sur les tabourets des *Folles Nuits!* reprit le portier! Aux *Folles Nuits*, vous verrez des vraies personnes de couleur qui bossent pour moins que l'salaire minimum! Oua-ho! Atmosphère de la bonne vieille plantation garantie! T'as l'coton qui pousse sur scène carrément sous l'nez des spectateurs et t'as un militant d'la cause des Noirs qui s'fait botter l'cul à l'entracte! Eh, salut!

– Miss O'Hara va passer? demanda Ignatius au portier.

– Oua-ho!

Le gros enfoiré était là en personne.

– Dis donc, p'tite tête, comment ça s'fait qu'tu portes encore c'te bouque et c'técharpe? En quoi qu't'es déguisé, d'une façon?

– Je vous en prie, coupa Ignatius en faisant tinter son sabre. Je n'ai pas le temps de bavarder. Rien pour vous ce soir, je le regrette. Miss O'Hara a commencé?

– Elle passe dans quelques minutes. Entrez donc là-dedans poser vot' cul sur un bon fauteuil du premier rang. J'ai causé au chef de rang, y dit qu'il a sa meilleure tabe pour vous.

– Est-ce bien vrai? demanda Ignatius, impatient. La propriétaire nazi est absente, j'espère?

– A vient d's'envoler pour la Californie c't'après midi. Alla dit comme ça qu'la Miss O'Hara est si bonne qu'alla pus qu'à aller s'tremper l'croupion dans l'eau d'mer sans s'faire de souci pour sa boîte, v'là c'qu'elle a dit!

– Merveilleux, merveilleux.

– Allez, mon pote, rente avant qu'ça commence. Oua-ho. Faut pas en louper une minute. Merde alors! Harlett passe dans quelques secondes, allez vite prende vot' fauteuil si près d'la scène qu'vous y compterez les boutons d'la chair de poule su'l'cul à la Miss O'Hara.

Jones fit rapidement franchir à Ignatius la porte capitonnée.

Ignatius se propulsa à l'intérieur des *Folles Nuits* avec un tel élan que son surplis lui tournoya autour des hanches. Même dans l'obscurité, il remarqua que le bar était encore un peu plus crasseux que lors de sa première visite dans les lieux. La poussière accumulée sur le plancher aurait probablement permis de cultiver un peu de coton. Mais de coton, nulle trace. C'était l'une des publicités mensongères des *Folles Nuits* pour attirer le gogo. Cherchant des yeux le « chef de rang » il n'en aperçut aucun et, traversant lourdement la salle où quelques vieillards étaient éparpillés dans l'obscurité, il alla prendre place à une petite table directement sous la scène. Sa casquette y faisait comme l'unique projecteur vert d'une rampe absente. D'aussi près, il aurait peut-être l'occasion d'attirer d'un geste l'attention de Miss O'Hara, ou de lui glisser quelques mots à propos de Boèce. Elle serait abasourdie de se rendre compte qu'une âme sœur se dissimulait dans l'assistance. Ignatius jeta un coup d'œil à la poignée d'hommes aux yeux vides qui occupaient la salle. Miss O'Hara pouvait dire qu'elle distribuait ses perles à un troupeau de cochons vraiment lugubres – on aurait dit ces vieux hommes vagues et rentrés qui ennuient les enfants dans les salles de cinéma.

Un orchestre de trois musiciens, à gauche de la petite scène, attaqua une interprétation martelée de *You Are My Lucky Star*. La scène, qui semblait elle-même assez sale, restait vide. Ignatius jeta un coup d'œil vers le bar pour tenter d'obtenir que l'on daignât s'occuper de lui et croisa le regard du barman qui les avait servis sa mère et lui. L'homme fit semblant de ne l'avoir pas vu. Alors Ignatius cligna lourdement des yeux à une femme qui s'appuyait contre le bar, une créature d'allure hispanique d'une quarantaine d'années, qui lui rendit aussitôt un terrifiant sourire, orné d'une ou deux dents d'or. Elle se détacha du bar avant que le barman eût pu l'arrêter et vint jusqu'à Ignatius qui se serrait contre la scène comme s'il se fût agi d'un poêle bien chaud.

– Tou vo boirrre quelqué chosse, *chico?*

Elle avait une haleine assez empestée pour traverser le filtre de la moustache d'Ignatius qui, saisissant son écharpe, s'en protégea aussitôt les narines.

– Merci oui, fit-il d'une voix étouffée par le tissu écarlate. Un Dr Nut, s'il vous plaît. Et bien glacé, je vous prie.

– Bais voirrre cé qu'il y a, répondit énigmatiquement la femme qui reprit le chemin du bar en clopinant sur ses sandales de raphia.

Ignatius l'observa qui parlait par gestes au barman. Ils en échangèrent une bonne quantité dont la plupart étaient dirigés vers Ignatius. Au moins, songeait Ignatius, le bar offrait une relative sécurité si les musculeuses furies se mettaient à sa recherche. Le barman et la femme échangèrent de nouveaux signes, puis elle revint clopin-clopant jusqu'à Ignatius portant deux bouteilles de champagne et deux verres.

– Nous pas ave lé doctor Nut, dit-elle en jetant plus qu'elle ne le posait le plateau sur la table. *Mira,* tou doives bingt-quatre dollars pour cé tchampagne.

– C'est un scandale! s'écria Ignatius en brandissant son sabre. Portez-moi un Coca-Cola.

– N'a pas Coca, n'a pas rrien. Solement tchampagne, dit la femme en s'asseyant à la table. Allez, tchérri. Oubrre cé tchampagne. Dj'ai soif.

De nouveau, la mauvaise haleine dériva jusqu'à Ignatius qui pressa l'écharpe contre son nez avec une telle vigueur qu'il crut étouffer. Il risquait d'attraper de cette femme des germes qui s'empresseraient de gagner son cerveau et de faire de lui un quasi-mongolien. Pauvre Miss O'Hara, dans un tel bouge. Prise au piège. Contrainte de collaborer avec des consœurs à peine humaines. Par nécessité, le stoïcisme boécien de Miss O'Hara, son détachement devaient être remarquables. La créature hispanique laissa tomber la note sur les genoux d'Ignatius.

– Quelle audace, ne me touchez pas! beugla Ignatius à travers son bâillon.

– *Ave Maria! Que Pato!* s'écria la femme, avant d'ajouter : *Mira,* tou doive pailler méténant, *maricon*! Nous té boute déhors à coupe dé pié dan ton grrros *culo!*

– Qu'en termes galants! marmonna Ignatius. Ma foi, je ne suis point venu ici dans l'intention de boire en votre compagnie. Alors, veuillez quitter ma table – il respira profondément, par la bouche – et remportez votre champagne.

– *Oye, loco,* tou es...

Les menaces de la femme furent noyées dans le tintamarre soudain de l'orchestre, une imitation volontaire de fanfare. Lana Lee apparut sur scène dans une espèce de combinaison d'aviateur de lamé or.

– Oh, juste ciel! cracha Ignatius.

Le Noir camé l'avait trompé. Il voulut s'enfuir du club en toute hâte, mais se rendit compte qu'il serait mieux avisé d'attendre que cette affreuse femme en eût terminé et quittât la scène. Il se recroquevilla donc aussitôt contre la scène. Au-dessus de sa tête, la propriétaire nazi lançait :

– Mesdames et Vicieux, bonsoir!

C'était un début tellement épouvantable qu'Ignatius faillit en renverser sa table.

– Tou doives mé pailler méténant, exigea la femme, passant la tête sous la table pour retrouver le visage de son client.

– Silence, catin! aboya Ignatius.

L'orchestre attaqua – et endommagea gravement – une version à quatre temps de *Sophisticated Lady*. La nazie vociférait :

– Et voici la pure vierge de Virginie – Miss... Harlette... O'Haraaaa!

L'un des vieux assis devant une table applaudit timidement et Ignatius, risquant un œil par-dessus le rebord de la scène, constata que la propriétaire était partie. Elle avait été remplacée par un perchoir orné de grands anneaux. Que pouvait bien préparer Miss O'Hara?

Puis Dralene entra en scène en coup de vent, balayant les planches de sa robe de bal ornée d'une interminable traîne en résille de nylon. Sur sa tête, une monstrueuse capeline. Sur son bras, un monstrueux oiseau. Un nouveau spectateur applaudit.

– *Mira,* tou vas mé pailler méténant, sinon, *cabron...*

– Ce n'était pas les baballes qui manquaient au gland, mon honneur, mais j'ai su garder mon coco, articula très soigneusement Darlene à l'intention du volatile.

– Oh, mon Dieu! beugla Ignatius incapable de se contenir plus longtemps, cette débile profonde serait Harlett O'Hara?

Le cacatoès repéra Ignatius avant Darlene, car, depuis son entrée en scène, ses petits yeux en boutons de bottine avaient aussitôt repéré l'anneau de la boucle d'oreille de fantaisie qui lui pendait au lobe. Quand Ignatius poussa son exclamation, l'oiseau battit des ailes, quitta le bras de Darlene pour le plancher de la scène et se dirigea en sautillant et en poussant des cris rocailleux vers la tête d'Ignatius.

– Eh ben! s'écria Darlene, c'est le gros fou!

Alors que ce dernier était sur le point de battre précipitamment en retraite et de quitter le bar, l'oiseau sauta de la scène sur son épaule. Enfonçant ses serres dans le tissu du surplis, il attrapa la boucle d'oreille avec son bec et se mit à tirer dessus.

– Grand Dieu!

Ignatius se redressa d'un bond et entreprit de marteler de coups de poing l'oiseau qui s'accrochait à lui. Quelle incroyable menace psittacienne dame Fortune, cette catin perdue, lui jetait-elle au visage? Les bouteilles de champagne et les verres se fracassèrent sur le sol tandis qu'Ignatius tentait en titubant de gagner la sortie.

– Revenez ici avec mon cacatoès! s'écria Darlene.

Lana Lee était de retour sur scène et vociférait. L'orchestre s'était tu. Les rares vieux clients s'écartaient devant Ignatius qui tournoyait entre les petites tables en poussant des cris de cerf en rut et en frappant la masse de plumes roses qui semblait soudée à son oreille et à son épaule.

– Comment ce personnage a-t-il bien pu flanquer les pieds ici, hein? Qui l'a laissé entrer? demandait Lana Lee aux septuagénaires éperdus qui composaient l'auditoire. Où est Jones? Qu'on aille me chercher ce Jones!

– Revenez ici, espèce de gros fou! s'époumonait Darlene. Le soir de la première! Mais pourquoi qu'vous êtes justement venu ici le soir de la première!

– Bonté divine! pantela Ignatius tout en cherchant la porte à tâtons, après avoir traversé le bar dans une tempête de tables renversées, ces démons lâchent des oiseaux enragés sur leurs clients sans défense! Incroyable audace! Vous ne serez pas étonnés que j'engage les poursuites dès demain matin!

– Allez, qué tou doives bingt-quatre dollars. Que tou pailles dé souite!

Ignatius renversa encore une table en se précipitant de l'avant, portant toujours le cacatoès. Puis il sentit la boucle se défaire et l'oiseau, le bec solidement refermé sur l'anneau, se laissa tomber de son épaule. Terrifié, Ignatius sortit en trombe sous le nez de l'hispanique furie qui lui brandissait l'addition aux yeux avec beaucoup de détermination.

– Oua-ho! Salut!

Ignatius passa devant Jones en titubant. Ce dernier ne s'était pas attendu à ce que son sabotage pût revêtir des proportions aussi spectaculaires. Haletant, une main crispée sur son anneau pylorique obstinément clos, Ignatius se jeta tout droit sur la chaussée et sur la trajectoire d'un autobus Desire qui arrivait. Il entendit d'abord les passants pousser des hurlements sur le trottoir. Puis il entendit le puissant chuintement des pneus et le hurlement grinçant des freins et, enfin, levant les yeux, il fut aveuglé par des phares à quelques mètres seulement de son visage. Les phares se mirent à vaciller puis s'estompèrent : Ignatius s'effondra évanoui.

Il serait tombé directement sous les roues de l'autobus si Jones ne s'était précipité sur la chaussée pour tirer de ses deux grandes mains sur le surplis blanc. Ignatius tomba donc à la renverse au lieu de piquer du nez, et l'autobus, crachant des fumées d'échappement, passa en ferraillant à deux ou trois centimètres seulement de ses semi-bottillons.

– Il est mort ? demanda Lana Lee, pleine d'espoir, examinant la montagne de tissu blanc qui s'érigeait sur la chaussée.

– Dj'espère qué non. Qu'il doive bingt-quatre dollars ceste *maricon* !

– Oh, réveille-toi, mon pote ! dit Jones, soufflant de la fumée sur la silhouette inerte.

L'homme au complet de soie et au chapeau à bord roulé sortit d'une encoignure où il s'était dissimulé en voyant Ignatius pénétrer aux *Folles Nuits.* Le départ d'Ignatius de ces mêmes *Folles Nuits* avait été si brusque et si violent que l'homme avait sursauté, incapable d'agir.

– Laissez-moi lui jeter un coup d'œil, dit-il en se courbant pour écouter le cœur d'Ignatius.

Une tambourinade puissante lui apprit qu'il y avait encore du souffle vital à l'intérieur de ces mètres de coton blanc entassés. Il prit le poignet d'Ignatius. La montre Mickey Mouse avait été écrasée.

« Il va bien. Il est seulement évanoui.

L'homme s'éclaircit la gorge avant de reprendre d'une voix mourante :

« Allez, reculez, tout le monde. Il lui faut de l'air, laissez-le respirer.

La chaussée était pleine de monde et l'autobus s'était arrêté un peu plus loin, bloquant la circulation. Brusquement, Bourbon Street retrouvait ses airs du carnaval.

A travers ses sombres lunettes, Jones examinait l'inconnu. Il ne lui paraissait pas si inconnu que ça. On aurait dit une version élégante d'un personnage que Jones avait connu. Surtout les yeux doux et timides qui lui disaient quelque chose. Il se souvenait d'avoir vu le même regard un peu trouble au-dessus d'une barbe rousse. Puis il se souvint d'avoir vu ces mêmes yeux sous une casquette bleue au commissariat, le jour de l'affaire des noix de cajou. Il ne dit rien. Un flic est un flic. Mieux valait toujours les éviter s'ils ne vous demandaient rien.

– D'où sortait-il ? demandait Darlene à la foule des badauds, son cacatoès rose ayant repris sa place, perché sur le bras de sa maîtresse, l'anneau lui pendant au bec comme un asticot d'or.

« Ah, tu parles d'une première. Qu'est-ce qu'on fait, Lana ?

– Rien, dit Lana, folle de rage. On n'a qu'à laisser cet épouvantail-là où il est jusqu'à l'arrivée des balayeurs, demain matin. Et puis je vais m'occuper de Jones, moi !

– Oh, eh! Ce type est entré de force, hein! On s'est empoignés, battus et tout, mais c't'enfoiré semblait bien décidé à entrer aux *Folles Nuits*, ça chpeux l'dire. J'avais la trouille de déchirer c'beau costume que vous louez, pas, pasque, si vous devez l'payer, c'est la faillite, non? Oua-ho!

– Fermez donc votre gueule de p'tit malin, Jones. J'crois bien qu'il va falloir que j'appelle mes amis du commissariat. Vous êtes viré. Darlene, toi aussi. Je savais bien que j'aurais pas dû te laisser mettre les pieds sur ma scène. Débarrasse mon trottoir avec ton foutu bestiau.

Lana se tourna vers la foule des badauds.

« Eh bien, messieurs-dames, puisque vous êtes tous là, que diriez-vous d'une soirée élégante, aux *Folles Nuits?* Nous avons un spectacle de grande classe, les amis!

– *Mira*, Lee! intervint l'Espagnole en infligeant à Lana un peu de sa mauvaise haleine, qui va mé pailler cté tchampagne?

– T'es virée aussi, espèce d'espingouine à la manque, dit Lana avec un sourire commercial. Allez les amis! Entrez, entrez! Venez boire vos mélanges favoris, réalisés par nos experts en imbibologie, selon vos propres indications!

Mais la foule préférait se démancher le cou pour mieux apercevoir la montagne blanche, qui émettait toutes sortes de gargouillis, et déclinait implicitement l'invitation de Lana Lee.

Cette dernière était sur le point d'aller ramener la montagne à la conscience par quelques coups de pied bien placés afin de la chasser de son ruisseau quand l'homme au chapeau à bord roulé demanda poliment :

– Puis-je me servir de votre téléphone? Peut-être vaudrait-il mieux que j'appelle une ambulance.

Lana considéra le complet de soie, le chapeau, le regard incertain, un peu falot. Oh, elle avait l'œil pour les michetons plaqués or, les clients faciles. Un riche médecin? Un avocat? Ce cave allait peut-être lui fournir l'occasion de transformer ce petit fiasco en un grand succès.

– Mais bien sûr, chuchota-t-elle. Écoutez, vous n'allez pas gâcher toute votre soirée à vous occuper de cet épouvantail, là, vautré sur la chaussée. C'est une espèce de paumé. Vous avez l'air d'avoir besoin de vous amuser.

Elle contourna la montagne recouverte de son surplis blanc qui gargouillait et ronflait comme un volcan. Quelque part au pays de son imagination, Ignatius rêvait qu'une Myrna Minkoff terrorisée comparaissait devant un tribunal de la Décence et du Goût qui la jugeait dépourvue de l'une comme de l'autre. On était sur le point de prononcer une sentence épouvantable qui assurerait qu'elle allait souffrir physiquement pour payer les innombrables délits dont elle s'était rendue coupable. Lana Lee se rapprocha du monsieur au complet de soie et glissa une main à l'intérieur de sa combinaison de lamé. S'accroupissant à côté de l'homme, elle lui fit voir l'espace d'un éclair la photographie boécienne dans le creux de sa paume.

« Regarde un peu ça, mon loup. Ça te dirait de passer la nuit avec le modèle de ça?

L'homme au chapeau à bord roulé détourna les yeux du visage pâle d'Ignatius et aperçut la femme, le volume, le globe terrestre et le bâton de craie. Il s'éclaircit une fois de plus la gorge et dit :

– Je suis l'agent de police Mancuso. En mission spéciale. Je vous arrête pour racolage et détention de matériel pornographique.

Ce fut exactement au même moment que les trois membres de l'ex-service de sécurité des auxiliaires féminines pénétrèrent sans douceur dans la foule qui entourait Ignatius.

# TREIZE

Ignatius ouvrit les yeux et vit du blanc qui flottait au-dessus de lui. Il avait la migraine et son oreille l'élançait. Puis ses yeux jaune et bleu redevinrent progressivement capables d'accommoder et, à travers sa migraine, il se rendit compte qu'il regardait un plafond.

– Alors, tu t'réveilles enfin, mon garçon! dit près de lui la voix de sa mère. Regarde-moi un peu ça! Cette fois-ci, nous sommes fichus pour de bon!

– Où suis-je?

– Ah, recommence pas à faire ton intéressant avec moi.

Recommence pas avec moi, Ignatius, t'avise pas! J'en ai par-dessus la tête de tes comédies. Chte parle très sérieusement. Comment que je vais oser r'garder les gens en face après ça, hein?

Ignatius tourna la tête et jeta un coup d'œil alentour. Il était couché au milieu d'une petite cellule délimitée par des écrans blancs. Il vit passer une infirmière au pied de son lit.

– Juste ciel! Je suis à l'hôpital. Qui est mon médecin? J'espère que tu as oublié ton égoïsme pour t'assurer les services d'un spécialiste! Et d'un prêtre. Fais-en venir un. Je verrai s'il s'agit d'un prêtre acceptable.

Ignatius postillonnait nerveusement et aspergea d'un peu de salive le drap immaculé qui recouvrait comme une calotte de neige éternelle le sommet de sa bedaine. Portant la main à sa tête, il sentit qu'elle était bandée par-dessus sa migraine.

– Oh, mon Dieu! N'aie pas peur de me parler franchement, maman. La souffrance me dit que c'est sans espoir.

– Ferme ça et regarde ce que je te montre.

Mme Reilly hurlait presque. Elle jeta un journal sur la tête bandée d'Ignatius.

– Infirmière! Au sec...

Mme Reilly récupéra le journal d'un geste brusque et gifla Ignatius à la volée en travers des moustaches.

– Tais-toi, espèce de fou, cht'ai dit! Et lis-moi c'te journal!

Sa voix se brisa.

« Fichus, qu'on est, fichus!

Sous une manchette proclamant ÉTRANGE ET VIOLENT INCIDENT DANS BOURBON STREET, Ignatius vit trois photographies alignées. A droite, Darlene en robe de bal tenait son cacatoès et souriait d'un sourire de starlette. A gauche, Lana Lee couvrait son visage de ses mains en montant à l'arrière d'une voiture de patrouille dans laquelle on apercevait les trois têtes tondues des auxiliaires féminines du Parti de la Paix. L'agent de police Mancuso, en costume déchiré, en chapeau cabossé, tenait la portière ouverte d'un air décidé. Au centre, le Noir camé regardait avec un large sourire ce qu'on aurait pu prendre pour le cadavre d'une vache sur la chaussée. Ignatius examina la photo du centre en plissant les yeux.

– Non, mais regardez-moi ça, tonna-t-il. Quels abrutis ce journal emploie-t-il comme photographes qu'ils n'aient même pas été fichus de faire de moi une photo reconnaissable!

– Lis c'qu'y a d'écrit en d'ssous d'la photo, mon gars, lis donc!

Mme Reilly pointa le doigt contre le journal comme si elle avait voulu en transpercer la photographie en question.

« Lis chte dis, Ignatius. Qu'est-ce que tu crois qu'y racontent, les gens, dans note rue? Hein? Vas-y, lis-moi ça à haute voix. Une grande bagarre dans la rue, des photos cochonnes, des belles de nuit! Tout est là. T'as qu'à me le lire!

– J'aime mieux pas. Tout cela est probablement plein de falsifications et de ragots salissants et diffamatoires. Les journalistes de cette presse à sensation ne se seront pas gênés pour insinuer d'un air faussement pincé et réprobateur toutes sortes de turpitudes calomnieuses.

Ignatius n'en commença pas moins à lire l'article en manière de dérision.

– Non, ne me dis pas qu'il prétendent que cet autobus fou ne m'a pas heurté? Leur premier commentaire est déjà un mensonge. Entre en contact avec leur service des réclamations. Il faut les poursuivre, les assigner!

– Ferme ça et lis tout.

L'oiseau d'une effeuilleuse avait attaqué un colporteur de saucisses chaudes costumé en pirate. A. Mancuso, agent de police en civil, avait arrêté Lana Lee pour racolage, possession de matériel pornographique et fabrication dudit matériel. Burma Jones, portier, avait mené l'agent Mancuso jusqu'à un petit placard, sous le bar, dans lequel un stock de matériel pornographique avait été découvert. A. Mancuso avait déclaré aux journalistes qu'il travaillait sur cette affaire depuis un moment déjà et qu'il avait déjà repéré l'un des comparses de la femme Lee. La police estimait que l'arrestation de cette femme mettait fin aux activités d'un réseau organisé de trafic pornographique dans tous les lycées et établissements scolaires de la ville. La police avait en effet trouvé une liste de ces lycées et établissements scolaires dans le bar. A. Mancuso avait déclaré que le comparse faisait l'objet d'actives recherches. Tandis qu'A. Mancuso procédait à l'arrestation de la femme Lee, trois autres femmes, les nommées Club, Steele et Bumper, l'avaient sauvagement agressé devant la boîte de nuit, malgré la présence d'une foule nombreuse. Les trois femmes avaient elles aussi été placées sous mandat de dépôt. Ignatius Jacques Reilly, trente ans, avait été transporté à l'hôpital en état de choc. Son état n'inspirait pas d'inquiétude.

– C'est notre déveine qu'a voulu qu'y z'aient eu un photographe dans l'coin pour prende ta photo couché dans la rue comme un clodo ivre, renifla Mme Reilly. J'aurais dû m'douter qu'un truc comme ça nous pendait au nez avec toi qui collectionnais les photos cochonnes et qui te promenais habillé en Mardi gras.

– Je ne me promenais pas, je travaillais, soupira Ignatius. Et j'ai connu la soirée la plus épouvantable de mon existence. Dame Fortune était vraiment déchaînée hier soir. M'est avis que je ne puis descendre beaucoup plus bas.

Il rota.

« Puis-je m'enquérir de ce que ce crétin de Mancuso, ma Némésis, faisait dans le coin?

– Après qu'tu soyes parti, hier soir, j'ai téléphoné à Santa et j'y ai dit d'joindre Angelo au commissariat pour y d'mander d'aller voir c'que tu fabriquais dans St. Peter Street. Cht'avais entendu donner c't'adresse au chauffeur.

– Hmm, très malin, vraiment.

– J'ai cru qu't'allais à une réunion avec des tas d'communisses. Oh, j'me trompais bien, allez! Angelo m'a dit qu'tu fréquentais d'drôles de gens.

– Autrement dit, tu me faisais suivre, vociféra Ignatius. Ma propre mère!

– Attaqué par un oiseau, sanglota Mme Reilly. C'était à toi qu'il fallait qu'ça arrive ça, Ignatius. Personne ne s'est jamais fait attaquer par un oiseau!

– Où est le conducteur de cet autobus? Il faut l'assigner sur-le-champ.

– Pisque tu t'es seulement évanoui! Imbécile.

– Alors pourquoi ce bandage, ces pansements? Je ne me sens pas bien du tout. J'ai dû m'endommager quelque organe essentiel en tombant sur la chaussée.

– Tu t'es seulement un peu écorché la tête. T'as strictement rien. On t'a fait des radios.

– Comment, des gens m'ont manipulé pendant que j'étais inconscient! Tu aurais pu avoir le bon goût de les arrêter. Dieu sait où ces membres salaces de la profession médicale seront allés mettre le doigt, le nez ou la sonde!

Ignatius se rendait compte qu'outre sa tête et son oreille une érection le turlupinait depuis son réveil. Voilà qui réclamait une prompte intervention.

« Aurais-tu l'obligeance de te retirer quelques instants? Le temps que j'examine mon corps à fond pour vérifier que je n'ai fait l'objet d'aucune manipulation déplacée ou désagréable. Cinq minutes devraient me suffire.

– Écoute-moi bien, Ignatius, répliqua Mme Reilly en se levant brusquement pour aller saisir son fils par le col du ridicule pyjama de cloune à gros pois qu'on lui avait fait enfiler, arrête de faire le malin avec moi sinon je vais te retourner une paire de calottes qui vont te remettre la tête à l'endroit! Angelo m'a tout raconté! Un garçon qui a fait des études comme toi et qui s'en va traîner avec des drôles de gens dans l'Quartier et qui va dans une boîte pour relancer une belle de nuit!

Mme Reilly se remit à pleurer.

« Une chance encore que toute l'histoire soye pas dans l'journal. On aurait dû quitter la ville!

– C'est toi qui m'as emmené dans ce bar, moi qui suis innocent et pur. Et d'ailleurs, tout ça est de la faute de cette horrible fille, Myrna Minkoff. Il convient de la punir de toutes ses mauvaises actions.

– Myrna? interrogea Mme Reilly entre deux sanglots, alle est même pas en ville. J'en ai ma claque de tes histoires de fou, Ignatius. Déjà tu m'en as fait avaler de belles quand t'as été renvoyé des Pantalons Levy! Ça prend plus, tu m'entends? T'es fou, Ignatius, fou à lier ma parole, même si ça m'coûte de l'dire de mon propre enfant, t'as pas toute ta tête, voilà!

– Mais tu sembles toi-même assez hébétée. Pousse donc discrètement l'un des malades, installe-toi dans son lit et pique un petit somme. Cela te fera le plus grand bien. Reviens me voir dans une heure.

– J'ai pas fermé l'œil de la nuit, chuis restée d'bout. Quand Angelo a téléphoné pour me dire que t'étais à l'hôpital, j'ai cru qu'j'allais avoir une attaque. J'ai failli tomber raide sur le carreau d'la cuisine, droit sur la tête. J'aurais pu m'ouvrir le crâne. Et pis j'ai couru dans ma chambre pour m'habiller et j'me suis tordu la ch'ville. J'ai encore manqué avoir un accident en v'nant ici en auto!

– Oh, non, pas un autre accident! souffla Ignatius, horrifié. Cette fois, ce serait les mines de sel pour moi, j'imagine.

– Tiens, pauvre imbécile. Angelo m'a dit d'te donner ça.

Mme Reilly se baissa pour ramasser quelque chose près de son siège sur le sol. C'était le fort volume de la *Consolation*. Elle le lança sur le lit, dirigeant un de ses coins cartonnés sur le ventre de son fils.

– Ouooff, fit Ignatius.

– Y l'a trouvé dans cette boîte, hier soir, Angelo, dit avec force Mme Reilly, quelqu'un y avait volé dans les toilettes, là, à la gare.

– Juste ciel! Mais tout cela a été manigancé, hurla Ignatius, secouant le gros bouquin entre ses pattes. J'y vois clair, maintenant, je comprends tout. Voilà bien longtemps déjà que je t'ai dit que ce mongolien de Mancuso était notre Némésis. Et voici qu'il me porte le dernier coup. Dans mon incommensurable innocence, je lui ai prêté ce volume, et maintenant je suis le dindon de la farce.

Fermant ses yeux injectés de sang, il balbutia quelques mots sans suite.

« Abusé par une catin du Troisième Reich dissimulant son visage dépravé derrière mon propre livre, le fondement même de ma vision du monde! Oh, ma mère, ma pauvre mère, si seulement tu savais combien j'ai cruellement été trompé et roulé par un complot de sous-hommes. Suprême ironie – le livre même de la Fortune m'a porté malheur. O Fortune, Fortune, ribaude dégénérée!

– Tais-toi, vociféra Mme Reilly, le visage creusé de rides sous l'effet de la colère. Tu veux donc ameuter tout l'hôpital! Qu'est-ce que tu crois qu'elle va dire, Miss Annie, main'nant, hein? Comment que j'vais oser les r'garder en face, moi, les gens, imbécile d'Ignatius, pauvre fou d'Ignatius! Et l'hôpital qui réclame vingt dollars avant que j'te sorte de là. C'est c't'ambulancier aussi, pas moyen qui t'emmène à la Charité, comme un brave homme. Non. L'a fallu qu'y vienne te mette ici, dans un hôpital payant. D'où tu crois que j'vais sortir vingt dollars, moi, hein! Faut que j'règle une traite de ta trompette, demain. Faut que j'paye le bonhomme que j'ai cassé sa baraque aussi!

– C'est un pur scandale. Tu ne paieras en aucun cas vingt dollars. C'est du brigandage de grand chemin. Et maintenant rentre à la maison et laisse-moi ici. C'est plutôt paisible, semble-t-il. Je vais même guérir, à la longue, peut-être. C'est exactement ce dont ma psyché a besoin pour le moment. Quand tu en auras le temps, apporte-moi quelques crayons et le gros classeur cartonné que tu trouveras sur mon bureau. Ce traumatisme doit être enregistré par moi tant qu'il est encore tout frais dans ma mémoire. Je te donne la permission de pénétrer dans ma chambre. Maintenant, si tu veux bien me pardonner, je dois reposer.

– Reposer? Pour payer encore vingt dollars pour une autre journée? Sors de c'lit et au trot! J'ai appelé Claude. Y va v'nir ici et payer ta note.

– Claude? Qui diable peut bien être ce Claude?

– Un monsieur que chconnais.

– Tu en es donc là? s'effara Ignatius le souffle coupé. Ma foi, autant te faire clairement comprendre dès maintenant qu'il est entièrement hors de question pour moi d'accepter l'argent d'un inconnu. Je resterai ici jusqu'à ce qu'un argent honnête achète ma liberté.

– Sors de c'lit, chte dis! s'emporta Mme Reilly.

Elle tira sur le pyjama, mais le corps était enfoncé dans le matelas comme un météore.

« Sors de là avant que je démolisse tes grosses joues!

Quand il vit le sac à main maternel brandi au-dessus de sa tête, il s'assit sur son séant.

– Mais, juste ciel! tu portes tes souliers de bouligne!

Par-dessus le rebord de son lit, Ignatius braqua le regard de ses yeux bleu, jaune... et rose sur les pieds de sa mère, sous sa combinaison pendouillante et ses bas de coton tire-bouchonnés.

« Je ne connais que toi pour venir au chevet de ton fils malade ainsi sportivement chaussée.

Mais sa mère ne répondit pas à la provocation. Elle possédait la détermination, la supériorité que confère seule une intense colère. Ses yeux avaient la dureté de l'acier et sa froideur, ses lèvres minces étaient fermes.

Tout allait terriblement mal.

## II

M. Clyde prit connaissance de son journal du matin et renvoya Reilly. La carrière de colporteur de ce grand singe était terminée. Pourquoi ce babouin portait-il sa tenue en dehors de son service? Un seul gorille de l'acabit de Reilly suffisait à détruire dix années d'efforts patients consacrés à bâtir une réputation commerciale. Les marchands de hot dogs avaient déjà une image suffisamment problématique comme ça! Il était vraiment inutile que l'un d'entre eux tournât de l'œil en pleine rue devant un boxon!

M. Clyde bouillonnait et bouillait tout autant que son

chaudron à saucisses. Si Reilly s'avisait de paraître chez Paradise Vendors SA, il y aurait droit, cette fois-ci, en travers de la gorge, un bon coup de fourchette. Mais il avait ce cache-poussière blanc et cet attirail de pirate. Reilly devait les avoir sortis en fraude du garage l'après-midi précédent. Il faudrait donc entrer en contact avec le grand singe, malgré tout, ne fût-ce que pour lui dire de ne plus remettre les pieds jamais au garage. Car on ne pouvait vraiment pas s'attendre à récupérer son uniforme auprès d'un animal comme Reilly.

M. Clyde composa plusieurs fois le numéro de téléphone de la maison de Constantinople Street sans obtenir de réponse. Peut-être l'avait-on mis à l'ombre quelque part. Quant à la mère du grand singe, elle devait être vautrée quelque part, ivre morte. Dieu seul savait de quoi cette hideuse bonne femme pouvait bien avoir l'air. Ah, c'était une jolie petite famille.

## III

Le docteur Talc venait de passer une semaine infernale. Sans qu'il sût trop comment, ses élèves étaient tombés sur l'une des innombrables lettres de menaces dont l'avait inondé cet étudiant psychotique quelques années auparavant. Comment avaient-ils mis la main dessus, il l'ignorait. Mais les résultats étaient dores et déjà épouvantables. Un réseau de rumeurs souterraines concernant la lettre commençait à s'étendre dans diverses directions. Il devenait la tête de Turc du campus. Lors d'un coquetèle, l'un de ses collègues avait fini par lui exposer les raisons des rires et des chuchotements qui troublaient désormais ses cours naguère reçus par des auditoires respectueux et silencieux.

L'accusation de « pervertir la jeunesse » que contenait la maudite lettre avait fait l'objet d'un malentendu et d'une interprétation malveillante. Finirait-il par être contraint de s'expliquer devant l'administration? Et cette phrase sur les « testicules sous-développés ». Talc en frémissait. Le mieux serait peut-être d'amener toute l'affaire sur la place publique. Jamais il n'avait été homosexuel, il parviendrait à faire justice de tout cela. Mais, pour ce faire, encore fallait-il parvenir à remettre la main sur ce Reilly, qui était d'ailleurs du genre à nier toute responsabilité dans l'affaire. Mais peut-être aussi suffirait-il de décrire un peu ce à quoi cet étudiant odieux ressemblait. Oh, Talc voyait encore ce gros Reilly avec son énorme écharpe, et cette anarchiste, sa comparse à la grosse sacoche qui parcourait le campus en sa compagnie et l'inondait littéralement de tracts de toutes sortes. Heureusement qu'elle n'était pas restée à la fac trop longtemps, celle-là. Mais Reilly, lui, s'était au contraire incrusté, à croire qu'il voulait devenir partie intégrante du paysage, au même titre que les bancs et les palmiers.

Pendant tout un semestre lugubre, Talc les avait eus l'un et l'autre dans deux groupes séparés. Ils n'avaient cessé de l'importuner par des bruits étranges et de l'interrompre en le bombardant de questions saugrenues, impertinentes et venimeuses auxquelles nul, en dehors de Dieu lui-même, n'eût été en mesure de répondre. Il haussa les épaules. Malgré tout, il lui fallait donc joindre Reilly et lui extorquer des aveux et une explication. Dès qu'ils verraient M. Reilly, ses élèves comprendraient que la note était le fruit de l'imagination d'un esprit dérangé. Peut-être même présenterait-il Reilly à l'administration. Bref, la solution était littéralement physique, il fallait produire M. Reilly en chair et en os – surtout en chair!

Le docteur Talc aspira une gorgée du V8 rehaussé de vodka qu'il ne manquait jamais de boire au lendemain matin d'une soirée mondaine copieusement arrosée et jeta un coup d'œil à son journal. Eh bien, les gens du Quartier semblaient s'amuser comme des fous. Tout en sirotant, il se remémora une fois de plus l'incident au cours duquel Reilly avait balancé toutes les copies d'examen sur la tête des manifestants de première année par la fenêtre d'un bureau du bâtiment administratif de la fac. On s'en souviendrait sans nul doute aussi à l'administration. Avec un sourire complaisant, il reporta son attention sur le journal. Les trois photographies étaient franchement cocasses. Les gens du commun, un peu débraillés, un peu débauchés, l'avaient toujours séduit et amusé – de loin. Il lut l'article et faillit s'étrangler, crachant sa boisson sur sa belle veste d'intérieur.

Comment Reilly avait-il pu tomber si bas? Certes, il avait été un étudiant, mais ça... Où les ragots s'arrêteraient-ils si l'on apprenait à la fac que la lettre de menaces était l'œuvre d'un marchand ambulant de hot dogs! Et Reilly était bien du genre à venir s'installer sur le campus avec sa voiture à bras pour tenter de vendre des saucisses devant le bâtiment des sciences sociales. Il s'ingénierait à faire tout un cirque de cette affaire. Une farce scandaleuse dont le docteur Talc ferait les frais, transformé en auguste grotesque.

Posant son journal, le docteur Talc couvrit son visage de ses mains. Jamais il ne se débarrasserait de cette lettre de menaces. Une seule solution, tout nier en bloc.

## IV

Miss Annie regarda son journal du matin et devint toute rouge. Elle s'était bien demandé aussi pourquoi tout était aussi tranquille chez les Reilly, ce matin. Mais là, c'était vraiment la goutte d'eau qui allait faire déborder le vase. C'était la réputation du Quartier qui était mise en cause par ce scandale. Elle n'en supporterait pas plus. Il fallait que ces gens s'en aillent. Elle décida de faire signer une pétition par tous les voisins.

## V

L'agent de police Mancuso regarda de nouveau le journal. Puis il le porta à la hauteur de sa poitrine et l'éclair du magnésium reluisit. C'était son propre Brownie qu'il avait apporté au commissariat pour demander au sergent de bien vouloir le photographier dans un décor officiel : devant le bureau du sergent, devant le perron du commissariat, une voiture de patrouille, une contractuelle spécialisée dans les contraventions aux abords des écoles, quand la vitesse y est limitée à l'heure de la sortie et de l'entrée des élèves.

Quand il ne resta plus qu'une seule photo à prendre, l'agent de police Mancuso décida d'organiser une petite mise en scène en combinant plusieurs des accessoires en un final plus spectaculaire. Tandis que la contractuelle, jouant le rôle de Lana Lee, montait à bord de la voiture de patrouille en grimaçant et en montrant le poing d'un air vengeur, l'agent de police Mancuso faisait face à l'appareil avec un sourire sévère.

– Bon, Angelo, tu n'as plus besoin de moi? demanda la contractuelle, pressée de regagner son territoire avant la fin des limitations de vitesse scolaires du matin.

– Oui, merci beaucoup, Gladys, dit l'agent de police Mancuso. C'est mes gosses qui voulaient plus de photos pour les montrer à leurs tits copains.

– Oui, bien sûr, lança Gladys quittant le commissariat à la hâte, son sac à bandoulière tout glonflé de formules de contravention. Y z'ont vraiment le droit d'être fiers de leur papa, ces petits, moi chte l'dis. Ça m'a fait plaisir de t'aider mon vieux. Et dès que tu veux prende d'autes photos, t'as qu'à m'faire signe, d'acc?

Le sergent jeta la dernière ampoule du flash dans une corbeille et posa lourdement la main sur l'omoplate de l'agent de police Mancuso.

– A vous tout seul, vous démant'lez le réseau de pornographie le plus actif de la ville, dites donc!

Il assena une claque sur l'omoplate de l'agent de police Mancuso.

« C'est Mancuso qui nous amène une bonne femme que nos plus fins limiers, nos plus rusés inspecteurs avaient jamais réussi à poisser, dis donc! Et c'est pas tout. Mancuso a travaillé sur cette affaire pendant ses congés et en dehors des heures de service. Mancuso est en mesure de reconnaître un des complices de la bonne femme. Et quel est l'agent qui a bossé sans répit pour être à même de nous amener des suspects comme ces trois bonnes femmes, là – Mancuso, encore lui!

La peau olivâtre de l'agent de police Mancuso se teinta légèrement sous l'afflux du sang, sauf dans quelques régions bien délimitées de son visage, qu'avaient écorchées les trois furies. Dans ces régions-là, sa peau était rouge, tout simplement.

– Oh, un coup d'chance, avança timidement l'agent de police Mancuso, éclaircissant sa gorge de quelque humeur imaginaire. On m'avait indiqué cet endroit. Et puis ce Burma Jones m'a dit d'aller regarder dans ce p'tit placard, sous le bar.

– Non, non, non, vous avez monté une descente de police à vous tout seul, Angelo, voilà la vérité.

Angelo? Il passa par toutes les couleurs du spectre, du violet à l'orange.

« Je ne serais pas surpris que vous ayez droit à de l'avancement pour ce coup-là, mon p'tit vieux. Ça fait bien longtemps que vous êtes simple agent en tenue. Et y a deux jours, on m'aurait d'mandé mon avis, j'disais qu'vous étiez complètement branque! Vous vous rendez compte? Qu'est-ce que vous en dites, hein, Mancuso?

L'agent de police Mancuso s'éclaircit de nouveau la gorge avec une extrême violence.

– Chpeux reprende mon appareil photo? demanda-t-il ineptement quand son larynx fut enfin dégagé.

## VI

Santa Battaglia brandit son journal sous le nez du portrait de sa mère en disant :

– Qu'est-ce que t'en dis, ma colombe? Qu'est-ce que tu penses des esploits d'ton p'tit-fils Angelo, hein? T'as vu ça, ma jolie? T'es contente?

Elle indiqua du doigt une nouvelle photographie.

« Et qu'est-ce que tu dis du fiston de cte pauve Irene, couché dans l'ruisseau comme une baleine sur le sabe? Si c'est pas triste? Sans compter qu'il est complètement maboule. Faut qu'a s'en débarrasse, moi j'dis. Tu crois qu'un homme épouserait Irene avec ce gros paumé toujours à traîner à la maison. Tu veux rire!

Santa se saisit de la photo de sa mère et lui colla un baiser sonore et humide.

« T'en fais pas, ma tite chérie, chprie pour toi.

## VII

Claude Robichaux considérait son journal le cœur lourd dans le tramway qui l'emportait vers l'hôpital. Comment ce gros garçon pouvait-il abîmer la réputation d'une belle et bonne femme comme Irene? Déjà qu'elle était pâle et fatiguée à force de se faire du souci à propos de son fils. Santa avait raison : le fils d'Irene devait être soigné avant d'attirer de nouveaux malheurs à sa merveilleuse maman.

Cette fois-ci, ça n'allait coûter que vingt dollars. La prochaine fois, ça risquait d'être beaucoup plus. Même avec une retraite rondelette et quelques petits appartements, on n'avait pas les moyens de s'offrir un beau-fils de cet acabit.

Mais pire que tout, il y avait ce scandale.

## VIII

George était occupé à coller l'article dans son cahier de textes, souvenir qu'il avait conservé de son dernier semestre à l'école. Il avait choisi une page vide, entre un devoir sur l'aorte du canard et une leçon d'instruction civique à propos de l'histoire de la Constitution. Y fallait reconnaître que ce Mancuso était un rapide, merde. George se demanda si son nom figurait sur la liste que les flics avaient découverte dans le placard. Si oui, il serait peut-être sage d'aller rendre une petite visite à son oncle, qui vivait sur la côte. Et puis même, de toute façon, ils auraient son nom. Il n'avait d'ailleurs pas assez de fric pour aller où que ce soit. Ce qu'il pouvait faire de mieux, c'était encore de rester à la maison quelque temps. Ce Mancuso risquait de le repérer s'il allait se balader en ville.

La mère de George, qui passait l'aspirateur à l'autre bout du salon, observait son fils du coin de l'œil, pleine d'espoir à l'idée qu'il consultait de nouveau son cahier de textes. Peut-être retrouvait-il un peu d'intérêt pour les études? Apparemment, son mari et elle-même étaient absolument désarmés en face du gamin. Que pouvait bien faire, de nos jours, un garçon qui n'était même pas allé au lycée? Quelle chance avait-il de trouver un métier?

Elle arrêta l'aspirateur pour aller répondre à la sonnerie de la porte d'entrée. Examinant les photos, George se demandait ce que ce vendeur ambulant pouvait bien trafiquer aux *Folles Nuits*. Était-ce une espèce d'indic? De toute manière George ne lui avait pas dit d'où venaient les photos. Y avait quelque chose de pas clair dans tout ça.

– La police? entendit-il sa mère se récrier dans le vestibule. Vous avez dû vous tromper d'étage.

George se dirigea vers la cuisine avant de se rendre compte que c'était parfaitement inutile. Les appartements de la cité n'avaient qu'une seule entrée.

## IX

Lana Lee déchira le journal en petits morceaux, puis les petits morceaux en morceaux plus petits. Quand la matone s'immobilisa devant la porte de la cellule pour lui dire de nettoyer, l'un des membres du service de sécurité des auxiliaires féminines –

qui partageaient toutes trois la cellule de Lana – dit à la bonne femme :

– Casse-toi. C'est nous qu'habitons ici. Le papier par terre, ça nous botte, vu ?

– Fous l'camp, ajouta Liz.

– Tu pues, marche à l'ombre, dit Betty.

– Je vais m'occuper d'vous, allez, répondit la matone. Vous faites du chambard depuis qu'vous êtes arrivées hier soir, toutes les quate.

– Sortez-moi d'ce putain d'trou, vociféra Lana à l'adresse de la matone. J'ai pas d'mandé à être avec ces trois chauves-souris. J'en peux plus !

– Eh les filles ! dit Frieda à ses deux colocataires, Poupée a pas l'air de nous avoir à la bonne.

– C'est les gens comme vous qu'ont foutu en l'air le Quartier, dit Lana à Frieda.

– Ta gueule, lui répondit Liz.

– Écrase, ma poule, lui dit Betty.

– Sortez-moi d'là ! hurla Lana à travers les barreaux. J'ai déjà passé une foutue nuit avec ces trois connes, vous avez pas l'droit d'me laisser là ! Vous pouvez pas me laisser avec ces affreuses.

La matone se contenta de sourire et s'éloigna.

– Hé ! hurla Lana dans la coursive. Revenez !

– Eh ben, calme-toi, minette, conseilla Frieda. Tu commences à nous les casser sérieux. Allez, fais-nous plutôt voir les photos d'toi à loilpé qu't'as planquées dans ton sostène.

– Ouais, approuva Liz.

– Fais voir les photos, poupée, ordonna Betty, on en a classe d'regarder ces putains d'murs à la con.

Les trois filles se jetèrent en même temps sur Lana.

## X

Au verso d'une de ses austères cartes de visite, Dorian Greene inscrivit, en caractères d'imprimerie : « Prodigieux appartement à louer. S'adresser 1A ». Sortant sur le trottoir pavé de larges dalles, il colla la carte au bas d'un des volets de cuir noir. Cette fois-ci, les filles ne reviendraient pas avant un bon bout de temps. La police et les tribunaux avaient toujours quelque chose de féroce contre les récidivistes. C'était malheureux que les filles ne se fussent jamais liées à aucun des habitants du Quartier. Dans le cas contraire, quelqu'un n'aurait pas manqué de leur faire remarquer le merveilleux agent de police et elles n'eussent jamais commis l'erreur fatale d'agresser un policier.

C'était leur agressivité, aussi, et leur impulsivité. Sans elles, Dorian se sentait privé de toute protection pour lui-même et pour son immeuble. Il prit grand soin de bien fermer à clef son portail de fer forgé. Puis il regagna son appartement pour finir de le débarrasser des détritus de la réunion inaugurale. Ç'avait été la plus fabuleuse fête de sa carrière : à son point culminant, Timmy s'était foulé la cheville en tombant d'un... lustre.

Dorian ramassa une élégante botte de cheval dont le talon avait été brisé et la jeta à la poubelle en se demandant si cet insupportable Ignatius J. Reilly allait bien. Il y avait vraiment des gens impossibles. La gentille maman de la reine des gitans devait avoir eu le cœur brisé en découvrant l'affreuse publicité que lui faisait le journal.

## XI

Darlene découpa sa photo dans le journal et la posa sur la table de la cuisine. Cela lui faisait toujours un peu de publicité. Mais quelle soirée pour une première!

Elle ramassa la robe de Harlett O'Hara sur le sofa pour aller la pendre dans l'armoire sous les yeux du cacatoès qui l'observait en caquetant un peu depuis son perchoir. Jones avait vraiment pris les choses en main quand il avait découvert que ce type était un flic. Il l'avait mené tout droit au placard, sous le bar. Du coup, elle et Jones avaient perdu leur emploi. *Les Folles Nuits* avaient perdu leur licence. Lana Lee avait perdu la liberté. Cette Lana tout de même. Poser pour des photos porno! Elle aurait tout fait pour un dollar.

Darlene regarda la boucle d'oreille dorée que le cacatoès avait rapportée à la maison. Lana avait vu juste dès le début. Ce gros fou était bel et bien le baiser de la mort. D'ailleurs, il était vraiment cruel avec sa maman. La pauvre femme.

Darlene s'assit pour réfléchir à des possibilités d'emploi. Le cacatoès ne cessa de battre des ailes et de caqueter jusqu'à ce qu'elle lui eût glissé la boucle d'oreille – devenue son jouet favori – dans le bec. Puis le téléphone sonna. Quand elle décrocha, elle entendit une voix d'homme qui disait :

– Bonjour! Écoutez, vous venez de bénéficier de toute une pub gratuite, pas vrai? C'est excellent, ça. Figurez-vous que je suis propriétaire d'une boîte de Bourbon Street et j'ai pensé...

# XII

Jones étala son journal sur le comptoir de la guinguette de Mattie et souffla sa fumée dessus.

– Oua-ho! dit-il à M. Watson. C'est une rudement bonne idée qu'vous m'aviez donnée avec vos histoires de sabotage! J'me suis tellement saboté moi-même que j'me r'trouve en vagabondage! Ah la la...

– On dirait qu'ce sabotage-là a pété comme une bombe nucleyère!

– L'gros enfoiré à la casquette verte, c'est une vraie bombe nucleyère à cent pour cent garantie sur facture, moi chte l'dis! Tu l'laisses tomber sur quelqu'un, t'es assuré d'avoir des r'tombées sur toute la population, dis donc! Tout l'monde saute! Oua-ho! *Les Folles Nuits* c'était franchement l'zoo, hier soir. D'abord le zoziau; puis l'gros enfoiré qui s'amène à fond d'train, et puis trois femelles que tu les aurais crues échappées d'un gymnase! Merde alors. Tout l'monde y s'battait, y gueulait, y s'écorchait et l'aute gros tas qui restait par terre dans l'ruisseau qu'on aurait dit qu'il était mort. Les gens qui s'castagnaient, qui s'injuriaient, qui roulaient par terre tout autour de c'gros. T'aurais dit une bagarre de saloon dans un western, dis donc, t'aurais dit un règlement d'compte entre gangs dans un film de gangsters! Ça, y avait du monde dans Bourbon Street. De quoi remplir un stade et faire un match de foute. Les flicards sont arrivés et y'z'ont emballé c'te salope de Lee. Tiens, tiens! All avait donc pas d'potes au commissariat, alors? P'tête bien, même, qui vont pas tarder à poisser quelques-uns d'ces fameux orphelins qu'a sout'nait. Et pis c'canard, y z'y sont pas allés molo, y z'ont envoyé des tas d'enfoirés prende des photos et m'demander tout plein d'questions, comment qu'ça s'était passé, et patati, et patata. Qui c'est qu'a dit qu'un type de couleur pouvait pas avoir sa photo en première page? Oua-ho! J'vais ête le vagabond l'plus célèbre de toute la ville! J'y ai dit, moi, à l'agent Mancuso, j'y ai dit comme ça : « Eh! maint'nant qu'ce boxon est fermé, si vous disiez à vos potes là-bas qu'c'est moi qui vous a aidé, hein? Ptête qui z'arrêteraient d'me faire tomber pour vagabondage. » Qui voudrait s'retrouver en taule à Angola avec la mère Lee, dis donc! Elle était déjà assez vache à l'extérieur, merde alors.

– Tu as le moindre projet, sur la manière dont tu vas trouver du travail, Jones?

Jones souffla un nuage sombre, un vrai nuage noir d'orage, menaçant, et dit :

– Après l'genre de boulot que j'viens d'occuper, payé en dessous du minimum syndical, c'que j'mérite, c'est des congés payés. Oua-ho! Où tu veux que j'trouve un autre boulot? Y a trop d'enfoirés d'couleur qui traînent déjà leur cul dans les rues. S'faire embaucher pour un boulot régule et payé c'est pas la joie! Chuis pas l'seul chômeur en vadrouille dans l'coin, chais pas si tu vois. Tiens rien qu'cette Darlene et son vautour, ça va pas ête coton, pour elle, de r'trouver du boulot. Les gens qu'ont vu l'effet qu'a produisait l'premier jour qu'a foutait les pieds sur une scène vont sûrement pas s'batte pour l'engager, y lui balanceront plutôt des seaux d'eau su la tronche, oua-ho! Tu piges? Tu lâches quelqu'un comme le gros enfoiré pour faire ton sabotage, et y a des tas d'innocents qu'en prennent plein la gueule pour pas un rond. C'est comme Miss Lee a disait : c'gros affreux, il aurait ruiné l'investissement à n'importe qui! Darlene et son vautour, chparie qu'y sont en train d'se regarder tous les deux en disant : « Ben merde, pour une première, c'est une première, nous autes, on a décroché la timbale du premier coup! » Chuis salement embêté qu'le sabotage il aye retombé sur la tête à cte pauve Darlene, mais quand j'ai vu l'gros enfoiré, j'ai pas pu m'ret'nir, tu vois? Chsavais bien qu'y f'rait comme une grosse explosion dans *les Folles Nuits*. Oua-ho! Pour péter, ça a pété!

– Tu as bien d'la chance que les flicards t'ayent pas embarqué aussi rien qu'pour t'apprende à bosser dans c'bar.

– C't'agent Mancuso, là, y m'a dit qu'y m'était r'connaissant d'y avoir fait voir l'placard sous l'comptoir. Y m'a dit comme ça : « Nous autes, les enfoirés d'la police, qu'y m'a dit, on a besoin des personnes qui aident, comme vous. » Y m'a dit : « Les personnes comme vous, a vont m'faire avoir d'l'avancement. » Et moi j'y ai dit : « Ben alors, dites bien ça à vos potes du commissariat, qui s'mettent pas à m'poisser pour vagabondage encore une fois, oua-ho! » Et y m'a dit comme ça : « Mais bien sûr que j'vais l'faire. Tout l'monde au commissariat vous s'ra reconnaissant de c'que vous avez fait, tout l'monde. » Eh, dis donc, les enfoirés d'flicards qu'y m'sont re-con-nais-sants, maintenant! On aura tout vu! P'tête que j'vais m'payer une récompense, chais pas, moi, une médaille ou quelque chose... Oua-ho!

Jones envoya un peu de fumée au-dessus de la tête café au lait de M. Watson.

« Cte salope de Lee, alle avait de sacrées photos d'elle dans c'placard, moi chte l'dis. L'agent Mancuso, il en bavait des ronds d'chapeau en les r'luquant, chte jure, à croire qu'ses yeux allaient dégringoler par terre! « Wouah! », qu'y disait, et pis encore: « Hou la la, ben mon colon, pffff », qu'y disait. Et encore: « Avec ça, mon avancement c'est dans la poche, vingt dieux! » et moi j'me disais comme ça: « Y en a p'tête qui avancent, mais j'en connais d'autes qui r'culent. Qui r'deviennent vagabonds. J'en connais qui pourront pus ête légalement employés pour un salaire inférieur au minimum après c'te soirée à la gomme. Y en a qui vont faire le tour d'la ville, à s'acheter des trucs, une télé couleur, l'air conditionné... » Merde, tiens! Y a pas cinq minutes j'étais l'expert du balai, me v'la d'nouveau vagabond.

– Ça pourrait être pire.

– Ben voyons! Ça t'va bien d'dire ça à toi, mon pote. T'as une p'tite affaire qui marche. T'as un fils qu'est prof, qu'a déjà probablement un barbocul, une Buick, l'air conditionné et la télé. Putain! J'ai même pas un p'tit transistor, moi! Les salaires des *Folles Nuits*, c'était pas les folles journées! Chuis resté un plus léger qu'l'air conditionné!

Jones façonna un nuage philosophique.

« Mais pourtant, t'as raison d'une façon, Watson. Ça peut ête pire. Si j'étais à la place du gros enfoiré, tiens! Oua-ho! Qu'est-ce que tu veux qu'y arrive à un type comme ça, hein?

## XIII

M. Levy s'assit sur le sofa recouvert de nylon jaune et déplia le journal qui lui était livré chaque matin sur la Côte moyennant un abonnement au prix fort. C'était merveilleux de disposer de nouveau du sofa jaune, mais la disparition de Miss Trixie ne suffisait plus à lui remonter le moral. Il avait passé une nuit sans sommeil. Mme Levy était sur sa planche d'exercice motorisée, offrant à sa rondeur grassouillette quelques manipulations et rebonds matinaux. Elle gardait le silence, préoccupée par ses projets de Fondation, qu'elle jetait sur le papier au fur et à mesure qu'il lui venait des idées. Posant un instant son crayon, elle tendit la main pour choisir un gâteau sec dans la boîte ouverte sur le plancher. Cette boîte de gâteaux secs n'était pas sans rapport avec la nuit d'insomnie de M. Levy. En compagnie de son épouse, il était parti au volant de sa voiture pour Mandeville pour découvrir que non seulement M. Reilly n'y était pas, mais encore que l'administration de cet établissement hospitalier était d'une extrême grossièreté avec les gens qu'elle prenait pour de mauvais plaisants. Et certes, Mme Levy pouvait fort bien en avoir l'air, avec ses cheveux d'un blanc doré, ses lunettes de soleil bleues et son mascara bleu pâle qui lui encerclait complètement les yeux, mettant comme un halo autour des lunettes. Assise dans la voiture de sport devant le bâtiment principal de Mandeville, une énorme boîte de gâteaux secs assortis sur les genoux, elle avait dû sembler extrêmement suspecte à l'administration, raisonnait M. Levy. Mais elle avait pris tout ça avec beaucoup de calme. Retrouver M. Reilly était apparemment devenu le cadet de ses soucis. Son mari commençait à subodorer qu'elle ne souhaitait pas particulièrement le voir retrouver Reilly, que, quelque part dans un coin de son esprit, elle espérait même qu'Abelman allait gagner son procès de manière qu'elle pût ensuite jeter au visage de ses filles comme l'ultime échec de leur père la pauvreté dont elles allaient souffrir en conséquence. Cette femme avait l'esprit tortueux et ses réactions n'étaient prévisibles qu'au moment où elle pressentait une occasion de vaincre son époux. Il en était à se demander si elle était de son côté ou de celui d'Abelman.

Il avait demandé à Gonzales d'annuler toutes ses réservations. L'affaire Abelman réclamait toute son attention. Tout en dépliant son journal, M. Levy se répéta pour la xème fois que, pour peu que son système digestif l'y eût autorisé, il eût été bien préférable qu'il consacrât son temps à surveiller ce qui se passait aux Pantalons Levy. Jamais des affaires de ce genre ne se seraient produites, l'existence eût été paisible. Mais ce simple nom, ces cinq syllabes « Pantalons Levy » suffisaient à lui coller une terrible hyperacidité gastrique. Il aurait dû changer le nom, peut-être. Peut-être changer Gonzales. Mais le chef de bureau était d'une telle loyauté, tout de même. Il adorait son travail ingrat et mal payé. Impossible de le flanquer à la porte de but en blanc. Où trouverait-il un nouvel emploi. Et, plus important encore, qui trouverait-on pour le remplacer? Une bonne raison de continuer à faire tourner la boîte, c'était de continuer à fournir un emploi à Gonzales. Avec la meilleure volonté du monde, Gus Levy ne parvenait pas à trouver une seule autre bonne raison de ne pas mettre la clé sous le paillasson. Gonzales risquait de se suicider si l'usine fermait. Il y avait une vie humaine dans la balance. Et puis, selon toute apparence, personne ne voulait racheter la boîte.

Gus Levy jeta un coup d'œil aux photos et à l'article de première page et siffla entre ses dents.

– Ben mon vieux...

– Qu'y a-t-il, Gus? Un ennui? Tu as des ennuis? Toute la nuit tu es resté réveillé. J'ai entendu le bain à eau pulsée fonctionner toute la nuit. Tu vas finir par craquer. Je t'en prie, va voir le médecin de Lenny avant de devenir violent.

– Je viens de retrouver M. Reilly.

– Ça doit te faire plaisir.

– Pourquoi, pas à toi? Regarde, il est dans le journal.

– Vraiment. Apporte-moi ça ici. Je me suis toujours demandé ce que ce jeune idéaliste avait pu devenir. Je parie qu'il vient de recevoir une médaille ou une récompense.

– Pas plus tard que l'autre jour, tu disais qu'il était fou.

– S'il a été assez malin pour nous envoyer tous les deux jusqu'à Mandeville comme deux imbéciles, c'est qu'il n'est pas si fou que ça. N'importe qui est capable de te rouler, même un garçon comme cet idéaliste.

Mme Levy regarda les deux femmes, l'oiseau, le portier qui souriait de toutes ses dents.

« Où est-il? Je ne vois pas d'idéaliste.

M. Levy lui indiqua le cadavre de vache sur la chaussée.

« Comment! C'est lui? Dans le ruisseau. Mais c'est tragique. Il fait la nouba, ivre, désespéré, une épave bouffie, déjà. Tu peux faire une encoche à ton tableau de chasse – encore une vie que tu as naufragée, outre celle de Miss Trixie et la mienne.

– Mais c'est un oiseau qui l'a mordu à l'oreille, ou un truc dingue dans ce goût-là! Regarde, regarde tous les gens interlopes que tu as sur ces photos. Je t'avais dit qu'il était fiché à la police. Ces gens sont ses amis. Des effeuilleuses, des maquereaux et des pornographes, voilà.

– Il s'est voué naguère à des causes idéalistes. Et regarde ce qu'il est devenu aujourd'hui. Mais ne t'en fais pas. Un jour, tu paieras pour tout cela. Dans quelques mois, quand Abelman en aura fini avec toi, tu te retrouveras dans la rue avec une voiture à bras, comme ton pauvre père à ses débuts. Tu apprendras à tes dépens ce qu'il en coûte de jouer à des petits jeux avec des hommes de la trempe d'Abelman, et de diriger son affaire en dilettante. Susan et Sandra seront dans tous leurs états quand elles apprendront qu'elles sont sans un sou grâce à toi. Oh, je vois d'ici la façon dont elles s'en iront. Gus Levy, ex-père de famille.

– Bon, ben moi je vais en ville sur-le-champ pour parler à ce Reilly. Je vais tirer au clair cette histoire de fou de la lettre à Abelman.

– Ho ho. Gus Levy, détective privé. Ne me fais pas rigoler. C'est probablement toi qui as rédigé cette lettre un jour où tu avais gagné aux courses et que tu te sentais particulièrement bien. Je savais que tout finirait comme ça.

– Tu sais, je commence à croire que tu attends avec impatience le procès Abelman. Tu as vraiment envie de me voir ruiné, même si cela signifie que tu le seras en même temps que moi.

Mme Levy bâilla et dit :

– Comment pourrais-je me battre contre le résultat logique de toute ta vie ? Ça prouvera aux filles que tout ce que je leur ai dit sur ton compte était vrai et que j'avais toujours vu juste. Plus je pense au procès Abelman, Gus, plus je me rends compte que tout cela est parfaitement inévitable. Je remercie le ciel que ma mère ait un peu d'argent. J'ai toujours su qu'un jour ou l'autre il me faudrait retourner chez elle. Mais il faudra sans doute qu'elle renonce à San Juan. Suzan et Sandra lui coûteront les yeux de la tête.

– Oh, ferme-la.

– C'est à moi que tu dis si élégamment de « la fermer » ?

Mme Levy montait et descendait sur sa planche d'exercice. Elle montait et descendait, montait et descendait en un mouvement perpétuel.

« Tu voudrais que j'assiste à ta chute en silence ? Il faut bien que je prenne quelques dispositions pour mes filles et pour moi-même. Tu sais, la vie continue, Gus. Je n'irai pas vivre dans un quelconque taudis de la zone avec toi. Ah, remercions le ciel que ton père nous ait quittés. S'il avait vécu pour voir la chute des Pantalons Levy, amenée par une de tes blagues stupides, il te l'aurait fait payer très, très cher, tu peux m'en croire. Leon Levy t'aurait fait chasser du pays. C'était un homme qui avait du courage et de la détermination. Et quoi qu'il arrive, je vais créer la Fondation Leon Levy. Même si maman et moi devons nous priver, je distribuerai des prix et des récompenses. Je veux honorer et récompenser des hommes qui auront fait preuve du même courage, de la même bravoure que je voyais chez ton père. Je ne te laisserai pas traîner son nom dans la boue où tu vas toi-même t'enfoncer. Quand Abelman en aura fini avec toi, tu auras de la chance si une des équipes que tu aimes tant veut bien t'engager comme porteur d'eau! C'est là que tu apprendras ce que c'est que le travail, oh la la! A courir en portant ton seau et ton éponge! Mais ne t'apitoie pas sur toi-même, je t'en prie. tu étais prévenu.

Désormais, M. Levy comprenait que l'étrange logique de son épouse rendait sa ruine nécessaire. Elle souhaitait voir Abelman triompher. Dans son triomphe, elle puiserait comme une bizarre justification. Depuis qu'elle avait lu la lettre d'Abelman, l'esprit de son épouse avait probablement examiné et réexaminé la question sous tous les angles possibles. Chacune des minutes qu'elle passait à pédaler sur son *exercycle* ou à rebondir sur sa planche motorisée, son bizarre système logique lui avait probablement répété de manière toujours plus convaincante qu'il fallait qu'Abelman gagnât son procès. Ce ne serait pas seulement la victoire d'Abelman, ce serait la sienne aussi. Dans sa conversation comme dans sa correspondance, elle n'avait cessé d'indiquer à ses filles que leur père finirait par connaître un échec terrible et retentissant. Mme Levy ne pouvait se permettre d'être contredite par les faits. Elle avait besoin de l'action intentée par Abelman en vue de soutirer 500 000 dollars aux Pantalons Levy. Elle ne voulait même plus avoir la moindre conversation avec Reilly. L'affaire Abelman était passée du plan purement matériel et physique à un plan idéologique et moral, un plan spirituel : des forces cosmiques et universelles y décrétaient que Gus Levy devait perdre, que privé d'enfants et de toute consolation il devait errer inlassablement, porteur d'un seau et d'une éponge.

– Bon, je me mets sur les traces de ce Reilly, finit par annoncer M. Levy.

– Mais quelle détermination, c'est tout juste si je puis le croire. Ne t'en fais pas, tu ne seras pas en mesure de coller quoi que ce soit sur le dos du jeune idéaliste. Il est trop malin. Il te jouera un nouveau tour. Attends un peu, tu vas voir. Encore une grande chasse à courre pour rire. Tu retourneras peut-être même à Mandeville. Mais cette fois, ils t'y garderont, quand ils verront un homme de ton âge conduire une petite voiture de collégien.

– Je vais tout droit chez lui.

Mme Levy replia ses notes concernant la Fondation et interrompit sa planche d'exercice en disant :

– Bon, si tu vas en ville, autant que tu m'emmènes. Je me fais du souci pour Miss Trixie depuis que Gonzales nous a appris qu'elle avait mordu la main de ce gangster. Il faut que je la voie. Sa vieille agressivité à l'encontre des Pantalons Levy se manifeste de nouveau en pleine clarté.

– Ne me dis pas que tu veux encore faire mumuse avec cette gâteuse. Tu ne crois pas que tu l'as suffisamment tourmentée comme ça ?

– La moindre bonne action que tu me vois faire, tu ne peux le supporter. Ton cas n'a même pas été prévu par les manuels de psychologie. Si tu ne le fais pas pour toi, tu devrais au moins aller consulter le médecin de Lenny pour son bien à lui ! Une fois qu'il aurait décrit ton cas dans les journaux de psychiatrie, il serait certainement invité à Vienne pour en parler. Tu en ferais un homme célèbre, comme cette pauvre infirme – si je ne me trompe – a fait connaître Freud pour la première fois !

Tandis que Mme Levy s'aveuglait presque sous des couches de mascara bleu pâle en manière de préparatif à sa démarche charitable, M. Levy sortit sa voiture de sport du garage monumental, construit pour abriter trois autos dans le style des vastes remises des relais de poste du passé, puis, assis au volant, il attendit, contemplant la baie calme et parcourue de vaguelettes. Les dards d'un début de brûlure d'estomac lui piquaient la cage thoracique. Il fallait absolument soutirer des aveux à Reilly. Les requins d'Abelman pouvaient lui faire la peau, c'était une satisfaction qu'il ne voulait pas donner à son épouse. S'il obtenait de Reilly une déclaration prouvant qu'il était l'auteur de la lettre, s'il se sortait de cette affaire sans encombre, il allait changer. Il faisait le vœu de devenir quelqu'un d'autre. Peut-être même superviserait-il quelque peu les affaires de la boîte. Après tout, c'était une question de bon sens, une simple question de pragmatisme. Négligés, les Pantalons Levy étaient comme un enfant qu'on néglige : ils risquaient de sombrer dans la délinquance, de susciter toutes sortes de difficultés et de problèmes qu'un peu de soins, un peu de nourriture physique et affective eût suffi à éviter. Moins on s'occupait des Pantalons Levy, plus ils empoisonnaient l'existence. Les Pantalons Levy, c'était comme une tare congénitale, une malédiction héréditaire.

– Tous les gens que je connais possèdent une belle et grande limousine, dit Mme Levy en prenant place dans la petite auto.

Sauf toi. Non. Toi, il faut que tu aies ton joujou d'enfant, qui coûte plus qu'une Cadillac et fiche toutes mes permanentes en l'air.

Comme pour souligner ses dires, sa chevelure laquée s'ébouriffa follement tandis qu'ils prenaient dans un grand vrombissement l'autoroute côtière. Les deux époux gardèrent le silence pendant la traversée des marais. M. Levy songeait fébrilement à l'avenir. Mme Levy envisageait le sien avec plaisir et confiance, ses faux cils bleu pâle battant au vent. Ils pénétrèrent enfin en ville, dans un vrombissement redoublé, car M. Levy accéléra en sentant qu'il se rapprochait de ce fichu Reilly. Un type qui traînait avec les tarés du Quartier, Dieu seul savait le genre d'existence que ce cinglé pouvait bien mener. Une suite d'incidents grotesques, une dinguerie après l'autre, probablement.

– Je crois que je suis enfin parvenue à analyser ce qui ne va pas chez toi, déclara Mme Levy quand ils eurent ralenti pour se mêler à la circulation de la ville. C'est en te voyant conduire comme un fou furieux que j'ai été mise sur la voie. La lumière s'est faite dans mon esprit. Je sais maintenant pourquoi tu te laisses aller à la dérive, pourquoi tu n'as pas la moindre ambition, pourquoi tu as laissé péricliter ton affaire.

Mme Levy s'interrompit pour souligner l'effet dramatique qu'elle escomptait de sa déclaration.

« C'est le désir de mort qui t'habite.

– Pour la dernière fois aujourd'hui : ferme-la.

– Hostilité, agressivité, rancune, dit joyeusement Mme Levy. Ça finira mal, très mal, mon pauvre Gus.

On était un samedi et les Pantalons Levy avaient en conséquence cessé d'agresser à leur manière le système de la libre entreprise pour s'accorder les deux jours légaux de repos hebdomadaire. Les Levy passèrent devant l'usine qui, ouverte ou fermée, avait toujours l'air moribonde, vue de la rue. Une mince et pâle fumée, comme celle que produisent les tas de feuilles mortes incendiées par un jardinier, s'élevait de l'une des cheminées. M. Levy se demanda ce que cela pouvait bien signifier. Un ouvrier avait peut-être oublié une des tables de coupe trop près d'une chaudière en partant le vendredi soir. Il pouvait même y avoir quelqu'un à l'intérieur, venu pour brûler des feuilles. Des choses plus bizarres s'étaient déjà vues. Mme Levy elle-même, lors d'une de ses phases, quand elle avait traversé sa période poterie, avait un jour décidé d'utiliser l'une des chaudières comme four à céramique.

Quand ils eurent laissé derrière eux l'usine et que Mme Levy eut dûment laissé tomber les mots « Quelle tristesse, quelle tristesse », ils tournèrent en longeant le fleuve et s'arrêtèrent devant un petit immeuble de bois totalement décati qui se dressait en face des docks de Desire Street. Une piste de détritus invitait le passant à gravir les degrés du perron à la peinture écaillée pour se mettre en quête d'on ne savait quoi à l'intérieur de l'immeuble.

– Ne reste pas trop longtemps, dit Mme Levy tout en se livrant aux contorsions, tractions et poussées qui étaient nécessaires quand on souhaitait quitter la petite voiture de sport.

Elle emportait l'assortiment de gâteaux secs qui était, à l'origine, destiné au patient de Mandeville.

« J'en ai assez de ce projet Trixie. J'espère qu'elle s'occupera avec les gâteaux et que je n'aurai pas à lui faire la conversation.

Elle sourit à son époux.

« Bonne chance avec l'idéaliste. Ne le laisse pas te jouer un nouveau tour.

M. Levy repartit à toute vitesse vers le nord de la ville. Il profita d'un feu rouge pour retrouver l'adresse exacte de Reilly dans le journal qu'il avait déposé dans le vide-poches, entre les deux sièges baquets. Il longea le fleuve dans Tchoupitoulas Street et tourna dans Constantinople qu'il suivit en cahotant dans tous les nids-de-poule jusqu'à la maison miniature. Était-il possible que l'énorme dingue habitât cette maison de poupée? Comment faisait-il pour entrer et sortir par la porte?

M. Levy grimpa les marches du perron et lut l'écriteau qui proclamait « La paix à tout prix », puis celui qui proclamait « Paix aux hommes de bonne volonté », fixés l'un à un pilier du perron, l'autre à la porte elle-même. C'était bien là. A l'intérieur, il entendit sonner un téléphone.

– Y sont pas là! hurla une femme derrière les volets fermés de la maison voisine. Leur téléphone a pas arrêté d'sonner d'la matinée!

Les volets de la porte d'entrée de la maison mitoyenne s'ouvrirent alors, livrant passage à une femme aux airs traqués qui sortit sur son perron et appuya ses coudes rouges sur la balustrade.

– Savez-vous où se trouve M. Reilly? lui demanda M. Levy.

– Tout c'que chsais, c'est qu'y en a qu'pour lui dans l'journal, c'matin! Et oùsqu'y devrait être, c'est à l'asile, voilà! J'ai les nerfs en capilotade, moi! Quand je suis venue m'installer à côté de ces gens, j'ai signé mon arrêt de mort.

– Il habite ici tout seul? Une femme m'a répondu au téléphone un jour que j'ai appelé.

– Ça d'vait ête sa manman. Elle a les nerfs en capilotade elle aussi. Elle a dû aller l'chercher à l'hôpital oùsqu'on a dû l'mette.

– Vous connaissez bien M. Reilly?

– Depuis tout p'tit. C'est qu'elle en était fière, sa manman. Toutes les sœurs de l'école l'adoraient tellement qu'il était mignon. Et vous voyez comment qu'il a fini, dans le ruisseau! Mais moi, je dis qu'y va falloir qu'y déménagent d'ici. On n'en veut pus dans l'quartier. Moi j'en peux plus. C'est qu'y vont pouvoir se disputer, maintenant.

– J'aimerais vous poser une question. Vous connaissez bien M. Reilly. Diriez-vous qu'il est très irresponsable, peut-être même dangereux?

– Qu'est-ce que vous lui voulez? demanda Miss Annie en plissant ses yeux chassieux. Il s'est encore mis dans d'autes ennuis?

– Je me présente : Gus Levy. Il a travaillé pour moi.

– A ouais? ça alors! Ce fou d'Innatius était rien fier de l'emploi qu'il avait chez vous, ça oui! J'l'entendais en causer à sa manman et dire que ça marchait fort pour lui. Tu parles. Quelques semaines et hop! la porte. Mais dites, s'il a travaillé pour vous, vous d'vez l'connaîte très bien.

Ce pauvre dingue de Reilly était-il vraiment si fier de travailler aux Pantalons Levy? Il n'avait cessé de le répéter, en tout cas. C'était un symptôme suffisant de sa folie!

– Dites-moi. Il n'a jamais eu d'ennuis avec la police? Il n'est pas fiché, par hasard?

– Sa manman reçoit un policier ici. Un agent d'police en civil. Mais Innatius, non. Y a une chose, c'est qu'sa manman elle aime bien l'gorgeon. J'la vois pus soûle comme avant, ces derniers temps, mais pendant quelque temps, ça y a été. Un jour, je r'garde dans la cour de derrière, elle s'était complètement entortillée dans un drap qui séchait sur la corde, elle arrivait pus à s'en dépêtrer. Moi, monsieur, j'vous l'dis, c'est dix ans d'ma vie au moins qu'ça m'a déjà coûté d'avoir des voisins comme ça! Un boucan! Et des banjos, et des trompettes, et des gueulantes et la télé... des cris! Ces Reilly faudrait qu'y z'aillent à la campagne dans une ferme, moi j'dis. Tous les jours c'est des six, sept aspirines que j'dois prendre.

Miss Annie introduisit une main dans le col de son vieux peignoir pour aller retrouver quelque bretelle qui avait glissé de son épaule.

« Faut que j'vous dise quèque chose. Faut ête juste. L'Innatius, il a pas été mal tant qu'le gros chien, là, qu'il avait est pas mort. Il avait un gros chien qu'arrêtait pas d'aboyer sous ma f'nête. C'est là qu'j'ai eu mes premiers ennuis nerveux. Puis voilà t'y pas qu'le chien y meurt. Bon, que chme dis, j'vais ptête avoir un peu la paix, moi maintenant. Ah ben ouiche! Innatius, il avait allongé son chien dans le salon à sa manman avec des fleurs dans les pattes. Ça a été là qu'sa maman et lui y z'ont commencé à s'disputer que c'en est jamais fini. Si vous voulez savoir, chpense que c'est à c'moment-là qu'elle s'est mise à boire. Donc, v'là l'Innatius qui s'en va trouver monsieur le curé et qu'y d'mande comme ça d'venir chez lui dire trois mots sur son chien. Des espèces de comme qui dirait funérailles pour le chien qu'y s'disait Innatius. Vous savez? Monsieur le curé y dit non, bien sûr, et chpense qu'c'est à c'moment-là qu'Innatius a plus mis les pieds à l'église. Et donc le gros Innatius il a organisé ses funérailles tout seul. Un gros lycéen devrait quand même avoir pusse de jugeote. Mais non. Vous voyez c'te croix?

M. Levy regarda désespérément la croix celtique qui achevait de pourrir dans le minuscule jardin désolé.

« C'est là qu'ça s'est passé. Il avait bien fait v'nir deux douzaines de gamins qu'étaient debout dans c'te courette autour de lui à l'regarder. Innatius avait mis une grande cape, comme celle à Superman et y avait des bougies d'allumées un peu partout. Pendant tout l'temps qu'ça a duré, sa manman a pas cessé d'brailler qu'il fallait chter l'chien à la poubelle et rentrer à la maison tout d'suite. Bon, ben c'est l'moment vers lequel tout a commencé à aller mal ici. D'abord Innatius est allé à l'université qu'il y est presque resté dix ans. Sa manman s'est ruinée pour lui. Elle a même dû vendre le piano qu'y z'avaient. Bah, ça, moi, c'était plutôt bien. Mais j'aurais voulu qu'vous voyez la fille qu'il a ramassée à la faculté. Moi je m'disais, ma foi, tant mieux. L'Innatius, maintenant, y va s'marier et y partira. Ah, j'me mettais l'doigt dans l'œil! Et comment! Tout c'qu'y f'saient, tous les deux, c'était d'traîner dans sa chambre à lui toute la journée, sans en sortir. On aurait dit qu'tous les soirs c'était la foire avec ces deux-là! Ah les choses que j'ai pas entendues par ma f'nête! Et « baisse ta jupe », et « va-t'en de mon lit! » et « bas les pattes! Je suis vierge moi ». C'était é-pou-van-ta-be! J'ai survécu qu'à l'aspirine, vingt-quatre heures sur vingt-quatre. Et pis cte fille est partie. R'marquez, j'la comprends. Rien qu'pour ête restée tant d'temps avec lui, faut qu'elle aye pas été normale, moi j'dis.

Miss Annie alla rattraper sous son peignoir l'autre bretelle élusive.

« Avec toutes les baraques qu'y a en ville, fallait que j'vienne habiter ici, moi! Vous pouvez m'dire pourquoi, hein?

M. Levy ne put trouver aucune raison convaincante à lui offrir de son installation ici plutôt que là. Mais l'histoire d'Ignatius Reilly l'avait déprimé au-delà du supportable et il souhaitait quitter Constantinople Street au plus vite.

« Eh ben, s'empressa de poursuivre la vieille femme, trop heureuse de tenir un auditoire pour le laisser s'enfuir avant d'avoir pu lui infliger le récit de la totalité de ses malheurs, c't'histoire dans l'journal de c'matin, là, c'est la goutte d'eau. Vous vous rendez compte de la publicité qu'ça fait à note rue, à note quartier? Maintenant, à la première occasion, au premier signe qu'y vont encore r'mette ça, moi j'appelle la police et j'le fais envoyer à l'asile. J'en peux plus, moi. J'ai les nerfs en capilotade, j'vous dis, en capilotade que j'ai les nerfs. C't'Innatius, même quand c'est seulement qu'il est pour prendre un bain, ça fait l'bruit d'une inondation qu'elle menac'rait d'engloutir ma maison. Chcrois bien qu'tous mes tuyaux sont crevés. Chuis trop vieille. J'en ai ma claque de ces gens. J'en ai par-dessus la tête.

Miss Annie regarda par-dessus l'épaule de M. Levy.

« Bon, ben c'est pas tout ça, j'ai été contente de pouvoir vous causer un peu, monsieur. Au revoir!

Elle repartit en courant chez elle et ferma les volets dans un grand claquement. Cette soudaine disparition redoubla la confusion et la tristesse dans lesquelles le récit de la vie de M. Reilly avaient déjà plongé Gus Levy. Il était tout désemparé. Quel quartier! Levy's Lodge lui avait toujours permis d'éviter de faire la connaissance de gens de cette sorte. Puis M. Levy aperçut la vieille Plymouth qui tentait de se mettre au mouillage le long du trottoir, raclant ses enjoliveurs contre la brique avant de s'immobiliser enfin. A l'arrière, il distingua la silhouette du gros dingue. Une femme aux cheveux auburn descendit du siège du conducteur et lança :

– Tu vas descendre, oui?

– Pas avant que tu aies clarifié pour moi tes relations avec ce vieillard gâteux, répondit la silhouette. Je croyais que nous avions échappé à ce vieux fasciste dégénéré. Apparemment, je me trompais. Pendant tout ce temps-là, tu as eu une aventure avec lui derrière mon dos. C'était probablement toi qui l'avais mis en faction devant D.H. Holmes, ce jour fatal. Maintenant que j'y pense, peut-être même y avais-tu fait attendre ce mongolien de Mancuso. Dans le seul but de mettre en branle le cycle qui m'emporte, l'épouvantable cercle vicieux dont je suis prisonnier. Comme j'étais sans méfiance, quel ingénu j'ai fait! Voilà des semaines maintenant que je suis la dupe d'un complot. C'est une conspiration – tout!

– Descends d'cette voiture, chte dis!

– Vous voyez? dit Miss Annie à travers ses volets clos. Y r'mettent ça.

La porte arrière de l'auto s'ouvrit dans un grincement de rouille et un semi-botillon gonflé à éclater se posa sur le marchepied. La tête du dingue était bandée, il semblait pâle et fatigué.

– Je ne vivrai pas sous le même toit qu'une femme dissolue. Je suis choqué et meurtri. Ma propre mère. Je ne m'étonne plus que tu t'en sois prise à moi avec une telle sauvagerie. M'est avis que tu m'utilises comme bouc émissaire de tes propres sentiments de culpabilité.

Quelle famille, songea M. Levy. La mère avait effectivement une vague allure de vieille entraîneuse. Il se demanda ce que le policier en civil avait bien pu lui trouver.

– Ferme-la au lieu de dire des insanités, vociférait la femme d'une voix stridente. T'as rien à dire de Claude, c'est un brave homme bien comme il faut.

– Un brave homme, cracha ironiquement Ignatius. Je savais que c'était ainsi que tu finirais quand tu as commencé à fréquenter ces dégénérés.

Dans la rue, quelques voisins étaient sortis sur leur perron. Quelle journée cela promettait d'être! M. Levy courait le risque de se trouver mêlé à une querelle de rue au milieu de ces gens déchaînés. Ses brûlures d'estomac menaçaient d'envahir toute sa poitrine.

La femme aux cheveux auburn était tombée à genoux et interrogeait le ciel.

– Mais qu'est-ce que j'ai fait au bon Dieu. Seigneur! Dis-le-moi, ch't'ai fait quelque chose? J'ai pas été sage?

– Attention! Tu es sur la tombe de Rex! hurla Ignatius. Dis-moi plutôt ce que ce maccarthyste débauché et toi faites ensemble! Vous appartenez probablement à quelque cellule politique secrète? Je ne m'étonne plus d'avoir été bombardé de ces tracts de chasse aux sorcières. Je ne m'étonne plus d'avoir été suivi hier soir. Où est cette entremetteuse de Battaglia? Où? Elle mérite le fouet. Tout cela n'est qu'un coup monté contre moi, un complot pervers pour me faire dégager ton chemin. Mon Dieu! Une bande de fascistes a probablement fait subir à l'oiseau un entraînement spécial pour le lancer contre moi. Ces gens-là ne reculent devant rien.

– Claude me fait la cour, dit Mme Reilly d'un air de défi.

– Quoi! tonna Ignatius. Veux-tu me faire comprendre par là que tu as autorisé ce vieillard à te tripoter à sa convenance.

– Claude est un homme comme y faut. Tout c'qu'il a fait c'est d'me t'nir la main quelques fois.

Les yeux jaune et bleu louchèrent sous l'effet de la colère. Les grosses pattes se refermèrent sur les oreilles pour qu'Ignatius n'entendît plus rien.

– Dieu seul sait ce que peuvent bien être les désirs inavouables de cet homme. Je t'en prie, épargne-moi la vérité. Je m'effondrerais totalement.

– Fermez-la! hurla Miss Annie derrière ses volets. Vous n'en avez plus pour longtemps à vivre ici, alors faites-vous oublier!

– Claude est pas intelligent mais c'est un brave homme. Il est très bon pour sa famille et c'est ça qui compte. Santa dit qu'il aime les communisses pasqu'il est tout seul. Il a rien à faire d'aute. Y s'embête. S'y d'vait m'demander d'l'épouser, sur-le-champ; j'y dirais oui, j'y dirais comme ça « d'accord Claude », sans avoir à réfléchir une seconde. Chte l'dis, Ignatius. J'le f'rai pasque j'ai bien l'droit d'avoir quelqu'un qui m'traite gentiment avant d'mourir. J'ai bien l'droit d'plus avoir à m'faire sans cesse du souci pour savoir d'où m'viendra mon prochain dollar. Quand Claude et moi on est allés récupérer tes affaires et qu'l'infirmière-chef nous a donné ton portefeuille avec presque trente dollars dedans, c'était la goutte d'eau qui fait déborder l'vase. Tes folies, c'était déjà moche, mais qu'tu caches de l'argent à ta pauvre manman...

– J'avais besoin de cet argent dans un but précis.

– Pour quoi faire? Pour aller traîner avec des femmes de mauvaise vie?

Mme Reilly se leva laborieusement de la tombe de Rex.

« T'es pas seulement fou, Ignatius, t'es avare en plus.

– Et tu crois sincèrement que Claude le roué veut le mariage? demanda Ignatius pour changer de sujet.

– Tu erreras de motel puant en motel puant, tu finiras par te suicider.

– J'me marierai si ça m'dit, mon gars, tu peux pus rien faire pour m'en empêcher.

– Cet homme est un extrémiste dangereux, dit Ignatius d'un air sombre et morose. Dieu seul sait la quantité d'horreurs politiques et idéologiques qui s'agitent dans son esprit. Il va te torturer, ou pis encore.

– Mais, toi, toi, TOI! pour qui donc te prends-tu que tu me dises ce qu'il faut faire?

Mme Reilly regarda son fils qui suait et soufflait de mauvaise humeur. Elle était dégoûtée et fatiguée, elle se désintéressait de tout ce qu'il pouvait bien avoir à dire.

« Claude est pas malin, d'accord. Ca, chuis la première à t'le dire. Bon. Claude arrête pas d'masticoter avec ses communisses à la noix. D'accord. Ptête qu'il y connaît rien de rien en politique. Mais moi j'en ai rien à s'couer d'la politique. C'que j'en ai à s'couer, c'est d'finir ma vie à peu près convenabement. Claude, il est gentil avec moi, et c'est plus que tu peux faire avec toute et tous tes diplômes que t'as eus avec ta mention fort. Pour tous c'que j'ai pu faire de gentil pour toi, j'ai jamais r'çu qu'des coups d'pied en r'tour. J'veux quelqu'un qui m'trai'ra gentiment une fois dans ma vie avant d'mourir. T'as tout appris, Ignatius, sauf à être humain.

– Mais ton destin n'est pas d'être traitée avec gentillesse, cria Ignatius. Tu es ouvertement masochiste. La gentillesse ne pourrait que te plonger dans le désarroi et te détruire.

– Va t'faire voir, Ignatius. Chte maudis. Tu m'as fait tellement d'peine si souvent qu'j'arrive même pus à tenir le compte des fois.

– Cet homme ne mettra jamais les pieds à la maison tant que j'y serai. Une fois fatigué de toi, il finirait probablement par tourner sa concupiscence déviante vers moi!

– Qu'est-ce que tu racontes, espèce de fou? Ferme donc ta bouche d'imbécile. J'en ai par-dessus la tête. J'vais m'occuper d'toi. Ah, tu dis qu'tu veux t'reposer, j'vais t'en filer moi, du repos, chpeux t'trouver quelque chose de très bien.

– Quand je pense à mon pauvre cher papa, à peine refroidi dans sa tombe, dit Ignatius en faisant mine d'essuyer un peu d'humidité au coin de son œil.

– M'sieur Reilly est passé v'là vingt ans.

– Vingt et un! triompha sombrement Ignatius. Tu vois bien? Tu as oublié ton cher époux bien-aimé.

– Heu, je vous demande pardon, dit faiblement M. Levy. Puis-je vous dire deux mots, M. Reilly?

– Quoi? demanda Ignatius, remarquant pour la première fois l'homme qui se tenait sur le perron.

– Qu'est-ce que vous lui voulez, à Ignatius? demanda Mme Reilly à l'homme.

M. Levy se présenta.

« Bon, ben vous l'avez sous les yeux en personne. J'espère que vous avez pas cru la drôle d'histoire qui vous a racontée l'aute jour au téléphone. J'étais trop fatiguée pour y arracher l'appareil des mains.

– Pourrions-nous entrer? demanda M. Levy. J'aimerais lui parler en particulier.

– Ça m'est bien égal, dit Mme Reilly sans manifester le moindre intérêt.

Elle regarda dans la rue et vit les voisins qui les observaient.

« Tous les voisins sont au courant d'tout maintenant.

Mais elle ouvrit la porte d'entrée et le trio se retrouva dans le minuscule vestibule. Mme Reilly déposa le sac en papier contenant l'écharpe et le sabre de son fils qu'elle rapportait de l'hôpital et demanda :

« Qu'est-ce que vous voulez, m'sieur Levy? Ignatius! Reviens ici tout d'suite et cause avec monsieur.

– Ma chère mère, je dois vaquer à mes occupations gastro-intestinales. Le traumatisme de ces dernières vingt-quatre heures a mis mes entrailles en révolution.

– Sors de ces cabinets et reviens ici tout d'suite chte dis. Alors, qu'est-ce que vous lui voulez à ce fou, m'sieur Levy?

– Dites-moi, Reilly, est-ce que cela vous dit quelque chose?

Ignatius examina les deux lettres que M. Levy avait tirées de la poche de sa veste et dit :

– Bien sûr que non. C'est votre signature. Sortez de cette maison sur-le-champ. Maman, voici le démon qui m'a ignominieusement chassé de son entreprise.

– Ce n'est pas vous qui avez écrit ça?

– M. Gonzales était extrêmement dictatorial. Jamais il ne m'eût autorisé ne fût-ce qu'à m'approcher d'une machine à écrire. A vrai dire, j'ai même essuyé un jour une brutale rebuffade pour avoir par hasard laissé courir mes yeux sur une correspondance qu'il était occupé à rédiger dans une prose assez épouvantable je dois le dire. S'il m'autorisait à faire reluire ses souliers bon marché je m'estimais heureux. Vous savez la possessivité dont il fait preuve à l'égard de votre pourtant stagnante entreprise.

– Mais oui je sais. Seulement il dit qu'il n'a pas écrit cela.

– Une contre-vérité manifeste. Chacune de ses paroles est un mensonge. Il parle avec une langue fourchue!

– Cet homme menace de nous faire un procès en demandant une somme astronomique.

– C'est Ignatius qui l'a fait, interrompit Mme Reilly, non sans une certaine grossièreté. Tout c'qui a pu s'passer d'travers, c'est la faute à Ignatius. Y fait des histoires partout où qu'y va. Vas-y, Ignatius, dis la vérité au monsieur. Vas-y chte dis, avant que cht'en r'tourne une bonne.

– Maman, fais partir cet homme, cria Ignatius, cherchant à pousser sa mère contre M. Levy.

– Écoutez-moi, Reilly, cet homme menace de me poursuivre pour cinq cent mille dollars de dommages et intérêts. Je serai ruiné.

– Si c'est pas malheureux! s'exclama Mme Reilly. Ignatius, qu'est-ce que t'as fait à c'pauve monsieur?

Alors qu'Ignatius s'apprêtait à discourir sur la circonspection qui avait été sienne chez Pantalons Levy, le téléphone sonna.

– Allô? dit Mme Reilly. Je suis sa mère. Comment ça « est-ce que j'ai bu? » ça va pas, non! En voilà des manières! se récria-t-elle en foudroyant Ignatius du regard. Il a...? Il est...? Quoi? Oooh, non!

Elle dévisagea son fils, les yeux écarquillés, tandis qu'il se mettait à frotter l'une de ses grosses pattes contre l'autre.

« Entendu, m'sieur, vous l'aurez, votre matériel, tout sauf la bouque d'oreille. Ça, c'est l'oiseau qui l'a eue. D'accord. Mais bien sûr que j'm'en souviendrai! Chuis pas soûle!

Mme Reilly raccrocha violemment et se tourna vers son fils en vociférant :

– C'était l'homme des saucisses. T'es viré!

– Le ciel en soit loué, soupira Ignatius. Je ne crois pas que j'aurais été capable de pousser une seconde de plus cette voiture à bras, je ne l'aurais pas supporté.

– Qu'est-ce que t'es allé lui raconter sur moi, hein? Hein?T'y as dit qu'j'étais soûle?

– Bien sûr que non. C'est d'un ridicule achevé. Je ne parle pas de ton cas avec les gens. Sans doute t'a-t-il déjà parlé un jour que tu étais en état d'ébriété. Je ne serais même pas étonné d'apprendre que tu le fréquentais. Vous avez sans doute fait un soir la tournée des grands ducs dans toutes les boîtes fréquentées par le gratin des hot dogs!

– T'es même pas capable de vende des saucisses dans la rue. Il était en rogne, cet homme. Y m'a dit qu'il avait eu plus d'ennuis avec toi qu'avec tous les autes vendeurs ambulants réunis.

– Ma vision du monde lui était absolument intolérable et le rendait extrêmement vindicatif et rancuneux à mon endroit.

– Oh, ferme-la avant que chte r'tourne encore une bonne paire de baffes, hurla Mme Reilly. Allez, dis la vérité à m'sieur Levy, maintenant, dis-la, chte dis!

Quelle vie de famille sordide, songea M. Levy. Cette femme avait indiscutablement des manières dictatoriales avec son fils.

– Mais j'ai dit la vérité, protesta Ignatius.

– Faites-moi voir cte lettre, m'sieur Levy.

– Ne la lui montrez pas. Elle lit assez horriblement mal. Elle en sera plongée dans le désarroi complet pendant plusieurs semaines.

Mme Reilly balança un grand coup de son sac à main dans la tempe d'Ignatius.

– Ça ne va pas recommencer! hurla Ignatius.

– Ne le frappez pas, madame, dit M. Levy.

La tête du dingue était déjà bandée. En dehors des rings, la violence rendait M. Levy malade. Ce dingue de Reilly était pitoyable. Sa mère faisait des frasques avec un vieux, buvait et voulait se débarrasser de son fils. Elle était déjà en cheville avec la police. Le chien était probablement la seule chose que le dingue eût jamais eue dans sa vie. Parfois, il était nécessaire de rencontrer une personne dans son environnement réel pour la comprendre. A sa manière, M. Reilly s'était vraiment beaucoup intéressé aux Pantalons Levy. Voilà que M. Levy se mettait à regretter sincèrement d'avoir renvoyé Reilly. Le dingue était fier de l'emploi qu'il avait occupé à la boîte.

« Fichez-lui la paix, madame Reilly, je vous en prie. Nous allons tirer tout cela au clair.

– Aidez-moi, monsieur, balbutia Ignatius, saisissant théâtralement M. Levy par les revers de sa veste de sport. Seule dame Fortune sait les tours affreux qu'elle me réserve encore. J'en sais trop long sur ses activités sordides. Elle a décidé de m'éliminer. Avez-vous songé à interroger cette femme Trixie? Elle en sait beaucoup plus long que vous ne pourriez le soupçonner.

– C'est ce que dit mon épouse, mais j'en doute. Je ne l'ai même jamais cru. Miss Trixie est tellement vieille, quand on y songe. Je ne crois même pas qu'elle serait capable de rédiger une liste de courses pour aller chez l'épicier.

– Vieille? demanda Mme Reilly. Oh, Ignatius! Tu m'as raconté que Trixie était le nom d'une jolie fille qui travaillait aux Pantalons Levy. Tu m'as raconté que vous vous plaisiez bien. Et maintenant j'apprends que c'est une grand-mère qui peut tout juste écrire! Ignatius!

C'était plus triste encore que M. Levy n'avait d'abord pensé. Le pauvre dingue avait voulu faire croire à sa mère qu'il avait une petite amie.

– Je vous en prie, chuchota Ignatius à M. Levy, suivez-moi dans ma chambre. Il faut que je vous montre quelque chose.

– Croyez pas un mot de c'qui vous dira! lança Mme Reilly dans leur dos, tandis qu'Ignatius entraînait M. Levy vers sa chambre moisie.

– Laissez-le tranquille, dit M. Levy à Mme Reilly avec une certaine fermeté.

Cette femme ne laissait aucune chance à son propre fils. C'était une mégère, aussi redoutable que sa propre épouse. Pas étonnant que le dingue fût une épave.

Puis la porte se referma derrière eux et M. Levy se sentit pris d'une brusque nausée. Il y avait un remugle de vieilles feuilles de thé dans la pièce, une odeur qui lui rappelait la vieille théière que Leon Levy avait toujours à portée de la main. La théière chinoise délicatement craquelée au fond de laquelle il restait toujours un dépôt de feuilles mouillées. Il alla à la fenêtre et ouvrit le volet mais, là, son regard croisa celui de Miss Annie, qui le dévisageait fixement entre les lames de son propre volet. Il se détourna de la fenêtre et regarda Reilly feuilleter du pouce le contenu d'un classeur cartonné.

– Voilà, dit Ignatius. Quelques notes jetées sur le papier du temps où je travaillais pour votre firme. Elles suffiront à vous prouver que j'aimais les Pantalons Levy plus que la vie elle-même et que je passais toutes mes heures de veille à envisager des moyens de rendre service à votre entreprise. Et souvent, la nuit, j'avais des visions. Des fantômes de Pantalons Levy flottait devant ma psyché assoupie. Jamais je n'eusse écrit une telle lettre. J'adorais les Pantalons Levy. Tenez. Lisez cela, monsieur.

M. Levy lui prit le classeur des mains et, là où le gros doigt de Reilly indiquait une ligne, lut : « Aujourd'hui notre bureau a enfin été assez heureux pour accueillir notre seigneur et maître, le sieur G. Levy. Pour parler sans détour, je le trouve assez insouciant et superficiel. » Le gros doigt sauta quelques lignes. « Il apprendra bien à temps à connaître mon dévouement à son entreprise et mon loyalisme. Et mon exemple pourrait bien, à son tour, l'amener à retrouver foi dans les Pantalons Levy. » Le doigt-poteau indicateur montra le paragraphe suivant. « La Trixie garde un mutisme obstiné qui la révèle plus sagace encore que je ne l'ai cru d'emblée. Je soupçonne cette femme d'en savoir beaucoup et d'affecter l'apathie comme une façade commode pour la rancune qu'elle nourrit apparemment contre les Pantalons Levy. Elle retrouve sa cohérence pour parler de la retraite. »

– Voilà votre preuve, monsieur, s'écria Ignatius, arrachant le classeur des mains de M. Levy. Interrogez la mystérieuse Trixie. Sa sénilité n'est qu'un déguisement. Elle fait partie de son système de défense contre le travail et contre votre maison. En fait, elle déteste les Pantalons Levy parce qu'ils ne la mettent pas à la retraite. Et qui pourrait lui en vouloir ? Bien des fois, quand nous étions seuls, elle babillait pendant des heures, échafaudant des projets pour « avoir » les Pantalons Levy. Sa rancune s'exprimait en attaques au vitriol contre votre firme.

M. Levy tentait de soupeser tout cela. Il savait que Reilly avait réellement aimé la boîte. La voisine le lui avait dit, il s'en était lui-même aperçu à la boîte, et il venait de le lire. Trixie, au contraire, la haïssait. Bien que son épouse et le dingue prétendissent que la sénilité était une façade, il doutait qu'elle fût capable de rédiger une telle lettre. Mais, pour le moment, il lui fallait absolument quitter cette chambre qui lui collait de la claustrophobie, avant de vomir sur tous les cahiers qui jonchaient le plancher. Quand M. Reilly s'était tenu près de lui pour lui indiquer du doigt les passages qu'il voulait lui faire lire, le remugle était devenu épouvantable. Il avança la main à tâtons vers le bec de cane mais le dingue se jeta contre la porte.

– Vous devez me croire, soupira-t-il. La mégère Trixie avait une espèce de fixation sur une dinde ou un jambon. Était-ce un rôti ? Toujours est-il que tout cela devenait assez féroce et désarmant à la fois, par moments. Elle avait juré de se venger de n'avoir pas été mise à la retraite à l'âge légal. Elle débordait d'agressivité.

M. Levy se dégagea, fit un pas de côté, força le passage et se retrouva dans le vestibule où la mère aux cheveux auburn attendait comme un portier.

– Merci M. Reilly, dit M. Levy.

Il lui fallait de toute urgence quitter cette maison de poupée dérisoire et déchirante.

« Si j'ai de nouveau besoin de vous, je vous appellerai.

– Oh, vous aurez de nouveau besoin d'lui ! lança Mme Reilly quand il lui passa devant pour se précipiter sur les marches du perron. Quoi que ce soit, c'est forcément la faute à Ignatius, alors !

Elle lança encore quelques mots mais le vrombissement de M. Levy couvrit sa voix et noya ses paroles. Une fumée bleue flotta sur la vieille Plymouth navrée, il était parti.

– Eh ben, maintenant, ça y est. T'es arrivé à tes fins cette fois-ci ! dit-elle à Ignatius, agrippant son surplis blanc. Tu nous a vraiment mis dans les ennuis. Tu sais c'que ça peut t'coûter, faux et usage de faux ? Ils te jetteront dans une prison fédérale. Ce pauve monsieur, c'est cinq cent mille dollars qu'on veut lui prende dans c't'affaire. Là, tu peux ête content d'toi, hein ! Les ennuis commencent pour toi, les vrais.

– Je t'en prie, dit faiblement Ignatius.

Sa peau pâle virait du blanc sale au gris. Il se sentait vraiment mal désormais. Son anneau pylorique exécutait diverses manœuvres qui excédaient en violence et en originalité tout ce qu'il pouvait bien avoir fait par le passé.

« Je t'avais prévenue que tout se passerait ainsi si j'allais travailler.

M. Levy regagna les docks de Desire Street par le plus court chemin qu'il pût trouver. Tout le long du trajet, il était enflammé d'une émotion qui rappelait d'assez loin, mais distinctement, une ferme détermination. Si le ressentiment avait vraiment poussé Miss Trixie à rédiger cette lettre, c'était Mme Levy qui était, en dernier ressort, responsable des poursuites intentées par Abelman. Miss Trixie était-elle capable d'écrire un texte aussi intelligible que l'était cette lettre ? Il traversa rapidement le quartier de Miss Trixie, passant en trombe devant les bars et les écriteaux qui proclamaient partout ÉCREVISSES A LA NAGE et DÉGUSTATION D'HUITRES. M. Levy espérait que la réponse serait positive. Arrivé devant l'immeuble, il quitta son auto et suivit la piste de détritus qui le conduisit jusqu'à une porte brune. Il frappa et Mme Levy vint lui ouvrir en disant :

– Coucou, le revoilà ! La terreur des idéalistes. Alors, tu as résolu ton affaire ?

– Peut-être.

– Voilà que tu parles comme Gary Cooper, maintenant. Je

vais devoir me contenter de réponses ultra-laconiques. Sheriff Gary Levy.

Du doigt, elle tira sur un cil bleu pâle dont l'alignement laissait à désirer.

« Bon, en route. Trixie se gave de gâteaux secs. J'en ai des haut-le-cœur.

Écartant son épouse, M. Levy pénétra au cœur d'un tableau qu'il n'eût jamais pu imaginer. Levy's Lodge ne l'avait pas préparé à la découverte d'intérieurs comme celui qu'il venait de quitter, dans Constantinople Street – et comme celui-ci. L'appartement de Miss Trixie était décoré de détritus, de rebuts, de fragments de métal, de boîtes en carton. Quelque part en dessous de tout cela, il y avait des meubles. Mais la surface, le terrain visible, n'était qu'un paysage de vieilles fripes, de cageots et de vieux journaux. Un col, au centre de cette montagne, une clairière dans cette jonchée d'ordures, une étroite travée de plancher apparent menait à une fenêtre auprès de laquelle Miss Trixie était assise, dévorant l'assortiment de gâteaux secs. M. Levy longea l'étroit corridor, passant devant la perruque noire accrochée à un cageot, devant les souliers à talon haut jetés sur une pile de journaux. Le seul élément de sa cure de jouvence que Miss Trixie eût apparemment daigné conservé était le dentier, il lançait des éclairs entre ses lèvres minces, poignardant les biscuits.

– Tu es bien silencieux, brusquement, fit remarquer Mme Levy. Que se passe-t-il Gus ? Encore une mission qui se termine par un échec ?

– Miss Trixie ! hurla M. Levy dans l'oreille de cette dernière. Avez-vous écrit une lettre à Abelman – les magasins Abelman ?

– Hou la la, on peut dire que tu touches le fond, dit Mme Levy. L'idéaliste t'a encore roulé dans la farine. Il t'a eu jusqu'au trognon.

– Miss Trixie !

– Quoi ? aboya l'intéressée. Ah, je dois dire que vous savez vous y prendre pour mettre les gens à la retraite vous autres !

M. Levy lui tendit la lettre. Ramassant une loupe sur le plancher, elle se mit à examiner l'écriture. La visière verte projetait une nuance mortuaire sur son visage et sur ses lèvres minces, entourées de miettes de gâteau sec. Quand elle eut posé la loupe, elle chevrota joyeusement :

– Vous voilà bien embêtés vous autres, maintenant.

– Mais est-ce vous qui avez écrit ça à Abelman? M. Reilly a dit que c'était vous.

– Qui?

– M. Reilly. Le gros avec une casquette verte qui travaillait aux Pantalons Levy.

M. Levy montra la photo de Reilly dans le journal du matin.

« Celui-là, là.

Miss Trixie reporta sa loupe sur le journal et se récria :

– Oh, mon Dieu. Alors voilà ce qui lui est arrivé. Pauvre Gloria. Il avait l'air d'être blessé.

« C'est M. Reilly, c'est ça?

– Oui. Je crois que vous vous souvenez de lui. Il dit que c'est vous qui avez écrit cette lettre.

– Ah oui?

Gloria Reilly ne mentirait pas. Pas Gloria. C'était une pure, Gloria. Du solide. Gloria avait toujours été son ami. Miss Trixie tenta de rassembler ses souvenirs à travers le brouillard. Peut-être bien qu'elle l'avait écrite, cette lettre. Il se passait tant de choses dont elle n'était plus capable de se souvenir désormais.

« Ma foi, je crois bien que c'est vrai. Oui. Maintenant que vous le dites, c'est bien possible. Oui, oui, je crois bien que j'ai écrit ça. Vous le méritiez bien, vous autres! Vous m'avez rendue folle ces dernières années. Pas de retraite. Pas de jambon. Rien. J'espère bien que vous perdrez tout ce qui vous appartient, tout!

– Vous avez écrit ça? demanda Mme Levy. Après tout ce que j'ai fait pour vous, vous avez écrit un torchon comme celui-là? J'ai réchauffé une vipère dans mon sein! Vous pouvez dire adieu aux Pantalons Levy! Vous les avez trahis. Au rancart, voilà, on va vous mettre au rancart!

Miss Trixie sourit. L'emmerdeuse avait l'air de se mettre dans tous ses états. Gloria avait toujours été son ami. Maintenant l'emmerdeuse irait manger à la soupe populaire. Enfin, peut-être, parce que, pour le moment, elle lui marchait droit dessus, ses ongles bleu pâle dressés comme des ergots. Miss Trixie se mit à crier.

– Fiche-lui donc la paix, dit M. Levy à son épouse. Eh bien, eh bien. En voilà de belles histoires à raconter à Susan et Sandra, tu ne trouves pas? Leur mère a si bien torturé une malheureuse vieille dame que voilà les filles en grand danger de perdre leurs cachemires et leurs petites culottes.

– Mais c'est ça, prends-t'en à moi! répliqua Mme Levy hors

d'elle. C'est moi qui ai introduit la feuille de papier dans la machine! Moi qui l'ai aidée à taper!

– Vous avez écrit cette lettre pour vous venger des Pantalons Levy parce qu'on refusait de vous mettre à la retraite, c'est bien ça?

– Oui, oui, dit vaguement Miss Trixie.

– Quand je pense que je vous faisais confiance! cracha Mme Levy à l'adresse de Miss Trixie. Rendez-moi ce dentier!

Son mari arrêta la main dont elle s'apprêtait à saisir la mâchoire de la vieille dame.

– Silence! Assez! aboya Miss Trixie, ses crocs blancs lançant des éclairs. Je ne peux même pas avoir un peu la paix chez moi!

– Sans tes projets stupides, cette femme serait à la retraite depuis bien longtemps, dit M. Levy à son épouse. Depuis tant et tant d'années que tu prédis des catastrophes, il s'avère en définitive que c'est toi qui as bien failli faire péricliter les Pantalons Levy.

– Je vois. Ce n'est pas à elle que tu en veux. C'est à moi. A une femme de classe, une idéaliste. Si un cambrioleur s'introduisait dans tes bureaux, c'est encore moi qui prendrais tout! Tu as besoin de te faire soigner, Gus. Grand besoin.

– En tout cas, j'ai indiscutablement besoin du médecin de Lenny, ça t'étonne?

– Mais c'est merveilleux, Gus.

– Silence!

– Seulement c'est toi qui vas appeler ce docteur, dit M. Levy à sa femme. Je veux que tu le convainques de déclarer que Miss Trixie est atteinte de sénilité, qu'elle n'est plus responsable de ses actes, et d'exposer les mobiles qu'elle avait pour rédiger cette lettre.

– Dis donc, c'est ton problème, répondit Mme Levy, courroucée. Tu n'as qu'à l'appeler.

– Susan et Sandra n'aimeraient pas apprendre les petites erreurs de leur chère maman.

– Et du chantage, par-dessus le marché.

– Je ne nie pas que tu m'aies appris deux ou trois petites choses. Après tout, voilà un bout de temps que nous sommes mariés.

M. Levy regarda l'anxiété le disputer à la colère sur les traits de son épouse. Pour une fois, elle n'avait rien à répondre.

« Les filles n'aimeraient pas apprendre que leur mère s'est conduite comme une imbécile. Alors arrange-toi pour emmener

Trixie chez le médecin de Lenny. Avec ses aveux à elle et le témoignage d'un quelconque docteur, Abelman n'a pas l'ombre d'une chance. Il suffirait de la traîner au tribunal et de la montrer au juge.

– Je suis une femme très séduisante, dit aussitôt et machinalement Miss Trixie.

– Bien sûr, dit M. Levy en se penchant vers elle. Nous allons vous mettre à la retraite, Miss Trixie. Avec une augmentation. Pour compenser toutes les misères qui vous ont été faites.

– La retraite? chevrota Miss Trixie. Je dois dire que c'est inattendu. Dieu soit loué.

– Vous me signerez une déclaration comme quoi c'est vous qui avez rédigé cette lettre?

– Mais bien sûr! s'écria Miss Trixie.

Quel ami était Gloria, décidément! Gloria avait su trouver le moyen de l'aider. Gloria était malin. Heureusement que Gloria s'était souvenu de cette lettre magique.

« Je signerai tout ce que vous voudrez.

– Je comprends tout, brusquement, fit la voix amère de Mme Levy derrière une pile de vieux journaux. On me fait du chantage à l'amour que j'éprouve pour mes deux filles chéries. Tu te débarrasses de moi pour pouvoir être un plus grand jouisseur que jamais, le roi des dilettantes. C'est maintenant que les Pantalons Levy sont plus que jamais en danger de disparaître. Tu crois me tenir.

– Oh, mais je te tiens. Et les Pantalons Levy vont bel et bien disparaître. Mais pas parce que tu les auras naufragés en faisant mumuse, non.

M. Levy parcourut des yeux les deux lettres.

« Cette affaire Abelman m'a fait réfléchir à des tas de choses. Comment se fait-il que personne n'achète nos pantalons? Parce qu'ils sont dégueulasses. Parce qu'ils sont fabriqués à partir des patrons qu'utilisait déjà mon père il y a vingt ans. Et les mêmes tissus. Parce que le vieux tyran n'a jamais rien voulu changer dans son usine. Et parce qu'il a détruit en moi tout esprit d'initiative.

– Ton père était un homme remarquable. Je ne veux pas t'entendre lui manquer de respect, plus un mot.

– Ferme-la. La drôle de lettre de Trixie m'a donné une idée. A partir d'aujourd'hui, nous ne fabriquerons plus que des bermudas. Moins d'ennuis, moins de manipulations, plus de bénéfices sur la base de dépenses moindres. Je veux toute une nouvelle gamme de produits lavables, infroissables, modernes. Adieu Pantalons Levy, vivent les Bermudas Levy!

– Bermudas Levy. Ah la la, ça fait bien. Non, mais laisse-moi rire. Tu vas te ruiner en un an. Tu es prêt à tout pour occulter la mémoire de ton père. Tu n'es pas capable de diriger une affaire, tu n'es qu'un raté, un dilettante, un jouisseur, un pilier de champs de courses.

– Assez! Je dois dire que vous êtes vraiment imbuvables, vous autres! Si c'est ça la retraite, j'aime encore mieux retourner aux Pantalons Levy.

Miss Trixie souligna ses paroles en agitant la boîte de gâteaux secs comme pour les en menacer.

« Sortez de ma maison et adressez-moi mon chèque par la poste!

– J'étais incapable de diriger les Pantalons Levy, c'est vrai. Je crois que je vais pouvoir diriger les Bermudas Levy.

– Comme te voilà soudain sûr de toi, je n'aime pas beaucoup tes petits airs satisfaits, dit Mme Levy d'une voix qui confinait à la crise de nerfs.

Gus Levy dirigeant une affaire? Gus Levy mâle dominateur. Qu'allait-elle bien pouvoir raconter à Susan et Sandra? Qu'allait-elle bien pouvoir dire à Gus Levy? Qu'allait-il lui arriver à elle?

« Et j'imagine que la Fondation va disparaître aussi, du même coup?

– Mais bien sûr que non!

M. Levy eut un sourire intérieur. Enfin. Enfin son épouse était sans gouvernail, cherchant à diriger son esquif sur une mer confuse. Enfin elle lui demandait des directives.

« Nous allons créer une récompense. Qu'est-ce qu'elles étaient censées récompenser, dans ton idée? Les actes de mérite et de bravoure?

– Oui, répondit humblement Mme Levy.

– Tiens, regarde! Ça c'est de la bravoure.

Il ramassa le journal et montra du doigt le Noir qui se penchait sur l'idéaliste déchu.

« C'est lui qui aura la première récompense.

– Quoi? Un criminel à lunettes noires? Un personnage de Bourbon Street? Je t'en prie Gus. Ne fais pas ça. Il n'y a que quelques années que Leon Levy est mort. Laisse-le reposer en paix.

– Mais c'est du pur pragmatisme. Le genre de manœuvre que notre vieux Leon aurait lui-même prôné. La plupart de nos employés sont des Noirs. C'est un bon truc de relations publiques. Et je ne vais probablement pas tarder à avoir besoin d'embaucher de nouveaux employés et de leur demander de fournir un meilleur travail. Cela permettra un meilleur climat d'embauche.

– Mais enfin pas pour ce... cette chose-là! s'écria Mme Levy comme si elle allait vomir. Les récompenses sont prévues pour des gens comme il faut.

– Qu'as-tu fait de l'idéalisme dont tu prends toujours le parti avec une telle force? Je croyais que tu t'intéressais au sort des minorités. En tout cas, c'est ce que tu avais toujours dit. Et d'ailleurs Reilly méritait d'être sauvé! C'est lui qui m'a mené à la vraie coupable.

– Tu ne vas pas pouvoir survivre le restant de tes jours sur la rancune.

– Qui parle de rancune? Je fais enfin des choses constructives, au contraire. Miss Trixie, où est votre téléphone, s'il vous plaît?

– Qui? demanda Miss Trixie qui s'absorbait dans la contemplation d'un cargo de Monrovia qui quittait les docks avec une cargaison de tracteurs International Harvester. Je n'en ai pas. Y en a un à l'épicerie du coin.

– Très bien. Mme Levy, tu vas aller téléphoner au toubib de Lenny et puis tu appelleras le journal pour leur demander s'ils savent comment joindre Jones. Les gens de son espèce n'ont pas le téléphone, en général. Essaye aussi la police, ils sauront peut-être comment le joindre, eux. En tout cas ne l'appelle pas, toi. Rapporte-moi le numéro, je l'appellerai en personne.

Immobile, les yeux écarquillés, Mme Levy dévisageait son époux sans remuer un seul de ses cils bleu pâle.

– Si vous allez à l'épicerie, rapportez-moi donc ce jambon, grinça Miss Trixie. Je veux le voir ici, ce jambon, chez moi! Sous mes yeux! Fini les fausses promesses et les bonnes paroles. Vous voulez des aveux, vous autres, eh bien il va falloir payer!

Elle gronda comme un chien en regardant Mme Levy, lèvres retroussées sur ses dents éclatantes, comme si elles symbolisaient quelque chose, constituaient un geste de défi.

– Eh bien, tu vois, dit M. Levy à sa femme en lui tendant un billet de dix dollars, maintenant cela te fait trois raisons d'aller à l'épicerie. Je t'attends ici.

Mme Levy prit l'argent et dit à son mari :

– Tu dois être content, j'imagine. Je serai ta bonne. Tu tiens ça suspendu sur ma tête comme l'épée de Damoclès. Pour une petite erreur de jugement, je vais devoir payer jusqu'à la fin de mes jours.

– Une « petite erreur de jugement »? Une action en dommages et intérêts pour un demi-million de dollars. Et qu'est-ce que tu payes? Je te demande de faire une petite course à l'épicerie du coin. Tu appelles ça payer le restant de tes jours?

Mme Levy tourna les talons et longea la trouée. La porte claqua et Miss Trixie, comme si on venait de lui soulager la poitrine d'un poids immense, sombra dans une joyeuse torpeur juvénile. M. Levy l'écouta ronfler en regardant le cargo de Monrovia quitter le port et descendre le courant en direction du golfe.

Pour la première fois depuis plusieurs jours, son esprit retrouva son calme et quelques-uns des événements liés à l'épisode de la lettre défilèrent devant sa conscience. Il songea à la lettre adressée à Abelman et se rendit compte qu'il avait le souvenir vague d'avoir entendu un langage similaire quelque part. Mais oui, dans le jardinet de ce dingue de Reilly, une heure seulement auparavant. « Elle mérite le fouet. » « Ce mongolien de Mancuso. » C'était donc bien Reilly l'auteur de la lettre, en fin de compte. M. Levy laissa tomber un regard de tendresse sur la petite accusée qui ronflait sur sa boîte de gâteaux secs. Pour le bien de tout le monde, ma pauvre petite Miss Trixie, il faudra que vous soyez reconnue irresponsable et que vous avouiez tout. C'est un coup monté, en somme. M. Levy ne put s'empêcher d'éclater de rire. Pourquoi Miss Trixie avait-elle avoué si facilement?

– Silence! aboya cette dernière, réveillée en sursaut.

Ce dingue de Reilly méritait effectivement d'être sauvé. A sa manière de dingue, il avait fait son propre salut, celui de Miss Trixie, et même celui de Levy lui-même. Qui que fût ce Burma Jones, il méritait une récompense importante. Et lui offrir un emploi dans la nouvelle firme – les Bermudas Levy –, voilà qui serait encore meilleur pour les relations publiques. Une récompense et un emploi. Et une bonne couverture publicitaire dans les journaux pour lier tout cela à l'inauguration des Bermudas Levy. C'était un bon truc, oui ou non?

M. Levy regarda le cargo quitter l'embouchure d'Industrial Canal. Mme Levy serait bientôt à bord d'un bateau, elle aussi. A destination de San Juan. Elle pourrait aller rendre une petite visite à sa mère, sur la plage, pour rire, danser et chanter avec elle. Car Mme Levy ne s'intégrerait jamais tout à fait à ce nouveau projet des Bermudas Levy.

# QUATORZE

Ignatius passa la journée dans sa chambre, s'appliquant à dormir et attaquant son gant de caoutchouc pendant ses fréquents et anxieux intervalles de veille. Tout au long de l'après-midi, le téléphone ne cessa de sonner dans le vestibule, chaque nouvelle sonnerie le rendant un peu plus nerveux, un peu plus anxieux encore que précédemment. Il plongeait sur le gant, le déflorait, le poignardait, le réduisait à merci. Comme toutes les célébrités, Ignatius attirait des fans : la parentèle malchanceuse de Mme Reilly, des voisins, des gens que Mme Reilly n'avait pas vus depuis des années. Tous avaient téléphoné. A chaque sonnerie, Ignatius imaginait que c'était M. Levy qui rappelait, mais il entendait toujours sa mère prononcer les paroles qui devenaient de plus en plus pitoyablement conventionnelles, « Si c'est pas malheureux. Qu'est-ce que je vais faire, hein, j'vous l'demande? Qu'est-ce qu'on va dev'nir, maintenant qu'note nom est sali. » Quand Ignatius n'en pouvait plus, il sortait de sa chambre comme une grosse vague pour s'aller chercher un Dr. Nut. Si le hasard le mettait sur le chemin de sa mère, elle ne le regardait pas mais s'absorbait dans la contemplation des gros moutons de poussière amalgamée qui flottaient au long du vestibule dans le sillage de son fils. Il était, selon toute apparence, incapable de trouver un mot à lui dire.

Qu'allait faire M. Levy? Malheureusement, Abelman semblait un être mesquin, sa petitesse d'esprit l'empêchait d'accueillir sereinement la moindre critique, son hypersensibilité était celle d'un écorché. Ignatius s'était trompé de correspondant, sa bordée courageuse, engagée, avait été tirée contre le mauvais adversaire. Au point où il en était, son système nerveux n'eût pas supporté les épreuves d'un procès. Il risquait de s'effondrer complètement devant le magistrat. Il se demandait combien de temps s'écoulerait avant que M. Levy ne fondît de nouveau sur lui. Quels commérages séniles la vieille Trixie était-elle en train de déverser dans les oreilles de Levy? Ce dernier, furieux et troublé, allait revenir, bien décidé, cette fois, à faire incarcérer Ignatius sur-le-champ. Attendre ce retour, c'était comme attendre l'heure d'une exécution. Une migraine sourde et persistante le torturait. Le Dr. Nut avait goût de fiel. Cet Abelman avait vraiment besoin d'une forte somme; fallait-il que cet être ultra-sensible eût été gravement offensé! Quand le véritable auteur de la lettre serait découvert, que demanderait le féroce Abelman, en lieu et place de cinq cent mille dollars? Une vie?

Le Dr. Nut faisait comme un acide qui descendait en gargouillant vers son intestin. Il s'emplit de gaz, son anneau scellé l'emprisonnant comme l'embout pincé entre le pouce et l'index d'un ballon de baudruche. D'énormes éructations s'élevaient de sa gorge et montaient vers la coupelle pleine de détritus de la suspension de pâte de verre. Une fois que l'on était projeté à l'intérieur de ce siècle brutal, tout pouvait arriver. Partout, des chausse-trappes comme Abelman, les insipides croisés pour la dignité des Maures, ce crétin de Mancuso, Dorian Greene, les journalistes, des effeuilleuses, des oiseaux, la photographie, des jeunes voyous, des pornographes nazis. Et surtout Myrna Minkoff. Les biens de consommation. Et surtout Myrna Minkoff. La fieffée péronnelle devait recevoir une leçon définitive. Un jour. D'une façon ou d'une autre. Il faudrait la faire payer. Quoi qu'il advînt, il devrait s'occuper d'elle, quand bien même l'entreprise de vengeance l'occuperait pendant des années au cours desquelles il devait la poursuivre de bistrot en bistrot, d'orgie folklorique en orgie folklorique, de métro en apparte, de champ de coton en manifestation. Ignatius lança contre Myrna un juron élisabéthain fort complexe et, roulant sur le flanc, abusa une fois de plus, et frénétiquement, du gant de caoutchouc.

Comment sa mère avait-elle l'audace de songer à se remarier? Seule une personne aussi simple d'esprit qu'elle l'était pouvait se montrer aussi peu loyale. Le fasciste du troisième âge allait lancer chasse aux sorcières sur chasse aux sorcières contre un Ignatius J. Reilly d'abord intact, qu'il finirait par réduire à l'état de légume à peine vagissant. Le fasciste du troisième âge irait témoigner en faveur de M. Levy, de manière à s'assurer de l'incarcération de son futur beau-fils pour pouvoir assouvir ses désirs déviants et archaïques sur la personne naïve d'Irene Reilly. Il pourrait se livrer en toute quiétude à ses pratiques de réactionnaire, partisan du système de la libre entreprise. Puisque les prostituées n'étaient pas protégées par les lois sur le travail et ne touchaient ni retraite ni sécurité sociale, le roué Robichaux avait toutes les chances d'être fortement attiré par elles. Et Dieu seul savait ce qu'il pouvait avoir appris entre leurs mains expertes!

Mme Reilly alla écouter les grincements, les glapissements et les rots qui retentissaient dans la chambre de son fils et se demanda si, par-dessus le marché, il n'était pas en train de lui faire une crise d'épilepsie pour couronner le tout. Mais elle ne voulait pas le voir. Chaque fois qu'elle entendait la porte de sa chambre s'ouvrir, elle courait s'enfermer dans la sienne pour tenter de l'éviter. Cinq cent mille dollars étaient une somme qu'elle ne pouvait même pas imaginer. C'était tout juste si elle pouvait imaginer le châtiment que pouvait bien mériter une personne qui s'était rendue coupable de méfaits si graves qu'ils pouvaient « valoir » cinq cent mille dollars. Si M. Levy avait la moindre raison d'éprouver des doutes, elle n'en avait quant à elle aucune. Ignatius avait écrit cette lettre, quoi qu'elle pût contenir. Il ne manquait plus que cela. Ignatius en prison. Il n'existait qu'un moyen unique de le sauver. Emportant le téléphone aussi loin dans le vestibule que son fil le permettait, elle composa pour la quatrième fois ce jour-là le numéro de Santa Battaglia.

– Seigneur, ma belle, t'as l'air dans tous tes états, dit Santa. Qu'est-ce qu'y a encore?

– J'ai peur qu'Ignatius aye des ennuis encore bien pus graves que juste sa photo sur le journal, chuchota Mme Reilly. Chpeux pas t'en causer au téléphone. Santa, t'as toujours eu raison, faut qu'Ignatius aille à la Charité.

– Eh ben, t'as mis l'temps. J'me suis usé la voix à t'le répéter. Claude vient d'téléphoner, y a juste une minute. Y m'a dit qu'Ignatius avait fait une scène terrible quand y se sont vus tous les deux à l'hôpital. Claude dit qu'il a peur d'Ignatius qu'est tellement gros.

– Si c'est pas malheureux. C'était terribe à l'hôpital. Cht'ai déjà raconté comment qu'Ignatius s'est mis à crier. Avec toutes ces infirmières et les malades. J'ai cru qu'j'allais mourir de honte. Claude est pas trop en rogne, hein?

– Il est pas en rogne, mais il aime pas que tu soyes toute seule dans cte maison. Y m'a d'mandé si on pourrait v'nir tous les deux habiter avec toi.

– Oh non, faut pas faire ça, chou, s'empressa de répondre Mme Reilly.

– Et c'est quoi, alors, les nouveaux ennuis à Ignatius?

– Chte raconterai plus tard. Pour le moment, tout c'que chpeux t'dire c'est qu'j'ai pas arrêté d'la journée d'penser à c't'histoire de la Charité. Et ma décision est prise. C'est l'moment. C'est mon petit, mais justement, faut qu'on l'fasse soigner pour son propre bien.

Mme Reilly tenta de retrouver l'expression qu'on entendait toujours dans les pièces policières et judiciaires, à la télé.

« Faut qu'on l'fasse reconnaître en état de démence provisoire.

– Provisoire? ricana Santa.

– Faut qu'on y vienne en aide avant qu'on vienne le chercher.

– Qui c'est qui viendrait l'chercher?

– Ça m'a tout l'air qu'il a fait des grosses bêtises quand y travaillait aux Pantalons Levy.

– Non! Encore aute chose! C'est pas possibe, Irene. T'as qu'à raccrocher et appeler l'hôpital de la Charité tout d'suite, chérie.

– Non, écoute. J'veux pas ête là quand y vont v'nir. Il est fort, Ignatius. Y pourrait faire des histoires. Chpourrais pas l'supporter. J'ai déjà les nerfs dans un état que c'est pas croyabe.

– Ça, fort, tu l'as dit. Gros, même. Ce s'ra comme d'attraper un éléphant. J'vais leur dire d'apporter un grand filet, moi! lança Santa avec enthousiasme. Irene, c'est la meilleure décision qu't'aies prise depuis longtemps, moi chte l'dis. Alors écoute, j'vais les appeler tout d'suite. Toi, t'as qu'à v'nir. J'vais app'ler Claude pour qu'y vienne aussi. Ça va lui faire plaisir d'apprende ça, tu peux m'croire. Hou la la! Tu pourras envoyer tes faire-part d'ici une semaine. Tu vas t'retrouver propriétaire avant la fin d'l'année, ma p'tite. Tu vas t'retrouver rentière des ch'mins d'fer en plus.

Tout cela semblait bel et bon à Mme Reilly mais elle ne put s'empêcher de demander tout de même :

– Et ces histoires de communisses?

– T'en fais pas pour ça, ma chérie. On va s'en débarrasser des communisses. Claude aura bien trop à faire chez toi. Il en aura déjà pour un bout d'temps à transformer la chambre à Ignatius en salon.

Santa s'interrompit pour faire retentir son rire de baryton.

– Miss Annie en deviendra verte quand elle verra la maison entièrement refaite.

– Ouais, ben t'auras qu'à y dire que si elle sortait un peu, elle trouverait p'tête quelqu'un pour y r'faire la sienne, de maison, ha ha! Bon, ben raccroche et amène-toi, ma chérie. Moi j'appelle l'hôpital tout de suite. Sors de chez toi et vite!

Santa raccrocha violemment à l'oreille de Mme Reilly.

Cette dernière alla jeter un coup d'œil par les volets de la porte d'entrée. Il faisait déjà très sombre. C'était commode. Les voisins ne verraient pas grand-chose si l'on venait prendre Ignatius en pleine nuit. Elle se précipita dans la salle de bains pour couvrir de poudre son visage – et tout le devant de sa robe –, dessina une version très surréaliste d'une bouche sous son nez et retourna en trombe dans sa chambre pour prendre un manteau. Parvenue à la porte d'entrée, elle s'immobilisa. Elle ne pouvait prendre ainsi congé d'Ignatius. C'était son enfant.

Elle alla jusqu'à la porte de sa chambre et écouta chanter les ressorts du lit en un crescendo sauvage, digne du *Guillaume Tell* de Rossini. Elle frappa mais n'obtint aucune réponse.

– Ignatius, lança-t-elle tristement.

– Qu'est-ce que tu veux? fit une voix essoufflée.

– Je sors, Ignatius, j'voulais te dire au revoir.

Ignatius ne répondit pas.

– Ignatius, ouvre-moi, implora Mme reilly. Viens m'embrasser pour me dire au revoir, mon chéri.

– Je ne me sens pas bien du tout. Je puis à peine remuer.

– Allez, fiston.

La porte s'ouvrit lentement. Ignatius passa son gros visage grisâtre par l'entrebâillement. Les yeux de sa mère se mouillèrent quand elle revit son pansement.

– Allez, embrasse-moi, chéri. J'regrette bien qu'tout doive finir comme ça.

– Que signifie cette accumulation de clichés larmoyants? demanda Ignatius dont les soupçons s'éveillaient. Pourquoi es-tu gentille tout à coup? Tu n'as donc pas rendez-vous avec ton vieillard, quelque part?

– T'avais raison, Ignatius. Tu peux pas travailler. J'aurais dû l'savoir. J'aurais dû essayer d'régler cette dette d'une aute manière.

Une larme glissa de l'œil de Mme Reilly et traça un petit sillon de peau nue sous la poudre.

« Si ce M. Levy appelle, réponds pas au téléphone. J'vais tout arranger pour toi.

– Oh, mon Dieu! beugla Ignatius, je vois que les vrais ennuis ne font que commencer! Dieu sait ce que tu peux bien manigancer. Où vas-tu?

– Reste dans ta chambre et réponds pas au téléphone.

– Pourquoi ? Qu'est-ce que c'est cette histoire ?

Les yeux injectés de sang lancèrent des éclairs de terreur.

« Avec qui chuchotais-tu au téléphone, tout à l'heure ?

– Tu n'auras plus à t'en faire pour M. Levy, fiston. J'vais t'arranger tout ça. Souviens-toi seulement que ta pauve maman pense qu'à ton bien.

– C'est bien ce qui me fait le plus peur.

– Te fâche jamais contre moi, mon chéri, jamais, dit Mme Reilly avant de se dresser sur la pointe de ses chaussures de bouligne qu'elle n'avait pas quittées depuis qu'Angelo lui avait téléphoné la nuit précédente, pour étreindre Ignatius et déposer un baiser en travers de sa moustache.

Puis elle le lâcha et courut jusqu'à la porte d'entrée. Là, elle se retourna une dernière fois et dit :

– Je regrette d'avoir embouti cette bâtisse, Ignatius. Je t'aime mon p'tit.

Les volets claquèrent, elle était partie.

– Reviens ! tonna Ignatius.

Il ouvrit violemment les volets, mais la vieille Plymouth, dont l'aile absente découvrait une des roues comme pour quelque course d'autos tamponneuses, toussa et revint à la vie en tressautant.

« Reviens, maman, s'il te plaît !

– Ooh, la ferme ! fulmina Miss Annie quelque part dans les ténèbres.

Sa mère avait un atout dans sa manche, quelque plan abracadabrant, une manigance qui le ruinerait à jamais. Pourquoi avait-elle tellement insisté pour qu'il demeurât à l'intérieur ? Elle savait bien qu'il n'irait nulle part dans l'état où il était pour le moment. Il chercha le numéro de Santa Battaglia et le composa. Il fallait qu'il parlât avec sa mère.

– Ici Ignatius Reilly, annonça-t-il quand Santa eut répondu. Est-ce que ma mère ira vous voir ce soir ?

– Pas du tout, répliqua froidement Santa. J'l'ai pas eue au téléphone de toute la journée.

Ignatius raccrocha. Il se passait quelque chose. Il avait entendu sa mère dire « Santa » au téléphone à deux ou trois reprises au moins pendant la journée. Et puis il y avait eu ce dernier appel, cette conversation chuchotée juste avant le départ de sa mère. Sa mère ne chuchotait au téléphone qu'avec une seule interlocutrice : la ribaude Battaglia, et encore ne chuchotait-elle qu'au moment d'échanger des secrets. Aussitôt,

Ignatius se mit à rechercher les raisons que pouvait avoir eues sa mère de prendre congé de lui avec émotion comme si c'était pour la dernière fois. Une fois déjà, elle lui avait dit que Battaglia, l'entremetteuse, envisageait pour lui des vacances dans le service psychiatrique de l'hôpital de la Charité. Tout cela avait un sens. Dans un service psychiatrique, il serait à l'abri des poursuites d'Abelman ou de Levy, ou de quiconque souhaiterait éclaircir cette affaire. Car les deux hommes s'apprêtaient peut-être à le poursuivre. Abelman en diffamation et Levy pour faux et usage de faux. Aux yeux de l'étroit esprit de sa mère, le service psychiatrique semblait constituer une alternative relativement agréable. Cela ne lui ressemblait que trop : avec les meilleures intentions du monde, elle était capable de faire enfiler à son fils une veste de contention, et de le faire électrocuter par un prétendu spécialiste des électrochocs. Certes, il était possible que sa mère eût tout autre chose en tête. Toutefois, dans tout ce qui la concernait, mieux valait toujours mettre les choses au pire. Et le mensonge de Battaglia, cette femme de mauvaise vie, n'était guère rassurant en lui-même.

Aux États-Unis, vous êtes considéré comme innocent tant que vous n'avez pas été condamné à la prison. Peut-être Miss Trixie avait-elle avoué. Pourquoi M. Levy ne rappelait-il pas ? Ignatius ne se laisserait certainement pas jeter dans une quelconque clinique psychiatrique tant que, légalement et judiciairement, il serait considéré comme innocent d'avoir écrit cette lettre. Fidèle à elle-même, sa mère avait réagi de la manière la plus irrationnelle possible. « Je vais m'occuper de toi. » « Je vais t'arranger ça. » Certes, certes, elle allait l'arranger, à n'en pas douter ! On l'arroserait au jet glacé. Quelque psychanalyste débile tenterait de pénétrer les arcanes de sa vision du monde. Furieux de n'y point parvenir, il le ferait enfermer dans une cellule capitonnée d'un mètre sur deux. Non, non. Cela était hors de question. Mieux valait la prison, à tout prendre. Là, on vous imposait seulement des limites physiques. A l'asile, on tripotait votre esprit, votre âme, votre vision du monde ! Cela, jamais il ne le tolérerait. Et sa mère avait tellement paru s'excuser à l'avance de cette mystérieuse protection qu'elle s'apprêtait à lui assurer. Tout indiquait qu'il s'agissait bel et bien de l'hôpital de la Charité.

O, Fortune, inconséquente catin !

Et il parcourait la maison de poupée, impuissant, gibier facile. Les gros bras que l'hôpital employait en les baptisant infirmiers l'avaient déjà dans leur ligne de mire. Ignatius Reilly, pigeon d'argile. Peut-être sa mère s'était-elle seulement rendue au bouligne pour une des bacchanales dont elle était devenue coutumière. Mais peut-être aussi qu'un fourgon cellulaire fonçait au moment même en direction de Constantinople Street.

Fuir. Fuir.

Ignatius regarda dans son portefeuille. Les trente dollars avaient disparu, apparemment confisqués par sa mère à l'hôpital. Il consulta la pendule. Il était près de huit heures. Entre ses siestes et les assauts contre le gant, l'après-midi et la soirée s'étaient écoulés assez rapidement. Ignatius entreprit de fouiller sa chambre, projetant des cahiers Big Chief dans toutes les directions et les foulant au pied, ou les tirant de sous le lit. Il finit par récupérer quelques pièces de monnaie éparpillées et, se mettant alors au travail sur son bureau, en récupéra quelques-unes de plus. Un total de soixante *cents*, somme qui limitait les voies d'évasion. Du moins pouvait-il trouver un refuge sûr pour la fin de la soirée : le Prytania. Après la fermeture du cinéma, il pourrait repasser devant la maison de Constantinople Street pour voir si sa mère était ou non de retour.

Il s'habilla avec une hâte frénétique. La chemise de nuit de flanelle rouge vola par-dessus sa tête et resta accrochée à la suspension. Il rangea ses orteils dans les semi-bottillons et sauta de son mieux dans le pantalon de tweed qu'il parvenait à peine à boutonner désormais. Chemise, casquette, manteau, Ignatius enfila tout cela à l'aveuglette et courut dans le vestibule, se frottant aux murs dans l'étroit passage. Il atteignait tout juste la porte quand trois coups sonores et puissants furent frappés au volet.

M. Levy était-il de retour ? Son anneau pylorique lança des signaux de détresse qui déclenchèrent aussitôt une éruption sur ses mains. Grattant les petites cloques blanches, il risqua un œil par la fente des volets, s'attendant à découvrir plusieurs brutes hirsutes envoyées par l'hôpital.

Sur le perron, il vit Myrna vêtue d'une espèce d'informe trois-quarts de velours côtelé vert olive. Ses cheveux noirs étaient tressés en une longue natte qui lui passait sous une oreille pour tomber sur sa poitrine. Elle avait une guitare en travers des épaules.

Ignatius crut qu'il allait franchir les volets sans les ouvrir, les faisant voler en éclats pour se jeter sur elle, lui entortiller cette tresse de cheveux semblables à du chanvre autour de la gorge et serrer jusqu'à ce qu'elle devînt bleue. Mais la raison l'emporta. Ce n'était pas Myrna qu'il avait sous les yeux, c'était une possibilité d'évasion. Dame Fortune avait relâché son courroux. Elle n'était point assez dépravée pour mettre un terme à ce cycle atroce en l'étranglant dans une camisole de force pour l'ensevelir vivant dans un tombeau de béton éclairé de lampes fluorescentes. Dame Fortune souhaitait faire amende honorable. Elle s'était arrangée pour arracher la péronnelle à quelque métro, à quelque piquet de grève, à la couche odorante de quelque existentialiste eurasien, d'entre les mains de quelque nègre bouddhiste et épileptique, du sein verbeux de quelque séance de thérapie de groupe et pour la présenter sur ce perron en temps voulu.

– Ignatius, t'es-là, dans cette poubelle? demanda Myrna de sa voix un peu blanche, directe, vaguement hostile.

Elle heurta de nouveau au volet, plissant les yeux derrière ses lunettes à monture noire. Myrna n'était point astigmate; les verres n'étaient nullement correcteurs, elle portait des lunettes pour manifester le sérieux de son entreprise intellectuelle, pour prouver l'intensité de son engagement. Ses boucles d'oreilles pendantes reflétaient la lumière des réverbères comme quelques tintinnabulantes pendeloques chinoises.

– Oh, je sais qu'il y a quelqu'un! Je t'ai entendu marcher dans le vestibule. Ouvre ces saloperies de volets.

– Oui, oui, je suis là! cria Ignatius.

Il se jeta sur les volets et les ouvrit d'une violente poussée.

« Je remercie la Fortune de t'avoir envoyée.

– Bon sang! T'es dans un état épouvantable. On dirait que tu fais une dépression ou un truc dans ce goût-là. Et ce pansement? Qu'est-ce qui se passe Ignatius? Et ce que tu as grossi! Je viens de lire ces écriteaux pitoyables, là. Eh ben dis donc, on peut dire que t'y as eu droit, toi, mon pauvre vieux.

– J'ai traversé l'enfer, balbutia Ignatius, tirant Myrna dans le vestibule par la manche de son informe manteau. Pourquoi es-tu sortie de ma vie, espèce de péronnelle? Ta nouvelle coiffure est fascinante et très sophistiquée.

S'emparant de sa natte, il la pressa contre sa moustache humide et la baisa vigoureusement.

« Les senteurs de suie et d'oxyde de carbone qui parfument ta chevelure m'enivrent et me parlent du Bronx trépidant. Viens. Partons aussitôt. Je dois aller m'épanouir à Manhattan.

– Je savais qu'il y avait quelque chose qui n'allait pas. Mais je ne m'attendais tout de même pas à ça. Tu es vraiment dans un état effrayant, Ig.

– Vite. Gagnons un motel. Mes pulsions naturelles bramentpour s'épancher. Tu as un peu d'argent sur toi?

– Te fiche pas de moi, fit Myrna, courroucée.

Elle arracha sa natte trempée des pattes d'Ignatius et la rejeta par-dessus son épaule, dans son dos où elle heurta la guitare dans un grand bruit de cordes.

« Écoute Ignatius, chuis crevée. Chuis sur la route depuis hier matin neuf heures. Dès que j't'ai envoyée cette lettre sur ton histoire de parti de la paix, je me suis dit : " Myrna, ma fille, c'est pas seulement d'une lettre que ce mec a besoin. Il a besoin de toi. Il est en train de couler. Est-ce que tu es assez engagée pour sauver un type que tu vois pourrir sous ton nez? Est-ce que tu crois assez à tes idées pour opérer ce sauvetage mental? " Chuis sortie de la poste, j'ai sauté dans ma voiture et j'ai roulé. Toute la nuit. D'une traite. Tu comprends, plus je pensais à ce télégramme délirant, sur le parti de la paix, plus je me faisais du souci.

Selon toute apparence, les bonnes causes devaient se faire rares à Manhattan.

– Je ne t'en veux pas, approuva Ignatius. Pas vrai que ce télégramme était affreux? Le fruit d'une imagination dérangée et quasi délirante. Je suis au fond de la dépression depuis des semaines. Après tant d'années passées auprès de ma mère, elle a décidé de se remarier et veut que je débarrasse le plancher. Nous devons partir. Je ne puis supporter cette maison une seconde de plus.

– Quoi? Mais qui voudrait l'épouser, qui?

– Dieu merci, je vois que tu me comprends. Tu imagines à quel point la vie a pu devenir entièrement absurde, impossible.

– Où est-elle? J'aimerais lui mettre les points sur les « i » moi, à cette bonne femme. Lui faire voir clairement ce qu'elle t'a fait.

– Oh, elle est sortie, elle est je ne sais où. Je ne veux plus la revoir jamais.

– Je comprends ça. Mon pauvre petit. Mais qu'est-ce que tu faisais, Ignatius. Rien? Tu as simplement traîné dans ta piaule pendant des semaines et des semaines.

– Oui. Précisément. Je suis comme paralysé par une apathie névrotique. Tu te souviens de la lettre où je te racontais une arrestation et un accident imaginaires? Je l'ai écrite quand ma mère a fait la connaissance de ce débauché. Un vieillard vicieux. C'est alors que mon équilibre a menacé de s'effondrer. Depuis, je n'ai fait que m'enfoncer, m'enfoncer chaque jour davantage. Et tout ça a été couronné par cette histoire quasi schizophrénique du parti de la paix. Ces écriteaux que tu as vus dehors ne furent qu'une manifestation extérieure de la torture intérieure que j'ai connue. Mon désir psychotique de paix était sans aucun doute une tentative pitoyable de compensation psychologique des hostilités qui ne cessaient de faire rage ici, dans cette petite maison. Je ne puis que t'être reconnaissant de la perspicacité avec laquelle tu as su analyser mes fantasmes, tels que je les transcrivais dans mes lettres. Dieu merci, c'était des signaux de détresse rédigés dans un code que toi seule pouvais comprendre.

– Il suffit de voir comme tu as grossi pour juger de ton inactivité de ces derniers mois.

– Bien sûr j'ai grossi parce que je ne quittais pas mon lit et que je cherchais un apaisement et une compensation illusoires dans l'oralité et l'ingestion d'aliments. Maintenant, fuyons! Il faut que je quitte cette maison. Elle est associée pour moi à trop de choses horribles.

– Il y a longtemps que je te disais de partir d'ici. Allez, viens faire tes bagages.

Le débit monotone de Myrna se faisait enthousiaste.

« C'est génial! Je savais bien qu'il faudrait que tu partes un jour ou l'autre pour préserver ton intégrité spirituelle et ta santé mentale.

– Si seulement je t'avais écoutée plus tôt, je n'aurais pas eu à traverser toutes ces horreurs.

Ignatius étreignit Myrna, l'écrasant elle et sa guitare contre le mur. Il voyait bien qu'elle ne se tenait plus de joie parce qu'elle venait de trouver une nouvelle cause, un cas passionnant, un nouveau mouvement.

« Tu auras certainement ta place au paradis, ma péronnelle. Et maintenant, filons.

Il tenta de l'entraîner au-dehors, mais elle résista :

– Tu ne veux rien emporter?

– Oh, mais si, bien sûr. Il y a toutes les notes que j'ai jetées sur le papier. Il ne faut pas les laisser tomber entre les mains de ma mère. Elles pourraient lui rapporter une fortune. L'ironie serait trop amère.

Ils passèrent dans sa chambre.

« A propos, autant que tu le saches : le prétendant de ma mère est un fasciste.

– Non !

– Si. Regarde ça. Tu imagineras facilement les tortures qu'ils m'ont fait subir.

Il tendait à Myrna l'une des brochures que sa mère avait glissées sous la porte de sa chambre. *Votre voisin est-il un véritable Américain?* Myrna déchiffra une note manuscrite en marge de la couverture. « Lis ça Irene. C'est très bon. Il y a quelques questions à la fin que tu pourrais poser à ton fils. »

– Oh, mon pauvre Ignatius, geignit Myrna. Comme tu as dû souffrir.

– Plus que je ne puis dire. C'était épouvantable et traumatisant. En ce moment même, je crois qu'ils sont allés attaquer un quelconque modéré que ma mère a entendu dire du bien de l'ONU ce matin à l'épicerie. Elle n'a pas cessé de grommeler de la journée à propos de cette personne.

Ignatius rota.

« J'ai traversé des semaines de terreur.

– C'est bizarre d'ailleurs, pour moi, que ta mère ne soit pas là. Elle ne bougeait jamais de la maison, tu te souviens?

Myrna accrocha sa guitare à un montant du lit et s'étendit sur le lit.

« Cette piaule. Ce qu'on a pu s'amuser ici ! On se découvrait nos âmes et nos idées, on composait des manifestes anti-Talc ! J'imagine que cet escroc enseigne toujours à la fac.

– Très probablement, dit Ignatius, un peu absent.

Il espérait que Myrna allait se lever du lit. Sinon, son esprit la porterait bientôt à « découvrir » de toutes autres choses que son âme et ses idées. De toute manière, il fallait quitter la maison au plus vite. Il fouillait le placard à la recherche du sac de voyage que sa mère lui avait acheté jadis, quand il avait onze ans, pour l'envoyer dans un camp de vacances. Expérience désastreuse qui avait tourné court au bout d'une journée. Il creusa une pile de caleçons jaunis comme un chien à la recherche d'un os, envoyant les sous-vêtements voler derrière lui en un gracieux arc de cercle.

« Il vaudrait mieux que tu te lèves, ma mignonne. Il faut ramasser tous mes cahiers. Tu pourrais regarder sous le lit.

Myrna s'arracha d'un bond aux draps humides.

– J'ai essayé de te décrire à mes amis du groupe de thérapie de groupe. Travaillant enfermé dans cette piaule comme un bizarre moine du Moyen Age dans son cloître. Complètement coupé du monde.

– Je ne doute pas que ça les ait intrigués, murmura Ignatius.

Ayant retrouvé le sac, il était en train d'y fourrer des chaussettes qui traînaient sur le plancher.

« Ils me verront bientôt en chair et en os.

– Tu verras comment ils réagiront en découvrant à quel point tu es original!

– Oh hum, bâilla Ignatius. Après tout, c'est peut-être un grand service que ma mère me rend en décidant de se remarier. Ces liens œdipiens menaçaient de m'étouffer.

Il jeta son yo-yo dans le sac.

« Tu as pu traverser le Sud sans encombre cette fois?

– Tu sais je n'ai pas eu une minute pour m'arrêter en chemin. Presque trente-six heures à conduire. Rouler, rouler, rouler.

Myrna mettait les cahiers Bif Chief en tas.

– Je me suis arrêtée dans un petit snack de Noirs, hier soir, mais ils n'ont pas voulu me servir. Je crois que c'est la guitare qui leur a déplu.

– Très probablement. Ils t'auront prise pour quelque chanteuse folklorique réactionnaire de la campagne! Tu sais, j'ai eu quelques contacts avec ces gens-là. Je les trouve assez limités.

– Je n'arrive pas à y croire! Je suis vraiment en train de t'arracher à ce cachot, à ce trou?

– C'est incroyable, n'est-ce pas? Penser que j'ai combattu ta sagesse pendant des années.

– Tu vas voir, à New York, ça va être génial! J't'assure!

– J'ai hâte d'y être, dit Ignatius, déposant dans le sac son foulard écarlate et son sabre. La statue de la Liberté, l'Empire State Building. Les grandes premières de Broadway avec mes vedettes préférées. Les longues discussions au Village, devant un espresso, des heures et des heures de confrontation avec les esprits les plus originaux, des artistes, des créateurs, des intellectuels modernes.

– Tu deviens enfin toi-même. Vraiment. J'ai encore du mal à croire tout ce que j'ai entendu dans cette baraque ce soir. On va travailler ensemble sur tes problèmes. C'est une nouvelle période de ta vie qui commence. Fini l'inactivité. Pense aux idées que tu vas être capable de développer quand nous aurons réussi à débarrasser ta tête de toutes les toiles d'araignées, des tabous et des préjugés paralysants qui l'encombraient!

– Dieu seul sait où je m'arrêterai, dit Ignatius d'un ton

machinal. Partons. Tout de suite. Il faut que je t'avertisse que ma mère peut rentrer d'une seconde à l'autre. Si je la revois, je crains de régresser terriblement. Il faut faire très vite.

– Ignatius tu ne tiens pas en place. Détends-toi, le pire est derrière toi.

– Non, non, pas encore, s'empressa de répondre Ignatius. Ma mère pourrait rentrer avec son gang. Tu devrais les voir! Des réactionnaires à tout crin, protestants, partisans de la suprématie blanche, que sais-je encore. Bon, que je prenne mon luth et ma trompette. Tu as tous les cahiers?

– Dis, c'est génial ce que tu as là-dedans, dit Myrna, feuilletant l'un des cahiers. Un bijou de nihilisme!

– Ce n'est qu'un petit fragment de l'ensemble.

– Tu ne laisses même pas à ta mère un petit mot, une protestation, une engueulade, je ne sais pas moi?

– Cela ne servirait à rien. Il lui faudrait des semaines pour parvenir à en comprendre le sens.

Ignatius prit le luth et la trompette au creux d'un bras, le sac de voyage au creux de l'autre.

« Attention, ne fais pas tomber ce classeur. C'est le *Journal.* Une fiction sociologique à laquelle j'ai un peu travaillé. C'est ce que j'ai fait de plus commercial. On pourrait même en faire un film prodigieux. Un Walt Dysney, un George Pal...

Myrna s'immobilisa sur le seuil, les bras chargés de cahiers. Ses lèvres décolorées remuèrent quelques instants sans produire le moindre son, comme si elle répétait pour elle-même sa déclaration. Derrière les verres, ses yeux fatigués, drogués par l'autoroute, fouillèrent le visage d'Ignatius.

– Écoute. Nous vivons un moment très important. Très significatif. J'ai l'impression que je suis en train de sauver quelqu'un.

– Mais tu as raison. C'est bien ce que tu fais. Et maintenant, filons. Je t'en prie. Nous bavarderons plus tard.

Ignatius passa devant elle et marcha pesamment jusqu'à la voiture, ouvrit la portière arrière de la petite Renault et y prit place parmi les écriteaux, les banderoles, les affiches et les piles de tracts et de brochures qui encombraient le siège. La voiture avait l'odeur d'un kiosque à journaux.

« Dépêche-toi! Nous n'avons pas le temps de poser pour un tableau vivant ici devant la maison!

– Mais tu vas vraiment rester à l'arrière? demanda Myrna en déposant les cahiers par la portière arrière.

– Bien sûr, beugla Ignatius. Je ne vais quand même pas me

mettre à la place du mort pour faire des milliers de kilomètres d'autoroute! Allez, monte dans cette carriole et tire-nous d'ici.

– Attends, j'ai laissé des tas de cahiers dans ta chambre, dit Myrna qui rentra dans la maison en courant, sa guitare lui battant les flancs avec un bruit sourd.

Elle descendit les marches du perron, les bras chargés d'une nouvelle moisson de cahiers puis, sur le trottoir de brique, s'immobilisa pour contempler la maison. Ignatius savait qu'elle tentait d'enregistrer la scène dans sa mémoire. Eliza va traverser les glaces, un génie de particulièrement grande taille sur les bras. Enfin, comme Ignatius poussait des cris d'orfraie, elle se décida à s'arracher à son moment historique et vint jeter dans la voiture sa seconde brassée de cahiers Big Chief.

« Il en reste quelques-uns sous le lit.

– Ne t'en fais pas pour ceux-là! hurla Ignatius. Monte et mets cette guimbarde en route. Oh, Seigneur! Ne me colle pas cette guitare dans la figure! Tu me fais mal. Tu ne pourrais pas avoir un petit sac à main, plutôt, comme une jeune femme qui se respecte?

– Oh, écrase, hein, lança Myrna, courroucée, en se glissant sur le siège du conducteur. Où veux-tu passer la nuit?

– Passer la nuit? tonna Ignatius. Nous ne passons la nuit nulle part. Nous roulons.

– Ignatius, je vais crever, moi. Je suis au volant de cette voiture depuis hier matin.

– Bon, traversons au moins Pontchartrain.

– D'accord. On peut prendre la bretelle jusqu'à Mandeville.

– Non!

Myrna s'apprêtait à le conduire tout droit entre les pattes des psychiatres!

« Pas question de s'arrêter à Mandeville. L'eau est polluée. Il y a une épidémie.

– Ah oui? Alors je vais prendre par le vieux pont jusqu'à Slidell.

– Oui. C'est plus sûr par là, de toute manière.

La Renault était très écrasée sur ses roues arrière et n'accélérait que lentement.

« Cette auto semble bien frêle pour ma stature. Tu es sûre que tu connais bien le chemin de New York. Je ne sais pas si je survivrai plus d'un jour ou deux dans cette posture fétale.

– Hé, les deux beatniks, où que c'est qu'vous allez comme ça? demanda la voix de Miss Annie derrière ses volets clos.

La Renault gagna le milieu de la chaussée.

– Cette vieille pute habite donc toujours là?

– Tais-toi et roule! Tire-nous d'ici.

– Dis donc, tu vas m'faire chier comme ça pendant toute la route? demanda Myrna en foudroyant la casquette verte du regard dans son rétroviseur. Dis-le-moi tout de suite, j'aimerais être prévenue.

– Oh, mon anneau! pantela Ignatius. Je t'en supplie, pas de scène. Ma psychè tomberait en miettes après toutes les agressions qu'elle a déjà subies.

– Excuse-moi. Pendant cinq minutes, je me suis retrouvée comme avant. Moi qui faisais le chauffeur et toi qui me faisais chier depuis l'siège arrière.

– Dis donc, j'espère qu'il ne neige pas dans le Nord. Mon organisme est tout simplement incapable de fonctionner dans ces conditions. Et je t'en prie fais bien attention aux autocars panoramiques Greyhound. Ils réduiraient ton joujou à néant.

– Oh, Ignatius, tu parles exactement comme autrefois, d'un seul coup. J'ai l'impression de retrouver l'horrible bonhomme que tu as été et je me demande si je ne suis pas en train de commettre une terrible erreur.

– Une erreur? Mais non, mais non, dit gentiment Ignatius. Seulement, fais attention à cette ambulance. Tu ne voudrais pas inaugurer notre pèlerinage par une collision.

Quand l'ambulance passa, Ignatius se tassa sur le siège et parvint à apercevoir *Hôpital de la Charité* en gros caractères bleus sur une portière. La lampe rouge qui tournait sur elle-même sur le toit du véhicule éclaboussa la Renault un court instant tandis que les deux autos se croisaient. Ignatius était vexé. Il avait espéré un fourgon blindé, on ne lui avait envoyé qu'une vieille Cadillac. Il en aurait facilement cassé toutes les vitres. Puis Myrna tourna dans St. Charles Avenue.

Maintenant que Dame Fortune l'avait sauvé à la fin d'un cycle épouvantable, que lui réservait-elle pour le prochain? Le nouveau cycle allait être différent de tout ce qu'il avait connu.

Myrna menait sa Renault à travers la circulation avec une grande maîtrise, louvoyant au long de ruelles d'une étroitesse incroyable et, bientôt, ils eurent laissé derrière eux les derniers réverbères clignotants de la dernière banlieue marécageuse. Ils roulaient dans les ténèbres, au milieu des marais saumâtres.

Ignatius regarda le poteau indicateur qui venait d'accrocher la lumière de leurs phares : U.S. 11. Il ouvrit la fenêtre d'un ou deux centimètres et huma l'air salé qui soufflait du golfe par-dessus les marais.

Comme si l'air avait possédé des vertus purgatives, sa valve s'ouvrit. Il prit une nouvelle inspiration, plus profonde. Sa migraine sourde se dissipait.

Il contempla plein de reconnaissance la nuque de Myrna, la natte qui se balançait innocemment près de son genou. Plein de reconnaissance. Quelle ironie, songea Ignatius. Saisissant la natte dans une de ses grosses pattes, il la pressa chaleureusement contre sa moustache humide.

*Achevé d'imprimer en février 1997*
*sur presse Cameron*
*par* ***Bussière Camedan Imprimeries***
*à Saint-Amand-Montrond (Cher)*
*pour le compte de France Loisirs*
*123, boulevard de Grenelle, Paris*

*Cet ouvrage a été imprimé*
*sur du papier sans bois et sans acide*

N° d'édition : 27889. N° d'impression : 1/476.
Dépôt légal : février 1997.

*Imprimé en France*